KB085040

BERNARD WERBER

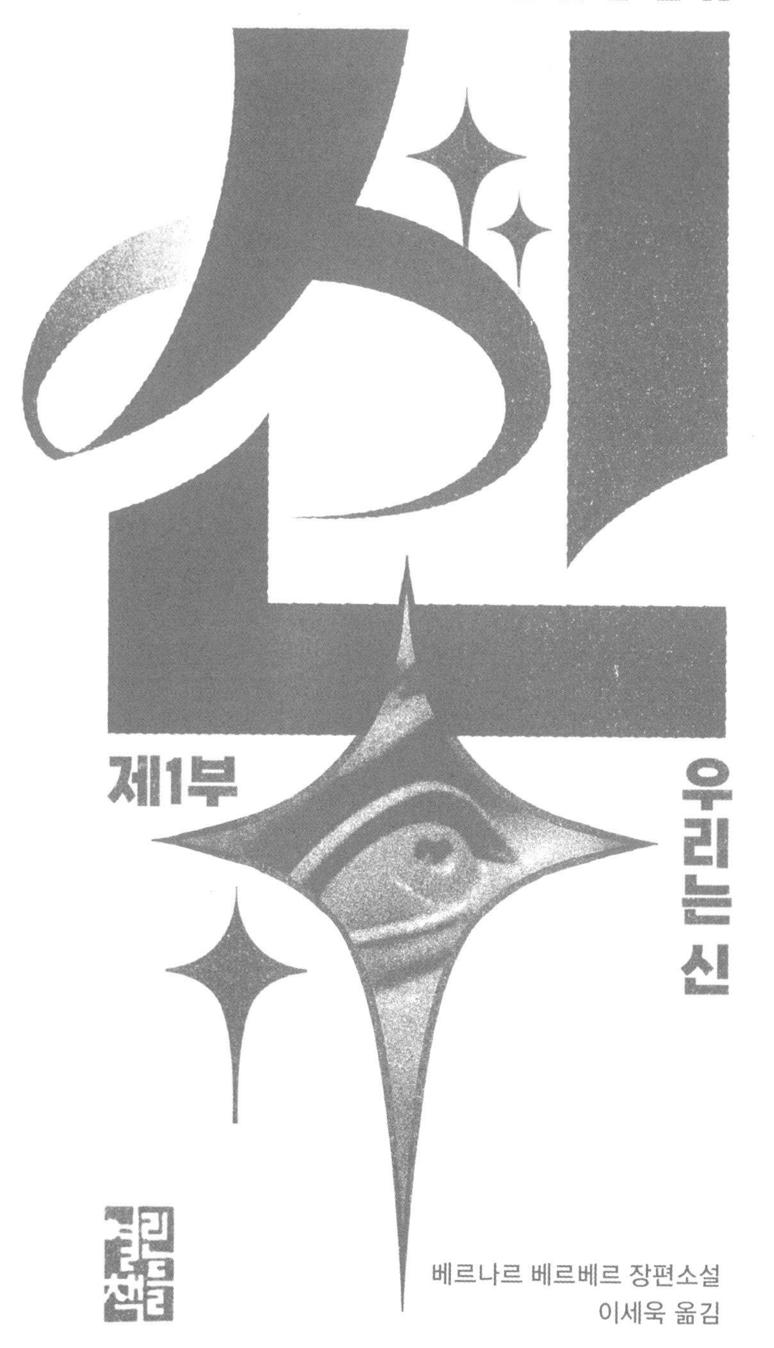

NOUS LES DIEUX
by BERNARD WERBER

자유로운 정신의 소유자, 제라르 암잘라그를 위해

머리말

인류 역사에 뚜렷한 자취를 남긴 문명은 어떤 것들이었을까? 혹시 가장 세련된 문명이 아니라 가장 흉포한 문명이 역사의 주류를 이뤄 온 것은 아닐까?

곰곰 따져 보면, 망각의 늪으로 사라진 문명이라고 해서 반드시 낙후된 문명이었던 것은 아니다. 때로는 그저 지도자가 순진하게 적들의 불침 약속에 속아 넘어간 탓에, 혹은 기상 이변으로 전투의 형세가 갑자기 바뀌는 바람에 한 민족 전체의 운명이 기울기도 하는 것이다. 그러고 나면 승리자들 편에 선 역사가들은 패배자들의 멸망을 당연한 것으로 만들기 위해 자기네 마음대로 패배자들의 과거를 다시 기록한다. 그들은 뒤에 올 세대들이 과거를 반성하거나 양심의 가책을 느끼는 일이 없도록 하기 위해, 〈패자에게는 불행이 있을진저〉라는 말로 토론을 봉쇄한다. 다윈은 〈자연 선택〉과 〈적자 생존〉의 이론으로 그런 학살에 과학적인 정당성을 부여하기까지 했다.

이렇듯 지구의 인류사는 학살과 배신을 바탕으로 전개되었고, 그 학살과 배신은 잊혔다.

누가 보았을까?

누가 진정으로 알고 있을까?

내가 찾아낸 답은 단 하나, 신 또는 신들이다. 이건 물론 신 또는 신들이 존재할 때의 이야기이다.

나는 숨겨진 증인을 상상해 보았다. 곤충학자가 개미를 관찰하듯이, 바글거리는 인류를 지켜보고 있는 신들을 말이다.

만일 신들이 존재한다면, 그들이 인류에게 가르친 것은 무엇일까? 세상 만물이 변화하듯 신들에게도 변화가 있다면, 그들은 어떻게 초보 단계에서 성년기로 넘어가는 것일까? 그들은 어떻게 인류의 삶에 개입할까? 그들은 왜 우리에게 관심을 가질까?

이런 물음들에 대한 답을 찾기 위해 나는 티베트 불교의 경전 『바르도 퇴돌』에서 이집트 「사자의 서」에 이르는 종교적인 문헌들과, 5대륙 제 민족의 샤머니즘이나 천지 창조 설화들을 두루 참조했다. 이것들이 제공하는 정보들은 서로 일치하는 바가 많다. 마치 우리를 초월하는 고차원의 시공간과 우주 운행의 원리에 대한 집단적인 깨달음이 있었던 게 아닌가 싶을 정도이다.

철학과 과학은 서로 대립하기가 일쑤였다. 하지만 내가 보기에 이 두 가지는 〈비종교적 구도(求道)〉라고 부를 수 있을 법한 어떤 것 속에서 하나로 결합된다. 여기에서 중요한 것은 대답이라기보다 질문이다.

옛 문헌과 구비 설화에서 영감을 얻은 경우를 제외하면, 나는 내 상상력의 자유로운 흐름을 따라가며 『신』을 썼다. 이 소설은 『타나토노트』와 『천사들의 제국』의 자연스런 귀결이다. 『타나토노트』에서 저승을 탐사하고 『천사들의 제국』에서 천사의 세계를 발견했으니, 더 높은 단계인 신들의 세계로 나아가는 것은 당연한 일이었다.

그리하여 미카엘 팽송과 그의 기이한 친구 라울 라조르박,

유대교 랍비 프레디 메예르 등 살아서는 타나토노트였고 죽어서는 천사가 되었던 인물들이 모두 여기에 다시 등장한다. 나는 마치 깨어 있는 채로 꿈을 꿀 때처럼 그 상상의 세계로 빠져들었다. 밤이면 몇몇 장면을 꿈에서 다시 보곤 했다.

이 책을 쓰면서 영화 음악을 많이 들었다. 특히 「반지의 제왕」, 「듄」, 「갈매기의 꿈」의 음악을 자주 들었다. 그 밖에도 내 작업을 거들어 준 음악들이 많다. 클래식 쪽으로는 베토벤의 아홉 교향곡, 모차르트, 그리그, 드뷔시, 바흐, 새뮤얼 바버, 구스타브 홀스트의 관현악 모음곡 「행성」 등이 있고, 록 음악 쪽으로는 마이크 올드필드와 피터 게이브리얼과 예스와 핑크 플로이드가 있다.

이 소설의 구상을 출판사 사람들에게 이야기했을 때, 그들은 하나의 세계가 창조되는 것을 반기며 열광했다. 그 구상의 결과물은 1천 페이지가 넘는 원고가 되었고, 우리는 이것을 세 권으로 나누어 출간하기로 했다.

진정한 깨달음을 향한 우리 주인공 미카엘 팽송의 탐구가 마침내 우주의 창조주를 대면하는 단계에 이르렀다. 그의 모험을 따라가다 보면 독자들의 머릿속에도 이런 질문이 떠오를 것이다. 〈만약 내가 신이라면, 나는 무엇을 할까?〉

베르나르 베르베르

머리말 7

청색 작업 79

흑색 작업 223

감사의 말 549

보여 줄 것이 있어 너를 이리로 데리고 온 것이니…….

「에제키엘서」 40장 4절

과거를 이해하지 못한 사람들,

인류 전체의 과거를 이해하지 못한 사람들,

자기들의 개인적인 과거를 이해하지 못한 사람들,

그들은 어쩔 수 없이 그 과거를 다시 살게 될 것이다.

에드몽 웰스, 『상대적이며 절대적인 지식의 백과사전』 제5권

실험실의 햄스터 한 마리가 다른 햄스터에게 말했다.

「나는 저 학자를 길들였어. 내가 이 버튼을 누를 때마다

저자가 나에게 먹이를 가져다주지.」

프레디 메예르

1. 백과사전: 태초에

무(無)가 있었다.

태초에는 아무것도 존재하지 않았다.

어떠한 빛도 어둠을 흩뜨리지 않았고, 어떠한 소리도 고요를 깨뜨리지 않았다.

도처에 공허가 가득했다.

최초의 힘인 중성의 힘이 지배하던 때였다.

하지만 공허는 무엇인가가 되기를 꿈꾸고 있었다.

그때 무한한 우주 공간 한복판에 하얀 알이 나타났다. 모든 가능성과 모든 희망을 품고 있는 우주 알이었다.

이 알에 금이 가기 시작했다.

에드몽 웰스, 『상대적이며 절대적인 지식의 백과사전』 제5권

2. 나는 누구인가?

옛날에 나는 인간이었다.

그다음에는 천사였다.

이제 나는 무엇이 될까?

3. 백과사전: 태초에(계속)

우주 알이 폭발했다.

그 일은 0년 0월 0일 0시 0분 0초에 일어났다.

시원의 알을 싸고 있던 껍질은 두 번째 힘인 분열의 힘에 의해 288개의 조각으로 부서졌다.

우주 알이 폭발할 때 빛과 열기가 분출했고, 먼지가 크게 일어 어둠 속에서 반짝이는 가루로 퍼져 나갔다.

하나의 우주가 탄생한 것이다.

시간이 흐르기 시작했고, 입자들은 널리 퍼져 나가면서 시간의 교향곡에 맞춰 춤을 추었다.

에드몽 웰스, 『상대적이며 절대적인 지식의 백과사전』 제5권

4. 도착

나는 날고 있다. 나는 순수한 정신이라서 생각의 속도로 공간을 가르며 나아간다.

천사의 세계를 빠져나왔다. 이젠 어디로 가는 거지?

나는 천천히 활공한다. 눈앞에 한 줄기 빛이 보인다. 빛이 내 영혼을 호린다. 나 자신이 불꽃에 이끌리는 나방처럼 느껴진다.

우주 공간의 외딴곳에 행성 하나가 있다. 해가 두 개 뜨고 달을 세 개 거느린 행성이다. 내 영혼이 행성의 대기를 가른다. 행성의 표면이 나를 끌어당기고 있는 것이다.

낙하가 시작되었다. 놀랍게도 이젠 양력(揚力)이 작용하지 않는다. 나는 중력에 이끌리고 있다. 아래쪽에서 대양이 다가든다. 내가 낙하하는 것이 아니라 바다가 나를 향해 돌진해 오는 듯하다.

낙하하는 동안 나에게 변화가 일어난다. 순수한 정신이던 내가 고체로 바뀌고 내 피부가 불투명해지는 것이다. 먼저 발과 다리가 나타나고, 그다음에는 팔과 얼굴이 모습을 드러

낸다. 투명한 거죽이 있던 자리에 이젠 발그레하고 불투명한 살갗이 있다.

발가락에 충격이 느껴진다. 찰싹하는 소리와 함께 거울처럼 맑은 터키옥 빛깔의 물결이 부서진다.

나는 물에 잠긴다. 차갑고 끈끈하고 불쾌하다. 숨이 막힐 듯이 갑갑하다. 이게 어찌된 일이지? 나에겐 공기가 필요하다.

나는 버둥거린다. 어떻게든 다시 올라가야 한다. 짠물 때문에 눈이 따끔거린다. 나는 눈을 꼭 감고 팔다리를 정신없이 놀린다. 마침내 수면 위로 올라왔다. 나는 숨을 크게 들이마신다. 후유, 물 밖으로 나오니 이제 좀 살 것 같다.

순수한 정신이었던 내가 숨을 쉬고 있다! 처음엔 불안한 느낌이 들더니 이내 기분이 좋아진다. 나는 허파를 비운 뒤에 공기를 들이마셔 다시 가득 채운다.

들숨과 날숨. 지구에서 인간으로 태어날 때에 고고(呱呱)를 울리며 처음으로 공기를 들이마신 일이 생각난다. 일단 허파로 숨을 쉬기 시작하면 공기 없이는 더 이상 살 수 없다. 공기란 날 때부터 누구도 벗어날 수 없는 중독 물질인 것이다. 내 허파 꽈리들이 작은 고무풍선처럼 부풀어 오른다. 나는 눈을 뜨고 하늘을 올려다본다. 저 위로 구름을 향해 날고 싶다. 하지만 이제 나는 중력의 포로다.

내 영혼을 감싸고 있는 육신이 느껴진다. 나는 육신 때문에 무겁다. 내 뼈는 단단하고 내 살갗에는 감각이 있다. 한 가지 무서운 생각이 퍼뜩 떠오른다. 몸서리가 절로 난다.

나는 이제 천사가 아니다. 그렇다면 다시 〈인간〉으로 돌아간 것일까?

5. 백과사전: 태초에(계속)

몇 초가 지나자 일부 입자들이 한데 합쳐지기 시작했다. 세 번째 힘인 결합의 힘에 이끌린 것이다.

중성의 힘을 나타내는 중성자들이 양전하를 지닌 양성자들과 결합하여 원자핵을 형성했다. 음의 전기를 띤 전자들은 원자핵 주위를 돌며 완벽한 평형을 이루어 냈다.

세 가지 힘이 한데 어우러져 저마다 자기 자리를 찾고 서로 간에 적당한 거리를 잡음으로써 원자라는 더 복잡한 단위를 만들어 낸 것이다. 결합의 힘을 표상하는 이 원자가 출현함으로써 에너지는 물질로 변했다. 이것이 만물의 진화 과정에서 나타난 첫 번째 도약이다.

하지만 물질은 더 높은 단계에 도달하기를 꿈꾸었다. 그리하여 생명이 나타났다.

생명은 우주의 새로운 경험이었다. 생명은 분열Division과 중성Neutralité과 결합Association이라는 세 가지 힘의 자취를 우주의 심장에 새겼다. 그것이 바로 DNA이다.

에드몽 웰스, 『상대적이며 절대적인 지식의 백과사전』 제5권

6. 현신(現身)

순수한 정신이었다가 다시 물질로 된 존재로 돌아간다는 것은 얼마나 어려운 일인가.

육신은 무겁다. 천사가 되면서 잊고 지냈던 사실이다.

육신의 내부에서 신경과 갖가지 대롱과 꾸르륵 소리를 내는 자루 따위가 꼬물꼬물 움직이는 것이 느껴진다. 심장이 팔딱거리는 것과 목구멍으로 침이 넘어가는 것도 느낄 수 있다. 나는 완전히 새로 난 하얀 이들이 벌쭉 드러나도록 하품을 한다. 으흠 하고 헛기침도 한다. 턱을 쓸어 보고 몸을 여기

저기 더듬어 보기도 한다. 분명 나에게 육신이 돌아왔다. 지구에서 인간으로 살던 때와 똑같은 모습이다. 그리고 나는 이제 귀로 소리를 듣는다. 모든 것을 영혼으로 듣고 이해하던 시절은 갔다.

이젠 날 수도 없으므로 나는 헤엄쳐 나아간다. 헤엄이란 얼마나 힘든 이동 방식인가! 느리고 금세 지치게 만든다.

이윽고 멀리에 섬이 하나 보인다.

7. 백과사전 : 태초에(끝)

하지만 새로 태어난 이 우주는 생명의 출현이라는 경험에 만족하지 않았다. 생명은 더 높은 단계에 도달하기를 꿈꿨다. 그래서 다양하게 분화하고 번식하면서, 형태와 색깔과 체온과 행동 따위에 관한 실험을 하기 시작했다. 오랜 모색과 거듭된 시행착오 끝에 마침내 생명은 진화를 계속하기 위한 이상적인 도가니를 찾아냈다. 인간이 출현한 것이다.

인간의 몸은 206개의 뼈로 이루어진 골격으로 지탱되며, 근육과 혈관과 지방 조직 등이 두껍고 탄력 있는 살갗에 싸여 있다. 그뿐만 아니라 인간은 몸의 윗부분에 대단히 정교한 중앙 신경계를 갖추고 있다. 이 신경계는 시각, 청각, 촉각, 미각, 후각의 감각 기관에 연결되어 있다.

생명은 인간을 통해서 지능의 실험을 할 수 있었다. 인간은 성장하고 번식하고 다른 동물들과 대결했다. 자기들끼리 싸움을 벌이기도 했다.

그런데 생명은 인간의 출현으로 만족하지 않고 더 높은 단계에 도달하기를 꿈꿨다. 그리하여 다음 단계의 실험, 곧 의식의 모험이 시작될 수 있었다.

생명은 여전히 태초의 세 가지 힘, 곧 결합(또는 사랑), 분열(또는 지배), 중성 에너지의 추동을 받고 있었다.

에드몽 웰스, 『상대적이며 절대적인 지식의 백과사전』 제5권

8. 섬

모래톱에 닿았다. 몸 여기저기가 아프다. 온몸의 뼈마디와 근육이 욱신거린다. 너무 오랫동안 헤엄을 쳤더니 몸을 가눌 기운조차 없다. 춥고 기침이 난다. 나는 고개를 들어 주위를 살핀다. 내가 다다른 곳은 금빛의 고운 모래가 깔린 해변이다. 자욱한 안개 때문에 보이는 것이라곤 야자나무 줄기들뿐이다. 물결이 철썩거리는 것으로 보아 조금 더 떨어진 곳에 깎아지른 절벽이 솟아 있는 듯하다. 나는 힘없이 몸을 바들거린다. 무엇을 어찌해야 할지 모르겠다. 인간으로 살던 때에 평생을 두고 끈질기게 나를 괴롭혔던 질문이 다시 뇌리에 떠오른다. 〈도대체 내가 여기서 뭘 하고 있지?〉

바다와 식물의 냄새가 갑자기 코를 찔러 온다. 그러고 보니 코로 냄새를 맡을 수 있다는 사실을 까맣게 잊고 있었다. 주위에 무수한 냄새들이 감돌고 있다. 다사로운 공기에 요오드와 꽃향기, 꽃가루와 풀과 이끼의 냄새가 가득하다. 코코넛과 바닐라와 바나나 향기도 섞여 있다. 달착지근한 냄새도 난다. 아마 감초 냄새일 것이다.

나는 눈을 크게 뜨고 다시 주위를 살핀다. 나는 외딴 행성에 있는 어느 섬에 와 있다. 수평선 어디를 둘러봐도 다른 뭍은 보이지 않는다. 식물을 제외하고 이 섬에 어떤 생명 형태가 존재하기는 하는 것일까?

그 물음에 답하기라도 하듯, 개미 한 마리가 발가락을 타고 올라온다. 무리에서 홀로 떨어져 나온 개미인 모양이다. 나는 손가락 하나를 뻗어 개미가 올라오게 한 다음 눈앞으로 가져온다. 개미는 자기에게 무슨 일이 일어나고 있는지 감지해 보려고 더듬이를 바르르 떤다. 하지만 개미는 내 손가락을 그저 분홍색의 거대한 형체로만 느낄 것이다.

「우리가 어디에 있는 거니?」

내 목소리에 개미의 더듬이가 곧추선다. 개미는 나를 산처럼 거대하고 미지근한 온기가 있는 존재로 여길 것이다. 개미는 후각 수용기로 내 숨결을 느끼자 놀라서 어쩔 줄을 모른다.

나는 개미를 모래 바닥에 내려놓는다. 개미는 갈지자를 그리며 재빨리 달아난다. 천사 시절에 나를 가르쳤던 에드몽 웰스는 인간 세상에서 개미 전문가였다. 그가 있었다면 개미들과 어떻게 대화하는지를 가르쳐 주었을지도 모른다. 하지만 이제 나는 혼자다.

그때 느닷없는 외마디 소리가 공기를 가른다. 분명 사람이 울부짖는 소리다.

9. 백과사전: 알지 못하는 것을 마주할 때의 두려움

인간은 아직 알지 못하는 것을 대할 때 가장 큰 두려움을 느낀다. 그 미지의 것이 적대적인 존재일지라도 일단 정체가 밝혀지면 인간은 안도감을 느끼게 된다. 반면에 상대의 정체를 알지 못하면, 상상을 통해 두려움을 부풀리는 과정이 촉발된다. 그리하여 각자의 내면에 도사리고 있던 악마, 가장 고약하고 위험한 존재가 나타난다. 미지의 존재와 마주하고 있다고 생각하면서, 사실은 자신의 무의식이 지어내는 환상적인 괴물과 대면하는 것이다. 하지만 바로 이런 순간에 인간의 정신이 최고 수준으로 기능하는 뜻밖의 현상이 벌어지기도 한다. 이럴 때에 인간은 주의 깊고 명민해지며, 자신의 감각 능력을 온전히 발휘하여 상대를 이해하려고 애쓴다. 그럼으로써 두려움을 다스리고 미처 몰랐던 자신의 재능을 발견하게 되는 것이다. 미지의 존재는 인간을 자극하기도 하고 매혹하기도 한다. 인간은 미지의 것을 두려워하면서도 그런 것과 대면하기를 바란다. 자신의 뇌가 미지의 것에 적응하기 위한 해결책을 찾아내는지 알아보고 싶은 것이다. 아직 이름이 붙어 있지 않은 미지의 존재는 무엇이든 인류를 위한 새로운 도전을 유발할 수 있다.

에드몽 웰스, 『상대적이며 절대적인 지식의 백과사전』 제5권

10. 첫 만남

비명은 절벽 위에서 들려왔다. 나는 절벽 쪽으로 내달린다. 무언가 나쁜 일이 벌어진 것 같아서 불안하기도 하고 사람이 있다는 사실에 마음이 놓이기도 한다. 나는 빠르게 돌진하여 가팔막을 기어오른다.

숨을 헐떡거리며 절벽 위에 다다라 보니, 한 사람이 배를 깔고 엎드려 있다. 고대 로마인들이 입던 것과 같은 하얀 토가를 걸친 남자다. 나는 그에게 다가가서 등이 바닥에 닿게 눕힌다. 그의 옆구리가 불에 탔는지 아직 연기가 난다. 주름진 얼굴에는 흰 수염이 덥수룩하다. 그 모습에 자꾸 눈이 간다. 얼굴이 낯설지 않다. 소설책에서도 보았고, 사전이나 백과사전에서도 본 적이 있는 얼굴이다. 아, 알겠다! 쥘 베른이다.

나는 침을 몇 번 삼켜 목을 조금 축인 뒤에 말문을 열었다.

「선생님은…….」

오랜만에 말을 하려니 소리가 목에 걸린다.

남자는 넋이 나간 눈길로 나를 올려다보다가 내 팔을 움켜쥔다.

「절대로…… 가지 말게…… 저 위에 가면 안 돼!」

「어디를 가면 안 된다는 거죠?」

그는 힘겹게 몸을 일으키더니 집게손가락으로 안개가 자욱한 허공을 가리킨다. 그가 가리키는 곳을 눈으로 따라가 보니 산봉우리처럼 생긴 형체가 어렴풋하게 나타난다.

「저 위에 가면 안 돼!」

그는 떨고 있다. 내 손목을 그러쥔 그의 손가락에 더욱 힘이 들어간다. 그는 내 눈을 빤히 올려다보다가 내 어깨 너머의 한 지점으로 눈길을 돌린다. 얼굴에 극심한 공포의 기색이 어려 있다.

그의 눈길을 따라 몸을 돌렸지만 보이는 것이라곤 안개의 너울에 반쯤 휩싸인 채 바람에 가만가만 흔들리는 야자나무들뿐이다. 그때 어마어마한 위험이 닥칠 것을 예상하며 갑자기 다시 힘을 내기라도 한 것처럼, 그가 벌떡 일어선다. 그러더니 절벽 가장자리로 달려가 허공으로 뛰어내리려 한다. 나는 급히 뒤따라가서 그의 몸이 기우뚱하기 직전에 한 손으로 그를 붙잡는다.

그는 몸부림을 친다. 내 손아귀에서 벗어나려고 나를 물어뜯기까지 한다. 나는 그의 발악을 견뎌 내면서 다른 손으로 그의 토가를 움켜쥔다. 그는 나의 악착스러움에 놀라 잠시 나를 살펴보다가 쓸쓸한 미소를 지어 보인다. 그때 토가의 하얀 천이 북 찢어진다. 나는 토가를 더욱 단단히 움켜쥔다. 하지만 이내 그의 몸이 젖은 모래에 부딪히는 둔중한 소리가 들려온다. 꼭 움켜쥔 내 손가락들 사이에 하얀 천 한 조각이 남아 있다.

쥘 베른은 낭떠러지 아래에 마치 해체된 마리오네트처럼 널브러져 있다.

나는 천천히 몸을 일으킨다. 쥘 베른을 그토록 공포에 떨게 했던 것이 무엇이었을까 하면서 그의 시선이 마지막으로 머물렀던 곳을 눈으로 뒤져 보았지만 아무 소용이 없다. 야자나무 줄기들, 바람에 흔들리는 종려나무잎들, 걷힐 기미를 전혀 보이지 않는 안개, 그리고 멀리 산봉우리 같은 형체가 보일 뿐이다.

혹시 쥘 베른의 상상력이 너무 풍부해서 생긴 일은 아닐까? 자기가 상상한 것에 스스로 겁을 먹은 것은 아닐까?

나는 다시 절벽 아래로 허위허위 내려간다. 대기가 점점 더워지고 무거워진다. 해변에 다다라 보니 너무 놀랍게도 쥘 베른의 시신이 사라져 버렸다. 모래에 남아 있는 것이라곤 그의 몸이 널브러져 있던 자취와 그 옆에 갓 찍힌 말발굽 자국 비슷한 흔적뿐이다.

놀란 가슴을 진정시키고 다시 정신을 차리기도 전에 기이한 일이 또 벌어진다. 위쪽에서 날갯짓 소리가 들리더니, 안개에 싸인 허공에서 느닷없이 새 한 마리가 나타난 것이다. 새는 다른 데로 날아갈 생각을 하지 않고 날개를 파닥거리며 내 얼굴 앞에서 제자리 비행을 한다. 날개가 달려서 새인 줄 알았는데, 그렇게 눈앞에 두고 보니 새가 아니다. 젊은 여자의 미니어처에 제왕나비처럼 생긴 커다란 날개를 달아 놓은 모습이다. 파란 형광을 발하는 나비 날개에는 검은 돌기가 길게 나 있다.

「으음…… 안녕?」

내가 그렇게 인사를 건네자, 나비 소녀는 놀란 표정으로 고개를 끄덕이더니 활기차게 날갯짓을 하며 나를 살펴본다. 커다란 초록색 눈과 주근깨가 인상적이다. 기다란 적갈색 머리채는 풀을 엮어서 만든 끈으로 묶여 있다. 그녀는 내 양쪽 귀 주위에서 계속 파닥거리며, 마치 생전 처음 보는 신기한 존재를 대하듯이 나를 요모조모 살핀다. 그러다가 나에게 미소를 짓는다. 나도 답례로 미소를 지어 보인다.

「으음…… 저어…… 내가 말하면 알아듣나요?」

그러자 나비 소녀는 입을 벌리더니 자줏빛이 조금 도는 가늘고 뾰족한 혀를 리본처럼 펼친다. 그러더니 불타는 듯한 머리채를 상냥하게 흔든다. 하지만 내가 그녀의 얼굴 쪽으로 손가락을 내밀자 날개를 치며 도망간다.

나는 그녀를 뒤쫓아 달린다. 그러다가 뾰족한 돌부리에 걸려 벌러덩 나자빠진다. 손목에 상처가 나서 몹시 아프다.

이 쓰라림은 눈에 짠물이 들어갔을 때의 따끔거림이나 허파에 공기가 부족할 때의 고통과는 사뭇 다르다. 손목에서 피가 흐른다. 나는 연분홍색 살갗에서 새빨간 피가 방울방울 솟아나는 것을 놀란 눈으로 바라본다.

그러고 보니 아프다는 게 어떤 느낌인지를 잊고 있었다. 내가 인간이었을 때 육신이 고통을 겪었던 모든 순간이 주마등처럼 뇌리를 스쳐 간다. 발톱이 살을 파고 들어서 생긴 종기, 치통, 아구창, 신경염, 류머티즘……. 그토록 많은 불행을 어떻게 견뎌 냈을까? 어쩌면 그때는 아무런 고통도 없는 삶이 존재한다는 사실을 몰랐기 때문에 고통을 견디는 게 가능했을 것이다. 하지만 이제는 순수한 정신으로 존재하는 것의 행복을 경험하고 난 뒤라 고통을 참고 견딜 수가 없다.

나비 소녀는 안개에 휩싸인 커다란 나무들 쪽으로 사라져 버렸다.

도대체 나는 어떤 세계에 당도한 것일까?

11. 백과사전: 만약 우주에 우리밖에 없다면?

어느 날 문득 이런 기이한 가정이 머리에 떠올랐다. 〈만약 우주에 지능을 가진 생명체가 우리밖에 없다면?〉

우리 중에서 가장 의심이 많은 사람들조차 막연하게나마 외계의 생명체가 존재할 가능성이 있다는 생각을 품고 있다. 그래서 지구의 지적 생명체인 우리 인류가 실패를 한다 해도 다른 지적 생명체들이 성공할 것이므로 우주에는 아무런 문제가 없으리라 생각한다. 그런 생각은 우리에게 안도감을 준다. 하지만 만약 우리밖에 없다면? 정말 우리밖에 없다면? 만약 무한한 우주 공간에 지능을 가진 생명체가 오로지 우리뿐이라면? 만약 우주의 모든 행성이 우리가 태양계에서 관찰할 수 있는 행성들처럼 유독 가스를 내뿜는 마그마나 암석 덩어리로 되어 있고 너무 뜨겁거나 차가워서 생물이 살 수 없다면? 만약 지구의 경험은 우연의 일치가 겹치고 또 겹쳐서 일어난 너무나 특이한 현상이었을 뿐 다른 곳에서는 도저히 일어날 수 없었던 일이라면? 만약 지구에 인류와 같은 지적 생명체가 존재하는 것이 두 번 다시 일어날 수 없는 기적이었다면?

이런 가정들에는 다음과 같은 의미가 담겨 있다. 만약 우리가 실패한다면, 만약 우리가 우리 행성을 파괴한다면(이제 핵무기나 오염 등으로 그럴 위험성이 생겼다), 그 뒤에는 아무것도 남아 있지 않게 되리라는 것이다. 우리가 사라지고 나면, 다시 어떻게 해볼 도리도 없이 〈게임 오버〉가 되고 말리라는 얘기다. 어쩌면 우리가 마지막 가능성을 쥐고 있는지도 모른다. 그렇다면 우리의 과오는 너무나 어마어마한 결과를 낳게 되는 것이다. 외계인이 존재하지 않는다는 가정은 외계인의 존재를 믿는 것보다 우리를 더욱 불안하게 만든다. 우리를 얼마나 아찔하게 만드는 생각인가! 또 우리에게 얼마나 많은 책임감을 요구하는 가정인가!

〈우주에는 아마도 우리밖에 없을 것이다. 그래서 우리가 실패하고 나면 더 이상 아무것도 존재하지 않게 될 것이다.〉 이보다 오래되고 이보다 우리를 불안케 하는 메시지가 또 있을까?

에드몽 웰스, 『상대적이며 절대적인 지식의 백과사전』 제5권

12. 또 다른 만남

나비 소녀를 다시 찾아내야 한다. 나는 야자나무와 히스가 갈수록 무성해지는 숲으로 들어간다. 아주 가까이에서 들리던 날갯짓 소리가 뚝 그친다. 안개가 흩어지면서 괴상하게 생긴 존재가 모습을 드러낸다. 상반신은 인간인데 하반신은 말의 형상이다.

괴물은 고집스러워 보이는 표정으로 팔짱을 끼고 있다. 숄처럼 목덜미를 덮고 있는 검은 갈기가 바람에 날린다. 그는 내 쪽으로 천천히 나아오며 포옹을 하려는 듯 두 팔을 벌린다. 나는 얼른 뒤로 물러선다. 그는 콧김을 훅 내뿜더니, 히힝 하고 울면서 뒷다리로 버티고 일어서서 제 가슴팍을 두 주먹으로 두드린다. 아주 강한 힘이 느껴진다. 인간적이면서도 동물적인 힘이다. 그가 황소처럼 덤벼들 태세를 하고 발굽으로 바닥을 두드리는 동안 나는 허겁지겁 줄행랑을 놓는다. 하지만 그는 빠르게 쿵쿵거리며 다가들어 이내 나를 따라잡는다. 털북숭이 두 팔이 나를 끌어안는다. 반인 반마의 괴물은 나를 번쩍 들어 올리더니 제 가슴에 바싹 갖다 댄다. 나를 어딘가로 데려가려는 것이다. 내가 소리를 지르든 악에 받쳐 발버둥을 치든 아랑곳하지 않고 그는 빠른 걸음으로 내닫는다. 땅바닥으로부터 수십 센티미터 높이에 떠 있는 내 발목이 고사리들을 후려치며 지나가는 게 느껴진다.

그렇게 반인 반마의 괴물에게 붙들린 채 야자나무 숲을 가

로지르자 나무가 없는 넓은 공지가 나타난다. 거기에서 좁다란 오르막길이 시작된다. 괴물은 나를 놓아주지 않고 그 오솔길로 접어든다. 그의 질주는 한참 더 계속된다. 양옆으로 다른 숲들과 평원, 가장자리에 뒤틀린 나무들이 둘러선 작은 호수들이 잇달아 나타난다.

오솔길이 끝나자 광활한 평원이 펼쳐진다. 그 한복판에 몇 미터 높이의 대리석 성벽에 둘러싸인 네모꼴의 공간이 있다. 커다란 백색 도시가 자리하고 있는 듯하다. 두 개의 언덕이 좌우에서 도시를 포위하며 시야를 완전히 가리고 있다.

하얀 성벽을 배경으로 시문(市門)의 금빛 아치가 두드러져 보인다. 시문의 양옆에는 거대한 기둥이 서 있다. 한쪽 기둥은 검은색이고 다른 쪽은 흰색이다. 반인 반마의 괴물은 시문 앞에서 발걸음을 멈춘다. 그는 나를 땅바닥에 내려놓고 내 한쪽 팔을 붙잡은 채 문 두드리는 쇠고리로 여러 차례 문짝을 두드린다. 잠시 후 대문이 천천히 열린다. 수염을 기른 배불뚝이 남자가 하얀 토가 차림으로 문간에 나타난다. 키는 2미터가 넘고 머리에는 포도나무잎으로 만든 관을 쓰고 있다. 이번에는 나비 날개도 말발굽도 보이지 않는다. 거구라는 점만 빼면 이 남자는 〈정상〉으로 보인다.

그가 의혹에 찬 눈길로 나를 내려다보다가 묻는다.

「우리는 누구인가를 기다리고 있는데, 그게 자네인가?」

마음이 놓인다. 드디어 말을 주고받을 수 있는 상대를 만난 것이다. 장난기 어린 말투로 거인이 덧붙인다.

「어쨌거나 지금 분명히 말할 수 있는 건 자네가…… (그는 눈길을 낮춘다) 벌거숭이라는 걸세.」

나는 두 손으로 얼른 성기를 가린다. 그러자 반인 반마의 괴물이 웃음을 터뜨린다. 어느새 다시 나타난 나비 소녀도 깔깔거리며 웃는다. 보아하니 두 괴물이 말은 못 해도 말귀는 다 알아듣는 모양이다.

「여기에 들어오기 위해서 꼭 멋진 옷을 입어야 되는 건 아닐세. 하지만 여기는 나체주의자들의 클럽도 아니라네.」

그는 자루에서 하얀 속옷과 토가를 한 벌씩 꺼내더니 입는 법을 가르쳐 준다. 속옷을 입은 다음 토가를 몸에 두 번 두르고 남은 자락을 어깨 너머로 넘기라는 것이다.

「여기가 어디죠?」

「최후의 시련을 거쳐 영혼의 기나긴 진화가 완성되는 곳일세. 우리는 이 섬을 보통 〈아에덴〉이라 부르지.」

「그럼 이 도시는요?」

「아에덴의 도성일세. 흔히 〈올림피아〉라 부르네. 자네 이름은 뭐지? 내 말은 자네가 인간이었던 시절의 이름이 뭐냐는 걸세.」

그의 말대로 천사이기 전에 나는 인간이었다. 미카엘 팽송. 프랑스인. 남성. 직업은 의사. 결혼하여 가정을 꾸린 바 있고, 타나토노트로 활동하던 중 우리 건물에 보잉 여객기가 추락하는 바람에 사망했다.

「미카엘 팽송입니다.」

거인은 명단의 한 칸에 표를 한다.

「미카엘 팽송? 좋아. 142,857호 빌라로 가게.」

「그러기 전에 한 가지 알고 싶은 게 있어요. 제가 여기서 뭘 해야 하죠?」

「자네는 학생일세. 세상 모든 일 가운데 가장 어려운 것을 배우러 왔지.」

내가 이해할 수 없다는 표정을 짓자, 그가 설명을 덧붙인다.

「천사 노릇도 쉽지는 않았을 거야. 안 그런가? 하지만 이제부터 자네가 배울 일은 그보다 훨씬 어렵다는 것을 알아야 하네. 재능, 수완, 창의성, 지력, 섬세함, 직관 등이 필요한 임무일세. 한마디로…… (거구의 남자는 발음을 한다기보다 그냥 숨을 토하듯이 동을 단다) 신이 되는 거지. 자네는 신들의 왕국에 와 있네.」

나는 분명 천사보다 우월한 실체가 있으리라고 생각했었다. 그렇다 해서 언젠가 신이 되리라는 생각까지 했던 것은 아니다. 어찌 감히 그런 것을 꿈꿀 수 있겠는가.

상대의 설명이 이어진다.

「물론 이제부터 배워야지. 자네는 아직 신 후보생일 뿐이야.」

그러니까 내가 인간으로 아주 돌아간 것은 아니라는 얘기다. 육신이 돌아왔을 때 내가 생각했던 것과는 다른 것이다. 예전에 에드몽 웰스가 설명해 준 바에 따르면, 신을 가리키는 히브리어 명사 〈엘로힘〉은 단수가 아니라 복수다. 하나밖에 없는 신을 복수로 가리킨다는 것, 그건 최초의 유일신 종교가 보여 주는 하나의 역설이다.

「그런데 누구시죠?」

「흔히들 나를 디오니소스라 부르지. 어떤 자들은 포도나무, 포도주, 축제, 음주 가무, 방탕 따위와 나를 연결시키지만, 그건 잘못일세. 그런 것들은 나의 진면목과 거리가 있어. 나는 자유의 신일세. 그런데 통속적인 상상 체계에서 자유는 언제나 의심을 받고 방탕과 연결되기 쉽지. 나는 아주 오래된 신일세. 저마다 자기 안에 있는 가장 좋은 것을 자유롭게 드러내야 한다고 가르치고 있네. 그런데도 나를 방탕한 신으로 여긴다면 그건 나로서도 어쩔 수 없지.」

그는 한숨을 내쉬더니 포도 한 알을 집어 깨물어 먹는다.

「이번 신입생들을 맞아들이는 일은 내가 맡았네. 나도 신들의 학교에서 가르치고 있지. 말하자면 스승 신일세.」

포도나무 가지와 잎으로 만든 관을 쓴 거구의 스승 신, 팔랑팔랑 날아다니는 나비 소녀, 앞발로 땅을 차며 불뚝거리는 반인 반마의 괴물…… 도대체 내가 어디에 떨어진 거지?

「저기 절벽에서 살해 사건을 목격했습니다.」

디오니소스는 그 말에 별로 관심을 보이지 않고 상냥한 눈길로 나를 바라보다가 묻는다.

「피해자가 누군지 알겠던가?」

「쥘 베른이 아니었나 싶습니다.」

「쥘 베른이라고?」

그렇게 되물으면서 그는 명단을 다시 집어 든다.

「쥘 베른이라…… 아 그래, SF 소설의 선구자 말이군. 그는 남보다 앞선 사람이었어. 너무 많이 앞서 있었지……. 그뿐만 아니라 호기심도 너무 많았어. 호기심이 많은 자들은 말썽을 일으키기 십상이지. 그 점을 명심하게.」

「말썽이라니요?」

「그러니까 자네도 너무 많은 것을 알려고 하지 말게. 이번 기(期)에는 학생이 많아. 그래서 모든 학생을 일일이 감독하기가 쉽지 않으리라는 것을 잘 알고 있네. 하지만 감독이 소홀하다고 자꾸 이것저것 캐려 들지 말고 일단 자네들 구역으로 가게. 자네가 살 집으로 가란 말일세.」

그러고 보니 〈내 집〉을 가져 보지 않은 지가 아주 오래되었다.

「여기는 밤에 쌀쌀해. 새벽에도 마찬가지일세. 그러니 집에 들어가는 게 좋을 거야. 142,857호 빌라일세. 이 거룹이 자네를 기꺼이 안내해 줄 거야. 먼 거리는 아니지만, 피곤하면 켄타우로스를 타고 가도 되네.」

〈거룹〉은 나비 소녀, 〈켄타우로스〉는 반인 반마의 괴물을 가리키는 이곳의 정식 명칭인 모양이다.[1] 이들은 인간과 동물의 형상을 아울러 지닌 기이한 존재다. 인간과 동물을 교배한 미친 과학자의 이야기인 『모로 박사의 섬』[2]이 생각난다.

「저 혼자 가고 싶습니다. 어디로 가죠?」

「이 대로를 따라가다가 중앙에 있는 광장을 건너게. 그런 다음 왼쪽 세 번째 길, 즉 올리브나무 거리로 들어서게. 142,857호 빌라를 금방 찾을 수 있을 거야. 가서 쉬도록 하

1 작가는 서양의 주요한 두 신화 체계 즉, 유대 기독교의 전승과 그리스·로마의 신화를 융합하고 있다. 거룹은 『구약 성경』에 나오는 천사의 하나이다. 「창세기」(3:24)에는 생명의 나무를 지키는 존재로 나오고, 「탈출기」 또는 「출애굽기」(25:18~25:22)에는 계약의 궤 위에 있는 황금 조각상으로, 「열왕기」 상권(6:23~6:28)에는 올리브나무로 만들어 금을 입힌 거대한 조각상으로 나온다. 6세기에 확립된 기독교의 천사 품계에서는 제2품에 해당하는 지품천사가 되었다. 우리나라에서는 성서의 번역본에 따라 〈그룹〉(개역 한글), 〈거룹〉(공동 번역), 〈거룹〉(새 번역 성경)이라 부르기도 하고, 복수형을 사용해서 〈케루빔〉이나 〈게루빔〉이라 부르기도 한다. 한편 켄타우로스는 그리스 신화에 나오는 괴물이다. 제우스가 헤라에게 흑심을 품은 테살리아 왕 익시온을 시험하기 위해 구름으로 헤라의 모습을 만들자 익시온이 그 형상과 결합하여 낳았다고 전한다. 그 모습을 보면, 머리와 가슴과 팔은 사람이고 가슴 아래는 다리가 넷 달린 말이다. 이하 모든 주는 옮긴이 주이다.

2 영국 작가 허버트 조지 웰스가 1896년에 발표한 SF 소설.

게. 하지만 마냥 늘어져 있지 말고 준비를 해야 하네. 종이 길게 세 번 울리면 즉시 광장에 모여야 하니까.」

나는 디오니소스가 내미는 샌들을 신고 새하얀 토가를 입은 다음, 올림피아의 으리으리한 시문을 통과한다.

13. 백과사전: 천상의 예루살렘

다음은 「요한의 묵시록」에서 뽑은 구절들이다.

〈이어서 그 천사는 성령께 사로잡힌 나를 크고 높은 산 위로 데리고 가서는, 하늘로부터 하느님에게서 내려오는 거룩한 도성 예루살렘을 보여 주었습니다.〉

〈그 도성에는 크고 높은 성벽과 열두 성문이 있었습니다. 그 열두 성문에는 열두 천사가 지키고 있는데, 이스라엘 자손들의 열두 지파 이름이 하나씩 적혀 있었습니다.〉

〈도성은 네모반듯하여 길이와 너비가 같았습니다.〉

〈사람들은 민족들의 보화와 보배를 그 도성으로 가져갈 것입니다. 하지만 부정한 것은 그 무엇도, 역겨운 짓과 거짓을 일삼는 자는 그 누구도 도성에 들어가지 못합니다.〉

에드몽 웰스, 『상대적이며 절대적인 지식의 백과사전』 제5권

14. 지복을 누리는 이들의 도성

신들의 도성이 찬연하게 빛난다. 어디를 둘러봐도 경탄이 절로 나온다.

넓은 길이 환한 고랑처럼 도시를 가로지른다. 길 가장자리에는 사이프러스가 울타리처럼 늘어서 있다.

나는 올림피아의 중앙 대로인 그 길로 나아간다.

도로 양쪽의 언덕과 골짜기는 건물로 덮여 있다. 거구의

신들이 설계를 했는지 건물들이 모두 어마어마하게 크다. 굽이쳐 흐르는 강과 시내 여기저기에 나무다리가 걸려 있고, 이 하천들은 연보라색 연꽃으로 덮인 호수나 못으로 이어진다. 남쪽으로는 가파른 비탈이 눈에 들어온다. 비탈에는 넓은 못들이 계단식으로 배치되어 있고 못 가장자리에는 대나무와 갈대와 종려나무가 비죽비죽 솟아 있다. 높다란 성벽으로 둘러싸인 도성에 언덕과 골짜기가 계속 갈마드는 것을 보면, 어떤 건축가가 술에 취한 상태에서 머릿속에 떠오르는 대로 도시를 설계한 게 아닐까 하는 생각이 든다.

크고 작은 거리와 골목에 행인들이 보인다. 나처럼 하얀 토가를 입은 젊은 남녀들이다. 아마도 신 후보생들일 것이다. 그들은 나에게 전혀 관심을 보이지 않는다.

노란 토가를 입은 젊은 여자가 개를 데리고 산책을 하고 있다. 개라기보다는 독일 사냥개 닥스훈트의 머리가 세 개나 달린 괴물이다. 몸집이 작은 케르베로스라 할 만하다. 조금 전에 보았던 것과 같은 켄타우로스와 거룹, 그리고 사티로스를 닮은 괴물들도 보인다.[3]

괴물들에게도 암수의 구별이 있다. 남자의 얼굴에 나비 날개가 달린 거룹이 있는가 하면, 기다란 말갈기 아래에 봉긋한 젖가슴을 감추고 있는 켄타우로스도 있다.

나는 주위를 두리번거리면서 계속 나아간다. 시장에서 사

3 케르베로스와 사티로스 역시 그리스 신화에 나온다. 케르베로스는 저승의 문턱을 지키는 〈하데스의 개〉로서 개 모양의 머리가 세 개(버전에 따라서는 쉰 개 또는 1백 개) 달린 괴물이고, 사티로스는 들판에서 춤을 추거나 디오니소스와 술을 마시거나 님프들을 쫓아다니는 도깨비 같은 존재로서 상체는 사람이고 하체는 염소이거나 말인데, 말총처럼 길고 탐스런 꼬리와 항상 발기해 있는 거대한 남근이 달려 있다.

람들과 괴물들이 몸짓으로 흥정을 벌이고 있다. 흰색 돌로 짓고 빨간 기와를 이운 아담한 집들이 보인다. 코린트식 기둥과 조각이 들어간 난간, 사람 얼굴에 물고기 몸을 한 트리톤[4]의 석상들이 구릿빛 물을 뿜어 대는 분수 따위가 있는 집들이다.

다사로운 공기에 꽃가루 냄새와 이제 막 깎은 잔디의 향기가 감돈다. 채소밭이 보인다. 이웃한 밭들은 곡물 경작지인 듯하다. 사람의 형상과 짐승의 형상이 섞이지 않은 정상적인 초식 동물, 다시 말해서 지구의 양이나 염소나 소와 비슷한 동물 몇 마리가 주위의 으리으리한 풍광에 아랑곳하지 않고 한가로이 풀을 뜯고 있다.

솔숲을 지나자 다시 집들이 나타난다. 모두 2층으로 지은 집들이다.

대로 끝에 다다르니 원형 광장이 펼쳐져 있다. 광장에는 못이 파여 있고 그 한복판의 작은 섬에는 아주 오래된 나무 한 그루가 우뚝 서 있다. 가까이 다가가서 보니 위풍당당한 이 나무는 사과나무와 비슷하다. 황금빛 열매 역시 사과와 비슷하다. 혹시 아담과 하와를 낙원에서 쫓겨나게 한 그 선악과나무가 아닐까? 나무껍질에는 수천 년의 나이를 말해 주는 주름이 잡혀 있고, 땅거죽 위로 비어져 나온 뿌리는 돌덩이들을 피하여 용틀임을 하는 듯한 모습이다. 하늘로 넓게 뻗어 나간 가지들은 못을 에워싸고 있는 나지막한 담을 벗어나 거의 광장 전체에 그늘을 드리우고 있다.

4 그리스 신화에 나오는 여러 해신들 가운데 하나. 포세이돈의 아들로서 상반신은 사람이고 하반신은 물고기이며, 보통 소라 껍데기를 나팔처럼 부는 모습으로 나타난다.

문득 「요한의 묵시록」 한 구절이 머리에 떠오른다. 〈도성의 넓은 거리 한가운데 (……) 생명나무가 있어서 달마다 열매를 맺고 그 나뭇잎은 만국 백성을 치료하는 약이 됩니다.〉

도성 한복판의 광장에서 동서남북으로 네 대로가 뻗어 나간다. 표지판들이 알려 주는 바에 따르면, 동쪽에는 엘리시온,[5] 북쪽에는 암피테아트론과 메가론,[6] 서쪽에는 해변이 있다. 남쪽에 무엇이 있는지를 알려 주는 표지판은 어디에도 없다.

미풍이 건듯 불어와 목덜미를 시원하게 해준다. 고개를 돌려 보니 표정이 고집스러워 보이는 적갈색 머리의 거룹이 가만가만 날갯짓을 하고 있다.

「또 따라왔네. 나한테 바라는 게 뭐야? 네 이름이 뭐지?」

그러자 거룹은 갑자기 재채기를 한다. 나는 그녀가 코를 풀 수 있도록 토가 자락의 한쪽 끄트머리를 내밀어 준다.

「좋아. 네가 이름을 말해 주지 않으니까, 내 마음대로 너를 무슈론이라고 부를 거야. 나무에 도끼질을 하면서en bûchant 벌목꾼bûcheron이 되고, 책을 읽으면서en lisant 메꽃liseron이 되듯이, 코를 풀면서en se mouchant 무슈론mocheronne이 되는 거야.」[7]

5 엘리시온 들판이라고도 한다. 그리스 신화에 나오는 저승의 한 구역으로 영웅들과 고결한 이들이 사후의 지복을 누리는 곳이다. 호메로스의 『오디세이아』 4권 563~568행에서 바다 노인 프로테우스는 이곳을 일컬어 〈대지의 끝에 있으며 사람들이 살기에 가장 편한 곳〉이라고 말한다. 파리의 유명한 거리 샹젤리제는 바로 엘리시온 들판이라는 뜻이다.

6 둘 다 고대 그리스의 건축물을 가리킨다. 암피테아트론은 원형 극장이고, 메가론은 앞면에 기둥을 나란히 세운 현관이 있고 나머지 삼면은 벽으로 둘려 있으며 실내에 넓은 직사각형 홀이 있는 건물이다.

7 〈쇠를 벼리면서 대장장이가 된다C'est en forgeant qu'on devient forgeron〉

나비 소녀는 흥분한 기색을 보인다. 내가 자기를 놀렸다고 화가 난 것이다. 가느다란 혀를 내밀고 얼굴을 찡그리며 눈을 부라린다. 나는 똑같이 혀를 내미는 것으로 응대를 한 다음 그녀에게 더 관심을 두지 않고 다시 걸음을 옮긴다.

가만 살펴보니 도심에서 사방으로 뻗어 나간 대로는 직선 도로인데, 다른 도로들은 곡선으로 되어 있고 광장을 중심으로 동심원을 그리고 있다. 집들 앞에는 정원이 펼쳐져 있다. 정원의 나무들이 낯설다. 꽃은 난초 꽃과 비슷하고, 그 향기는 백단과 정향을 생각나게 한다.

올리브나무 거리 142,857번지에 있는 집은 하얀 빌라다. 지붕은 빨간 기와를 이었고, 울타리처럼 둘러선 사이프러스들이 그늘을 드리우고 있다. 철책이나 담 따위는 없고 모든 게 열려 있다. 잔자갈이 깔린 길을 따라가니 자물쇠가 없는 문이 나온다. 거룹은 여전히 나를 따라오고 있다. 여기는 〈내 집〉이라는 것과 혼자 있고 싶다는 뜻을 알리자, 그녀의 표정이 샐쭉해진다. 섭섭하다 해도 하는 수 없다. 나는 그녀의 면전에서 문을 쾅 닫아 버린다.

문을 닫고 보니까 나무 빗장으로 현관문을 잠글 수 있게

는 프랑스 속담을 변형한 언어유희. 책을 읽는 것과 메꽃은 의미상 아무런 관련이 없지만, 〈-ant〉 과 〈-eron〉의 대구(對句)를 만들기 위해 의미를 무시한 것이다. 〈코 푸는 여자〉라는 뜻으로 쓰인 무슈론은 프랑스의 어떤 사전에도 올라 있지 않은 신조어이다. 무슈롱Moucheron이라는 단어가 있긴 하지만, 이건 진디등에나 각다귀와 같은 쌍시류(파리목)의 작은 날벌레를 두루 가리키는 말일 뿐 코를 푸는 것과는 아무 관련이 없다(작가는 소설 『파피용』에서 무슈롱을 우주범선 〈파피용〉에 부속된 착륙선의 이름으로 사용하고 있다). 하지만 무슈롱이 비유적으로 쓰이면 〈꼬마〉라는 뜻이 되므로, 무슈론이 그것의 여성형으로 받아들여질 가능성은 많다. 요컨대 작가는 무슈론이라는 단어에 〈코 푸는 여자〉와 〈아주 작은 여자〉라는 뜻을 동시에 담으려고 한 듯하다.

되어 있다. 안도의 한숨이 나온다. 아무도 나를 방해하지 못할 장소에 와 있다는 사실에 즉시 행복감이 밀려온다. 〈내 집〉에 들어와 보는 게 얼마 만의 일인지 모르겠다. 먼저 집 안을 좀 둘러보아야겠다. 현관은 거실로 쓰이는 넓은 방으로 이어진다. 한복판에 빨간 소파와 검은 나무로 된 나지막한 탁자가 놓여 있고, 맞은편 흰 벽에 평면 텔레비전이 걸려 있다. 그 옆으로 책꽂이 하나가 놓여 있는데, 책들이 모두 백지로 되어 있다. 하나같이 아무것도 씌어 있지 않은 책들이다.

버튼도 리모컨도 없는 텔레비전. 글도 그림도 없는 책. 피해자는 있으나 범인도 수사도 없는 살해 사건.

책꽂이 오른쪽으로는 서랍이 여러 개 달린 책상과 팔걸이 의자가 보인다. 책상 위에는 깃펜 하나가 잉크병에 담겨 있다. 아무것도 씌어 있지 않은 책들을 내 글로 채우라는 것일까?

어쨌거나 그동안 내가 겪은 일들은 기록할 만한 가치가 있다. 내가 보기엔 정녕 그러하다. 그리고 누구나 그렇듯이 나 역시 자취를 남기고 싶다. 그런데 이야기를 한다면, 어디서부터 시작해야 할까? 〈머릿속에 떠오르는 대로 차례차례 이야기하면 되지 않을까? 그게 자연스러울 거야.〉 내 안의 목소리가 그렇게 귀띔한다. 나는 책상 앞에 앉아 펜을 잡는다.

내가 그 모든 일을 돌이켜 이렇게 기록을 남긴다는 게 가당한 일인가? 지금에 와서 얼마간 여유를 갖고 지난 세월을 돌이켜 보아도, 나 미카엘 팽송이 그토록 굉장한 모험에 참여했다는 사실이 잘 믿기지 않는다…….

나는 쓰기를 멈추고 회상에 빠져든다. 나는 미카엘 팽송으로만 살았던 것은 아니다. 영계에 갔을 때, 나는 전생에 내가 무엇이었는지를 알아냈다. 나는 3백만 년에 걸쳐 인간으로서 수백 번의 삶을 경험했다. 남자로 살기도 했고 여자로 살기도 했다. 사냥꾼, 농부, 가정주부, 장인, 거지 등 갖가지 삶을 골고루 거쳤다. 풍요와 가난, 건강과 질병, 권세와 예속을 두루두루 겪었다. 내 삶은 대개 평범했다. 그래도 흥미로운 삶을 열 번 정도는 누렸다. 점성술에 심취했던 고대 이집트의 궁녀, 브르타뉴의 브로셀리앙드 숲에서 식물을 가지고 질병을 치료하던 드루이드교의 신관, 백파이프를 불던 잉글랜드의 병사, 칼을 잘 쓰던 일본의 사무라이, 1830년대에 파리에서 프렌치 캉캉을 추며 무수한 남자를 애인으로 삼았던 무용수, 차르 시대의 상트페테르부르크에서 위생적인 수술법을 주창했던 의사……. 그런 특별한 삶들은 대개 끝이 좋지 않았다. 드루이드교의 신관은 동방에서 침입한 야만인들의 학살을 목격한 뒤에 인간 세상에 혐오감을 느끼고 자살을 선택했다. 프렌치 캉캉을 추던 무희는 사랑의 고뇌를 이기지 못하고 스스로 목숨을 끊었다. 러시아의 의사는 결핵에 걸려 죽었다. 하지만 그렇게 악업을 짓고 환생을 거듭하던 끝에 드디어 카르마를 개선하고 윤회의 사슬에서 벗어났다.

마지막으로 환생했을 때 나는 미카엘 팽송이었다. 지금 나는 그때의 외모를 간직하고 있다. 그 마지막 삶을 사는 동안 나는 라울 라조르박과 우정을 맺었고, 그에게 이끌려 기상천외한 모험에 참가했다. 우리는 단짝으로 청소년기를 보낸 뒤에 어른이 되어 다시 만났다. 나는 의사였고 그는 생물학자였다. 우리는 각자의 전문 지식을 공유하고 과학과 종교를 결합하는 실험에 도전했다. 죽은 이들의 나라를 찾아가기 위해 육체를 벗어나는 여행을 시도한 것이었다. 우리는 그 탐사 여행에 참여한 사람들을 〈타나토노트〉라고 불렀다. 이는 죽음을 뜻하는 그리스어 〈타나토스〉와 항행하는 사람을 뜻하는 〈나우테스〉를 합쳐서 만든 말이다.

우리는 우리의 실험실이자 비행 기지인 타나토드롬을 건설했고, 인내심을 가지고 연구와 실험을 계속함으로써 영혼이 육체를 벗어나 지구 밖으로 날아가는 기술을 개발해 냈다. 기성 종교의 성직자들이 영계 탐사에 관심을 갖기 시작하면서 우리에게는 무수한 경쟁자들이 생겨났다. 우리는 그들보다 먼저 영계에 도달하기 위해 분투했다. 우리는 저승의 일곱 관문을 차례차례 통과했고, 새로운 천계에 진입할 때마다 미지의 위험에 의연하게 맞섰다. 타나토노트로 활동한다는 것은 단지 새로운 분야의 개척자가 되는 것일 뿐만 아니라 늘 죽음을 가까이하는 위험한 일이기도 했다. 나는 수천 년 동안 오로지 크게 깨달은 이들만이 알고 있던 사후 세계의 비밀을 조금씩 밝혀냈다. 하지만 인류는 아직 그 비밀을 온전히 받아들일 준비가 되어 있지 않았다. 결국 나는 섣부르게 너무나 많은 것을 폭로한 셈이었다.

비행기 한 대가 우리 건물을 들이받고 내 거실을 박살 냄으로써 미카엘 팽송으로 살았던 내 삶도 끝이 났다. 나는 〈누군가〉의 뜻에 따라 그렇게 하늘로 불려 가서 심판을 받았다. 내가 미카엘 팽송이라는 인간으로 살면서 쌓은 온갖 선업과 악업을 놓고 재판이 벌어졌다. 다행스럽게도 매우 뛰어난 변호사가 나를 위해 변론을 맡아 주었다. 내 수호천사였던 작가 에밀 졸라가 바로 그 변호사였다. 나는 그의 변론 덕분에 다시 인간으로 환생하는 것을 면했다. 지금은 다시 인간의 모습으로 돌아와 있지만, 그때 나는 인간의 육신으로부터 완전히 해방된 것이라고 믿었다.

어쨌거나 나는 지구로 돌아가는 대신 순수한 정신, 곧 천사가 되었다. 천사는 저마다 세 명의 인간을 맡아 그들이 환생의 순환에서 벗어나도록 도와주기로 되어 있다. 나는 내가 맡았던 세 사람을 기억하고 있다. 러시아의 군인이었던 이고르 체호프, 미국의 모델이자 배우였던 비너스 셰리든, 프랑스의 작가였던 자크 넴로드가 바로 그들이다.

하지만 수호천사로서 인간을 돕는 것은 결코 쉬운 일이 아니다. 내 지도 천사였던 에드몽 웰스는 이따금 이렇게 말했다. 〈인간은 행복을 건설하려고 노력하기보다는 불행을 줄이기 위해 애쓴다.〉 그는 다섯 가지 수단, 즉 꿈, 직감, 징표, 영매, 고양이를 이용하여 인간들에게 영향을 미치는 방법을 가르쳐 주었다. 그리하여 나는 내가 맡은 사람 중의 하나인 자크 넴로드를 구원해 냈다. 자기가 원하기만 하면 환생의 순환에서 벗어날 수 있는 존재로 그를 올려놓은 것이었다. 덕분에 나는 천사들의 나라를 떠나 더 높은 단계로 올라가도 좋다는 허락을 받았다.

지금 나는 이렇게 〈아에덴〉이라는 섬에 와 있다. 예전에 나는 인간이었고 천사였다. 이제 나는 무엇이 될 것인가?

디오니소스는 내가 〈신 후보생〉이라고 했다.

나는 펜을 잉크병에 내려놓고 집 안을 더 둘러보기 위해 일어선다. 거실 오른쪽 방에는 침대가 있다. 닫집까지 달려 있는 거대한 침대다. 의상실에는 스무 벌쯤 되는 속옷과 토가가 준비되어 있다. 모두 내가 입고 있는 것과 똑같이 생긴 옷들이다. 침실에는 욕실이 딸려 있다. 욕조며 세면대며 변기는 모두 대리석으로 되어 있고, 수도꼭지는 금빛으로 번쩍인다. 잿빛 가루가 들어 있는 유리병에서는 라벤더 향기가 난다. 욕조에 물을 받아 그 가루를 뿌리자 거품이 뽀얗게 인다. 나는 옷을 벗고 물에 잠긴다. 희열이 밀려온다.

나는 눈을 꼭 감고 귀를 기울인다. 심장 박동이 들리는 듯하다…….

15. 손님

……똑, 똑.

나는 소스라치게 놀랐다. 무슈론이 또 왔나? 다시 문 두드리는 소리가 들린다. 나는 무슈론을 쫓아 버릴 양으로 바닥에 물을 튀기며 일어선다. 한 손으로 허리에 수건을 두르면서 다른 손으로는 등 미는 솔을 집어 든다.

그렇게 무장을 하고 문을 연다. 하지만 내가 문간에서 마주친 것은 나비 소녀가 아니다. 천사들의 나라에서 나를 지도해 주었던 에드몽 웰스가 내 면전에서 빙그레 웃고 있지 않은가!

「뭘 그렇게 놀라? 지난번에 우리가 헤어질 때 자네가 〈다음에 뵙겠습니다〉 하고 인사하지 않았나?」

나는 웅얼웅얼 대꾸한다.

「그때 〈아듀〉라고 대답하셨잖아요. 그래서 다시는 못 뵙는구나 하고 생각했죠.」

「내가 말한 〈아듀〉는 우리의 재회를 신에게 맡긴다는 뜻이 아니라, 〈신들의 나라에서〉 보자는 뜻이었네. 내 말대로 우리가 지금 신들의 나라에 와 있는 거 아닌가?」

우리는 긴 포옹으로 반가움을 나눈다.

그제야 나는 그가 안으로 들어서도록 비켜선다. 그는 거실 소파에 편안하게 자리를 잡더니, 예전에 늘 그랬던 것처럼 허두를 늘이지 않고 곧장 알려 준다.

「이번 기에는 유난히 후보생들이 많다네. 전에는 후보생들을 적게 뽑았는데, 이번엔 〈그들〉이 원대한 계획을 세운 모양이야. 그래서 나도 오게 된 것일세.」

에드몽 웰스는 그 수수께끼 같은 표정하며 카프카를 연상시키는 뾰족한 귀, 역삼각형의 얼굴 등이 예전 모습 그대로다. 인간으로 살았던 마지막 생애에서 그는 개미를 전문적으로 연구하던 곤충학자였다. 하지만 그가 가장 좋아했던 일은 세상의 지식을 한데 모으는 일과 일견 서로 소통할 수 없을 것으로 보이는 존재들 사이에 다리를 놓는 일이었다. 그는 인간과 개미 사이의 대화를 가능케 하는 기계를 발명했을 뿐만 아니라, 인간과 천사 간의 소통에도 깊은 관심을 가졌다.

「내 빌라는 자네 빌라에서 그리 멀지 않아. 올리브나무 거리에 있네. 142,851호 빌라일세.」

그는 마치 휴양지에서 사귄 친구에게 자기가 머물고 있는 곳을 가르쳐 주듯이 말했다. 그사이에 나는 재빨리 속옷과 토가를 입고 샌들을 신었다.

「이곳에서는 이상한 일들이 벌어지고 있어요. 이 섬에 다다랐을 때 해변에서 쥘 베른을 만났어요. 거의 죽어 가고 있더군요. 그를 품에 안고 살펴보니까 옆구리에 상처가 벌어져 있었어요. 디오니소스는 그가 너무 일찍 왔고 너무…… 호기심을 많이 보였기 때문에 말썽이 생겼을 거라고만 하더군요.」

「쥘 베른은 언제나 선구자였지.」

에드몽 웰스는 그 수수께끼 같은 살해 사건을 디오니소스만큼이나 덤덤하게 받아들이고 있다.

「그는 올림포스산에 올라가지 말라는 말만 겨우 남기고 죽었어요. 뭔가 무시무시한 것을 보기라도 한 듯했어요.」

에드몽 웰스는 〈글쎄〉 하는 듯한 표정을 짓는다. 우리의 눈길은 어느새 창밖으로 향해 있다. 눈에 덮인 산의 아랫자락이 보인다. 나는 다시 말한다.

「여기는 모든 게 너무 이상해요.」

「이상하다기보다 경이롭지.」

「이 책들은 또 뭐죠? 온통 백지예요.」

내 스승의 얼굴에 미소가 더욱 크게 번진다.

「그럼 우리가 그 백지들을 채워 나가지 뭐. 나는 『상대적이며 절대적인 지식의 백과사전』을 계속 쓸 수 있겠는걸. 이제부터는 인간이나 동물에 관한 정보는 다루지 않을 거야. 천사들에 관한 얘기도 넘어서서 신들을 정면으로 다루어 보면 어떨까 싶어.」

그는 어깨에 둘러메고 있던 가방에서 책 한 권을 꺼낸다. 언뜻 보기에는 내 것들과 비슷하게 생긴 책이다. 다만 이미 손으로 매만져서 길이 든 것처럼 보인다.

그가 책등의 반대쪽 단면을 쓰다듬으며 말을 잇는다.

「이제부터 우리가 겪게 될 일을 하나도 빠뜨리지 않고 기록할 생각일세. 내가 예전에 썼던 글 중에서 아주 중요하다 싶은 것들은 기억나는 대로 다시 적어 놓았네. 여기에서 새로이 알게 될 것들을 모두 보태어 더욱 완전한 책으로 만들어 갈 거야.」

「그런데 무엇 때문에 그 일을 계속하시는지…….」

「말 놓아도 돼. 이제 나는 자네 지도 천사가 아냐. 자네처럼 신의 일을 배우는 학생이라네. 자네와 대등한 존재라고.」

「그럼 다시 물어볼게. 무엇 때문에 그런…… 아니, 죄송해요. 안 되겠어요. 저는 말을 높이는 게 더 편해요. 무엇 때문에 그런 지식 탐구를 계속하시는 거죠?」

그는 대답하기에 앞서 놀란 기색을 보인다. 내가 우리의 달라진 관계를 받아들이지 못하는 게 놀라운 모양이다.

「그건 아마도 어린 시절에, 알아야 할 것이 너무나 많다는 생각에 쫓기며 살았기 때문일 거야. 그야말로 강박 관념이었지. 어느 날 수업 시간에 선생님이 외우라고 시킨 것을 내가 제대로 외우지 못하자, 그 선생님이 내게 말씀하셨어. 〈너 깡통이로구나〉 하고 말이야. 그 뒤로 나는 나 자신을 가득 채우고 싶었어. 쓸데없는 정보를 달달 외우기보다 진짜 정보로 나를 채우고 싶었네. 열세 살 때 두툼한 공책에 과학 정보와 사진, 그림, 개인적인 견해 등을 담아 백과사전을 만들기 시작했지.」

회상에 젖은 그의 얼굴에 미소가 번진다.

「나는 벌거벗은 여배우의 사진을 잡지에서 오려 내어 내가 만들던 책의 수학 공식들 사이에 붙여 놓곤 했네. 책을 들춰 보고 싶은 마음이 자주 일게 하기 위해서였어. 나는 그 책을 채워 나가는 일을 중단해 본 적이 없네. 자네가 알다시피, 천사들의 나라에 있었을 때에도 백과사전 편찬하는 일을 이어 나가고 싶어서 지상의 한 인간에게 영감을 주었어. 그러다가 하마터면 낭패를 당할 뻔했지. 이제는 여기에서 상대적이고도 절대적인 지식을 계속 찾아 나갈 생각이네.」

「『상대적이며 절대적인 지식의 백과사전』 제5권을 쓰시겠다는 건가요?」

「공식적인 제5권일세. 〈비공식적인〉 제5권은 이미 여러 권 썼지. 그것들은 여러 곳에 감춰져 있네.」

「『상대적이며 절대적인 지식의 백과사전』들이 지구에 감춰져 있다고요?」

「물론이지. 그것들은 나의 작은 보물일세. 뒷날 인내심을 가지고 찾는 사람들이 발견하게 되겠지. 어쨌거나 현재는 이 책을 쓰고 있네. 이제 막 시작했어.」

나는 책을 바라본다. 표지에는 멋진 서예 글씨로 〈상대적이며 절대적인 지식의 백과사전 제5권〉이라고 적혀 있다.

그는 책을 나에게 내민다.

「예전에 이러저러한 이유로 많은 사람을 만나면서 그들로부터 아주 많은 지식을 얻었다네. 나는 그 지식을 다른 사람들에게 전해 주고 싶었어. 하지만 그런 선물에 관심을 보이는 사람이 별로 없다는 것을 알게 되었지. 받을 준비가 되어 있지 않은 사람들에게 아무리 좋은 것을 준들 무슨 소용이 있겠는가? 그래서 나는 누군가가 읽어 주기를 바라면서 병에 편지를 담아 바다에 던지는 심정으로 모든 것을 원고에 담아 세상에 내놓았네. 내 글의 가치를 알아볼 수 있는 사람들은 나를 만나지 않더라도 그것을 받아들일 것이라 믿네.」

나는 백과사전을 펼친다. 첫 번째 표제 항목은 〈태초에〉로 되어 있다. 이어서 〈알지 못하는 것을 마주할 때의 두려움〉, 〈만약 우주에 우리밖에 없다면?〉, 〈천상의 예루살렘〉이라는 항목이 나온다. 마지막 항목에는 〈숫자의 상징체계〉라는 제목이 붙어 있다.

「이걸 또 쓰셨어요? 앞서 내신 책에 이미 나와 있는 거잖아요.」

에드몽 웰스는 당황하는 기색을 보이지 않는다.

「숫자의 상징체계는 모든 것의 열쇠일세. 내가 이것을 되풀이해서 설명하고 보완하는 것은 당연한 일이야. 우주가 나아가는 방향을 이해하는 데에는 이보다 더 간단한 방법이 없어. 내 말을 명심하게, 미카엘…….」

16. 백과사전: 숫자의 상징체계[8]

아라비아 숫자라 불리는 열 개의 숫자는 3천 년 전에 인도인들이 창안했다. 이 숫자들의 상징체계는 생명과 의식이 나아가는 도정을 잘 보여 준다.

숫자에 있는 곡선은 사랑을 나타내고, 교차점은 시련을 나타내며, 가로줄은 속박을 나타낸다.

숫자들의 생김새를 살펴보자.

〈1〉은 광물이다. 그저 세로줄 하나로 되어 있을 뿐이다. 속박도 사랑도 시련도 없다. 광물에는 의식이 없다. 광물은 물질의 첫 단계로 그냥 존재할 뿐이다.

〈2〉는 식물이다. 위는 곡선으로 되어 있고 밑바닥에 가로줄이 있다. 식물은 땅에 속박되어 있다. 밑바닥의 가로줄은 식물을 움직일 수 없게 하는 뿌리를 상징한다. 식물은 하늘을 사랑한다. 그래서 제 잎과 꽃을 하늘로 향하게 하여 빛을 받아들인다.

8 이는 유대교 신비주의 카발라의 세피로트를 가장 발랄한 형태로 변형시킨 것이라고 볼 수 있다. 세피로트는 케테르에서 말쿠트에 이르는 열 개의 세피라(〈셈〉 또는 〈수〉라는 뜻)로 이루어진다. 이는 창조주의 에너지가 발현되는 열 가지 방식과 창조의 각 단계를 나타낸다. 베르베르는 그 개념을 아라비아 숫자에 적용하여 자기 나름의 세피로트를 만들어 낸 셈이다.

〈3〉은 동물이다. 두 개의 곡선으로 이루어져 있다. 동물은 땅도 사랑하고 하늘도 사랑한다. 하지만 어느 것에도 매여 있지 않다. 동물에게는 두려움 따위의 감정과 욕구가 있을 뿐이다. 두 개의 곡선은 두 개의 입이다. 하나가 물어뜯는 입이라면, 다른 하나는 입맞춤을 하는 입이다.

〈4〉는 인간이다. 이 숫자에는 시련과 선택의 갈림길을 뜻하는 교차점이 있다. 인간은 〈3〉과 〈5〉의 교차로에 있는 존재이다. 더 높은 단계로 나아가 현자가 될 수도 있고, 동물의 단계로 되돌아갈 수도 있다.

〈5〉는 깨달은 인간이다. 이 숫자는 생김새가 〈2〉와 정반대이다. 위의 가로줄은 하늘에 매여 있음을 나타내고 아래의 곡선은 땅에 대한 사랑을 나타낸다. 이 단계에 도달한 존재는 현자이다. 그는 보통의 인간이 지니고 있는 동물성에서 벗어나 있다. 그는 세상사에 대해서 거리를 두며, 본능이나 감정에 휩쓸려 행동하지 않는다. 그는 두려움과 욕망을 이겨 낸 존재이다. 그는 다른 인간과 거리를 두면서도 인간과 지구를 사랑한다.

〈6〉은 천사이다. 선업을 많이 쌓은 영혼은 육신을 가진 존재로 다시 태어날 의무에서 해방된다. 환생의 순환에서 벗어나 순수한 정신이 되는 것이다. 이 단계에 오르면 더 이상 고통을 겪지 않으며 기본적인 욕구도 느끼지 않게 된다. 〈6〉은 사랑의 곡선이며, 존재의 중심에서 나오는 순수한 나선이다. 천사는 사람들을 돕기 위해 땅으로 내려간 다음, 더 높은 차원에 도달하기 위해 다시 하늘로 올라간다.

〈7〉은 신의 후보생이다. 〈5〉와 마찬가지로 이 숫자에는 하늘에 매여 있음을 나타내는 가로줄이 있다. 하지만 아래쪽에는 곡선 대신 세로줄이 있다. 아래쪽 세상에 영향력을 행사한다는 뜻이다. 프랑스 사람들은 이 숫자를 쓸 때 세로줄 한복판에 작은 가로획을 그어 〈7〉이라고 쓴다. 그러면 〈4〉에서처럼 교차점이 생긴다. 〈7〉은 선택의 갈림길에서 시련을 겪어야 하는 단계인 것이다. 이 단계에 오른 존재는 더 높은 곳으로 계속 올라가기 위해 무언가를 이루어 내야 한다.

에드몽 웰스, 『상대적이며 절대적인 지식의 백과사전』
(제4권의 항목 재수록)

17. 원형 극장에서 열린 첫 축하연

그렇다면 더 높은 곳에는 무엇이 있을까? 〈8〉에 해당하는 어떤 존재가 있는 것일까?

종이 길게 세 번 울린다. 우리는 아주 오래된 나무가 있는 중앙 광장 쪽으로 걸음을 재촉한다. 다른 후보생들이 우리보다 먼저 와 있다. 다들 하얀 토가 차림이다. 후보생들의 나이는 제각각이다. 아마도 지구에서 마지막 생애를 보내고 떠나올 때의 나이가 서로 달랐기 때문이리라. 우리는 후보생들이 그렇게 많다는 사실에 놀라 서로 바라본다. 그러면서 서로의 특별한 점을 짐작해 보려고 애쓴다. 여기에 온 존재들은 저마다 무언가 훌륭한 점을 지니고 있을 게 틀림없다.

진노랑 토가를 입은 젊은 여자가 우리에게 한 줄로 정렬하라고 이른다.

에드몽 웰스가 내게 속삭인다.

「시간.」

「모르겠어요. 저는 시계가 없어요.」

그는 미소를 지었다.

「내 말을 잘못 알아들었군. 시간의 여신들인 〈호라이〉 가운데 하나란 말일세.」

「하루의 시간을 관장하는 신들이라면 스물네 명이 있는 건가요?」

「아냐, 세 명뿐이야. 호라이는 원래 계절의 신들이자 사회의 안정을 보장해 주는 질서의 신들일세. 그들을 시간의 신으로 여기게 된 것은 훨씬 뒤의 일이야. 질서를 맡은 에우노미아, 정의를 관장하는 디케, 평화를 책임지는 에이레네가 바로 세 명의 호라이라네. 모두 법의 여신 테미스와 신들의 왕 제우스 사이에서 태어난 딸들이지.」

우리를 신속하게 정렬시키는 이 신은 틀림없이 첫 번째 호라이인 에우노미아일 것이다. 그리스에서 〈에우〉는 좋다는 뜻이다. 좋은 소리를 뜻하는 〈에우포니아〉와 좋은 상태를 뜻하는 〈에우포리아〉에서 보듯이 말이다. 그렇다면 에우노미아는 좋은 통치라는 뜻일까?

후보생들은 차례차례 출석 점검에 응한다. 에우노미아는 명단에 출석자들을 표시하고 그들에게 어디로 가야 하는지를 일러 준다. 내 차례가 되어 이름을 말하자, 에우노미아는 나를 빤히 바라본다. 이 신 역시 내가 자기들이 기다리던 후보생일지도 모른다고 생각하는 것일까?

하지만 에우노미아는 아무 말도 하지 않는다. 그저 원형극장으로 통하는 북쪽 대로를 가리킬 뿐이다.

원형 극장 앞에 다다라 보니 다시 후보생들이 모여 있다. 디케일 것으로 짐작되는 또 다른 호라이가 명단을 보며 학생들의 이름을 하나씩 확인한다. 나는 지나는 길에 신의 어깨 너머로 명단을 힐끗 본다. 쥘 베른이라는 이름이 지워지고 그 자리에 다른 이름이 들어가 있다. 바로…… 에드몽 웰스. 쥘 베른이 살해되자 나의 지도 천사였던 에드몽 웰스가 갑자기 그를 대신하게 된 것일까?

내가 〈팽송〉이라고 이름을 대자 신은 상자 하나를 준다. 나는 속에 무엇이 들었는지 궁금해서 얼른 열어 본다. 손바닥만 한 십자가 한 개가 들어 있다. T 자 위에 투명 유리로 된 고리가 붙어 있는 십자가다. 목에 걸 수 있도록 작은 사슬이 고리에 걸려 있다. 아래쪽에는 작은 바퀴처럼 생긴 회전식 조절 장치가 세 개 부착되어 있고, 조절 장치마다 글자가 하나씩 새겨져 있다.

에드몽 웰스가 알려 준다.

「앙크[9]일세. 신들의 권능을 상징하는 십자가야.」

신들의 권능을 상징하는 십자가라……. 나는 그것을 뒤집어 본다. 아래쪽에 번호가 적혀 있다. 142,857. 내 빌라와 같은 번호다.

나는 나의 지도자이자 동기생인 에드몽 웰스와 보조를 맞추어 원형 극장 안으로 들어간다. 계단식 좌석이 중앙의 무대를 둘러싸고 있는 내부의 모습은 고대의 여느 원형 극장과 별반 다르지 않다. 우리 주위에서는 후보생들이 삼삼오오 무리를 지어 다소 불안한 표정으로 이야기를 나누고 있다.

「우리가 마치 어떤 아이의 꿈속에 들어와 있는 것 같아요.」

내가 그렇게 말하자, 에드몽 웰스는 또 다른 가정을 내놓는다.

「그보다…… 어떤 책 속에 들어와 있는지도 모르지. 어떤 작가가 여기를 배경으로 삼아 써놓은 이야기 속에 말이야. 독자가 관심을 가지고 책장을 넘기면 책이 생명을 얻고 그

9 여기에서는 이집트 신화의 요소가 결합된다. 앙크는 〈생명〉을 뜻하는 고대 이집트의 신성문자(☥)이다. 라틴어로는 〈크룩스 안사타(고리 달린 십자가)〉라고 부른다. 이집트의 고분 벽화 등에 신들이 손가락에 걸고 있거나, 팔짱을 낀 채 한 손에 하나씩 쥐고 있는 모습으로 흔히 나타난다.

속에 있는 우리도 살아 움직이게 되는 것이지.」

나는 어깨를 으쓱해 보인다. 너무나 엉뚱한 생각이라서 받아들일 수가 없다. 그는 아랑곳하지 않고 꿋꿋하게 말을 이어 나간다.

「어떤 작가가 그리스 신화를 깊이 연구한 뒤에 그것을 독자들이 새롭게 즐길 수 있도록 더욱 재미있는 버전을 만든 것인지도 모르지. 이 모든 것이 처음부터 끝까지 하나의 소설일 수도 있다는 거야.」

나는 그의 생각에 장단을 맞춰 준다.

「그렇다면, 그 작가는 우리를 소설의 인물로 대하고 있겠군요. 그런데 그는 소설의 줄거리를 이미 다 작성해 놓았을까요? 그는 결말을 먼저 써놓았을까요? 아니면 자기의 피조물인 우리와 함께 플롯을 짜나가는 것일까요?」

에드몽은 반쯤은 진지하고 반쯤은 장난스러운 표정으로 나를 바라본다.

노란 토가를 입고 꽃과 열매로 만든 관을 쓴 젊은 여자가 우리에게 신호를 보낸다. 새로 온 후보생들이 들어설 수 있도록 옆으로 나란히 서달라는 것이다.

「세 번째 호라이인가요?」

「아닐세. 다른 신이야. 계절의 신 가운데 하나가 아닌가 싶어.」

나는 아주 가까이에서 그 신의 향기를 맡는다. 은방울꽃과 백합의 향기가 섞여 있다. 이 신이 계절의 신 가운데 하나라면 틀림없이 봄의 신이리라. 금색의 커다란 눈, 윤기가 자르르한 머리, 가냘프고 고운 손을 보자 경탄이 절로 인다. 에드몽 웰스가 제지하지 않았다면, 나는 그녀를 만져 보려고 손을 뻗었을 것이다.

나는 계단식 좌석에 흩어져 있는 동기생들을 살펴본다. 잘 알려진 얼굴들이 적지 않다. 내가 알 듯한 얼굴로는 화가 앙리 드 툴루즈 로트레크와 소설가 귀스타브 플로베르, 열기구 비행을 개척한 몽골피에 형제 중 하나인 에티엔, 도예의 명인 베르나르 팔리시, 인상파 화가 클로드 모네, 비행기구 발명가 클레망 아데르, 조각가 오귀스트 로댕이 있다. 여자 후보생들도 보인다. 〈황금의 목소리〉로 관객을 사로잡았던 명배우 사라 베르나르트, 조각가 카미유 클로델, 물리학자 마리 퀴리, 영화배우 시몬 시뇨레, 독일의 스파이라는 혐의를 받고 처형되었던 비운의 댄서 마타 하리.

에드몽 웰스는 매우 사교적인 태도로 마타 하리에게 다가간다.

「안녕하십니까? 에드몽 웰스라고 합니다. 이쪽은 제 친구 미카엘 팽송입니다. 그 유명한 마타 하리, 맞죠?」

갈색 머리 젊은 여자는 고개를 끄덕인다. 나와 그녀는 서로 무슨 말을 해야 할지 몰라서 그저 눈길만 주고받는다.

학생들이 계단식 좌석을 차례차례 채워 나가는 동안 저녁 어스름이 서서히 깔린다. 하늘에 달이 떴다. 하나가 아니라 세 개의 달이 세모꼴을 이루며 나타났다. 올림포스산의 꼭대기는 여전히 안개에 싸여 있다.

나는 이곳에 온 뒤로 줄곧 궁금해하던 것을 주위의 후보생들에게 큰 소리로 물어본다.

「저 위에는 도대체 뭐가 있을까요?」

가장 먼저 대답한 후보생은 빈센트 반 고흐이다.

「회색에다 금빛이 도는 갈색, 그리고 오렌지색, 청색이 섞여 있군요.」

마타 하리는 이렇게 속삭인다.

「그건 하나의 미스터리죠.」

조르주 멜리에스는 특수 촬영을 창시한 영화감독답게 〈마술〉과 〈트릭〉을 들먹인다. 귀스타브 에펠은 〈우주의 건축가〉가 있다고 대답한다. 시몬 시뇨레는 〈영화 제작자〉, 마리 퀴리는 〈궁극의 원리〉라는 답을 내놓는다.

고전 비극의 명배우 사라 베르나르트는 잠시 머뭇거리다가 말한다.

「우리가 와 있는 도시가 올림피아이고 저 산은 올림포스라니까…… 제우스가 있지 않겠어요?」

그때 우리 뒤에서 한 학생이 단호하게 말한다.

「천만에요.」

우리는 일제히 뒤를 돌아본다. 체구가 자그마한 남자 후보생이다. 윤기 없는 갈색 머리와 수염이 부스스하고 동그란 안경을 끼고 있다.

「저 위에는 아무것도 없습니다. 제우스나 우주의 건축가도 없고 마술 따위와도 무관해요. 그저 눈에 덮이고 안개에 싸여 있을 뿐이죠. 여느 산봉우리들처럼 말입니다.」

목소리에 자신감이 배어 있다. 그때 산꼭대기에서 갑자기 불빛이 번쩍거리기 시작한다. 마치 안개 속에서 등대가 빛을 비추는 것 같다.

멜리에스가 묻는다.

「봤어요? 불빛 번쩍이는 거.」

수염을 기른 후보생이 말을 잇는다.

「그래요, 나도 봤어요. 하지만 저건 그냥 불빛일 뿐입니다.

〈그들〉이 산꼭대기에 있는 투광기에 불이 들어오게 한 거예요. 당신들의 상상력을 자극하기 위한 것이죠. 다들 저것을 멍하니 바라보고 있군요. 램프에 홀린 모기들처럼 말입니다. 저건 그저 무대 장치와 무대 조명일 뿐이에요.」

사라 베르나르트가 언짢은 기색으로 묻는다.

「대관절 누구시기에 말이 그렇게 딱딱 부러지는 거죠?」

남자는 정중하게 허리를 굽힌다.

「인사 올립니다. 피에르 조제프 프루동입니다.」

에드몽 웰스가 나선다.

「프루동이라고요? 아나키즘을 창시한 그 프루동 말인가요?」

「맞습니다.」

나 역시 당대에 심각한 분쟁을 야기했던 이 사상가에 관해 알고 있다. 하지만 그가 어떻게 생겼는지에 관해서는 전혀 아는 바가 없었다. 알고 보니 그는 카를 마르크스와 생김새가 비슷하다. 아마 당시에는 수염과 머리를 기르는 것이 유행이었던 모양이다. 그는 이마가 훤하고 반들반들하며 뒷머리를 한 가닥으로 묶고 있다. 그가 덧붙인다.

「무신론자이자 무정부주의자인 프루동, 그리고 스스로 그러하다는 것을 자랑스럽게 생각하는 프루동입니다.」

사라 베르나르트가 묻는다.

「무신론자라고요? 환생을 거듭하는 경험을 하고서도 그런 소리를 할 수 있나요?」

「하지만 인간으로 살던 때에 나는 환생을 믿지 않았어요.」

「윤회의 사슬에서 벗어나 천사가 되었잖아요…….」

「그래요. 하지만 난 천사의 존재를 믿지 않았어요.」

「그랬는데 이젠 신 후보생이 되었군요.」

「그래요. 나는 〈무신론자들의 신〉이 될 거예요.」

프루동은 자신이 발설한 그 모순된 말을 만족스럽게 여기는 눈치다. 그의 말이 이어진다.

「솔직히 말해서, 여러분은 여기가 정말 신들의 학교라고 생각하십니까? 우리가 공부를 하고 시험을 치르면 조물주와 같은 존재가 되리라고 생각하는 겁니까?」

남자 후보생 하나가 새로 토론에 끼어든다. 그는 눈동자가 심하게 안쪽으로 몰린 내사시(內斜視)이다. 눈을 바로 뜨려고 애쓰면서 그가 자신감에 찬 어조로 소리친다.

「저 위에는 분명 무언가 아주 강하고 아주 아름다운 것이 있어요. 우리는 그저 진짜 신이 되기 위해 공부하는 어린 신들일 뿐이에요. 저 위에는 신들 중의 신이신 위대한 하느님이 계실 거예요.」

「어떤 존재를 생각하고 있는 거죠?」

내 물음에 그는 황홀경에 빠진 듯한 표정을 짓는다.

「내가 생각하는 것은 권능에서든 위엄에서든 생각과 지혜의 수준에서든 모든 점에서 우리를 넘어서는 어떤 존재입니다.」

이 후보생의 이름은 뤼시앵 뒤프레이다. 그는 안과 의사였다고 한다. 자신은 비록 두 눈의 시선이 어긋나는 사팔눈이었지만, 다른 사람들의 아픈 눈을 고쳐 주고 그들이 사물을 잘 보도록 도와주며 살았다. 그러다가 그는 마침내 깨달았다. 신앙심을 가진 마음의 눈이야말로 진정한 눈이라는 것을.

프루동이 그의 말을 자른다.

「그래요. 그렇게 객쩍은 소리를 하고 싶으면 마음대로 하세요. 그건 당신 자유니까. 하지만 나는 아무 두려움 없이 〈하느님도 스승도 없다〉라고 외칠 겁니다.」

후보생들 사이로 비난의 웅성거림이 퍼져 나간다. 프루동은 기세를 누그러뜨리지 않는다.

「나는 성(聖) 토마[10]와 같아요. 내 눈으로 보지 않은 것은 믿지 않죠. 지금 내 눈에 보이는 것은 어떤 섬에 모여 있는 당신들입니다. 많은 종교가 신의 이름을 함부로 부르지 말라고 가르쳤음에도 당신들은 입만 열었다 하면 신 얘기를 하고 있어요. 신을 들먹이는 소리가 도처에서 들려요. 당신들은 스스로를 신과 같은 존재로 여기고 있겠지만, 내가 보기에 당신들은 신을 모독하는 무리일 뿐이에요. 말이 나왔으니 한번 물어봅시다. 신이라는 게 대체 뭡니까? 우리가 특별한 권능을 누리고 있습니까? 지금 내가 확인할 수 있는 것은 그저 내가 천사의 속성을 상실했다는 겁니다. 여기에 오기 전에 나는 물질 사이를 통과하며 날아다녔어요. 그런데 이제는 배가 고프고 목이 말라요. 이렇게 토가를 뒤집어쓰고 있어서 몸이 근질거리기도 하고요.」

맞는 말이다. 나 역시 까슬까슬한 천 때문에 불편을 느끼고 있다. 그뿐만 아니라 배고프다는 말이 나오자 위가 뒤틀리면서 먹을 것을 달라고 한다. 프루동이 덧붙인다.

10 예수의 열두 제자 가운데 하나인 토마는 다른 제자들이 부활한 예수를 보았다고 하자, 〈나는 내 눈으로 그분의 손에 있는 못 자국을 보고 그 못 자국에 넣어 보고 또 내 손을 그분의 옆구리에 넣어 보지 않고는 결코 믿지 못하겠소〉 하고 말했다(「요한의 복음서」 20:25). 우리말 성경에서는 이 성인을 도마(개역 한글)나 토마(공동 번역)라 부르기도 하고, 토마스(새 번역 성경)라 부르기도 한다.

「내가 보기엔 이 모든 절차와 의식도 가짜고 안개에 휩싸인 저 산도 엉터리예요.」

그 순간 쿵쿵하는 소리가 울린다.

켄타우로스 하나가 커다란 북을 어깨에 비스듬히 둘러메고 두 개의 채로 두드리며 나타난다.

또 다른 켄타우로스가 나타나 같은 장단으로 북을 친다. 이어서 세 번째 켄타우로스가 등장하더니, 이내 스무 명이나 되는 켄타우로스가 행렬을 지어 저마다 있는 힘을 다해 북을 두드려 댄다.

그들은 한 줄로 정렬하여 나아온다. 처음엔 원형 무대의 가장자리를 따라 움직이더니 곧 우리 주위로 옮겨 와서 에워싼다. 그러고는 모두 제자리에 서서 북을 두드린다. 북소리는 점점 더 크게 울린다. 우리의 흉곽이 진동할 정도다. 우리의 심장도 북장단에 맞춰 쿵쾅거린다. 북을 두드리는 켄타우로스는 이제 1백 명쯤으로 늘어났다. 관자놀이, 가슴, 팔다리 할 것 없이 내 몸 구석구석으로 북의 진동이 전해져 온다. 나에게 살과 뼈가 되돌아왔다는 사실이 실감으로 다가온다.

켄타우로스들은 북장단으로 저희끼리 일종의 대화를 하고 있는 듯하다. 몇몇이 즉흥으로 새 장단을 메기면 다른 켄타우로스들은 같은 장단으로 화답한다.

느닷없이 히힝 하는 말 울음소리가 북소리에 섞여 든다.

한 여신이 두 다리를 한쪽으로 모은 자세로 말 등에 걸터앉은 채 천천히 들어온다. 투구를 쓰고 은빛 토가를 입은 차림으로 한 손에는 창을 들고 있다. 한쪽 어깨에는 올빼미 한 마리가 앉아서 관중을 응시한다. 북을 치던 켄타우로스들은 즉시 동작을 멈춘다.

갑자기 서려 든 기이한 정적 속에서 신은 중앙 무대에 자리를 잡는다. 디오니소스처럼 키가 2미터 가까이 될 듯하다. 스승 신들은 모두 그렇게 키가 큰 모양이다.

신이 말문을 연다. 한 마디 한 마디가 또박또박하다.

「여러분은 모두 같은 기(期)에 속한 후보생입니다. 이번 기에는 후보생들이 아주 많습니다. 여러분 말고도 아직 도착하지 않은 후보생들이 더 있습니다. 지금 이 자리에 모인 후보생은 1백 명가량 됩니다. 나머지는 오늘 밤 안으로 여러분과 합류할 것입니다. 이렇게 후보생이 많은 것은 전례가 없는 일입니다. 아직 오지 않은 학생들을 합치면 모두 144명이 됩니다.」

「12의 제곱이군. 아담과 하와가 낳은 첫 세대 인간의 수야…….」

에드몽 웰스가 내 귀에 대고 그렇게 속삭인다.

신은 술렁거리는 후보생들을 다시 조용하게 하려는 듯 창으로 바닥을 두드렸다.

「우리가 한 기의 후보생들을 구성하기 위해서 선발하는 천사들은 인간으로서 마지막 삶을 살았던 나라와 문화가 동일합니다. 그럼으로써 출신 민족이나 국가가 같다는 이유로 분파가 생길 소지를 없애는 것입니다. 올해 우리가 선발한 후보생들은 모두 왕년에 프랑스인이었거나 프랑스와 긴밀한 연관을 가졌던 천사들입니다.」

신은 계단식 좌석을 죽 둘러본다. 아무도 움직이지 않는다. 프루동조차 조용하다.

신은 말에서 펄쩍 뛰어내린다. 말은 옴짝달싹도 하지 않는다.

「이제 여러분은 <민족을 이끄는 신들>이 될 것입니다. 지구에서 양치기들이 양 떼를 돌보는 것처럼 인간의 무리를 보살피게 되리라는 것입니다. 여기에서 여러분은 훌륭한 목자가 되는 법을 배울 것입니다.」

신이 원형 무대에서 이리저리 거닐기 시작하자, 올빼미는 신의 어깨에서 날아올라 우리 위쪽으로 지나간다.

「앞으로 두 학기에 걸쳐 열두 분의 신이 여러분의 교육을 맡아 주실 것입니다. 그분들의 명단은 이러합니다.

1. 헤파이스토스, 불과 야금술의 신.

2. 포세이돈, 바다의 신.

3. 아레스, 전쟁의 신.

4. 헤르메스, 여행자와 상인과 도둑의 신

5. 데메테르, 농업의 신.

6. 아프로디테, 사랑의 신.

이상은 첫 학기에 여러분을 가르치실 분들이고, 두 번째 학기에는 다음 분들이 오실 것입니다.

7. 헤라, 가정의 신.

8. 헤스티아, 화덕의 신.

9. 아폴론, 예술의 신.

10. 아르테미스, 사냥의 신.

11. 디오니소스, 여러분과 이미 인사를 나눈 축제의 신입니다.

끝으로 나 역시 강단에 설 것입니다.

12. 아테나, 지혜의 신.」

까닭은 알 수 없지만, 그 모든 이름 가운데 오직 하나가 내 마음에 긴 여운을 남겼다. 사랑의 신 아프로디테……. 아테나 신은 분명 그 이름을 말했다. 나는 마치 내가 잘 아는 존재의 이름이 불린 듯한 이상한 기분을 느꼈다. 아프로디테가 내 과거 혹은 미래의 가족에 속하기라도 하는 듯한 기분이었다.

투구를 쓴 신은 몇 걸음을 더 걷고 나서 말을 잇는다.

「이 열두 분 말고도 임시로 여러분을 가르쳐 주실 분들이 계십니다. 첫 학기에 오실 분들은 시시포스와 프로메테우스와 헤라클레스이고, 2학기에 수고해 주실 분들은 오르페우스와 오이디푸스와 이카로스입니다. 또한 시간의 신 크로노스[11]는 첫 학기의 서두가 될 예비 강의를 맡아 주실 것입니다. 끝으로, 헤르마프로디토스는 여러분이 심리적인 도움을 필요로 할 때면 언제든지 달려와서 여러분에게 힘이 되어 주실 것입니다.」

계단식 좌석에서 웅성거리는 소리가 일었다. 아테나는 창으로 다시 바닥을 두드린다.

「여러분에게 한 가지 더 일러둘 것이 있습니다. 여느 공동체와 마찬가지로 여기에도 생활 규범이 있습니다. 다음에 말하는 규범을 모두가 엄격하게 지켜 줄 것을 당부합니다.

첫째, 밤 10시를 알리는 종이 열 번 울리고 난 뒤에는 올림피아 성벽 밖으로 나가지 말 것.

둘째, 신이든 반인 반수의 괴물이든 학생이든 섬에 거주

11 그리스 신화에 〈크로노스〉라 불리는 신은 둘이 나온다. 하나는 우라노스의 아들이자 제우스의 아버지로서 제우스가 최고신이 되기 전까지 천지를 지배했던 〈크로노스〉(Κρόνος, 프랑스어로는 Cronos 또는 Kronos)이고, 다른 하나는 시간을 의인화한 신 〈크로노스〉(Χρόνος, 프랑스어로는 Chronos)이다. 후대에 와서 이 두 신은 발음이 같다는 점 때문에 하나의 신으로 간주되는 전승이 생겨났다. 작가는 바로 그런 전승을 채택한 것이다.

하는 어떤 존재에 대해서도 폭력을 행사하지 말 것. 이곳은 평화의 장소이자 성소임을 명심할 것.

셋째, 강의에 결석하지 말 것.

넷째, 앙크를 항상 휴대할 것. 보석처럼 상자에 담아서 여러분에게 나눠 준 이 물건을 언제나 목에 걸고 다녀야 합니다. 이것은 여러분의 신분증이자 수업 도구입니다.」

학생들이 다시 술렁거렸다. 신의 말이 그들의 호기심을 자극한 것이다. 신은 그 점을 의식하고 설명을 덧붙인다.

「올림피아 성벽 밖으로 나가는 것은 안전지대를 벗어나는 것입니다. 이 섬은 온통 위험으로 가득 차 있다는 사실을 알아야 합니다.」

그 설명은 소란을 가라앉히기는커녕 오히려 학생들을 더욱 술렁거리게 만든다. 신은 목청을 높인다.

「게다가 이 섬에는 여러분이 관광하러 돌아다니고자 하는 마음을 싹 가시게 할 만한 존재가 살고 있습니다. 악마가 바로 그것입니다.」

신은 악마라는 말을 입 밖에 내면서 두려운 듯 몸서리를 쳤다.

신의 말에 이번에는 숫제 소동이 일었다. 신의 창으로는 이제 소동을 가라앉힐 수가 없다. 급기야는 켄타우로스들이 북을 두드려 학생들을 진정시켜야 했다. 우리는 저마다 악마의 모습을 상상하며 입을 다문다. 북소리가 멎고, 아테나가 말을 맺는다.

「내일 첫 강의가 있습니다. 시간을 관장하는 크로노스 신이 예비 강의를 해주실 것입니다. 앞으로 모든 강의가 차분하고 평온하게 진행되기를 바랍니다.」

그때 끔찍한 단말마의 외침이 울려 퍼졌다.

18. 백과사전: 외침

인생은 외침으로 시작해서 외침으로 끝난다. 고대 그리스에서 전투가 벌어질 때면, 병사들은 서로를 격려하기 위해 〈할라라〉라는 함성을 지르면서 적을 공격했다고 한다. 게르만족의 병사들은 방패에 대고 고함을 지름으로써 적군의 말들을 미쳐 날뛰게 할 만한 공명 효과를 만들어 냈다. 브르타뉴 지방에 전해 내려오는 민간 설화에는 밤에 소리를 질러 여행자들을 함정에 빠뜨렸다는 〈오페 노즈〉라는 귀신이 나온다. 『구약성경』에 나오는 야곱의 아들 르우벤은 매우 우렁찬 소리를 내지르는 능력이 있었다. 누구든 그의 고함을 들으면 두려움에 떨었다.

에드몽 웰스, 『상대적이며 절대적인 지식의 백과사전』 제5권

19. 공식적인 첫 암살

울부짖음은 한참 이어지다가 갑자기 뚝 그쳤다.

우리는 불안한 기색으로 서로를 바라본다. 울부짖는 소리는 원형 극장 뒤쪽에서 들려온 듯하다. 아테나의 올빼미가 그쪽으로 급히 날아갔다. 켄타우로스들은 벌써 원형 극장 밖으로 내닫고 있다. 우리 후보생들도 모두 밖으로 달려 나간다.

켄타우로스들이 한 장소를 에워싸자, 그 주위로 군중이 빽빽하게 모여든다. 나는 어깨를 이리저리 움직여 군중 사이로 비집고 들어간다. 두 팔을 포갠 채 등을 대고 누워 있는 피살자가 보인다. 그의 가슴에는 커다란 구멍이 뚫려 있다. 구멍이 어찌나 큰지 그 속으로 땅바닥이 보일 정도다. 쥘 베른의 경우와 마찬가지로 구멍 주위의 살에는 불탄 자국이 뚜렷

하게 남아 있다.

전율이 엄습해 온다. 천사였을 때는 죽음의 공포에서 완전히 벗어났다고 믿었다. 그런데 이제 육신을 되찾고 나니 그 오래된 공포가 되살아나고 있다. 이렇듯 어떤 점에서 보면 나는 인간으로 돌아간 셈이다. 나는 고통을 느낄 뿐만 아니라 죽을 수도 있는 존재다.

신이 되고자 하면 왜 천사였을 적에 누리던 특권을 포기해야 하는 것일까?

이제 어둠이 깔리고 있다. 한 후보생이 피살자 쪽으로 횃불을 가져간다. 공포로 일그러진 피살자의 얼굴과 둘러싼 학생들의 놀란 표정이 불빛에 드러난다.

「누가 죽은 거죠?」

내 물음에 음악에 조예가 깊은 한 후보생이 내게 속삭인다.

「드뷔시예요. 클로드 드뷔시.」

관현악곡 「목신의 오후 전주곡」과 「바다」를 작곡한 음악가가 우리 동기생이었는데, 그를 알아볼 새도 없이 사라져 버린 것이다.

「누가 이런 짓을 했을까요?」

또 다른 학생이 묻자 신앙심 깊은 뤼시앵 뒤프레가 대답한다.

「악마의 소행이겠죠…….」

그러자 프루동이 빈정거린다.

「당신의 말하는 그 〈위대한 하느님〉이 하신 일은 아니고요? 정의를 바로 세우는 분이시니 이따금 당신의 어린 양들을 벌하실 수도 있는 거 아니겠어요? 그분의 존재를 믿으시니까, 그분이 우리를 벌하신다는 것도 받아들여야죠.」

아테나는 수심에 잠긴 채 고개를 흔든다. 신의 올빼미는 살해 용의자를 찾아내려는 듯이 우리 위에서 빙빙 돌고 있다.

이윽고 신이 입을 연다.

「여러분 가운데 하나가 범인입니다. 후보생 중에 살신자(殺神者)가 있다는 겁니다.」

〈살신자〉라는 말이 충격적으로 다가왔다.

신이 묻는다.

「피살자를 마지막으로 본 게 누구지?」

두 켄타우로스가 드뷔시의 시신을 들것에 싣느라고 분주하게 움직인다. 그들이 담요로 시신을 덮고 있는데, 내 눈에는 갑자기 피살자가 아직 꿈틀거리고 있는 것처럼 보였다. 나는 두 눈을 비빈다. 반사적인 움직임일까? 아니면 내가 헛것을 본 것일까?

나는 혼잣말을 하듯이 나직하게 말한다.

「이건 처음 벌어진 일이 아니야. 쥘 베른도 살해당했어.」

「누가 하는 소리지?」

아테나가 소리쳤다. 귀가 그렇게 밝은 줄은 미처 몰랐다.

나는 한 학생의 머리 뒤로 숨는다. 그러자 올빼미가 솟구쳐 오르더니 우리 바로 위를 날면서 후보생들을 하나하나 살핀다. 올빼미가 내 머리 위로 지나가자 날개가 일으킨 공기의 파동이 느껴진다.

「신들의 왕국에 유혈이라니……. 살신자는 틀림없이 이번 기를 구성하는 144명 후보생들 가운데 하나야.」

신의 표정이 매우 딱딱하게 굳는다.

「반드시 그자를 찾아내어 벌을 내리겠어. 두고 봐, 이런 범죄의 대가가 무엇인지를 분명하게 보여 줄 테니.」

「144-1, 이제 143명이로군.」

프루동의 말이었다. 그는 태연자약했다. 살해 사건에도 아테나 신의 위협에도 별로 충격을 받지 않은 모양이다.

나는 불안감을 느끼며 목에 걸린 앙크를 한 손으로 움켜쥔다.

20. 백과사전 : 앙크

앙크는 고대 이집트에서 신들과 파라오들의 상징이었다. 〈고리 달린 십자가〉라는 별명이 말해 주듯, 타우 십자가, 즉 T 자형 십자가 위에 둥근 고리 모양의 손잡이가 붙어 있다. 고대 이집트인들은 이것을 〈이시스의 매듭〉이라고도 불렀다. 둥근 고리를 이시스 여신과 동일시되던 생명나무의 상징으로 여겼기 때문이다.

앙크는 인간이 신성에 도달하자면 어떤 매듭을 풀어야 한다는 것을 상기시키기도 한다. 매듭을 푸는 행위dénouement를 통해서 인간 영혼의 진화가 대단원dénouement을 맞이하리라는 사실을 보여 준다는 것이다.

고대 이집트의 벽화를 보면 태양신 아톤에 대한 신앙을 창시한 파라오 이크나톤과 태양신을 섬기던 사제들의 손에 앙크가 들려 있는 것을 볼 수 있다. 이 특별한 십자가는 영원한 생명을 여는 열쇠이자 속인들이 금단의 지대로 들어가는 것을 막는 자물쇠로 여겨졌다. 장례식을 거행하는 동안 사제들이 십자가의 손잡이를 쥐고 있는 장면에서 그 점을 확인할 수 있다.

앙크는 때로 두 눈 사이의 이마에 그려지기도 했다. 이것은 죽음의 비의를 깨달은 자에게 그 비밀을 지킬 의무가 있음을 나타내는 것이었다.

저승의 신비를 아는 사람은 아무에게도 그것을 발설하지 않도록 되어 있었다. 발설하는 순간 자신이 알고 있던 것을 다 잊어버리기 때문이었다.

콥트교도, 즉 이집트의 기독교도들 역시 앙크를 영원한 생명의 상징으로 받아들였다.

앙크는 인도에서도 찾아볼 수 있다. 인도인들에게 이것은 능동적인 원리와 수동적인 원리의 통일을 나타내는 것이었고, 양성이 한 몸에 결합되었음을 나타내는 성적 상징이었다.

에드몽 웰스, 『상대적이며 절대적인 지식의 백과사전』 제5권

21. 파란 숲

「우리가 지금 엄청난 바보짓을 저지르고 있다고 생각하지 않으세요?」

에드몽 웰스와 나는 올림피아의 동쪽 성벽을 넘어가고 있는 중이다. 우리는 밧줄 대신 시트를 꼬아 만든 줄을 사용하고 있다.

그가 대답한다.

「이렇게 해보지 않고서는 바보짓인지 아닌지 알 수가 없어.」

줄을 타고 천천히 내려가면서 내가 다시 중얼거린다.

「쥘 베른이 저기에는 절대로 가지 말라고 했는데.」

내가 자꾸 딴죽을 걸자 그는 기어이 짜증을 낸다.

「미카엘, 도대체 뭐 하자는 거야? 그냥 손 놓고 구경만 하자고? 저 산꼭대기에 무엇이 있을까 하면서 이러고저러고 가정만 늘어놓자는 거야?」

규칙을 어기라고 부추기는 이 과감한 후보생에게서는 이

제 천사 나라의 규칙을 따르라고 가르치던 지도 천사 에드몽 웰스의 면모를 찾아볼 수가 없다.

드디어 우리는 성벽 아래에 다다랐다. 시트를 꼬아 만든 줄에 문질린 탓에 두 손이 후끈거린다. 우리는 시트를 아카시아 숲에 재빨리 숨긴다.

세 개였던 달이 이제는 두 개밖에 보이지 않는다. 성벽 밖에서 보니 산의 위용이 한결 돋보인다.

올림포스산…….

우리는 길찬 풀들을 헤치며 동쪽으로 나아간다. 앞으로 나아갈수록 비탈이 가팔라지고 풀밭 대신 작은 수풀이 점점 많아지더니 마침내 나무가 울창한 숲이 나타난다. 그러고 나자 비탈이 완만해진다. 우리는 걸음을 더욱 빨리하여 나무들 사이로 나아간다.

노을이 질 때처럼 불그스름하던 하늘이 검붉은 빛으로 변해 간다.

그때 갑자기 부스럭거리는 소리가 들렸다. 우리는 고사리 덤불에 넙죽 엎드린다. 실루엣 하나가 천천히 다가온다. 하얀 토가를 입은 학생이다. 내가 일어서서 그를 부르려고 하자, 에드몽 웰스는 내 소매를 잡고 그냥 엎드려 있으라는 신호를 보낸다. 〈이 양반이 왜 이렇게 조심스럽게 구는 거지?〉 하는데, 거룹 하나가 날아오는 것이 보인다. 나는 그제야 일이 어떻게 돌아가고 있는지 알아차린다. 거룹은 그 후보생 위를 선회하다가 다시 도시 쪽으로 급히 날아간다. 잠시 후 켄타우로스 하나가 잰걸음으로 달려와서 그 경솔한 후보생을 붙잡는다.

에드몽이 속삭인다.

「거룹은 감시하는 역할을 하고, 켄타우로스는 체포를 맡고 있어.」

켄타우로스는 붙들린 후보생을 남쪽으로 끌고 간다.

「저 후보생을 어떻게 하려는 걸까요?」

에드몽은 깊은 생각에 잠긴 기색이다. 그사이에 켄타우로스는 멀리 사라졌다. 에드몽은 주위를 살핀다. 이제 거룹도 켄타우로스도 보이지 않는다.

「프루동이 했던 것처럼 다시 뺄셈을 해야겠어. 143-1. 우리는 이제 142명이야.」

우리는 머리 위를 살피면서 나무들에 바싹 붙어서 다시 나아간다. 아주 작은 소리도 놓치지 않으려고 신경을 곤두세우지만 사위는 그저 괴괴할 뿐이다. 나뭇잎들이 일으키는 공기의 파동만이 정적을 채우고 있다. 그러다가 서쪽에서 일진광풍이 몰아쳤다. 바람은 갈수록 드세어져 우리의 토가를 부풀리고 나뭇가지를 헝클고 나뭇잎을 떨어뜨린다.

멀리에 거룹 하나가 보인다. 거룹은 바람에 맞서 날아오르려고 하다가 날갯짓을 멈추고 바람에 실려 멀어져 간다. 아주 작은 여자 아이의 얼굴과 나비 날개가 달린 그들에게도 저희의 마을이 있을 거라는 생각이 든다. 어쩌면 거대한 새 둥지가 그들의 마을일지도 모를 일이다. 나는 이끼와 지의류 식물과 나뭇가지로 된 둥지에서 야한 자세로 편안하게 쉬고 있는 나비 소녀들을 머릿속에 그린다.

말발굽 소리가 들려온다. 켄타우로스 하나가 우리 주위로 성큼성큼 돌아다니고 있다. 아마도 또 다른 규칙 위반자들을 찾고 있는 모양이다. 그가 바람에 실려 오는 냄새를 맡느라 코를 킁킁거리는 동안 우리는 도랑 속으로 들어가 한껏 몸을 숨긴다. 갈기가 바람에 휘날리며 그의 얼굴을 때린다. 그는 주위를 더욱 잘 살피기 위해 뒷다리로 버티며 몸을 일으키고 한 손을 눈썹 위에 갖다 댄다. 그러더니 기다란 나뭇가지 하나를 집어 들고 덤불들을 후려치기 시작한다. 덤불 속에 숨어 있는 자가 있다면 몰아내겠다는 심산이다. 하지만 미친 듯이 불어 대는 바람 때문에 결국 수색을 포기하고, 그 역시 도시를 향해 발길을 돌린다.

우리는 마침내 도랑에서 빠져나왔다. 바람도 시나브로 잦아들었다. 그런데 이가 자꾸 덜덜거린다. 윗니와 아랫니가 맞부딪지 않도록 턱을 앙다물어도 소용이 없다.

「자네 추워?」

「아뇨.」

「무서워서 그래?」

나는 대답하지 않았다.

「살신자를 두려워하는 거야?」

「아뇨.」

「그럼 악마가 무서워?」

「그것도 아니에요.」

「그럼 뭐야? 켄타우로스에게 잡힐까 봐 벌벌 떠는 거야?」

「저는…… 아프로디테를 생각하고 있었어요.」

에드몽은 다정하게 내 어깨를 토닥인다.

「환상에 빠지지 말게.」

「디오니소스가 말한 대로라면 이곳은 최후의 시련을 거쳐 영혼의 기나긴 진화를 완성하는 곳이에요. 그렇다면 당연히 우리는 여기에서 가장 좋은 것과 가장 나쁜 것을 대면하게 될 것이고, 절대적인 공포와 절대적인 욕망을 경험하게 되겠죠. 악마도 만나고 사랑의 신도 만나고…….」

「아, 미카엘, 자네는 상상력에 쉽게 휩쓸리는 게 탈이야. 아직 만나지도 않은 신에게 사랑을 느끼다니 말이야. 자네 혹시 말의 힘에 눌린 거 아냐? 〈사랑의 신〉이라는 말이 좋아서 지레 호감을 느끼는 거 아니냐고…….」

숲은 점점 가팔라지고 있다. 하늘은 검붉은 색에서 보랏빛으로 변했다가 잿빛을 거쳐 암청색을 띄었다. 안개에 싸인 세모꼴 산의 꼭대기에서 다시 빛이 번쩍인다. 마치 올 테면 와보라고 우리에게 조롱을 보내는 듯하다.

어둠이 짙어지고 있다. 이젠 내 발조차 보이지 않는다. 이쯤에서 포기하는 것이 낫겠다 싶다. 아래쪽에서 자정을 알리는 열두 차례의 종소리가 울린다.

사위가 온통 어둠에 잠겨 있다. 그런데 고사리 덤불에서 작은 불빛이 반짝이는 게 보인다. 반딧불이다. 한 떼의 반딧불이가 우리 눈높이로 날아오르더니 빛의 구름을 이룬다.

에드몽은 형광을 발하는 그 곤충 한 마리를 잡아 손바닥에 올려놓는다. 반딧불이는 도망가지 않고 오히려 제 빛의 강도를 높인다. 왕년에 개미 전문가였던 에드몽은 조심스럽게 반딧불이를 내게 내민다. 반딧불이는 내 손바닥에서 가만히 웅크린다. 이런 미물에게서 이토록 강한 빛이 나온다는 게 놀랍다. 눈동자가 조금씩 어둠에 익숙해지고 있다. 그래도 아직은 반딧불이가 도움이 된다. 손전등 구실을 하기 때문이다.

우리는 반딧불이들의 도움을 받아 가며 다시 나아간다. 그런데 갑자기 어둠을 뚫고 다른 불빛들이 나타난다. 우리는 다시 덤불숲에 숨는다. 놀라운 광경이 펼쳐진다. 몇몇 후보생들이 스스로 섬광을 내고 그 빛으로 길을 밝히며 걷고 있다. 그러니까 앙크가 섬광을 발할 수 있다는 얘기다. 아테나 신이 왜 클로드 드뷔시를 죽인 자가 후보생 중에 있다고 단정했는지 이해가 간다. 피살자의 몸에 난 구멍 주위에는 살이 까맣게 타 있었다. 생명의 십자가라는 앙크는 죽음의 십자가이기도 한 것이다.

앞쪽에서 걷던 후보생들은 우리가 있음을 알아챈 듯하다. 그들은 앙크를 끄고 우리는 반딧불이를 땅바닥에 내려놓는다. 그들이 보이지 않는다. 그들 눈에도 우리가 보이지 않을 것이다. 하지만 우리는 약 50미터의 거리를 두고 서로의 존재를 감지하고 있다. 나는 위험을 무릅쓰고 먼저 말을 건다.

「거기 누구예요?」

「그러는 당신은 누구죠?」

여자 목소리였다.

「그쪽 먼저 대답해요.」

「아니, 당신 먼저.」

이번에는 남자가 대답했다. 목소리가 왠지 귀에 익은 듯하다. 나는 이러다 귀가 먼 사람들끼리 대화하는 꼴이 되겠다 싶어서 타협안을 내놓는다.

「중간에서 만납시다.」

「좋아요. 그럼 셋을 세면 움직이기로 합시다. 하나…… 둘…… 셋.」

아무도 움직이지 않았다. 에드몽 웰스의 백과사전에 나오는 한 대목을 생각나게 하는 장면이다. 〈죄수의 딜레마〉라는 현상, 즉 어떤 범죄를 함께 저지르고 체포된 용의자들이 서로를 전적으로 신뢰하지 못할 때에 벌어지는 현상을 설명하는 대목 말이다. 용의자들은 서로 상대를 고발하지 않는 것이 자기들에게 가장 유리하다는 것을 알면서도, 공범들에게 배신당할 것을 염려하여 자기가 먼저 배신하는 쪽을 선택한다고 하지 않는가.

그런데 그쪽 학생들의 반응에는 무언가 내 마음을 뒤흔드는 것이 있다. 남자의 목소리가 문제다. 분명 귀에 익은 목소리다. 세상에, 이럴 수가!

「라울?」

「미카엘!」

우리는 서로를 향해 어둠 속으로 달려가 더듬거리며 손을 맞잡는다. 그러고는 놀라움과 기쁨에 어찌할 바를 몰라 하며 서로 힘껏 얼싸안는다. 라울, 라울 라조르박, 둘도 없는 내 친구, 내 형제. 파리의 페르라셰즈 공동묘지에서 우연히 만나 미지의 정신세계를 탐구하는 것에 관한 관심을 나에게 일깨워 주었던 소년 라울. 훗날 성인이 되어 나는 그와 함께 사후세계 연구의 새로운 지평을 개척했다. 라울, 그는 영계 탐사의 진정한 창시자였고 저승 여행의 대담한 개척자였다.

그가 자기 앙크로 땅바닥을 겨눈다. 그러자 앙크에서 나온 칼날 같은 빛이 둘의 얼굴을 비춘다.

「미카엘, 나를 졸졸 따라다니는 건 여전하네!」

그는 기다란 팔로 나를 다시 얼싸안는다. 그의 등 뒤로 다른 두 후보생의 실루엣이 나타난다. 나는 놀라서 두 눈을 비빈다. 우리에게 유대교 신비주의 카발라의 비밀을 가르쳐 주었던 랍비 프레디 메예르가 거기에 있다. 동그란 얼굴이 마냥 착해 보이는 프레디. 그는 타나토노트들의 생명 줄인 은빛 줄을 한데 엮는 방법을 고안해 낸 집단 비행의 개척자였고, 짤막한 농담으로 아주 어려운 상황들을 타개하던 유머의 천재였다. 그가 소리친다.

「우주가 참 좁아. 이렇게 다른 행성에 와서도 친구들을 우연히 만날 수 있다니 말이야…….」

그는 앙크의 빛으로 땅바닥을 비춘다. 그 빛을 받아 그의 얼굴이 비로소 내 눈에 들어온다.

그는 지구에서 인간으로 살 때는 장님이었지만 이제는 시력이 온전하다. 그의 곁에는 매릴린 먼로가 바싹 붙어 있다. 누구나 인정하는 섹스 심벌이었던 매릴린 먼로는 천사들의 나라에서 프레디의 동반자가 되었다. 〈유머야말로 부부를 하나로 결합시키는 가장 훌륭한 거멀못〉이라는 게 그녀의 지론이었다. 몸에 꼭 맞는 토가를 입은 모습이 다른 어느 때보다 매력적으로 보인다. 나는 그녀하고도 포옹을 나눈다. 그것을 보며 프레디가 한마디한다.

「이런, 육신을 되찾고 나더니 다들 기회만 있으면 내 아내를 끌어안으려고 하는구먼…….」

「아테나가 말하기를 이번 기에는 예전에 프랑스 사람이었던 후보생들만 뽑았다고 했어요. 매릴린은 미국인이 아니었던가요?」

프레디는 그녀가 자기와 결혼함으로써 두 국적 가운데 하나를 선택할 수 있었다고 설명한다. 그녀가 프레디와 떨어지지 않기 위해서 프랑스 국적을 선택하자 천상의 행정 당국이 그것을 받아들였다는 것이다. 듣고 보니 올림피아 당국이 알자스 지방 출신의 이 랍비를 이번 기에 꼭 입학시키고 싶었던 게 아닌가 하는 생각이 든다. 그렇지 않고서야 그런 식으로 규칙을 깨는 것에 동의할 리가 없다. 아니면 당국이 국적이라는 개념을 넓은 의미로 생각하고 있는 것일 수도 있다. 마타 하리와 빈센트 반 고흐의 경우가 그런 추측을 뒷받침한다. 그들은 프랑스에서 사망하기는 했으나 원래 네덜란드 사람이 아니었던가.

매릴린 먼로는 여전히 매력적이다. 끝이 약간 위로 들린 코, 길고 부드러운 속눈썹이 드리운 파란 눈, 우윳빛 살결 등 그녀의 모든 것에 힘과 연약함, 부드러움과 슬픔이 뒤섞여 있다. 어느 것 하나 내 마음을 흔들지 않는 것이 없다.

이번에는 에드몽 웰스가 어둠 속에서 모습을 드러낸다. 천사들의 나라에 있을 때는 그와 라울 사이에 언제나 약간의 경계심이 있었다. 하지만 이제는 둘 다 예전의 불만을 잊은 모양이다.

「사랑을 검으로, 유머를 방패로!」

매릴린이 그렇게 소리쳤다. 옛날에 우리를 하나로 묶어 주었던 구호를 상기시킨 것이다. 우리는 거룹과 켄타우로스에게 들키는 것을 더 이상 염려하지 않고, 우리의 옛 슬로건을 일제히 외친다.

「사랑을 검으로, 유머를 방패로!」

우리는 서로 손을 잡았다. 다시 하나가 되니 기분이 좋다. 우리가 함께 보낸 시간의 이미지들이 우리 기억의 표층으로 다시 떠오른다.

천사 시절에 우리는 지능을 가진 생명이 사는 다른 행성을 찾아 우주를 돌아다닌 끝에 〈빨간 행성〉을 발견했다. 또 타락한 천사들의 군대와 전투를 벌여, 〈사랑을 검으로 삼고 유머를 방패로 삼아〉 승리를 거두었다.

프레디 메예르가 말한다.

「지구인으로서 영계를 탐사하러 떠날 때 우리는 스스로를 타나토노트라고 불렀어. 천사들의 나라를 탐사할 때는 안겔로노트[12]였지. 이제는 신들의 왕국을 탐사하고 있으니까, 우리에게 새로운 이름이 필요하겠는걸.」

「신이 그리스어로 〈테오스〉이니까 〈테오노트〉라고 하면 되겠네요. 우리는 신성을 탐구하게 될 테니까요.」

내 말에 벗들이 모두 동의를 표한다.

「테오노트, 괜찮아.」

라울은 내게 앙크 다루는 법을 가르쳐 준다. 번쩍거리는 빛을 내기 위해서는 D라고 적혀 있는 회전식 조절기를 돌린 다음 그 위를 눌러야 한다. 나는 땅바닥에 불빛을 비춰 보다가 세 친구가 흙투성이가 되어 있음을 알아차린다.

프레디가 설명한다.

「우리는 성벽 밑으로 땅굴을 팠네. 그쪽에는 수풀이 있어서 땅굴의 출구를 가려 둘 필요가 없었어. 땅바닥에 돌 몇 개를 올려놓는 것으로 그만이었지.」

「이제부턴 함께 움직입시다.」

에드몽이 제안했다. 이제 우리는 다섯이다. 우리는 나무들 사이로 올라가다가 좁은 골짜기들을 건너고 오솔길을 따라 걷는다. 가시덤불이 울타리처럼 늘어선 곳을 넘어가자 이상한 지대가 나타난다.

어둠 속에서 터키석처럼 파란 것이 반짝이고 있다. 넓게 펼쳐진 골짜기 한복판으로 너비가 수십 미터나 되는 강이 흐르고 있는 것이다. 마치 물속으로부터 빛을 비추는 아주 넓

12 천사를 뜻하는 그리스어 〈안겔로스〉와 항행자를 뜻하는 〈나우테스〉를 합친 말.

은 수영장을 보고 있는 듯하다. 물속은 보이지 않지만 야광충이 곳곳에서 빛을 내고 있다. 아까는 반딧불이가 길을 밝혀 주더니 이번에는 야광충이 물을 비춰 주고 있는 것이다.

나는 일찍이 이토록 진한 파란색을 본 적이 없다.

청색 작업[13]

22. 파란 강

우리는 한동안 강물을 지켜보았다. 야광충들이 수면에서 맴을 돌며 파란색이 주조를 이룬 그 놀라운 그림에 빛의 터치를 가하고 있다.

바람이 잦아들었다. 켄타우로스는 보이지 않는다. 자러 간 것일까? 잠을 잔다면 그들은 어떻게 잘까? 말처럼 머리를 숙인 채 서서 잘까? 아니면 사람처럼 옆으로 누워서 잘까?

아래쪽에서 종소리가 한 차례 울린다. 오전 1시를 알리는 종이다. 그러자 놀랍게도 지평선에 강렬한 빛줄기가 나타나더니 구름을 뚫고 힘차게 뻗어 나간다. 산꼭대기에서 이따금씩 번쩍이는 빛보다 더욱 강렬한 빛줄기다. 이곳에서는 오전 1시에 날이 밝는 모양이다. 나는 방금 떠오른 태양이 낮에 본 것과 다른 제2의 태양임을 알아차렸다. 이 태양은 첫 번째

13 작가는 연금술 용어를 차용한 중간 제목을 설정함으로써 신들의 세계를 탐사하는 주인공들의 모험이 기나긴 연금술의 과정이 될 것임을 예고하고 있다. 화금석(현자의 돌)을 얻기 위한 연금술사의 작업은 일반적으로 세 단계로 나누어진다. 각각의 단계는 작업이 진행됨에 따라 변화해 가는 원재료의 색깔로 구분된다. 이 색깔들은 각 단계의 화학적 조작이 지닌 성격을 드러낸다. 즉, 〈흑색 작업〉은 검게 태우기에 해당하고, 〈백색 작업〉은 표백에 해당하며, 〈적색 작업〉은 빨갛게 달구기에 해당한다. 연금술의 일부 저자들은 〈백색 작업〉 다음에 환원의 단계인 〈황색 작업〉을 넣어 전부 네 단계로 구분하기도 한다. 베르베르는 신을 만나러 가는 과정을 모두 일곱 단계로 나누고, 연금술사들처럼 각 단계를 색깔로 구분하고 있다.

것보다 더 낮게 뜨고 빛이 더 붉다.

터키석 빛깔의 강물은 베이지색 모래와 연한 초록빛 숲을 배경으로 보랏빛을 띠어 간다.

우리는 걸어서 건널 수 있는 여울이 있지 않을까 해서 상류 쪽으로 강둑을 따라 올라간다. 하지만 얼마 가지 않아 요란한 폭포가 우리를 막아선다. 매릴린 먼로가 출연했던 영화 「나이아가라」를 생각나게 하는 폭포다. 우리는 발길을 돌린다. 상류 쪽에서 강을 건너기는 불가능하다. 하류 쪽도 물살이 세기는 마찬가지이지만 물살에 휩쓸릴 가능성은 적어 보인다. 위험을 무릅쓰고서라도 헤엄을 쳐서 건너야 하는 걸까? 아니면 바닥이 얕은 곳을 더 찾아볼까?

그때 느닷없이 웬 발소리가 들려온다. 우리는 황급히 강둑의 덤불 속으로 숨는다. 누가 혼자서 우리 쪽으로 오고 있다. 후보생인 듯하다. 라울이 벌떡 일어선다.

「아버지!」

뜻하지 않은 만남이다. 하지만 라울의 아버지 프랑시스 라조르박은 아들에 비해 그다지 놀란 기색이 아니다.

「라울, 네가 어떻게 여기에 와 있냐?」

「제가 여기에 온 게 이상한가요? 제가 신이 될 수 없을 거라고 생각하셨나 보죠?」

프랑시스의 토가에서 책 한 권이 떨어졌다. 라울은 얼른 그것을 집어 아버지에게 건네준다.

지구에서 『죽음에 관한 한 연구』를 썼던 프랑시스는 여기에서 〈신화〉라는 제목으로 그 저작을 이어 나가기로 했다고 한다. 여기에 오자마자 자기가 마지막 생애에서 가르쳤던 그리스 철학과 신화를 기억나는 대로 모두 기록해 놓았다는 것이다. 앞으로 이 섬에서 새로운 것들을 알아내어 1백여 쪽에 이르는 그 책을 보충해 나갈 생각이란다.

에드몽 웰스는 대단히 흥미로운 계획이라면서 자기 역시 〈백과사전〉을 더욱 포괄적인 형태로 발전시켜 나갈 거라고 말한다. 그러면서 프랑시스 라조르박의 신화에 관한 지식이 자기 것보다 더 자세하고 정확할 수도 있으므로 그것을 자기 책에 포함시킬 수 있으면 좋겠다고 덧붙인다.

하지만 프랑시스는 한 걸음 뒤로 물러서며 난색을 보인다.

「내 연구의 결실을 이용하겠다고요? 그건 남의 것을 거저 가지려는 거나 진배없어요. 각자 자기 나름대로 노력을 해야죠.」

「내 생각은 이렇습니다. 지식이란 누구의 전유물도 아닙니다. 지식은 누구나 마음대로 이용할 수 있는 것이죠. 그리스 신화는 헤시오도스 같은 사람들을 통해 우리에게 전해졌어요. 우리가 발명하거나 창조하는 것은 아무것도 없어요. 우리는 이미 존재해 오던 지식을 저마다 자기 방식으로 간추릴 뿐입니다.」

프랑시스는 묵묵부답이다. 에드몽의 설득을 받아들이는 눈치가 아니다.

「라조르박 선생, 양자 역학을 창시한 사람이 내가 아니듯이 그리스 신화를 처음으로 정리한 건 당신이 아니에요. 양자 역학이나 그리스 신화에서 오로지 우리에게만 속한 것은 아무것도 없어요. 우리의 저작은 전달의 매체일 뿐이에요. 우리는 그저 꽃들을 모아 꽃다발을 만드는 리본일 뿐이죠.」

프랑시스의 얼굴이 갑자기 붉어진다.

「나는 인간이었을 때 남에게 칫솔을 빌려주지도 않았고

남이 내 접시에 음식을 담아 먹는 것도 허락하지 않았어요. 그런 내가 신의 후보생이 되었다고 해서 행동을 다르게 할 이유가 있나요? 불필요한 혼합을 하게 되면, 무엇이든 희석되거나 망가지기 마련입니다. 당신 꽃다발의 꽃들이나 잘 간수하세요. 난 내 꽃들을 간수할 테니.」

「하지만 아버지…….」

라울이 설득을 시도하자 프랑시스는 단호하게 말허리를 자른다.

「너는 아무 말 말거라. 네가 무얼 안다고 그래.」

「하지만…….」

「딱하구나, 라울. 징징거리고 투덜대는 버릇을 아직도 못 버린 거냐? 네 어머니를 꼭 닮았구나. 너와 네 어머니는 언제나 내 그늘을 벗어나지 못했어. 혼자 힘으로는 아무것도 할 줄 몰랐지.」

「그런 줄 알면서 우리를 버리고 떠나셨나요?」

프랑시스는 고개를 빳빳이 세우고 몸을 잔뜩 웅크리고 있는 아들을 노려본다.

「내가 사라진 덕분에 너와 네 어머니가 스스로의 재능을 발견하게 된 거야. 근육은 사용하지 않으면 쇠약해지기 마련이지. 대담성이나 독립심이나 야망도 근육과 같은 거야.」

라울은 아버지가 옳지 않았음을 입증해 보이려고 한다.

「아버지는 한편으로 순종을 요구하시면서 다른 한편으로는 자유롭게 살라고 가르치셨어요. 그 두 개념은 서로 배치되는 게 아닌가요?」

「저승에서 너를 죽 지켜보았다. 그런데 앞으로 나아가기보다는 계속 꾸물거리고 있더구나.」

「어떻게 그런 말씀을 하실 수가 있죠? 저는 영계 탐사를 개척했어요. 빨간 행성을 발견하기도 했고요.」

「너는 용감하지 못했어. 혼자서 하기보다는 언제나 패거리를 지었지. 네가 누구와 함께 행동했는지 생각해 봐라. 너보다 우유부단하고 소심한 자들뿐이었어. 만일 너 혼자 했더라면, 더 빨리 더 높이 더 멀리 갔을 게다. 그들이 없었다면 너는 참다운 영웅이 되었을 거야.」

「죽은 영웅이 되었겠죠.」

프랑시스는 어깨를 으쓱 추어올린다.

내 친구의 눈에서 갑자기 빛이 번득인다. 예전에 나를 퍽이나 불안하게 하던 바로 그 눈빛이다. 하지만 그들의 언쟁에 제삼자인 우리가 끼어들 자리는 없다. 라울이 말을 잇는다.

「아버지는 자신의 용기와 희생정신을 입증하려고…… 자살을 하셨군요.」

「그래, 맞다.」

프랑시스의 목소리는 차분하다.

「나는 죽음의 세계라는 미지의 영역을 탐사하기 위해 자살을 선택했어. 그럼으로써 너와 네 어머니에게 살아가는 방법을 가르쳐 준 셈이야. 늘 무언가를 시도하고 신들을 조롱하고 운명에 도전하는 법을 가르쳐 준 것이지. 너는 언제나 이거냐 저거냐를 놓고 저울질을 했고, 자꾸 망설이다가 과감하게 몸을 던질 기회를 잃기가 일쑤였어.」

프랑시스는 장황한 이야기에 싫증이 나기라도 한 것처럼 갑자기 옷을 벗는다. 그러더니 토가와 속옷과 책을 고사리 덤불 위에 올려놓고는 추위와 물살을 아랑곳하지 않고 알몸으로 물속에 뛰어든다. 그러더니 완벽한 크롤 스트로크로 멀어져 가다가 강 한복판에 이르러서 우리 쪽을 돌아보며 소리친다.

「봐라, 아들아. 너는 여전히 꾸물거리고 있고, 네가 적극적으로 시도하기보다는 남들이 먼저 하기를 기다리고 있어. 그건 너무 나약한 삶이야. 때로는 먼저 돌진하고 그다음에 요모조모 따져도 되는 거야.」

그러잖아도 우리는 그의 대담함을 본받아 뒤따르려던 참이다. 그때 매릴린이 우리를 제지한다. 이상한 동물들이 갑자기 수면에 나타난 것이다. 상반신은 젊은 여자와 같고 골반 아래는 지느러미가 달린 기다란 물고기와 같은 괴물이다. 은빛이 도는 파란색 비늘이 마치 보석처럼 반짝인다.

라울이 소리친다.

「아버지, 조심하세요!」

프랑시스는 아들의 말을 듣지 않고 전속력으로 헤엄을 친다. 그러다가 마침내 위험을 알아차린다. 하지만 이미 너무 늦었다. 이젠 팔다리를 아무리 빠르게 놀려도 건너편 강둑에 다다를 시간이 없다. 인어들이 벌써 그의 종아리를 잡고 물속으로 끌어당기고 있다. 라울은 아버지를 구하기 위해 몸을 솟구쳐 물속으로 뛰어들려고 한다. 하지만 랍비 프레디 메예르가 한 손으로 그를 꽉 잡는다.

「이거 놔요!」

라울은 프레디의 손아귀를 벗어나려고 버둥거린다. 프레디가 그를 오래 붙잡고 있기는 어려울 듯하다. 내가 나서지 않으면 안 되는 상황이다. 나는 돌멩이 하나를 주워 들어 내 친구의 머리를 때린다. 조금 전에 되찾은 친구를 다시 잃을 수는 없는 노릇이다. 그는 놀란 눈으로 잠시 나를 바라보더니 모래 위로 길게 널브러진다.

강에서는 그의 아버지가 마지막으로 한 번 더 수면 위로 팔을 내젓고는 아주 사라져 버린다.

우리가 소리치는 것을 들었는지 켄타우로스 하나가 빠른 걸음으로 다가온다. 프레디와 나는 라울의 발과 어깨를 잡고 우리가 숨어 있던 덤불 쪽으로 데려간다. 켄타우로스는 지나가면서 우리의 발자국들을 살피고 냄새를 맡아 보더니, 나뭇가지로 덤불을 툭툭 치다가 이윽고 멀어져 간다.

인어들은 예쁜 얼굴을 수면 위로 내밀고 선율이 아름다운 노래를 부르기 시작한다. 물속으로 들어오라고 우리를 유혹하는 노래다.

에드몽 웰스가 눈썹을 찡그리며 말한다.

「오늘 밤에는 이쯤에서 끝내는 게 좋겠어. 더 할 수 있는 일이 없어. 이제 돌아갈 시간이야.」

나는 떠나기 직전에 〈신화〉라는 제목이 붙은 책을 집어 들었다.

23. 신화 : 그리스의 창세기

태초에 카오스가 있었다.

전조는 전혀 없었다. 카오스는 모양도 소리도 빛도 없이 그냥 그렇게 무한한 크기로 나타났다. 카오스는 수천 년 동안 잠자다가 어느 날 갑자기 가이아, 즉 대지를 낳았다.

가이아는 남성적인 요소의 도움을 전혀 받지 않고 수태를 하여 알 하나를 낳았고, 이 알에서 사랑의 원초적인 힘 에로스가 생겨났다. 에로스는 구체적인 형상을 띠지 않은 채로 우주 속을 돌아다녔다. 눈에 보이지도 않고 만질 수도 없는 상태였지만, 그가 발산하는 사랑의 충동은 곳곳으로 퍼져 나갔다.

카오스는 신들을 낳는 것에 큰 기쁨을 느꼈다. 그래서 내친김에 에레보스(어둠)와 닉스(밤)를 낳았다. 이 둘은 이내 교접하여 아이테르(영기)와 헤메라(빛)를 낳았다. 영기는 위로 올라가 우주의 상층부에 드리웠고, 빛은 우주를 비추기 시작했다. 그런데 에레보스와 닉스는 자기네 자식들이 너무 이상해서 말다툼을 벌였다. 그들은 자식들이 싫었다. 그래서 이내 자식들로부터 멀어져 갔다. 영기와 빛이 나타나면 어둠과 밤은 즉시 도망을 쳤다. 반대로 어둠과 밤이 마음을 다잡고 돌아오면, 이번에는 영기와 빛이 달아났다.

한편 가이아는 혼자서 자식을 계속 낳았다.

그리하여 우라노스(하늘)와 우레아(산)와 폰토스(바다)가 태어났다. 우라노스는 위로 올라가 가이아를 덮었고, 우레아는 가이아의 옆구리에 자리를 잡았으며, 폰토스는 가이아의 몸 위로 퍼져 나갔다. 가이아의 가장 깊은 곳에는 또 다른 자식이 숨겨져 있었다. 타르타로스, 즉 동굴들로 이루어진 지하 세계가 바로 그 자식이었다. 하늘, 바다, 산, 지하 세계를 낳은 가이아는 여신인 동시에 완전한 행성이 되었다. 하지만 다산성의 신 가이아는 그 뒤로도 많은 자식을 낳았다. 가이아는 자기가 낳은 우라노스와 결합하여 열두 명의 티탄(여섯 명의 티타네스와 여섯 명의 티타니데스)과 세 명의 키클롭스, 그리고 세 명의 헤카톤케이레스 즉, 쉰 개의 머리와 1백 개의 팔이 달린 거인들을 낳았다.

그런데 우라노스는 자기가 어머니의 손아귀 안에서 놀아나는 장난감일 뿐이라는 것을 깨닫고, 아버지 역할을 거부했다. 그는 자기 자식들인 티탄들과 키클롭스들을 냉담하게 대하는 것으로 그치지 않고, 그들을 지하 세계인 타르타로스에 가둬 버렸다. 이에 격분한 가이아는 땅속 깊은 곳에 갇혀 자기 마음을 아프게 하는 자식들에게 날카롭게 벼린 낫을 건넸다. 미쳐 버린 그들의 아버지를 죽이고 지하 세계에서 벗어나라고 요구한 것이다.

하지만 자식들은 우라노스를 너무나 두려워한 나머지 행동에 나설 엄두를 내지 못했다. 그들은 자칫 잘못하여 우라노스에게 벌을 받는 것보다 지하 감옥에서 썩는 게 낫다고 생각했다. 그래도 티탄들 중의 막내인 크로노스만은 어머니가 내민 낫을 받아 들었다. 크로노스는 우라노스가 어머니 가이아를 강제로 감싸 안으려 할 때 기습을 감행했다. 그는 우라노스의 고환을 잡고 날카로운 낫으로 잘라 바다에 던져 버렸다. 우라노스는 고통에 겨워 울부짖으며 가능한 한 높은 곳으로 달아났다. 그는 그토록 잔인한 범죄를 저지른 아들이 무서워 거기에 그대로 머물렀다. 그 대신 서둘러 이렇게 저주를 내렸다. 「감히 제 아버지에게 손을 댄 자는 거꾸로 제 자식에게 손찌검을 당하게 되리라.」

이렇듯 많은 자식을 낳고 숱한 폭력을 겪은 뒤에, 하늘 우라노스와 대지 가이아는 영원히 결별했다. 이로써 크로노스가 세상의 지배자가 되었다.

에드몽 웰스, 『상대적이며 절대적인 지식의 백과사전』 제5권
(헤시오도스의 『신통기』[14]를 본받은 프랑시스 라조르박의 글에 근거한 것임)[15]

14 『신통기(神統記)』(더 알기 쉽게 〈신들의 계보〉라 옮기기도 한다)는 호메로스와 비슷한 시기에 활동했던 그리스의 음유 시인 헤시오도스가 기원전 700년 무렵에 그때까지 말로 전해 오던 그리스 신들의 계보를 정리한 서사시이다.

15 이하에서도 〈신화〉라는 제목의 글은 모두 프랑시스 라조르박이 『신통기』를 본받아 쓴 글에 근거한 것이라고 되어 있다. 하지만 이 글들의 전거(典據)는 작가가 밝히고 있는 이 서사시에 국한되지 않는다. 작가는 『신통기』를 기본적인 전거로 삼고, 헤시오도스의 또 다른 서사시 『일과 나날』이나 호메로스의 『일리아스』와 『오디세이아』, 아폴로도로스의 『신화집』, 아이스킬로스 등의 그리스 비극, 오비디우스의 『변신 이야기』 등 다양한 문헌을 활용하여 자기 나름의 이야기를 만들어 간다. 때로는 이러한 전거들에 작가 자신의 해석을 가미하여 내용을 더욱 풍부하게 하거나 변형하기도 한다. 예를 들어 우주의 생성과 관련해서, 헤시오도스는 그냥 〈태초에 카오스가 있었고, 그다음에 젖가슴이 넓은

24. 지구인들, 0세

나는 빌라로 돌아와 팔걸이의자에 털썩 주저앉았다. 온몸이 나른하다. 참으로 고된 밤이다. 그래도 갈 때보다는 돌아올 때가 수월했다. 내 친구들이 성벽 밑으로 파놓은 땅굴 덕분이었다. 다만 아직 의식이 돌아오지 않은 라울을 데려오느라 애를 먹기는 했다.

라울의 주소는 그의 앙크에 새겨진 번호로 알 수 있었다. 그는 103,683호 빌라를 배정받았다. 우리는 그를 거기로 데려가서 침대에 눕혔다. 내일 그의 머리통이 볼 만할 것이다. 나한테 맞은 자리가 아주 불룩하게 부어오를 테니 말이다. 그래도 파란 강물 속으로 사라지지 않고 우리와 계속 함께 있게 되었으니 천만다행한 일이 아닌가.

나는 눈을 감는다. 피로감이 새삼스럽게 육신을 파고든다. 모든 근육이 후끈거리고, 심장이 두근거린다. 몸에 땀이 흥건하고 토가가 끈적거린다. 게다가 배가 고프고 목이 마르다. 몸은 지칠 대로 지쳐 있는데, 마음이 너무 흥분된 탓에 잠이 오지 않는다. 종소리를 들은 것도 아닌데, 새벽 2시가 되었을 거라는 느낌이 든다.

아닌 게 아니라 기다렸다는 듯이 종소리가 두 번 울린다. 이제 자야 한다. 강의는 8시에 시작된다. 나는 인간이었을 때 매일 적어도 여섯 시간은 자야 하루의 피로를 풀고 원기를 회복하지 않았나 싶다.

침대에 누워서 몸을 이리저리 뒤척이는데, 목에 걸린 앙

가이아가 있었으며 (……) 그러고 나서 에로스가 생겼는데……〉라고 노래했다. 그런데 위에서 보듯이, 작가는 이것을 카오스가 가이아를 낳고 가이아가 에로스를 낳았다는 식으로 해석하고 있다.

크에 눈길이 머문다. 아름다운 물건이다. 나는 그냥 손길 닿는 대로 D 자가 새겨진 자그마한 회전식 버튼을 누른다. 앙크에서 한 줄기 빛이 발사된다. 일직선으로 된 빛이 아니라 백색 섬광을 발하는 필라멘트들의 다발 같은 빛줄기다. 번갯불처럼 번쩍이는 그 빛에 의자 하나가 박살 난다.

이렇듯이 앙크는 전등 구실을 할 뿐만 아니라 엄청난 무기가 되기도 하는 것이다. D 자가 새겨진 회전식 버튼을 돌려 보니, 번갯불의 강도가 높아지기도 하고 낮아지기도 한다. 빛이 강해지면 레이저 광선과 비슷해진다. A 자가 새겨진 회전식 버튼은 무슨 기능을 하는 것일까? 나는 그것을 돌려 보고 눌러 본다. 아무 반응이 없다. 그러면 N 자 버튼은 무엇에 쓰이는 것일까? 나는 갖가지 대형 사고를 예상하면서 버튼을 누른다. 그런데 뜻밖에도 텔레비전 화면에 불이 들어온다.

리모컨이 어디에 있나 하고 한참 찾았는데, 앙크가 바로 리모컨인 것이다. 올림피아의 텔레비전에는 무엇이 나올까? 자그마한 아시아 여자가 화면에 나타났다. 여자는 침대에 누워 있고, 의사 하나와 간호사 두 명이 그녀를 둘러싸고 있다. 여자는 아기를 분만하는 중이다. 이를 앙다문 채 잔뜩 힘을 주고 있을 뿐 소리를 지르지는 않는다. 간호사들 역시 입을 다물고 있다. 분위기가 놀랍도록 차분하다. 이것은 1번 채널이다. 화면 한쪽에 나와 있는 숫자가 그것을 말해 준다. 나는 버튼을 돌려 채널을 2번으로 바꾼다. 역시 분만 장면이다. 이번 산모는 뚱뚱한 금발 여인이다. 불빛은 덜 환하지만 사람들은 더 많다. 브리타니스패니얼의 눈매를 닮은 왜소한 남자가 남편인 모양인데, 아주 창백한 얼굴로 산모의 한 손을 꽉 쥐고 있다. 산모의 손아귀가 어찌나 억센지 그의 손이 으스러질 것만 같다. 여자는 강아지처럼 할딱거리면서 모두에게 지청구를 해댄다. 그리스어를 하는 듯하다. 그녀 주위에서 젊은 의사들과 여러 간호사가 분주하게 움직인다. 분만실 안쪽에서는 온 가족이 그 광경을 지켜보고 있다. 곧 아기 엄마가 될 여자의 한 마디 한 마디에 그들 모두가 절절맨다. 여자는 도움말을 주려는 사람들을 오히려 가르치고, 온 의료진에게 마구 호통을 친다.

3번 채널. 여기에서도 아기를 낳는 장면이 나온다. 하지만 장소가 병원이 아니라 나무로 지은 오두막이다. 풍경으로 보아 아프리카의 어느 숲속에 있는 오두막인 듯하다. 여기에는 여자들밖에 없다. 산파는 땋아 늘인 머리에 복잡한 장식을 주렁주렁 매달았다. 옷차림이 축제에 나온 사람처럼 화려하다. 주위에서는 소녀들이 탐탐 장단에 맞춰 아름다운 선율의 노래를 부르고 있다. 작은 무리를 지어 뜰에서 기다리고 있는 사람들이 그 노래를 따라 부른다.

그 이상의 채널은 없다. 세 채널에서 비슷한 장면들을 보고 나니, 올림피아의 텔레비전은 아기 낳는 것만 보여 주나 하는 생각이 든다. 아니면 오늘이 공교롭게도 〈세계의 출산에 관한 특별 방송〉이 나오는 날일까?

나는 1번 채널로 돌아간다. 연약한 아기가 가녀린 소리로 울고 있다. 한 간호사가 팔찌 모양으로 된 이름표를 아기의 가냘픈 손목에 채우더니, 아기의 팔에 점적 주사기를 꽂는다. 다른 간호사는 아기의 콧구멍에 대롱 하나를 끼우고 반창고로 고정시킨다.

2번 채널에서는 크고 포동포동한 아기가 허공에 발길질

을 해대면서 우렁찬 소리로 울어 댄다. 가족의 박수갈채가 터져 나온다. 그들은 저마다 달려가서 아기에게 입을 맞춘다. 그러는 동안 간호사 하나는 가위로 탯줄을 자르느라 용을 쓴다. 아마도 가위의 날이 무딘 모양이다.

3번 채널의 산파는 신생아를 두 팔로 받쳐 들고 창가로 가더니 뜰에 모여 있는 사람들에게 아기를 보여 준다. 그들은 다시 노래를 부른다. 침상에 누운 산모 역시 흥얼거린다.

나는 문득 어떤 직감에 사로잡혀 눈을 휘둥그렇게 뜬다. 세 아이의 탄생. 이럴 수가, 이건 내가 천사 시절에 맡았던 세 영혼의 환생이 아닌가. 나는 그들이 각각 누구의 환생인지 알아보려고 온 신경을 기울인다. 아프리카의 아기는 분명 비너스 셰리든이다. 미국의 유명 연예인이었던 그녀는 새로운 삶을 통해 자신의 깊은 뿌리를 되찾고 싶어 한 듯했다. 그리스의 아기는 러시아 군인이었던 이고르일 것이다. 그는 키릴 문자를 사용하는 언어와의 인연을 저버리지 않고, 그리스를 새로 태어날 땅으로 선택한 모양이다.[16] 그는 전생에서 어머니의 미움을 받았던 만큼 자기를 끔찍이 사랑해 줄 어머니를 원하지 않았을까 싶다. 뚱뚱한 산모가 아기에게 모정이 듬뿍 담긴 입맞춤을 퍼부어 대는 것으로 보아, 그는 열 번의 환생에 걸쳐 못된 어미를 만나 지독한 고생을 겪었던 악연의 순환에서 비로소 벗어난 게 분명하다. 두 영혼의 새로운 삶이 그렇게 결정되었다면, 아시아 여자가 낳은 아기는 프랑스 작가였던 자크의 환생일 것이다. 동양에 대해 남다른 열정을

16 러시아어를 비롯한 슬라브계 언어에서 주로 사용하는 키릴 문자는 9세기 말경 그리스 선교사 키릴로스가 동방 정교회의 포교를 위해 그리스어 자모의 대문자를 바탕으로 만든 것이다.

보이더니 결국 아시아에서 태어난 것이다. 그런데 자크는 환생의 순환에서 벗어난 영혼이므로 다시 태어날 의무가 없었다. 그럼에도 그는 천사가 되지 않고 지상으로 돌아가는 길을 선택했다. 그는 보리살타(菩提薩埵)이다. 즉, 깨달음에 도달했으면서도 물질계의 중생을 제도하기 위해 지상으로 돌아가는 것을 선택한 영혼인 것이다.[17]

신생아들은 모두 얼굴이 노인처럼 쪼글쪼글하다. 『상대적이며 절대적인 지식의 백과사전』에 나온 대로, 갓 태어난 아기는 처음 몇 초 동안 전생의 마지막 단계에 있던 노인의 모습을 보인다. 그리고 전생에 관한 단편적인 기억을 아직 간직하고 있다. 그러다가 수호천사가 코와 윗입술 사이에 손가락을 대면 오목하게 골이 생기면서 모든 것을 잊게 된다. 인중이란 말하자면 천사가 남긴 망각의 증표인 것이다.

그런데 아프리카에서 태어난 아기에게 한 소녀가 다가간다. 아기의 누나인 듯하다. 소녀는 아기의 귀에 대고 속삭인다. 나를 당황하게 하는 말이다.

「잊지 마. 전에 너에게 일어났던 일을 잊으면 안 돼. 잘 기억하고 있다가, 말을 할 수 있게 되거든 나에게 얘기해 줘. 난 모든 걸 잊고 말았거든.」

17 베르베르의 신화적인 우주는 일견 그리스·로마 신화와 유대·기독교 전승을 주된 요소로 삼고 있지만, 그 밑바탕에는 불교 사상이 깔려 있다. 천사와 보리살타(줄여서 보살)를 연결시키는 이 대목에서도 그 점을 확인할 수 있다. 팔리어로 〈보디사타bodhisatta〉라 하고, 산스크리트어로 〈보디사트바bodhisattva〉라고 하는 보살은 〈존재(사트바) 그 자체가 깨달음(보디)인 자〉를 뜻한다. 초기 불교의 팔리어 경전에서는 〈깨달음을 향하여 가지만 아직 도달하지 못한 자〉를 가리켰지만, 대승 불교의 산스크리트어 경전에서는 〈열반에 드는 것을 연기하고 중생의 안내자이자 자비로운 구세주로 이 세상에 남아 있는 성인〉을 가리키게 되었다.

25. 신화 : 크로노스

크로노스는 아버지 우라노스의 남근을 잘라 낸 뒤에 아버지의 왕좌를 차지했다. 지구에서 멀리 쫓겨난 우라노스는 그저 이따금씩 비를 뿌리는 것으로 자신의 존재를 드러내는 신세로 전락했다. 그는 자기가 낳은 자식들을 〈불한당〉이라는 뜻으로 티탄이라 부르고, 자신을 상대로 흉악한 범죄를 저지른 자들은 반드시 대가를 치르게 되리라고 경고했다.
티탄들은 자매들과 결합하여 여러 신들을 낳았다. 맏이인 오케아노스(대지를 둘러싸고 있는 거대한 강)는 테티스와 함께 3천 개나 되는 강을 낳았다.
막내인 크로노스는 누이 가운데 하나인 레아와 결합하여 헤스티아, 데메테르, 헤라, 하데스, 포세이돈을 낳았다. 하지만 그는 자기 역시 자식에게 권력을 빼앗기리라는 아버지의 저주를 잊지 않고 있던 터라, 자식들이 태어나자마자 계속 삼켜 버렸다.
레아는 자식들을 잃고 이루 말할 수 없는 고통을 겪으며 분노를 삼키다가, 여섯째이자 막내인 제우스를 잉태했다. 레아는 아이를 낳아서 숨기기 위해 크레타섬으로 갔다. 아이가 태어나자, 레아는 어머니 가이아가 일러 준 계책대로 커다란 돌을 강보에 싸서 크로노스에게 주었다. 크로노스는 그것을 새로 태어난 아기로 여기고 즉시 삼켜 버렸다. 이 계책 덕분에 살아남은 제우스는 나무가 울창한 산기슭의 동굴에서 자랐다. 아이를 보살피는 신들과 요정들은 아이가 울거나 소리를 지르려 할 때마다, 그 소리가 크로노스의 귀에 들리지 않도록 아이 주위에서 노래를 부르거나 창으로 방패를 두드렸다.
그리하여 제우스는 빠르게 자라나 성년에 다다랐다. 그는 감칠맛 나는 술을 아버지에게 가져가 마시게 했다. 이 술에는 먹은 것을 토하게 하는 무시무시한 약이 들어 있었다. 아들의 꾀에 넘어간 크로노스는 자신이 삼켰던 돌과 다섯 자식을 차례차례 토해 냈다. 제우스와 그의 형제들은 아버지가 다시 덤벼들기 전에 올림포스산 꼭대기로 피신했다.

크로노스는 자식들에게 복수를 하기 위해 자기 형제인 티탄들에게 도움을 청했다. 그리하여 구세대 신들과 신세대 신들 사이에 격렬한 전쟁이 벌어졌다. 처음엔 노련한 티탄들이 우세를 보였다. 그런데 티탄 가운데 하나인 프로메테우스가 제우스 편을 들며 아낌없는 조언을 해주었다.[18] 그는 외눈박이 키클롭스들과 팔이 1백 개 달린 헤카톤케이레스를 동맹군으로 삼으라고 일렀다. 그들은 아주 훌륭한 동맹군이었다. 그들은 제우스에게 천둥과 번개를 주고, 포세이돈에게는 삼지창을, 하데스에게는 누구든 쓰기만 하면 눈에 보이지 않게 하는 투구를 주었다. 이 전쟁은 결국 올림포스 신들의 승리로 끝났다. 패배한 티탄들은 세상에서 가장 깊은 곳, 지하의 명계보다 아래에 있는 타르타로스에 갇혔다. 한편 오르페우스 밀교의 전승에 따르면, 크로노스는 제우스와 화해하고, 타르타로스에서 풀려나 〈지복을 누리는 자들의 섬〉에서 살았다고 한다.

에드몽 웰스, 『상대적이며 절대적인 지식의 백과사전』 제5권
(헤시오도스의 『신통기』를 본받은 프랑시스 라조르박의 글에 근거한 것임)

18 이 대목은 헤시오도스의 『신통기』가 아니라, 프로메테우스 신화를 다룬 문헌 가운데 가장 유명한 아이스킬로스의 비극 『결박당한 프로메테우스』에 근거한 것이다. 헤시오도스는 프로메테우스가 티탄 가운데 하나인 이아페토스의 아들이라 말하고 있지만, 아이스킬로스는 프로메테우스를 티탄 중의 하나, 다시 말해서 제우스의 삼촌으로 보고 있다. 그보다 더 중요한 차이는 프로메테우스에 대한 두 시인의 관점이다. 헤시오도스가 그린 프로메테우스는 더없이 지혜로운 제우스를 속이려 드는 사기꾼이자 불을 훔쳐서 인간에게 가져다준 범죄자이다. 반면에 아이스킬로스의 프로메테우스는 독재자 제우스에게 맞서 싸우는 정의의 사도이다. 비열한 쪽은 오히려 제우스다. 프로메테우스는 제우스와 티탄들과의 싸움, 이른바 〈티타노마키아〉에서 제우스의 승리를 이끌어 내는 데 결정적인 역할을 한 바 있다. 그런 점에서 보면 제우스가 그에게 가혹한 형벌을 내린 것은 정의라기보다 배은망덕이다.

26. 토요일, 크로노스의 강의

8시. 오전 강의가 곧 시작될 것임을 알리는 종이 울린다. 잠에서 깨어나 보니 내가 텔레비전 앞의 팔걸이의자에 앉아 있다. 텔레비전을 켜놓고, 진흙이 묻은 토가를 입은 채로 잠이 들었던 것이다. 나는 샤워를 하고 새 토가를 입는다.

오늘은 토요일, 사투르누스의 날이다.[19] 사투르누스는 그리스 신 크로노스의 로마식 이름이다.

아침을 먹을 만한 곳이 보이지 않는다. 올림피아의 거리들은 한산하다. 안개가 아직 여기저기에 자락을 드리우고 있다. 아침 이슬에 젖은 식물들에서 상큼한 향내가 풍겨 난다. 몇몇 켄타우로스와 사티로스와 님프가 멍한 모습으로 지나간다. 간밤을 고되게 보낸 듯한 기색이다.

토가가 너무 얇아서 조금 춥다. 사과나무 아래에 벌써 몇몇 후보생이 모여 있다. 그들은 몸을 덥히느라고 제자리에서 동동거린다. 첫날에는 유명 인사들을 바라보는 데 너무 정신이 팔려서, 천사들의 나라를 함께 거쳐 온 친구들이 있다는 것을 알아차리지 못했다. 라울 역시 다른 후보생들의 면면을 살피는 데 골몰하다가 정작 자기 아버지가 원형 극장에 와 있다는 사실은 깨닫지 못했다. 이제는 나의 테오노트들이 금방 눈에 들어온다. 라울만 빼고 모두가 모여 있다.

19 토요일을 가리키는 말의 어원은 언어에 따라 다르다. 영어의 saturday는 saturn 즉 사투르누스의 날이라는 뜻이다. 작가는 이 어원을 염두에 두고 위처럼 말한 것이다. 하지만 프랑스어의 samedi, 이탈리아어의 sabato, 에스파냐어와 포르투갈어의 sábado, 독일어의 samstag는 모두 〈안식일〉을 뜻하는 헤브라이어 〈샤바트〉에서 나온 것이다. 요컨대 영어의 토요일에만 그리스·로마 신화의 전통이 남아 있고, 다른 언어들의 토요일에는 유대·기독교의 전승이 살아 있는 것이다.

「라울은 어디에 있지?」

매릴린과 프레디는 모른다 하고, 에드몽은 그가 곧 오리라고 한다. 아직 오지 않은 다른 후보생들과 마찬가지로 더 꾸물대지 않고 나타나리라는 것이다. 아닌 게 아니라 지각생들이 사방에서 뛰어오고 있다.

이 분위기는 내가 인간이었을 때 경험한 학창 시절의 개학식 날들을 생각나게 한다. 학교 건물 앞에 모여 기다리면서 우리 선생님들이 어떤 분들일지 궁금해하던 날들 말이다.

라울이 드디어 머리에 붕대를 감은 모습으로 나타났다. 하지만 그는 우리 쪽으로 오지 않는다. 내 인사에 응대하는 것조차 거부하고, 보란 듯이 낯선 후보생들과 호들갑스럽게 이야기를 나누기 시작한다.

매릴린이 볼멘소리로 말한다.

「언제까지 기다려야 하는 거지? 추워서 소름이 돋았어.」

프레디는 그녀를 따뜻하게 해주려고 팔로 그녀의 어깨를 감싼다. 그러자 매릴린은 그에게 기대어 몸을 웅크린다.

마타 하리가 우리 쪽으로 오면서 말을 건넨다.

「후보생들이 줄어든 것 같아. 두 명이 또 빠져서 이제 140명이야.」

프루동이 목청을 높인다.

「저들이 우리를 죽이고 있어. 우리를 하나씩 살해하고 있는 거야. 여기는 학교가 아니라 도살장이야. 드뷔시가 첫 희생자였고, 다른 후보생들이 뒤를 이었어. 결국은 우리 모두가 죽게 될 거라고.」

사팔눈 후보생 뤼시앵 뒤프레가 묻는다.

「그 두 명의 후보생에게는 무슨 일이 일어났을까요?」

「아마 숲에서 길을 잃었을 거예요.」

내가 그렇게 둘러대자 그는 놀라서 되묻는다.

「그들이 감히 밤에 도성을 빠져나갔을까요?」

「어쩌면 천사들의 나라로 되돌아가고 있는지도 모르죠.」

그러자 매릴린이 아테나 신의 말을 상기시킨다.

「살신자에게는 엄청난 형벌이 가해질 거라고 했어.」

「나는 올림포스의 신들을 줄곧 야만적이라고 생각했어. 오늘 우리를 가르칠 크로노스만 해도 그래. 그는 자기 자식들을 삼켜 버린 신이야.」

호라이 가운데 하나인 에우노미아가 나타났다. 사프란 염료 빛깔의 옷을 입은 모습이 언제 보아도 나무랄 데가 없다. 신은 자기를 따라 남쪽 대로로 가자고 이른다.

우리는 행렬을 지어 신을 따라간다. 그 틈을 타서 나는 라울에게 다가간다.

「너를 구하기 위해서 때렸던 거야. 아버지를 구조하고 싶어 하는 네 마음을 알고 있었지만, 네가 위험 속으로 뛰어들었다 해도 아버지를 구하지는 못했을 거야.」

그는 쌀쌀맞게 나를 노려본다. 화해와 용서를 구하기에는 아직 너무 이르다는 느낌이 든다.

크로노스의 궁전은 대로 오른쪽에 자리 잡고 있다. 옆에 종탑을 끼고 있어서 성당처럼 보인다. 그 종탑에서 이번 학기의 시작을 알리는 종소리가 계속 울리고 있다.

대문이 활짝 열려 있다. 우리는 에우노미아가 이르는 대로 기다란 나무 의자에 앉는다. 정면의 강단에는 책상이 놓여 있고, 그 옆에는 무언가를 받치는 데 쓰일 법한 물건이 서 있다. 높이가 1미터쯤 되고 아래쪽에 두 개의 구멍과 서랍이 있는 받침대다. 그 뒤로는 칠판이 보인다.

라울은 일부러 나에게서 멀리 떨어져 앉는다.

나는 실내를 살핀다. 벽에 달아 놓은 선반들에는 자명종, 손목시계, 추시계, 뻐꾸기시계, 모래시계, 물시계, 해시계 등 온갖 종류의 시계들이 뒤죽박죽으로 놓여 있다. 인간 세상에서라면 엄청나게 값이 나갈 법한 수집품들이 있는가 하면, 베이클라이트나 플라스틱으로 만든 소박한 것들도 보인다. 재깍거리는 시계 소리가 마구 뒤섞여서 들려온다.

우리가 소곤소곤 속삭이며 기다리고 있는데, 안쪽의 문이 열리고 키가 2미터 이상 되는 늙은 신이 얼굴에 신경질적인 경련을 일으키며 들어온다.

그가 나타나자마자 시침 소리가 일제히 멎는다. 그는 손으로 입을 가린 채 가볍게 헛기침을 한다. 우리는 입을 다물고 주의를 기울인다. 그가 말문을 연다.

「여기 올림피아에서는 우리 모두가 수수께끼를 무척 좋아한다. 그래서 너희에게 수수께끼 하나를 내겠다.

나는 무엇이든 삼켜 버린다.

날짐승이든 길짐승이든 나무든 풀이든 가리지 않는다.

나는 쇳덩이를 갉아먹고 강철을 물어뜯으며,

딱딱한 돌멩이를 가루로 만들어 버린다.

나는 왕들을 죽이고 도시를 파괴하며,

세상에서 가장 높은 산들을 납작하게 만든다.

나는 누구일까?」

그는 조용히 우리의 표정을 살피다가, 실망한 기색으로 자리에 앉는다.

「답을 생각해 낸 사람이 아무도 없는 거야?」

모두가 묵묵부답이다. 그러자 그는 마치 한숨을 내쉬듯이 답을 말해 준다.

「시간이다.」

그러고는 자리에서 일어나 칠판에 〈크로노스〉라고 쓴다.

「나는 시간의 신 크로노스다.」

그의 허름한 옷차림에는 시간의 신다운 기품이 없다. 암청색 토가에는 하늘을 나타내기 위해 별들이 듬성듬성 찍혀 있지만, 여기저기에 구멍이 나 있는 데다 소매가 볼품없이 늘어져 있다.

「나는 너희를 처음으로 가르치는 일을 맡았지만 너희의 스승은 아니다. 굳이 이름을 붙이자면 0교시 스승이다. 나는 시간을 창조하는 방법뿐만 아니라 그것을 장악하는 방법을 가르칠 것이다. 내가 다른 신들보다 먼저 존재했고 제우스의 아버지라는 점을 잊지 말기 바란다.」

프랑시스 라조르박의 책에서 읽은 것이 뇌리에 떠오른다. 티탄들 가운데 막내였던 이 신은 아버지의 불알을 잘라 버리고 왕좌를 차지했다. 그 뒤에는 자식들에게 그와 같은 일을 당하지 않기 위해서 제우스를 제외한 자식들을 모두 삼켜 버렸다.

「우선 너희의 작업 도구에 대해서 알아야 한다.」

그는 칠판에 〈신들의 작업 도구〉라고 쓰면서 질문을 던진다.

「너희가 천사 시절에 어떤 도구를 사용했는지 기억할 것이다. 누가 말해 볼까?」

손들이 올라간다. 크로노스는 보조개가 있는 갈색 머리 여자 후보생을 가리킨다. 그녀는 얌전하게 대답한다.

「첫째는 꿈이고, 둘째는 직감, 셋째는 징표, 넷째는 영매, 다섯째는 고양이입니다.」

「아주 훌륭하다. 너희는 그 도구들을 계속 사용할 수 있다. 하지만 너희에게는 한 가지 도구가 더 있다. 앙크가 바로 그것이다.」

그는 토가에서 우리 것보다 훨씬 큰 앙크를 꺼낸다.

「이것을 함께 살펴보자. 여기에는 세 개의 검은 버튼이 달려 있고, 버튼에는 각각 D, N, A라는 하얀 글자가 새겨져 있다. D자 버튼은 벼락을 일으킨다. D는 나누고divise 자르고découpe 파괴하고détruit 해체한다désintègre. 너희는 이 버튼을 사용해서 각자가 이끄는 민족에게 벼락을 내리거나 화재를 일으키거나 죽음을 가져다줄 수 있을 것이다. 이것은 함부로 사용하면 안 되는 버튼이다. 이것은 올림피아에서도 죽음을 불러올 수 있다. 따라서 앙크를 다른 후보생이나 스승 신 쪽으로 향하는 것은 금지되어 있다. 켄타우로스든 사티로스든 살아 있는 어떤 영물도 앙크로 겨누면 안 된다. 이 도구를 분별없이 사용하는 자는 벌을 받을 것이다. 나는 이미 한 후보생이 다른 후보생을 살해한 불미스런 사건이 벌어졌다는 것을 알고 있다.」

크로노스는 매몰차게 덧붙인다.

「두고 봐라, 내가 그 살신자에게 본때를 보여 줄 것이다.」

그가 유독 나를 바라보고 있는 것 같아서 오싹 전율이 인다. 그는 다시 후보생들을 둘러보며 말을 잇는다.

「강의 시간 전에 앙크의 배터리를 충전해야 한다는 점을 항상 유념해라. 너희의 방 안을 살펴보면 속이 오목하게 비어 있는 작은 거치대가 있을 것이다. 그 구멍에 맞춰 앙크를 올려놓기만 하면 충전이 된다. 지상에서 올라온 지 얼마 되지 않은 후보생들이라면, 휴대 전화의 충전 방식과 똑같다고 생각하면 될 것이다.」

그러고 나서 그는 자기 오른쪽에 있는 밧줄을 움켜쥔다.

종소리가 울리고 또 한 명의 늙은 신이 강의실로 들어온다. 이 신 역시 거구인데, 덮개에 싸인 거대한 구체를 들고 오느라 숨을 헐떡이고 있다. 구체는 지름이 3미터가 넘는 것이라서 문을 가까스로 통과했다.

구체를 떠받치고 있는 신이 낑낑거리면서 말한다.

「좀 더 일찍 부르면 어디가 덧나? 이제 정말 못 해먹겠어.」

「너희에게 아틀라스를 소개하마. 격려의 뜻으로 다 같이 박수!」

우리는 박수갈채를 보낸다.

아틀라스는 씩씩거리면서 무거운 발걸음을 놀려 커다란 받침대 쪽으로 가더니, 팽개치다시피 구체를 올려놓고, 자기 몸집에 걸맞은 보자기만 한 손수건으로 땀에 젖은 이마를 훔친다.

「당신들은 짐작도 못 할 거야. 이게 얼마나 무거운지 알아?」

크로노스는 연민을 보이며 달랜다.

「좀 쉬게, 아틀라스. 쉬면 괜찮아질 거야.」

「괜찮긴 뭐가 괜찮아! 나는 이런 식으로 일하는 게 지긋지긋해. 내 일이 얼마나 고된지 아무도 몰라. 조수가 필요해. 하다못해 손수레라도 있어야 하는 거 아냐?」[20]

20 작가가 묘사하고 있는 이 아틀라스는 하늘 축을 떠받치는 일에 싫증을 냈던 신화 속의 아틀라스와 많이 닮았다. 헤시오도스의 『신통기』에 따르면, 아

크로노스가 상냥하게 말한다.

「나중에 얘기하세. 시간으로 보나 장소로 보나 그런 문제를 놓고 왈가왈부하기에는 적당하지 않아.」

그는 턱짓으로 후보생들을 가리킨다. 아틀라스는 매우 거칠게 씩씩거리다가 발을 질질 끌며 나간다.

크로노스는 굵직한 목소리로 강의를 이어 나간다.

「신이 된다는 것은 소우주에서 대우주로 넘어가는 것이다. 천사 시절에 너희가 맡았던 일을 생각해 봐라. 너희는 겨우 세 명의 인간을 태어나서 죽을 때까지, 그러니까 기껏해야 한 세기에 걸쳐서 보살폈다. 이제 너희는 수천 명에서 수백만 명에 이르는 인간의 무리를 상대해야 하고, 수천 년에 걸쳐서 임무를 수행해야 한다.」

나는 그의 말을 한 마디도 놓치지 않으려고 귀를 잔뜩 기울인다.

크로노스가 덮개를 걷자, 유리로 된 구체가 모습을 드러낸다. 구체의 내부에는 행성 하나가 들어 있다. 행성의 표면이 구체의 내벽에 닿을 듯 말 듯 하다.

「다들 가까이 와라.」

우리는 구체 주위로 모여든다. 크로노스는 우리가 행성을 제대로 관찰할 수 있도록 실내를 어둡게 만든다. 비로소 행

틀라스는 티탄 가운데 하나인 이아페토스의 아들(따라서 프로메테우스와는 형제 사이)이며, 제우스에게 맞선 벌로 〈헤스페리데스가 사는 세상의 끝에 똑바로 서서 머리와 지칠 줄 모르는 팔로 넓은 하늘을 떠받치고 있어야 했다〉. 아폴로도로스의 『신화집』(강대진 옮김, pp. 124~125)을 보면 하늘 축을 떠받치기 싫어하던 아틀라스가 헤스페리데스의 황금 사과를 훔치러 온 헤라클레스에게 잠깐이나마 그 일을 대신 맡겼던 이야기가 나온다. 베르베르의 아틀라스라는 캐릭터는 바로 여기에서 착안된 것으로 보인다.

성이 본래의 맑은 모습으로 보이기 시작한다.

「너희의 앙크에 달린 둥근 고리는 돋보기의 테두리이기도 하다. 그 돋보기를 유리 벽에 대고, 너희가 이미 텔레비전의 채널을 바꿀 때 사용했던 N 자 버튼을 돌리면서 각자 관심이 가는 지역을 자세하게 관찰해 봐라.」

나는 손을 들고 묻는다.

「A 자 버튼의 용도는 무엇인가요?」

크로노스는 들은 체 만 체 하고 우리에게 새로운 도구를 시험해 보라고 이른다. 우리는 행성의 적도 높이에 이르도록 의자에 올라선 다음, 앙크에 달린 돋보기에 눈을 대고 행성의 표면을 살핀다.

조르주 멜리에스가 묻는다.

「이 세계는 실제로 이 유리 구체 내부에 들어 있는 건가요?」

「좋은 질문이다. 하지만 대답은 〈아니요〉다. 이 구체는 한낱 스크린이다. 너희가 내부에서 보는 것은 이 행성의 입체 투영일 뿐이다. 이를테면 일종의 홀로그램인 것이다.」

「구체에 어떻게 빛을 비추는 거죠?」

다른 후보생이 그렇게 물었다.

「이 행성의 태양에서 퍼져 나온 빛이 반사된 것이다. 너희는 행성에서 실제로 벌어지는 일을 보고 있는 것이다. 만약 너희가 무언가를 하면 그것이 직접 행성에 영향을 미칠 것이다.」

귀스타브 에펠이 묻는다.

「이 행성은 실제로 어디에 있습니까?」

「우주 어딘가에 있다. 굳이 알려고 하지 마라. 행성의 위치는 전혀 중요하지 않다. 그것을 몰라도 너희가 일을 해나가는 데는 아무런 지장이 없다.」

행성의 표면에서 내가 가장 먼저 본 것은 망망한 대양이다. 하얀 물거품이 만들어 내는 가느다란 띠들이 검푸른 바다 여기저기에 퍼져 있다. 해안선이 들쭉날쭉한 대륙들도 보인다. 대륙에는 백사장과 평원, 숲, 이따금 눈에 덮여 있기도 한 산맥, 골짜기, 사막 지대, 크고 작은 하천이 있다. 내 앙크의 N 자 버튼을 돌려 줌을 조절하자 마을과 도시는 물론이고 도로와 건물까지 보인다. 그야말로 세계의 미니어처다.

다시 N 자 버튼을 돌리자 가축의 무리와 들판, 도로에서 혼잡을 빚고 있는 자동차들, 도시의 대로에서 개미 떼처럼 바쁘게 움직이는 사람들이 나타난다. 도시들은 마치 생명체가 숨을 쉬듯 연기를 뿜어내고 무수한 불빛을 내며 팔딱거린다.

하지만 소리가 들리지 않는다. 크로노스는 그것을 알아차리고, 우리에게 이어폰을 나눠 주면서 그것을 앙크의 손잡이에 연결하라고 일러 준다. 내가 이해한 것이 맞는다면, 이것은 지향성 마이크와 같은 방식으로 작동한다. 내가 어떤 곳에 돋보기를 갖다 대면, 그곳의 소리가 들려오는 것이다.

나는 군중 속에서 두 사람을 골라 그들의 대화에 귀를 기울인다. 어딘가에 자동 통역기가 있는지 그들의 말을 즉시 알아들을 수 있다. 그들은 〈이상 기후〉에 대해 불평을 늘어놓고 있다. 그들로부터 조금 떨어져 있는 한 사원에서는 한 무리의 사람들이 〈신에게서 버림받은〉 자신들의 처지를 한탄한다.

우리는 모두 경이감을 느끼며 돋보기를 이동시킨다. 천사 시절에 작은 구체들을 보면서 내가 맡은 인간들의 동정을 살피던 일이 생각난다. 나는 영화감독처럼 앵글을 변화시켜, 가장 좁은 것에서 가장 넓은 것에 이르기까지 시야를 되도록 다양하게 설정해서 관찰해 나간다.

어떤 후보생들은 까치발을 하고 북반구를 살핀다. 그런가 하면 어떤 후보생들은 웅크리고 앉아서 남반구를 관찰한다. 앙크를 들고 이어폰을 낀 우리 모습은 살아 있는 거대한 무사마귀를 청진하는 의사들과 비슷하다.

불투명한 벽이나 지붕 따위는 우리에게 문제가 되지 않는다. 우리는 그것들을 뚫고 건물 안으로 들어가서 거기에 사는 인간들의 비밀을 알아낼 수 있다. 행성의 반은 어둡다. 밤이기 때문이다. 거기에는 코를 골면서 자는 사람들도 있고 성행위를 하는 사람들도 있다. 개중에는 잠을 이루지 못하는 사람들도 있다. 어떤 사람들은 다시 일어나더니 발코니로 나가 담배를 피운다. 그 참에 제라늄 화분을 살피고 물을 주기도 한다. 아직 텔레비전을 켜놓은 집도 도처에 있다.

어떤 곳에서는 사람들이 아침을 맞고 있다. 자리에서 일어나는 아이들이 보인다. 그들은 세수를 하고 옷을 입은 다음 서둘러 아침을 먹는다. 어떤 아이들은 숙제와 준비물을 챙긴다. 어른들은 공장이나 사무실에 출근하기 위해 바쁘게 움직인다.

거리는 참으로 혼잡하고 소란하다. 자동차 운전자들은 꽉 막힌 길에서 경적을 울려 대고, 보행자들은 서로 떼밀며 지하철 입구로 들어간다. 낮 시간이 지나자 그 모든 일이 반대 방향으로 되풀이된다. 집들과 거리에 불이 들어오고, 텔레비전들이 다시 켜진다.

뉴스 시간이다. 무슨 소식이 나올지 궁금하다. 어떤 산악 지대에서 사람들이 무기를 든 채 뛰어다닌다. 그들을 악다구니를 치면서 서로에게 총질을 하고, 총에 맞은 자들은 고통의 비명을 내지르며 죽어 간다.

전쟁은 분명 신들에게 좋은 구경거리다. 후보생 대다수가 그 전투 장면에 돋보기를 들이대고 있으니 말이다. 우리는 사람들이 왜 싸우는지 누구에게 맞서 싸우는지도 모르는 채 그들을 관찰한다. 어떤 후보생들은 승리가 어느 쪽으로 돌아갈 것인지를 점치기도 한다. 진한 초록색 제복의 군대가 연한 초록색 제복의 군대보다 전투에 능해 보이므로 그쪽이 승리하리라는 것이다. 살상 행위는 전쟁터뿐만 아니라 도시에서도 벌어진다. 사람들이 로맨틱 코미디 영화를 보기 위해 영화관에 모여 있는데, 갑자기 이 건물에서 폭탄이 터진다. 사람들은 모두 실성하여 비명을 내지르며 사방으로 흩어진다. 구급차들이 사이렌을 울리며 달려온다. 갈가리 찢긴 시신들이 보도와 차도에 널려 있다. 살아남은 사람들은 겁에 질린 채 울부짖고 손을 비틀며 신음을 토한다.

구조대원들이 시신들을 실어 가고 나자, 거리는 다시 깨끗해지고 삶은 제 흐름을 되찾는다. 사람들은 다시 일상의 활동으로 돌아간다. 마치 어린아이가 개미집에 발길질을 한 뒤에 삶의 대오를 다시 정비하는 개미들처럼.

그때 종소리가 울려 우리를 깜짝 놀라게 한다. 크로노스는 다시 불을 켠다. 우리는 마치 꿈을 꾸다가 깨어난 것처럼 제자리에 선 채 눈을 비빈다. 잠시나마 인간들과 함께 있었다는 느낌이 든다. 우리는 앙크를 거둬들이고 이어폰을 떼어낸다.

크로노스가 우리에게 이른다.

「인간들의 격렬한 행동에 너무 놀랄 필요는 없다. 중요한 것은 그들의 본질을 이해하는 것이다. 겉으로 보이는 몸짓에서 그들의 야심과 희망을 읽어 내야 한다.」

크로노스는 받침대의 아래쪽에서 묵직하고 복잡해 보이는 커다란 추시계 하나를 꺼낸다.

「이 행성의 역법(曆法)과 연도에 관심을 가져 본 학생이 있으면 손들어 봐라.」

천사들의 다섯 가지 도구를 말했던 갈색 머리 여자 후보생이 다시 손을 든다.

「그들이 살고 있는 해는 2035년입니다.」

「그들의 역법에 따른 2035년이다. 사실 그들은 빅뱅 이후로 150억 년, 그들의 행성이 생겨난 뒤로 50억 년, 최초의 인류가 탄생한 뒤로 3백만 년, 첫 도시가 건설된 뒤로 6천 년이 지난 시점에 살고 있다. 하지만 내가 지금부터 보여 주려는 것을 너희가 더욱 분명하게 이해할 수 있도록, 그들의 연도를 그대로 따르기로 하자.」

크로노스가 톱니바퀴 하나를 조작하자, 추시계의 꼭대기에 있는 화면에 2035라는 수가 나타난다.

「이 행성은 우리가 살았던 지구와 비슷해 보이는데요.」

한 후보생이 나직한 소리로 그렇게 말하자, 크로노스는 고개를 끄덕인다.

「세계를 만드는 방법은 무수히 많지만, 생명을 가진 존재들이 번식해 나갈 수 있는 세계를 만드는 방법은 그렇게 많지 않거든.」

그런 다음 그는 우리에게 안도감을 주는 말을 덧붙인다.

「하지만 이 행성은 너희가 살았던 지구가 아니다. 어떤 차이가 있는지 알아차린 학생 있나?」

대답이 쏟아져 나온다.

「의복이 달라요. 그들은 이상한 옷들을 입고 있어요.」

「음식도 달라요. 그들은 무엇으로 만들었는지 알 수 없는 기이한 음식을 먹어요.」

「종교도요. 그들의 종교적 상징들은 지구에서 보지 못한 낯선 것들이고, 사원 역시 지구에 있는 것들과 전혀 닮은 점이 없어요.」

「이 행성에는 일곱 대륙이 있고, 대륙들의 생김새도 달라요.」

「이 행성의 자동차는 지구 것보다 커 보입니다.」

크로노스는 대답이 나올 때마다 고개를 끄덕이다가 덧붙인다.

「또한 이 행성은 지구보다 크다. 그리고 계절의 구분이 훨씬 뚜렷해. 여름은 지독하게 덥고, 겨울은 엄청나게 춥지……. 그뿐만 아니라 이 행성의 인구는 80억 명이 넘어. 우리네 신들은 각각의 행성을 식별한다. 이 행성의 이름은…….」

그러면서 그는 칠판에 〈17호 지구〉라고 쓴다.

「이 행성을 지구라고 부르는 것은 중력과 기상학, 화학 등의 측면에서 너희가 살았던 행성과 동일한 범주에 속하기 때문이다. 또 17이라는 번호가 붙은 것은 17기에 걸쳐 후보생들이 이미 이 행성을 놓고 작업을 벌였기 때문이다.」

에드몽 웰스가 묻는다.

「그렇다면, 저희가 살았던 지구의 이름은 무엇인가요?」

「1호 지구다.」

우리에게 공통된 자부심을 느끼게 해주는 대답이다. 우리가 살았던 행성이 지구의 원조이고, 다른 것들은 진부한 모방작이라는 얘기가 아닌가. 크로노스는 우리의 자긍심에 다시 힘을 실어 준다.

「17호 지구는 분명 1호 지구의 모조품이다. 우리는 신 후보생들을 훈련시키기 위해 특별히 이 행성을 만들어 냈다. 요컨대 이것은 〈연습용〉 행성이다. 연습용 물건이 다 그렇듯이, 이것은 테스트와 실험을 하기 위해 만들어진 것이다.」

그 말을 들으니 아연 긴장과 흥분이 느껴진다.

「이제 너희에게 무언가를 보여 주겠다. 이건 너희 스승들 가운데 어느 누구도 보여 줄 수 없는 것이다.」

크로노스는 마치 자신의 시제품에 만족해하는 시계 제조업자처럼 득의양양한 미소를 지으며, 자기의 이상한 추시계를 천장에 매달린 전등의 강렬한 불빛 아래로 가져간다. 그러자 내부의 기계 장치가 투명하게 드러난다. 톱니바퀴들과 밋밋한 바퀴들이 색색의 액체를 담고 있는 대롱들과 뒤섞여 있다. 이 얼키설키한 기계 장치의 한복판에는 동그랗게 생긴 커다란 눈금판이 있고, 이 눈금판에는 두 개의 바늘이 달려 있다. 추시계의 꼭대기에 붙어 있는 디지털 화면에는 2035라는 수가 표시되어 있다.

크로노스는 눈금판을 덮고 있는 유리를 조심스럽게 열더니, 한 손가락으로 긴바늘을 앞으로 돌린다. 나는 17호 지구 쪽으로 눈길을 돌린다. 언뜻 보기에도 이 행성에 있는 자동차들이 별똥별처럼 빨라지고 사람들이 퀵 모션 화면에서처럼 달음박질치는 것을 확인할 수 있다.

우리는 이 행성에 생겨난 변화를 관찰하기 위해 다시 앙크를 잡는다. 행성이 깜박거리고 있는 것처럼 보인다. 빛과 어둠, 낮과 밤이 아주 빠른 속도로 갈마든다. 그러는 동안 화면에는 숫자의 행렬이 이어진다. 2036, 2037, 2038, 2039…….

크로노스는 시간이 더디게 흐른다고 생각했는지, 큰바늘을 놓고 작은바늘을 돌리기 시작한다. 그러자 화면의 숫자는 1년이 아니라 10년 단위로 바뀌어 간다. 빛과 어둠이 갈마들며 깜박거리던 현상이 사라지고, 행성의 밝기가 일정해진다. 행성의 표면에는 건물들이 솟아났다가 사라지고 그보다 훨씬 높다란 건물들이 들어선다. 이리저리 구불거리는 길들은 갈수록 넓어지고 차선이 늘어난다. 하늘에는 온갖 형태의 비행체가 꼬리에 꼬리를 물고 나타난다.

그러다가 갑자기 이상한 현상이 벌어진다. 도시의 팽창이 중단되는가 하면, 비행체들은 드문드문 날다가 아예 자취를 감춰 버리고, 고속도로들은 다시 오솔길로 바뀐다.

2060, 2070, 2080, 2090……. 그렇게 갑자기 모든 것이 중단된 까닭을 알고 싶다. 크로노스가 바늘 돌리기를 중단했으면 좋겠다는 생각이 든다. 하지만 그는 미친 듯이 계속 바늘을 돌려 댄다.

2120, 2150, 2180, 2190. 마침내 2222에서 그의 손길이 멎었다.

「다들 잘 보거라. 2세기 만에 이 행성이 어떻게 변했는지.」

그는 다시 실내를 어둡게 한다. 우리는 다시 이어폰을 낀다.

살아 숨 쉬듯 연기를 뿜어 대던 도시들이 사라졌다. 자동차도 어둠을 밝히던 등불도 보이지 않는다. 그저 창과 화살로 무장한 몇 개의 부족이 떠돌고 있을 뿐이다.

27. 백과사전: 3보 전진, 2보 후퇴

문명은 살아 있는 유기체처럼 태어나서 자라고 죽는다. 문명에도 고유의 리듬이 있다. 3보 전진, 2보 후퇴가 바로 그 리듬이다. 달의 운행에 차고 이지러짐이 있고 조수에 만조와 간조가 있듯이, 문명에도 고조기와 퇴조기가 있다. 고조기에는 모든 일이 현기증 나는 회오리에 휩싸인 것처럼 잘 돌아간다. 안락함과 자유는 증대되고 노동은 줄어든다. 삶의 질은 높아지고 위험은 감소한다. 3보 전진의 시대다. 그러다가 어떤 단계에 이르면, 상승이 중단되고 곡선이 기울어지기 시작한다. 불안이 감돌고 공포가 밀려오면서 폭력과 혼돈이 생겨난다. 2보 후퇴의 시대다. 일반적으로 이 퇴조기는 바닥에 닿을 때까지 이어진다. 그러다가 또 다른 고조기를 향한 도약이 이루어진다. 하지만 그사이에 허비하는 시간이 얼마나 많은가. 우리는 로마 제국이 건설되고 발전하여, 법률, 문화, 기술 등 모든 영역에서 당대의 다른 문명들을 앞지르며 번창하는 것을 보았다. 그리고 이 문명이 부패와 폭정의 길을 걷다가 쇠퇴의 늪에 빠져서 외적의 침입에 무너지는 것도 보았다. 로마 제국의 절정기에 중단되었던 인류의 위업을 다시 이어 나가기 위해서는 중세의 새로운 문명이 발전되기를 기다려야 했다. 이렇듯 가장 잘 통치되고 앞날을 가장 잘 예견했던 문명들조차도 결국에는 쇠락의 길을 걸었다. 정말 문명의 몰락은 피할 수 없는 것일까?

에드몽 웰스, 『상대적이며 절대적인 지식의 백과사전』 제5권

28. 밑그림의 시대

황폐화한 들판. 폐허로 변한 풍광. 바닥이 내려앉은 채 가시덤불만 무성한 도로. 부서진 건물. 그런 건물에 숨어 살면서 하찮은 먹을거리를 빼앗기 위해 살인도 마다하지 않는 인간들. 원시 상태로 돌아간 아이들의 무리. 야무지게 패거리

를 지어 그 아이들과 먹이를 놓고 다투는 개들. 세상 어딘가에 더 살기 좋은 곳이 있으리라는 헛된 희망을 품고 떠도는 드문 여행자들. 전쟁에서 살아남은 뒤 세상을 떠돌면서 여행자들을 공격하여 강탈과 살해를 일삼는 병사들.

2222년에 17호 지구의 인류는 도덕을 망각했을 뿐만 아니라, 의술과 기술도 잊어버렸다. 전염병이 창궐하여 전쟁에서 가까스로 살아남은 사람들의 목숨을 앗아 간다. 이젠 텔레비전도 라디오도 없다. 세상을 전체적으로 보게 해주는 수단은 어디에도 없다. 문명 대신 무자비한 폭력과 절대적인 이기주의가 만연해 있다. 나는 돋보기에 눈을 붙박은 채 일곱 대륙을 뒤져 재생의 기미를 찾는다.

한참 끈질기게 찾다 보니, 어떤 밀림의 깊숙한 곳에 터전을 마련한 부족이 눈에 띈다. 말뚝 위에 세운 오두막들이 반원을 그리며 옹기종기 모여 있다. 마을 한복판에서 장작불을 쬐고 있는 사람들이 보인다. 동물의 기름을 발라 번들거리는 머리에 새의 깃털을 꽂은 모습이다.

선사 시대로 돌아간 것일까…….

한쪽 구석에서 아이들이 노인의 이야기에 귀를 기울이고 있다. 노인은 시대의 증인이었던 할아버지로부터 아버지를 거쳐 전해져 온 이야기를 들려준다. 내가 궁금해하던 이 세계의 재난에 관한 이야기다.

「옛날에는 사람들이 하늘을 날아다녔단다. 세상 어디에서든 멀리 떨어져 있는 사람들끼리 이야기를 나눌 수 있었고, 개별적인 운송 수단을 이용해서 먼 곳으로 여행을 다닐 수 있었지. 그들에게는 아주 특별한 기계가 있었어. 생각을 더 정확하고 빠르게 할 수 있도록 도와주는 기계였단다. 그들은 불을 피우지 않고 빛을 만들어 내는 방법까지 알고 있었어. 옛날에는…… 문명이 〈민주적〉이어서 1백여 개의 나라들이 평화롭게 살았지. 그러다가 배타와 금기에 바탕을 둔 종교를 신봉하는 몇몇 국가가 한통속이 되어, 민주적인 가치를 억압하고 자기네 종교의 교리를 강요하기 시작했어. 그 종교를 믿는 사람들은 스스로를 〈금하는 사람들〉이라고 불렀어. 그들은 다른 신앙을 가진 사람들을 죽이고 다른 종교의 사원에 불을 지름으로써 세상에 물의를 일으켰지. 그러더니 저희에게 반대하는 사람들은 물론이고 저희 편의 온건한 사람들까지 공격했어. 그들은 민주주의를 지지하는 사람들이 모이는 곳에 폭탄을 설치해서 무수한 사람들을 희생시켰어. 그런데 민주주의자들은 그런 맹목적인 폭력에 어떻게 대응해야 할 줄 몰랐다는구나. 민주적인 가치들을 존중하면서 폭력에 맞서는 길을 찾지 못했던 거지. 그래서 처음에는 눈을 감고 그냥 모른 체했다는 거야. 그러다가 〈금하는 사람들〉을 우대해 주면서 달래 보려고 했지. 하지만 〈금하는 사람들〉은 이런 태도를 그저 나약함의 증거로 여기고 폭력을 더욱 빈번하게 사용했어. 〈금하는 사람들〉이 기세를 올리면 올릴수록, 민주주의자들은 상대편의 살상 행위를 정당화해 주려고 애썼어. 상대편이 폭력을 사용하는 데는 그럴 만한 이유가 있다면서, 그 이유를 자기들에게서 찾은 거야. 말하자면 부당하게 매를 맞은 사람이 스스로 맞을 짓을 했다며 반성하는 꼴이었지.

〈금하는 사람들〉은 민주주의자들이나 다른 종교의 신자들에 비해 자신감이 강했어. 그게 그들의 장점이었지. 그들은 자기네 생각이 옳다고 확신했고, 그것을 간단하고 알아듣기 쉬운 말로 설명할 줄 알았어. 다른 사람들이 의심과 복잡한 생각에 빠져 살아가고 있을 때, 그들은 아무 방해도 받지 않고 자기네 교리와 가치를 대중에게 강요했어. 민주주의자들은 그런 몽매주의가 얼마 가지 못할 거라고 확신했지. 과학과 기술이 지배하고 논리와 상식이 통하는 세계에서 그런 것은 곧 사라질 수밖에 없다고 낙관한 거야. 하지만 사정은 전혀 그렇지 않았어. 〈금하는 사람들〉의 영향력은 갈수록 커질 따름이었지. 특히 진보에 반대하는 자들 사이로 확산되었지. 가장 가난한 계층에 속하는 사람들은 이 운동에 쉽게 휩쓸렸어. 자기들을 가난뱅이로 만든 사회에 대해 복수를 하는 기분이 들었기 때문이야. 나중에는 지식인 계층마저 이 운동에 오염되었어. 그 가공할 폭력과 단순한 교리에서 미래를 위한 새로운 계획의 한 형태를 발견한 거지.

민주 국가들은 차례차례 무릎을 꿇고 그 종교를 믿는 사람들의 지배를 받게 되었어. 그들에게 정면으로 맞서기는커녕, 재앙을 중단시킬 방안을 놓고 계속 저희끼리 싸워 대기만 했지. 그러니 무슨 방안이 나왔겠어? 이미 도처에서 공포 정치가 횡행하고 있는데도 저항의 마지막 보루에서는 여전히 말싸움을 벌이고 있었지. 〈금하는 사람들〉의 명령은 곧 법이었어. 사람들은 평화를 얻기 위해서 또는 목숨을 보전하기 위해서 자기들의 종교를 버리고, 〈금하는 사람들〉의 도그마를 받아들였어. 여자들은 남자들에게 순종하고, 남자들은 우두머리에게 순종했어. 우두머리에게는 무엇이든 할 수 있는 권한이 있었어. 자신의 생각을 말하거나 종교가 아닌 다른 것을 통해서 배우거나 자기만의 생각을 갖는 것은 이제 아무도 엄두를 낼 수 없는 일이 되어 버렸지. 모두가 정해진 시각에 맞춰 끊임없이 기도를 해야만 했어. 기도를 빼먹는 사람들은 이내 이웃에게 들켜서 고발을 당했지.」

한 아이가 묻는다.

「어쩌다 일이 그렇게 되었을까요?」

「민주주의자들에게는 질문이 있었고, 그들에게는 답이 있었던 거지. 민주적인 나라가 고립된 작은 구역으로 줄어들고 그마저도 광신도들의 맹목적인 테러에 시달리고 있을 때, 〈금하는 사람들〉의 진짜 우두머리가 마침내 정체를 드러냈어. 그자는 이미 얼굴이 알려진 테러 집단의 우두머리들 가운데 하나가 아니었어. 오히려 천연자원을 많이 보유한 가장 부유한 나라의 공식적인 지도자들 가운데 하나였지. 그자는 민주주의에 대한 지지를 줄곧 천명해 왔던 정치인이었어. 〈금하는 사람들〉의 체제에서는 이중성이 군사적인 책략으로 여겨지고 있었던 거야.

그자는 이제부터 자기가 종교적인 말씀의 유일한 대표자라고 선언하고 독재적인 세계 정권을 수립했어. 자신에게 충성하는 지도자들을 중심으로 지배 체제를 구축하고, 정치 경찰과 종교 경찰을 내세워 자신의 법을 강요했지. 신민들에게는 일체의 개인적인 쾌락이 금지되어 있었음에 반해, 독재자와 그의 가족과 부하들은 온갖 풍요를 만끽하면서 사치스럽고 방탕하게 살았어. 그들은 〈금하는 사람들〉의 지도자들이었지만, 정작 스스로에게는 아무것도 금하지 않았던 거야.」

또 다른 아이가 묻는다.

「그들은 여전히 하늘을 날고, 말을 타지 않고도 빠르게 이동하고, 불을 피우지 않고도 빛을 만들어 냈나요?」

노인은 목청을 가다듬고 말을 잇는다.

「종교 지도자들은 과학자들과 기술자들을 몰아냈어. 종교에 저항하는 새로운 수단들이 발명될까 두려웠던 거지. 지식인이다 싶은 사람들은 모두 붙잡아다가 죽도록 고문을 했어. 체제에 반하는 이론을 전파할 만한 사람들의 씨를 말리려고 했던 거야. 그들은 과학 도서를 불태우고 자기들의 작품을 제외한 모든 예술 작품을 파괴했어. 의사들도 숱하게 죽임을 당했어. 주술을 부리는 마법사인 데다가 본질적으로 민주주의를 지향하고 있다는 게 그 구실이었지. 의사들이 사라지자 전염병이 돌기 시작했어. 〈금하는 사람들〉은 여성 교육과 과학 기술과 의술을 금지한 데 이어, 여행과 음악과 텔레비전과 책을 금지했어. 심지어는 새들이 지저귀면 기도 시간을 알리는 노래가 잘 들리지 않을 수 있다면서, 새들의 노래를 금하기까지 했다는구나. 그들은 자기들 멋대로 역사를 다시 쓰기도 했고, 경기장에서 벌어지는 공개 처형을 의무적으로 보는 것 말고는 오락을 모두 없애 버렸어. 온 세상에 공포가 만연해 있었지.」

「그런데 우리는 어떻게 살아남은 거죠?」

「독재자는 결국 늙어서 죽었는데, 그의 후계자 자리를 놓고 아들들 사이에 치열한 싸움이 벌어졌어. 그로써 전 세계를 아우르는 대규모 군대와 통일된 종교 경찰이 사라지고, 신정(神政) 제국은 산산조각이 나버렸지. 예전의 관료들은 전쟁의 지휘관으로 탈바꿈했고, 도처에서 독립을 요구하는 도당들이 무력행사를 벌였어. 죽임을 당하지 않으려면 죽여야 한다는 것이 그 시대의 생존 법칙이었어. 약육강식의 법칙이 지배하는 그런 세상에서 우리 조상님들과 같은 일부 사람들은 도시에서 탈출하여 군인도 광신자도 도적도 없는 숲속으로 들어갔지. 그래서 우리가 지금 여기에 있는 거고, 내가 너희에게 이런 이야기를 할 수 있는 거야.」

「인간이 어떻게 새처럼 하늘을 날았는지, 어떻게 멀리 떨어진 사람과 이야기를 나누었는지, 어떻게 불도 피우지 않고 빛을 만들어 냈는지, 그 모든 것을 가르쳐 주는 책이 있다면 얼마나 좋을까요?」

분명 내 귀로 들었음에도 잘 믿기지 않는다.

다른 후보생들도 2035년에서 2222년 사이에 벌어진 사건들을 각자 자기 나름의 방식으로 알아낸 듯하다. 우리는 믿을 수 없다는 표정을 지으며 서로를 바라본다. 진보한 문명을 출발점으로 되돌리는 것이 이토록 쉬운 일이란 말인가?

크로노스가 묻는다.

「이 행성은 왜 몰락했을까? 너희 생각은 어떠냐?」

한 후보생이 의견을 제시한다.

「독선적이고 폭압적인 종교 지도자의 독재 때문입니다.」

「그건 하나의 징후일 뿐이다. 신 후보생들답게 더 폭넓고 다양한 관점을 제시해 보거라.」

「민주주의자들은 자기네 체제가 광적인 종교보다 강력하다고 확신했습니다. 그러다가 정신을 차렸을 때는 이미 때가 늦었죠. 그들은 상대를 과소평가했습니다.」

「조금 낫군.」

「민주주의자들은 안일과 나태에 젖어 싸울 생각을 하지 않았어요.」

「좋아.」

우리는 저마다 자기 관점을 말하려고 모두가 동시에 목소리를 낸다. 크로노스는 발언권을 얻어서 차례차례 말하라고 이른다. 에드몽 웰스가 얼른 손을 들어 올린다.

「지식인들과 대다수 민중 사이에 너무 큰 격차가 있었어요. 엘리트는 갈수록 빠르게 나아가는데, 일반 대중은 자기들이 일상적으로 사용하는 기계들이 어떻게 작동하는지도 모르고 있었죠. 바닥이 무너져 내리는 판에 천장을 높인들 무슨 소용이 있겠습니까?」

「그들은 자신들의 성공을 불안하게 여겼어요. 반면에 실패는 그들을 낯익은 세계, 과거의 세계로 이끌었죠. 그들은 성공보다 실패에서 편안함을 느꼈던 셈입니다.」

사라 베르나르트가 그렇게 말하자, 귀스타브 에펠이 덧붙인다.

「그건 마치 공부 못하는 학생들이 그냥 지지리들 사이에 편안히 머물고 싶어서 우등생들을 멀리하는 것과 비슷합니다. 모든 게 그런 식으로 진행되었어요.」

「그들은 사상의 자유, 진보, 총체적인 지식, 양성 평등을 점차 상실했고, 자기들의 운명을 가장 반동적이고 가장 냉소적인 자들의 손에 맡겼어요. 그것도 관용이라는 원칙을 내세워서 말입니다.」

볼테르가 목청을 높이자, 루소가 나선다.

「그들은 자연으로 돌아가기는커녕 자연과 너무 배치된 길로 나아갔어요.」

「그들은 아름다움을 느끼고 이해하는 감각을 잃어버렸어요.」

반 고흐의 말을 받아 생텍쥐페리가 힘주어 말한다.

「그들은 테크놀로지에 의지했어요. 과학이 종교보다 강하다고 믿었죠.」

그러자 에티엔 드 몽골피에가 설명을 보탠다.

「과학 기술에 의지했던 그들은 의심에 빠져 있었고, 종교를 믿었던 사람들은 확신에 차 있었어요. 아마도 과학은 끊임없이 이의를 제기하고, 종교는 이의를 허용하지 않기 때문이겠죠.」

「그들은 모두 바보였어요. 이런 일을 당해도 싸요. 자업자득이죠.」

조제프 프루동의 딱 부러진 말에 볼테르가 반박한다.

「그렇게 말할 수는 없소. 그들은 성공을 목전에 두고 있었어요.」

「하지만 결국 실패했잖아요. 종교란 바보들을 노리는 함정입니다. 이들이 맞이한 운명은 그것의 명백한 증거예요.」

뤼시앵이 끼어든다.

「모든 종교를 싸잡아서 말하면 안 되죠. 폭력을 종교적인 행위라고 설교하는 종교가 문제였어요. 그런 종교 때문에 공포가 만연하게 된 거죠.」

크로노스가 알린다.

「이제 17호 지구가 출발점으로 돌아왔으니, 각자 임기응변의 재능을 시험해 볼 수 있을 것이다. 게임의 규칙은 간단하다. 먼저 저마다 인간 공동체를 하나씩 골라라. 여기저기에 터를 잡고 있는 부족들 중에서 무작위로 고르면 된다. 그 다음에는 그 부족을 각자 자기 방식대로 발전시켜 보는 것이다.」

우리는 임무에 착수한다. 버림받은 백성들의 일상에 변화를 주기 위해서는 샤먼이나 주술사나 사제나 예술가의 도움이 필요하다. 우리는 꿈, 벼락, 영매 등을 통해서 그들에게 영향을 주려고 애쓴다. 부족들 사이에 싸움이 벌어지면, 앙크의 D 자 버튼을 이용해서 싸움에 개입할 수 있다. 자기가 선택한 부족의 적들에게 벼락을 내릴 수 있는 것이다. 창의성이 뛰어난 개인들에게는 기술이나 과학이나 예술 분야에서 무언가를 창조해 낼 수 있도록 영감을 주어야 한다. 하지만 이건 쉬운 일이 아니다. 인간들은 잠에서 깨어나면 꿈을 잊어버리고, 우리가 보낸 신호를 그릇되게 해석하기가 일쑤다. 영매들은 저희가 원하는 것만 받아들인다. 때로는 그런 몰이해 때문에 짜증이 난다.

그래도 〈이교도〉였던 그들이 점차 나의 존재를 의식하고 나를 숭배하기에 이른다. 그래서 나는 그들에게 세상의 이치를 조금 일깨워 준다.

우리가 신성(神性)을 드러내면 그들은 먼저 경악과 공포를 느끼다가 나중에는 완전히 매혹된다. 17호 지구에 새로운 종교들이 나타난다. 이건 악을 바로잡기 위한 필요악이다. 내 친구들도 자기들의 부족을 신앙심 깊은 백성으로 만들어 간다. 매릴린은 백성의 숭배에 감동을 받는다. 지상에서 영광의 절정을 구가하던 시절에도 팬들이 그렇게까지 그녀를 숭배하지는 않았던 것이다.

에드몽은 옛날에 개미들을 관찰하던 때처럼 묵묵히 자기 부족을 살피고 있다.

크로노스는 후보생들 주위로 돌아다니면서 이따금 고개를 숙여 우리의 작업을 검사한다. 주름진 그의 얼굴에는 아무 표정이 없어서 우리의 개입을 마음에 들어 하는지 못마땅하게 여기는지 가늠할 수가 없다. 마리 퀴리는 자기 백성들의 소요 때문에 화를 내고, 사라 베르나르트는 자기 부족의 실수를 재미있어한다. 에디트 피아프는 노래를 흥얼거리면서 자기 무리를 이끌고, 마타 하리는 마돈나처럼 알쏭달쏭한 표정을 짓고 있다.

두 시간에 걸쳐 우리의 권능을 자유롭게 행사하고 나자, 크로노스가 종을 울리며 우리의 작업 결과를 검토해 보자고 한다. 대다수 후보생들은 나보다 좋은 결과를 얻지 못했다. 다만 뤼시앵 뒤프레는 자기 부족을 상당히 진보시킨 듯하다. 그는 이상한 버섯을 먹고 환각 상태에 빠진 샤먼을 통해 자기 메시지를 전달한다. 약탈을 일삼는 이웃 부족들을 피해 어떤 섬에 정착한 그의 부족은 1970년대의 히피 공동체와 비슷한 방식으로 살아가고 있다. 그들은 평화롭고 차분하다. 그들의 풍속에는 억지스러운 데가 없다. 그들은 저마다 온갖 종류의 활동에 참여한다.

크로노스는 관찰한 내용을 수첩에 적고, 우리의 첫 소감을 묻는다.

몇몇 후보생이 잇달아 대답한다.

「사람들에게 너무 겁을 주면, 종교적인 성향을 보입니다.」

「그들을 저희 멋대로 하게 내버려 두면, 어리석은 짓을 되풀이합니다. 그야말로 짐승처럼 행동하기 일쑤예요.」

「그들은 벌을 두려워하지 않게 되면 아무것도 존중하지 않아요.」

「너희가 보기엔 왜 그렇지? 각자 자기 생각을 말해 볼까?」

「인간은 죽음과 파괴에 끌리는 경향이 있어요. 그건 일종의 본성이에요. 경찰과 처벌이 없으면 인간은 남을 존중하지 않아요.」

여자 후보생 하나가 대답하자, 크로노스가 되묻는다.

「왜 그럴까?」

대답이 여기저기에서 튀어 나온다.

「아마도 타인들을 제대로 이해하지 못하기 때문일 겁니다.」

「서로 사랑하지 않기 때문이죠.」

「그들은 인류를 하나로 생각하는 총체적인 전망을 좋아하지 않아요.」

「자신을 인류의 일원으로 바라볼 줄 모르죠.」

「그들은 자기네 종을 전체적으로 진보시키는 계획을 상상할 수 없어요.」

「그들은 언제나 두려움 속에서 살고 있습니다.」

내가 그렇게 말하자, 크로노스가 나를 돌아본다.

「그 의견을 더 설명해 보겠나?」

「공포가 그들을 눈멀게 합니다. 그래서 앞을 더 길게 내다보면서 평화로운 삶을 도모할 수가 없는 것이죠.」

에드몽 웰스가 고개를 끄덕이며 거든다.

「그들이 공포를 느끼는 것은 그들의 의식이 아직 제자리걸음을 하고 있기 때문입니다. 그들의 과학 기술이 비약적으로 발전해서 경이로운 도구들을 보유하고 있었을 때도 영혼은 낮은 단계에 머물러 있었어요. 그래서 결국은 영혼의 수준에 맞는 과학 기술의 단계로 돌아갔습니다. 초보적인 영혼들에게는 초보적인 기술이 어울리죠.」

후보생 대다수가 고개를 끄덕인다. 크로노스 역시 이 대답에 만족한 기색이다. 그때 뤼시앵 뒤프레가 나선다.

「잠깐만요, 인류가 모두 그렇다고 볼 수는 없어요. 예를 들어 제가 관여한 공동체의 구성원들은 공포에서 벗어나 사랑으로 나아가고 있어요. 동물의 단계를 넘어서서 더 높은 단계로 올라가고 있다는 것이죠.」

그의 옆자리에 앉은 후보생이 이의를 단다.

「그 공동체가 잘 돌아가는 것은 인구가 아주 적기 때문이야.」

「현재 생존해 있는 인류 가운데 2백~3백 명밖에 안 된다 할지라도, 나름대로 훌륭한 시작이죠. 예전에 독선적이고 단호한 소수의 사람들이 종교를 내세워 파괴한 것을 이제 참된 깨달음을 추구하는 사람들이 재건할 수 있어요.」

프루동이 빈정거린다.

「그래요. 하지만 그들의 새로운 종교는 바로 우리를 신봉하는 겁니다. 그들이 만들어 낸 종교를 우리가 강요하는 종교로 대체하는 거라고요. 그래서 달라지는 게 뭐죠?」

「나는 종교라고 하지 않고 깨달음의 추구라고 했어요.」

「내가 보기엔 그게 그건데요.」

「내가 보기엔 정반대예요. 종교는 기성복이나 즉석식품 같은 거예요. 이미 다 만들어져 있는 생각을 모두에게 강요하죠. 깨달음을 추구한다는 것은 자아를 넘어서는 어떤 것, 어떤 초월자를 느끼고 그것을 향해 나아가는 것이죠. 그 길은 사람마다 다른 것이고요.」

프루동이 다시 빈정거리며 묻는다.

「그럼 당신이 저 산꼭대기에 위대한 신이 숨어 있을 거라고 생각하는 것은 종교인가요 아니면 깨달음의 추구인가요?」

토론이 길어지려고 하자, 크로노스는 다시 종을 울린다. 그러고는 수염을 쓸면서 아퀴를 짓는다.

「이 정도로 하고 다음 연습으로 넘어가자. 이제 결자해지의 시간이다. 우리 이름으로 행한 일을 우리 이름으로 거둬들일 것이다. 이 연습용 행성에 우리의 거룩한 분노를 쏟아부을 때가 되었다.」

강의실의 모든 시계가 오후 7시를 가리키고 있다. 밖의 어스름이 안으로 밀려들기 시작한다.

「자, 각자 앙크의 D 자 버튼을 최대로 돌려라.」

뤼시앵 뒤프레가 소리친다.

「아니, 이건 집단 학살이 아닙니까?」

크로노스는 진행을 잠시 미루고 이의를 제기한 후보생을 설득한다.

「자네의 경험은 예외적인 거야. 자네는 고작 몇백 명을 상대로 해서 작은 성공을 거뒀지만, 전체적으로 보면 그건 아무것도 아냐. 수십억의 인류가 참담한 상태에 빠져 있어. 그들의 고통을 줄여 줘야 해.」

「하지만 제가 관여한 공동체는 인류를 구원하는 일이 가능하다는 것을 증명하고 있어요. 말씀하신 대로 제 성공은 작은 것이지만, 이것이 널리 퍼져 나갈 수 있지 않겠습니까?」

「자네의 성공은 자네가 제법 능력 있는 후보생이라는 것을 증명하고 있어. 경기가 본격적으로 시작되면 발군의 실력을 보일 거라고 확신해.」

「경기라니요?」

「신 후보생들의 경기 말일세. 우리는 그것을 〈Y 게임〉이라고 부르지.」

「저는 그런 게임을 원치 않아요. 그저 저의 작은 공동체를 계속 살려 나가고 싶어요. 그들이 얼마나 행복하게 사는지 보세요. 그들에겐 마을이 있어요. 그들은 유지하고 보수하는 일을 교대로 하면서 마을을 가꿔 나가죠. 다툼은 없어요. 그들은 그림을 그리고 노래를 불러요.」

「오염된 대양에 맑은 물 한 방울이 떨어진들 무엇이 달라지겠나? 이제 물을 완전히 갈아 버려야 해.」

나는 혹시나 하면서 묻는다.

「사람들을 시험관에 따로 담아 두는 방법은 없나요?」

「낡은 것으로는 새것을 만들 수 없다. 너희는 이 행성의 주민들과 친해지기 시작해서 애착을 갖는 모양이지만, 이들에게는 수백만 년에 걸친 오류와 폭력이 빚어낸 나쁜 습관이 뿌리 깊게 박혀 있다. 이들은 높은 단계로 올라갔다가 다시 아래로 떨어졌다. 이제는 고대인들의 의식 수준이라고 할 수 있는 노예의 정신 상태를 보이고 있다. 우리가 이들에게서 끌어낼 수 있는 것은 아무것도 없다. 이들은 인간의 경지에도 도달하지 못했다. 의식의 발전 단계로 보면 이들은 기껏해야 3.1의 수준에 와 있다. 너희가 7의 수준에 도달해 있다면, 이들은 겨우 3.1에 머물러 있다는 것이다. 한마디로…… 동물이라는 얘기다.」

개미 연구가였던 에드몽이 끼어든다.

「동물들도 살아갈 자격이 있습니다.」

「이들의 미덕을 애써 찾지 말고, 이들의 악행을 상기해라. 너희는 이들의 고문과 광신, 비열한 짓거리, 그리고 막판의 야만적인 작태를 보지 않았느냐? 모든 것을 지나치게 단순화하는 폭력적인 종교 하나가 이렇다 할 저항도 받지 않고 너무나 쉽게 온 행성에서 득세하는 것을 보지 않았느냐? 그런 일은 일어났고, 앞으로 또 일어날 것이다. 뤼시앵, 자네한테는 안된 일이지만, 이 인간들은 끝장이 난 것이다.」

몇몇 후보생이 나직하게 찬동의 소리를 내뱉는다. 크로노스는 그런 분위기를 틈타서 쐐기를 박는다.

「이제 너희가 할 일은 단말마에 신음하는 인류의 고통을 덜어 주기 위해 마지막 일격을 가하는 것밖에 없다. 이 인류는 오랫동안 살아왔다. 이들의 연대 계산법에 따르면 현재의 연도가 2222년이지만, 사실 이 인류의 나이는 벌써 3백만 살이다. 한 개인으로 치자면 류머티즘과 암으로 고생하는 늙은이인 것이다. 만약 이 인류가 말을 할 수 있다면, 자기들의 고통을 단축시켜 달라고 애원할 것이 분명하다. 이건 살인이 아니라 안락사인 것이다.」

뤼시앵은 전혀 설득당하지 않은 기색이다.

「신이 된다는 게 이런 거라면…… 저는 차라리 그만두겠습니다.」

그러더니 우리를 돌아보며 말을 잇는다.

「여러분도 모두 그만두는 게 좋겠어요. 지금 우리에게 비열한 임무가 강요되고 있다는 것을 알아차리지 못했나요? 행성 하나를 가지고 놀다가 이제 그것을 파괴하겠다는 것입니다. 마치 곤충들을 짓밟아 죽이듯이 말입니다!」

에드몽 웰스의 얼굴이 일그러진다. 하지만 그는 그저 고개를 숙일 뿐이다. 뤼시앵은 책상 위로 올라가서 소리친다.

「여러분, 깨어나십시오! 지금 무슨 일이 벌어지고 있는지 아직 깨닫지 못하셨습니까?」

아무도 반응을 보이지 않는다. 사실 우리는 각자가 관여했던 공동체를 그다지 만족스럽게 여기지 않는다. 오로지 뤼시앵만이 자기 부족을 발전시키는 데 성공했다. 그러니까 그는 뭔가 잃을 것이 있는 셈이다. 숲속에 터전을 마련한 내 부족도 그리 신통한 편이 아니다. 그들은 만성적인 질병에 시달리고 있는데, 나는 그 문제를 해결할 수가 없다. 그 질병은 이질이다. 그들은 진통 효과가 있는 나뭇잎을 씹어 대지만, 아무리 그래도 상황은 전혀 나아지지 않는다. 그들의 물에 아메바가 너무 많이 들어 있는 탓이 아닌가 싶다.

뤼시앵은 우리를 하나하나 부르며 들쑤신다.

「이보게 루소, 그리고 자네 생텍쥐페리, 멜리에스, 에디트 피아프, 시몬 시뇨레…… 에드몽 웰스, 그리고 자네 라울, 미카엘, 마타 하리, 귀스타브 에펠…… 온전한 하나의 세계가 그냥 사라지도록 내버려 둘 셈이야?」

우리는 시선을 떨어뜨린다. 모두가 함구무언이다.

「좋아, 알았어.」

뤼시앵은 낙담한 표정으로 책상에서 내려오더니 문 쪽으로 걸어간다. 매릴린 먼로가 소리친다.

「나가지 마!」

뤼시앵은 뒤도 돌아보지 않고 말한다.

「나는 이제 신 후보생 노릇을 하고 싶지 않아. 나하곤 상관없는 일이야.」

그가 사라 베르나르트 옆을 지나갈 때, 그녀가 속삭인다.

「네가 할 수 있는 일이 있어. 저 행성의 인간들은 도울 수 없을지 모르지만, 나중에 우리가 맡게 될 인간들은 도울 수 있잖아.」

「돕고 나서 또 죽이라고? 멋진 일이야. 내가 할 수 있는 일이 뭐지? 돼지들을 기르고 도살하는 축산업자와 다를 게 없잖아?」

뤼시앵은 자기를 만류하는 우정 어린 손들을 뿌리치고 문

쪽으로 나아간다. 크로노스는 그를 제지하지 않는다. 눈썹도 까딱하지 않고 그저 묵묵히 지켜볼 뿐이다. 안과 의사였던 뤼시앵이 나가고 나서야 그가 중얼거린다.

「불쌍한 친구 같으니. 자기가 잃는 게 무엇인지 몰라서 저러지. 매번 너무 감수성이 예민해서 충격을 견디지 못하는 후보생들이 있어. 하기야 어차피 떠날 거면 조금이라도 일찍 가는 게 낫지. 이 게임에서 빠지고 싶은 섬약한 영혼들이 또 있으면 지금 말해라. 당장 소원대로 해줄 테니.」

아무 반응이 없다.

크로노스는 문에서 눈길을 거두며 알린다.

「이제 내가 좋아하는 순간이 되었다.」

그는 공기의 냄새를 맡으며 요란스럽게 코를 킁킁거리더니, 마치 맛이 미묘한 요리를 시식하려는 것처럼 눈을 감고 정신을 가다듬는다.

「발사!」

프루동이 가장 먼저 사격에 나선다. 남극에서 거대한 빙산이 떨어져 나가며 순식간에 녹아 버린다. 다른 후보생들이 뒤따른다. 나는 잠시 망설이다가 앙크를 조절하고 행성의 한 부분을 겨눈다. 처음엔 우리 모두가 놀라움을 느꼈다. 여기에서 쏜 것이 행성에 가서 떨어지는 게 마냥 신기했던 것이다. 그러다가 우리는 마치 광기에 사로잡힌 것처럼 그악스럽게 빙산을 공격해 나간다. 나 역시 파괴하는 데서 약간의 기쁨을 느끼고 있다는 사실을 인정하지 않을 수 없다. 어쩌면 건설할 때보다 더 큰 기쁨을 느끼는지도 모르겠다. 우리는 우리 자신이 강력하다고 느낀다. 우리는 신이다.

극지의 빙산이 녹자 대양의 수위가 높아진다. 어마어마한 해일이 기슭으로 몰아닥쳐 연안 마을들을 강타한다. 농지가 물에 잠기고 절벽이 무너져 내리고 골짜기가 사라진다. 산봉우리들은 섬으로 변했다가 결국엔 물속으로 가라앉는다. 몇 분이 지나고 나자, 수면 위로 솟아 오른 땅은 어디에서도 찾아볼 수가 없다.

크로노스가 사격 중지 명령을 내린다. 광대한 일곱 대륙이 있던 행성에는 이제 하나의 대양만이 존재한다. 검푸른 파도가 넘실거리며 하얀 물거품을 일으키고 있을 뿐이다. 행성의 최고봉마저 보일 듯 말 듯 가라앉아 버렸다.

기적적으로 살아남은 극소수의 동물과 인간이 떠다니는 물건에 매달린 채 죽음을 피하려고 애면글면한다. 앙크의 줌을 조절해서 살펴보니 노아의 방주 같은 것이 보인다. 자세히 보니 하나가 더 있다. 이런 대재앙에서 살아남을 수 있는 길을 찾아낸 인간들이 있는 것이다. 놀랍도록 끈질긴 생명력이다.

크로노스가 명령한다.

「저들의 고통을 단축시켜 줘라.」

후보생들은 정확한 사격을 가하기 위해 앙크를 조절하고 나서, 바닷물 위를 떠도는 작은 표적들을 공격한다.

이제 인간들이 눈에 띄지 않는다. 내려앉을 곳을 잃어버린 새들은 허공을 맴돌다 지쳐서 물속으로 떨어져 버린다.

하지만 그것으로 다가 아니다. 우리는 극지를 덥히면서 거대한 구름을 만들어 냈다. 이 구름이 행성을 덮어 하늘을 가린다. 그러자 행성의 표면에 햇빛이 닿지 않아 기온이 급격하게 떨어지고 물이 얼어 버린다.

물속에서 살아 움직이던 물고기들은 얼어붙은 바닷속에

갇히고 만다. 17호 지구는 이제 얼음 행성이다. 그 표면은 우리가 상상할 수 있는 가장 넓은 스케이트장으로 변했다. 인간이든 동물이든 식물이든 생명은 이제 존재하지 않는다.

17호 지구는 자개 빛깔을 띤 더없이 반질반질한 진주로 변한 채 생을 마감한 것이다.

그것은 우주에 떠 있는 하얀 알이다.

29. 백과사전: 우주 알

세계는 알로 시작해서 알로 끝난다. 알은 세계의 여러 신화에서 여명의 상징이자 황혼의 상징이다.

고대 이집트의 가장 오래된 우주 창조 신화에서는 천지 창조가 태양과 생명의 씨앗을 품고 있던 우주 알이 깨지면서 이루어진 것으로 묘사된다.

오르페우스 밀교[21]의 신화에 따르면, 시간(크로노스)이 밝은 대기(아이테르)와 결합하여 암흑(에레보스) 속에서 은색 알을 낳았다. 윗부분에는 하늘을 아랫부분에는 땅을 품고 있던 이 알에서 자웅의 양성을 갖춘 개벽의 신 파네스가 나왔다.[22]

21 인도에서 불교가 생겨나던 무렵 그리스에서 출현한 종교적인 운동. 인간의 영혼은 신성을 지니고 있지만 윤회전생을 통해 육체적 삶을 되풀이한다는 교의, 또 해탈을 이루고 신들과 교감하기 위한 통과 의례와 금욕적인 도덕률을 정하고 있다는 점 등으로 미루어 볼 때 불교의 영향을 받은 것으로 추정된다. 죽은 아내를 되찾기 위해 저승에 갔다가 돌아왔다는 전설적인 음악가이자 시인 오르페우스가 저승에서 알아낸 해탈의 비결을 전수하기 위해 창시했다고 전한다. 오르페우스 밀교의 신화는 알에서 나온 파네스(또는 에로스)를 최초의 신으로 본다든가 저승과 깊은 연관이 있는 페르세포네와 디오니소스를 숭배한다는 점에서 정통적인 그리스 신화와 많은 차이를 보인다.

22 그리스의 희극시인 아리스토파네스는 「새」라는 희극에서 오르페우스 밀교의 이 난생 신화를 패러디하면서, 〈검은 날개를 가진 밤〉이 암흑 속에서 바람의 애무를 받으며 알을 낳고 이 알에서 황금 날개를 가진 에로스가 태어나 세

힌두교의 서사시 가운데 하나인 『브라만다 푸라나』에도 난생 신화가 나온다. 이 신화에 따르면, 태초에 천지 창조에 앞서 우주 알 브라만다가 있었다. 이 알의 껍데기는 존재와 무의 경계를 이루는 히라냐가르바(황금 자궁)였다. 시간이 흘러 이 우주 알이 깨지자, 속껍질은 구름으로 변했고, 핏줄은 강이 되었으며, 액체는 바다가 되었다.

중국의 천지 창조 신화인 반고(盤古)라는 거인의 이야기를 보면, 태초에 하늘과 땅은 달걀과 같이 뒤섞여 있었는데, 밝고 맑은 것[陽淸]은 위로 올라가서 하늘이 되고, 어둡고 흐린 것[陰濁]은 아래로 가라앉아 땅이 되었으며, 그 사이에서 반고가 생겨났다.[23]

폴리네시아의 한 신화에도 태초의 알에 관한 이야기가 나온다. 이 알은 토대와 바위를 품고 있었는데, 알이 깨지면서 3층 기단(基壇)이 나타났고, 여기에서 토대와 바위가 인간과 동물과 식물을 창조했다고 한다.

유대교 신비주의 전승인 카발라에서는 우주가 288조각으로 깨진 하나의 알에서 생겨났다고 생각한다.

이러한 난생 신화는 한국과 핀란드와 슬라브족과 페니키아의 신화에서도 찾아볼 수 있다. 많은 민족의 신화에서 알은 다산성의 상징이다. 그런가 하면 어떤 문화권의 사람들은 알이 품고 있는 생명 에너지가 죽은 사람에게 새로운 힘을 줄 수 있다고 생각하기도 한다. 그들은 애도의 뜻으로 달걀을 먹는다. 때로는 무덤 속에 달걀을 넣기도 한다. 죽은 사람이 저승을 여행하는 데 필요한 힘을 주기 위해서라고 한다.

에드몽 웰스, 『상대적이며 절대적인 지식의 백과사전』 제5권

계와 신들을 창조했다고 노래한다.

23 이 난생 신화가 기록된 최초의 문헌은 3세기에 삼국 시대 오나라 학자 서정이 엮은 신화집 『삼오역기(三五歷記)』로 알려져 있다.

30. 달걀의 맛

달걀이 작은 나무 받침대에 하나씩 놓여 있다. 우리에게 날달걀을 먹으라고 가져다준 것이다. 우리는 숟가락으로 달걀의 윗부분을 톡톡 쳐서 껍데기를 깨뜨린 다음, 그 조각들이 안으로 떨어지지 않도록 조심조심 떼어 낸다.

우리는 북쪽 구역에 있는 메가론의 기다란 의자에 앉아 있다. 이 거대한 원형 건물은 후보생들의 식당으로 쓰기 위해 설계되었다.

아카시아나무로 만든 식탁에는 면으로 된 하얀 식탁보가 깔려 있고, 달걀이 여기저기에 쌓여 있다. 날씨가 더워서 문들을 활짝 열어 놓았다. 라울은 우리를 피해 따로 앉아 있다.

나는 숟가락으로 노른자를 떠서 입으로 가져간다. 드디어 진짜 음식을 맛볼 참이다. 이게 얼마만의 일인가. 아, 이 느낌! 혀와 입천장에 닿는 달걀의 맛이 느껴진다. 수천 개의 미뢰가 화들짝 놀라며 잠에서 깨어난다. 시각, 촉각, 청각, 후각에 이어 또 다른 감각인 미각이 되살아나고 있다.

액체 상태의 달걀이 호로록 목구멍으로 넘어간다. 액체가 소화관을 타고 내려가는 것이 느껴진다. 하지만 그 느낌은 이내 사라진다.

먹는다는 것. 달걀의 흰자와 노른자를 삼킨다는 것…… 이 얼마나 즐거운 일인가. 나는 달걀을 잇달아 먹는다.

마타 하리가 말한다.

「네덜란드의 내 고향 마을인 레이우아르던에는 이런 풍속이 있어. 새로 집을 지으면 지붕 너머로 달걀을 던지는 거야. 그런 다음 달걀이 떨어진 자리에 그 잔해를 묻어. 그러면 벼락이 집을 피해서 거기로 떨어진다는 미신이 있거든. 벼락의 위험을 피하려면 당연히 달걀을 되도록 멀리 던져야 하겠지.」

에드몽은 달걀을 톡톡 두드리며 중얼거린다.

「광물의 단계인 1의 단계 이전에 0의 단계인 알이 존재한다는 것을 미처 생각하지 못했어. 0은 사랑의 곡선으로 이루어져 있지만, 완전히 닫혀 있어…….」

그는 하얀 식탁보에 손가락으로 0을 그린다. 귀스타브 에펠이 맞장구를 친다.

「사실 만물은 여기에서 나와 여기로 돌아가지. 알은 0이야. 닫힌곡선.」

나는 그 달걀을 보면서 문득 얼어붙은 행성 17호 지구를 떠올린다. 그러자 속이 거북해지면서 오랜만에 다시 느껴 보는 미각의 즐거움이 사라진다. 물 밖으로 팔을 휘저어 대던 마지막 주민들의 모습이 눈에 선하다. 그들이 차가운 대양 속에서 버둥거리는 것을 상상하니 더 견딜 수가 없다. 나는 욕지기를 느끼며 바깥의 덤불숲으로 달려간다. 에드몽이 나를 도와주기 위해 달려온다. 나는 그에게 중얼거린다.

「뤼시앵이 옳았는지도 모르겠어요.」

「아냐, 그는 잘못 생각했어. 그런 식으로 물러나는 것은 무언가를 해볼 수 있는 기회마저 버리는 거야. 일이 좋은 쪽으로 진행되도록 무언가를 시도하려면 이 판에 남아 있어야 해. 그는 이 판을 떠남으로써 모든 것을 잃었어.」

우리는 식탁으로 돌아온다. 다른 후보생들은 나의 불편한 심기를 모르는 체하면서 이야기를 나누고 있다.

매릴린이 걱정스러워하는 기색으로 묻는다.

「뤼시앵은 어떻게 되는 거지?」

아닌 게 아니라 그는 우리와 동석하지 않았다. 다른 자리에 가서 앉았나 하고 주위를 아무리 둘러봐도 그의 모습은 보이지 않는다.

「만약 뤼시앵이 산 쪽으로 갔다면, 켄타우로스에게 붙잡힐 가능성이 많아.」

에드몽의 말에 다른 후보생이 동을 단다.

「아니면 악마에게 붙잡힐지도 모르지.」

오싹 전율이 인다. 그 이름을 들먹이자마자 좌중에 찬 기운이 스쳐 간다.

그때 디오니소스가 나타나서, 저녁 식사 후에 17호 지구의 인류를 애도하기 위한 의식이 거행될 것이라고 알린다. 새 토가로 갈아입고 암피테아트론에 모이라는 것이다.

우리 손으로 수몰시킨 그 인간 무리의 이미지가 머릿속을 떠나지 않는다.

31. 백과사전 : 죽음

점을 칠 때 사용하는 마르세유 타로[24] 카드에서, 이름 없는 메이저 아르카나인 13번 카드는 죽음과 부활을 상징한다. 이 카드에는 검은 밭에서 낫으로 풀을 베고 있는 연주황색의 해골 그림이 나와 있다. 해골의 오른발은 땅속에 묻혀 있고 왼발은 여자의 머리를 밟고 있다. 발 주위에는 세 개의 손과 하나의 발과 두 개의 하얀 뼈가 있다. 오른쪽 아래에서는 왕관을 쓴 머리가 미소를 짓는다. 땅에서는 노란색과 푸른색의

24 마르세유 타로는 프랑스를 비롯한 유럽 여러 나라에서 많이 사용하는 타로 카드의 원조 버전이다. 패의 구성은 영어권과 한국, 일본 등지에 널리 퍼져 있는 라이더 웨이트 타로와 마찬가지로, 스물두 장의 메이저 아르카나와 쉰여섯 장의 마이너 아르카나로 되어 있지만, 메이저 아르카나의 배열 순서가 다르고(8번이 〈정의〉이고 11번이 〈힘〉), 목판화풍의 투박하고 예스러운 그림이 들어 있는 게 특징이다.

새싹들이 나온다.

이 카드는 연금술사들의 유명한 표어 VITRIOL[25]을 생각나게 한다. 즉, 〈땅속으로 들어가서 잘못을 바로잡으면 숨겨진 돌을 찾게 되리라 Visita Interiora Terrae Rectificandoque Invenies Occultum Lapidem〉라는 뜻이 이 카드에 담겨 있다.

그러니까 낫을 사용하여 잘못을 바로잡고 지나치게 자란 것을 베어 내야 검은 땅에서 새싹이 다시 돋아날 수 있다는 것을 보여 주는 것이다.

이 카드는 가장 강력한 변화를 상징하기 때문에 사람들에게 두려움을 불러일으킨다.

이 카드는 메이저 아르카나 전체를 놓고 볼 때 하나의 단절을 이룬다. 앞선 열두 개의 아르카나는 작은 신비로 간주된다. 그런데 열세 번째 이후의 아르카나는 위대한 신비에 속한다. 이때부터 천사나 하늘나라의 상징으로 장식된 그림들이 나타난다. 더 높은 차원이 개입하는 것이다.

깨달음의 경지로 나아가기 위해서는 죽음과 부활의 단계를 통과해야 한다. 이 단계에서 인간에게 심오한 변화가 일어난다. 인간은 불완전한 존재로 죽지 않으면 다시 태어날 수 없다.

에드몽 웰스, 『상대적이며 절대적인 지식의 백과사전』 제5권

25 비트리올은 황산을 가리키는 옛 이름이다. 연금술에서 황산은 대단히 중요한 물질이다. 8세기에 아라비아의 연금술사들이 발견한 황산은 화금석과 같은 기능을 하는 만능 용매로 간주되었다. 그래서 중세의 연금술사들은 비트리올이라는 말을 단지 〈유리〉를 뜻하는 라틴어 〈비트레우스〉에서 나온 것으로 보지 않고, 위와 같은 경구의 머리글자를 합쳐 놓은 단어로 여겼다. 이 경구를 처음으로 기록한 문헌은 15세기의 연금술사 바실리우스 발렌티누스가 쓴 『만능 용매 *Azoth*』라고 한다.

32. 애도

입 안에 남은 뒷맛이 씁쓸하다. 문득 쥘 베른이 생각난다. 디오니소스는 그가 〈너무 많이 앞서 있었다〉라고 했다. 그는 너무 일찍 무엇을 보았던 것일까? 공연이 시작되기 전에 무대 뒤를 보았을까?

여기에서는 무언가 이상한 일이 벌어지고 있다.

시간과 계절의 신들이 원형 극장에서 우리를 맞아 준다. 우리가 원형 극장의 한복판에 모이자, 지난번처럼 북을 든 켄타우로스들이 우리를 에워싼다. 그런데 이내 다른 켄타우로스들이 아주 중후한 음색의 사냥 나팔을 불면서 그들과 합류한다. 그들이 연주하던 슬픈 가락이 아예 장송곡으로 바뀌자, 아틀라스가 나타난다. 그는 17호 지구가 담긴 투명한 구체를 가져다 놓는다. 이 행성은 이제 반질반질한 알처럼 보인다.

디오니소스가 일어선다.

「한 세계가 종말을 고했습니다. 이 인류는 나름대로 할 수 있는 일을 했지만 더 높이 올라가는 데는 실패했습니다. 우리 다 같이 이 인류를 생각합시다.」

그는 묵념의 몸짓을 한다.

「여기 실패한 인류가 잠들어 있습니다.」

그러면서 유리 구체에 입을 맞춘다. 크로노스는 묵묵히 지켜보고만 있다. 몇몇 후보생은 얼떨떨한 기색을 보인다.

북장단이 빨라지고 사냥 나팔은 덜 슬픈 가락을 연주하기 시작한다. 축제가 시작되고, 우리는 서로 통하는 바가 있는 후보생들끼리 삼삼오오 무리를 짓는다.

마지막 생애에서 하늘을 정복하는 일에 열정을 바쳤던 후보생들이 함께 어우러져 있다. 항공 기술의 선구자 클레망 아데르, 기구 비행의 개척자 몽골피에, 정찰기 조종사이자 작가였던 앙투안 드 생텍쥐페리, 세계 최초로 기구를 타고 항공 사진을 찍었던 나다르가 그들이다. 신사 해적이자 바다의 영웅이었던 로베르 쉬르쿠프는 라파예트 후작과 이야기를 나누고 있다.

예술가 출신 후보생들도 한자리에 모여 있다. 화가 앙리 마티스, 지상에서는 서로에게 영감을 주는 협력자이자 연인이었다가 사이가 틀어졌지만 여기에 와서 다시 화해한 것으로 보이는 조각가 오귀스트 로댕과 카미유 클로델, 도예가 베르나르 팔리시, 배우 사라 베르나르트와 시몬 시뇨레가 그들이다. 작가 출신인 프랑수아 라블레와 미셸 드 몽테뉴, 마르셀 프루스트, 장 드 라퐁텐도 따로 동아리를 이루고 있다. 나는 〈테오노트〉를 자처하는 벗들인 프레디 메예르, 매릴린 먼로, 에드몽 웰스와 즐겁게 한패를 이룬다. 라울은 여전히 토라져서 베돌고 있다. 개중에는 그냥 혼자 있기를 더 좋아하는 후보생들도 있다. 귀스타브 에펠, 마타 하리, 조르주 멜리에스, 조제프 프루동, 에디트 피아프 등이 그러하다.

하지만 한 가지 주제를 놓고 열띤 토론을 벌이는 것은 어느 동아리나 매한가지다. 저마다 우리의 새로운 세계를 지배하는 법칙들을 이해하기 위해 열을 올린다.

그렇게 갖가지 추측이 오가고 있을 때, 마타 하리가 대담하게 플로어 한복판으로 나가면서 분위기를 바꿔 버린다.

그녀는 몸을 잘 놀릴 수 없게 하는 토가를 재빨리 벗어 던진다. 그러고는 튜닉만 입은 차림으로 오리엔트풍의 춤을 추기 시작한다. 허리를 나긋나긋 흔들어 대는 자태가 꽤나 관능적이다. 그녀는 팔과 다리를 움직여 우아한 곡선을 만들어 낸다. 하지만 아름다운 얼굴은 여전히 엄숙하고 눈빛은 신비롭다. 왕년에 그녀가 얼마나 많은 남자를 매혹시켰을지 짐작이 가고도 남는다.

그녀는 17호 지구의 잔해를 담고 있는 구체를 돌며 너울너울 춤을 춘다. 마치 그 행성을 깨우고 싶어 하는 것 같다. 올림피아의 하늘에 뜬 세 개의 달이 반들반들한 유리에 비친다. 그 창백한 빛 때문에 마법적인 분위기가 고조된다. 그녀는 이제 더욱 빠르게 구체 주위를 돈다. 북장단이 빨라진다. 그녀는 한 마리 뱀처럼 단속적으로 몸을 비튼다. 우리는 손뼉을 치면서 한목소리로 〈아아아아아〉 하고 단 하나의 음을 내지른다. 켄타우로스들은 더욱 빠르게 북을 두드린다.

그녀는 눈을 감은 채 빙글빙글 돌아간다. 내 심장은 북장단에 맞춰 쿵쾅거린다. 내 두 팔은 저절로 올라가고, 내 입은 군중과 함께 무언가를 연호한다. 마타 하리는 우리를 자기의 황홀경 속으로 이끌어 간다.

그러다가 그녀는 갑자기 털썩 무너져 내린다. 음악이 멎는다. 불안감이 엄습한다. 하지만 그녀는 배시시 웃으며 다시 일어난다.

조르주 멜리에스가 내 옆에서 요란하게 박수를 보내며 소리친다.

「대단한 춤꾼이야, 정말 대단해!」

그런데 또 다른 광경이 벌어지면서 모두의 시선이 그리로 쏠린다. 스승 신들이 입장하고 있다. 우리는 그들을 단박에 알아볼 수 있다. 모두 키가 크고 강렬한 빛깔의 토가를 입고 있기 때문이다. 그들은 군중 속으로 들어가 자기들끼리 모여

선다. 맨 마지막으로 우아한 실루엣 하나가 원형 극장 안으로 들어온다. 누가 일러 주기도 전에 나는 누구의 실루엣인지 알아차린다.

바로 그 신이다.

아, 아름다움에 대한 새로운 눈이 뜨이는 순간이다. 이제 내 영혼의 도정은 아프로디테를 보기 전과 본 뒤로 나뉠 것이다. 아름다움을 나타내는 그 어떤 말로도 그녀를 형용할 수가 없다. 아프로디테는 그야말로 아름다움의 화신이다.

진홍색 토가의 아랫단 사이로 완벽한 곡선미를 지닌 다리가 언뜻언뜻 보인다. 정강이에는 샌들의 황금 리본이 둘둘 감겨 있다.

금빛 머리채가 진홍색 토가 위로 폭포처럼 흘러내린다. 살갗은 볕에 살짝 그을려 있다. 꼿꼿한 목에는 자수정과 오팔, 다이아몬드, 석류석, 터키석, 황옥이 어우러진 목걸이를 두르고 있다. 이 보석들이 그녀의 에메랄드빛 눈을 더욱 반짝이게 한다. 보기 좋게 불거진 광대뼈는 매끈한 얼굴에 살핏한 음영을 준다. 선이 곱다란 귓불에는 사람의 눈처럼 생긴 귀고리가 달려 있다.

북과 사냥 나팔이 다시 감미로운 음악을 연주한다. 그에 화답하듯 크로노스 궁전의 종들이 울린다. 프레디 메예르와 매릴린 먼로가 플로어에 나가 춤을 추기 시작하자, 지상에서라면 전혀 어울릴 법하지 않은 남녀들이 여기저기에서 짝을 짓는다. 나는 아프로디테에게서 눈을 떼지 못한다. 아프로디테는 이리저리 다른 스승 신들을 둘러보며 인사를 건넨다.

에드몽 웰스가 놀란 기색으로 나를 보며 묻는다.

「괜찮아?」

그러고는 고개를 흔들며 아프로디테 쪽으로 달려가서 무어라고 귀엣말을 한다. 그녀는 광휘로운 몸을 기울여 재미있다는 표정으로 그의 말을 듣다가 이윽고 내 쪽으로 눈길을 돌린다.

세상에, 그녀가 나를 바라보고 있다!

그녀가 내 쪽으로 나아온다. 나에게 말을 걸려는 것이다!

그리스어의 억양이 조금 섞인 목소리가 마치 꿈결에 듣는 것처럼 들려온다.

「당신 친구에게 들었어요. 나에게 춤을 청하고 싶은데 수줍음이 너무 많아서 엄두를 못 낸다고요.」

아주 가까이에서 그녀의 향기가 느껴진다.

심장이 쿵쾅거리고 토가가 바르르 떨린다. 무어라고 대답해야 하는데, 입 안이 바싹 말라서 뜻대로 되지 않는다. 그녀가 다시 묻는다.

「나랑 춤추고 싶어요?」

신은 내 손을 잡는다. 그녀의 살갗에 손이 닿자마자 내 안에서 짜르르 전기가 일어난다. 나는 그녀가 이끄는 대로 더듬더듬 플로어로 나간다. 그녀는 나의 나머지 손을 마저 잡고 속삭인다. 나보다 머리 하나만큼 더 크기 때문에 자기 말이 들리도록 몸을 구부려 준다.

「당신이 바로…… 〈모두가 기다리는 이〉인가요?」

나는 헛기침을 하고 목을 가다듬어 마침내 소리를 낸다.

「저어…….」

「스핑크스가 분명히 말하기를 〈모두가 기다리는 이〉가 그 해답을 알고 있다더군요.」

「저어…… 무슨 문제에 대한 해답을 말하는 건가요?」

「스핑크스가 만든 문제요. 〈모두가 기다리는 이〉를 알아보기 위해서 만들었죠.」

「아침에는 다리가 넷이고 한낮에는 둘이며 저녁에는 셋인 게 누구일까 하는 수수께끼 말인가요? 그거라면 저도 해답을 알고 있죠. 사람이잖아요. 아기일 때는 네발로 기어다니고 자라서는 두 다리로 걸어다니며 늙어서는 지팡이를 짚고 다니니까요.」

신은 상냥하게 미소를 짓는다.

「그건 3천 년 전의 신 후보생들에게나 어울리는 수수께끼예요. 오이디푸스는 그 수수께끼를 푼 덕분에 테베의 왕이 되었죠. 하지만 스핑크스는 그 뒤로도 많은 수수께끼를 새로 만들었어요. 마지막으로 나온 건 이래요. 잘 들어 봐요.」

신은 춤을 멈추고 음절을 하나씩 끊어 수수께끼를 말해 준다. 따뜻하고 향기로운 그녀의 입김이 내 귀를 간질인다.

「이것은 신보다 우월하고, 악마보다 나쁘다.
가난한 사람들에게는 이것이 있고
부자들에게는 이것이 부족하다.
만약 사람이 이것을 먹으면 죽는다.
이것은 무엇일까?」

33. 신화 : 올림포스의 신들

카오스의 지배와 크로노스의 지배가 끝나고 올림포스 신들의 시대가 도래했다. 티탄들과의 전쟁을 승리로 이끌고 세계의 새로운 지배자가 된 제우스는 전쟁을 도와준 형제들의 공로와 열성을 따져 역할과 영예를 배분했다. 포세이돈에게는 바다의 지배권이, 하데스에게는 저승의 지배권이 돌아갔다. 그리고 데메테르는 들판과 수확을, 헤스티아는 화덕을, 헤라는 가정을 관장하게 되었다.

배분이 끝나자 제우스는 올림포스산 꼭대기에 궁전을 마련하고 앞으로 거기에서 신들의 모임을 가지면서 우주의 운명을 결정해 나가리라고 선언했다.

그런데 티탄들의 어머니 가이아는 제우스가 티탄들을 몰아내고 새로운 지배자가 된 것에 분노하여 어마어마한 괴물 티폰을 낳았다. 티폰은 용의 머리가 1백 개나 달려 있었으며 눈에서는 불꽃이 튀었다. 모든 산을 압도할 만큼 덩치가 큰 이 괴물이 발걸음을 옮기면 올림포스산이 뿌리째 흔들리고 대지는 신음을 토했으며 바다에는 폭풍이 몰아쳤다. 그가 올림포스산으로 쳐들어가자, 신들은 너무나 겁을 먹은 나머지 동물로 형상을 바꾸고 이집트의 사막으로 달아났다. 제우스는 티폰에게 홀로 맞서서 벼락을 던지고 강철 낫으로 내리쳤다. 티폰은 제우스를 제압하여 팔다리의 힘줄을 끊고 동굴에 가둬 버렸다. 하지만 제우스의 아들인 꾀바른 헤르메스가 힘줄을 도로 훔쳐 내어 제우스의 몸에 붙여 주었다. 제우스는 기력을 되찾고 올림포스산으로 돌아왔다. 티폰이 다시 공격해 왔다. 그러나 이번에는 제우스가 산꼭대기에서 벼락을 내던져 괴물을 격퇴했다. 괴물은 달아나면서 산자락을 떼어 내어 제우스에게 던졌지만, 제우스는 이것을 번개로 산산조각 내어 되떨어지게 했다. 티폰은 그것들에 맞아 피를 쏟으며 도망치려 했다. 그러자 제우스는 그를 붙잡아 시칠리아의 에트나 화산에 던졌다. 티폰은 오늘날에도 이따금 잠에서 깨어나 다시 불을 토해 낸다.[26]

에드몽 웰스, 『상대적이며 절대적인 지식의 백과사전』 제5권
(헤시오도스의 『신통기』를 본받은 프랑시스 라조르박의 글에 근거한 것임)

26 티폰과의 전쟁을 다룬 이 이야기는 헤시오도스의 『신통기』가 아니라, 아폴로도로스의 『신화집』(강대진 옮김, pp. 47~49)에 근거한 것이다.

34. 파란 숲에서

우리는 한밤중에 다시 모험에 나섰다. 테오노트들이 모두 모였다. 라울도 멀찌감치 떨어져 있긴 하지만 우리를 따라오고 있다. 그는 아직 원망을 삭이지 못했다.

에드몽이 내 옆으로 다가들며 묻는다.

「그래, 아프로디테하고는 어땠어?」

「신보다 우월하고 악마보다 나쁘며…… 가난한 사람들에게는 있고 부자들에게는 부족한 것, 그리고 사람이 먹으면 죽는 것, 이게 뭐죠? 그런 수수께끼를 냈어요. 수수께끼의 달인이시니까 푸실 수 있겠네요.」

그는 걸음을 늦춘다.

「해답은 간단할 거야. 당장은 떠오르는 게 없지만 계속 생각해 볼게. 수수께끼가 무척 마음에 드는걸.」

파란 강의 기슭에 다다르자, 우리는 뗏목을 만들기 시작한다. 인어들에게 잡히지 않고 건너려면 뗏목이 필요하다. 우리는 갈대를 잘라서 덩굴 식물로 엮는다. 우리는 되도록 소리를 내지 않으려고 애쓰면서 야무지게 손을 놀린다.

에드몽이 갈대를 엮으면서 프레디에게 묻는다.

「우스갯소리 따로 남겨 둔 거 없어?」

랍비 출신의 프레디는 기억을 더듬는다.

「있고말고. 유사(流砂)의 늪에 빠진 어떤 남자의 이야기야. 그가 이미 허리까지 빠져 있을 때 구조대원들이 달려왔어. 그런데 남자가 이러는 거야. 〈나는 괜찮으니까 걱정 말고 그냥 가세요. 나는 신앙심이 깊은 사람이라서 하느님이 구해 주실 겁니다.〉 그가 어깨까지 빠졌을 때 구조대원들이 다시 와서 그에게 밧줄을 던져 주겠다고 했어. 그러자 남자는 다시 괜찮다고 하면서, 〈도와주지 않아도 돼요. 난 신앙심이 깊은 사람이라서 하느님이 구해 주실 거예요〉 하는 거야. 구조대원들은 정말 그럴까 의심이 들기는 했지만 재난을 당한 사람의 의지에 반해서 행동할 수는 없었지. 잠시 후 남자는 이제 머리만 진흙 밖으로 내놓고 있었어. 구조대원들이 또 달려오자 남자는 자신만만하게 되풀이했어. 〈괜찮아요. 나는 신앙심이 깊은 사람이라서 하느님이 구해 주실 거예요.〉 구조대원들은 더 권하지 않고 물러갔어. 마침내 그의 머리마저 빠져 들어갔지. 턱이며 코며 눈으로 진흙이 밀려들자 남자는 숨이 막혀 죽었어. 그는 천국에 가게 되었어. 가자마자 하느님에게 따졌지. 〈왜 저를 버리셨습니까? 저는 신앙심이 깊은 사람이었는데 하느님은 저를 구하기 위해 아무 일도 하지 않으셨어요.〉 〈너를 구하기 위해 아무 일도 하지 않았다고?〉 하느님은 그렇게 반문하면서 도리어 호통을 치셨어. 〈어쩌면 그렇게 배은망덕한 소리를 할 수가 있느냐? 내가 너에게 구조대원들을 세 번이나 보내 주지 않았느냐?〉 하고.」

비록 소리를 죽인 웃음이긴 하지만, 함께 웃으니 마음에 여유가 생기고, 어둠이 덜 위협적으로 느껴진다. 한편 라울은 덤불숲을 뒤지고 있다. 자기 아버지가 인어들의 소굴에서 탈출하여 수풀에 숨어 있다고 생각하는 것일까? 그는 지상의 마지막 생애를 보내던 중에 아버지가 화장실에서 미완의 저서를 발치에 둔 채 목을 매고 죽은 것을 발견했다. 그의 아버지는 여기에 와서도 비슷한 짓을 저질렀다. 〈나는 죽음을 두려워하지 않으니 네가 내 아들이면 날 따라와 봐〉 하는 식으로 강물에 뛰어든 것이다. 라울은 이번에도 아버지를 따라갈 수 없었다. 짐작건대 그는 그것을 우리 책임으로, 특히 내 책임으로 돌리고 있다.

우리는 라울에게 더 신경을 쓰지 않고 계속 갈대를 엮는다. 그때 그리핀 하나가 나타나 우리를 깜짝 놀라게 한다. 머리는 독수리이고 몸은 사자이며 날개는 박쥐인 아주 기이한 짐승이다.[27] 우리는 재빨리 앙크를 꺼내 든다. 여차하면 쏘고 달아나려는 것이다. 그런데 그리핀은 우리를 공격할 의도가 없어 보인다. 소리를 질러 켄타우로스들에게 알릴 수 있을 법도 한데 아무 소리도 내지 않는다. 오히려 우호적인 태도로 제 머리를 내 목에 갖다 댄다. 그러고 보니 이 그리핀은 뤼시앵 뒤프레처럼 사시다! 그가 그리핀으로 변한 것일까?

하지만 우리를 찾아온 괴물은 이 그리핀만 있는 게 아니다. 인어 한 마리가 물 밖으로 올라오더니 라울을 향해 두 팔을 내민다. 라울은 겁에 질려 뒷걸음질을 친다. 인어는 그에게 무언가를 말하고 싶어 하는 듯하다. 하지만 그 도톰한 입술에서는 그저 슬픈 선율의 울음소리가 나올 뿐이다. 라울은 당황한 기색으로 멈춰 선다. 문득 어떤 직감이 머릿속을 스친다. 직감은 이내 확신으로 변한다. 사팔눈 그리핀이 뤼시앵 뒤프레의 변신이라면, 라울에게 애착을 보이는 이 인어는 그의 아버지 프랑시스의 화신일 수도 있다. 그러니까 제적되거나 벌을 받은 후보생들은 혼성 괴물로 변하는 것이다. 이것으로 모든 게 설명되지 않는가…….

켄타우로스, 거룹, 사티로스, 그들 역시 실패한 후보생들

27 그리핀 또는 그리폰은 원래 고대 오리엔트에서 나와 그리스 신화에 수용된 상상 속의 짐승이다. 보통은 사자의 몸통에 독수리의 머리와 날개가 달린 것으로 묘사되지만, 베르베르는 박쥐의 날개를 더하여 더욱 기이한 형상으로 만들었다.

의 변신일 것이다. 그들은 이제 말을 잃었기 때문에 자신들의 처지를 설명할 수가 없다. 그렇다면 변신은 그들이 과오를 범한 장소와 관련이 있는 것일까? 뤼시앵은 숲속으로 도망쳤기 때문에 그리핀이 되었다. 강물 속으로 사라진 프랑시스는 인어로 변했다. 전생에서 무엇을 했는가도 영향을 미친다. 곱다란 금조 한 마리가 기다란 깃털을 번쩍거리며 우리 곁에 내려앉더니 듣기 좋은 트릴을 들려준다. 이 금조는 클로드 드뷔시가 아닐까? 바로 이런 사정 때문에 후보생이 피살되었을 때 켄타우로스들이 달려와 서둘러 피살자를 데려갔을 것이다. 피살자의 변신을 우리가 목격하지 못하도록, 그리하여 비밀이 계속 유지되도록 하기 위해서 말이다.

에드몽은 대담하게 그리핀의 사자 갈기를 쓰다듬는다. 그리핀은 다소곳하게 몸을 내맡기고 있다. 인어는 라울 곁에서 계속 낑낑거린다.

매릴린 역시 사정을 알아차렸다.

「라울, 인어를 안아 줘. 네 아버지야.」

인어가 고개를 끄덕인다. 라울은 믿을 수 없다는 표정으로 굳은 듯이 서 있다가 마음을 다잡고 조심조심 인어 쪽으로 나아간다. 인어는 그를 향해 두 팔을 벌린다. 물에 젖은 긴 머리가 봉긋한 젖가슴 위로 흘러내린다. 인어는 그의 팔을 잡고 우리 쪽으로 이끈다. 뗏목을 만드는 일에 동참하라는 뜻이다.

「하지만, 아버지…….」

인어는 자기 말을 따르라는 뜻으로 노래를 부른다. 프레디가 나선다.

「자네 아버지는 사정을 다 알고 이러는 거야. 우리야 자네가 함께해 주기를 줄곧 바라 왔지.」

매릴린이 거든다.

「모두가 함께해. 〈사랑을 검으로 삼고 유머를 방패로 삼자〉는 슬로건을 잊지 마.」

그러자 라울은 마지막으로 한 번 더 망설이고 나서 매릴린을 따라 우리의 옛 슬로건을 되뇐다. 뚱하던 그의 얼굴이 환해진다. 우리는 서로 얼싸안는다. 언제나 변함없던 내 친구를 되찾아서 기쁘다.

그리핀과 인어와 금조가 지켜보는 가운데 뗏목 만드는 일이 더욱 빨라진다.

제2의 태양이 떠오르는 새벽 1시쯤 뗏목이 완성되었다. 우리는 뗏목을 물에 띄우고 한 명씩 올라탄다. 기다란 나뭇가지가 노의 대용이다. 인어는 두 팔과 꼬리지느러미를 힘차게 움직여 우리를 밀어 준다.

다른 인어들은 자고 있을까? 물살이 별로 세차지 않은데도, 뗏목이 오른쪽으로 비스듬하게 나아간다. 그래도 우리가 노를 젓고 있어서 물살에 그냥 휩쓸리지는 않는다. 우리는 물결을 헤쳐 나가면서 어두운 수면을 감시한다.

갑자기 손 하나가 물속에서 솟구친다. 내가 조심하라고 소리치기가 무섭게 수련이 저절로 생겨나듯 여기저기에서 손들이 튀어나온다. 손들은 우리의 노를 잡고 끌어당기면서 우리를 물에 빠뜨리려고 한다. 라울은 앙크를 꺼내더니, D 자 버튼을 조절하고 물속으로 사격을 가한다. 하지만 인어들은 벌써 자취를 감춰 버렸다.

라울의 아버지도 보이지 않는다. 우리를 돕지 못하게 하려고 다른 두 인어가 물속으로 끌고 간 것이다.

문득 뗏목 아래에서 무언가가 움직이고 있다는 느낌이 든다. 인어들이 뗏목을 뒤집어엎으려 한다. 우리는 앙크를 쏘아 대지만 인어들을 맞힐 수가 없다.

뗏목은 이리저리 심하게 까불리다가 기어이 뒤집어진다. 우리는 모두 물에 빠져 버렸다.

나는 아차 하는 순간에 강물을 들이켜고 물 밖으로 머리를 내민다. 어느 쪽으로 가야 강기슭에 닿을 가능성이 가장 높은가 하고 둘러보니, 우리가 떠나온 강둑이 가장 가까워 보인다.

내 벗들도 같은 판단을 한 듯하다.

인어들이 벌써 우리를 뒤쫓고 있다.

인어 하나가 내 발뒤꿈치를 잡고 세차게 잡아당긴다. 나는 물속으로 빠져들면서 허우적거린다. 나도 곧 인어로 변할 참이다.

그런데 어디선가 번개가 날아와 내 몸에 달라붙은 손을 후려친다. 인어는 나를 놓아준다.

누군가가 물 밖에서 앙크를 정확하게 겨냥하여 쏜 것이다. 강둑에 서 있는 나무에 마타 하리가 올라앉아 있다. 그녀가 소리친다.

「어서들 나와요.」

번갯불이 번쩍거리면서 인어들의 손을 후려친다. 인어들은 상처를 입지는 않지만, 짜르르한 전기의 충격을 받고 새된 비명을 지르며 차례차례 싸움을 포기하고 떨어져 나간다.

우리는 숨을 헐떡거리며 마침내 강둑에 다다른다. 마타 하리는 우리에게 손을 내밀어 기어오르는 것을 도와준다.

내가 고맙다고 하자 그녀가 대답한다.

「별말씀을. 여러분의 생각은 좋았어요. 하지만 내가 보기엔 강 건너에 다다르자면 뗏목보다 든든한 배가 필요하지 않을까 싶네요. 나도 나름대로 생각해 놓은 게 있긴 한데, 혼자서는 해낼 수가 없을 거예요. 내가 이 동아리에 들어가도 될까요?」

「이제부터 스스로를 테오노트라고 생각하세요.」

에드몽은 그렇게 선선히 동의해 주었지만, 나는 마타 하리를 의심스러운 눈으로 보고 있다. 이 여자는 언제부터 우리 뒤를 밟았을까? 그녀의 표정을 해독하려고 아무리 애를 써도, 그 맑은 눈동자에서는 아무것도 읽어 낼 수가 없다.

35. 백과사전 : 거울

우리는 타인의 시선에서 무엇보다 먼저 우리 자신의 상(像)을 찾는다. 처음에는 부모의 시선에서, 그다음에는 친구들의 시선에서 우리 자신의 모습을 찾는다.

그러다가 우리는 자신의 참모습을 비춰 줄 하나뿐인 거울을 찾아 나선다. 다시 말하면, 사랑을 찾기 시작한다는 것이다.

누구를 만나 첫눈에 반한다는 것은 알고 보면 〈좋은 거울〉의 발견을 의미하는 경우가 많다. 우리 자신의 만족스러운 상을 비춰 주는 거울을 찾아냈을 때 흔히 첫눈에 반했다고 말한다는 것이다. 그럴 때 우리는 상대의 시선을 보면서 우리 자신을 사랑하려고 노력한다. 평행한 두 거울이 서로에게 기분 좋은 상을 비춰 주는 마법의 시간이 펼쳐지는 것이다. 그것은 거울 두 개를 마주 보게 놓으면 거울 속에 거울이 비치면서 같은 이미지가 무수히 생겨나는 것에 비유할 수 있다. 그렇듯이 〈좋은 거울〉을 찾아내면 우리는 다수의 존재로 바뀌고 우리에게 무한한 지평이 열린다. 그럴 때 우리는 우리 자신이 아주 강하고 영원하다고 느낀다.

하지만 두 거울은 고정되어 있는 존재가 아니라 움직이는 존재다. 두 연인은 자라고 성숙하고 진보한다.

그들은 처음에 서로 마주 보고 있었다. 하지만 얼마 동안 서로 나란한 길을 따라 나아간다 해도, 두 사람이 반드시 똑같은 속도로 가는 것은 아니다. 게다가 나아가는 방향이 달라질 수도 있다. 또한 두 사람이 상대의 시선에서 언제나 똑같은 자신의 상을 찾는 것도 아니다. 그러다 보면 결별이 찾아온다. 나를 비춰 주던 거울이 내 앞에서 사라지는 순간이 오는 것이다. 그건 사랑 이야기의 종말일 뿐만 아니라 자신의 상을 잃는 것이기도 하다. 그럴 때 우리는 상대의 시선에서 자신의 모습을 보지 못한다. 내가 누구인지 모르게 되는 것이다.

에드몽 웰스, 『상대적이며 절대적인 지식의 백과사전』 제5권

36. 거울 단계[28]

땀이 얇은 막처럼 온몸을 덮고 있다. 나는 몸에 비누칠을 하고 땀을 씻어 낸다. 근육이 후끈거리고 심장이 두근거린다. 관자놀이를 만져 보니 맥박이 빠르게 뛴다.

하루하루가 다사다난하다. 어제는 살해 사건과 뜻밖의 만남들, 입학식, 또 한 차례의 살해 사건, 탐험, 또 다른 만남들이 이어졌다. 오늘은 신 후보생으로서 첫 교육을 받았고 미니어처로 된 세계의 운행과 파괴를 경험했으며 우주에서 가장 아름다운 여자를 보았고 뗏목을 만들어 강을 건너려다가 인어들과 싸웠다.

28 프랑스의 아동 심리학자 앙리 발롱(『표준 국어 대사전』의 표기로는 왈롱)이 처음으로 사용하고 정신 분석학자 라캉이 중요하게 다루면서 발전시킨 개념. 대개 생후 6개월에서 18개월 사이에 해당하며, 어린아이가 거울에 비친 자신의 모습을 보면서 통일된 신체상을 경험하고 그 이미지를 자신과 동일시하면서 자아의 원형을 형성하는 시기를 가리킨다.

그러다가 마침내 집으로 돌아와 목욕을 하고 있다.

아프로디테…….

그저 그녀를 한 번 본 것만으로도 두려움, 호기심, 위대한 신을 만나고자 하는 야심 등 여타의 모든 것이 사라져 버린 것만 같다.

아프로디테…….

〈신보다 우월하고 악마보다 나쁘며…….〉

그녀의 향기가 아직 느껴진다. 내 살갗에는 그녀의 살갗에 대한 기억이 남아 있고, 귓전에서는 그녀의 부드러운 숨결이 들리는 듯하다.

신보다 우월한 게 무엇이 있을까? 초신(超神). 신들의 왕. 신의 어머니.

어떤 가정이든 해답의 작은 실마리가 될 수 있으니 모두 적어 두어야겠다. 나는 목욕을 끝내고 수건으로 물기를 닦은 다음 백지로 된 책을 다시 꺼내 놓고 생각나는 것을 낱낱이 기록한다.

오늘은 이쯤에서 그치고 생각을 다른 데로 돌려야겠다.

나는 텔레비전을 켠다. 1호 지구에서 인간으로 살던 시절, 생각의 소용돌이를 멎게 하는 데는 이 기계보다 나은 게 없었다.

자 그럼 새로 환생한 세 인간이 어떻게 지내는지 볼까?

1번 채널. 프랑스인 자크 넴로드의 환생인 아시아의 아기는 아주 예쁜 두 살배기 여자아이가 되어 있다. 그러니까 이곳 올림피아의 하루는 지구의 2년에 해당하는 셈이다.

아이의 이름은 은비이고, 아이가 사는 곳은 일본의 어느 작은 마을이다. 이 마을은 도쿄 같은 대도시와는 다르지만 그래도 높다란 건물들이 있는 제법 현대적인 곳이다. 은비가 부모와 함께 밥을 먹고 있다. 그런데 아직 손놀림이 서툰 아이가 갑자기 유리컵을 쓰러뜨리는 바람에 컵이 깨진다. 아이 아버지는 짜증을 내면서 아이의 볼기를 찰싹 때린다. 아이가 울기 시작하자, 어머니는 바닥에 흩어진 유리 조각에 아이가 다칠까 염려되어 아이를 번쩍 들고 욕실로 가서 빈 욕조에 아이를 내려놓는다. 아이는 아직 너무 어려서 혼자서는 욕조에서 나올 수 없다. 그래도 아이는 나오려고 애를 쓰다가 도저히 안 되겠다 싶은지 바닥에 웅크리고 앉는다.

그때 아이는 욕조의 가장자리에 놓인 거울을 발견한다. 아이는 거울을 잡고 빤히 들여다보다가 훨씬 더 큰 소리로 울어 댄다. 아버지는 더욱 짜증을 내며 욕실에 와서 불을 꺼 버린다. 은비는 계속 흐느껴 운다. 주방에서 어머니는 아이에게 너무 냉혹하다며 아버지를 나무란다. 핀잔은 말다툼으로 번지고, 아버지는 문을 꽝 닫으며 방으로 들어가 버린다.

2번 채널. 러시아의 용감무쌍한 군인이었던 이고르는 이제 테오팀이라는 이름의 사내아이가 되어 있다. 이 아이 역시 밥을 먹고 있다. 하지만 은비와 달리 먹성이 아주 좋다. 아이는 쌀밥과 소스를 친 생선 구이를 맛나게 먹더니 이제 그만 먹겠다는 시늉을 한다. 하지만 어머니는 많이 먹어야 키가 큰다면서 음식을 더 가져다준다. 전생에서 악연을 맺었던 어머니들과 달리 현생의 어머니는 아이를 학대하지 않는다. 다행한 일이다. 그녀는 음식을 많이 먹일 뿐만 아니라 입맞춤도 아끼지 않는다. 아이가 꾸역꾸역 먹고 있는 동안에도 자리에서 일어나 축축한 입맞춤을 여기저기에 퍼부어 댄다. 아버지는 그러거나 말거나 그저 신문만 읽고 있다. 창문 너머로 파란 바다와 파란 하늘이 보인다. 올림피아를 닮은 풍광이다.

어머니는 아이스크림에 이어 사탕을 가져다준다.

테오팀은 배가 볼록해진 채 식탁에서 물러난다. 그러더니 플라스틱 장난감 활을 집어 들고 사방으로 빨판 달린 작은 화살들을 쏘기 시작한다(전생의 이고르에 대한 무의식적인 기억일까?). 아이는 갑자기 거울을 겨냥하며 다가간다. 그러더니 거울에 비친 자기를 향해 화살을 쏜다.

3번 채널. 미국의 화려한 톱 모델 비너스의 환생인 아프리카의 사내아이 쿠아시 쿠아시는 방금 식사를 끝냈다. 아이는 가구를 뒤지다가 거울 하나를 찾아낸다. 아이는 거울에 비친 제 모습을 보면서 무척 즐거워한다. 혀를 내밀고 얼굴을 찡그려 보는가 하면, 웃음을 터뜨리기도 한다. 아이의 누나가 커다란 쥐처럼 생긴 몽구스 한 마리를 가져다가 아이의 품에 안겨 준다. 남매는 몽구스를 함께 쓰다듬는다. 그러다가 누나는 아이를 밖으로 데리고 나간다. 주위의 덤불숲에서 숨바꼭질을 하고 있는 아이의 여덟 형제들과 함께 놀기 위해서다.

예전에 내가 보살폈던 인간들을 보고 있으니 마음이 짠하다. 비너스는 자기의 전생이 너무 경박했다고 판단한 것이 분명하다. 그래서 자연으로 돌아가기로 하고 아프리카의 정글을 선택했을 것이다. 자크는 언제나 동양에 심취해 있었다. 그는 아마도 자기가 지닌 음(陰)의 측면을 더 탐색하기 위해서 성을 바꿔 달라고 했을 것이다. 이고르는 전생의 어머니와 정반대의 특성을 가진 어머니를 선택했다. 매 맞는 아이였던 그는 지나치게 귀염을 받는 아이가 되어 있다.

그들은 자기의 카르마에서 비롯된 신경증을 이 새로운 생애에서 해결해야 한다. 문득 지구의 정신 분석가들이 생각난다. 그들은 유아기로 거슬러 올라가면 영혼의 매듭을 풀 수 있다고 생각한다. 하지만 영혼의 문제를 해결하려면 훨씬 더 뒤로, 까마득한 옛날로 거슬러 올라가야 한다. 그들이 그 사실을 알고 있다면 좋으련만…….

에드몽 웰스는 자기 저서에서 이렇게 가르친 바 있다. 〈육신에 영혼이 깃들어 있는 것으로 상상하면 안 된다. 오히려 영혼 속에 육체가 있는 것으로 생각해야 한다. 영혼은 산처럼 크고 육신은 바위처럼 작다. 영혼은 영원히 죽지 않으며 육신은 하루살이처럼 덧없다.〉

나는 거울을 들여다본다. 인간으로서 지상의 마지막 생애를 마감할 때 내가 몇 살이었던가? 마흔 살이 다 되어 갈 즈음이었다. 나에겐 아내와 자식이 있었다. 내 얼굴을 찬찬히 살펴보니 무언가 달라진 것이 있다. 표정이 한결 느긋하고 부드러워졌다. 나에겐 이제 근심거리가 없다. 돈이나 부부 생활이나 세금 따위의 문제도 없고, 가족에 대한 책임이나 직업적인 의무도 없으며, 자동차나 아파트나 바캉스나 상속 재산 때문에 신경을 쓸 일도 없다. 이제 나는 아무것도 소유하고 있지 않으며, 삶의 무게에서 해방되어 가뿐한 기분을 느낀다.

1호 지구에서 내가 맞서 싸워야 했던 것들에 비하면, 아프로디테 때문에 겪은 일이나 그녀가 낸 수수께끼나 신 후보생의 일이나 올림포스산 꼭대기를 탐사하는 것은 아이들 장난처럼 보인다.

이제 자야겠다. 잠들기 전에 잊지 말고 앙크를 재충전해야 한다. 앙크가 저절로 충전되게 만들었으면 좋았을 텐데, 이 마법의 세계에서도 그런 건 고안해 내지 못한 모양이다.

나는 시트 속으로 들어가 베개를 끌어안은 다음, 마치 가게를 닫기 위해 셔터를 내리는 상인처럼 눈을 감는다. 하지만 눈꺼풀이 저절로 다시 올라간다.

다음 강의를 맡은 스승이 누구더라? 아 그래, 대장장이 신 헤파이스토스.

머릿속으로 섬광이 스치고 지나간다.

혹시 이 모든 이야기가 한낱 꿈은 아닐까?

나는 타나토노트가 되는 꿈을 꾸었다.

나는 천사가 되는 꿈을 꾸었다.

나는 신의 후보생이 되는 꿈을 꾸었다.

이 꿈에서 깨어나면 나는 일상의 삶으로 돌아갈 것이다. 여느 때처럼 무거운 서류 가방을 들고 가족에게 입을 맞춘 다음 병원으로 출근해서 의사의 일에 종사할 것이다.

에드몽의 〈백과사전〉에서 읽은 글이 기억난다. 〈만약에 지구(1호 지구를 말하는 것일까?)가 우주에서 생명체가 살고 있는 단 하나뿐인 행성이라면〉 하고 가정하는 무시무시한 대목 말이다. 그 글을 읽을 때 깨달은 것은 내가 언제나 어렴풋하게나마 외계 생명체의 존재를 믿어 왔다는 사실이다.

사실 지구인들 가운데 가장 의심이 많은 무신론자들조차 종교심을 가지고 살아간다. 이유는 아주 간단하다. 그런 마음가짐을 가지면 그냥 기분이 좋기 때문이다. 어쩌면 종교심이 있기에 천사와 신과 외계인이 존재하는 것인지도 모른다. 설령 그 모든 것이 거짓이라 할지라도 말이다.

현실이란 설마 아니겠지 하는 순간에 닥치기 십상이다.

내일 당장 정상적인 현실이 내 앞에 닥칠지도 모를 일이다. 그러면 나는 이 모험이 한낱 꿈이었다는 것을 깨닫게 되리라. 천사들의 나라와 이 올림피아에 관한 꿈을 기억해 내고, 그게 사실이 아닌 것을 참으로 애석하게 여길 것이다. 또한 환생도 천사도 신도 없으며, 그것들은 삶의 긴장을 더 잘 견디기 위해 지어낸 것들이라는 것을 깨닫게 될 것이다.

우리는 무(無)에서 태어난다. 하늘에서 우리를 살피거나 우리에게 관심을 갖는 존재는 없다. 우리의 현실 세계 위쪽이나 아래쪽에는 아무것도 존재하지 않는다. 우리가 죽은 뒤에도 마찬가지다. 우리는 다시 무로 돌아간다. 그저 벌레들에게 먹히는 고깃덩어리가 될 뿐이다.

그래, 이 환상적인 세계는 아마도 한낱 꿈일 것이다. 자고 일어나면 나는 다시 〈정상적인〉 세계로 돌아갈지도 모른다. 나는 아침에 깨어나면 무슨 일이 벌어질지 궁금해하면서 눈을 감는다.

37. 신화 : 헤파이스토스

제우스가 혼자서 아테나를 낳자, 그것에 샘이 난 헤라는 자기도 제우스와 동침하지 않고 혼자서 수태할 수 있다는 것을 보여 주기 위해 헤파이스토스를 낳았다.[29] 이 이름은 〈불타는 자〉 또는 〈빛나는 자〉를 뜻한다. 헤라의 배 속에서 나온 아기는 허약하고 생김새가 매우 흉했다. 헤라는 그것을 수치스럽게 여겨 아이를 죽이려고 올림포스산 꼭대기에서 바다로 던져 버렸다. 아이는 렘노스섬에 떨어져 살아남았지만, 한쪽

29 이것은 가장 널리 받아들여지고 있는 헤시오도스의 버전이다. 하지만 호메로스에 따르면 그는 제우스와 헤라의 아들이다(『일리아스』 1권 577~579행, 14권 296행과 338행 및 『오디세이아』 8권 312행 등 참조).

다리가 부러졌고 그 때문에 영원히 다리를 절게 되었다.
바다의 정령인 테티스와 에우리노메는 아기를 거두어 바닷속의 동굴로 데려갔다. 헤파이스토스는 이 동굴에서 9년 동안 자라며 대장장이와 마법사의 일을 연마했다. (장애를 가진 대장장이의 이야기는 스칸디나비아와 서부 아프리카의 신화에서도 찾아볼 수 있다. 옛날에는 대장장이를 마을에 붙들어 두기 위해, 그리고 혹시라도 적들과 협력하는 것을 막기 위해 일부러 장애인으로 만들지 않았을까 싶다.)
헤라는 수련을 끝낸 아들을 올림포스로 불러들이고, 스무 개의 풀무가 밤낮으로 가동되는 세계 최고의 대장간을 마련해 주었다. 이 대장간에서 헤파이스토스는 금은 세공술과 마법의 걸작들을 만들어 냈다. 그는 불의 지배자이자 야금술과 화산의 신이 되었다.
그는 자기를 더 일찍 데려오지 않은 것에 대한 원망을 삭이지 못하고, 어머니를 겨냥한 함정을 고안했다. 누구든 앉기만 하면 마법의 사슬에 옥죄이는 황금 옥좌를 만든 것이었다. 헤라는 아들이 보낸 이 옥좌에 앉았다가 사슬에 꽁꽁 묶이는 신세가 되었다. 그녀는 거기에서 풀려나기 위해 아들을 올림포스 신족의 온전한 일원으로 받아들이겠다고 약속해야만 했다. 그때부터 헤파이스토스는 올림포스의 모든 신을 위해 자기 솜씨를 발휘했다. 제우스의 방패, 아르테미스의 활과 화살, 아프로디테의 허리띠, 아테나의 창 등이 그의 대표적인 공적이었다.
그는 진흙을 빚어 최초의 여자 판도라를 만들기도 했고, 황금으로 여자 모양의 자동 기계 장치를 제작하여 조수로 쓰기도 했다. 또 아킬레우스에게 방패를 만들어 주기도 했다. 아킬레우스는 이 방패를 가지고 많은 전투에서 승리를 거두었다. 크레타의 왕 미노스는 헤파이스토스에게서 청동 로봇 탈로스를 선물로 받았다. 이 로봇의 몸속에는 목에서 발목까지 이어지는 하나의 혈관이 있었다(이 혈관은 밀랍이 흐르게 하기 위해 조각가들이 사용하는 기법을 연상시킨다). 탈로스는 매일 세 번씩

뜀박질로 크레타섬을 일주하면서 해안에 정박하러 오는 침략자들의 배를 물리쳤다. 한번은 사르디니아 사람들이 크레타섬에 침입하여 불을 지른 적이 있었다. 그때 탈로스는 불 속에 뛰어들어 제 몸을 벌겋게 달군 뒤, 적들을 하나씩 끌어안아 모두 태워 죽였다.[30]

헤파이스토스는 어느 날 헤라와 제우스가 다투는 것을 보았다. 그는 말다툼에 끼어들어 어머니 편을 들었다. 성난 제우스는 그를 올림포스산 아래로 던져 버렸다. 그는 다시 렘노스섬에 떨어졌고 한쪽 다리가 마저 부러졌다.[31] 헤파이스토스는 목발에 의지하지 않고서는 걸을 수 없게 되었다. 하지만 두 팔은 더욱 단련되고 힘이 붙어서 대장장이 일에 아주 유용했다.

에드몽 웰스, 『상대적이며 절대적인 지식의 백과사전』 제5권
(헤시오도스의 『신통기』를 본받은 프랑시스 라조르박의 글에 근거한 것임)

38. 일요일, 헤파이스토스의 강의

잠에서 깨어나 보니, 나의 현실은 〈지구에 있는 파리라는 도시〉가 아니라 〈우주의 외딴 행성에 있는 올림피아〉이다.

내가 신 후보생이라는 것이 조금은 실망스럽다. 어찌 보

30 탈로스의 이야기는 『신통기』에 근거한 것이 아니라, 아폴로도로스의 『신화집』과 동로마 제국의 백과사전 『수다』에 나오는 이야기를 합쳐 놓은 것이다.

31 이 대목과 앞에서 헤라가 아이를 던지는 대목은 호메로스의 『일리아스』에 나오는, 헤파이스토스의 장애에 관한 두 가지 설명을 합쳐 놓은 것이라고 볼 수 있다. 헤파이스토스를 렘노스섬에 던진 신이 누구인가를 놓고 호메로스는 두 가지로 노래한다. 헤파이스토스가 제우스로부터 어머니를 구해 주려고 할 때, 제우스가 그의 〈발을 잡고 신성한 하늘의 문턱에서 내던졌다〉 하기도 하고(『일리아스』 1권 590~594행), 절름발이인 그를 없애려는 〈어머니의 사악한 속셈 때문에 멀리 추락하여 고통을 당했다〉고 말하기도 한다(『일리아스』 18권 394~397행). 베르베르는 이 두 대목을 결합하여 헤파이스토스가 두 차례 떨어져서 양쪽 다리가 차례로 부러진 것으로 해석한 것이다.

면 인간일 때가 더 단순했다. 그리고 모를 때는 무엇이든 상상할 수 있지만, 알 때는 그럴 수가 없다. 엄청난 책임감을 느끼기 때문이다.

내가 무슨 꿈을 꾸었더라? 아 그래, 생각난다. 나는 가족과 바캉스를 즐기는 꿈을 꾸었다. 우리는 자동차를 타고 떠나서 오를레앙 시문(市門)으로 파리를 빠져나가기 위해 몇 시간 동안 교통 정체 구간에서 기다렸다. 아이들은 자동차에 갇혀 있는 것에 싫증이 나서 자꾸 칭얼거렸다. 지중해 연안에 도착했을 때는 날씨가 무척 더웠다. 우리가 빌린 아파트에 들어가 보니, 수도꼭지에서는 물이 새고 창문들은 제대로 닫히지 않았다. 우리는 자외선 차단 크림 냄새를 풍기는 군중 속에 섞여 해변에 누워 있었다. 나는 이따금 청록색 바다에 뛰어들어 헤엄을 쳤다. 내 아내 로즈는 까닭 모르게 인상을 쓰고 있었다. 우리는 레스토랑을 찾아 들어가서, 웨이터가 마침내 우리에게 관심을 가져 주기를 오랫동안 기다린 끝에 감자튀김을 곁들인 차가운 홍합 요리를 먹었다. 우리 아이 하나가 아프다고 했다. 그렇잖아도 내가 모르는 어떤 이유로 화가 나 있던 아내는 나를 레스토랑에 혼자 남겨 두고 가버렸다. 나는 씁쓸한 커피를 마시면서 테러 사건을 보도하고 있는 신문을 읽었다.

나는 팔꿈치로 버티며 몸을 일으킨다. 그러니까 그건 꿈이었다. 지금 내 눈앞에 보이는 것이 〈진짜 현실〉이다. 나는 창문을 열고 숨을 들이마신다. 라벤더 향기를 품은 공기가 허파를 가득 채운다. 현실은 이렇게 계속되리라…….

오늘은 일요일. 라틴어로는 디에스 도미니쿠스, 곧 〈주님의 날〉이다. 햇살이 벌써 올림포스산을 어루만지고 있다. 크로노스의 종이 울린다. 8시를 알리는 종이다. 이제 강의를 들으러 가야 한다. 어제 시간의 신이 했던 강의는 예비적인 것이었으므로, 오늘부터 본격적인 강의가 시작되는 것이다.

나는 어슬렁어슬렁 욕실로 가서 찬물로 꿈의 마지막 흔적을 지워 버린다.

나는 튜닉과 토가를 입고 샌들을 신은 다음, 작은 정원에서 풍겨 나는 사이프러스 향기를 잠시 즐긴다.

그러고는 메가론에 가서 날달걀로 간단하게 아침 식사를 한다. 매릴린과 시몬 시뇨레는 전생에서 가수 겸 배우 이브 몽탕의 사랑을 놓고 경쟁했던 사실을 잊었는지, 둘이서 평온하게 이야기를 나누고 있다. 매릴린의 말소리가 들려온다.

「그래서 내가 그 사람에게 말했지. 〈우리 여자들이 가진 무기라고는 마스카라와 눈물밖에 없어요. 하지만 우리는 그것들을 동시에 사용할 수 있죠〉 하고 말이야.」

그 옆에는 계몽 시대의 철학자들이었던 볼테르와 루소가 앉아 있다. 그들은 전생에서 벌였던 논전을 전혀 잊지 않은 듯하다.

「자연은 언제나 옳아.」

「아닐세. 인간이야말로 언제나 옳지.」

「하지만 인간은 자연의 일부일세.」

「아냐. 인간은 자연을 초월하지.」

화가 출신인 마티스와 반 고흐와 툴루즈 로트레크는 여느 때처럼 한 식탁에 모여 있다. 열렬한 항공 애호가였던 몽골피에와 아데르와 생텍쥐페리도 마찬가지다. 나폴레옹 3세의 치하에서 파리를 혁신적으로 재개발했던 오스만 남작은 공학자였던 에펠과 도시 계획을 놓고 토론을 벌인다. 오스만은 에펠 탑이 별로 마음에 들지 않는다고 털어놓는다. 자기가 보기에는 그것 때문에 일부 스카이라인이 훼손되었다는 것이다. 그와 반대로 에펠은 오스만의 업적을 칭찬한다. 건물들의 정면을 조화시키고 널찍널찍한 대로들을 만든 발상이 훌륭했다는 것이다. 오스만은 도리질을 친다.

「에고, 사실은 말이야, 도로를 널찍하게 만든 것은 나의 독자적인 권한으로 이루어진 게 아니었네. 민중 봉기를 우려한 황제로부터 지시를 받았어. 민중이 폭동을 일으키는 경우에 대포를 쏠 수 있으려면 길을 넓혀야 한다는 것이었지.」

에펠은 거북한 기색을 보이며 달걀 하나를 먹는다.

그들을 관찰하노라니, 그들이 내 파트너가 아니라 경쟁자로 여겨지기 시작한다. 우리는 144명으로 출발했다. 결승선에서는 우리 가운데 몇 명이 남게 될까?

8시 반이다.

우리는 길게 줄을 지어 엘리시온 대로로 통하는 동문으로 간다. 거인 두 명이 팔짱을 끼고 눈을 감은 채 동문을 지키고 있다. 가을의 신이 명령을 내리자, 그들은 강철이 철커덕거리고 삐걱거리는 소리를 내는 엄청나게 큰 자물쇠를 연다.

문을 나서자 길게 뻗은 대로가 나타난다. 길가에는 하얗게 분을 바른 듯한 벚나무들이 줄느런하게 서 있다. 나무들 너머에서는 거룹들이 에메랄드 빛깔의 잔디밭과 알록달록한 꽃들이 피어 있는 화단을 가꾸고 있다. 거룹들은 아주 작은 물뿌리개로 화초에 물을 주기도 하고, 둥근 가위로 시든 잎들을 잘라 내기도 한다. 양옆으로 높다랗게 솟은 담장이 섬의 한 부분인 엘리시온 구역을 에워싸고 있다. 그리핀들이 이 담장을 감시하고 있어서 함부로 침입하거나 나갈 수가 없을 듯하다.

우리는 높이가 20미터쯤 되는 수정 건물 앞에서 걸음을 멈춘다. 헤파이스토스의 궁전에 다다른 것이다. 이 궁전은 터키석 빛깔과 초록색을 띠고 있다. 내부의 주거 공간으로 통하는 투명한 유리문들이 활짝 열려 있다.

안으로 들어서자 귀금속 견본들이 빼곡하게 들어찬 선반들이 보인다. 각각의 견본은 받침돌 위에 놓여 있고, 받침돌에는 금속의 학술적인 이름이 적힌 딱지가 붙어 있다. 마노, 보크사이트, 아연, 황철석, 황옥, 호박(琥珀), 규산염……. 안쪽에는 화덕이 보인다. 풀무 열 개가 바람을 일으키고 있어서 화덕이 화산처럼 불을 뿜어 댄다.

한복판에 마련된 강단에는 책상 하나와 행성을 올려놓을 수 있는 거대한 받침대가 놓여 있다.

우리가 들어서자, 작업대 위로 몸을 숙인 채 루페에 눈을 박고 있던 늙은 신이 몸을 일으킨다. 터키석 빛깔의 토가를 입고 그 위에 같은 색깔의 두꺼운 가죽 앞치마를 두른 차림이다.

그가 긴 의자들을 가리키면서 중얼거린다.

「자, 자, 다들 앉으십시오.」

황금으로 된 두 여자 로봇이 오더니 노신을 부축하여 휠체어에 앉히고 우리 쪽으로 밀고 온다. 그는 우리를 둘러본다. 부스럼이 돋은 얼굴에 주름이 자글자글하다. 콧구멍과 귀에서는 털이 비어져 나와 있다. 그가 루페를 떼어 내기 위해 손을 들어 올리자 우리는 모두 입을 다문다.

뒤에 선 여자 로봇들은 그리스 조각처럼 반듯하고 아름다운 용모를 보이고 있다. 동작 하나하나에 유압 기계 장치 소리가 뒤따르지 않는다면, 살과 뼈를 지닌 진짜 여자로 여겨질 법하다. 그 모습에는 뭔가 내 마음을 뒤흔드는 것이 있다. 얼굴이 아프로디테를 닮은 것이다.

라울이 내 옆에 와서 앉는다. 이제 화해가 이루어졌다는 것과 비 온 뒤에 땅이 굳어지듯 우리 관계가 더욱 돈독해졌다는 것을 보여 주려는 것이다.

헤파이스토스가 강단에 올라간다. 그러자 아틀라스가 지름 3미터의 구체를 지고 비틀거리면서 문턱에 나타난다. 그는 구체를 받침대에 내려놓으면서 투덜거린다.

「에이, 지겨워. 더는 못 해먹겠어. 당장 그만두든지 해야지, 이거야 원.」

헤파이스토스가 퉁명스럽게 묻는다.

「아틀라스, 뭐라고 했지?」

두 노신의 눈길이 날카롭게 맞부딪친다. 아틀라스가 먼저 눈길을 낮추며 웅얼거린다.

「아닐세, 별말 안 했어.」

거구의 아틀라스는 기가 죽은 채 구부정한 등을 보이며 나간다.

헤파이스토스는 힘겹게 휠체어에서 일어나 목발을 짚더니, 왼쪽 목발에 몸을 의지한 채 오른손으로 칠판에 〈제1강 — 세계의 창조〉라고 쓴다. 그런 다음 여자 로봇들이 가까이 밀어다 놓은 휠체어에 털썩 주저앉는다.

「여러분은 크로노스 신에게서 예비 수업을 받았고, 앙크 사용법을 배웠습니다. 하지만 여러분이 배운 것은 앙크를 〈나쁜 쪽으로〉 사용하는 방법입니다.」

〈나쁜 쪽〉이라고 말할 때 그의 얼굴에 작은 경련이 일었다. 그는 받침대 쪽으로 가서 덮개를 잡아당긴다. 하얀 진주로 변한 채 유리 구체 속에 떠 있는 17호 지구가 모습을 드러낸다.

「이제 여러분은 나와 함께 앙크를 〈좋은 쪽〉으로 사용하는 법을 배울 겁니다. 하나의 세계가 죽고 그 자리에 새로운 세계가 들어섭니다.」

구체 속에 든 것은 하나의 알이자 무덤이다. 마치 눈처럼 나를 뚫어져라 바라보고 있는 듯하다. 나는 예전에 그 표면에 인류가 살고 있었다는 사실을 잊을 수 없다. 인류가 서툰 짓을 범한 것은 사실이지만, 그렇다고 해서 인류를 절멸시켜도 되는 것일까?

「다들 다가오세요. 그리고 각자 앙크를 최대 출력으로 조절하십시오.」

그는 마치 죽은 행성에게 말을 걸듯이 중얼거린다.

「그대는 불로 말미암아 죽었고, 불에 의하여 다시 태어날 것이다. 자, 우리는 이제 얼음으로 덮인 이 행성을 녹일 참입니다. 다들 준비하세요……. 자, 그럼 발사!」

사방팔방에서 번개가 행성을 공격한다. 행성이 팔딱거리고 꿈틀거린다. 마치 고통을 느끼며 진동하고 경련하는 생명체로 변하여 깨어나려고 애를 쓰는 듯한 모습이다.

녹고 있는 얼음에서 하얀 증기가 피어오른다. 하얀 알처럼 보이던 행성이 잿빛으로 변한다. 구름 아래로 보이는 표면은 노란색에서 주황색으로 다시 붉은색으로 변한다.

대장장이 신이 소리친다.

「계속하세요!」

행성의 표면에 균열이 생기기 시작한다. 마치 너무 많이 구운 케이크를 보는 듯하다. 화산들이 분출하면서 불그스레한 액체를 토해 낸다. 우리는 계속 사격을 가한다. 화산들 사이로 바싹 그을린 지대들이 나타난다. 갈색을 띠고 있던 이 지대들은 점차 검은색으로 변한다. 헤파이스토스는 멈추라는 신호를 보내고, 칠판에 동그라미 하나를 그린다.

「이 행성은 땅거죽으로 덮여 있습니다. 마그마는 행성의 뜨거운 심장 박동에 힘입어 순환하는 피예요. 이제 행성의 내부와 외부가 평형을 이루는 상태를 만들어야 합니다.」

그는 칠판에 〈호메오스타시스〉[32]라고 썼다.

「땅거죽은 민감하고 취약합니다. 바로 이 땅거죽을 통해서 행성의 내부와 외부 사이에 균형이 이루어지는 거죠. 지표는 적당히 두꺼워야 합니다. 너무 두꺼우면 내부의 압력이 커지고, 압력이 커지면 화산 폭발이 증가하게 됩니다. 〈단단하되 유연한 거죽〉이라는 개념을 명심하십시오.」

그는 우리에게 계속하라고 신호를 보낸다.

우리가 하나로 어우러져 다시 사격을 가하자, 17호 지구는 계속 구워지면서 부풀어 오르고 연기를 피워 댄다. 지구의 겉 부분을 둘러싸고 있는 판들이 미끄러지면서 시뻘건 마그마가 상처처럼 드러난다.

32 1860년경에 프랑스의 생리학자 클로드 베르나르가 처음 사용한 개념. 살아 있는 유기체는 외부 환경의 끊임없는 변화에 상관없이 내부 환경의 다양한 구성 요소들을 안정적인 상태로 유지할 수 있다. 이런 능력을 일컬어 호메오스타시스라고 한다. 이 개념이 적용되는 범위는 체온이나 혈압, 체액의 침투압이나 pH, 병원 미생물의 배제 등 생체의 기능 전반에 걸쳐 있다. 원래는 생체의 화학적 균형과 관련해서 나타난 개념이지만, 사회학이나 정치학이나 시스템 공학에서도 갖가지 형태의 유기적인 조직체를 논하기 위해 널리 사용되고 있다.

「이제 여러분은 마그마의 솥에서 물질의 첫 단계인 광물을 창조할 수 있습니다.」

대장장이 신은 물질의 원자까지 볼 수 있도록 우리 앙크의 줌을 조절하라고 이른다.

이제 우리의 앙크에 달린 돋보기는 현미경 구실을 한다. 혼돈 상태에 놓인 지표의 불가마에서 원자핵들과 전자들이 뚜렷하게 나타난다. 행성과 그 둘레를 도는 위성, 태양과 그 둘레를 도는 행성을 보는 듯하다.

헤파이스토스의 강의가 이어진다.

「태초의 솥에서는 모든 원소가 분리되어 있습니다. 이제 여러분은 기본적인 세 가지 힘을 조화롭게 통합해야 합니다. 다시 말하면 음전하를 가진 전자와 전하를 갖지 않은 중성자와 양전하를 가진 양성자를 결합하여 최초의 기본 구조인 원자를 만들어야 한다는 것이죠. 여기서 한 가지 조심할 것이 있습니다. 구성 요소들을 결합하는 것만으로는 충분치 않습니다. 구성 요소들의 위치를 제대로 잡아 주는 것 역시 중요합니다. 각각의 전자는 적당한 궤도에 놓여 있어야 합니다. 그렇지 않으면 떨어져 나가니까요. 만약 우리를 둘러싸고 있는 물질을 성능이 아주 좋은 현미경으로 관찰할 수 있다면, 우리는 이 물질이 주로 비어 있는 공간으로 이루어져 있다는 것을 확인하게 될 것입니다. 이런 빈 공간에서 소립자들이 빠르게 움직이기 때문에 물질의 효과가 생겨납니다. 자 그럼, 첫 번째 연습으로 넘어가겠습니다. 각자 수소를 만들어 보세요. 이것은 간단한 원자입니다. 양성자 한 개와 전자 한 개면 충분하죠.」

수소가 우리의 첫 창조물이다. 우리는 별로 어렵지 않게 그 일을 해낸다.

「이제 양성자 두 개와 전자 두 개로 이루어진 헬륨을 만들어 보세요.」

이 일을 해내는 데도 아무런 문제가 없다. 그러자 헤파이스토스는 우리의 창의성을 마음껏 발휘해 보라고 권한다.

「먼저 여러분의 원자를 창조하십시오. 그다음에는 같은 원소 또는 다른 원소의 원자들을 결합하여 분자를 만들고 물질을 만드세요. 원자, 분자, 물질, 이 세 차원에서 걸작을 만들 수 있도록 최선을 다하십시오. 여러분의 능력이 닿는 데까지 가장 아름다운 원자들의 대성당을 건설해 보는 겁니다. 작업이 끝나면 가장 우수한 작품을 선정하여 시상하겠습니다.」

나는 행성의 불가마에서 추출한 전자들과 원자핵들을 다양한 방식으로 결합해 본다. 그러면서 점차 작업 요령을 터득하고 마침내 반투명한 돌 하나를 만들기에 이른다. 나는 이쪽저쪽의 원자를 떼어 내면서 그 돌을 다듬는다. 핵의 크기를 늘리기도 하고, 일부 궤도에 전자들을 추가하거나 없애기도 한다. 그렇게 몇 시간 동안 작업을 하고 나니, 그런 대로 만족스러운 쪽빛 결정체가 완성된다. 나는 내 성을 따서 그 결정체에 〈팽송염〉이라는 이름을 붙인다.

시간이 다 되었다. 헤파이스토스는 실습을 끝내라고 한 다음 다른 후보생들의 작품을 검토해 보라고 이른다. 라울은 에메랄드에 가까운 반투명한 초록색 돌을 구상해 냈고, 에드몽은 자개처럼 분홍빛이 도는 하얀 돌을 만들어 냈다. 매릴린은 황철광과 비슷한 금빛 돌을 개발했고, 프레디는 파란색이 도는 은빛 돌을 내놓았다.

대장장이 신은 로봇들의 도움을 받으며 각 후보생의 뒤로 가서 작품을 살펴본다. 그러고는 고개를 끄덕이고 우리의 이름을 물어서 명단에 표시를 한다. 그는 이윽고 책상 앞으로 돌아가더니, 가장 아름다운 창조물이 사라 베르나르트의 작품 〈사라석〉이라고 발표한다. 연보라색과 노란색을 띠고 번쩍거리는 금빛 조각으로 덮여 있는 별 모양의 돌이다. 전체적으로는 성게와 비슷해 보인다. 사라가 어떻게 원자들을 배합하여 그런 형태를 만들어 냈는지 궁금하다. 각기둥이나 잡아 늘인 모양의 결정체를 만드는 것도 만만치 않아 보이는데, 하물며 별이라니…….

대장장이 신의 강평이 이어진다.

「사라 베르나르트에게 박수를 보내 주세요. 오늘의 1등입니다.」

나는 보석학 분야에 문외한이지만 사라가 자기 돌의 내부에서 별빛 같은 광채가 나게 한 것은 정말 대단한 일이 아닌가 싶다.

사라는 자기가 늘 보석에 관심이 많았던 덕분이라고 털어놓는다.

로봇 하나가 즉시 그녀의 머리에 월계관을 씌워 준다. 헤파이스토스는 우리의 박수갈채를 갑자기 중단시키고, 또 다른 규칙을 설명한다. 성적이 가장 나쁜 후보생 한 명 또는 몇 명은 제명되리라는 것이다.

「크리스티앙 풀리니앵, 자네는 탈락일세.」

그 불운한 후보생은 원자핵 주위의 궤도에 백 개가 넘는 전자를 배치해서 우라늄 같은 것을 만들어 내려고 했지만, 결국 매우 불안정한 분자를 만들어 내는 데 그쳤다. 이 분자는 전자가 아주 많고 균형이 아주 쉽게 깨지는 것이라서 원자 폭탄의 원료로 쓰일 수 있을 법하다.

「자네가 가장 미숙한 후보생인 것으로 드러났으니, 자네를 제명하겠네.」

크리스티앙은 이의 제기를 시도한다.

「시간이 조금만 더 있었다면, 원자 구조를 안정시킬 수 있었을 텐데…… 이해할 수가 없어요. 그저 간발의 차로……. (그는 우리를 둘러본다.) 여러분 저를 저버리지 마세요……. 저를 그냥 이렇게 내보내면 여러분에게도 똑같은 일이 벌어지리라는 것을 모르세요?」

벌써 켄타우로스 하나가 강의실에 들어왔다. 우리는 아무도 반응을 보이지 않는다.

켄타우로스는 탈락자를 붙잡아서 데리고 나간다. 그의 항의는 이제 우리 귀에 들리지 않는다. 이상하게도 그 사라짐은 내 마음에 아무런 동요를 일으키지 않는다.

라울이 중얼거린다.

「140명에서 한 명이 탈락했으니, 이제 139명이 남았군.」

헤파이스토스는 다시 17호 지구 앞으로 가서 앙크의 돋보기로 표면을 꼼꼼하게 살핀다. 그러더니 루페를 꺼내어 들고 벼락을 손수 내리쳐서 약간의 수정을 가한다.

「이 행성은 안정된 상태를 유지할 수 있을 만큼 광물이 아주 다양해졌습니다.」

그는 받침대 아래쪽의 서랍을 뒤져 크로노스의 추시계를 꺼낸다. 이 시계는 여전히 2222년을 가리키고 있다. 그가 버튼 하나를 누르자 숫자가 바뀌어 〈0000〉이 나타난다.

「우리는 이제 새로운 세계를 마주하고 있습니다.」

그러면서 대장장이 신은 칠판에 〈18호 지구〉라고 쓴다.

그는 앙크로 지표를 조금 덥혀 맨 위의 지층을 단단하게 만든 다음, 여기저기에 소금의 층을 첨가한다.

나는 17호 지구가 대홍수에 휩쓸리고 얼음에 덮여 사라져 가는 것을 보면서 슬픔을 느낀 바 있다. 그런데 이제 18호 지구가 생겨나자 새로운 희망이 솟는다. 이 행성은 오븐에서 갓 나온 따끈따끈한 초콜릿 케이크를 생각나게 한다. 갈색을 띤 바삭바삭한 구형 케이크.

39. 백과사전: 초콜릿 케이크 만드는 법

• 재료(6인분): 검은 초콜릿 250g, 버터 120g, 설탕 75g, 달걀 6개, 밀가루 깎아서 6큰술, 물 3큰술.

• 준비 시간: 15분.

• 굽는 시간: 25분.

아주 은근한 불에 외손잡이 냄비를 올려놓고 물을 부은 다음, 그 물에 초콜릿을 중탕으로 녹여 기름처럼 반지르르하고 향긋한 반죽을 만든다.

버터와 설탕을 첨가하고, 반죽이 균질적인 상태가 되도록 계속 저으면서 밀가루를 넣는다.

이렇게 준비된 것에 달걀노른자를 하나씩 첨가한다.

달걀흰자를 잘 휘저어서 하얗게 거품을 낸 다음 초콜릿 반죽에 섞어 넣는다.

이렇게 얻은 반죽을 안쪽 면에 미리 버터를 발라 둔 틀 속에 붓는다.

오븐에 넣고 200℃에서 약 25분 동안 굽는다. 위쪽은 바삭하지만 속은 말랑말랑하게 굽는 것이 굽기의 요령이다. 그러기 위해서는 케이크를 살피고 있다가 제때에 꺼내는 것이 중요하다. 케이크 한복판에 물기가 없고 칼로 찔러 보았을 때 초콜릿이 살짝 묻어나면 다 익은 것이다. 미지근하게 식혀서 먹는다.

에드몽 웰스, 『상대적이며 절대적인 지식의 백과사전』 제5권

40. 한 세계의 탄생

소금. 식용 광물. 나는 그 강력한 맛을 다시 경험한다. 우리의 미각 훈련이 계속되고 있다. 나는 소금을 더 집어 입 안에 넣어 본다. 입천장이 따끔거린다. 오늘의 음식은 날달걀과 소금이다. 이렇듯 우리는 식사 때마다 그날의 맛을 배운다.

다시 원형 극장으로 가야 한다. 거기에서 18호 지구의 탄생을 축하하도록 되어 있다.

둔중한 북소리와 사냥 나팔의 명랑한 선율에 또 하나의 악기가 가세한다. 우리가 헤파이스토스의 수업을 받은 것과 관련된 악기다. 관(管) 모양의 구리종들이 가지런히 배열되어 있는 악기인데, 그 소리가 대장간에서 들리는 금속성과 비슷하다.

후보생들이 짝을 지어 즉흥적으로 춤을 춘다.

무대 한복판에 놓인 18호 지구 주위에 모인 후보생들은 손에 손을 잡고 원무를 추기 시작한다. 갓 생겨난 갈색 대륙들을 품은 행성이 음악의 리듬에 맞춰 팔딱거리고 있는 듯하다.

나는 아프로디테가 오지 않을까 해서 자꾸 문 쪽을 살핀다. 하지만 오늘 저녁에는 스승 신들의 모습이 전혀 보이지 않는다. 새로운 세계의 탄생을 우리끼리 축하하면서 즐기라는 것일까? 라울은 스승 신들이 없는 틈을 타서 즉시 빠져나가자고 제안한다. 우리의 새로운 배를 건조하기 위해서 시간

을 벌자는 것이다.

「나도 같이 갈 수 있을까?」

에디트 피아프가 특유의 낮은 목소리로 물었다.

「우리는 벌써 모일 만큼 모였는데…….」

내가 그녀의 부탁을 거절하려고 하는데, 프레디 메예르가 내 말을 끊었다.

「같이 간다면 대환영이지.」

그리하여 에디트 피아프와 마타 하리가 가세한 우리 테오노트 동아리는 원형 극장을 슬그머니 빠져나가 동쪽 성벽 밑의 땅굴로 들어간다. 몇 분 뒤 우리는 파란 숲으로 빠져나와 강 쪽으로 간다.

뗏목으로는 인어들을 피하면서 강을 건널 수 없다. 그건 우리가 이미 확인한 사실이다. 에드몽과 프레디는 배다운 배의 설계도를 그리는 임무를 맡았다. 배의 안정성을 높이기 위한 밸러스트로는 무거운 돌멩이들을 사용하기로 했다. 우리는 조용히 갈대를 엮는다. 에디트 피아프는 야무진 손끝으로 매듭들을 단단히 지어 나간다. 매릴린과 나는 인어들을 쫓아 버릴 때 사용할 기다란 나뭇가지들을 잘라 낸다. 프레디는 혼자 어딘가로 가더니 무언가를 만들어서 커다란 가방에 담아 온다.

석양이 저물고 시나브로 어둠이 밀려온다. 반딧불이들이 우리의 주위를 밝혀 준다. 어제 만났던 금조와 사팔눈 그리핀은 다시 우리 곁으로 와서 뭔가 우리에게 도움이 될 만한 것을 찾고 있다. 그때 어린 사티로스 하나가 살그머니 나타나서 매릴린의 넓적다리를 공격한다. 매릴린은 녀석을 홱 뿌리친다. 하지만 녀석은 그녀의 토가를 붙잡고 매달린다. 그녀는 가까스로 녀석을 떼어 낸다. 녀석은 에디트 피아프에게 덤벼든다. 그녀 역시 녀석을 쫓아 버린다. 그러자 사티로스는 우리 모두를 차례차례 끌어당긴다. 마치 우리를 어딘가로 데려가서 무언가 중요한 것을 보여 주려는 듯하다.

라울이 묻는다.

「이 녀석이 왜 이러지?」

사티로스는 즉시 동작을 멈추고 또박또박 되뇐다.

「이 녀석이 왜 이러지. 이 녀석이 왜 이러지.」

우리는 아연실색해서 녀석 쪽으로 몸을 돌린다.

「너 말할 줄 아니?」

사티로스는 또 말을 흉내 낸다.

「너 말할 줄 아니. 너 말할 줄 아니.」

「이 녀석은 그저 우리가 말한 것을 되풀이하는 거야.」

매릴린의 그 말에 녀석이 대답한다.

「이 녀석은 그저 우리가 말한 것을 되풀이하는 거야. 이 녀석은 그저 우리가 말한 것을 되풀이하는 거야.」

문득 그리스 신화에 나오는 이름 하나가 내 머릿속을 스친다.

「이 녀석은 사티로스가 아냐. 얘는 에코[33]야.」

33 에코는 그리스·로마 신화에 나오는 숲과 샘의 요정인데, 자기 말은 하지 못하고 남이 한 말의 마지막 구절을 되풀이하기만 한다. 그 사연은 고대 로마의 시인 오비디우스의 『변신 이야기』(3권, 356~369행)에 잘 나와 있다. 이 이야기에 따르면, 에코는 원래 수다쟁이 요정이었다. 어느 날 유노(그리스 신화의 헤라) 여신은 산에서 요정들과 바람을 피우는 남편 유피테르(그리스 신화의 제우스)를 찾아다니다가 에코를 만나 그의 행방을 물었다. 에코는 장황한 수다로 유노를 붙잡아 둠으로써 바람난 유피테르와 요정에게 도망갈 시간을 주었다. 뒤늦게 자기가 속은 것을 안 유노는 에코에게 앙갚음을 했다. 이때부터 에코는 메아리처럼 남의 말을 되뇌기만 하는 가엾은 신세가 되었다. 베르베르가 에코

「얘는 에코야. 얘는 에코야.」

녀석은 목신의 피리를 꺼내어 세 개의 음을 길게 분다. 그러자 그의 동료들이 즉시 나타난다. 상체는 남자이거나 여자인데 다리는 모두 염소의 모습을 한 괴물들이다.

「갈수록 태산이군.」

프레디가 한숨을 내쉬며 그렇게 말하자, 그들은 마치 나무꾼의 노동요라도 부르듯 한목소리로 되받는다.

「갈수록 태산이군. 갈수록 태산이군.」

그들은 우리를 어딘가로 데려가기 위해 우리의 토가 자락을 잡아당긴다. 하지만 우리는 그들을 뿌리친다.

인간이었을 때, 아들 녀석이 내 말을 그대로 따라 하는 장난을 치는 바람에 내가 짜증을 냈던 일이 생각난다. 남이 한 말을 그대로 되받는 그런 장난은 말을 거울에 비추는 것과 같은 효과를 낸다. 의학을 공부하던 시절에 반향 언어증에 관해서 배운 적이 있다. 그 병에 걸린 환자는 대화의 상대방이 누구이든 그 사람이 한 말의 마지막 문장을 자기도 모르게 되풀이한다고 한다.

그들 가운데 하나가 덩굴 식물을 잡더니 그것으로 갈대를 엮기 시작한다. 그들은 우리가 말한 것을 되풀이할 뿐만 아니라 우리가 하는 것을 그대로 따라 하기도 하는 것이다. 그야말로 점입가경이다.

매릴린이 감격한 어조로 말한다.

「내가 보기에 이들은 우리를 도와주러 온 거야.」

그들은 이제 스무 명이나 모여서 우리의 말과 몸짓을 흉내

를 등장시킨 위의 장면은 『변신 이야기』에서 나르키소스를 짝사랑하는 에코가 그의 말을 받아서 되풀이하는 대목을 연상하게 한다.

내고 있다.

우리가 만든 것을 배라고 부르기는 뭣하지만, 그래도 앞서 만들었던 뗏목보다는 이 갈대배[34]가 한결 든든해 보인다.

프레디는 갈대배에 올라타기 전에 가방에서 밧줄을 꺼내어 나무둥치에 동여맨다. 우리는 그가 하는 일인데 어련하랴 싶어서 질문을 삼간다.

우리는 차례대로 갈대배에 올라타서 노를 잡는다. 에코들은 우리의 배가 물살을 타도록 밀어 주기만 할 뿐 함께 올라탈 생각은 하지 않는다.

「도와줘서 고마워.」

내가 그렇게 말하자, 그들은 한목소리로 소리친다.

「도와줘서 고마워. 도와줘서 고마워.」

처음 얼마간은 횡단이 아주 순조롭게 진행된다. 우리 머리 위에서는 반딧불이가 떼 지어 날아다니며 뱃머리의 물거품을 비춰 준다. 어두운 강물은 고요하다. 갈대배가 일으키는 잔물결이 번져 나갈 뿐이다. 프레디는 뒤쪽에서 밧줄을 풀고 있다. 검은 하늘에서는 세 개의 달이 빛난다.

인어들이 나타나지 않는 게 놀랍다. 이 시각에는 잠을 자는 것일까? 아니면 우리의 경계심을 잠재우려는 수작일까? 그 대답은 이내 나온다. 한 자락의 구슬픈 선율이 허공으로 퍼져 나가더니, 곧 여러 인어들이 그 선율을 되받는다. 인어들은 수면 위로 머리를 내민 바위들에 앉아서 얌전하게 우리를 바라보고 있다. 모두가 긴 머리를 폭포처럼 젖가슴으로

34 여기에서도 작가는 고대 이집트와 관련된 요소를 끌어들이고 있다. 갈대배는 이집트의 나일 강에서 신석기 시대부터 사용한 원초적인 형태의 수상 운송 수단이다.

늘어뜨린 채 정신을 몽롱하게 만드는 노래를 합창하고 있다. 옛날에 오디세우스와 그의 뱃사람들을 홀렸던 세이렌들도 바로 그런 노래를 부르지 않았을까 싶다. 프랑시스 라조르박은 보이지 않는다. 아마도 우리를 도와주러 오지 못하도록 다른 인어들이 물속에 붙들어 둔 모양이다.

노래의 음조가 높아지더니 급기야는 고막이 아플 정도로 날카로워진다. 프레디는 에디트 피아프에게 손짓을 보낸다. 이제 그녀가 무대에 등장할 차례라는 뜻이다. 그러자 에디트가 노래를 부르기 시작한다. 가녀린 몸에서 어쩌면 그토록 우렁찬 목소리가 터져 나오는지 그저 놀랍기만 하다. 인어들은 우리가 다른 노래로 대응할 수 있다는 사실에 놀라서 일제히 노래를 멈춘다. 그러다가 하나둘씩 다시 노래를 부르기 시작한다. 하지만 에디트는 목청껏 소리를 내질러 그들의 목소리를 쉽사리 제압한다. 「그는 후리후리한 미남자였죠. 나의 외인부대 병사, 그는 뜨거운 모래의 냄새를 향긋하게 풍겼어요…….」[35]

마타 하리는 걱정스러워하는 얼굴이다.

「이 노랫소리 때문에 켄타우로스들이 몰려오는 일은 없어야 할 텐데.」

인어들은 우리를 홀리려는 시도를 포기하고 하나둘씩 강물 속으로 숨어 버린다.[36] 우리는 앞다투어 우리의 가수에게

35 프랑스 여가수 마리 뒤바가 1936년에 처음으로 녹음했고, 나중에 에디트 피아프의 대표적인 레퍼토리에 포함된 노래 「나의 외인부대 병사」의 후렴구 일부.

36 이 장면은 기원전 3세기의 그리스 시인 아폴로니오스의 서사시 『아르고호 이야기(아르고나우티카)』에서 명가수 오르페우스가 노래로 세이렌들을 제압하는 대목(4권 893행 이하)을 새롭게 변주한 것으로 보인다.

칭찬을 보낸다. 그녀는 내친김에 「나의 외인부대 병사」를 마지막 후렴구까지 마저 부른다. 하지만 휴전은 오래가지 않는다. 우리가 서둘러 노를 젓고 있는데, 노들이 이상하게 무거워진다. 인어들이 돌아와서 우리를 전복시키려고 다시 악착을 떠는 것이다. 갈대배는 겉보기보다 안정적이다. 우리는 매릴린이 〈사랑을 검으로, 유머를 방패로〉 하고 나직하게 말한 것을 신호로 앙크를 꺼내 들고 물속에서 솟아오르는 모든 것을 겨눈다. 라울은 아버지를 빼앗아 간 그들에게 앙갚음을 하려는 듯 장대를 마구 휘두른다.

반딧불이들은 번갯불에 놀라 자취를 감춘다. 성난 인어들은 이제 1백 마리쯤이나 몰려와서 우리 배를 공격한다. 어떤 인어들은 대담하게 수면 위로 솟구쳐서 꼬리로 우리를 후려치기도 한다. 우리는 그에 맞서 번갯불을 쏘아 댄다. 그런데 젖은 손들과 미끈미끈한 비늘들이 내 다리에 닿고 물렁한 몸뚱이가 내 발목에 감기는 느낌이 든다. 내 팔과 종아리에는 손톱들이 박힌다. 곰치의 이빨처럼 뾰족한 이들이 내 손목을 물어뜯는다.

마타 하리는 인어들과 백병전을 벌인다. 라울은 수세에 몰려 있다. 인어 하나가 뒤쪽에서 그를 덮치더니 엄청난 힘으로 잡아챈다. 그는 물속으로 떨어진다. 나는 장대를 놓고 앙크를 잡는다. 잊지 않고 앙크를 재충전해 두어서 다행이다. 나는 정확한 사격을 가하여 마타 하리에게 덤벼드는 인어를 쓰러뜨리고, 또 한 차례의 사격으로 라울을 붙잡고 있는 인어를 떼어 낸 다음 그를 잽싸게 끌어 올린다.

갈대배는 더 나아가지 않는다. 전투를 벌이다가 노를 모두 잃어버린 것이다. 이제 우리 자신을 지키기 위한 무기는 앙크밖에 없다. 하지만 프레디에게는 아직 책략이 남아 있다. 그는 가방에서 활과 납작한 화살을 꺼내더니, 화살에 밧줄의 끄트머리를 동여맨다. 그러고는 이 화살을 강 건너편의 가장 가까운 나무로 쏘아 보낸다. 이로써 밧줄이 강의 양쪽 기슭을 연결한 셈이다. 우리는 밧줄을 잡아당기면서 다시 속도를 낸다. 즉시 역할 분담이 이루어진다. 라울과 마타 하리와 나는 앙크를 쏘아 인어들을 쫓아내고, 에드몽과 프레디와 매릴린과 에디트는 갈대배가 강 건너편에 닿도록 밧줄에 매달린다.

인어들은 우리의 작전을 알아차리고, 물밑에서, 수면에서, 또는 공중으로 솟구치면서 더욱 드세게 공격해 온다. 우리는 사방팔방으로 앙크를 쏘아 댄다. 그런데 내 앙크의 D 자 버튼이 갑자기 말을 듣지 않는다. 배터리가 나간 것이다.

머뭇거릴 시간이 없다. 나는 밧줄을 잡아당기는 벗들을 돕기 위해 앞으로 펄쩍 내닫는다. 그때 갈대배가 뒤집힌다. 우리는 한 손으로 배에 매달리면서 다른 손으로 헤엄을 친다. 그리고 적을 쫓아 버리기 위해 발길질을 한다. 우리는 숨을 헐떡이면서 마침내 건너편 기슭에 다다른다. 그러자 제2의 태양이 지평선에 떠오른다.

「배가 없으니 어떻게 돌아가지?」

에드몽이 불안한 기색을 보이자 프레디는 자기 밧줄을 가리킨다.

「이제 배가 없어도 돼. 우리에게는 저것이 있거든.」

그는 나무로 기어 올라가더니 붙잡고 매달릴 수 있는 나무 손잡이 하나를 밧줄에 매단다.

「밧줄을 이용한 이런 이동 수단을 티롤리엔이라고 한다

네. 영어로는 〈날아다니는 여우〉 즉, 플라잉 폭스라고 하지. 등반가들이 낭떠러지를 건너갈 때 사용하는 것일세. 우리는 이 밧줄을 이용해서 인어들을 피해 강물 위쪽으로 지나갈 수 있을 거야.」

하지만 인어들은 우리가 밧줄을 어떻게 사용하려는지 알아차리고, 펄쩍펄쩍 뛰어올라 밧줄을 잡으려고 한다. 한 인어가 해양 동물원의 돌고래처럼 수면 위로 솟구치더니 밧줄을 붙잡고 매달리는 데 성공한다. 다른 인어가 잽싸게 그를 따라서 매달리더니, 또 다른 인어들이 가세한다. 그들이 다닥다닥 붙어서 매달리자 밧줄이 아래로 처지고, 그것을 동여매 놓은 나뭇가지가 무게를 이기지 못하고 뚝 부러진다.

이제 돌아가기가 어려워졌다. 그래도 라울은 담담하다.

「하는 수 없지. 16세기에 중남미를 침입했던 에스파냐 정복자들은 배를 타고 돌아갈 마음이 생기지 않도록 아예 배들을 불태워 버렸다더군. 우리에게는 선택의 여지가 없어. 그냥 대담하게 이 궁지를 헤쳐 나가야 해.」

그때 멀리에서 거친 숨소리가 들려와 우리 모두를 깜짝 놀라게 했다.

에디트 피아프가 자신 없는 소리로 제안한다.

「우리 헤엄쳐서 돌아갈까?」

41. 백과사전: 초광속(超光速) 인간

의식 현상을 이해하기 위한 가장 전위적인 이론들 가운데 특히 주목할 만한 것이 하나 있다. 프랑스 푸아티에 의과 대학 물리학 교수였던 레지 뒤테유의 이론이다. 이 연구자가 전개한 이론의 요체는 미국 물리학자 파인버그의 연구에 바탕을 두고 있다. 뒤테유의 주장에 따르면, 세계는 구성 요소의 운동 속도에 따라 세 가지 유형으로 나눌 수 있다.

첫째는 우리가 살고 있는 〈하(下)광속계〉. 뉴턴의 만유인력 법칙으로 대표되는 고전 물리학의 원리를 따르는 세계다. 이 세계는 브라디온 즉, 빛의 속도보다 느리게 운동하는 입자들로 구성되어 있다.

둘째는 〈광속계〉다. 이 세계는 광속에 근접하거나 도달한 룩손이라는 입자들로 구성되어 있고, 아인슈타인의 상대성 원리에 지배된다.

끝으로 〈초(超)광속계〉가 있다. 이 세계는 빛의 속도보다 빠른 타키온이라는 입자로 구성되어 있다.

레지 뒤테유의 이론에 따르면, 세계의 이 세 가지 유형은 인간 의식의 세 수준에 대응한다. 첫째는 물질을 지각하는 오감의 수준이고, 둘째는 광속 사고 즉, 생각이 빛의 속도로 이루어지는 현세적 의식의 수준이며, 그다음은 생각이 빛의 속도보다 빠르게 돌아가는 초의식의 수준이다. 뒤테유는 우리가 꿈이나 명상을 통해서, 또는 어떤 마약들을 사용함으로써 초의식에 도달할 수 있다고 생각한다. 그뿐만 아니라 그는 〈깨달음〉이라는 더 넓은 개념에 관해서도 말하고 있다. 우주의 원리에 관한 진정한 깨달음을 통해서 우리 의식의 속도가 빨라져 타키온의 세계에 도달할 수 있다는 것이다.

뒤테유의 생각대로라면, 〈초광속계에 살고 있는 존재에게는 삶을 구성하는 모든 요소가 완전히 한 순간으로 통합될 수 있다〉. 그리하여 과거와 현재와 미래의 관념들은 하나로 융화하여 사라진다. 그는 데이비드 봄의 연구를 받아들여, 우리가 죽는 순간 우리의 의식은 육신에서 빠져나가 초의식이 되고, 우리가 살던 세계보다 진화된 다른 차원의 세계 즉, 타키온의 시공간에 합류하리라고 생각한다. 그는 생애의 마지막 무렵에 딸 브리지트의 도움을 받아 훨씬 대담한 이론을 발표한다. 이 이론에 따르면, 과거와 현재와 미래는 지금 여기에서 하나가 될 수 있다. 그뿐만 아니라, 초광속의 차원에서는 우리의 전생과 내생이 모두 현생과 동시에 전개된다고 한다.

에드몽 웰스, 『상대적이며 절대적인 지식의 백과사전』 제5권

42. 강둑

파란 강의 양쪽 강둑은 서로 아주 다르다. 이쪽은 땅도 검고, 꽃이며 나뭇잎도 검다.

에디트 피아프가 제안한다.

「모두에게 힘이 될 만한 노래를 하나 부를까?」

「아냐, 고맙지만 참아 줘.」

엄청나게 큰 허파에서 나오는 듯한 거친 숨소리가 다시 들려온다. 불길한 예감이 든다.

「이제 어떻게 하지?」

매릴린의 물음에 에디트가 대답한다.

「돌아가자.」

그때 머리 위에서 붕붕거리는 소리가 들린다. 내가 무슈론이라는 별명을 붙인 거룹이다. 마타 하리는 날쌘 동작으로 거룹을 붙잡아 손아귀에 가두면서 소리친다.

「조심해, 염탐꾼이야!」

에디트 피아프가 말한다.

「꽉 눌러서 죽여 버려야 하지 않을까? 그냥 돌려보내면 우리가 발각될 거야.

나는 그녀들이 잊고 있는 것을 상기시킨다.

「이 거룹을 죽이는 것은 불가능해. 이 혼성 괴물 역시 불사의 존재이거든.」

「그래도 어디든 빠져나올 수 없는 곳에 가둬 버리는 방법은 있어.」

라울은 그러면서 거룹의 날개를 잡고 들어올린다. 가엾은 거룹의 머리가 온통 헝클어져 있다. 그녀는 마치 우리를 으르는 것처럼 작은 주먹을 휘두르고, 입을 크게 벌려 나비의 혀를 내밀면서 아주 새된 소리를 내지른다.

마타 하리는 더욱 경계심을 보인다.

「켄타우로스들에게 알리기 위해 초음파를 내는 것 같은데.」

그녀는 자기 토가 자락을 찢더니 그 조각으로 거룹의 입에 재갈을 물린다. 거룹은 더욱 화가 나서 빠져나가려고 이리저리 몸을 비튼다. 이대로 보고만 있을 수는 없다.

「풀어 줘. 내가 아는 애야.」

라울은 들은 척도 하지 않고, 자기 토가에서 실 한 가닥을 뽑아 거룹의 다리를 묶는다.

거룹은 묶인 다리를 끌면서 간신히 날아오른다. 얼굴을 잔뜩 찡그리고 있다. 결박 때문에 아픈 모양이다.

「풀어 줘. 우리에게 무언가를 알려 주기 위해 왔을 거야. 우리 앞에 무엇이 있는지를 알고 있는 게 분명해.」

라울은 여전히 못 믿겠다는 표정이다.

「글쎄. 오히려 우리가 앞에서 무언가를 발견하게 될까 봐 두려워하는 게 아닐까?」

나는 어깨를 으쓱 치켜 올리고 거룹이 올라앉을 수 있도록 손가락 하나를 새장 속의 홰처럼 내밀어 준다. 그러자 거룹은 기다렸다는 듯이 손가락에 내려앉는다. 나는 그녀의 입에 물린 재갈을 풀어 준다.

「계속 의심하고 겁내면서 살 수는 없어. 때로는 위험을 무릅쓰고 남을 믿기도 해야 하는 거야.」

매력적인 나비 소녀는 화난 표정을 풀지 않은 채 여전히 자기를 묶어 놓고 있는 실을 턱으로 가리킨다. 나는 그 실을 풀어낸다. 그녀가 날아가 버리지 않는 것을 보고 내 벗들이 모두 놀란다.

「이봐 무슈론, 네가 비록 말을 할 수는 없어도 말귀를 알아듣는다는 거 알고 있어. 우리를 도와줄 거지? 우리에겐 네가 필요해. 도와줄 생각이면 고갯짓을 해봐.」

거룹은 고개를 끄덕인다.

「좋아. 너는 우리에게 무언가를 알려 주고 싶어 해. 우리보고 더 가지 말라는 거야?」

다시 고갯짓.

「하지만 보다시피 우리는 돌아갈 수가 없어.」

그러자 그녀는 밧줄과 건너편 강둑을 가리킨다.

「건너편 밧줄을 다시 나무에 맬 수 있다는 것 같은데…….」

에디트 피아프가 놀라서 묻는다.

「그럴 리가, 정말 얘가 우리를 위해 그런 일을 할 수 있다고 생각해?」

거룹은 내가 무어라고 대답할 새도 없이 날개를 파닥이며 그냥 가버린다.

「하긴, 나비만 한 몸으로 무얼 하겠어? 밧줄이 너무 무거워서 들지도 못할걸.」

매릴린이 그렇게 이해심을 보이자, 라울이 말한다.

「첫, 이제 여기에 남아서 켄타우로스들이 오기를 기다리는 수밖에 없어. 우린 망한 거야.」

하지만 에드몽은 태연하다.

「그러지 말고 차라리 계속 가보는 게 어때? 이왕 이렇게 된 바에는 저 앞에 무엇이 있는지 알아보는 게 낫지 않겠어?」

거칠게 그르렁거리는 소리가 다시 들려온다. 이번에는 육중한 발소리 때문에 땅바닥이 흔들리기까지 한다. 에디트 피아프가 팔다리를 덜덜 떨면서 말한다.

「내가 노래를 불러서 위험을 피해 볼까? 조금 전에 잘 통했잖아.」

「아냐, 고맙지만 제발 참아 줘.」

무슨 일이 벌어질까 조마조마 마음을 졸이고 있는데, 무슈론이 사팔눈 그리핀을 데리고 날개를 파닥이며 돌아온다. 그러더니 그리핀에게 밧줄과 말뚝을 가리킨다. 사자 몸뚱이에 독수리 머리와 박쥐 날개가 달린 그리핀은 그것들을 집어 들고 다시 건너편 강둑으로 날아간다. 내가 무슈론에게 부탁한 대로 그것들을 설치하러 가는 것이다. 그리핀은 아까 우리를 도와주었던 에코들의 도움을 받아 말뚝을 재빨리 강둑에 박는다. 프레디는 이쪽의 밧줄이 매여 있는 자리를 더 높인다. 인어들이 밧줄에 닿을 수 없게 하려는 것이다. 그는 가느다란 끈이 달린 나무 손잡이를 밧줄에 설치하고, 그 끈을 나무에 묶는다. 손잡이를 잡고 강 건너로 미끄러져 간 뒤에, 그 끈을 잡아당기면 손잡이가 우리 쪽으로 돌아오게 만든 것이다.

「자, 티롤리엔이 다시 설치되었어.」

프레디는 자기가 고안한 장치가 제대로 작동하는지 확인하기 위해 가장 먼저 모험에 뛰어든다. 그는 파란 강물 위로 스르르 미끄러져 간다. 인어들은 악착스럽게 그를 붙잡으려고 하지만 손길이 미치지 않는다.

그는 건너편 강둑에서 밧줄이 단단히 묶여 있는지 확인한 뒤에 우리를 향해 소리친다.

「됐어. 걱정하지 말고 와.」

매릴린은 끈을 잡아당겨 손잡이를 도로 거둬들인다. 그녀 역시 무사히 건너간다. 그다음은 마타 하리가 운을 시험할 차례다. 에드몽과 에디트와 라울이 그 뒤를 잇고, 마지막으로 내가 나무에 올라간다.

그러는 동안 인어들은 공격을 별렀다. 강 한복판에서 그들이 나를 잡으려고 그야말로 기둥처럼 솟구쳐 오른다. 여러 인어가 차례차례 어깨를 딛고 올라섬으로써 높이 솟아오른 것이다. 맨 꼭대기에 올라선 인어가 무시무시한 손아귀 힘으로 내 다리를 움켜쥔다.

그 인어가 나를 물속으로 끌고 들어가려는 찰나 거룹이 인어의 눈에 내려앉아 교란 작전을 편다.

라울의 앙크는 아직 작동되고 있다. 그는 정확한 사격으로 나를 붙잡고 있던 인어의 손을 떼어 낸다.

나는 무사히 건너편 강둑에 다다른다.

「고마워, 라울.」

거룹은 내 머리 위에서 붕붕거리며 자기 역시 나를 구조하는 데 일조했음을 일깨운다.

「너도 고마워. 덕분에 아슬아슬하게 위기를 모면했어.」

에코들이 내 말을 한목소리로 되받는다.

「덕분에 아슬아슬하게 위기를 모면했어. 덕분에 아슬아슬하게 위기를 모면했어.」

그러면서 우리의 토가를 잡아당긴다.

라울이 그들에게 묻는다.

「또 왜 이래?」

「또 왜 이래. 또 왜 이래.」

프레디는 자기가 고안한 티롤리엔을 점검한다.

「다음번엔 밧줄을 더 높이 매달아야겠어. 그러면 다리를 높이 들기만 해도 인어들의 공격을 피할 수 있을 거야.」

에드몽은 뒷단속에 신경을 쓴다.

「어쨌거나 밧줄을 눈에 띄게 놔두면 안 돼. 켄타우로스들의 관심을 끌지 않도록 치워 두자고.」

나는 흠뻑 젖은 몸으로 맞은편 강기슭의 검은 수풀을 살핀다. 거기에서는 아직도 어떤 동물이 귀에 거슬리는 소리로 으르렁거리고 있다. 그 소리가 여기까지 울린다. 우리를 만나지 못해서 실망한 모양이다. 그 소리는 이내 인어들의 노래에 묻혀 버린다. 떠나는 우리에게 작별 인사를 하는 것인지 저희의 실패를 아쉬워하는 것인지 선율이 자못 구슬프다.

43. 신화 : 세이렌과 인어

세이렌이라는 이름은 〈밧줄로 묶는 여자들〉을 뜻한다. 그녀들의 노래가 사람들을 꼼짝 못 하게 묶어 버릴 만큼 완벽하다 해서 그런 이름이 붙었을 것이다. 그녀들은 하신(河神) 아켈로오스가 뮤즈 가운데 하나인 칼리오페에게서 낳은 딸들이라고 한다.[37] 그녀들은 여자의 머리와 팔과 가슴에 새의 날개와 다리가 달린 모습으로 묘사된다. 그렇게 반인

37 이것은 세이렌들의 출생에 관한 여러 이설(異說) 가운데 하나이다. 세이렌이 최초로 등장하는 문헌인 호메로스의 『오디세이아』(12권 39~54행, 182~200행)에는 그녀들의 출생이나 용모에 관한 언급이 없고, 아폴로니오스의 『아르고호 이야기』에는 아켈로오스와 뮤즈 테르프시코라의 딸들이라고 되어 있다(4권 893행). 그런가 하면 아폴로도로스의 『신화집』에서는 아켈로오스와 뮤즈 멜포메네의 딸들이라 하기도 하고(1권 3장), 아켈로오스와 스테로페의 딸들이라 말하기도 한다(1권 7장).

반조(半人半鳥)의 형상으로 변하게 된 사연에 대해서는 여러 가지 이야기가 전해져 오는데, 한 전설에 따르면 그녀들이 사랑의 기쁨을 얕보고 순결 서약을 깨뜨리려 하지 않았기 때문에 아프로디테가 벌을 내린 것이라고 한다.

세이렌들은 마법의 목소리로 노래를 불러 뱃사람들을 홀렸다. 방향 감각을 잃은 뱃사람들이 암초로 둘러싸인 그녀들의 섬으로 다가가다가 난파를 당하면, 그녀들이 와서 그들을 잡아먹었다. 세이렌들의 수와 각각의 이름에 대해서는 여러 가지 설이 있다. 한 전설에 따르면, 그녀들 가운데 가장 유명한 파르테노페는 자매들과 함께 바다로 뛰어들었다가 이탈리아 티레니아해의 카프리섬 맞은편 해안에 표착했다고 한다. 그 자리에 생겨난 도시가 파르테노페, 곧 오늘날의 나폴리이다.

그리스어 세이렌에서 나온 라틴어 〈시렌〉은 중세에 들어와 새로운 의미를 얻게 되었다. 게르만 신화의 영향을 받아, 반은 여자이고 반은 물고기인 인어를 뜻하는 말로도 쓰이게 된 것이다. 프랑스어의 〈시렌〉과 이탈리아어와 에스파냐어의 〈시레나〉는 이런 이중의 의미를 그대로 계승하고 있다. 말하자면 한 단어에 두 가지 신화가 융합되어 있는 것이다.

중세의 연금술사들은 세이렌이 유황과 수은의 결합을 상징한다고 생각했다. 유황과 수은은 보통의 금속을 금으로 변화시키는 작업에서 중요한 역할을 하는 물질들이다.

안데르센의 동화 「인어 공주」에 나오는 인어는 한 왕자를 열렬히 사모한 나머지 온전한 여자가 되고 싶어 한다. 그래서 바다의 마법사가 준 묘약의 힘으로 물고기의 하반신을 잃는 대신 여자의 다리를 얻고, 왕자 앞에서 매혹적인 춤을 춘다. 비록 왕자와 결혼하는 데는 실패하지만, 그녀는 한 사람을 진정으로 사랑한 덕에 불사의 영혼을 가진 존재가 된다. 이 이야기는 하나의 우화이다. 인간은 무수한 고통을 겪으면서도 언제나 자신의 동물적인 조건을 넘어서서 더 높이 올라가려고 노력한다. 그럼으로써 결국에는 인간의 삶에 수직의 차원이 열린다.

에드몽 웰스, 『상대적이며 절대적인 지식의 백과사전』 제5권
(헤시오도스의 『신통기』를 본받은 프랑시스 라조르박의 글에 근거한 것임)

44. 인간, 4세. 물의 시련

142,857호 빌라에 돌아왔다. 배가 고프다. 달걀과 소금만 먹고 힘을 많이 썼더니 허기가 진다. 이제 더 푸짐한 식사를 했으면 좋겠다. 내일은 바다의 신 포세이돈이 강의를 맡는다. 어쩌면 생선이 식단에 올라올지도 모른다. 설령 인어 꼬리 튀김이 올라온다 해도 마다하지 않을 것이다.

나는 욕조 속에 널브러진다. 매일 낮, 매일 밤이 시련의 연속이다. 시련들은 갈수록 험난해지고, 나는 새벽마다 녹초가 되어 돌아온다. 그러면서도 너무나 흥분이 되어 아무리 눈을 감아도 잠을 이룰 수가 없다.

창밖에서 무슨 소리가 들린다. 나는 눈을 뜨고 허리에 수건을 두른다. 예의 무슈론이 유리창을 두드리고 있다. 나는 창문을 열어 주고 욕실로 돌아간다. 비록 아주 자그마한 괴물이지만 얼굴은 젊은 여자의 모습인데 그 면전에서 알몸을 드러내도 되는지 잠시 망설여진다. 쳇, 무슨 상관이람. 얘는 한낱 거룹이야. 내가 수치심을 느낄 이유가 없어. 게다가 이렇게 변신하기 전에 여자가 아니었을 수도 있잖아? 무슈론은 나처럼 조심스럽게 굴기는커녕 욕조 가장자리에 태연히 내려앉는다.

「배고파. 너는 어때? 너는 뭘 먹고 사니?」

거룹은 대답 대신 나비의 혀를 쏙 내밀더니, 근처를 날아

가던 운 나쁜 파리 한 마리를 낚아챈다. 그녀가 턱을 두 번 놀리자 파리가 사라졌다.

「내가 너를 무슈론이라고 부를 때 네가 왜 얼굴을 찡그리는지 이제 알겠어. 파리(무슈)를 먹고사는 너에게 파리를 연상시키는 별명을 붙였으니 말이야.[38] 나에게 햄버거라는 별명을 붙이는 거나 마찬가지지.」

거룹은 고개를 끄덕인다.

「그래도 하는 수 없어. 나는 앞으로도 너를 무슈론이라고 부를 거야. 내가 보기엔 그 별명이 너에게 딱 어울리거든.」

나비 소녀는 항의의 뜻으로 내 눈에 비눗물을 뿌린다. 하지만 얼굴에는 미소를 띠고 있다.

「너한테 한 가지 물어보고 싶은 게 있어. 그런지 안 그런지 고갯짓으로 대답해. 올림포스산 꼭대기에 뭐가 있는지 알고 있니?」

대답은 긍정도 부정도 아니다. 그녀는 그저 알쏭달쏭한 표정을 지을 뿐이다.

「스승 신들 위에 어떤 위대한 신이 있는 거야?」

그녀는 잠시 생각하다가 고개를 끄덕인다.

「네가 봤어?」

부정의 고갯짓이 몇 차례 분명하게 되풀이된다. 아무도 그 신을 보지 못했고 앞으로도 영원히 볼 수 없으리라는 뜻인 듯하다.

38 앞에서는 무슈론이라는 신조어를 〈코를 풀다 se moucher〉라는 동사와 연관시켜 〈코 푸는 여자〉라는 뜻으로 사용했고, 여기에서는 〈파리 mouche〉와 연관시켜 파리와 비슷한 작은 날벌레를 가리키는 〈무슈롱〉의 여성형처럼 사용하고 있다.

「그럼 악마를 본 적은 있어?」

그녀는 아테나 신이 그 이름을 입에 올리며 그랬던 것처럼 몸을 바르르 떤다.

「혹시 말이야, 이런 수수께끼의 답을 아니? 신보다 우월하고 악마보다 나쁜 게 무엇일까?」

무슈론은 눈을 들어 하늘을 올려다본다. 전혀 모르는 모양이다. 나는 다른 것을 물어본다.

「살신자가 누구인지 아니?」

그녀는 내 앙크를 가만히 바라보다가 충전 장치 쪽으로 날아간다. 나는 그제야 알아차린다. 그녀는 살신자가 나를 공격해 올 경우에 사용할 수 있도록 앙크를 다시 충전하라고 권하는 것이다.

「그자가 후보생들을 차례차례 없앨 거라고 생각해?」

그녀는 날개를 파닥이며 확신에 찬 표정을 짓는다.

「우리가 오기 전에도 그런 살해 사건이 있었어?」

그녀는 입술을 움직여 〈아니〉라는 말을 흉내 낸다.

나는 목욕을 끝내기로 하고 가운을 걸친다. 그런 다음 앙크를 충전용 거치대에 올려놓는다. 무슈론은 고개를 힘차게 끄덕인다.

「1호 지구의 인간들을 알고 있니?」

부정의 고갯짓.

「그럼 내가 몇 사람을 소개해 줄게.」

텔레비전 화면에 쿠아시 쿠아시가 나타난다. 이제 네 살이 된 아이는 한 무리의 쾌활한 아이들 속에 섞여 늪지대의 물웅덩이에서 놀고 있다. 아이들은 서로 물을 끼얹으며 장난을 치기도 하고, 번갈아 가며 진흙탕 속으로 뛰어들기도 한다. 조금 떨어진 곳에서는 여자들이 모여 빨래를 하면서 이야기꽃을 피우고 있다. 그녀들은 이따금 아이들 쪽을 흘깃거린다. 모두가 태평한 얼굴이다. 그때 악어 한 마리가 나타나더니 아이들을 향해 움직인다. 아이들은 악어를 새로운 놀이 동무로 여기고 앞다투어 달려간다. 그러고는 작은 주먹으로 머리를 토닥이고 등에 올라타서 옆구리를 때리는 등 온갖 장난으로 악어를 성가시게 한다. 급기야 악어는 아가리를 쩍 벌리고 울음소리를 토해 낸다. 하지만 어머니들도 아이들도 그것에 겁을 먹지 않는다.

「재미있지 않아? 내가 떠나온 행성의 인간들은 이래. 나 역시 이와 비슷했어. 하긴 너도 그랬을걸.」

그녀는 다시 고개를 가로젓는다. 문득 그녀는 내가 모르는 어떤 행성에서 왔을지도 모른다는 생각이 스친다. 내가 천사였을 때 발견했던 〈빨간 행성〉 같은 곳에서 왔을 수도 있겠다 싶다.

다른 채널. 바닷가에서 테오팀의 어머니가 아이에게 구명조끼를 입히고 목에는 오리 머리가 달린 구명띠를 둘러 준다. 아이는 더없이 행복한 얼굴로 팔짝거린다. 아이는 물을 무서워하지 않는다. 오히려 가족과 멀찌감치 떨어져서 혼자 수영을 즐기는 아버지를 따라 하고 싶어 한다. 어머니는 아이를 붙잡고 있다가 놓아준다. 아이는 통통한 다리를 흔들어 대다가 앞으로 고꾸라지며 바닷물을 꿀꺽 삼키고 울음을 터뜨린다. 너무 착한 어머니를 둔 탓에 왕년의 전사 이고르가 조금 둔해졌다는 것을 알겠다.

세 번째 채널에서는 은비가 수영장에서 흐느껴 울고 있다. 어머니가 아이를 꼭 껴안아 준다. 아이는 겁에 질린 채 주위의 군중을 아랑곳하지 않고 울어 댄다. 수영장에 사람들이 너무 많아서 어느 쪽으로든 몇 센티미터만 움직이면 옆 사람들과 부딪칠 판이다. 그들은 이내 아이의 울음소리에 짜증을 내며 비난을 가한다. 어머니는 은비를 물 밖으로 끌어내어 볼기를 살짝 때린 다음 다시 물속에 던져 버린다. 그러면 아이가 어떻게든 헤엄치는 요령을 터득할 수밖에 없으리라고 생각하는 것이다. 다시 울부짖는 소리가 터져 나온다. 아이는 혼자서 허우적거리다가 입 안으로 물이 들어오자, 고개를 들고 물을 뱉으며 콜록거린다. 주위 사람들은 이제 아이가 아니라 어머니를 나무란다. 그녀는 수영 강습을 포기하고, 바들거리는 은비를 수건에 싸서 수영장 구석으로 데려간다.

무슈론은 너무 놀라서 눈을 휘둥그렇게 뜬다.

나는 텔레비전을 끄고 설명한다.

「내가 옛날에 돌보던 영혼들이야. 이들의 전생에서 내가 수호천사 노릇을 했지. 아마 너도 옛날에 천사였을걸, 안 그래? 그다음에는 신 후보생이었을 것이고.」

예쁜 거룹은 가타부타 반응을 보이지 않고 나를 빤히 바라본다. 그러더니 욕실의 열린 창문으로 날아가 버린다. 한 마리 밤나방을 보는 듯하다.

나는 생각을 모은다. 내일 우리를 가르칠 스승이 누구더라?

45. 신화 : 포세이돈

포세이돈은 크로노스와 레아의 아들이다. 〈적시는 자〉인 그는 형제들과 마찬가지로 태어나자마자 아버지의 배 속에 갇혀 버렸다. 하지만 막내 동생 제우스의 책략 덕분에 구출되어 올림포스의 신이 되고 바다의 지배자가 되었다. 그는 파도를 다스릴 뿐만 아니라 폭풍을 일으키기도 하고 샘들을 솟아나게 하기도 했다.

포세이돈은 제우스 편에 서서 티탄들과 싸웠고, 거인족과 싸울 때는 대양의 힘으로 섬의 한 부분을 떼어 내어 적에게 던졌다.

제우스는 크로노스를 권좌에서 몰아내고 올림포스의 지배자가 되었을 때, 포세이돈에게 바닷속의 궁전을 선물로 주었다. 이 궁전은 그리스 보이오티아 지방에서 멀지 않은 에게해에 있었다.

인간들이 모여 도시를 건설할 때, 신들은 저마다 자기가 지배할 도시를 선택하기로 했다. 포세이돈은 아테네를 점찍고 삼지창을 던져 아크로폴리스에 바닷물이 솟게 했다(짠물이 솟는 이 우물은 오늘날에도 볼 수 있다고 한다). 그런데 얼마 안 가서 아테나가 이 도시에 올리브나무를 심어 놓고는 이 도시가 자기 것이라고 주장했다. 분개한 포세이돈은 높은 파도를 몰고 와서 이 도시를 공격했다. 아테나는 포세이돈과 협상을 벌였다. 포세이돈은 재난을 중단시켰고, 아테나는 그 대가로 모권 체제를 포기하고 포세이돈에 대한 숭배를 포함하는 부권 체제를 받아들이기로 했다. 아테네의 여자들은 투표권을 잃었고 아이들은 어머니의 성을 따르지 않게 되었다. 아테나는 이것이 별로 마음에 들지 않았다. 제우스는 집안에 전쟁이 벌어지는 것을 막기 위해 중재에 나서야만 했다.

포세이돈은 바다의 노신(老神) 네레우스의 딸들 가운데 하나인 암피트리테와 결혼했다. 하지만 그는 여신들이며 요정들과 숱한 연애 행각을 벌였다. 그는 아프로디테가 아레스와 간통을 하다가 들켜서 궁지에 몰렸을 때 그녀 편에 서서 사태를 수습하는 데 기여했다. 그 뒤에 그는 아프로디테와 결합하여 로도스와 헤로필로스라는 두 딸을 낳았다.[39] 가

39 이것은 기원전 5세기에 활동했던 그리스 서정시인 핀다로스의 「올림피아 송가」와 「피티아 송가」에 근거한 것이다. 특히 로도스섬의 시조인 로도스의 어머니에 관해서는 암피트리테, 할리아, 아프로디테 등 여러 가지 설이 있는데,

이아와 함께 안타이오스라는 거인을 낳기도 했다. 이 거인은 리비아의 사막에서 사자들을 잡아먹고 살았으며, 여행자들을 닥치는 대로 죽여서 그 시신을 아버지의 신전에 바쳤다고 한다. 한편 포세이돈은 곡물의 여신 데메테르를 사랑하기도 했다. 여신은 포세이돈을 따돌리기 위해 암말로 변신했다. 그러자 포세이돈은 종마로 변하여 여신을 덮쳤다. 이 결합의 결과로 아레이온이라는 말이 태어났다. 이 말은 사람처럼 말을 할 수 있는 불사의 존재였다.

포세이돈은 메두사에게도 눈독을 들였다. 그녀는 포세이돈을 만나기 전까지만 해도 참하고 아름다운 처녀였다. 그는 아테나 신의 신전에서 그녀를 범했다. 아테나의 분노는 피해자인 그녀에게 쏟아졌다. 아테나는 그녀의 아름다움을 거둬들이고, 그녀의 머리카락을 뱀으로 변하게 했다. 하지만 이 결합에서 날개 달린 말 페가수스가 생겨났다. 포세이돈이 낳은 자식들 중에는 다른 괴물들이 더 있다. 상체는 인간이고 하체는 물고기인 트리톤, 외눈박이 거인 키클롭스 가운데 하나인 폴리페모스, 거인 사냥꾼 오리온 등이 바로 그들이다.

포세이돈은 늘 자기 왕국을 넓히고 싶어 했다. 그래서 아폴론과 공모하여 제우스에게 맞섰다. 제우스는 그들을 벌하기 위해 트로이의 성벽 쌓는 일을 도우라고 명령했다. 트로이의 왕 라오메돈은 그들에게 약속했던 보수를 내놓으려고 하지 않았다. 포세이돈은 바다 괴물을 보내 트로이를 유린했다.

에드몽 웰스, 『상대적이며 절대적인 지식의 백과사전』 제5권
(헤시오도스의 『신통기』를 본받은 프랑시스 라조르박의 글에 근거한 것임)

46. 식물의 시대

월요일, 달의 날이다. 오늘은 포세이돈이 강의를 한다. 엘

베르베르는 핀다로스의 버전을 채택한 것이다.

리시온 평원에 있는 포세이돈의 궁전은 밖에서 보면 썰물 때 백사장에 쌓아 놓은 모래성과 비슷하다. 안으로 들어가 보니, 배와 그물과 조가비와 항아리 따위가 어우러져 있어서 마치 어부의 창고에 들어와 있는 듯한 느낌이 든다. 벽을 따라 늘어선 어항들 속에는 해초와 말미잘과 아롱아롱한 산호충이 들어 있다.

포세이돈은 흰 수염을 네모반듯하게 자른 거구의 신이다. 그는 삼지창을 한시도 손에서 떼어 놓지 않는다. 그의 뒤에서 삼지창이 끌릴 때마다 끽 하는 쇳소리가 난다. 얼굴에서는 온화한 구석을 찾아볼 수가 없다. 그는 지레 화가 난 것처럼 우리를 노려보다가 버럭 소리를 지른다.

「아틀라스!」

아틀라스가 달려와 18호 지구를 강의실 한복판의 받침대에 내려놓는다. 그러더니 여느 때와는 달리 불평 한마디 없이 가버린다.

포세이돈은 행성에 다가가서 앙크의 돋보기를 눈에 갖다 댄다. 마치 범죄 현장에서 증거를 찾는 수사관 같은 모습이다. 즉시 호통이 떨어진다.

「무슨 세계가 이따위야!」

우리는 잔뜩 주눅이 든 채 잠자코 그를 바라본다.

「행성들 중에는 아주 형편없는 것들이 있다. 그딴 것들을 만든 자들은 마땅히 부끄러워해야 한다. 내가 여기에서 스승 신 노릇을 한 이래로 이토록 한심한 세계를 본 적이 없다. 정말이지 이렇게 형편없는 건 처음 본다. 원구 모양도 제대로 갖추지 못한 이따위 실패작을 가지고 무얼 어떻게 하겠다는 거야?」

그는 자리에서 일어나 강단 앞을 서성거리면서, 서슬 퍼런 삼지창으로 우리를 번갈아 가리키기도 하고 성난 손길로 수염을 비틀기도 한다.

「도처에 혹이 나 있어. 이런 걸 가지고는 더 나아갈 수가 없어. 거기, 너, 가서 크로노스를 찾아와.」

지목받은 후보생은 크로노스의 궁전을 향해 득달같이 내닫는다. 그러더니 이내 여전히 누더기를 걸치고 있는 시간의 신과 함께 돌아온다.

「날 오라고 했는가?」

「네, 아버지. 이번 기의 후보생들이 어떤 세계를 가지고 작업을 시작하려고 하는지 아세요? 이 허섭스레기 같은 세계를 보신 겁니까?」

크로노스는 눈에 루페를 고정시키고 우리의 작업 결과를 살피면서 여러 차례 얼굴을 찡그리더니, 변명하듯이 말한다.

「내가 이들에게 우주 알을 주었을 때는 손볼 데가 전혀 없었던 것 같은데…….」

다시 바다의 신이 소리를 냅다 지른다.

「그렇다면 헤파이스토스가 다 망쳐 놓은 거야. 학생, 가서 그를 데려와.」

같은 후보생이 다시 달려 나가서 대장장이 신과 함께 돌아온다. 대장장이 신의 양옆에서는 두 여자 로봇이 그가 조금이라도 균형을 잃지 않도록 조심스럽게 곁부축을 하고 있다. 그는 무엇이 문제가 되고 있는지 즉시 알아차리고, 앙크의 돋보기로 18호 행성을 살핀다.

「괜찮은데…… 너무 완벽한 것을 추구하실 필요는 없어요.」

성마른 포세이돈은 또다시 화를 낸다.

「아 그래? 그렇다면 난 18호 지구를 가지고 작업하는 걸 거부하겠어. 당신들 멋대로 알아서 해봐. 이 행성을 고쳐 주든지 아니면 제대로 된 19호 지구를 만들어 주든지 둘 중의 하나를 하지 않으면, 난 그만두겠어.」

우리는 그저 잠자코 지켜볼 따름이다. 스승들의 의견이 엇갈리고 있으니, 풋내기 후보생들이 나설 계제가 아닌 것이다.

헤파이스토스가 반박한다.

「어쨌거나 이건 갓 만들어 낸 행성이잖아요.」

시간의 신이 그를 거든다.

「처음부터 새로 시작하는 거니까 부족한 점이 있는 걸 감안해야지. 이대로 그만둘 수는 없어. 불완전하더라도 이 세계로 만족해야 해.」

아버지와 아들이 서로를 꼬나본다. 아들이 먼저 시선을 떨어뜨리고 한숨을 내쉰다.

「헤파이스토스, 그래도 이 혹들은 좀 평평하게 다듬어 줘.」

대장장이 신은 마지못해 앙크를 사용해서 포세이돈의 요구에 응한다. 그러는 동안 시간의 신은 시계를 빠르게 돌려준다. 헤파이스토스가 손질하려는 화산들이 더 빨리 식도록 도와주는 것이다.

이윽고 크로노스가 말한다.

「이제 자네 차례야. 우리가 할 수 있는 일은 다 했어.」

그러고는 여자 로봇들에게 헤파이스토스를 휠체어에 태워 문 쪽으로 데려가라고 신호를 보낸다. 헤파이스토스는 그러잖아도 물러가고 싶어 하던 터라, 휠체어가 빨리 나아가도록 바퀴를 굴려 댄다.

그들이 나가자 포세이돈이 툴툴거린다.

「광물 단계에서 완전하지 못한 세계는 더 높은 단계로 나아가도 결코 완전한 세계로 바뀌지 않는 법이야. 행성은 생명체와 같아. 숨을 쉬어야 살 수 있는 거야. 빵을 만들 때 왜 껍질에 칼자국을 내는지 궁금하게 생각해 본 적 없어? 다들 봐라. 이 행성이 얼마나 날림으로 만들어졌는지 말이야.」

그는 삼지창으로 아주 강력한 번개를 쏘아 보내서 18호 지구를 여기저기 더 손질한 다음, 지친 기색으로 몸을 일으킨다.

막판까지 타오르던 화산들이 마치 생일 케이크의 촛불에 입김을 분 것처럼 꺼진다. 그 화산들에서 아직 솟아오르고 있는 하얀 증기가 하늘로 올라가서 구름으로 엉긴다. 구름이 모여 대기권을 형성하고, 이 대기권이 온 행성을 솜털 같은 조끼로 차츰차츰 덮어 나간다.

바다의 신이 강의실의 불을 끄면서 묻는다.

「지난 시간에 가장 좋은 점수를 받은 학생이 누구지?」

사라 베르나르트가 손을 든다.

「자, 개시의 영광을 학생에게 주겠다. 구름에 대고 번개를 쏘아라. 작은 거 하나면 충분할 것이다.」

그녀는 느닷없는 요구에 조금 당황한 기색을 보였지만, 시키는 대로 앙크로 구름을 겨눈다. 그녀의 번개가 18호 지구에 닿자마자 흰 구름이 모여 진한 회색 구름으로 변하더니 이내 시꺼먼 먹장구름이 된다. 거기에서 번갯불이 번쩍인다. 우리가 앙크로 쏘아 보낸 번개가 아니라, 구름과 구름 사이에서 저절로 방전이 일어나 번쩍이는 불꽃이다. 우리 눈에는 스포트라이트처럼 번쩍거리는 하얀 점들이 보일 뿐이다. 구름 아래로 가는 실들이 생겨나 행성의 표면으로 이어진다.

먹장구름이 산산이 흩어져 장대비로 내리는 것이다.

포세이돈이 우리에게 손짓을 보낸다. 행성으로 다가가서 그 광경을 살펴보라는 뜻이다. 행성 표면의 모든 틈새에 황토색 빗물이 들어차고 있다. 대륙들을 가르는 깊은 열곡(裂谷)들이 채워지는 데는 시간이 걸린다. 골짜기들이 물에 잠기면서 호수가 형성되고, 호수들 가운데 일부는 강이 되어 흘러내리거나 여러 갈래로 나뉘어 시내가 된다.

그러다가 마치 구름이 쏟아 낼 것을 다 쏟아 내기라도 한 것처럼 비가 뚝 그친다. 검은 구름은 다시 잿빛이 되었다가 흰색으로 바뀌고 점점 맑아지더니 마침내 가뭇없이 흩어져 버린다.

대기권은 공기로 가득 차고, 그 아래쪽의 물은 진한 쪽빛을 띤다.

포세이돈이 다시 불을 켠다.

「너희는 바야흐로 이 교육의 가장 흥미로운 순간을 맞이하게 되었다. 이제 우리는 생명을 창조할 것이다.」

그는 칠판에 〈생명의 창조〉라고 쓴 다음, 그 아래에 이렇게 적어 나간다.

0: 출발 — 우주 알

1: 물질 — 광물

2: 생명 — 식물

에드몽의 『상대적이며 절대적인 지식의 백과사전』에서 읽은 것이 생각난다. 〈2〉는 식물이다. 위는 곡선으로 되어 있고 밑바닥에 가로줄이 있다. 식물은 땅에 속박되어 있고, 하늘을 사랑한다…….

포세이돈은 우리에게 작업 방식을 일러 준다. 관건은 DNA의 가느다란 실에 앙크의 번개로 아주 미세한 충격을 가해서 생명의 설계도를 그리는 것이라고 한다. 원자의 차원에 영향을 미치는 정확한 조작을 통해서 생명체의 프로그램을 새겨 넣으라는 것이다. 그건 마치 옛날에 컴퓨터 프로그램 구실을 했던 천공 카드에 구멍을 내는 것과 비슷한 일이다. 포세이돈은 그렇게 DNA의 실에 프로그램을 새기고 그것을 세포핵에 담아 보호해야 한다고 덧붙인다.

우리는 그가 일러 준 대로 머릿속에 떠오르는 모든 것을 자유롭게 DNA의 가느다란 실에 담는다. 생명체의 색깔, 크기, 모양, 맛, 표피의 두께, 견고성, 경도(硬度) 따위를 우리 마음대로 프로그래밍한다.

수소와 산소, 탄소, 질소만 가지고도 그 모든 일을 할 수 있다는 게 놀랍다. 살아 있는 모든 것은 이 네 가지 원소의 결합일 뿐이다. 어느 생명체든 화학 성분은 동일하다. 생명체의 차이는 DNA의 프로그래밍에 좌우되는 것이다.

포세이돈의 설명이 이어진다.

「너희가 어떤 생명체를 만들어 내든 그것들은 저마다 양분을 섭취하는 수단과 번식 수단을 갖춰야 한다. 다양한 모색과 착상을 통해서 해결책을 찾아내라. 바닷속의 심연과 동굴, 수면 등 어느 곳을 서식처로 삼아도 좋다. 마음 내키는 대로 작업을 해봐라. 시간은 충분하다. 결합이 잘못되었으면 바로잡고, 다른 후보생의 작업 때문에 환경에 변화가 생겼을 때는 그것에 맞춰 수정을 가할 시간이 있을 것이다.」

우리는 마치 손에 기름때를 묻혀 가며 자동차 엔진을 수리하는 정비공처럼 세포핵을 만드는 일에 골몰한다. 나는 DNA의 실들에 유전 정보를 새겨 넣은 다음, 염색체들을 핵 속에 담는다. 처음에는 일껏 만든 구조물이 그냥 무너져 버린다. 세포막이 단단하지 못하거나 핵 속의 DNA가 너무 엉성한 것이다.

그러다가 원소들이 결합할 때 어떤 상호작용이 일어나는지를 차츰차츰 알게 되면서 가장 기본적인 형태의 생명을 만들어 낸다. 단 하나의 세포에 핵과 DNA를 품고 있는 구형(球形) 박테리아이다.

〈어떻게 양분을 섭취할 것인가?〉라는 문제에 대한 해결책으로 내 박테리아는 빛 에너지를 이용하여 광합성을 하고, 다른 후보생들이 폐기한 습작에서 떨어져 나온 유기 분자들을 흡수한다. 〈어떻게 번식할 것인가?〉라는 질문에 대한 답은 간단하다. 단위 생식이 바로 그것이다. 내 박테리아는 최초의 것과 동일한 두 개의 새로운 세포로 분열된다.

나는 옆에 있는 프레디 메예르의 작품을 곁눈질한다.

그는 벌써 바닷말의 일종인 다세포 생물에 도달했다. 라울은 아주 단순하지만 생명력이 매우 강한 바이러스를 고안했다. 다른 유기체의 내부에서 양분을 섭취하고 번식할 수 있는 바이러스다. 에드몽 웰스는 빛뿐만 아니라 기체에서도 영양을 섭취할 수 있는 해면과 비슷한 생물을 만들어 냈다. 이 생물은 일종의 여과 체계를 갖추고 있어서 다른 생명체에게는 독이 될 수 있는 산소를 에너지원으로 활용하고 있다. 덕분에 가느다란 실들을 만들어 냈고 그것을 펼쳐 수면에서 이동할 수 있다. 한편 마타 하리는 에돌아가지 않고 곧바로 유성 생식을 하는 생물을 만들어 냈다. 이 생물은 스스로 갈라지는 방식이 아니라 다른 개체와 결합하여 DNA 암호를 섞는 방식으로 번식한다.

「훌륭한데.」

「쉽지 않았어. 같은 종의 다른 개체를 희생시키는 단계를 거쳐야 했거든. 한 개체가 다른 개체를 흡수함으로써 두 개체의 DNA가 결합된 거야. 나는 작업을 두 단계로 나누어서 진행하면 성공 확률이 높아진다는 것을 깨달았어. 먼저 두 세포를 이중의 DNA를 지닌 존재로 통합하고, 그다음에 제3의 존재를 만들어 내는 거야.」

「1+1=3이로군.」

에드몽은 웃으면서 그렇게 말했다. 그가 자기 책에서 제시한 이 슬로건이 새삼 의미심장하게 느껴진다. 〈1+1=3〉은 진화의 비밀을 담고 있다. 생명이 출현하는 단계에서부터 그것이 맞아떨어지지 않는가. 포세이돈은 우리 뒤로 돌아다니면서 작업의 진행 상태를 확인하다가, 마타 하리 뒤에 멈춰 서서 그녀를 칭찬한다. 그러자 다른 후보생들이 달려와서 그녀가 개발한 유성 생식 방식을 배워 간다.

우리는 생명의 구조를 지었다가 부쉈다가 하면서, 최초의 형태를 개선하고 점점 더 복잡한 유기체를 창조해 나간다. 플랑크톤, 물벼룩, 지렁이 따위도 생겨난다. 어떤 후보생들은 내친김에 물고기를 만들겠다고 나선다. 하지만 포세이돈이 그들을 제지한다. 아직은 식물계를 벗어나면 안 되기 때문에 눈이나 입을 가진 생명체는 만들지 말라는 것이다.

우리는 그 제한을 받아들인다. 내가 만든 〈팽송초(草)〉는 분홍색 꽃이 피는 수생 식물이다. 겉보기에는 여려도 저항력이 제법 강한 풀인데, 에드몽에게서 배운 여과 체계와 물속에 생식 세포를 퍼뜨리는 독특한 생식 방식 덕분에 아주 쉽게 번식한다. 요컨대 최신의 아이디어를 두루 활용한 작품이다.

라울의 〈라조르박초〉는 말미잘처럼 기다란 촉수들이 달린 수생 식물이다. 에드몽은 자기의 〈웰스초〉를 애정 어린 눈으로 바라보고 있다. 이것은 상추와 비슷하게 생긴 바닷말이다. 공기로 가득 찬 주머니 모양의 조직을 갖추고 있어서 수면에 뜰 수 있고 그 덕분에 산소와 빛을 더 많이 얻을 수 있다. 나로서는 경탄하지 않을 수가 없다. 내 〈팽송초〉는 물속에서 살기 때문에 고작해야 물에 녹아 있는 산소와 수층을 뚫고 들어온 약한 빛을 이용하고 있을 뿐이니 말이다.

마타 하리는 〈하리화〉를 만들어 냈다. 이것은 바다 밑바닥에 붙박인 채 하늘하늘 춤을 추는 단순한 모양의 빨간 꽃이다. 이 꽃은 화심(花心)을 통해 규칙적으로 생식 세포를 물속에 토해 낸다. 이 생식 세포들이 다른 생식 세포들을 만나면 또 다른 〈하리화〉가 생겨난다. 원시의 바다에서 이 꽃들이 빠른 속도로 증식하고 있다.

생식법 하나만 놓고 보더라도 모든 식물이 제각각이다. 식물들은 저마다 자기 나름의 방식으로 환경에 적응해 가고 있다.

귀스타브 에펠은 매우 아름답고 화려한 산호충을 만들어 내는 데 성공했다. 이 산호충은 광물의 구조와 식물의 구조를 혼합하면서 성장해 간다. 분홍색과 오렌지색이 어우러진 그 색조는 바닷물의 짙은 청색과 선명한 대비를 이룬다. 프레디 메예르는 그보다 한결 소박하게 연한 하늘색의 이끼를 생각해 냈다. 이것이 바위에 달라붙어 있으면 바위가 터키석 같은 빛깔로 변한다. 사라 베르나르트가 만든 관목은 가지가 연하고 검은색과 노란색이 어우러져 예쁘기는 한데, 번식이 쉽지 않을 것으로 보인다.

식물이 점점 많아지고 있다. 벌써 150종 이상의 식물이 생겨났다. 개중에는 딱히 어떤 후보생이 만들었다고 말할 수 없는 종들도 있다. 아마도 저절로 생겨난 것들이 아닌가 싶다. 포세이돈은 식물을 과소평가하지 말라고 충고한다. 비록 움직이지 못하는 생물이지만 엄청난 힘을 지니고 있다는 것이다.

「생각해 봐라. 인간으로 살던 시절에 너희는 식물을 무척 좋아했고, 식물은 너희 삶에 영향을 미쳤다. 커피는 사람을 각성시킨다. 사탕수수나 사탕무에서 나오는 설탕은 에너지를 가져다준다. 초콜릿도 마찬가지다. 어떤 사람들은 초콜릿이라면 사족을 못 쓴다. 차와 담배도 있다. 아, 담배! 한낱 잎사귀에 지나지 않는 그것이 인간의 온 유기체에 작용한다. 지방 조절, 수면, 기분 등 많은 것에 영향을 미치지 않느냐……. 그뿐이 아니다. 코카의 잎, 대마의 잎이나 꽃, 양귀비 따위처럼 마약으로 사용되는 식물들도 있다. 한갓 식물이 인간들을 좌지우지하다니, 우습지 않으냐? 식물들 때문에 타락해 버린 문명들이 얼마나 많았더냐! 어떤 생명체의 진화 수준이 낮아 보인다 하더라도 그것을 얕잡아 보아서는 안 되는 것이다. 그것이 너희를 함정에 빠뜨릴 수도 있으니까 말이다.」

포세이돈은 흰 수염을 쓰다듬고 몸을 숙이더니, 우리의 작업 결과를 찬찬히 살피며 점수를 매긴다. 그러고 나서 이윽고 승리자를 발표한다. 오늘 황금 월계관을 쓸 사람은 베르나르 팔리시다. 도예가 출신인 그는 빛과 땅바닥에서 빨아들인 약간의 화학 원소만으로 살아가면서 아주 빠르게 성장하는 옹골찬 식물을 만들어 냈다.

오늘의 꼴찌는 빈센트 반 고흐다. 그는 황금빛 꽃이 피는 수생 식물을 창조해 냈다. 그 꽃은 그의 유명한 그림에 나오는 해바라기와 비슷하다. 그런데 이 식물은 오로지 그만이 생각해 낸 특성을 지니고 있다. 색깔을 변화시키는 기관을 갖추고 있는 것이다. 애초에 이 기관은 보호색을 만들어 내기 위해 고안된 것인데, 그는 이내 생각을 바꾸어 자기의 〈고흐화〉가 그냥 미학적인 이유로 색깔을 바꿀 수 있게 만들었다.

포세이돈의 강평은 간결하다.

「자연에서 미학은 불필요한 사치다. 진화의 이 단계에서는 무엇보다 효율성이라는 측면에서 사고해야 한다.」

화가 출신의 몇몇 후보생이 불운한 인상주의 화가에 대한 연대감을 표시하며 수군거린다. 반 고흐는 패배를 고분고분 받아들이지 않고 이의를 제기한다.

「제 생각은 다릅니다. 진화의 목적은 효율성이 아니라 오히려 아름다움입니다. 〈고흐화〉는 초보자의 실패작이 아닙니다. 제 작품은 완벽한 아름다움을 향한 노력의 결실입니다. 그 점을 이해하시지 못하다니 정말 아쉽습니다.」

「미안하네, 반 고흐 선생. 이곳의 규칙은 자네가 정하는 게 아닐세. 여기에서 성공하려면 스승들의 요구에 부응해야 해. 자신의 법칙을 내세우면 안 되는 거야.」

반 고흐는 앙크를 들어 올린다. 하지만 어느새 켄타우로스 한 무리가 와 있다. 그들은 원군으로 출동한 경찰 기동대처럼 방패를 들고 있다. 고흐는 앙크를 그들 쪽으로 겨눈다. 하지만 그들의 방위 태세는 철통같다. 고흐는 체념한 기색을 보이며 앙크를 자기 쪽으로 돌리더니, 자기 귀에 대고 번개를 쏜 다음 털썩 무너져 내린다. 켄타우로스들이 그의 시신을 내간다. 불과 몇 초 만에 벌어진 일이다.

재적: 139-1=138.

아무도 불만을 표시하지 않는다. 이제 우리는 이런 상황을 그런 것이려니 하고 받아들인다. 〈그들〉이 정한 게임의 규칙을 이토록 빨리 받아들였다는 사실이 놀랍다. 우등생은 월계관을 받고 열등생은 제적된다. 우리는 시험 성적에 연연하고 낙제를 면하기 위해 애쓰는 여느 학생들과 다를 게 없다.

47. 백과사전: 러시아 인형 마트료시카

설령 전자가 의식을 가지고 있다 한들, 자기가 원자라고 하는 훨씬 방대한 집합에 포함되어 있다는 것을 짐작할 수 있을까? 원자는 자기가 분자라고 하는 더 커다란 집합에 포함되어 있다는 것을 알아차릴 수 있을까? 분자는 자기가 예컨대 치아라는 훨씬 거대한 집합에 갇혀 있다는 것을 깨달을 수 있을까? 또 치아는 자기가 인간의 입에 속해 있다는 것을 이해할 수 있을까? 하물며 한낱 전자 주제에 자기가 인체의 극히 작은 부분일 뿐이라는 것을 의식할 수 있을까?

누가 나에게 자기는 신을 믿는다고 말한다면, 그건 마치 이렇게 주장하는 것과 같다. 「한낱 전자인 내가 장담하건대, 나는 분자가 무엇인지 짐작하고 있다.」 또 누가 나에게 자기는 무신론자라고 말한다면, 그건 마치 이렇게 단언하는 것과 같다. 「한낱 전자인 내가 장담하건대, 내가 경험하고 있는 것보다 높은 차원은 전혀 존재하지 않는 게 확실하다.」

하지만 신을 믿는 사람이든 믿지 않는 사람이든 만약 그들이 속해 있는 세계 전체가 그들의 상상력으로 짐작할 수 있는 것보다 훨씬 방대하고 복잡하다는 사실을 알게 된다면, 그들은 뭐라고 할까? 만약 전자가 원자, 분자, 치아, 인간의 차원에 갇혀 있다는 것을 알게 된다면, 뿐만 아니라 인간 그 자체도 행성, 태양계, 우주에 속해 있다는 것을 알게 된다면, 더 나아가서 우주 역시 현재로서는 무어라 이름 붙일 수 없는 훨씬 더 큰 어떤 것에 포함되어 있다는 것을 알게 된다면, 그 전자는 얼마나 큰 충격을 받겠는가? 큰 것 속에 작은 것이 들어 있고, 작은 것 속에 더 작은 것이 들어 있는 러시아 인형 마트료시카. 우리는 우리를 초월하는 한 세트의 러시아 인형 속에 들어 있다.

이제 감히 말하거니와, 인간이 신이라는 개념을 만들어 낸 데는 그럴 만한 이유가 있다. 인간들은 자기들의 세계보다 높은 차원에 실제로 존재할 수도 있는 어떤 것의 무한한 복잡성을 감지하고 아찔한 기분을 느꼈을 것이다. 신이라는 개념은 바로 그런 현기증에 맞서 안도감을 얻기 위한 한낱 외관이 아닐까?

에드몽 웰스, 『상대적이며 절대적인 지식의 백과사전』 제5권

48. 갑각류, 조개류, 굴, 그리고 성게

가을의 신이 우리에게 해초에 이어 굴과 성게와 말미잘을 가져다준다. 달걀과 소금만 먹던 우리에게 그야말로 바다의 진미가 나온 것이다. 해초의 풍미와 요오드를 품은 맛의 결합이 매혹적이다. 바다를 농축해서 삼키고 있는 듯한 기분이 든다.

우리는 우리가 창조한 식물들을 입에 넣어서 맛을 시험해 보지 않았다. 내 〈팽송초〉가 어떤 맛일지 궁금하다. 맛은 고사하고 먹을 수 있기나 한 걸까?

내 옆에 앉아 있던 라울이 말문을 연다.

「우리 그동안 얘기를 많이 나누지 못했지? 이 모든 일에 대해서 어떻게 생각해?」

나는 굴의 속살을 껍데기에서 떼어 내어 입 안에 넣는다. 그러는 동안 라울은 생각에 잠긴 표정으로 턱을 쓰다듬다가 말을 잇는다.

「내가 현실을 살고 있는 게 아니라, 그저 체스판의 말 같은 존재가 아닌가 하는 느낌이 들어. 나는 어떤 놀이판에 들어와 있는데, 이 놀이의 주체가 아니라 단지 어떤 연출자의 조종을 받는 말이 아닌가 싶은 거야. 우리는 혹시 어떤 영화나 텔레비전 리얼리티 쇼에 출연하고 있는 게 아닐까? 도처에 우리의 행동을 염탐하는 눈들이 있어. 거구의 신들이며 토가, 켄타우로스, 거룹, 인어, 그리핀, 사티로스 따위도 이상해. 살바도르 달리의 상상력에서 나온 듯한 주위의 환경도 그렇고……. 우리가 타나토노트였을 때는 영계의 신비를 가리고 있는 장막들을 하나씩 벗겨 내는 즐거움이 있었어. 우리는 기성의 체제와 고리타분한 의술, 독단적인 종교, 온갖 종류의 설교자들에 맞서서 앞으로 나아갔어. 하지만 여기에서는…… 우리의 진짜 적들이 누구일까?」

라울은 시간의 신이 우리 앞에 갖다 놓은 해물 쟁반에서 성게 하나를 덜어 낸다. 그러고는 가시에 찔리지 않도록 조심하면서 성게의 껍질을 벗긴다.

「여느 학교에서처럼 우리의 점수를 매기는 강의며 우등생들에게 당근처럼 주어지는 월계관, 열등생의 축출 따위는 또 어떻고……. 나는 그런 게 마음에 들지 않아. 독 안에 든 쥐가 된 기분이야. 그런 느낌이 싫어. 천사였을 때와는 달리 우리는 중력 때문에 땅바닥에 붙어서 살아야 해. 게다가 우리는 도시의 성벽 안에 갇혀 있고, 도시를 품고 있는 이 아에덴섬은 바다에 막혀 있어. 섬 자체는 어떤 행성의 외딴 곳에 있고, 행성은 우주의 가장 후미진 곳에 있어.」

「우리는 밤마다 자유롭게 도시의 성벽 밖으로 나가고 있잖아.」

라울은 의심이 풀리지 않은 기색이다.

「그것도 이상해. 몰래 빠져나가기가 너무 쉬워. 작은 장벽들이 우리를 가로막긴 하지만, 그건 우리가 규칙을 위반하고 있는 것처럼 믿게 하려고 누가 연출을 하고 있는 것 같아. 사실…….」

「사실, 뭐?」

「우리가 규칙을 위반하는 것, 그게 바로 그들이 우리에게서 기대하는 바가 아닐까 하는 생각이 들어. 우리가 얼마나 쉽게 강을 건넜는지 봤잖아. 그리고 우리는 언제나 아슬아슬하게 궁지에서 벗어나고 있어. 지난번에는 혼성 괴물들이 우리를 도와주기까지 했어. 그게 수상쩍다고 생각하지 않아? 모든 것이 게임이고, 그 배후에 누가 있는 것만 같아.」

「그렇다 치면 그게 누구지?」

그는 굴 까는 칼로 산꼭대기를 가리킨다.

「꼭두각시 조종자. 위대한 신.」

그는 안면 근육에 경련을 일으키며 피식 웃음을 흘린다.

「아니면 악마일지도 모르지.」

봄의 신이 해물 쟁반을 하나 더 가져다준다. 내가 맛있게 먹고 있는 것을 본 것이다. 라울이 말을 잇는다.

「그리고 저 매력적인 여자들도 그래……. 마치 어떤 프로덕션에서 모델 에이전시에 요청해서 뽑아 온 것 같아.」

「거드름 피우는 늙은이들보단 낫잖아?」

내 친구는 한숨을 내쉰다.

「이놈의 장난감 역할을 견딜 수가 없어. 〈더 프리즈너〉라는 SF 시리즈가 생각나. 그 연속극 알지? 거기에서는 사람들이 〈더 빌리지〉라는 해변 마을에 갇혀 있고, 주인공 〈넘버 식스〉는 〈나는 한낱 번호가 아니라 자유인이야〉 하는 말을 되풀이하지.」[40]

「나는 여기에 처음 왔을 때 『모로 박사의 섬』을 떠올렸어. 알다시피 그 소설에서는 미치광이 박사가 인간과 동물을 교배해서 잡종 괴물을 만드는 실험을 벌이지.」

영화와 소설 얘기를 하다 보니 마음이 조금 느긋해진다. 매릴린 먼로가 끼어든다.

「이곳은 〈가장 위험한 게임〉을 생각나게 해. 그 영화 봤지? 어떤 섬에 자로프 백작이라는 자가 살고 있어. 그는 동물을 사냥하는 데 싫증을 느껴서 〈가장 영리한 사냥감〉인 인간을 사냥하기로 해. 그래서 조난을 당해 섬에 표착하는 사람들을 사냥감으로 사용하지.」[41]

40 「더 프리즈너」는 1967년에서 이듬해까지 영국 텔레비전에서 17회에 걸쳐 방영된 SF 시리즈이다(주연, 기획, 감독: 패트릭 맥구언). 영국의 한 첩보 요원이 어느 날 갑자기 사표를 내고 여행을 떠나려다가 납치되어, 〈더 빌리지〉라는 곳에 갇히고 나서 겪는 일을 다루고 있다. 〈넘버 식스〉라는 이름을 받은 이 남자는 〈정보〉를 제공하라는 끈질긴 요구에 저항하면서 감시망을 피해 끊임없이 탈출을 시도한다. 이 시리즈는 오늘날까지도 일부 SF 애호가들의 열렬한 찬사를 받고 있는 컬트 작품이며, 다양한 해석의 가능성을 지닌 〈열린 작품〉이다.

41 「가장 위험한 게임」은 미국의 영화감독 어니스트 쇼드색과 어빙 피첼이 1932년에 「킹콩」과 동시에 만든 영화. 미국 작가 리처드 코넬이 1924년에 발표한 동명의 단편소설을 각색한 작품으로 여러 차례에 걸쳐 리메이크의 대상이

랍비 출신이면서도 카슈루트[42]를 별로 따지지 않는 프레디 메예르가 굴을 꿀꺽 삼키면서 말한다.

「어찌 보면 영화 〈하이랜더〉하고도 닮았어. 〈결국에는 하나가 남을 수밖에 없어……〉 하는 대사 생각나지? 그 말이 우리의 상황을 요약해 주고 있어.」[43]

에드몽 웰스가 처음부터 말했듯이, 우리는 이 모든 것이 가짜인 것처럼 느끼고 있다. 드뷔시가 죽었을 때도 반 고흐와 다른 후보생들이 사라졌을 때도 우리는 그다지 심한 공포에 사로잡히지 않았다. 도리어 어떤 영화나 소설 속에 들어와 있는 것처럼 굴었고, 그저 등장인물들 가운데 일부가 사라지는 것으로만 여겼다. 우리는 그런 위험을 우리 자신의 일로 여기기보다는 하나의 서스펜스로 받아들였다.

「쥘 베른의 소설 『신비의 섬』 읽어 봤지?」

내 물음에 이상하게도 분위기가 썰렁해진다. 매릴린 먼로가 말한다.

「그 소설은 우리 이야기와 아무 상관이 없어. 내가 알기로

된 모험 환상 영화의 고전이다. 제목에 들어 있는 〈게임〉이라는 말은 〈놀이〉라는 뜻과 〈사냥감〉이라는 뜻을 아울러 지니고 있으며, 영화의 대사에서는 주로 후자의 뜻으로 사용되고 있다.

42 카슈루트란 유대교의 식사 규정을 가리키며, 이 규정에 맞는 음식을 〈코셔〉하다고 말한다. 이 규정은 주로 토라의 여러 대목에 바탕을 두고 있다. 예를 들어 「레위기」 11장에 따르면, 땅 위에 사는 모든 짐승 가운데 먹을 수 있는 동물은 〈굽이 갈라지고 그 틈이 벌어져 있으며 새김질하는 것〉이며, 물에 사는 모든 것 가운데 먹을 수 있는 것은 〈지느러미와 비늘이 있는 것〉이다.

43 「하이랜더」는 1986년에 러셀 멀케이 감독이 만든 판타지 액션 영화의 고전이다. 목이 잘리지 않는 한 죽지 않는 불사신들이 수백 년에 걸쳐 서로 대결을 벌이다가 마지막 결전에서 승리한 최후의 1인이 〈상〉을 차지하는 것으로 되어 있다.

그건 몇 사람이 어떤 섬에서 로빈슨 크루소처럼 살아가는 이야기야.」

「게다가 그 섬에는 도시가 없어.」

나는 설명을 시도한다.

「섬 어딘가에 네모 선장이 숨어서 그들을 감시하고 있잖아…….」

프루동이 끼어든다.

「우리 경우를 놓고 보면, 그보다는 『파리 대왕』 쪽에 더 가까워. 비행기 추락 사고로 무인도에 떨어진 소년들의 이야기 기억하지? 어른들은 모두 죽고 아이들끼리 삶을 꾸려 가는 이야기 말이야.」

아닌 게 아니라 윌리엄 골딩의 그 소설을 읽고 충격을 받았던 일이 기억난다. 소설 속의 소년들은 얼마 동안 서로 협력하며 지내다가 결국 두 패로 갈라진다. 한쪽은 섬의 근처로 지나가는 배들에게 신호를 보내기 위해 불을 계속 피우고 싶어 하는 아이들로 이루어져 있다. 다른 쪽 패거리는 사냥을 더 중요하게 여기고 섬에 야수가 있다고 믿는 아이들로 이루어져 있다. 이 패거리를 이끄는 소년은 이내 전제적인 우두머리를 자처한다. 그는 야수에 대한 공포를 악용하여 자기 패거리의 결속을 다지고 전쟁을 계획한다. 계급 제도를 강요하고 야만적인 종교 의례와 형벌 제도를 만들기도 한다. 두 번째 패거리는 점차 첫 번째 그룹의 아이들을 제거해 나간다.

우리는 또 다른 이야기들을 화제에 올린다. 그러면서 지구에서 살던 시절에 대한 향수에 흠뻑 젖어 든다. 문득 다른 행성들에도 우리가 이야기하고 있는 컬트 영화나 연속극 같은 것들이 존재할까 하는 생각이 든다. 아마도 존재하지 않을까 싶다.

「파란 강 건너편의 검은 땅에는 무엇이 있을까? 네 생각은 어때?」

우리는 지옥의 문턱을 지키는 개 케르베로스를 떠올리기도 하고, 바스커빌가의 개를 생각하기도 한다. 어떤 벗들은 에일리언을 언급한다. 그 미지의 괴물에게 신화나 소설 속의 이름이나 할리우드 영화에 나오는 이름을 붙이고 나니, 이상하게도 무시무시한 느낌이 덜해진다.

「나는 〈몬티 파이선과 성배〉라는 영화에 나오는 흰토끼가 생각나. 겉으로 보기에는 전혀 해를 끼칠 것 같지 않은 아주 작은 토끼가 느닷없이 기사들에게 덤벼들어서 목을 잘라 버려. 기사들은 미처 어떻게 해볼 새도 없이 당하고 말지.」[44]

매릴린 먼로가 다시 말한다.

「밤중에 불쑥 튀어나오는 〈스웜프 싱〉[45]이 생각나기도 해.」

「아니면 드라큘라가 있을지도 모르지.」

그때 또다시 비명 소리가 들려온다. 우리의 현실을 일깨우는 소리다. 우리는 이야기를 중단한다. 훨씬 더 무시무시한 두 번째 비명이 우리를 얼어붙게 한다.

44 「몬티 파이선과 성배」는 원탁의 기사들과 성배 찾기라는 아서 왕의 전설을 패러디한 영국의 코미디 영화. 〈코미디계의 비틀스〉라 불리는 영국의 유명한 6인조 코미디 그룹 몬티 파이선이 주연과 감독을 맡아 1975년에 발표한 작품. 위에서 말하는 흰토끼는 원탁의 기사들이 성배를 찾아 카바노그 동굴에 갔을 때 만난 살인 괴물이다.

45 1982년 미국의 영화감독 웨스 크레이븐이 동명의 만화를 각색해 만든 공포 영화. 실험실에서 사고로 괴물(스웜프 싱)이 되어 버린 과학자의 복수극.

이건 영화가 아니라 현실이다.

우리는 벌떡 일어나 메가론 밖으로 나간다. 비명 소리가 들려온 듯한 구역을 향해 가다 보니 어느새 켄타우로스들이 우리 주위로 뛰어가고 있다.

한 빌라의 문이 조금 열려 있고, 거기에서 신음 소리가 새어 나온다. 우리는 무리를 지어 안으로 들어간다. 내가 살고 있는 곳과 똑같은 빌라다. 밖에서 빗장을 들어 올리는 데 사용했음 직한 포크 하나가 바닥에 떨어져 있다.

침입자가 있었던 모양이다.

거실은 비어 있다. 텔레비전 화면에서는 사방치기를 하는 아이가 보인다. 아이는 주사위 두 개를 던져서 합계가 7점이 되자, 한 발을 들고 앙감질을 해서 분필 글씨로 〈7〉과 〈하늘〉이라고 쓰여 있는 칸으로 간다.

욕실로 가보니 베르나르 팔리시가 쓰러져 있다. 번갯불에 맞아서 얼굴이 반쯤 타버렸다. 그는 아직 한쪽 눈을 휘둥그렇게 뜨고 있다. 눈꺼풀이 바르르 떨린다. 그가 죽어 가면서 더듬거린다.

「살신자는 바로 그…….」

그는 이름을 말하려고 애를 쓰다가 픽 고개를 떨어뜨린다.

아테나가 군중을 헤치고 시신 곁으로 다가오면서 소리친다.

「누가 감히 이런 짓을 했지?」

아테나는 창으로 피살자의 옷을 들춰 다른 상처를 찾는다. 그러는 동안 신의 올빼미는 높이 날아올라서 주위를 살핀다. 하지만 발견된 것은 아무것도 없다. 켄타우로스들은 팔리시의 시신을 담요로 덮고 우리를 빌라 밖으로 쫓아낸다.

재적: 138-1=137.

밖으로 나가자 아테나가 우리를 모은다.

「스승 신들을 농락하고 무엄하게 도전장을 던진 자가 여기에 있다. 살신자는 숱한 행성을 지배하는 혼돈을 올림피아에서 재현하려 하고, 죽음과 파괴가 난무하는 상태를 만들려고 한다. 전쟁의 신인 내가 분명히 말하거니와, 그자는 멀리 가지 못할 것이다. 크나큰 죄를 짓고도 벌을 받지 않고 넘어가는 일은 결코 없을 것이며, 특히 이번 사건은 일벌백계 차원에서 엄중하게 다루어질 것이다.」

테오노트들과 나는 그 슬픈 현장에서 멀어져 간다. 온 도시가 갑자기 무수한 함정을 감추고 있는 것처럼 느껴진다.

「그는 말하려고 했어. 나에게 이름을 말하려던 참에 숨을 거뒀어. 내가 들은 것은 그저 〈살신자는 바로 그……〉 하는 말뿐이야.」

「악마나 어떤 신의 이름을 말하려고 했을 수도 있어.」

에드몽 웰스가 모두에게 알려 준다.

「바닥에 포크가 떨어져 있었어. 침입자는 그것을 사용하여 밖에서 빗장을 들어 올린 거야.」

「살신자가 빌라의 내부까지 들어와서 공격하는 판이니 이젠 잠도 편하게 못 자겠는걸. 문은 나무 빗장으로만 잠그게 되어 있으니 어떡하지?」

마타 하리가 방법을 일러 준다.

「의자를 문에 기대어 놓고 자. 의자가 쓰러지면 설령 욕조에서 잠이 든다 하더라도 그 소리 때문에 깨어날 거야.」

매릴린은 충격을 받은 기색이다.

「악마가 이 섬에 있어. 우리는 이제 편하게 잘 수가 없을 거야.」

라울은 이마에 주름을 잡고 골똘히 생각하다가 말문을 연다.

「아테나 신의 말대로라면, 살신자는 악마가 아니라 후보생들 가운데 하나야. 따라서 우리는 우리 자신을 지킬 수 있고, 싸워서 그를 제압할 수도 있어. 이 섬의 도처에 있는 괴물들은 어느 정도의 힘과 능력을 지니고 있는지 우리가 모르지만, 그자는 괴물이 아냐.」

프루동이 우리를 따라와서 이야기에 끼어든다.

「결국 우리 모두의 시나리오가 틀린 거야. 우리는 애거사 크리스티의 소설 『그리고 아무도 없었다』와 같은 상황에 놓여 있어. 우리 모두가 차례차례 죽을 거야. 그러다가 생존자가 단둘로 줄어들면, 누가 범인이고 누가 결백한지 그들은 당연히 알겠지.」

애거사 크리스티가 태어나기도 전에 죽은 프루동이 그 소설을 알고 있다는 게 놀랍다.

「그 소설을 어떻게 알죠? 애거사 크리스티의 추리 소설들이 널리 읽히기 시작한 것은 당신이 세상을 떠나고 수십 년이 지난 뒤의 일일 텐데요.」

「물론이지. 하지만 내가 천사 시절에 보살핀 인간들 중에 그녀의 책을 내던 출판인이 있었어. 덕분에 그녀의 소설들이 출간되기도 전에 읽을 수 있었지.」

내가 보기에 프루동의 생각은 깊이 따져 볼 만하다. 나는 그의 추론을 더 멀리 밀고 간다.

「한 편의 추리 소설을 읽을 때처럼 가설을 세워 봅시다. 우리는 이제 137명입니다. 나는 범인이 아니에요. 라울과 매릴린, 프레디, 에드몽도 마찬가지예요. 살인자가 범행을 저지르던 시각에 모두 내 옆에 있었으니까요. 따라서 남은 용의자는 132명이에요.」

프루동이 말한다.

「131명이지. 나 역시 이 사건과 아무 상관이 없거든.」

라울은 경계심을 늦추지 않는다.

「알리바이가 있어요? 증인이 있나요?」

「이거 왜 이래! 우리가 서로를 의심하면 분위기만 살벌해져. 수사는 스승 신들에게 맡기자고. 그들은 우리에게 없는 수단들을 가지고 있어.」

귀스타브 에펠이 나선다.

「우리는 희생의 제단으로 이끌려 가는 어린 양들이 아냐. 우리 자신을 지킬 수 있어.」

그러면서 앙크를 내밀어 가상의 적을 겨눈다.

「살신자가 나타나면 내가 제일 먼저 쏘겠어.」

「살신자가 나타나면 난 소리를 지를 거야.」

매릴린이 그렇게 말하자, 프레디가 상냥하게 지적한다.

「피해자들 모두가 소리를 질렀지만, 그게 목숨을 지켜 주지는 않았어.」

「수사는 스승 신들에게 맡긴다 하더라도, 우리 나름대로 의문을 풀어 볼 수는 있어요. 우선, 살신자는 왜 베르나르 팔리시를 표적으로 선택했을까요?」

라울의 제안에 따라 우리는 말의 편자 모양으로 된 커다란 대리석 벤치에 앉는다. 이러저러한 가정이 쏟아져 나온다.

「함께 모여서 식사를 하는 후보생들보다는 혼자 욕실에서 꾸물대는 자를 공격하기가 더 쉬웠기 때문이겠지.」

「베르나르 팔리시가 지난 수업에서 가장 좋은 점수를 받았기 때문일 수도 있어.」

사라 베르나르트의 그 말이 우리를 불안하게 만든다. 살신자는 우등생들을 노리는 것일까?

조르주 멜리에스가 말한다.

「사라 너도 1등을 해서 월계관을 받았지만, 공격을 당하지 않았잖아.」

「사실 너희에게 말하지 않았지만, 내가 텔레비전 앞에서 지구의 인간들을 관찰하고 있을 때, 침실에서 무슨 소리가 들렸어.」

그녀는 뜸을 들이며 긴장을 고조시킨다.

「나는 앙크를 들고 달려갔지.」

「그래서?」

우리는 그녀의 입술에 시선을 집중한다.

「창문이 열려 있고, 방바닥에 진흙 발자국이 있더라고.」

긴 침묵이 이어진다.

어스름이 밀려들고 산꼭대기에서 작은 불빛이 세 차례 번득인다. 마치 누군가에게 보내는 신호 같다.

49. 백과사전 : 신비 의식

고대의 많은 종교에는 입문자들에게 심오한 교의를 전수하기 위한 비밀 의식이 있었다. 그리스어로는 그것을 〈미스테리아(신비 의식)〉라고 부른다. 일찍이 기원전 18세기에 시작된 것으로 추정되는 엘레우시스의 미스테리아는 서양의 신비 의식 가운데 가장 오래되고 가장 잘 알려진 것이다. 이 의식은 여러 과정을 포함하고 있었다. 바닷물에 들어가 몸을 씻는 목욕재계, 3일 동안의 금식, 기도, 성스러운 잔으로 보리차를 마시는 의식, 죽은 사람들이 지옥으로 내려가는 상황의 재연, 구원과 부활에 관한 깨달음의 전수 등이 바로 그것들이다.[46]

디오니소스 신을 숭배하는 오르페우스 밀교의 신비 의식은 다음과 같은 7단계의 과정으로 이루어져 있었다. 첫째, 자각. 둘째, 결단. 셋째, 음복(飮福). 넷째, 성적으로 하나 되기. 다섯째, 시련. 여섯째, 디오니소스와 하나 되기. 마지막으로 춤을 통한 해방.

그런가 하면, 이집트에서 거행되던 이시스[47] 신비 의식은 4원소와 연관된 네 가지 시련을 포함하고 있었다. 먼저 흙의 시련이라는 단계에서, 교의를 전수받으려는 입문자는 기름 램프에 의지해서 혼자 깜깜한 미로 속을 나아가야 했다. 이 미로는 깊은 구렁으로 이어져 있었고, 입문자는 사다리를 타고 거기로 내려가야 했다. 불의 시련이란 빨갛게 달군 쇳덩이들을 넘어가는 의식이었다. 쇳덩어리들은 한 발로 겨우 디딜 수 있는 자리만 남겨 놓고 마름모꼴로 배치되어 있었다. 물의 시련은 램프를 든 채로 나일강을 건너는 것이었다. 공기의 시련은 도개교 위에서

46 엘레우시스 신비 의식에 관한 가장 중요한 문헌은 기원전 7세기의 작품으로 추정되는 호메로스의 『데메테르 찬가』이다. 이 짤막한 서사시에 따르면, 엘레우시스 신비 의식은 곡물의 여신 데메테르가 저승의 신 하데스에 끌려간 딸 코레(페르세포네)를 되찾은 뒤에 곡물이 다시 자라기 시작한 대지의 아름다운 풍광을 엘레우시스의 왕과 제후들에게 보여 주면서 죽음과 부활에 관한 가르침의 일환으로 계시한 것이라고 한다. 겨울에 죽었다가 봄에 다시 싹을 틔우는 식물을 보면서 죽음에 대한 공포를 부활에 관한 믿음으로 이겨 내려고 했던 고대인들의 원초적인 종교심이 담긴 의식이라고 볼 수 있다. 엘레우시스 신비 의식을 자세하게 다룬 현대의 문헌으로는 영국의 인류학자인 제임스 조지 프레이저의 『황금 가지』(맥밀런판, 44장)와 미국의 비교 신화학자 조지프 캠벨의 『신화의 세계』(10장) 등이 있다.

47 프레이저의 주장에 따르면, 이집트 신화의 여신 이시스는 그리스 신화의 데메테르, 로마 신화의 케레스와 동일시되는 곡물의 여신이다. 이 여신은 이집트뿐만 아니라 고대 로마에서도 널리 숭배되었고, 이시스 신비 의식은 한때 로마 제국 전역에 걸쳐서 가장 인기 있는 축제 가운데 하나였다(『황금 가지』, 맥밀런판, 41장).

거행되는 의식이었다. 입문자는 다리가 열리는 순간 허공으로 몸을 날려 심연으로 추락하는 시련을 겪어야 했다. 그러고 나면 교의 전수자는 입문자의 눈을 가리고 몇 가지 질문을 던졌다. 그런 다음 눈가리개를 풀어 주고 입문자를 두 개의 각기둥 사이에 세워 두었다. 입문자는 거기에서 자연학과 의술과 해부학과 상징체계에 관한 교육을 받았다.

에드몽 웰스, 『상대적이며 절대적인 지식의 백과사전』 제5권

50. 밤중의 탐사

그리핀이 자청해서 밧줄을 붙들어 매준다. 우리는 차례차례 강물 위의 허공을 미끄러져 간다. 나는 지난번처럼 인어에게 종아리를 잡히지 않으려고 다리를 번쩍 들어 올린다.

에디트 피아프는 우리와 함께 가겠다고 하지 않았다. 괴물 때문에 겁을 먹은 것인지, 아니면 우리가 노래를 마음껏 부르도록 내버려 두지 않아서 화가 난 것인지 알 수가 없다.

강 건너에는 검은 숲이 펼쳐져 있다. 크로노스 궁전의 종루에서 11시를 알리는 종이 울린다. 우리는 한 줄로 늘어서서 미지의 땅으로 들어간다. 종소리가 멎고 나자, 사위가 고요해진다. 그저 인어들의 나직한 노랫소리만이 정적을 깨고 있다. 그들은 우리에게 파란 강과 우리가 떠나온 건너편 숲의 아름다움을 상기시키려는 듯 노래를 그치지 않는다.

매릴린이 속삭인다.

「무섭지 않아?」

에드몽은 온갖 것이 끊이지 않고 나오는 배낭에서 반딧불이를 한 움큼 꺼낸다. 그러더니 우리 앞길을 밝혀 주겠다고 자원한 그 반딧불이들을 우리에게 세 마리씩 나눠 준다. 가장 대담한 라울과 마타 하리를 앞장세워 우리는 다시 걸음을

옮긴다.

이 검은 숲에서는 꽃들이 모두 거뭇하다. 꽃잎이 진회색을 띠고 있는 금잔화를 봐도 대수롭게 여겨지지 않을 정도다. 가지가 길게 뻗은 나무들은 무수한 팔이 달린 힌두교의 신처럼 보인다. 그 팔들이 바람에 흔들리며 무섬증을 느끼게 한다. 동쪽에 솟아 있는 산은 여전히 안개에 휩싸인 채 꼭대기만 보일 듯 말 듯 드러내고 있다.

문득 하나의 이미지가 머릿속을 스친다. 쥘 베른. 「절대로…… 가지 말게……. 저 위에 가면 안 돼!」

지난번에는 멀리에서 들려오는 으르렁 소리 때문에 우리가 겁을 먹었다. 하지만 이번에는 바람에 나뭇잎이 바스락거리는 소리조차 들리지 않는다. 이런 괴괴한 정적이 우리를 훨씬 더 무겁게 짓누른다. 곤충의 날갯짓 소리나 새들이 나무에서 홰치는 소리도 들리지 않고, 우리 발아래로 달아나는 토끼나 족제비도 보이지 않는다. 그저 짙은 어둠과 숨 막히게 하는 정적이 있을 뿐이다.

우리는 갈수록 냉기가 도는 세계 속으로 나아간다. 정적과 어둠은 더욱 깊어진다.

흑색 작업

51. 어둠 속에서

어둠.

세 개의 달이 지평선으로 넘어갔다. 별빛도 기운을 잃어가고 있다. 나무들은 갈수록 길차지고 무성해진다. 곧 하늘을 완전히 가려 버릴 참이다.

앞에 가는 매릴린이 이를 딱딱거린다.

멀리에서 거친 숨소리가 들려온다.

우리는 우뚝 걸음을 멈춘다.

모두가 앙크를 움켜쥔다. 나는 앙크를 최대 출력으로 조절한다. 숨소리가 갑자기 멎는다. 마치 잠들었던 어떤 괴물이 우리 때문에 깨어나서 숨을 죽인 채 기습을 노리고 있는 것만 같다.

매릴린이 제안한다.

「우리 돌아갈까?」

라울은 조용히 하라고 손짓을 보낸다. 그러더니 반딧불이 세 마리를 땅바닥에 내려놓고, 그 미지의 존재를 향해 척후병처럼 살금살금 나아간다. 마타 하리도 그의 뒤를 따른다.

프레디와 매릴린, 에드몽과 나는 사방을 살피기 위해 네모꼴의 대오를 짓는다. 모두가 귀를 바싹 기울인다.

강 건너에서 자정을 알리는 종소리가 울린다. 그때 사자가 나직하게 으르렁대는 듯한 소리가 들리다가 다시 정적이 감돈다.

괴물이 아주 가까이 있다는 느낌이 든다.

갑자기 무언가가 쿵쿵거리며 우리 쪽으로 달려온다. 우리는 반딧불이들을 놓고 어둠 속에서 줄행랑을 놓는다.

파란 강이 다시 나타난다. 이제 마음이 놓인다. 밧줄은 여전히 나무에 매여 있다. 매릴린이 가장 먼저 뛰어올라 밧줄을 타고 무사히 건너편 기슭에 다다른다. 우리는 손잡이를 거둬들이기 위해 그것과 연결된 가느다란 끈을 앞다투어 잡아당긴다. 괴물의 발걸음 때문에 땅바닥과 나무가 흔들린다. 프레디가 밧줄을 타고 미끄러져 간다.

이제는 손잡이가 돌아오기를 기다릴 겨를이 없다. 에드몽과 나는 겨우겨우 우듬지로 올라간다. 싸워 보지도 않고 항복할 수는 없는 노릇이므로 앙크로는 바닥을 겨누고 있다. 하지만 어떤 괴물도 나타나지 않는다. 그저 공포에 질린 목소리가 들릴 뿐이다. 라울의 목소리다.

「도망쳐! 우리 왼쪽 어딘가에 있어.」

내가 처음 섬에 왔을 때 들었던 쥘 베른의 외침처럼 절망감이 배어 있다.

마타 하리 역시 겁에 질린 채 소리친다.

「빨리 돌아가자!」

에드몽은 침착함을 잃지 않으려고 애쓰면서 그들에게 이른다.

「이리 올라와. 우리는 나무 위에 있어.」

그들은 숨을 헐떡거리고 몸을 부들거리면서 우리 곁으로 올라온다.

「괴물을 봤어? 그게 뭐야?」

내가 물었지만 라울은 대답하지 않는다. 마타 하리 역시 한마디도 내뱉지 못한다. 나는 마침내 돌아온 손잡이를 그녀에게 넘겨준다. 다음 차례는 당연히 라울이다. 그는 여전히 떨고 있다. 내가 마지막이 되는 건 싫지만, 스승인 에드몽 웰스에게 차례를 양보하는 것은 당연한 일이다. 이제 나만 남았다. 발소리가 다가온다.

52. 백과사전 : 불안

1949년 포르투갈의 신경학자 에가스 모니스는 뇌의 전두엽 일부를 잘라 내어 정신병을 치료하는 이른바 〈백질 절제술〉에 관한 연구로 노벨 의학상을 받았다.[48] 그는 전두엽 앞부분의 피질[49]을 잘라 내면 공포를 느끼지 않게 된다는 사실을 발견했다. 대뇌 피질의 이 부위는 미래에 일어날 가능성이 있는 일들을 상상하게 해주는 기능을 가지고 있다. 이 발견은 한 가지 중요한 점을 시사한다. 우리의 불안은 미래를 상상하는 우리의 능력에 기인한다는 사실이다. 이런 능력이 있기에 우리는 위험을 예감하게 되고, 언젠가는 죽으리라는 것을 의식하게 된다. 이런 점을 바탕으로 에가스 모니스가 내린 결론은 이러하다. 미래를 생각하지

48 이 수술을 받은 정신 질환자들 가운데 상당수는 조용하고 온순해진 대신 지능이 떨어지고 무기력해지는 부작용을 경험했다. 오늘날 이 무시무시한 백질 절제술은 시행되지 않는다. 이런 이유로 에가스 모니스의 노벨상 수상이 적절치 않았다는 비판이 이어졌다. 이에 대해 노벨 재단은 1998년 이렇게 공식 입장을 발표했다. 〈당시까지는 정신 질환자를 치료할 방법이 없었다. 그래서 정신 질환자는 수십 년 동안 병원 신세를 져야 했다. 1940년대 미국의 공공 의료 기관의 입원실 절반이 정신 질환자로 채워졌다. 그런데 모니스의 수술을 받은 환자는 퇴원해도 가족들이 충분히 돌볼 수 있게 됐다. 또 모니스가 개발한 뇌동맥 검진법은 정신 질환의 외과 치료의 중요한 바탕이 되고 있다.〉(하인리히 찬클, 『노벨상 스캔들』)

않는 것, 그것이 미래에 대한 불안을 줄이는 길이다.

에드몽 웰스, 『상대적이며 절대적인 지식의 백과사전』 제5권

53. 중간 기지

그것이 다가온다. 땅바닥이 울리고 내 몸이 흔들릴 때마다 괴물이 거대하리라는 느낌이 든다.

보아하니 손잡이를 회수할 시간이 없을 듯하다. 괴물이 곧 나무 위에 있는 나를 붙잡을 것이다. 나는 무시무시한 발소리의 반대쪽으로 나무에서 뛰어내린다. 괴물이 가까이에 있다. 나는 뒷걸음질을 치다가, 괴물을 피해 내닫는다. 놈이 다시 다가온다. 나는 앞으로 곧장 달린다. 놈은 나보다 훨씬 빨리 움직이고 있다. 그러면서도 계속 나직하게 으르렁댄다. 달리 방법이 없다. 나는 온갖 장애물에 긁히면서 나무숲으로 뛰어든다. 되돌아볼 겨를이 없다. 새벽빛이 나뭇잎으로 새어 들지만 별로 도움이 되지 않는다. 굵고 거친 으르렁 소리가 괴물의 흥분이 고조되어 가고 있음을 자꾸자꾸 일깨운다.

가슴이 터질 듯하고 온갖 가시에 긁힌 손이 후끈거린다.

멀리에서 벗들이 나를 부른다. 얼마 동안이나 달렸는지 가늠할 수가 없다. 나는 깊이 팬 발자국 같은 것에 걸려 비틀거리다가 비탈로 굴러떨어진다. 비탈이 한없이 길다. 나는 데굴데굴 굴러간다. 온갖 풀과 나무가 내 몸에 상처를 낸다. 나는 그것들에 매달리려고 안간힘을 쓴다. 결국 어느 협곡에

49 대한 해부학회가 채택한 용어로는 앞이마엽겉질. 이 부위는 여러 부분으로부터 들어오는 신경 자극을 받아 감정의 깊이를 조절하여 성격 형성에 관여하며, 추상적 관념, 판단력 등에 필요한 경험을 연합한다. 이 부위가 손상되면 창의력이나 판단력이 소실되고 자기도취에 빠지거나 사회 규범을 무시하고 함부로 행동하는 경향이 생긴다(대한 해부학회, 『해부학』, pp. 880~881).

이르러서야 추락이 끝난다. 이곳은 나무들의 생김새가 다르다.

괴물은 비탈로 뛰어내리는 것을 포기한 모양이다. 나는 다시 일어나 몸을 추스르고, 긁힌 상처를 핥으면서 주위를 살핀다. 동쪽의 산 위로 제2의 태양이 떠오르고 있다. 도시로 돌아가려면 왔던 길을 되짚어가야 한다. 하지만 비탈을 다시 오르기가 쉽지 않다. 나는 남쪽으로 우회하는 길을 선택한다.

있는 힘을 다해 걷다 보니 걸음을 옮길 때마다 질척거리는 바닥으로 점점 깊이 빠져들고 있다. 프레디의 우스갯소리에 나오는 유사에 빠진 남자와 비슷한 처지가 된 것이다. 그 남자는 신이 도와주리라 믿고 구조대원들의 도움을 거절한다. 하지만 나는 다르다. 아, 구조대원들이 나타난다면 오죽이나 좋으랴.

나는 다리가 마비된 채 천천히, 달리 어떻게 할 도리가 없이 진창 속으로 빠져 들어간다. 〈살려 줘요!〉 하고 소리를 쳐 보지만, 괴물조차도 오지 않는다.

진흙이 겨드랑이까지 닿았다. 나는 그냥 속절없이 빠져들 뿐이다. 이렇게 종말을 맞다니, 정말 어처구니가 없다!

진흙이 입으로, 코로 들어온다. 곧 숨이 막혀 죽을 것이다. 나는 다른 강의들을 듣지 못할 것이다. 아프로디테가 낸 수수께끼의 답도 알아내지 못할 것이다.

진흙이 눈을 덮기 전에 내가 마지막으로 본 것은 무슈론이다. 거룹은 어찌할 바를 몰라 하며 내 머리 위에서 빙빙 돌다가, 마치 진창에서 나를 끌어 올릴 수 있기라도 한 것처럼 내 귀를 잡아당긴다.

나는 눈을 감는다. 이제 완전히 진흙에 잠겼다. 나는 계속 내려간다. 그런데 이게 환각일까? 얼음처럼 차가워진 내 발이 허공에서 자유롭게 움직이는 느낌이 든다. 아래쪽에 빈 공간이 있는 것이다. 이번에는 얼어붙은 다리가 자유롭게 움직인다. 이윽고 온몸이 지하의 빈 공간으로 빠져나간다. 나는 땅속을 흐르는 물줄기로 추락하여 물살에 휩쓸린다. 물줄기는 가파른 급류로 이어진다. 나는 땅의 창자 속으로 흘러가는 냇물에 실려 마치 지푸라기처럼 떠내려간다. 물살에 휩쓸리는 것을 중단시키려 해보지만 이미 속도가 너무 붙어서 막을 길이 없다. 나는 수영장의 미끄럼틀을 타듯이 빠르게 미끄러져 내려간다. 하지만 이 미끄럼틀은 끝날 줄을 모른다. 배경이 나를 향해 돌진한다. 그렇게 한참이 지나자 급류가 끝나고 웅숭깊은 동굴이 나타난다. 나는 동굴 바닥으로 미끄러지다가 얼음처럼 차가운 물속에 떨어진다.

헤엄을 쳐서 수면으로 올라가는데, 심해의 괴물처럼 하얗게 빛을 발하는 물고기들이 깜짝 놀라서 나를 바라본다. 허파가 불타는 듯하다. 나는 마침내 수면으로 올라가서, 공기를 훅 들이마시고 콜록거리며 물을 뱉어 낸다. 나는 수면에 계속 떠 있기 위해 다리를 버둥거리면서, 앙크를 잡아 섬광을 쏘아 댄다. 그 불빛에 주위의 정황이 드러난다. 나는 거대한 동굴 속의 지하 호수에 떠 있는 것이다. 나는 헤엄을 쳐서 돌로 된 기슭으로 나간다. 그런 다음 진흙 때문에 더러워진 젖은 토가를 벗고 샌들을 헹군다. 앙크의 섬광을 다시 비춰 보니 옆쪽에 통로가 보인다.

미로가 한없이 이어진다. 나는 좁다란 땅굴을 따라 나아간다. 땅굴은 이따금 천장에 종유석이 다닥다닥 붙어 있고 바닥에 석순이 솟아 있는 종유굴로 이어진다. 나는 오랫동안 걷는다. 때로는 천장이 낮아져서 몸을 숙여야 하고, 때로는 무릎까지 차오르는 흙탕물에서 철퍼덕거려야 한다.

그러다가 갑자기 방 하나가 눈앞에 나타난다. 책상이며 의자, 나무를 깎아 만든 물건들을 갖춰 놓은 방이다. 책상에는 초도 한 자루 놓여 있다. 나는 앙크로 초에 불을 켠다. 누군가의 은신처인 게 분명하다. 예전 후보생들이 중간 기지를 만들어 놓은 것일까? 아무것도 쓰여 있지 않은 내 빌라의 책들과 비슷한 것들이 구석의 지도들 사이에 쌓여 있다. 나는 책 한 권을 집어 든다. 글이 빼곡하게 적혀 있다. 내가 모르는 언어로 된 글이다. 강물에 떠 있는 배와 인어들을 상대로 한 싸움을 나타낸 그림들도 보인다.

산을 그린 그림도 있다. 산꼭대기는 선영(線影)으로 처리되어 있다. 〈절대로 올라가지 말 것〉이라는 뜻을 표시한 게 아닐까 싶다.

등산화, 밧줄, 하켄 따위도 보인다. 하지만 모든 것이 두꺼운 먼지에 덮여 있다. 신발은 너무나 작아서 내가 신을 수 없는 것들이다. 이곳을 먼저 거쳐 간 선배들은 발이 작았던 모양이다. 어쨌거나 이곳에 발길이 끊긴 것은 이미 오래전의 일이다.

나는 책이며 지도며 등산 장비를 챙기고 촛불을 집어 든다. 그런 다음 이 방에서 시작되는 두 개의 통로 가운데 하나로 접어든다.

다시 바위와 흙의 미로가 이어진다. 나는 오래도록 걷고 또 걷는다. 춥고 배고프다. 녹초가 되어서 더 걷기가 힘들다. 책들과 물건들이 너무 무겁다. 나는 내 빌라로 가져가려고 했던 그 무거운 잡동사니를 포기한다.

한참을 헤매다 보니 아까 왔던 곳에 돌아와 있다. 급류에 휩쓸리다가 떨어졌던 첫 번째 동굴로 돌아온 것이다.

절망의 한숨이 절로 나온다. 살아남기 위한 싸움을 포기하기 직전이다. 할 수 없지, 괴물로 변한 후보생이 어디 나쁜 인가. 나는 반은 사람이고 반은 개미인 잡종 괴물로 변신해서 이 지하의 미로 속에 살게 될 것이다. 에드몽 웰스는 개미인간으로 변한 나를 자랑스러워할지도 모른다.

그리스 신화에는 개미였다가 인간으로 변했다는 미르미돈족[50]이 나오는데, 나는 인간이었다가 개미로 변할 참이다. 절망에 찬 웃음이 터져 나온다. 이건 분명 광기의 초기 증상이다.

그때 갑자기 흰토끼 한 마리가 나타난다. 몬티 파이선의 영화에 나오는 사나운 토끼 얘기를 한 뒤라서 내 눈에 헛것이 보이는 것일까? 아니면 『이상한 나라의 앨리스』에 나오는 익살스러운 토끼가 나타난 것일까?

토끼는 빨간 눈으로 나를 빤히 바라보다가 내가 이미 가본

50 이 민족이 생겨난 사연은 버전에 따라 다르다. 아폴로도로스의 『신화집』에 따르면, 제우스가 하신 아소포스의 딸 아이기나를 납치하여 오이노네섬으로 데려가서 결합하고 아들 아이아코스를 낳았는데, 아들이 섬에 혼자 있는 것을 보고 개미들을 사람으로 만들어 주었다고 한다(3권 12장). 오비디우스의 『변신 이야기』에 나오는 전설은 훨씬 극적이다. 아이아코스가 어머니의 이름을 따서 자기 왕국을 〈아이기나〉라고 부르자, 유피테르의 아내 유노는 연적의 이름을 딴 나라가 생긴 것을 시기하여 역병으로 백성들을 몰살했다. 그러자 아이아코스는 아버지 유피테르에게 백성들을 도로 살려 달라고 기도했고, 유피테르는 참나무 줄기에 붙은 개미들을 땅바닥에 떨어뜨려 모두 사람으로 만들어 주었다(7권 6장). 민간 어원에 따르면 미르미돈이라는 이름은 〈개미〉를 뜻하는 그리스어 〈미르멕스〉에서 나온 것이라고 한다.

통로 쪽으로 깡충깡충 멀어져 간다. 나는 더 잃을 것이 없겠다 싶어 토끼를 따라간다. 내가 맞닥뜨린 적이 있는 교차로가 다시 나타난다. 나는 여기에서 오른쪽으로 돌아갔었는데, 토끼는 왼쪽으로 돈다. 다시 미로가 이어진다. 토끼는 석순에 가려진 좁다란 길로 나를 이끈다. 그러더니 또 다른 통로로 들어가는가 싶더니, 갑자기 옆으로 방향을 튼다. 우묵한 바위에 만들어진 우툴두툴한 천연 층층대가 나타난다. 나는 재빨리 층층대를 내려간다. 단들이 한없이 이어지고 있지만, 이젠 피곤함이 느껴지지 않는다.

문득 백과사전의 한 대목이 생각난다. VITRIOL. 〈땅속으로 들어가서 잘못을 바로잡으면 숨겨진 돌을 찾게 되리라 Visita Interiora Terrae Rectificandoque Invenies Occultum Lapidem〉. 땅속으로 내려감으로써 이루어지는 죽음과 부활…….

계단을 따라 내려갔다가 다시 올라가자, 드디어 한 줄기 빛이 나타난다. 위쪽에서 새어 든 새벽빛이 땅속의 어둠에 익숙해진 눈을 아프게 한다.

흰토끼는 귀를 쫑긋 세우고 주둥이를 옴직거리며 더 빠르게 나아간다. 나는 그 뒤를 따른다. 파란 강의 검은 숲 쪽 기슭이 나타난다. 하지만 괴물은 보이지 않는다. 토끼는 태연하게 깡총거리며 폭포 쪽으로 간다. 언뜻 보기에는 도저히 건널 수 없을 것 같은 폭포다. 나는 우뚝 멈춰 서서, 건너편 기슭으로 넘어갈 수 있는 길을 찾아 주위를 찬찬히 살핀다. 토끼는 내가 꾸물거리고 있는 것에 짜증이 나는지 내 주위를 돌며 따라오라고 성화를 부린다. 그러다가 더 참지 못하고 혼자서 물의 장벽 아래쪽으로 달려간다. 토끼가 어디로 사라졌나 했더니, 건너편의 파란 숲 쪽 기슭에서 활기찬 모습으로 다시 나타난다.

폭포 아래에 통로가 있는 것이다! 나는 그쪽으로 내닫는다. 밧줄을 타고 강을 건너는 것보다 한결 편하다.

이제 살았다.

건너편의 흰토끼는 작별의 뜻으로 귀를 흔든 뒤에 벌써 사라져 버렸다.

54. 신화 : 아레스

제우스와 헤라의 아들 아레스는 전쟁의 신이다. 그의 이름은 〈남자다움〉을 뜻한다.[51] 그는 갑옷과 투구를 착용하고 방패와 창과 검으로 무장한 모습으로 나타나며, 그를 상징하는 동물은 독수리와 개다. 그는 호전적인 기질과 공격성으로 똘똘 뭉쳐 있는 신이다. 살육과 유혈을 즐기며, 오로지 싸움 속에서만 기쁨을 느낀다. 그는 불같은 성미와 격렬한 기질로 악명이 높다. 그런 성격 때문에 이따금 다른 신들과 사이가 틀어지기도 한다. 트로이 전쟁 때는 트로이 편을 들다가 격분한 아테나 신에게 돌을 맞고 정신을 잃은 적도 있다.

아레스는 전쟁을 좋아하지만 언제나 승리자가 되는 것은 아니다. 포세이돈의 아들인 두 거인 오토스와 에피알테스가 감히 신들에게 대항하기로 하고 헤라와 아르테미스에 대한 탐심을 드러냈을 때, 아레스는 그들을 보호하겠다고 나섰다가 오히려 붙잡혀서 청동 항아리에 갇히는 신세가 되었다. 그는 13개월 동안이나 갇혀 있다가 헤르메스의 도움을 받고서야 풀려났다.

아레스는 숱한 연애 행각을 벌이기도 한다. 그런데 그의 난봉은 대개

51 아레스라는 이름의 의미에 관해서는 다양한 견해가 있다. 혹자는 〈전쟁, 전투〉를 뜻한다고 하고, 혹자는 〈파괴자, 응징자〉를 의미한다고 말하기도 한다.

좋지 않게 끝난다. 아프로디테가 그와 바람이 났을 때, 남편 헤파이스토스는 침대에서 간통을 벌이는 두 연인에게 마법의 그물을 던져 꼼짝 못 하게 해놓고는 올림포스의 신들을 모두 불렀다. 그들은 다른 신들의 웃음가마리가 되었다. 아레스는 잘못의 대가를 치르겠다고 약속한 뒤에 자기의 거처가 있는 트라케로 돌아갈 수밖에 없었다. 이들의 결합에서 하르모니아라는 딸이 태어났고, 그녀는 나중에 테베의 왕 카드모스와 결혼했다. 아프로디테는 그 뒤로도 아레스가 좋아하는 여신들을 질투했다. 아레스가 새벽의 여신 에오스와 결합하는 것을 보았을 때는 언제나 사랑에 빠져 있게 하는 벌을 그녀에게 내렸다.

아레스는 키레네와 결합하여 디오메데스를 낳았다. 나중에 트라케의 왕이 된 디오메데스는 자기 나라에 찾아오는 이방인들의 살을 자기 말들에게 먹인 것으로 악명을 떨쳤다.

어느 날 아레스는 포세이돈의 한 아들이 자기 딸 알키페를 겁탈하려는 것을 보았다. 격분한 아레스는 그 치한을 죽여 버렸다. 그리하여 올림포스 신들로 이루어진 법정에서 재판이 열렸다. 포세이돈은 아레스가 고의적으로 자기 아들을 살해했다고 비난했다. 하지만 아레스는 자기 변호에 성공하여 무죄 판결을 받았다.

고대 그리스인들은 아레스를 별로 좋아하지 않았고, 평화를 지향하는 신들을 선호했다. 그들은 아레스를 시종처럼 따라다니는 그의 두 아들, 데이모스(근심)와 포보스(공포)를 특히 두려워했다.

고대 로마인들은 마르스라는 이름으로 아레스에 대한 숭배를 계승했다.

이집트 신화에 나오는 전쟁의 신 안후르는 여러 가지 점에서 아레스와 비슷한 면모를 보인다.

에드몽 웰스, 『상대적이며 절대적인 지식의 백과사전』 제5권
(헤시오도스의 『신통기』를 본받은 프랑시스 라조르박의 글에 근거한 것임)

55. 화요일, 아레스의 강의

새벽에 짧게 휴식을 취하고 나서 아침을 먹기 위해 메가론에 갔더니, 친구들이 모두 놀라서 벌떡 일어난다.

「미카엘, 우리는 네가…….」

「죽은 줄 알았다고?」

그들은 자기들이 나를 저버리지 않았다고 이야기한다. 라울과 마타 하리는 내가 뒤따라오지 않는 것을 알아차리자마자, 파란 강 건너편으로 돌아가서 내 자취를 추적했다. 그런데 땅바닥에 이리저리 나 있던 발자국들이 검은 숲에서 갑자기 사라져 버렸다. 그래서 그들은 찾기를 단념하고 돌아왔다.

그들이 묻는다.

「어떻게 된 거야?」

모든 것을 낱낱이 말하고 싶지는 않다. 옛날 후보생들의 유물이 남아 있던 지하의 널따란 방에 관한 이야기는 아직 털어놓을 때가 아닌 듯하다. 흰토끼를 만난 일도 당분간은 나만 알고 있는 게 좋을 듯싶다. 나는 아침 식사로 나온 굴과 해초를 마파람에 게 눈 감추듯 삼키면서, 그저 폭포 아래에서 통로를 발견한 사실만 털어놓는다.

크로노스 궁전의 종이 8시 반을 알린다. 이야기를 중단해야 할 시각이다.

오늘은 화요일, 마르스의 날이다.[52] 마르스는 아레스의 로

52 라틴어(마르티스 디에스)와 그것에서 분화한 로망어에서는 화요일이 모두 〈마르스의 날〉이다(단, 포르투갈어의 〈terça-feira〉는 셋째 날이라는 뜻). 하지만 영어와 스칸디나비아어의 화요일은 북유럽 신화에 나오는 전쟁의 신 〈티르〉의 이름을 딴 것이다.

마식 이름이다. 우리는 세 번째 스승인 아레스의 가르침을 받기 위해 서둘러 그의 궁전으로 향한다.

우리는 헤파이스토스의 궁전과 포세이돈의 궁전을 지나 엘리시온 대로를 따라 계속 올라간다.

아레스의 궁전은 종루와 망루와 성벽의 돌출 회랑이 높이 솟아 있는 요새 형태의 성관이다. 거기로 들어가자면 해자 위에 걸쳐 있는 도개교를 건너야 한다. 해자에는 푸르스름한 물이 남실거린다. 안으로 들어가 보니, 방 하나에 무기들이 전시되어 있다. 인류의 전 역사에 걸쳐 살상과 파괴에 사용되었던 온갖 무기들이 모여 있다. 스포트라이트 불빛에 곤봉, 장창, 단창, 표창, 도끼, 쌍절곤 따위가 보인다. 도신(刀身)이 곧고 양쪽에 날이 있는 검, 도신이 휘어지고 한쪽에만 날이 있는 군도, 화승총, 소총이 있는가 하면, 폭탄과 수류탄과 미사일까지 있다. 각각의 무기에는 산지와 제작 연도를 알려 주는 라벨이 붙어 있다.

검은 토가를 입은 아레스 신이 나타난다. 2미터가 넘는 거구인 데다가 근육이 우람하고, 숱이 많은 검은 콧수염을 기르고 있으며 눈썹이 진하다. 이마에 두른 띠도 검은색이다. 래브라도 사냥개와 독수리가 그를 따라온다. 사냥개는 그의 옆에 엎드리고, 독수리는 칠판 위에 올라앉는다.

아레스는 강단에 서서 우리를 살펴보다가 내려온다.

아틀라스가 우리의 행성을 지고 다시 나타난다. 여전히 힘겨워하면서 얼굴을 찡그리고 있다. 그는 아주 조심스럽게 행성을 받침대에 내려놓더니 군말 없이 꽁무니를 뺀다.

아레스는 행성 앞에 서서 앙크를 들고 우리의 작업 결과를 검토한다.

「내가 이럴 줄 알았어. 다들 생존에는 관심이 없고 미학에만 신경을 썼어. 가시나 독성 돌기를 가진 식물이 하나도 없어!」

후보생들이 수군거린다.

「조용히 해. 세계를 만드는 것이 레이스 뜨는 일과 같다고 생각하는 거야?」

그는 앙크를 책상에 내려놓고 칠판 쪽으로 몸을 돌려 이렇게 적는다.

0. 우주 알

1. 광물 단계

2. 식물 단계

3. 동물 단계

그러고는 우뚝한 자세로 우리를 굽어보면서 우레와 같은 소리로 너털웃음을 터뜨린다.

「다들 알고 있겠지만, 3이라는 숫자는 두 개의 입을 가지고 있다. 하나는 물어뜯는 입이고 다른 하나는 키스하는 입이다. 죽이기와 사랑하기, 바로 이것이 꽉 찬 생명의 비밀이다. 배에 칼을 맞고 죽어 가는 적들의 헐떡거리는 소리, 너희의 품 안에서 황홀해하는 여자의 헐떡거리는 소리, 세상에 그보다 즐거운 것이 있을까?」

몇몇 남성 후보생이 맞장구를 친다. 하지만 여성 후보생들 쪽에서는 분개하며 수군거리는 소리가 들려온다.

아레스가 냉소를 흘리며 말을 잇는다.

「알아, 너희는 예의범절을 지키라고 배웠을 거야. 하지만 설령 너희 가운데 일부가 내 말에 충격을 받는다 해도 난 상관하지 않는다는 걸 알아야 해! 나는 주먹다짐을 좋아해. 맞는 쪽이 나라고 하더라도 마찬가지야. 언젠가 반쪽짜리 신 헤라클레스가 내 얼굴을 엉망으로 만든 적이 있어.[53] 그때 나는 〈드디어 나에게 걸맞은 적수를 만났군!〉 하고 생각했지. 너희도 이런 기개를 배워야 해. 세상에 무서운 것이 어디에 있고 두려운 자가 어디에 있느냐? 너희 스승들조차 두려워하지 마라.」

그는 우리를 계속 쏘아본다.

「누구든 나를 공격하고 싶은 자가 있으면, 겁먹지 말고 대들어라. 공격하는 쪽이 언제나 유리하다. 주먹이 먼저고 말은 그다음이다.」

그는 몸짓을 섞어 가면서 말을 하다가, 운동선수처럼 몸집이 좋은 후보생 하나를 노려본다. 그러더니 후보생의 토가를 움켜쥐며 묻는다.

「이봐 친구, 한판 붙어 볼까?」

후보생이 미처 뭐라고 대답할 새도 없이, 아레스는 사정없이 그의 배에 주먹을 안긴다. 후보생은 허리를 꺾은 채로 싸우지 않겠다는 뜻을 알린다.

53 이 대목은 기원전 6세기에 나온 작자 미상의 서사시 「헤라클레스의 방패」에 나오는 전설에 바탕을 둔 것으로 보인다. 이 전설에 따르면, 아레스는 헤라클레스에게 크게 당한 적이 있다. 헤라클레스가 아레스의 아들 키크노스와 싸울 때, 아레스는 아들을 보호하려고 했다. 하지만 키크노스는 헤라클레스의 손에 죽임을 당하도록 운명이 정해져 있었다. 아테나는 분노에 휩싸여 날뛰는 아레스에게 운명에 순종할 것을 요구하고, 자기가 직접 나서서 아레스의 창이 빗나가게 했다. 헤라클레스는 그 틈을 타서 아레스의 넓적다리에 상처를 입혔다. 아레스는 수치심을 느끼고 올림포스로 도망갔다.

「애석하군.」

전쟁의 신은 후보생을 바닥으로 쓰러뜨리더니, 그를 가리키면서 덧붙인다.

「봐라. 이것이 바로 공격의 이점이야. 이런 것이 매번 잘 통해. 먼저 때려 놓고 보는 거야. 그러고 나서 상대가 나보다 강하다 싶을 때는…… 사과를 하면 돼.」

아레스는 쓰러진 후보생 쪽으로 돌아서더니, 그의 얼굴에 바싹 다가들어서 빈정대는 말투로 침을 튀기며 말한다.

「미안해 친구. 내가 본의로 그런 게 아니야. 주먹이 저절로 나갔어.」

그러더니 조금 전보다 훨씬 더 세게 주먹을 날리고는, 재미있다는 표정으로 전체 후보생을 둘러보며 말을 잇는다.

「이러면 억눌린 기분이 풀릴 뿐만 아니라, 남들이 너희를 얕보지 않게 된다. 하지만…… 너희는 언제나 〈착한〉 모습을 보이고 싶어 하지. 그건 착한 것이 아니라 아양을 떠는 거야. 꽃병 깔개나 달착지근한 케이크나 울긋불긋한 칠보 공예품 따위를 만들던 문명들은 곤봉과 도끼와 화살을 만들던 문명들의 공격에 무너졌다. 바로 이것이 역사의 참모습이다. 이 점을 깨닫지 못하는 자들은 대가를 톡톡히 치르게 될 것이다. 여기는 나약한 자들의 세계가 아니다. 만약 십자수를 좋아하는 자가 있다면, 당장 신이 되기 위한 공부를 그만두는 것이 나을 것이다.」

전쟁의 신은 장검으로 박자를 맞춰 가면서 우리들 사이로 돌아다닌다.

「일부 순진한 자들은 악에 맞선 선의 투쟁을 운위하지만, 아득한 옛날부터 세상을 지배해 온 것은 선과 악의 싸움이 아니라…… 칼과 방패의 싸움이다.」

그는 잠시 뜸을 들이다가 한 마디 한 마디에 힘을 주어 설명을 이어 나간다.

「어딘가에서 새로운 공격 무기가 발명될 때마다 그에 맞서기 위한 방어 무기가 발명된다. 화살에 맞서 갑옷이 생겨나고, 기병의 공격에 맞서 창이, 대포에 맞서 장벽이, 소총에 맞서 방탄조끼가, 미사일에 맞서 방어 미사일이 만들어진다. 인류는 그런 식으로 진화한다. 전쟁은 단순한 호기심이나 미학이나 안락함의 추구보다 과학 기술의 발전에 더 많은 기여를 했다. 1호 지구의 첫 로켓은 V1 미사일의 모델을 연구하는 과정에서 생겨났다는 사실을 기억해라. 무고한 시민들을 되도록 많이 학살하기 위해서 고안된 무기 덕분에 로켓이 생겨나고 우주 정복의 길이 열린 것이다.」

그는 말을 멈추고 숱 많은 검은 머리를 긁적이더니 우뚝하게 곧추서서 우리를 내려다본다.

「다른 얘기를 해야겠다. 보아하니 너희 가운데 범죄자가 한 명 있는 듯하다. 동기생들을 공격하는 살신자가 있다는 얘기다.」

줄지어 앉은 학생들 사이로 침묵이 감돈다. 아무도 반응을 보이지 않는다.

「나로서는 그자를 제지할 이유가 전혀 없다. 나는 신이 되기 위한 이 게임에서 승자가 되기 위해서는 어떤 수단을 사용해도 좋다고 생각한다. 목적은 수단을 정당화한다. 경쟁자들을 살해하는 것은 파렴치한 짓이지만, 너희는 그런 것까지도 예상했어야 한다. 내가 보기엔 그런 짓도 나쁘지 않다. 다른 스승 신들이 노여워한다는 것을 알지만, 나는 그들에게 말했다. 〈어쨌거나 그게 진화의 방향이 아니냐?〉 하고 말이다. 단단한 것이 무른 것을 이긴다. 파괴하는 자가 도피하는 자를 이긴다. 그러니까 경쟁자들을 없애 버리는 자는 싸움을 제대로 하고 있는 것이다. 이 섬에는 너희를 보호하기 위한 제도와 행정이 있지만 그것을 믿지 마라. 고약하게 뒤통수를 맞는 수가 있다.」

이어서 그는 냉정하게 덧붙인다.

「살신자는 여기에 지지자 하나가 있다는 사실을 알아야 한다. 그리고 만약 너희가 서로 죽이는 게임을 하고 싶어 한다면, 이 교실에 있는 모든 장비를 마음대로 사용해도 좋다.」

말끝에 그는 우렁우렁한 웃음을 터뜨린다.

「자, 이제 너희 세계인 18호 지구로 관심을 돌려보자. 너희는 이 행성에 얌전한 수족관 하나를 만들어 냈다. 아네모네나 불가사리 따위로 예쁘게 장식된 멋진 무대다. 하지만 이제 이 무대에 진정한 배우들을 등장시킬 때가 되었다.

지느러미와 입과 이빨을 가진 생물을 만들어서 이 대양에 활기가 넘치게 해봐라. 자, 일을 시작해라. 작업 방식은 식물들을 창조할 때와 마찬가지다. DNA를 새기고 프로그램을 짜라. 하지만 이제 운신의 폭이 훨씬 넓다. 저마다 창의성을 마음껏 발휘해 보도록.」

아레스가 팔걸이의자에 앉는 사이에 우리는 동물들을 창조하는 일에 착수한다. 일에 임하고 보니 이건 그야말로 온전한 예술 작품을 구상하는 일이다. 나는 형체를 조각하고 표면에 색을 넣는다. 독창적인 이동 방식을 개발하기 위해서 공학적인 원리를 다양하게 응용해 보기도 한다. 우리의 스승 신은 머리에 떠오르는 대로 모든 것을 시험해 보라고 권유한다. 그리하여 갖가지 괴물들이 생겨난다. 여러 가지 빛깔을 띠기도 하고 속이 훤히 들여다보이기도 하는 기이한 동물들이다.

우리가 처음으로 창조한 동물들은 생김새가 모두 물고기와 비슷하다.

귀스타브 에펠은 마디가 있는 척추를 피조물에게 부여하는 방안을 가장 먼저 생각해 냈다. 이로써 단단한 중심축을 가진 동물이 생겨났다.

조르주 멜리에스는 돌출 안구를 창안했다. 이 눈은 운동성이 아주 좋아서 앞뒤를 모두 볼 수 있다. 라울 라조르박은 많은 공을 들인 끝에 물을 휘젓는 속도를 높여 더욱 빠르게 이동할 수 있게 하는 지느러미를 고안했다. 마타 하리는 어떤 모습으로든 위장할 수 있는 피부를 만들어 냈다.

우리는 각자의 작품을 평하면서 서로 비교해 본다. 그러다가 아레스의 분노를 사고 만다.

「너희가 지금 단체로 바캉스라도 왔는 줄 알아? 하찮은 조각 작품들을 놓고 시시덕거리자고 여기에 온 거라고 생각해? 천만의 말씀이다. 우리가 지금 할 일은 공격하고 침략하고 서로 파괴하는 것이다! 정글의 법칙은 우주의 법칙이기도 하다. 강자는 약자를 이긴다. 뾰족한 것은 납작한 것 속으로 파고든다. 은하들조차 서로 잡아먹는 게 우주의 실상이 아니냐.」

그는 검의 평평한 면으로 책상을 두드린다.

「장난은 이것으로 족하다. 이제 새로운 목표를 지닌 생명을 창조해라. 그 목표란 〈잡아먹히지 않고 잡아먹는 것〉 또는 〈남에게 죽임을 당하기 전에 내가 먼저 죽이는 것〉이다.」

그는 자기가 말한 마지막 문장을 칠판에 쓴다. 그러고는 눈망울을 사납게 굴리며 말을 잇는다.

「허투루 듣지 마라. 저마다 대양의 작은 구석에 머물러 있을 때는 생명을 부지하기가 쉽다. 이 단계에서는 하찮은 것들을 만들어 내도 표가 나지 않는다. 하지만 서로 맞서 싸우는 상황이 벌어지면, 얘기가 달라진다. 누가 제대로 만들었는지, 누가 선견지명이 있었는지 분명하게 드러날 것이다.」

그는 다시 후보생들 사이로 돌아다니기 시작한다.

「살아남는 것, 이것이 바로 너희의 목표다. 방법은 너희가 찾아내야 한다. 결과는 간단하게 확인될 것이다. 이제 너희는 137명이다. 두고 봐라, 곧 모두가 맹렬해질 것이다. 너희는 서로 싸울 것이고, 패배자들은 제거당할 것이다. 그러다 보면 어쩔 수 없이 요모조모를 따져 보게 될 것이고, 그럼으로써 아마 너희의 작은 뇌가 신성을 지닌 뇌로 발전해 갈 것이다.」

그는 구체를 마주하고 멈춰 선다.

「한마디로 죽도록 싸워라!」

그는 몸을 숙여 우리의 작업 결과를 살피더니, 빈정대는 말투로 덧붙인다.

「평온한 세계, 참으로 멋지군! 하지만 이 평화도 몇 분밖에 안 남았다.」

우리는 본격적으로 다시 시작한다. 각자가 만들어 낸 원형들이 진화하고 성숙하고 견고하고 복잡해진다.

매릴린 먼로는 기다란 촉수를 가진 해파리를 구상했다. 독이 들어 있는 아주 작은 작살들을 마구 쏘아 대는 해파리다. 조르주 멜리에스는 눈이 아주 밝은 곰치를 만들어 냈다.

이 물고기는 바위의 우묵한 곳에 숨어서 근처로 지나가는 생물들을 관찰한다. 그러다가 상대하기 까다로운 적이 나타나면 구멍 속으로 들어가고, 만만한 먹이가 지나가면 잽싸게 공격한다.

라울은 관절이 있고 여러 개의 근육이 단단하게 붙은 턱뼈를 창안해서 자기 물고기의 무기로 삼았다.

우리는 1호 지구의 동물들을 기억해 내려고 애쓴다.

어떤 후보생들은 자기들이 창조한 물고기들의 이동 속도를 높이기 위해 돛처럼 생긴 지느러미를 붙여 준다. 그런가 하면 집게나 갈고리를 달아 주는 후보생들도 있다. 이렇듯 저마다 독특한 착상으로 물고기들의 생존 수단을 확보해 간다. 마치 저마다 특별한 주문에 따라 전투기를 만들고 있는 듯한 형국이다. 처음에는 조금씩 서로를 모방했지만 이제 저마다 자기 길을 찾아 나가고 있다.

강력한 턱뼈를 갖춘 라울의 물고기는 가오리와 비슷하게 생긴 마름모꼴의 물고기가 되었다. 날개처럼 생긴 지느러미는 움직임이 유연하고, 채찍처럼 길고 낭창낭창한 꼬리에 달린 침으로는 적을 공격할 수 있다.

에드몽은 정어리처럼 떼 지어 다니는 작은 물고기들을 선보였다. 이들의 특징은 일부 물고기들에게 척후병 역할을 맡기고 있다는 것이다. 이 척후들은 앞쪽에 먹이가 있는 것을 알려 주기도 하고, 뒤쪽에 포식자가 나타날 때 경보를 보내기도 한다. 포식자가 계속 다가드는 경우에는 몇 마리가 잡아먹히면서 시간을 버는 동안 나머지 물고기들은 안전하게 도망친다. 이 물고기 떼는 마치 하나의 생명체처럼 움직이면서 거대하고 강력한 공동체를 이루고 있다. 에드몽은 〈단결이 힘을 만든다〉는 원칙을 다시 구현한 것이다.

마타 하리는 위장의 개념을 발전시켜 간다. 오징어와 비슷한 그녀의 물고기는 바닷속의 환경에 따라 색깔을 바꿀 뿐만 아니라, 적이 나타나면 먹물을 뱉어서 교란 작전을 편다.

갓 창조된 물고기들이 쫓고 쫓기면서 서로 싸우고 잡아먹는다. 주위에서는 우리가 지난 수업 때 만든 식물들이 계속 자라고 번식하면서 첫 세대의 초식성 물고기들에게 먹이를 제공하고 있다. 이 초식성 물고기들은 새로 생겨난 육식성 물고기들의 먹이가 된다. 육식성 물고기들은 재빠른 공격이나 필사적인 퇴각에 필요한 칼로리를 동물성 단백질에서 구하고 있는 것이다.

이 제2세대 포식자들에 이어 더욱 강력한 제3세대 포식자들이 출현한다.

이들은 자기들끼리 의사소통을 하기 시작한다. 오징어들은 광분해 방식의 언어를 발명했다. 말하자면 그들은 색깔을 아주 빠르게 변화시켜 서로 위험을 알리거나 도움을 요청한다.

이내 훨씬 더 사나운 제4세대가 나타나고 바다 속에서 대규모 전투가 벌어지기 시작한다.

18호 지구의 대양에서 일어나는 물보라가 전투의 시작을 알린다. 죽은 물고기들이 수면에 떠오르자 시체를 먹고 사는 물고기들이 이내 몰려든다. 내 왼쪽에 있는 베아트리스 샤파누라는 후보생은 아레스의 조언을 잊지 않고 방패 구실을 하는 보호 기관을 개발했다. 그녀의 물고기는 거북과 비슷하다. 크고 단단한 딱지가 연약한 몸을 위아래로 감싸고 있어서 마치 샌드위치 같은 느낌을 준다.

반면에 조제프 프루동은 빠르고 강력한 공격형 물고기 쪽으로 방향을 잡았다. 그는 원형을 계속 개선하여 상어 종류를 만들어 냈다. 이 물고기는 먹이를 분쇄기처럼 부스러뜨리는 턱뼈, 면도날처럼 예리한 세모꼴 이빨들이 3중으로 박혀 있는 치열, 움직임을 감지하는 코, 거기에다 엄청난 민첩성까지 갖추고 있다. 다른 물고기들은 이 상어에게 다가가는 것을 두려워한다. 해저 세계에 공포를 뿌리는 동물이 출현한 것이다.

나는 이 상어를 본보기로 삼되 별로 공격적이지 않은 물고기를 만들기로 했다. 내 물고기 역시 길고 덩치가 크다. 지느러미는 짧고 동그스름해서 포식자들이 이빨로 물고 늘어질 수 없게 되어 있고, 피부는 더없이 매끈하다. 주둥이는 아주 뾰족해서 프루동의 상어들에게도 겁을 줄 수 있다. 다 만들어 놓고 보니, 돌고래와 생김새가 비슷하다. 이렇듯 우리는 어쩔 수 없이 우리가 알고 있는 원형을 되살리게 되는 것이다.

내 오른쪽에 있는 브뤼노 발라르 역시 프루동의 상어에서 착상을 얻어 무시무시한 주둥이를 가진 창꼬치를 만들어 냈다. 내 뒤에 있는 어떤 후보생은 전기를 일으켜서 자신을 보호하는 굵은 전기뱀장어를 만드는 데 골몰해 있다.

프레디 메예르의 광대물고기는 독이 있는 말미잘들과 공생한다. 그는 비슷한 종들 사이의 협력을 넘어서서 아주 상이한 생명 형태들 간의 협력을 구상한 최초의 후보생이다. 한 후보생은 똑같은 원리에 바탕을 두고 프루동의 상어와 공생할 수 있는 동갈방어를 만들었다. 이 물고기는 상어의 보호를 받는 대신 상어의 체외 기생충을 잡아 준다. 강자에게 빌붙는 것도 생존 방식의 하나인 것이다.

태초의 대양을 누비는 물고기들이 갈수록 분명하고 세련된 외형을 갖춰 간다. 몸의 약한 부위에는 보호용 연골이 더해지고, 피부는 유연함을 잃지 않으면서도 더욱 강인해진다.

아레스는 우리에게 다시 주목하라고 하더니, 칠판에 〈만사는 전략이다〉라고 쓴다.

「너희들 가운데 일부는 자기들의 창조물을 어떻게 강인하게 만드는지 깨닫기 시작했다. 하지만 물리적인 힘과 공격성에는 한계가 있다. 승리를 쟁취하기 위한 다른 수단들이 있다. 그것이 신세대 창조물들의 목표가 될 것이다.」

우리는 힘이 아닌 다른 수단들을 찾기 시작한다.

번식 전략은 때로 전투 능력의 결함을 벌충해 준다. 스스로를 제대로 방어할 줄 모르는 종은 알을 엄청나게 많이 낳거나 비상시에 어미가 새끼들을 입에 넣었다가 나중에 뱉어 내는 방식으로 살아남을 수 있다. 알을 많이 낳는 것은 공격의 한 방식이 될 수도 있다. 치어들이 떼를 지어 몰려다니면서 다른 물고기들의 먹이를 가로채거나 그들의 몸에 기생하게 되면, 공격력이 아주 뛰어난 커다란 물고기들도 어려움에 빠질 수 있는 것이다.

나는 에드몽 웰스를 본받아 내 창조물들 사이의 의사소통 방식을 개선했다. 그들은 이제 가족을 이루어 살면서 초음파로 교신한다. 주위의 다른 후보생들은 집단을 구성하는 아이디어를 채택하지 않는다. 그 대신 위장, 의태, 속임수, 턱뼈, 독, 이빨, 신속한 교접 같은 전술이 널리 퍼져 나간다. 후보생들은 곧 자기 피조물들을 위한 영역을 정하고, 온갖 수단을 동원하여 그것을 지켜 나간다. 저마다 적들의 방어력을 시험하기 위해 척후들을 보내기도 한다.

이전 세대의 물고기들은 버려진 채로 번식을 계속하면서 배경을 풍부하게 만드는 데 기여하고 있다. 그들은 결점이 충분하게 보완되지 않은 상태라서 그저 신세대 물고기들의 먹이가 될 뿐이다.

영역이 나뉘고 대결이 빈번해지면서 우리는 모두 흥분 상태에 빠져든다. 내 주위의 몇몇 후보생은 적절한 전략을 개발하지 못한 탓에 피조물들이 갈기갈기 찢기고 물어뜯기는 수모를 당한다. 그들은 궁지에서 벗어나기 위해 승리자들을 모방한다.

수면에 물고기들의 시체가 쌓인다. 너무 많아서 시체를 먹고 사는 물고기들이 다 먹어 치울 수가 없다. 일부는 산산조각이 나서 바닷속으로 도로 떨어진다. 그것을 보고 한 후보생이 묘안을 냈다. 시체 부스러기를 먹고 사는 게를 만들어 낸 것이다. 결과는 아주 성공적이다. 이 게는 이내 변이(變異)를 보이며 강력한 종으로 탈바꿈하더니, 베아트리스 샤파누가 만든 거북의 딱지를 공격하기에 이른다. 베아트리스는 거북의 딱지를 두 겹으로 만드는 것으로도 모자라서, 게의 뾰족한 집게에 잡히지 않도록 딱지에 옻칠을 한 것처럼 반들반들한 표면을 덧대야만 했다.

아레스는 우리를 격려하고 훨씬 더 악착같이 싸우도록 부추긴다. 우리가 미처 깨닫지 못하는 사이에 음악이 우리를 고무하고 있다. 카를 오르프의 칸타타 「카르미나 부라나」이다.

그 장엄하고 역동적인 음악을 배경으로 도처에서 싸움이 벌어진다. 얼마쯤 지나자 종들 사이에 힘의 균형 같은 것이 이루어진다. 어떤 종도 다른 종들의 영역을 정복할 수 없고 각각의 종이 자신의 영역을 효과적으로 방어하는 상태가 온 것이다.

그러자 아레스는 모든 작업을 중단시키고 평가에 들어간다. 먼저 성적 우수자 20명의 명단을 발표하고 나서 오늘의 탈락자들을 지목하리라는 것이다. 우리는 숨을 죽이고 발표를 기다린다.

1등은 프루동이다. 그는 자기의 상어를 완전한 포식자로 만들었다 해서 월계관을 받았다. 2등은 시각이 대단히 발달된 곰치를 만든 조르주 멜리에스다. 3등은 바다거북의 딱지를 더없이 단단하게 만들어서 어떤 적이 공격해 와도 긁힌 자국조차 생기지 않게 한 베아트리스 샤파누이다. 그녀는 방패의 개념에만 외곬으로 집착했음에도 아주 훌륭한 원형을 만들어 내는 데 성공했다. 창꼬치를 창조한 브뤼노 발라르와 광대물고기를 만든 프레디 메예르가 그 뒤를 이었다. 그다음은 오징어를 만든 마타 하리와 해파리를 만든 매릴린이다. 라울의 만타가오리는 바로 그다음 자리를 차지했다. 마침내 내 이름도 불렸다. 하지만 아레스는 돌고래와 비슷하게 생긴 내 피조물은 공격성이 부족하다고 나무란다. 형태는 훌륭하나, 싸우기보다 놀기를 좋아하는 문제가 있다는 것이다.

「진화의 이 단계에서 놀이는 하나의 사치다. 아직은 그것을 자제해야 한다.」

「제가 보기엔 놀이를 전투 훈련으로 여길 수도 있지 않을까 싶은데요.」

「먼저 살아남는 것과 잡아먹는 것을 생각해야 한다.」

나쁜 점수를 받은 종들은 공격력도 없고 효과적인 방어 수단도 갖추지 못한 것들이다. 상어와 비슷하긴 하지만 너무 느린 물고기, 독성이 약한 해파리, 너무 물렁물렁한 오징어, 발들이 뒤엉켜 버리는 문어, 교신이 제대로 이루어지지 않는 정어리 떼, 굼뜨게 움직이는 뱀장어 따위가 바로 그 종들이다. 아레스의 평결은 단호하다. 서툴고 투미한 후보생들 열두 명을 한꺼번에 탈락시키겠다고 한다. 137-12……. 이제 우리는 125명이다.

열두 명 가운데 전생에서 유명 인사였던 후보생은 몽테뉴뿐이다. 그는 우리를 향해 돌아서더니, 게임의 결과에 승복하는 페어플레이 정신을 보이며 우리의 행운을 빌어 준다.

켄타우로스들이 임무를 수행하기 위해 강의실로 들어선다. 탈락자들이 끌려 나가고, 우리가 자리에서 일어서려고 하는데, 아레스가 우리를 제지한다.

「잠깐. 뭘 잘못 알고 있는 모양인데, 오늘 강의가 끝나려면 아직 멀었어. 이제 시작일 뿐이야. 물고기에 이어서 뭍에 사는 동물들을 가지고 작업을 해야 해. 점심시간을 이용해서 짧게 휴식을 취한 다음 다시 시작하자.」

56. 백과사전: 폭력

북미 인디언들은 서구인들이 오기 전까지 절제를 존중하는 사회에 살고 있었다. 폭력이 존재하기는 했지만, 그것은 의례의 형태로 행해졌다. 출산 과잉이 없었기에 인구 과잉을 해소하기 위한 전쟁도 없었다. 부족의 내부에서 폭력은 고통이나 절망적인 상황에 맞서 자신의 용기를 증명하는 역할을 했다. 부족 간의 싸움은 대개 사냥터를 둘러싼 갈등에서 비롯되었고, 살육이나 대학살로 변질되는 경우는 드물었다. 중요한 것은 상대를 죽이는 것이 아니라, 죽일 수도 있었는데 그러지 않았다는 것을 증명하는 일이었다. 대개는 그것으로 싸움이 종결되었다. 대개는 폭력을 더 사용해 봐야 아무 소용이 없다는 사실을 쌍방이 받아들였던 것이다.

인디언들은 서구의 초기 정복자들과 맞서 싸울 때, 오랫동안 그저 창으로 그들의 어깨를 때리는 방식으로만 대응했다. 그럼으로써 자기들이 창으로 찌를 수도 있었지만 그러지 않았다는 사실을 입증해 보인 것이다. 하지만 서구인들은 총을 쏘는 것으로 그것에 대응했다. 비폭력은 한쪽만 실천한다고 되는 일이 아닌 것이다.

에드몽 웰스, 『상대적이며 절대적인 지식의 백과사전』 제5권

57. 동물의 시대

시간을 허비하지 않기 위해서 우리는 그냥 강의실에 앉은 채로 점심을 먹는다. 여름의 신이 음식 바구니를 날라다 준 것이다. 음식이 갈수록 좋아진다. 해초와 조개와 갑각류에 이어 이번에는 생선회가 나왔다. 참치와 고등어와 대구를 카르파초[54]식으로 요리한 것이다. 허기진 우리에게 다시 힘을 주는 음식이다.

우리는 아무 말 없이 에너지를 보충한다. 아레스가 어서 〈게임〉을 다시 시작하고 싶어 한다는 것을 아는 터라 서두르지 않을 수가 없다. 사실 그는 우리가 식사를 하는 동안 앙크를 들고 18호 지구에 비를 내려서 황막한 대륙에 식물이 생겨나게 하고 있다. 이 식물들은 바다보다 빛과 공기와 미량

54 카르파초는 쇠고기(안심이나 등심)를 얇게 저며서 접시에 편 다음 올리브기름과 그라나 치즈 등으로 양념을 하고 날로 먹는 요리. 베네치아의 유명한 레스토랑 〈해리의 바Harry's Bar〉를 세운 주세페 치프리아니가 1963년 열린 화가 비토레 카르파초(1465~1526)의 전시회 기간 중에 개발했다 해서 그 이름이 붙었다고 한다.

원소가 많은 환경에서 자랄 것이므로 우리 피조물들의 물질 대사를 풍요롭게 해줄 수 있을 것이다.

아레스는 우리가 식사를 마치기가 무섭게 바로 수업을 시작한다.

「자, 휴식은 이 정도로 끝내고 곧바로 작업에 들어가자. 너희가 만든 물고기들을 뭍으로 데리고 나가라.」

〈게임〉에 재미를 붙이기 시작한 후보생들은 군말 없이 스승 신의 지시에 따른다. 대부분의 물고기들이 뭍살이 동물로 변해 간다. 지느러미는 다리로 바뀌고, 허파는 공기 중의 산소를 받아들이는 호흡 방식에 빠르게 적응해 간다. 대륙과 섬에서 동물들이 증식하기 시작한다. 그들은 개구리, 도롱뇽, 작은 도마뱀, 큰 도마뱀 따위로 변이를 거듭하다가 마침내 공룡으로 변한다.

18호 지구에 다시 전운이 감돈다. 후보생들은 저마다 자기 스타일을 유지하면서 전투에 대비한다. 프레디는 자기의 광대물고기를 길게 늘여 목과 꼬리가 긴 디플로도쿠스 형태의 초식 공룡을 만든다. 이 동물은 몸길이가 12미터에 달하지만 덩치에 비해서 연약한 듯하다. 라울은 만타가오리의 날개 같은 지느러미를 유지하면서 프테로닥틸루스 같은 동물을 만들어 낸다. 이것은 주둥이가 뾰족하고 길며 이빨이 자잘한 익수룡이다. 라울은 자신의 피조물을 날아다니게 만든 최초의 후보생이다. 그것은 내가 보기에 영계 탐사의 개척자다운 면모다. 그는 진실을 알기 위해 자꾸자꾸 더 높은 곳으로 올라가고 싶어 했던 친구다.

프루동은 상어의 연장선에서 눈이 가늘고 턱뼈가 크며 이빨이 뾰족하고 날카로운 공룡을 만들어 낸다. 티라노사우루스렉스와 비슷한 동물이다. 브뤼노 발라르는 이 동물의 턱뼈와 이빨을 모방해서 납작한 악어를 선보인다.

나는 몸길이가 1미터 50센티미터쯤 되고 두 다리로 서는 자세를 취할 수 있는 작은 공룡을 구상했다. 그리고 물고기를 만들 때처럼 내 스승 에드몽 웰스의 멋진 아이디어를 살리기로 하고 이 공룡의 DNA에 집단행동의 유전 인자를 새겨 넣었다. 그 결과 스테노니코사우루스를 연상시키는 내 피조물은 스무 마리씩 무리를 지어 사냥을 한다. 이 공룡의 발끝에는 오므렸다 폈다 할 수 있는 발톱이 달려 있다. 내가 고양이 발톱에 대한 기억을 되살려서 개인적으로 고안한 것이다.

주위에 공룡들이 지천이다. 옛날에 「쥐라기 공원」이라는 영화가 촉발시킨 유행을 좇아 내 책꽂이에 가지런히 늘어놓았던 플라스틱 공룡 컬렉션이 생각난다. 나는 그 공룡들의 이름을 아직 기억하고 있다. 이구아노돈, 브론토사우루스, 케라토사우루스, 트리케라톱스.

아레스는 구체 받침대의 아래쪽에서 추시계를 꺼내어 시간의 흐름이 빨라지게 한다. 우리는 피조물들을 빠르게 진화시켜야 한다.

라울의 익수룡은 더욱 호리호리한 모습으로 변하면서 아르카이옵테릭스와 비슷해진다. 프레디는 온혈 동물을 만들어 혁신을 일으킨다. 다른 동물들은 외부 온도가 내려가면 활동하기가 어려워지는 반면에, 프레디의 온혈 동물들은 체내 온도가 일정하고 날씨가 어떻게 변덕을 부리든 활동력을 유지한다. 하지만 뿔이나 송곳니나 딱지 따위가 없어서 천적을 만나면 언제나 달아나서 숨어야 한다. 프레디가 왜 그런 선택을 했는지는 모르지만, 어쨌거나 뾰족뒤쥐처럼 생긴 재미있는 동물을 만들어 낸 건 분명하다. 그는 천적이 너무 많은 탓에 게임에서 탈락할 염려가 있다는 것을 의식하고, 난생의 개념을 포기하는 대신 태생을 생각해 냈다. 이 동물의 새끼들은 어미 배 속에서 발육된 뒤에 태어나고 어미는 젖을 내서 새끼들에게 먹인다. 바야흐로 18호 지구에 최초의 포유동물이 생겨난 것이다. 나는 내 스테노니코사우루스를 포기하고 이 동물을 본보기로 삼는다.

에드몽 웰스는 떼 지어 사는 것에 관한 탐구를 계속하더니, 개미를 재발명함으로써 가장 수가 많고 가장 작은 동물 쪽으로 나아간다. 잠자리나 풍뎅이 같은 여러 곤충들이 이미 지상에 나타나 돌아다니고 있지만, 그의 곤충은 유난히 작은 데다가 날개도 없고 독이나 침 같은 무기도 없다. 특별한 점이 있다면 그저 공동체를 이루어 살아간다는 것뿐이다. 그가 정어리 떼를 만들었을 때는 수백 마리의 개체를 한데 모았지만, 개미들을 가지고는 수천 정도가 아니라 수백만의 개체들을 모아 놓고 있다. 에드몽의 개미들은 프레디의 포유동물들과 마찬가지로 현재로서는 너무 혁신적일지도 모른다. 개미들은 더 난폭하고 그악스런 다수의 천적들을 피해 끊임없이 몸을 숨겨야 한다. 게다가 개미들을 만만하게 본 후보생들이 눈독을 들이고 있다. 그래서 개미굴을 파서 기다란 혀로 개미들을 잡아먹을 수 있는 동물들이 점점 늘어나는 실정이다.

매릴린 먼로도 곤충에 관심을 보이고 있다. 그녀의 독성 해파리는 말벌이 되었다. 그런가 하면 나탈리 카루소라는 또 다른 여자 후보생은 꿀벌을 만들어 냈다.

또다시 새로운 발상들의 충돌과 시험 작품들의 대결이 벌어진다.

아레스는 우리가 주의를 기울이지 못하는 사이에 갑자기 어마어마한 유성우(流星雨)를 우리 행성에 쏟아붓는다.

여기저기에서 지진이 일어나고 화산이 폭발하고 단층이 생겨난다. 17호 지구의 종말이 재현되는 듯한 광경이다. 우리는 영문을 모르는 채 이로써 게임이 끝나는 것인가 하고 생각한다.

전쟁의 신이 소리친다.

「자, 각자 이런 환경에 적응해 봐라!」

별똥들은 18호 지구의 땅거죽에 부딪치면서 대재앙을 빚어낸다. 화산 먼지가 하늘을 가려 낮에도 태양이 보이지 않고 밤이 계속된다. 용암은 강처럼 흘러가며 돌출된 바위에서 오도 가도 못 하던 공룡들을 삼켜 버린다. 우리는 이런 환경에 동물들을 적응시키기 위해 최선을 다한다. 베아트리스 샤파누는 거북들의 딱지를 더욱 두껍게 만든다. 이제껏 잘 통해 온 시스템을 포기하기가 어려운 것이다. 다수의 후보생들은 프레디 메예르의 뾰족뒤쥐를 모방한다. 기상이 불순해지면서 모피와 태생이 훌륭한 대응책으로 떠오른 것이다. 에드몽의 개미 역시 후보생들의 주목을 받는다. 크기가 작고 껍데기가 단단하다는 것이 변덕스러운 날씨를 이겨 내기 위한 좋은 전략으로 평가받기 시작했다.

바야흐로 여기저기에서 완전한 방향 전환이 이루어지고 있다. 귀스타브 에펠은 개미보다 땅을 훨씬 깊이 파는 흰개미를 만드는 일에 정성을 쏟는다. 브뤼노 발라르는 하늘에서 구원을 찾기로 하고, 악어를 포기하는 대신 라울의 아르카이옵테릭스를 모방하여 재난 지역을 피해 높이 날 수 있는 더 작은 새를 만들어 낸다. 나는 두 다리로 걷는 공룡을 포기하고 퇴보로 여겨질 수도 있는 길을 선택한다. 바다로 돌아가기로 한 것이다. 원래 돌고래와 비슷하게 생긴 물고기에서 출발했던 내 공룡들은 이미 포유동물로 변해 있었다. 나는 그들을 수생 포유동물로 변화시켜 다시 바다로 보낸다. 그들은 수면으로 떠올라 공기를 들이마시지만, 무호흡 잠수 능력이 뛰어나서 오랫동안 물속에 머물 수 있다. 이 타협은 그런대로 괜찮아 보인다. 내 돌고래들은 수면에서 어려운 상황을 만나면 즉시 잠수한다. 육지에서 온갖 전투를 겪은 뒤라서 그런지 물속의 환경을 다시 대하니 마음이 놓인다. 여기에서는 가로 방향뿐만 아니라 세로 방향으로도 이동할 수 있다. 게다가 다른 후보생들이 바다에서 벌이는 경쟁을 포기한 터라, 내 돌고래들은 놀이와 의사소통 방식을 발전시키면서 마음껏 성장해 갈 수 있다.

육지 쪽에서는 한창 지각 변동이 벌어지고 있다. 대륙들이 이동하고 서로 부딪치고 합쳐진다. 식물들 역시 변이를 거듭하고 있다. 길찬 고사리들 대신 꽃을 피우는 풀들과 관목들이 무성해진다.

프레디 메예르는 자기의 포유동물을 더 강인하고 크게 만들어서 확실한 생존을 보장해 주려고 헛되이 애를 쓰다가, 결국은 나와 똑같은 길을 선택한다. 그가 바다로 보낸 포유동물은 일종의 고래가 된다.

지각 변동이 가라앉고 땅거죽에 평온이 돌아왔다. 공룡들은 사라지고, 지나가 버린 한 시대의 흔적들만이 악어와 거북과 도마뱀 따위의 형태로 남아 있다. 반면에 공중에서는 새들이 번성해 가고, 바다에서는 무수한 물고기들이 진화해

간다. 곤충들도 뾰족뒤쥐를 닮은 작은 포유동물들과 마찬가지로 자꾸자꾸 불어난다. 바야흐로 크고 무거운 냉혈 동물의 시대가 가고 가볍고 빠르고 꾀바른 온혈 동물의 시대가 열리고 있다. 우리는 아레스가 내린 유성우에 우리 동물들을 적응시키려고 애쓰다가 녹초가 되고 말았다. 하지만 전쟁의 신은 생존을 위한 전투를 계속하라고 우리를 독려한다.

「아직 끝나지 않았다. 전투를 계속해라. 상황이 달라졌으니 다시 적응해 봐라!」

쫓고 쫓기며 죽이고 죽는 상황이 다시 벌어진다. 조르주 멜리에스는 동물의 안면 구조를 변화시켜 시각의 새로운 개념을 세운다. 그리하여 그의 뾰족뒤쥐는 앞에 있는 사물에 두 눈의 시선을 집중시킴으로써 정확한 거리를 측정할 수 있는 자그마한 여우원숭이로 탈바꿈한다. 그는 내친김에 입체 시각의 개념을 창안하기도 했다. 손의 개념을 놓고도 많은 혁신이 이루어진다. 사라 베르나르트는 손에 손가락이 다섯 개 달린 여우원숭이를 구상했다. 그녀는 여우원숭이의 손가락에 갈고리처럼 굽은 무기가 아니라 손끝을 덮어서 보호하는 손톱을 붙여 준다.

모든 후보생이 저마다 자기 동물을 진화시킨다. 사자, 표범, 독수리, 뱀, 다람쥐 따위가 출현한다. 우리의 출신 행성인 1호 지구의 동물들에 대한 기억이 우리에게 큰 영향을 미치고 있음은 물론이다. 하지만 우리의 피조물들이 그것들과 정확하게 일치하는 것은 아니다. 유례를 찾아볼 수 없는 아주 참신한 피조물들도 있다. 형광색 털가죽을 가진 호랑이, 코가 여러 개 달린 코끼리, 수생 풍뎅이, 줄무늬 대신 반점이 들어간 얼룩말 따위가 그것들이다. 온갖 동물들이 서로 만나고 도전하고 싸운다. 더러는 종들 사이에 동맹이 이뤄지기도 한다. 어떤 동물들은 사라지고, 어떤 동물들은 천적을 피하기 위해서 또는 먹이들을 더 잘 유인하기 위해서 변해 간다.

가장 공격적인 동물들이 언제나 가장 뛰어난 생존 능력을 보이는 것은 아니다. 아레스가 일렀듯이, 새로운 공격 방식이 나타나면 그에 대응해서 더욱 정교한 방어 체제가 나타나기 마련이다. 발톱과 이빨에 대응해서 딱지와 민첩한 다리가 생겨난다. 크고 무거운 자의 힘은 작고 가벼운 자의 날렵함을 이기지 못한다. 위장 전술이나 향내 나는 덫은 가장 강력한 포식자들에게조차 무시무시한 위력을 발휘한다.

18호 지구의 동물상(動物相)이 갈수록 조밀해지고 다양해진다. 원형들이 추가되고, 창조주에게 버림받은 연습용 종들은 저희 나름대로 번식을 계속해 나간다. 어떤 연습용 종들은 서로 교배해서 어느 누구도 상상하지 못했던 잡종을 만들어 내기도 한다.

생명이 퍼져 나간다. 깃털, 털가죽, 비늘, 부리, 송곳니, 발톱 따위를 갖춘 온갖 색깔의 피조물들이 이 대륙 저 대륙으로 퍼져 나간다. 으르렁거림, 울부짖음, 지저귐, 숨소리, 신음 소리, 단말마의 비명이 도처에서 터져 나온다. 동물들이 태어나서 자라고, 달리고 숨고, 유혹하고 교접하고, 쫓고 쫓기며, 싸우고 죽이고, 잡아먹고 소화한다. 아레스는 미간에 주름을 잡고 콧수염을 매만지면서 모든 것을 살핀다. 때로는 몸을 숙여 앙크로 무언가를 확인하고 수첩에 메모를 하기도 한다.

그러더니 18호 지구의 시간을 알려 주는 시계를 보고 나서 종료 신호를 보낸다.

「자, 그만. 이제 평가에 들어가자.」

우리는 숨을 돌리면서 서로의 작업을 검토하고, 아레스의 말이 떨어지기를 기다린다. 평결은 이내 나왔다.

월계관은 라울 라조르박의 차지가 된다. 우리는 그의 독수리에 박수갈채를 보낸다. 공중의 지배자인 이 독수리는 어떤 포식자도 두려워하지 않고 유유하게 날면서 모든 것을 내려다본다. 갈고리 모양으로 굽은 부리로 살을 갈기갈기 찢고 내장을 후빈다. 발톱은 칼만큼이나 위력적이다. 산중 고처에 있는 둥지는 땅의 위험으로부터 새끼들을 지켜 준다. 아레스는 다양한 요소들을 긴밀하게 결합했다면서 내 친구를 칭찬한다.

2등은 에드몽과 그의 개미들에게로 돌아간다. 그는 집단의 힘을 성장시켜 지중 도시를 만들어 내는 데 성공했다.

3등은 베아트리스 샤파누. 그녀는 방패의 개념을 훌륭하게 발전시켜 방어 능력이 아주 뛰어난 거북을 만들어 냈다.

프루동은 매우 공격적이고 적응력이 탁월한 쥐를 창조해서 칭찬을 받는다. 이 쥐는 앞니가 칼날처럼 예리할 뿐만 아니라 동작이 빠르고 숨는 데에도 능하다. 매릴린은 독침을 가진 말벌을 만들어서 좋은 점수를 받았다. 이 말벌들은 에드몽의 개미들과 마찬가지로 방어력을 갖춘 도시들을 건설했다. 그다음으로는 프레디와 입을 통발처럼 사용해서 크릴새우를 잡는 그의 고래, 클레망 아데르와 갑옷처럼 단단한 딱지날개로 무장한 그의 풍뎅이, 어떤 동물보다 빨리 달릴 수 있는 영양을 만들어 낸 리샤르 실베르라는 후보생, 브뤼노 발라르와 그의 매, 나와 내 돌고래가 차례로 뒤를 이었다. 나머지 성적 우수자들 가운데 전생에 유명 인사였던 일부 후보생들의 작품을 보자면, 툴루즈 로트레크는 염소를 창조했고, 라퐁텐은 갈매기, 에디트 피아프는 닭, 루소는 칠면조, 볼테르는 마멋, 로댕은 황소, 나다르는 박쥐, 사라 베르나르트는 말, 에리크 사티는 나이팅게일, 마타 하리는 늑대, 마리 퀴리는 이구아나, 시몬 시뇨레는 왜가리, 빅토르 위고는 곰, 카미유 클로델은 성게, 플로베르는 들소를 만들어 냈다. 전생에서 유명하지 않았던 후보생들의 작품으로는 청어, 개구리, 두더지, 레밍, 기린 따위가 있다.

각각의 창조물은 창조자의 개성을 드러낸다. 후보생들은 저마다 자기의 토템을 가지고 있다.

이제 제적 처분을 받게 될 실패자들을 발표할 차례다. 아레스는 먼저 마리옹 뮐레르를 지목한다. 그녀는 모리셔스섬의 도도와 비슷한 새를 만들었는데, 아레스의 강평에 따르면 이 새는 너무 무거워서 날지도 못하고 부리 끝이 너무 굽어서 사냥도 제대로 할 수 없는 실패작이다.

「새를 만들 때는 몸무게와 날개 크기의 상관관계를 잘 고려해야 한다. 그런 점에서는 펭귄도 문제가 있다. 하지만 펭귄은 헤엄을 잘 치기 때문에 그것을 만든 후보생은 탈락을 면했다.」

켄타우로스 하나가 다가온다. 마리옹은 몸부림을 치면서 평가가 불공정하다고 소리친다. 그러나 켄타우로스는 그녀의 허리를 꽉 움켜쥔다.

「싫어요. 난 게임을 더 하고 싶어요. 아직 더 하고 싶단 말이에요.」

아레스는 탈락자의 명단을 계속 발표한다. 여러 개의 코가 달린 코끼리, 매머드, 형광색 털가죽을 가진 호랑이, 수생 풍뎅이, 이빨이 너무나 길어서 입을 다물 수가 없는 고양잇과 동물 등을 만든 후보생들이 그들이다.

결국 좋은 점수를 받은 종들의 대부분은 1호 지구에 존재하던 종들과 생김새가 비슷하다. 그러고 보면 생명을 만드는 방식이 무한정으로 많은 것은 아니구나 하는 생각이 든다.

재적: 125-6=119

아레스는 팔걸이의자에 거구를 걸치면서 강평을 이어간다.

「한 가지 조언을 하겠다. 이 Y 게임을 계속하자면 대담함과 뻔뻔함이 필요하다. 언제나 대담하고도 뻔뻔해야 한다. 고대 그리스에서는 그런 태도나 행위를 일컬어 〈히브리스〉[55]라고 했다. 이디시어로는 〈후츠파〉라고 한다. 어떤 제한에도 속박되어서는 안 된다. 다음 시간에 너희는 인간의 무리들을 관리해야 할 것이다. 만약 방어전을 벌일 생각이라면, 베아트리스의 철갑처럼 단단한 거북을 본보기로 삼아라. 만약 공격적인 태도를 선택한다면, 공중의 지배자가 된 라울의 독수리를 기억할 일이다. 하지만 어떤 경우에도 독창적이고 대담해야 한다. 그렇지 않으면 너희가 죽는다.」

나는 내 앙크를 바라본다. 142,857……. 이 수는 아무 의미 없는 그냥 하나의 수일까? 그런 것 같지 않다. 에드몽의 백과

55 〈도를 벗어난 행위〉를 뜻하는 이 말은 피해자에게 수치심을 주거나 모욕하는 행위(예를 들어 호메로스의 『일리아스』에서 헥토르의 시체에 모욕을 가하는 아킬레우스)를 가리키기도 했고, 신들에게 도전하거나 신들의 법률을 어기는 행위(예를 들어, 인간으로서 감히 신들과 대등해지려고 했다가 영벌을 받은 탄탈로스)를 가리키기도 했다. 고대 그리스 사회에서 히브리스는 크나큰 죄악으로 간주되었다. 교만이나 자기 과신을 뜻하는 영어 〈휴브리스Hubris〉는 바로 여기에서 유래한 것이다.

사전에서 이 수를 언뜻 본 듯하다.

58. 백과사전 : 142,857

여러 가지 이야기를 들려주는 신비로운 수가 하나 있다. 142,857이 바로 그것이다. 먼저 이 수에 1부터 6까지를 차례로 곱하면 어떻게 되는지 살펴보자.

$142857 \times 1 = 142857$

$142857 \times 2 = 285714$

$142857 \times 3 = 428571$

$142857 \times 4 = 571428$

$142857 \times 5 = 714285$

$142857 \times 6 = 857142$

이렇듯 언제나 똑같은 숫자들이 자리만 바꿔 가며 나타난다.

그럼 142857×7은?

999999이다!

그런데 $142+857$은 999이고, $14+28+57$은 99이다.

142857의 제곱은 20408122449이다. 이 수는 20408과 122449로 이루어져 있다. 이 두 수를 더하면…….

142857이 된다.

에드몽 웰스, 『상대적이며 절대적인 지식의 백과사전』 제5권

59. 피의 맛

우리는 8시에 저녁을 먹는다.

우리가 먹는 음식은 우리가 받는 교육의 내용에 따라서 계

속 달라진다. 저녁에 나온 카르파초는 점심에 나온 카르파초처럼 생선 살을 얇게 저민 것이 아니라, 진짜 육회다. 나는 원래 피의 맛을 좋아하지 않는다. 그럼에도 염소나 기린이나 하마나 독수리의 얇게 저민 살을 먹는다. 내 혀는 어떤 요리법으로도 변질되지 않은 단백질들의 맛을 탐구한다. 굽지도 않고 소스도 치지 않은 순수한 고기 맛을 알아 가는 것이다. 왜가리는 약간 쓴맛이 나고, 공작은 기름기가 많다. 물소의 힘줄은 잇새에 잘 끼고, 얼룩말은 맛이 일품이며, 고슴도치는 쓰고, 갈매기는 맛이 고약하다. 민달팽이와 뱀과 거미와 박쥐의 맛을 시험할 엄두는 나지 않는다.

우리는 말을 거의 하지 않고 우선 먹는 데에 몰두한다. 나는 기린 고기를 여러 차례 집어 먹는다. 맛이 그리 나쁘지 않다. 뒷맛은 감초와 비슷하다. 달걀, 소금, 해초, 물고기 등을 거쳐 온 맛의 경험이 더욱 풍부해지고 있다.

배가 그득해지고 나자, 혀들이 풀리기 시작한다. 우리는 친구들의 동물을 희생시키고 우리 동물이 승리하게 한 것을 두고 서로를 나무라는 것으로 이야기를 시작한다. 그러고 나자 문득 궁금증이 밀려온다. 아레스와 다른 스승 신들이 말한 〈Y 게임〉이라는 게 무얼까?

에드몽 웰스가 말문을 연다.

「진화의 다음 단계는 인간이야. 제4의 단계로 넘어가는 거지. 아레스 말마따나 이제 〈인간의 무리들〉을 가지고 경쟁을 벌이게 될 거야.」

귀스타브 에펠이 묻는다.

「우리가 무슨 일을 해야 하는 거지? 원숭이들을 두 다리로 서게 해서, 자유로워진 손으로 도구를 발명하게 하면 되는 건가?」

「그다음에는 사냥하는 법을 가르쳐야 하지 않을까?」

매릴린의 물음에 프레디는 꿈꾸는 듯한 표정으로 대답한다.

「그래. 그뿐만 아니라 그들이 말을 배울 수 있도록 성대를 변화시켜야 할 거야.」

모두가 〈호모 사피엔스 사피엔스〉라는 완벽한 장난감을 어서 마주하고 싶은 모양이다.

에펠이 먼저 자신의 포부를 밝힌다.

「나는 인간들과 함께 굉장한 기념물을 세우겠어.」

그러자 조르주 멜리에스는 공연물을 제작하겠다고 하고, 마타 하리는 발레단을 창설하겠다고 한다.

「난 노래를 만들겠어.」

에디트 피아프도 빠지지 않았다.

우리는 기대에 잔뜩 부풀어 있다. 인간들을 보살핀다는 것, 생각하는 뇌와 말하는 입과 자유로운 손을 가진 존재들의 삶에 신으로서 개입한다는 것은 정말 어떤 것일까?

프루동이 목청을 높이며 나선다.

「나는 인간들에게 신도 지배자도 없이 살아가는 법을 가르치겠어.」

「나는 사랑을 가르쳐 줄 거야. 배신도 거짓도 없는 진정한 사랑. 내가 맡을 인간들은 이런 사람 만나고 저런 사람 만나느라 시간을 낭비하지 않고 단박에 영혼이 통하는 반려자를 만나게 될 거야.」

매릴린의 말에 마타 하리가 이의를 단다.

「그게 뭐가 좋아? 평생에 파트너가 하나뿐이라니, 그런 삶은 너무 단순해. 매릴린도 그렇고 나도 그렇고 사랑을 많이 경험했다고 생각해. 그래서 우리가 상처를 입었을지도 모르지만, 사랑을 할 때마다 우리 삶이 풍부해지기도 했어.」

매릴린은 주장을 굽히지 않는다.

「만약 내가 프레디를 천국에서 사귀지 않고 지상에서 사춘기 시절에 만났다면, 나는 다른 사람을 찾지 않았을 거야. 분명히 그렇게 말할 수 있어.」

에드몽이 깊은 생각에 잠겨 있다가 말문을 연다.

「나는 인간들 모두가 서로를 잘 이해하도록 도와줄 거야. 오해와 착각이 생기지 않게 하는 언어를 발명하겠어. 의사소통의 문제를 철저하게 연구해 볼 생각이야.」

프레디가 말한다.

「내가 맡을 인간들은 언제나 유머를 잃지 않고 살게 될 거야. 아침마다 어느 누구든 재미난 얘기를 꺼내는 사람이 있을 것이고, 그 얘기 덕분에 다른 사람들은 온종일 즐거울 거야. 그들은 웃음을 통해서 깨달음에 도달하게 될 거야.」

「미카엘, 너는 어때?」

때마침 종소리가 울린다. 굳이 대답할 필요가 없게 된 것이다. 하지만 나는 내가 무엇을 해야 하는지 잘 알고 있다. 내가 할 일은 무엇보다 먼저 인간들을 관찰하면서 나 자신을 이해하는 것이다. 나는 아마도 내가 살면서 경험했던 가장 알쏭달쏭한 상황에서 인간들이 어떻게 행동하는지 알아보기 위해 실험을 할 것이다.

켄타우로스들이 오더니 우리를 둘러싸고 북을 두드리기 시작한다. 이제는 대화가 불가능하다. 그들의 북장단에 맞춰 다른 악기들이 연주된다. 뼈로 만든 플루트도 있고, 공명

통 대신 아르마딜로의 골판을 붙인 기타도 있다. 젊은 요정들도 하프를 들고 와서 가세한다. 이 하프들의 줄은 고양이 창자로 만들어진 것이다.

인간들을 보살피는 신의 역할을 내가 어떻게 해낼지 걱정이 앞선다. 내가 임무를 제대로 수행할 수 있을까? 인간으로 살던 시절에 나와 결혼을 약속했던 한 여자가 내 곁을 떠나면서 분재를 선물한 적이 있다. 그 선물에 딸린 카드에는 작별 인사 대신 나에게 일침을 놓는 농담이 적혀 있었다. 〈너는 나에게 관심이 없었어. 마음을 어떻게 써야 하는지 몰랐던 거야. 그런 네가 이 식물을 보살필 수 있을까?〉 나는 오기가 났다. 그래서 가끔씩 화분을 물에 담가 주기도 했고, 특별한 세척액으로 닦거나 비료를 주기도 했으며, 잎이 시든다 싶으면 분무기로 물을 뿌려 주기도 했다. 하지만 그렇게 공들인 보람이 없었다. 나는 식물 하나도 제대로 건사하지 못하고, 그것이 내 눈앞에서 죽어 가는 것을 보았다.

동물을 키울 때도 운이 따라 주지 않기는 마찬가지였다. 어렸을 때 어항에다 거피를 기른 적이 있다. 이 물고기들은 얼마 지나지 않아 배를 드러낸 채 하나둘 수면으로 떠올랐다. 아직 살아 있는 거피들은 그 시체들을 먹어 치웠고, 나중에는 그 녀석들마저 죽음을 맞았다. 올챙이를 키웠던 일도 기억난다. 나는 시골에 계신 조부모 댁에 놀러 갔다가 집 근처의 도랑에서 올챙이들을 잡았다. 그러고는 그것들이 자라서 개구리가 되는 것을 관찰하기 위해 작은 유리병에 넣었다. 그런데 사촌들과 함께 며칠 동안 소풍을 갔다가 돌아와 보니, 물은 증발해 버리고 올챙이들은 바짝 마른 채 죽어 있었다.

햄스터를 기른 적도 있다. 처음엔 두 달 된 암컷 한 마리와 수컷 한 마리가 전부였다. 그런데 얼마 지나지 않아서 암컷이 새끼를 열두 마리나 낳더니, 그 가운데 반을 잡아먹었다. 그때부터 햄스터들은 형제간이든 모자간이든 부녀간이든 가리지 않고 저희끼리 마구 교접을 했다. 몇 주일 만에 햄스터는 서른 마리로 불어났다. 놈들은 서로 교접을 하기도 하고 잡아먹기도 하면서 난장판을 벌였다. 나는 그따위 세계를 만들어 낸 것이 부끄러워 우리 속을 들여다볼 엄두조차 내지 못했다.

열두 살 때는 어머니에게서 고양이 한 마리를 선물로 받았다. 나는 이 녀석을 행복하게 만들어 주지 못했다. 새끼였던 시절에 녀석은 히스테리 환자처럼 여기저기로 뛰어다녔고, 내 베개에다 오줌 싸는 것을 즐겼다. 그 지린내는 정말 고약했다. 베갯잇을 뜨거운 물로 몇 번씩 빨아도 냄새가 가시지 않았다. 게다가 녀석은 내가 쓰다듬어 주는 것을 거부했고, 내가 컴퓨터 앞에서 무언가를 하고 있을 때마다 자판 위에 드러누웠다. 그것이 녀석의 가장 큰 즐거움이었다. 그러다가 녀석은 차분하고 굼뜬 고양이로 변하더니, 날이 갈수록 뚱뚱해졌다. 녀석이 하는 일이라곤 텔레비전을 보는 것밖에 없었다. 녀석은 결국 이전의 모든 기록을 깨는 경이로운 콜레스테롤 수치를 보이며 죽음을 맞이했다. 수의사는 내가 고양이와 놀아 주지 않은 것과 먹이를 너무 많이 준 것이 화근이었다고 책망했다.

그 뒤로 많은 세월이 흘러 나는 아버지가 되었다. 나는 내 아이들에게 좋은 아빠였을까? 그리고 천사 시절에 나는 내가 돌보던 인간들에게 좋은 수호천사였을까?

이제 나는 수많은 인간들을 책임져야 한다. 그들의 생존이 나에게 달려 있다. 이 얼마나 막중한 책무인가! 나는 신의 후보생이라는 이 지위를 달갑게 여기는 것일까? 확신이 서지 않는다.

60. 백과사전 : 피터의 원리

〈한 위계 조직에서 각 종업원은 자신의 무능력이 드러나는 단계까지 승진하는 경향이 있다.〉 이 원리는 1969년 미국의 교육학자 로런스 J. 피터가 처음으로 제시했다. 그는 기업이나 공공 조직에서 보편적으로 나타나는 무능화 현상에 주목하고, 그것을 연구하는 〈위계 조직학〉이라는 새로운 학문 분야를 창시하고자 했다. 그는 수백 건에 달하는 무능력 사례를 조사하고 분석하여 그것이 확산되는 이유를 해명하고 싶어 했다. 그의 견해는 이러하다. 한 조직에서 어떤 사람이 맡은 일을 잘하면, 그에게 더 복잡한 임무가 주어진다. 그가 그 임무를 제대로 수행하면, 다시 승진을 하게 된다. 그런 식으로 능력을 인정받아 승진을 거듭하다 보면 언젠가는 자기 능력을 넘어서는 직책을 맡게 되고, 그는 그 직책을 끝까지 고수한다. 이 피터의 원리에서 중요한 파생 원리가 생겨난다. 그것에 따르면, 처음에는 아직 무능력의 단계에 도달하지 않은 사람들이 수행하던 업무들도 시간이 지나면 모두 무능력한 구성원들에게 맡겨진다. 각 직책에 걸맞은 능력을 가진 사람들이 오래도록 같은 자리에서 능력을 발휘한다면 문제가 없겠지만, 그것에 동의하는 구성원은 거의 없다. 그들은 어떻게 해서든 자기들이 전혀 능력을 발휘할 수 없는 지위까지 올라가려고 애쓴다.

에드몽 웰스, 『상대적이며 절대적인 지식의 백과사전』 제5권

61. 인간, 8세. 공포

폭포 쪽으로 돌아서 강을 건넜을 때, 마타 하리가 검은 숲에서 어떤 동물의 발자국을 발견했다. 발자국이 넓고 깊은 것으로 보아 몸집이 크고 육중한 듯하다. 주위에 어둠이 짙게 깔리고 있다. 멀리에서 예의 거친 숨소리가 들려온다.

우리는 몸이 굳은 것처럼 꼼짝도 하지 않는다. 라울은 우리를 안심시키려고 한다.

「놈은 자고 있는 게 분명해.」

그러면서도 한 손으로는 나뭇가지 하나를 몽둥이 삼아 주워 들고, 다른 손으로는 앙크를 잡고 손가락을 D 자 버튼에 댄다.

내 느낌에는 숨소리가 너무 단속적이다. 잠들어 있는 동물의 숨소리가 아닌 것이다. 하지만 나는 다른 친구들이 더 무서워하지 않을까 싶어 아무 말도 하지 않는다. 매릴린은 겁을 집어먹고 엉겁결에 잡은 내 손을 으스러져라 쥐고 있다.

벌써 나뭇잎들이 바스락거리고 땅바닥이 울린다.

「사랑을 검으로, 유머를 방패로.」

프레디 메예르가 우리의 사기를 북돋우려고 구호를 외쳤다. 그는 우리 가운데 가장 뛰어난 방향 감각을 지니고 있다. 맹인으로 살면서 청각과 후각을 발달시킨 덕이다. 그는 어둠 속에서도 완벽하게 자기 위치를 파악한다.

잠시 잠잠하다 싶더니 다시 소리가 들려온다. 이제는 우리 앞이 아니라 왼쪽에서 나는 소리다.

극도의 피로감이 몰려온다. 나는 너무나 지쳐 있다. 내 입에서 이런 말이 저절로 튀어나온다.

「친구들, 미안해. 나는 너무 지쳐서 더 못 가겠어. 아무래도 어젯밤에 무리를 했나 봐. 나 먼저 돌아가서 누워야겠어. 내가 없어도 탐사는 계속하는 거지?」

그들이 아연한 표정을 짓고 있으리라는 것은 안 봐도 훤하다. 내가 매릴린이 잡고 있던 손을 빼내자, 그녀는 〈아니, 미카엘……〉 하면서 무슨 말을 하려다가 만다.

나는 뒷걸음질을 치다가 그들을 버려두고 줄행랑을 놓는다. 벌써 폭포를 지나 조용한 청색 지대로 돌아와 있다. 이번에는 그들이 괴물과 맞설 차례이다. 내가 어젯밤에 그랬던 것처럼 그들도 자기들 나름의 방식으로 헤쳐 나갔으면 좋겠다. 그 결과는 내일 들을 수 있을 것이다.

만약 우리가 어떤 영화나 소설 속에서 살아가고 있는 것이라면, 나는 새로운 원형을 만들어 내고 있는 게 아닌가 싶다. 내가 주인공이라면 나는 한창 행동을 하던 중에 갑자기 모든 것을 그만두는 특이한 유형의 주인공이 아닐까…….

빌라로 돌아가노라니 무언가를 훌훌 벗어 던진 것처럼 홀가분한 기분이 든다. 따지고 보면 억지로 그 모든 위험에 맞설 이유는 전혀 없다. 나는 쉬고 싶으면 쉴 권리가 있다. 게다가 나는 내가 옛날에 보살피던 인간들이 어떻게 지내는지 알고 싶다. 그들의 시간으로 몇 년 동안 그들을 방치했다는 생각이 든다.

올림피아의 거리들은 텅 비어 있다. 빌라로 들어서니 무슈론이 나를 기다리고 있다. 그녀는 날갯짓으로 나를 맞아들이더니, 내가 텔레비전을 켜자 내 옆의 소파에 내려앉는다.

「너도 1호 지구의 인간들에게 관심이 있는 게로구나. 그렇지? 자, 오늘 밤에는 뭐가 나오는지 어디 볼까?」

크레타섬의 항구 도시 이라클리온에 있는 테오팀의 초등

학교 운동장에서 아이들이 전쟁놀이를 하고 있다. 먼저 역할이 배분되었다. 아이들은 스스로를 아킬레우스, 아가멤논, 헥토르, 파리스, 또는 프리아모스라고 부르면서 트로이 전쟁을 재연한다. 트로이 편 아이들이 나무숲으로 달아나자 그리스 편 아이들이 그들을 포위한다. 한쪽이 나무숲 밖으로 나오거나 다른 쪽이 쳐들어갈 때마다 난투가 벌어진다. 더 사납고 다부진 그리스 편 아이들이 결국 나무숲 요새를 함락시키자, 트로이 편 아이들은 도망을 친다. 가엾은 테오팀은 몸무게 때문에 빨리 달아나지 못하고 이내 붙잡힌다. 아이들은 그를 둘러싸고 〈헥토르를 죽이자, 헥토르를 죽이자〉 하고 소리친다. 셔츠가 찢기고 주먹이 마구 날아든다. 테오팀은 간신히 몸을 빼내어 휴식 시간 감독 선생님에게 달려간다. 신문을 보고 있던 선생님은 고개도 들지 않고 짜증 섞인 말투로 훈계를 한다.

「한심한 녀석, 인생은 정글이야. 각자 알아서 헤쳐 나가야지. 네 일은 네가 알아서 해. 그래야 학교생활이 편할 게다.」

무슈론은 항의의 뜻으로 입을 비죽거린다. 테오팀은 다시 아이들에게 둘러싸인 채 두 손으로 머리를 감싼다. 때마침 휴식 시간이 끝났음을 알리는 종이 울린다. 비로소 고문이 끝나게 된 것이다.

테오팀이 집으로 돌아가자, 어머니는 아이의 옷이 누더기로 변한 것을 보고 놀라서 어찌할 바를 모른다. 아이는 자신을 스스로 지키지 못하고 뭇매를 맞았다는 것이 창피해서 자기가 겪은 일을 말하지 않는다. 그러다가 결국은 도망치듯 자기 방으로 들어가서 참았던 울음보를 터뜨리고 목 놓아 운다.

감독 선생이 정글 얘기를 하더니 두 번째 채널에서도 정글이 나온다. 하지만 이번에는 아프리카에 있는 진짜 정글이다. 쿠아시 쿠아시가 사자 사냥을 나선 아버지를 따라다니고 있다. 아버지는 창을 들고 사자와 맞서 싸우는 방법과 송곳니와 발톱을 피하는 방법을 아이에게 가르쳐 준다. 아이는 무서워하지 않는다. 아니면 두려움을 잘 다스리고 있는 것일 수도 있다. 아이의 가슴은 부적 구실을 하는 수많은 목걸이로 덮여 있다. 그리고 얼굴에는 마치 가면을 쓴 것처럼 그림이 그려져 있다. 마법적인 힘을 주고 악귀를 쫓아낸다는 제례용 가면을 그려 놓은 것이다.

그런데 오늘은 사자들이 저희 소굴에 틀어박혀 있기로 한 모양이다. 사냥꾼들은 아주 작은 야수 한 마리도 몰아 보지 못하고 열대 초원을 이리저리 돌아다니다가 하는 수 없이 빈손으로 돌아간다. 도중에 아버지는 사자 사냥의 경험담을 아들에게 들려준다. 아이는 아버지의 동작 하나하나를 흉내 내면서 탄성을 질러 댄다. 그러다가 왜 사자가 보이지 않느냐고 묻는다.

「만약 사자들의 세계에도 이야기꾼이 있다면, 자기들이 어쩌다가 점점 사라지게 되었는지 우리에게 말해 줄 수 있을 텐데. 하지만 이야기꾼은 오로지 인간들의 세계에만 있어. 언젠가 그 이야기꾼들 가운데 하나가 우리가 어떻게 살다가 사라졌는지 새로운 세대에게 이야기해 줄 거야.」

그들은 집으로 돌아간다. 그러고는 부자가 나란히 텔레비전 앞에 앉는다. 온 가족이 좋아하는 미국 드라마 「타잔」을 보기 위해서다.

또 다른 채널에서 은비는 텔레비전과 연결된 게임기를 가지고 스트레스를 풀고 있다. 게임의 내용은 3차원으로 된 세계에서 무기나 도구를 사용해 괴물들을 무찌르기도 하고 협곡을 건너뛰기도 하면서 앞으로 나아가는 것이다. 때로는 짐승들 위로 올라가거나 레일을 타고 미끄러져 가야 한다. 아이는 게임에 푹 빠져 있다. 화살을 피하고, 불덩어리들이 튀어나오는 통로 속을 달리고, 문을 지키는 괴물들을 없애느라 다른 것을 생각할 겨를이 없다. 옆방에서는 아이의 부모가 또 싸우고 있다. 은비는 싸우는 소리가 들리지 않도록 헤드폰의 음량을 최대로 높인다.

옆방에서는 접시가 깨지고 있지만, 가상의 세계로 도피하여 가증스런 괴물을 무찌르는 일에 열중해 있는 아이는 그것을 알지 못한다. 드디어 보물 상자가 열리고 작은 정령이 나타나더니 게임의 더 높은 단계로 올라가라고 권한다. 아이는 높은 단계로 올라가자마자 또 다른 괴물로부터 공격을 당한다. 이 괴물이 엄청나게 큰 송곳니로 아이를 물어뜯는 순간, 화면이 빨간색으로 변하고 〈게임 오버〉라는 숙명적인 단어가 나타난다.

은비는 헤드폰을 벗는다. 옆방에서는 아직도 악다구니가 터져 나온다. 아이는 얼른 헤드폰을 도로 쓰고 게임을 다시 시작한다. 〈당신은 주어진 생명을 다 써버렸습니다. 새로운 생명을 받아서 게임을 다시 시작하시겠습니까?〉라고 화면에서 묻는다. 그때 아이의 어머니가 불쑥 들어오더니, 빨갛게 상기된 얼굴로 무어라고 소리를 친다. 아이는 그 말을 알아듣지 못한다. 그러자 어머니는 미친 듯이 화를 내며, 아이의 따귀를 때리고 게임기의 코드를 홱 뽑아 버린다.

아이는 발딱 일어나더니, 맥주를 홀짝거리는 아버지의 조롱기 어린 시선을 무시하고, 화장실로 달려가서 몸을 웅크리고 앉는다(이건 전생의 버릇이 다시 살아난 것이다. 아이의 전신인 자크 넴로드 역시 화장실을 외부 세계의 공격이 미치지 않는 성소로 삼았다). 어머니는 이 버릇을 익히 알고 있는 터라, 문 앞에 서서 손잡이를 흔들어 대며 빨리 나오라고 윽박지른다. 아이는 아무 대꾸도 하지 않는다. 화장실이 든든한 도피처라고 믿는 것이다. 아이는 어머니의 지청구를 무시하고, 어떤 공주와 환상적인 나라의 이야기가 담긴 책을 집어 든다.

무슈론은 아연한 기색으로 나를 바라본다.

「왜 어른들이 아이들에게 폭력을 쓰느냐고 묻는 거야? 그건 나도 몰라. 아마도 각 세대가 앞 세대를 계승하면서 부모에게 당한 것을 아이들에게 앙갚음하는 것이 아닐까? 아니면 인간이라는 종에게 폭력성이 내재되어 있는지도 모르지. 영국에서 벌어졌던 끔찍한 사건이 기억나. 여덟 살짜리 아이들 두 명이 세 살배기 아이를 붙잡아서 심하게 괴롭히다가 죽였어. 알지도 못하는 어린아이를 말이야. 인간이라는 동물에게는 그런 폭력성이 있어. 그래서 모든 천적을 이긴 것이고, 이제 천적이 없으니까 같은 인간을 상대로 그 전통을 이어 나가는 거야.」

내가 이제 자야겠다고 하자, 무슈론은 싫은 기색을 보이지 않고 예쁜 머리를 움직여 알았다고 하더니, 열린 창문 너머로 날아간다.

나는 녹초가 된 몸으로 길게 눕는다. 내가 아직도 인간들을 구원하고 싶어 하는 걸 보면 그들이 어떤 존재들인지를 까맣게 잊은 모양이다. 신들이 우리의 주거에 텔레비전을 마련해 놓은 데는 이유가 있을 것이다. 아마도 인간 세상을 거시적으로만 보지 말고, 하나하나의 인간이 어떤 모습인지를 상기하라는 뜻이 아닐까? 따지고 보면 인간은 동물과 별반 다르지 않다.

62. 신화 : 헤르메스

제우스는 머리채가 아름다운 님프 마이아를 사랑했다. 그들은 헤라가 깊이 잠든 밤에 마이아의 은밀한 거처에서 사랑을 나누었다. 이 결합에서 헤르메스가 태어났다. 그 이름은 〈기둥〉을 뜻하는 그리스어 〈헤르마〉에서 나왔고, 나중에 로마인들은 그를 메르쿠리우스라고 불렀다.

태어나던 바로 그날 어머니가 그를 바구니에 눕혀 놓고 등을 돌리자마자, 그는 뜰에 나가 거북이 한 마리를 잡더니 그 등딱지에 암양의 창자로 만든 줄을 매어 리라를 만들고, 그것을 연주하여 어머니를 잠들게 했다.

그날 저녁 헤르메스는 모험을 떠났다. 그는 소매치기의 재주를 발휘하여 포세이돈에게서는 삼지창을, 아레스에게서는 칼을, 아프로디테에게서는 허리띠를 훔쳤다. 또한 아폴론이 돌보고 있던 가축들 중에서 황금 뿔이 달린 하얀 소 쉰 마리를 훔치기도 했다.

아폴론이 누가 소를 훔쳐 갔는지 알아내어 이복동생 헤르메스를 찾아갔을 때, 헤르메스는 리라를 연주하여 형을 매료시켰다. 아폴론은 리라와 자신의 소 떼를 맞바꾸는 데 동의했다.

그와 마찬가지로 헤르메스는 목신 판에게 피리를 주는 대가로 세 가닥의 하얀 끈이 달린 지팡이를 얻었다.[56]

56 피에르 그리말의 『그리스 로마 신화 사전』은 이것과 다른 버전을 제시하고 있다. 〈헤르메스는 그렇게 하여 얻은 가축을 돌보면서 피리를 만들었다. 아폴론은 이 새로운 악기도 사고 싶어 하여, 그 대가로 아드메토스의 가축을 돌볼

아폴론이 그를 아버지 제우스에게 데려갔을 때, 그는 웅변가의 재능을 발휘하여 아버지의 마음을 샀고, 덕분에 올림포스의 전령으로 임명되었다. 그 대신 다시는 거짓말을 하지 않겠다고 약속해야 했다. 그는 빠져 나갈 구멍을 마련해 두기 위해 이렇게 말했다. 「다시는 거짓말을 하지 않겠습니다. 하지만 때로 깜박 잊고 진실을 다 말하지 않을 수는 있습니다.」

헤르메스는 산 위에 걸린 구름을 상징하는 둥근 모자를 쓰고 목동의 지팡이를 지니고 다녔으며, 날개 달린 황금 샌들을 신고 바람보다 빠르게 달렸다. 그는 도로와 교차로, 시장, 선박 따위를 관장하게 되었고, 여행자들의 길 안내를 맡았다(죽은 자들의 영혼을 하계로 안내하는 것 역시 그의 책임이었다). 그런가 하면, 그는 계약의 성사나 개인 재산의 유지를 관장하는 신인 동시에 도둑들의 신이기도 했다. 게다가 파르나소스의 님프들인 트리아이에게서 점치는 법을 배우기도 했다.

전설에 따르면 헤르메스는 글자를 발명했다고 한다. 운명의 여신들이 만들어 낸 다섯 개의 모음자와 팔라메데스가 발명한 열한 개의 자음자를 바탕으로 두루미들이 삼각 대형으로 날아가는 것을 보면서 설형 문자를 창안했다는 것이다. 나중에 아폴론의 사제들은 헤르메스가 만든 리라의 7현이 저마다 하나의 모음에 해당되도록 장음 〈오〉와 단음 〈에〉를 나타나는 모음자들을 추가하고, 다른 자음자들도 더 만들었다고 한다.

헤르메스는 여러 명의 자식을 낳았다. 아프로디테와는 헤르마프로디토스를 낳았다. 헤르메스와 아프로디테의 이름을 합쳐 놓은 헤르마프

때 사용하던 금지팡이를 주겠다고 제의했다. 헤르메스는 지팡이를 받았고 그 밖에 예언의 기술도 가르쳐 달라고 했다. 아폴론은 그 조건을 수락했고, 그리하여 황금 막대는 헤르메스의 상징물 중 하나가 되었다〉(최애리 등 4명 옮김, 『그리스 로마 신화 사전』, p. 679).

로디토스는 양성을 한꺼번에 지닌 존재였다. 키오네와는 아우톨리코스를 낳았다. 이 아우톨리코스는 나중에 『오디세이아』의 영웅 오디세우스의 할아버지가 되었다.

고대 그리스인들은 헤르메스를 널리 숭배했고, 모든 교차로에 길 안내 푯말과 더불어 그의 신상을 세웠다. 그에게 송아지를 제물로 바칠 때는 그의 달변을 상징하는 혀를 잘라서 따로 올렸다.

후대에 이르러 헤르메스는 이동하는 모든 것을 관장하는 신으로 간주되었고, 마법사와 배우와 사기꾼의 신으로 여겨지기도 했다.

헤르메스에 해당하는 신은 로마 신화뿐만 아니라 이집트 신화에도 있다. 바로 학예의 수호자이자 문자의 발명자인 지혜의 신 토트이다.

에드몽 웰스, 『상대적이며 절대적인 지식의 백과사전』 제5권
(헤시오도스의 『신통기』를 본받은 프랑시스 라조르박의 글에 근거한 것임)

63. 수요일, 헤르메스의 강의

수요일, 〈메르쿠리이 디에스〉, 곧 메르쿠리우스의 날이다. 오늘도 그 라틴어 이름에 해당하는 그리스 신이 강의를 맡는다. 따라서 우리가 가야 할 곳은 헤르메스의 궁전이다.

정문 앞에 후보생들이 모여 있다. 강의가 시작되기 직전이다. 나는 삼삼오오 모여서 이야기꽃을 피우고 있는 후보생들 사이로 돌아다니며, 낯익은 얼굴들과 느긋하게 인사를 나눈다. 하지만 이내 한 가지 사실을 확인하자 불안감으로 가슴이 옥죄인다. 내 친구 테오노트들이 한 명도 보이지 않는 것이다. 검은 숲에서 괴물과 맞서다가 무슨 일을 당한 것일까? 헤르메스의 은빛 피라미드 안으로 들어가는데, 마음이 너무 불안해서 건물에 관심을 가질 수가 없다.

강의실은 미지의 행성들을 탐사하고 돌아오면서 가져온

물건들과 우편엽서들로 장식되어 있다. 그 밖에도 헤르메스의 다양한 권능을 상기시키는 물건들이 많다. 진열창에는 갖가지 의료 기구도 가지런하게 놓여 있다.

「안녕하십니까, 다들 앉으세요.」

천장에서 유쾌한 목소리가 들려온다. 고개를 들어 보니, 오늘의 스승이 샌들의 작은 날개들을 파닥이고 있다. 그는 천천히 내려와 책상 앞에 자리를 잡는다. 둥근 모자도 벗지 않고 지팡이도 그대로 지니고 있다. 매끈한 얼굴이 놀랍도록 젊고 수려하다.

「여러분은 이제 진화의 가장 흥미로운 단계에 이르렀습니다. 1단계 광물, 2단계 식물, 3단계 동물을 거쳐, 이제 여러분이 관심을 가져야 할 존재는 4단계…….」

그는 칠판에 〈인간〉이라고 쓴 다음 지팡이로 그 주위에 동그라미를 그린다.

「인간은 교차로입니다. 따라서 도로의 신인 내가 인간에 관한 강의를 맡은 것은 당연한 일이죠. 인간은 왜 교차로일까요? 자유 의지를 가진 존재로서 앞으로 나아갈 수도 있고…… 뒤로 돌아갈 수도 있기 때문이죠. 인간은 이제 동물과 다릅니다. 공포나 욕망 같은 감정에만 좌우되는 존재가 아니라는 것이죠. 인간에게는 지능과 이성이 있으므로 스스로 원하면 그런 감정들을 다스리고 오히려 좋은 방향으로 유도할 수 있습니다.」

헤르메스는 걷기와 붕 떠서 다니기를 번갈아 하면서 우리를 가까이에서 살피기도 하고 공중에서 내려다보기도 한다. 그러더니 마침내 손뼉을 딱 친다. 아틀라스가 구체를 짊어지고 들어오며 투덜거린다.

「더 일찍 불러 주면 어디가 덧나? 내가 다른 선생들하고도 얘기를 했지만, 이놈의 일 정말 못 해먹겠어. 그리고…….」

헤르메스는 그에게 눈길조차 주지 않고 말허리를 자른다.

「고마워요, 아틀라스. 이따가 다시 부를게요.」

아틀라스는 비틀거리면서 받침대에 자기 짐을 내려놓더니, 그대로 서서 헤르메스를 보며 씩 웃는다. 헤르메스가 그만 가보라고 손짓을 하는데도 머뭇머뭇 뜸을 들인다.

「혹시 잊었을까 봐 하는 말인데, 자네는 날 존중해야 돼. 나는 자네 할아버지잖아…….」

「알아요. 하지만 지금은 강의 시간이에요. 그것도 아주 중요한 시간이죠. 이 후보생들이 인간이라는 장난감들을 가지고 하는 첫 수업이거든요.」

「그따위 장난감들은 내가 알 바 아니지.」

헤르메스는 싫증 난 기색을 드러낸다.

「좋아요, 원하는 게 뭐죠? 봉급 인상인가요?」

그러면서 미소를 잃지 않고 아틀라스의 눈을 빤히 바라본다.

아틀라스는 먼저 눈을 깜박이고 한숨을 푹 내쉬더니, 불쾌감을 역력히 드러내며 나가 버린다.

「우리가 무슨 얘기를 하다 말았죠? 아, 그래. 이제 신들의 게임인 〈Y 게임〉이 속개됩니다. 여러분은 저마다 144명의 인간으로 이루어진 씨족을 하나씩 맡게 됩니다. 영장류 무리에서 진화해 나온 이 씨족들의 구성을 보면, 우선 지배적인 수컷 서른 명과 임신을 할 수 있는 암컷 쉰 명이 있고, 나머지는 지배를 받는 수컷들과 임신할 수 없는 암컷들, 그리고 어린것들과 늙은이들입니다. 어느 후보생이든 똑같은 〈장기

말〉을 가지고 시작하는 것이죠.」

그는 천장으로 다시 올라간다.

「인간의 원형이라고 할 만한 그들은 모두가 거의 동일합니다. 누구에게나 두 팔과 두 다리, 시야의 대부분이 겹치고 원근을 감지할 수 있는 한 쌍의 눈, 자유롭게 움직일 수 있는 손, 손톱과 발톱, 성대, 노출된 성기가 있죠. 여러분이 이들의 DNA를 변경시키는 것은 금지되어 있습니다. 어느 씨족을 보더라도 지능이 높은 자들과 낮은 자들, 품성이 좋은 자들과 나쁜 자들, 날랜 자들과 투미한 자들의 비율은 똑같습니다. 그런 조건을 변화시키는 것은 교육과 여러분이 꿈을 통해서 성공적으로 내려 보내는 계시, 좋은 영매를 선택하는 능력 등입니다. 이건 별로 시적인 얘기가 아니지만, 무엇보다 먼저 그들이 마실 수 있는 물을 확보하도록 이끄는 것을 잊지 마세요. 그리고 그들을 천적으로부터 보호해 주어야 합니다. 천적은 비단 동물만이 아닙니다. 18호 지구에는 행동을 예측할 수 없는 종족들도 존재하니까요.」

그는 천장에서 내려와 우리의 행성 주위를 돈다.

「그들은 보살펴 주는 신들이 없는 종족입니다. 하지만 그들 역시 신앙심을 가질 수 있죠. 저희 스스로 가상의 신을 지어낼 수 있을 테니까요.」

갑자기 강의실 뒤쪽에서 웅성거리는 소리가 이는 바람에 그가 말을 멈춘다. 뒤를 돌아보니 테오노트들이 들어오고 있다. 마음이 놓인다. 라울의 뺨에는 할퀸 상처가 나 있고, 프레디와 매릴린의 토가는 누더기로 변했다. 에드몽은 다리를 절뚝거리고 마타 하리의 가무잡잡한 피부는 창백하다.

「내가 미처 출석을 확인하지 않았는데, 보아하니 빠진 학생들이 있었던 모양이군. 그들이 이제야 나타났어! 설마 도시 밖에 나가서 밤을 보내고 온 것은 아니겠지?」

여행의 신은 사정을 알아차린 듯 그렇게 빈정거렸다. 그가 더 관심을 보이지 않자, 지각생들은 아무 말 없이 우리들 사이에 와서 앉는다. 라울은 지나가면서 나에게 눈총을 보낸다.

헤르메스는 칠판에 〈토템〉이라고 쓴 다음 설명을 시작한다.

「각자 마음에 드는 동물을 하나씩 선정해서 자기 씨족의 상징물로 삼으세요. 각각의 동물에게는 저마다의 특징과 행동 방식 또는 자연과 동화하는 방식이 있습니다. 그런 것들이 씨족의 사고방식에 영향을 미치고 행동의 준거가 되어 줄 것입니다.」

그는 우리보고 18호 지구가 들어 있는 구체로 다가오라고 하면서 설명을 이어 나간다.

「인간들의 말에 귀를 기울여야 합니다. 그들을 이해하고 도와주어야 해요. 번개는 함부로 사용하지 마세요. 그리고 기적을 내리는 것은 피하세요. 기적과 메시아는 은밀하게 개입할 줄 모르는 어설픈 신들이 사용하는 도구예요.」

그러면서 그는 마치 모터보트를 한심하게 여기는 돛단배의 키잡이처럼 경멸이 가득한 표정을 지었다.

「자, 이제 작업에 들어갑시다. 저마다 최선을 다해서 몇 세기가 지나도록 자멸하지 않을 인류를 창조해 보세요.」

그러고 나서 헤르메스는 서글서글한 미소를 지어 보이며, 우리를 더욱 잘 살펴보기 위해 공중으로 올라간다.

64. 백과사전: 야훼를 숭배한 카인족의 혁명

6천 년 전, 오늘날 시나이 사막이라고 부르는 곳에서 카인족이라는 잘 알려지지 않은 부족이 야금술을 발명했다.[57] 광석에서 구리를 추출하는 방법을 알아낸 것이다. 이것은 위대한 혁명이었다. 구리를 제련하기 위해서는 높은 온도의 가마가 필요한데, 카인족은 풀무로 피워 낸 불잉걸을 사용해서 그런 가마를 만들어 냈다. 그리하여 그들은 광석을 녹이는 데 필요한 1,000℃의 벽을 넘기에 이르렀다. 고온을 다스리는 데 능했던 그들은 유리와 법랑을 발견하기도 했다.

카인족은 시나이산을 숭배했고 야훼, 즉 〈숨〉과 관련된 종교를 믿었다.[58]

그들은 금속을 발견함으로써 석기에서 청동기로 넘어가는 금석 병용기의 혁명을 이뤄 냈다. 광석을 녹여서 금속을 만드는 일은 인간이 물질을 완전히 변화시킨 최초의 행위였다.

카인족은 시나이에서 지중해 연안을 따라 올라가다가 티르항(港)을 건설했다. 키프로스(당시에는 〈키프리스〉라 불렸고, 이 이름에서 구리를 뜻하는 라틴어 〈쿠푸룸〉이 나왔다)에 가서 구리 광석을 구하기 위해서였다. 그들은 오늘날의 사이다에 해당하는 시돈도 건설했다. 따라서 먼 훗날 〈페니키아〉라고 불리게 된 문명은 카인족에게서 비롯된 셈이다.

57 카인족이라는 이름은 『구약 성경』의 「창세기」(15:20), 「판관기」(1:16, 4:11), 「민수기」(24:21~24:22) 등에 여러 차례 나오지만, 그 기원에 관해서는 아직 정설이 없다. 다만 이 부족이 카인의 후예라고 생각하는 학자들은 「창세기」 4장 22절(〈실라가 낳은 두발카인은 구리와 쇠를 다루는 대장장이가 되었다.〉)을 근거로 그들이 야금술을 발명했다고 주장하기도 한다.

58 현대의 일부 성경학자들은 모세의 장인 이트로가 카인족이었다는 구절(「판관기」 1:16)과 이트로가 하느님에게 제사를 드리고 백성을 재판하는 일에 관해 모세에게 충고하는 대목(「출애굽기」 18:12~18:26) 등을 근거로, 야훼는 원래 카인족의 신이었고 모세를 통해 야훼 숭배가 이스라엘 백성에게 전해졌다고 주장하기도 한다.

카인족은 구리로 무기를 제작하기보다 종교적인 용도로 쓰였음 직한 신비로운 물건들을 만들었다. 그중에는 더없이 훌륭한 야금 기술을 보여 주는 죽방울 모양의 물건들도 있었다. 카인족을 오랫동안 연구한 제라르 암잘라그[59] 교수의 주장에 따르면, 그들의 신은 권능을 가지고 지배하는 신이 아니라, 〈촉매〉 역할을 하는 신이었다. 〈야훼〉 — 대장간의 풀무가 내는 소리 — 라는 이름의 이 신은 존재와 사물에 〈숨〉을 불어넣어서 그것들의 힘을 드러낼 수 있었다. 신이 숨을 불어넣어 만물을 창조한다는 이런 개념은 오랜 세월이 지난 뒤에 성서에서 다시 나타나게 된다. 『구약 성경』의 「창세기」에 따르면, 하느님이 흙(아다마)으로 사람을 빚고 그 코에 생명의 숨을 불어넣어 사람이 생명체가 되었다고 한다.

에드몽 웰스, 『상대적이며 절대적인 지식의 백과사전』 제5권

65. 씨족 시대

거북족

평원에 바람이 불고 있었다.

먹장구름이 낮게 내려앉더니 갑자기 번개가 하늘을 갈랐다.

그 아래에는 144명의 사람들이 한데 엉겨 있었다. 그들의

59 베르베르는 자기 소설들의 〈감사의 말〉에서 매번 이 과학자의 이름을 언급한다. 이번 소설에는 〈자유로운 정신의 소유자 제라르 암잘라그를 위해〉라는 헌사를 넣기까지 했다. 암잘라그의 저서 『식물성 인간』(알뱅 미셸, 2003)에 실린 베르베르의 서문에 따르면, 암잘라그는 〈살아 있는 존재에 대한 직접적인 관찰을 바탕으로 자신의 독립적인 사고를 발전시켰으며〉, 〈물이 부족한 지방에서 바닷물로도 재배할 수 있고 민물로 재배한 것보다 맛도 더 좋은 토마토와 사탕수수를 개발〉한 식물학자일 뿐만 아니라, 〈식물을 관찰하면서 생명의 진화에 관한 철학을 이끌어 낸 백과사전적인 정신을 지닌 사람〉이다.

이가 덜덜대며 떨렸다.

그들은 모르고 있었다. 저희가 어디에서 왔는지.

그들은 모르고 있었다. 저희가 누구인지.

그들은 모르고 있었다. 저희가 어디로 가고 있는지.

하늘에서 떨어지는 그 번쩍거리는 불빛은 두려움과 굶주림과 추위 속에서 살고 있는 그들에게 따뜻함과 위안을 주는 빛이 아니었다.

벼락이 아주 가까이로 다시 떨어졌다. 그들은 반대 방향으로 일제히 달아났다. 비탈을 내리닫는데 앞쪽에서 또다시 섬광이 번쩍거렸다. 그들은 다시 방향을 틀어 북쪽으로 내달았다. 이윽고 어둠이 내렸다. 그들은 기어다니는 천적들에게 잡아먹히지 않기 위해 나무에 올라가기로 했다.

그 144명의 사람들 속에는 커다란 검은 눈에 입술이 도톰하고 머리가 흑단처럼 새까만 소녀가 섞여 있었다. 소녀는 다른 사람들처럼 두 개의 굵은 가지 사이에 걸터앉아서 원줄기를 꽉 잡고 매달렸다.

소녀는 눈을 감고 고개를 까딱거리다가 자칫하면 자다가 떨어지겠다 싶었던지 자세를 바로잡았다. 나무껍질을 발톱으로 긁는 소리가 들렸다. 소녀는 눈을 뜨지 않았다. 그게 무슨 소리인지 알기 때문이었다. 어둠 속에서 표범 한 마리가 그들 가운데 하나를 잡아가려 하고 있었다. 그런 납치를 막을 길은 없었다. 그저 숨을 죽이고 냄새가 덜 나게 하면서 되도록 자기 존재를 드러내지 않는 게 상책이었다. 표범이 사람을 열매나 나뭇잎 뭉치로 혼동하도록 만드는 수밖에 없었다.

하지만 표범은 어둠 속에서도 사물을 볼 수 있는데 사람은 그럴 수 없다는 것이 문제였다. 이번엔 죽음의 운명이 누구를 덮칠 것인가? 모두가 사람이 아닌 척하면서 기다리고 있었다. 〈내 차례가 아니었으면 좋겠어.〉 소녀는 그렇게 기대하면서 이가 덜덜거리지 않도록 마음을 다잡았다. 표범이 나무줄기를 타고 올라오는 소리가 들렸다. 소녀는 표범이 자기 가까이로 스쳐 가는 것을 느꼈다. 〈누구를 잡아가도 좋으니 제발 나는 살려다오. 제발…….〉

야수는 소녀의 삼촌들 가운데 하나를 선택했다. 놈은 그의 경동맥을 물고 나무 아래에 뛰어내리더니, 그가 비명 한 마디 지를 새도 없이 끌고 가버렸다.

그것으로 끝이었다. 어둠 속에서 모든 것이 다시 여느 때와 다름없는 상태로 돌아왔다. 그저 가지들에 실리는 무게의 배분이 달라졌을 뿐이었다. 소녀는 그 변화에 맞춰 자세를 조금 바꿨다.

소녀는 잠이 위안과 망각을 가져다주기를 바라면서 자신의 감각을 하나씩 닫았다. 아가리에 피 칠갑을 한 채 질주하는 표범을 떠올리지 않으려고 애썼다. 악몽에 시달리고 싶지 않았다. 이 밤이 새고 나면 소녀는 모든 것을 다 잊은 척하며 새날을 맞을 것이었다. 오늘 밤에는 달이 구름에 가려 보이지 않았다. 자고 나면 태양이 돌아올까? 소녀는 밤마다 똑같은 질문을 던졌다. 자고 나면 태양이 돌아올까?

아침 해가 그들을 깨웠다. 빛살이 아직 창백했다. 그들 143명은 마치 아무 일도 없었다는 듯한 표정으로 나무에서 내려왔다. 아무도 소녀의 삼촌이 당한 일을 버르집지 않았다. 하지만 검은 눈의 소녀는 밤의 공포를 낮이 되어도 잊을 수가 없었다. 밤마다 소녀는 잠을 자다가 갈기갈기 찢겨 죽을까 두려웠다. 밤마다 소녀는 태양이 다시 뜨지 않을까 두려웠다.

아침에 그들은 낮게 내려앉은 구름 아래로 길을 나섰다. 소녀는 그들이 마침내 안전하게 지낼 수 있는 곳으로 가기를 바랐다. 하지만 그런 곳은 어디에도 없는 듯했다. 아마도 그녀의 무리는 세상 끝에 다다르도록 안식처를 찾아내지 못할 것이었다.

그들은 계속 걷다가 독수리 떼와 마주쳤다. 모두가 그것이 무엇을 뜻하는지 알아차렸다. 시체를 좋아하는 그 고약한 새들은 간밤에 표범이 거기까지 끌어다 놓은 삼촌의 마지막 잔해를 뜯어 먹고 있었다. 때때로 그들은 독수리들의 식사가 끝나기를 기다렸다가 찌꺼기를 주워 먹기도 했다. 하지만 이번엔 눈을 돌린 채 그냥 지나쳐 갔다.

그들은 셈을 할 줄 몰랐으므로, 144-1이라는 음울한 뺄셈을 할 수 없었다.

그들은 언덕을 내려갔다가 다시 비탈을 오른 뒤에 나무숲을 지나 개울을 따라 걸었다. 앞서가던 척후가 반대쪽에서 다른 사람들의 무리가 오고 있다고 알려 왔다. 우두머리는 몹시 불안해하면서 모두 길찬 풀숲에 몸을 숨기라고 일렀다. 소녀는 바싹 웅크린 채 눈을 감았다. 자기 눈에 그들이 보이지 않으면 그들 눈에도 자기가 보이지 않으리라는 생각이 어렴풋하게 들었다. 한참을 기다리자 우두머리가 다시 일어섰다. 위험이 사라졌으니 다시 나아갈 수 있다는 뜻이었다. 낯선 사람들을 피해야 한다는 것은 모두가 아는 바였다.

그들은 다른 무리가 사라진 방향을 등지고 걸음을 재촉했다. 모두가 지친 기색을 보이자 우두머리가 정지 명령을 내렸다. 남자 어른들은 사냥을 하러 떠나고, 아이들은 앉아서 쉬거나 즉석에서 생각해 낸 놀이를 벌였다.

검은 눈의 소녀는 위험을 무릅쓰고 혼자서 주위를 돌아다니기로 했다. 몇 발짝을 나아갔을 때 커다란 돌이 발에 걸렸다. 소녀는 비틀거렸다. 돌을 주워서 멀리 던져 버리려고 했다. 하지만 묵직한 돌을 손에 쥐자마자 돌은 저절로 주르륵 미끄러져 풀숲으로 들어갔다. 소녀는 돌을 뒤쫓아 가서 앞지른 뒤에 길을 막아섰다. 돌은 잠시 멈칫하더니 다른 쪽으로 달아나려고 했다. 소녀는 흥미를 느끼며 돌을 찬찬히 살펴보았다. 오랜만에 소녀의 얼굴에 환한 미소가 번졌다. 참으로 놀라운 일이었다. 한 번도 겪어 보지 않은 일을 마주하고도 겁을 먹지 않다니! 소녀는 기운이 되살아나는 것을 느끼며 돌을 집어 들었다. 아래쪽에서 발들이 움직이더니 앞쪽으로 작은 머리가 쏙 나타났다. 참으로 멋진 동물이었다.

소녀는 거북을 땅바닥에 도로 내려놓았다. 거북은 머리와 발들을 딱지 안으로 움츠린 채 꼼짝도 하지 않았다. 소녀는 다시 거북을 요모조모 살폈다. 핥아 보고 깨물어 보고 냄새를 맡아 보고 손톱으로 할퀴어 보기도 했다. 소녀는 거북을 손으로 탁탁 때렸다. 거북은 태연하게 그것을 견뎌 냈다. 소녀는 거북을 땅바닥에 던졌다. 그다음에는 멀리 팽개치고 나서 어떻게 되었는지 가보았다. 거북은 말짱했다. 연약한 부분들을 단단한 딱지가 감싸고 있기 때문이었다.

〈이 동물은 두려워하고 있어〉 하고 소녀는 생각했다. 늘 공포에 시달리는 자기가 다른 존재에게 겁을 줄 수 있다는 사실이 신기했다.

거북은 이제 놓여났다 싶었는지 다시 움직이기 시작했다.

그러다가 소녀의 손아귀에 들어가자 다시 돌처럼 변했다. 〈이 동물은 겁을 먹고 있지만 스스로를 보호할 줄 알아.〉 거기에는 깊이 생각해 볼 만한 점이 있었다. 소녀는 거북을 사람들이 쉬고 있는 곳으로 가져가서 어머니에게 보여 주었다. 그러면서 그들의 언어로 설명했다. 그 동물이 겉보기에는 하찮아도 딱지 안으로 숨어 들어갈 수가 있어서 아주 강하다는 것이었다.

어머니는 거북을 받아 들고 살펴보다가, 성가시게 돌덩이를 가지고 다닐 필요는 없다면서 멀리 던져 버렸다. 오빠들은 소녀를 놀리며 웃었다. 오빠들과 함께 사냥꾼들이 돌아와 있었다. 그들은 얼룩말의 시체를 가져왔다. 처음에는 사자가 먹다가 버리고, 그다음에는 하이에나와 독수리가 뜯어 먹다 두고 간 고기를 주워 온 것이었다. 온통 썩어서 악취가 진동했지만, 그들은 앞다투어 그것에 덤벼들었다. 그만큼 배가 고팠던 것이다.

얼마 뒤에 그들은 나무가 없는 그 평원의 맨바닥에 누웠다. 암사자 한 무리가 잠들어 있는 그들을 덮쳤다. 어둠 속에서 벌어진 일이었지만, 소녀는 보지 않아도 그 재앙을 짐작할 수 있었다. 열 마리쯤 되는 야수들이 소녀의 일가붙이들을 악착스럽게 공격하고 있었다. 비명이 들리고, 야수들의 냄새가 풍겨 왔다. 사람과 짐승의 땀내도 느껴지고, 피비린내도 섞여 들었다. 도망치려고 해봤자 사자들의 관심을 끌 뿐이었다. 소녀는 곁에 있던 남동생을 보호하려고 꼭 껴안았다. 하지만 사자 한 마리가 남동생을 낚아챘다. 소녀는 살아 있었지만, 두 팔 사이가 허전했다.

사자들의 학살과 포식이 오래도록 이어지다가 마치 어떤

덮개가 그 도륙당한 인간 무리를 덮쳐 온 것처럼 정적이 돌아왔다. 이 밤에 그들이 얼마나 지독한 불행을 겪었는지 가늠하기 위해서는 날이 밝기를 기다려야 했다. 소녀는 다시 잠이 들었다가 이상한 꿈을 꾸었다. 꿈을 꾸는 동안에는 그것을 반드시 기억해야 하리라고 생각했는데, 깨어나서 되짚어 보니 그저 어렴풋하기만 했다. 거북에 관한 꿈이었다 싶은데, 그 의미를 도통 짐작할 수가 없었다.

남자 어른 아홉 명과 아이 세 명이 사라졌다. 암사자들은 흐드러진 잔치판을 벌이고 간 것이었다.

소녀는 지나간 나날들과 자기네 무리가 잇달아 겪은 공포를 생각했다. 그러면서 다가올 날들을 머릿속에 그려 보려고 했지만 잘 되지 않았다. 자기도 곧 죽을 것만 같았다. 소녀가 아직 살아 있는 것은 그저 운이 좋았기 때문이고, 자기 대신 겨레붙이들이 희생되었기 때문이었다.

어떻게 하면 이 공포에서 벗어날 수 있을까?

〈거북을 본보기로 삼자. 거북의 단단한 껍데기 같은 것으로 우리 자신을 보호하자.〉 소녀의 마음속에서 작은 목소리가 속삭였다. 단단한 껍데기…….

그들은 새 우두머리가 이끄는 대로 다시 움직이기 시작했다. 새 우두머리는 어떤 직감에 이끌려 태양의 운행을 좇아 서쪽으로 가기로 결정했다. 해는 아침마다 그들과 함께 일어나서 중천으로 올라갔다가 그쪽으로 넘어가고 있었다. 그런 해를 길잡이로 삼고 따라가 보자는 것이 그의 생각이었다.

사냥을 나갔던 남자들이 늙어 죽은 다람쥐 한 마리와 물렁열매 한 줌을 가져왔다. 그것으로는 살아남은 자들의 위를 채울 수가 없었다.

하늘이 다시 어두워지고 천둥이 우르릉거렸다. 번개가 서쪽으로 가는 길을 가로막고 북동쪽으로 가도록 유도하는 듯했다. 그들은 세찬 빗발 속에서 방향을 틀었다. 어둠이 내리면 또 한차례의 시련을 맞게 될 것이 분명했다. 그때 갑자기 번갯불에 관목 한 그루가 불타면서 암벽에 뚫린 구멍이 환하게 드러났다. 동굴이었다.

소녀는 문득 자기 꿈을 떠올렸다. 거북을 보호하는 단단한 껍데기. 거북이 딱지 속으로 숨어들듯, 이 동굴 안으로 피신하자.

소녀는 씨족의 우두머리에게 다가가서 그를 설득하려고 애썼다. 때마침 멀리에서 짐승의 울음소리가 들려와 설득에 실패할 뻔한 소녀를 거들어 주었다. 그들은 겁에 질린 채 서로 떼밀며 동굴 속으로 달려 들어갔다. 그들은 우선 안도감을 느꼈다. 사자와 비를 피할 수 있어서 다행이다 싶었다. 그런데 동굴 안쪽에서 무시무시한 검은 형체가 벌떡 일어섰다. 알고 보니 그들이 피신한 곳은 곰의 소굴이었다. 사자들이 그들을 따라오지 않은 이유가 거기에 있었다.

발이 아주 빠른 소녀의 오빠 하나가 자기의 운을 시험하기로 했다. 그는 동굴을 차지하고 있던 거대한 곰에게 다가가서 약을 올렸다. 그러다가 잽싸게 동굴 밖으로 달아났다. 곰은 당장 추격에 나섰다. 생각보다 동작이 빨랐다. 소녀의 오빠는 이내 붙잡혔다. 곰은 그를 때려눕히고 살을 뜯어 먹기 시작했다. 그래도 그의 희생은 헛되지 않았다. 사람들은 그 틈을 타서 돌과 나뭇가지로 동굴의 입구를 막았다. 그럼으로써 거북들처럼 천적으로부터 스스로를 지켜 낼 수 있는 길을 찾아낸 것이다. 곰은 제가 살던 동굴 앞으로 여러 차례 돌아와 으르렁거렸지만, 그들은 그 포효에 맞서 돌멩이를 퍼부어댐으로써 이제 동굴의 주인이 바뀌었다는 사실을 곰에게 일깨웠다. 곰은 결국 탈환을 포기하고 다른 동굴을 찾아서 들어갔다. 자기보다 약한 동물을 거기에서 쫓아내는 것은 아주 쉬운 일이었다.

소녀는 자기네 무리가 승리했음을 확인하고 짜릿한 기분을 느꼈다. 그러니까 그들이라고 해서 언제나 당하기만 하도록 되어 있는 것은 아닌 셈이었다.

그들은 동굴의 온기 속에서 스스로 안전하다고 느꼈다. 그래서 끝없이 평원을 떠도는 처지에서 벗어나 거기에 머물러 살기로 결정했다.

이제 그들은 비바람을 두려워하지 않게 되었다.

이제 그들은 안심하고 먹이를 저장할 수 있었다. 동굴에서는 작은 포유동물이나 새에게 먹을 것을 도둑맞을 염려가 없었다.

그들의 행동에 변화가 생겼다. 그들은 스스로 깨닫지 못하는 사이에 붙박이로 사는 길을 찾아냈고, 이 발견으로 그들의 삶은 크게 달라졌다. 남자들은 자기들이 없는 동안 여자들과 아이들이 공격당하는 것을 두려워하지 않고 사냥을 나섰다. 돌아가는 것을 서두르지 않게 되자 사냥물도 늘어나고 새로운 사냥 기술도 생겨났다.

동굴에 남아 있는 여자들은 자기들끼리 말을 많이 하게 되었고, 그럼으로써 언어가 복잡해졌다. 살아가는 데 필요한 간단한 정보를 주고받던 단계에서 벗어나, 묘사와 감정 표현과 뉘앙스가 나타나고 개인적인 의견들이 교환되기에 이르렀다. 여자들은 남자들의 행위를 놓고 이러저러한 평을 했고, 음식을 보관하거나 조리하는 가장 좋은 방법을 두고 토론을 벌였다. 또한 따뜻한 동굴에서 아이들을 가르치기 시작했다. 한 여자는 동물의 가죽을 이용해서 몸을 보호하는 방법을 생각해 냈다. 그럼으로써 추위를 막아 줄 뿐만 아니라 뱀에게 물리거나 풀과 나무에 긁히는 것을 막아 주는 옷이 생겨났다. 여자들은 사냥물의 털가죽을 마름질하고 말린 창자로 끈을 만들어 자기들과 다른 겨레붙이들의 몸을 가렸다. 자기들도 모르는 사이에 성적인 수치심이라는 개념을 만들어 낸 셈이다. 그것은 에로티시즘의 탄생을 의미하는 것이기도 했다. 무언가 감춰진 것을 보면 상상력의 물꼬가 트이는 법이다.

어느 날 검은 눈의 소녀는 지평선을 물끄러미 바라보다가, 자기 안에서 불안감이 사라졌음을 깨닫고 깜짝 놀랐다. 소녀의 씨족은 거북을 본보기로 삼은 덕에 아주 평온하게 사는 방법을 터득했고, 그저 살아남기에 급급한 처지에서 벗어나 다른 것을 생각할 수 있게 되었다.

동굴에 정착한 뒤로 몇 주일이 지났을 때, 번개가 동굴 근처의 커다란 나무를 쓰러뜨렸다. 나무는 한 번에 타버리지 않고 벌건 잉걸불과 깜부기불로 변했다. 여자들과 아이들은 잔뜩 겁을 먹고 있다가 조심조심 다가갔다. 한 아이가 해처럼 노란 불빛을 만져 보려고 했다. 아이의 입에서 즉시 경악과 분노의 외침이 터져 나왔다. 「이게 나를 물었어.」

모두가 뒤로 물러섰다. 하지만 검은 눈의 소녀는 어떤 직감이 퍼뜩 들었는지, 불붙은 잔가지 하나를 잡고 겁 없이 흔들어 댔다. 어른 한 사람이 소녀를 따라 하자, 또 다른 어른이 나섰다. 불붙은 나뭇가지들은 사람을 공격하지 않고 저절로 타버렸다. 벌겋게 불이 붙은 쪽만 잡지 않으면 되는 것이었다. 나뭇가지들은 위험하기는커녕 따뜻한 온기와 빛을 전해주고 있었다.

한 남자 어른은 불이 옮겨붙는다는 사실을 알아차렸다. 성한 나뭇가지를 불붙은 나뭇가지에 가까이 가져가면, 그것에도 불이 붙어 까만 재가 되도록 타버린다는 것을 알아낸 것이다.

그들은 두려움과 유혹을 아울러 느끼면서 실험을 벌였다. 불이 붙은 쪽을 아래로 기울이면 나뭇가지가 더 빨리 탔다. 어떤 때는 바람이 한번 휙 불어오기만 해도 불이 꺼졌다. 마른 잎사귀는 금세 화르륵 타버리는 반면, 초록 잎사귀는 검은 연기를 내며 바지직거렸다. 또 흙을 끼얹으면 불이 꺼졌다.

소녀는 나뭇가지 끝에 고기 조각을 고정시킨 다음 불 속에 넣어 보았다. 고기에 붙어 있던 구더기들이 떨어지고 고기는 갈색에서 거뭇한 색깔로 변했다. 소녀는 고기가 식기를 기다렸다가 맛을 보았다. 맛이 좋았다. 그때부터 그들은 고기를 구워 먹게 되었다.

불의 용도는 그것에 그치지 않았다. 야수를 쫓아 버리는 데도 아주 그만이었다. 마침내 평온을 얻은 그들은 느긋하게 교접을 즐길 수 있었고 덕분에 더 많은 자식을 낳게 되었다.

씨족의 구성원이 자꾸 늘어나자 모두가 함께 살기에는 동굴이 너무 비좁았다. 그래서 그들은 더 넓은 동굴을 찾아 북쪽으로 떠나갔다. 맞춤한 동굴을 찾아내고 보니 안에 곰들이 살고 있었다. 그들은 횃불 삼아 들고 간 나뭇가지들을 이용해 연기를 피웠다. 동굴을 차지하고 있던 곰들은 매캐한 연기를 견디지 못하고 달아났다.

그들은 새 거주지를 밝히기 위해 커다란 화톳불을 피웠다. 동굴 안쪽에는 물이 졸졸거리는 샘까지 있었다. 덕분에 그들은 동굴 밖으로 나가지 않고도 물을 구할 수 있었다. 그런데 화톳불을 계속 피워 댔더니 굴속에 연기가 자욱했다. 모두가 기침을 하고 눈을 비볐다. 그제야 그들은 깨달았다. 불은 연기가 잘 빠져나갈 수 있도록 입구 가까이에서 피워야 하는 것이었다.

검은 눈의 소녀는 자기네 씨족이 어떻게 공포에서 벗어났는지를 잊지 않고 있었다. 소녀는 숯 조각을 집어 들고 동굴 벽에 자기가 기억하고 있는 것을 그렸다. 그림이 탄생하는 순간이었다. 사람들이 하나둘 다가들어 소녀의 작업을 지켜보았다. 그들은 소녀가 그린 동물을 알아보았고, 그때부터 거북을 자기네 상징으로 삼기로 했다.

쥐족

산등성이를 타고 바람이 몰아쳤다.

먹장구름이 낮게 내려앉더니 갑자기 번개가 하늘을 갈랐다.

그 아래에는 144명의 사람들이 한데 모여 있었다. 번개가 번쩍일 때마다 질겁한 그들의 얼굴이 드러났다.

씨족의 우두머리는 나뭇잎을 질겅거리다가 벌떡 일어섰다. 아이들의 울음소리를 마냥 듣고 있을 수가 없었다. 그는 마치 벼락에 맞서 싸울 것처럼 으르는 자세를 취했다. 으르렁대면서 두 주먹으로 가슴을 두드리고 팔의 근육을 부풀렸다. 웬만한 동물들은 아마도 그 무시무시한 울부짖음에 겁을 먹었으리라. 그는 무리의 젊은 수컷들을 상대로 자신의 권위를 세우고자 할 때도 바로 그런 소리를 질렀다. 그는 하늘에 도전하려는 듯 이빨을 드러내며 펄쩍 뛰어오르고 다시 날카로운 소리를 내질렀다.

그가 한창 기세를 부리던 찰나 그에게 벼락이 떨어졌다.

눈 깜짝할 사이에 씨족의 우두머리는 연기가 모락거리는 한 무더기의 재로 변했다. 그 한복판에 남은 등뼈의 흔적만이 거기에 사람이 있었음을 말해 주고 있었다.

모두가 엄청난 공포에 휩싸였다. 그들은 사방으로 달아났다가 서로에게서 힘을 얻기 위해 하나둘 다시 모여들었다. 이런 고약한 장소는 한시라도 빨리 떠나는 게 상책이었다. 그들은 등을 잔뜩 구부린 채 비를 맞으며 길을 나섰다.

동굴 하나가 나타났다. 동물이 아니라 사람들이 차지하고 있는 동굴이었다. 그들은 멀찌감치 피해 가기로 하고 빽빽하게 열을 지어 달아났다.

벼락을 피하고 살아남은 그 143명의 사람들 중에는 비록 가장 건장한 축에 들지는 않아도 호기심이 남달리 강한 젊은이가 하나 있었다. 연한 갈색 머리털이 텁수룩하고 광대뼈가 툭 불거진 얼굴에서 진회색 눈동자가 반짝거리는 젊은이였다. 그가 먹이를 찾아 혼자 돌아다니고 있을 때, 언덕바지에 서 있던 나무 한 그루에 벼락이 떨어졌다. 나무는 즉시 불길에 휩싸였다. 처음에 그는 잽싸게 달아나서 자기네 무리 속으로 들어갔다. 그다음에는 더 가까이 가서 그 광경을 지켜보았다. 호기심이 두려움을 이긴 것이다.

젊은이는 비탈을 타고 언덕바지로 올라갔다. 거기, 나무 뿌리 근처에서 기이한 장면이 펼쳐지고 있었다. 검은 쥐 1백여 마리와 갈색 쥐 1백여 마리가 송곳니 사이로 독기를 내뿜으며 대치하고 있었다.

쥐들과 쥐들의 대결이었다.

회색 눈의 젊은이는 꼼짝 않고 그 장면을 지켜보았다.

양쪽 무리의 우두머리가 맞붙었다. 놈들은 털을 바짝 세우고 상대에게 겁을 주기 위해 뒷다리로 버티며 일어서서 서로 을러메더니, 꼬리로 땅바닥을 쓸고 더 강해 보이기 위해 털가죽을 부풀렸다. 그러다가 갑자기 검은 쥐가 갈색 쥐에게 덤벼들었다. 두 우두머리는 한데 뒤엉켜서 서로 피가 나도록 물어뜯었다. 전투는 한참이나 지속되었다. 마침내 갈색 쥐가 상대의 목에 송곳니를 박았다. 핏방울이 여기저기로 튀었다.

검은 쥐 두 마리가 달아났다. 나머지 검은 쥐들은 그대로 머물러서 복종의 뜻으로 머리를 숙이고 어깨를 오므렸다. 그러자 갈색 쥐들은 검은 쥐들의 숨통을 끊어 버렸다. 승리한 편의 수컷들에게 즉시 몸을 내맡긴 검은 쥐의 암컷들만 죽음을 모면했다.

갈색 쥐들의 우두머리는 적에게 마지막 모욕을 가했다. 검은 쥐들의 시체에 오줌을 누고 그 우두머리의 머릿골을 삼켜 버린 것이다.

쥐들이 보여 준 그 무시무시한 폭력은 회색 눈의 젊은이에게 깊은 인상을 주었다. 그는 낯선 사람들의 무리를 멀리에서 여러 차례 보았던 일을 떠올렸다. 이제껏 인간의 무리들은 서로 싸움을 피하면서 살아왔다.

그는 쥐들의 싸움터로 다가가서 머릿골이 비워진 검은 쥐의 시체를 주워 들었다. 그러고는 조금 전의 전투 장면을 잊지 않겠다는 뜻으로 그 털가죽을 머리에 쓰고 다니기로 했다. 그는 겨레붙이들에게 돌아가면서 곰곰 생각했다. 갖가지 생각이 머릿속에서 아우성쳤다.

비탈 아래로 내려와 보니, 겨레붙이들은 시체를 파먹는 짐승들이 버리고 간 해골을 빨아 대고 있었다. 다시 천둥이 으르렁거렸다.

그들에게서 멀지 않은 곳으로 벼락이 떨어지자, 한 여자가 울부짖었다. 젊은이는 여자를 붙잡아 왁살스럽게 물어 버렸다. 느닷없는 공격에 놀란 여자는 즉시 잠잠해졌다. 하지만 젊은이는 그녀를 땅바닥에 쓰러뜨리고 그악스럽게 주먹질을 해댔다. 전에 없던 이 갑작스런 행동은 천둥 때문에 벌벌 떨던 무리를 진정시키는 효과를 가져왔다. 그들은 젊은이의 폭력에 마음을 빼앗긴 나머지 천둥을 잊고 있었다. 광란에 빠진 젊은이는 여자를 죽이기로 했다. 다른 남자들은 어떤 본능에 이끌린 듯 그에게 스스로 다가가서 충성을 표시했다. 그들은 젊은이 앞에서 고개를 숙이고 엉덩이를 보여 주었다. 검은 쥐 가죽 모자를 쓴 젊은이는 유난히 고분고분해 보이는 남자 하나를 골라 콱 깨물었다. 자기가 지배자임을 확실하게 보여 주기 위한 행동이었다. 희생자는 비명을 질렀고 다른 사내들은 모두 고개를 숙이며 존경의 뜻을 표시했다.

이로써 젊은이는 이유 없는 폭력을 사용해서 무리의 관심을 딴 데로 돌리는 원리를 생각해 낸 셈이다. 그들 무리는 천둥을 무서워하지 않게 되었다. 정작 두려운 것은 천둥이 아니라 그 젊은이였다. 그의 쥐 가죽 모자도 처음에 쓰고 왔을 때는 우스꽝스러워 보이더니 이제는 권위의 상징으로 느껴졌다.

하지만 회색 눈의 젊은이는 그것으로 만족하지 않았다. 그는 자기가 발견한 것을 활용해서 겨레붙이들을 공포에서 벗어나게 하고 싶었다.

이튿날 멀리에 다른 씨족이 나타났다. 그는 예전처럼 낯선 사람들을 피해 가는 대신 공격을 하라고 명령했다.

그들은 무시무시한 고함을 지르며 덤벼들었다. 그러자 상대편 사람들은 그토록 사나운 씨족을 만난 것에 너무나 경악하여 스스로를 지킬 생각조차 하지 못했다. 어느 쪽에서 보든 이건 처음 있는 일이었다.

젊은이는 이 경험을 바탕으로 공격하는 것이 방어하는 것보다 쉽다는 결론을 내렸다. 그는 직접 공격에 나서지 않았다. 그가 명령을 내리면 씨족의 다른 남자들이 대신 나가서 싸웠다. 그들이 난폭하게 굴면 굴수록 적들은 쉽게 무릎을 꿇었다.

그러던 어느 날, 그들의 공격을 받은 씨족의 한 사내가 막대기를 휘두르며 저항했다. 막대기의 끄트머리에는 뾰족한 돌멩이가 달려 있었다. 회색 눈의 젊은이는 그 도구에 굉장한 흥미를 느꼈다. 그는 뒤쪽에서 사내를 덮쳐 막대기를 빼앗았다. 그런 다음 사내를 죽이지 말고 붙잡아 두라고 부하들에게 일렀다.

전투가 끝나자, 상대편의 생존자들은 복종하는 길을 선택했다. 쥐 가죽 모자를 쓴 우두머리는 승리의 환호성을 내질렀다.

부하들은 그를 따라 포효했고, 씨족의 여자들은 안도와 환희를 느끼며 날카로운 소리로 화답했다.

상대편의 몇몇 젊은 여자는 재빨리 회색 눈의 젊은이 주위로 달려들어 그와 교접할 준비가 되어 있다는 뜻을 알렸다. 하지만 그는 상대편 우두머리의 머리통을 부수는 데 열중해 있었다. 마침내 머리뼈가 깨지고 머릿골이 비어져 나오자, 그는 주저 없이 그것을 삼켜 버렸다.

그의 겨레붙이들은 격렬한 몸짓으로 흥분과 환희를 표시했다.

그는 전투에서 살아남은 상대편 남자들과 늙은 여자들을 죽이라고 명령했다. 하지만 임신을 할 수 있는 젊은 여자들은 살려 주었다. 이것 역시 언덕바지에서 본 갈색 쥐들의 행동을 본뜬 것이었다.

뾰족한 돌멩이가 달린 막대기를 휘두르던 사내는 상대편 남자 중에서 유일하게 살아남았다. 우두머리는 이 포로에게 무기 제작의 비법을 털어놓으라고 요구했다. 포로는 먼저 단단한 돌멩이로 다른 돌멩이를 다듬어서 쥐의 송곳니처럼 뾰족하게 만드는 법을 가르쳐 주었다. 그다음에는 어떻게 그 뾰족한 돌멩이를 나뭇가지에 매달아 창을 만드는지 보여 주었다. 우두머리는 그것이 쓸모 있는 무기라고 판단했다. 씨족의 남자들은 그의 지시에 따라 저마다 자기가 쓸 창을 만들었다.

우두머리는 전쟁의 이점이 한두 가지가 아님을 깨달았다. 다른 씨족을 공격하면 우두머리 자신의 권위를 세우고 씨족의 단결을 강화할 수 있을 뿐만 아니라, 아름다운 여자들을 포로로 삼을 수도 있고 상대편의 기술을 가로챌 수도 있었다.

바야흐로 인간들끼리 전쟁을 벌이는 시대가 도래했으니,

미리미리 전쟁에 대비하는 것이 상책이었다. 여자들은 씨족의 병력을 늘리기 위해 자식을 많이 낳아야 했다. 남자들은 그런 상황에 고무되어 탐욕을 부리며 젊은 여자 포로들에게 덤벼들었다.

어린것들이 늘어났으니 먹을 것을 더 많이 구해야 했다. 하지만 남자들이 창을 사용하게 되면서 그 문제는 어렵지 않게 해결되었다. 그들은 예전과 달리 덩치가 큰 짐승들을 잡아 올 수 있었다. 다른 짐승들이 버리고 간 시체를 뜯어 먹던 처지에서 벗어나 버젓한 사냥꾼들이 된 것이다.

그러는 동안 씨족의 우두머리는 쥐들의 행동을 계속 관찰했다. 그는 쥐의 수컷들이 저희끼리 자주 싸운다는 사실에 주목했다. 그것은 새끼를 더 잘 낳을 수 있는 암컷들을 차지하기 위해 벌이는 결투였다. 쥐들은 그것을 통해 더 강한 수컷을 가려내고 있었다. 우두머리는 그런 선별 방식을 본받기로 했다. 얼마 안 가서 결투는 씨족의 젊은 남자들이 거쳐야 하는 가장 중요한 관문이 되었다. 우두머리는 결투를 하나의 의례로 만들었다. 그것은 건장한 자들을 선별하고 허약한 자들을 제거하기 위한 행사였다.

우두머리 자신도 젊은 축에 들었지만, 그는 경쟁을 붙이기만 할 뿐 직접 참여하지는 않았다. 그는 자기 힘을 증명할 필요가 없는 역사적인 우두머리였다.

씨족의 남자들은 기다란 막대기 끝에 매다는 돌을 계속 깎고 다듬어서 더욱 날카로운 무기로 만들어 갔다. 그들은 다른 씨족을 만날 때마다 다짜고짜 공격을 벌였고, 매번 쉽게 승리를 거뒀다.

우두머리는 쥐들을 관찰하면서 또 다른 습성을 알아냈다.

쥐들은 처음 보는 먹이를 대하면 함부로 먹지 않고 아주 신중하게 행동했다. 먼저 한 쥐에게 그것을 먹인 다음 얼마 동안 그 쥐를 격리해 놓았다. 그러면서 그 먹이를 먹어도 아무 탈이 없는지 알아보는 것이었다. 우두머리는 자기 씨족 사람들에게 그와 똑같은 방식을 사용하라고 명령했다. 그리하여 누가 처음 보는 버섯이나 물렁 열매를 따 온다거나 사냥꾼들이 이상한 고기를 가져온다거나 웅덩이에 고여 있는 물을 만나는 경우에는, 먼저 한 사람을 골라 시식을 하게 했다. 만약 시식자가 죽지 않으면, 그 음식은 먹어도 되는 것으로 간주되었다. 자연에는 독을 품은 것들이 흔하고 먹을 수 있는 것들이 드문 터라, 이 방법은 아주 유용했다. 그들은 숱한 중독의 위험을 피할 수 있었다.

씨족의 남녀들은 자식을 많이 낳으라는 요구에 열성적으로 부응했다. 어린것들의 수는 갈수록 늘어났다. 우두머리는 약자들을 골라내는 제도를 강화할 때가 되었다고 판단했다. 결투가 정화의 첫 단계 구실을 하고 있었지만, 그것으로는 충분하지 않았다. 쥐들의 세계에서는 모든 구성원 사이에 도전이 끊이지 않았고, 도전을 거부하는 자들은 병자나 버림받은 자나 잡아먹힐 자로 여겨지고 있었다.

우두머리는 자기네 씨족의 상황도 그러해야 하리라고 생각했다.

임신을 할 수 없거나 딸들을 너무 많이 낳은 여자들은 씨족을 강하게 만드는 데 도움이 되지 않았다. 늙은이들과 병약한 자들은 제대로 걷지 못한다 싶으면 곧바로 죽임을 당했다. 적을 공격할 때 그들 때문에 기동성이 떨어진다는 것은 있을 수 없는 일이었다. 뒤에 처진 그들이 적에게 잡히도록 내버려 둘 수도 없었다. 그런 결정이 내려지자 늙은이들은 건강을 유지하기 위해 운동을 하기 시작했다.

그들은 벼락을 두려워하지 않고 오히려 번갯불을 길잡이로 삼아 북쪽으로 올라갔다. 그러면서 다른 씨족들을 만나는 족족 쳐부수고 사냥물을 축적하고 패배한 씨족의 여자들을 노예로 만들었다. 어느 날 회색 눈의 젊은이는 정복당한 우두머리의 머릿골을 먹은 다음 모자처럼 쓰고 다니던 쥐 가죽을 벗어 자기 앞으로 들어 올렸다. 씨족의 구성원들은 모두 그 동작의 의미를 알아차렸다. 쥐 가죽 모자는 이제 그들을 하나로 묶어 주는 징표였다.

그들은 쥐들과 특별한 인연을 맺은 겨레였다.

돌고래족

해변에 바람이 불고 있었다.

먹장구름이 낮게 내려앉더니 갑자기 번개가 하늘을 갈랐다.

그 아래에는 144명의 사람들이 한데 모여 있었다. 번갯불이 번쩍일 때마다 그들의 모습이 환하게 드러났다.

아이들은 겁에 질려 있었다. 어머니들은 아이들을 안심시키기 위해 머리털을 헤치며 이를 잡아 주었다. 설령 이를 잡지 못한다 해도 그 부드러운 손길이 아이들에게 위안을 주고 있었다.

마침내 비가 멎고 그들은 잠이 들었다.

이튿날 아침 한 할머니가 모래톱으로 산보를 나갔다가 물 밖으로 솟구치는 돌고래를 보았다. 그건 처음 보는 광경이 아니었다. 그런데 한 가지 놀라운 일이 있었다. 물속에 사는 그 동물이 해변으로 과감하게 접근하더니 할머니 곁으로 바싹 다가들고 있다는 사실이었다.

그녀의 씨족은 바다가 매우 위험하다는 것을 알고 있었다. 그들이 바다에 접근하는 것은 아주 드문 일이었다. 허벅지 위쪽까지 차오르는 깊은 물에 들어가 본 사람은 아직 아무도 없었다.

그런데 돌고래가 할머니를 자꾸 부르고 있는 듯했다. 할머니는 이상한 본능에 이끌리고 마음속 깊은 곳에서 명령을 내리는 어떤 목소리에 힘입어, 평소 같으면 도저히 생각할 수 없는 일을 감행하기로 했다. 할머니는 바닷물 속으로 나아갔다. 차가운 물이 살갗에 닿자 불쾌감과 함께 전율이 일었다.

돌고래가 할머니 쪽으로 다가왔다. 그러더니 딱딱거리는 소리와 날카로운 휘파람 소리를 냈다. 할머니는 그와 비슷한 소리로 화답하려고 애썼다. 그들은 그렇게 잠시 소리를 주고받았다. 그러고 나자 돌고래는 할머니에게 바싹 다가들었고, 할머니는 돌고래의 뾰족한 주둥이를 만졌다. 이어서 돌고래는 몸을 돌려 등지느러미를 할머니 쪽으로 내밀었다. 제 지느러미를 잡으라고 하는 듯했다. 할머니는 자기보다 훨씬 큰 그 동물에게 물리지 않을까 해서 쭈뼛거렸다.

돌고래는 재촉이라도 하듯 낑낑거렸다.

할머니는 자기도 모르게 뒷걸음질을 쳤다. 물에 대한 해묵은 공포가 되살아나고 이제껏 경험해 보지 않은 일에 대한 두려움이 더해지고 있었다.

〈돌고래의 등지느러미를 잡아!〉 하고 마음속의 목소리가 말했다. 그 목소리의 울림 때문에 머리가 지끈거렸다. 〈자,

어서.〉

할머니는 마음을 다잡고 손을 내밀었다.

지느러미는 미끈미끈했다. 하지만 감촉은 생각보다 차지 않고 미지근했다.

돌고래는 점점 깊어지는 바닷물 속으로 할머니를 이끌었다. 할머니는 순순히 돌고래를 따라갔다. 물이 사타구니와 배를 지나 턱 밑까지 차올랐다. 할머니는 겅중거리며 두 발을 재게 놀렸다. 그러다가 어느 순간 자기 몸이 기슭에 닿았다가 돌아 나가는 파도에 실려 붕 떠 있다는 사실을 알아차렸다.

할머니는 아침나절 내내 그렇게 물속을 휘젓고 다녔다. 멀리 물기슭에서 그녀를 살피고 있던 사람들은 그녀가 미쳤다고 생각하면서 결국은 돌고래에게 잡아먹힐 거라고 확신했다. 수면으로 보이는 것은 그녀의 머리뿐이었다. 그들의 귀에는 돌고래의 울음소리도 그것에 화답하는 그녀의 목소리도 들리지 않았다. 하지만 둘이서 서로 이야기를 나누고 있는 것 같은 느낌이 들기는 했다.

그때 돌고래가 갑자기 물속으로 사라지더니 정어리 한 마리를 입에 물고 다시 나타났다. 돌고래는 그것을 할머니에게 주었다. 마치 물을 두려워하지 않게 된 것을 칭찬하기 위해서 그러는 것 같았다.

할머니는 싱싱한 물고기를 한 손에 들고 해변으로 돌아왔다. 이제 그녀가 미쳤다고 생각하는 사람은 아무도 없었다.

그 뒤로 며칠 동안 해변을 삶의 터전으로 삼은 이 씨족에게 놀라운 변화가 일어났다. 144명 모두가 헤엄치는 법을 배웠다. 비록 가장 느린 놈들을 노릴 뿐이었지만, 물고기 잡는 법도 익혔다. 돌고래들은 그들 곁을 떠나지 않고 물속에서 어떻게 움직이는지 시범을 보여 주었다. 알고 보니 그들은 참을성 있는 스승이었다.

사람들은 돌고래의 언어로 생각과 감정을 주고받기 시작했다. 돌고래들처럼 딱딱 소리를 내기도 하고 휘파람 소리를 내기도 했다. 아이들은 물속에서 즐겁게 놀면서 돌고래들을 따라 점점 멀리 나아갔다.

그러던 어느 날, 인간의 다른 무리가 멀리에 나타났다.

해변 사람들은 그들과 맞서기 위해 한자리에 모였다.

맞은편에서 오던 사람들은 꼼짝 않고 서 있었다. 어느 쪽이든 맨 앞줄에는 상대에게 겁을 주기 위해 남자 어른들이 늘어섰다.

양쪽 사람들이 서로 동정을 살피고 있는데, 돌고래와 처음으로 사귀었던 할머니가 남자 어른들의 줄을 넘어가서 상대편 무리에게 다가가더니, 한 손을 펴서 가장 긴장해 보이는 남자에게 내밀었다.

상대편 사람들은 그 동작의 의미를 이해하지 못했다.

그건 처음 보는 행동이었다. 상대편 우두머리는 잠시 생각하다가 역시 한 손을 내밀었다.

두 사람의 손바닥이 맞닿고 얼굴에 미소가 번졌다. 두 사람은 서로의 손을 꼭 쥐었다. 할머니는 자기가 돌고래의 본을 따라 그렇게 행동했다는 것을 알고 있었다. 돌고래들은 전쟁보다 협력을 선호하도록 그들에게 가르쳤던 것이다.

이제 할머니의 씨족은 돌고래의 행동을 본보기로 삼는 겨레가 되어 있었다.

그들은 이방인들을 맞이하여 먼저 식사를 함께 했다. 그다음에는 몸짓과 소리시늉말로, 그리고 시간이 조금 지난 뒤에는 낱말들을 사용해서 의사소통을 하려고 노력했다.

그리하여 돌고래족은 상대편 사람들이 개미를 본보기로 삼는 겨레임을 알게 되었다.

두 씨족은 늘 사이좋게 지냈다. 돌고래족은 수영과 고기잡이, 언어, 놀이, 노래 등 자기들이 돌고래들에게서 배운 모든 것을 개미족에게 가르쳤다. 반면에 개미족은 개미들처럼 땅굴을 파는 방법을 가르쳐 주었다. 그 땅굴은 어떤 동물의 공격도 막아 낼 수 있는 든든한 거처였다. 개미족의 가르침은 그것으로 그치지 않았다. 그들은 개미들을 관찰하면서 약자들을 버리면 안 된다는 사실을 깨닫게 되었다고 했다. 약자들을 보호함으로써 그들 나름대로 임무를 수행할 수 있는 길을 열어 주어야 한다는 것이었다. 그들의 설명에 따르면, 부상자들과 불구자들은 갖가지 활동을 생각해 내고 실행에 옮김으로써 스스로를 씨족 전체에 꼭 있어야 할 존재로 만들어 갈 수 있었다. 아이 돌보기, 식물을 엮어서 물건 만들기 등 그들이 할 수 있는 일은 아주 많았다.

개미족의 행동 가운데 돌고래족을 놀라게 한 것이 하나 있었다. 개미족 사람들은 서로에게 호감을 표시하기 위해 상대의 입에 자기 입을 맞추는 행위를 하고 있었다. 사실 그것은 개미들을 관찰하면서 배운 행동이었다. 그들은 개미들이 서로 더듬이를 비비고 입을 핥아 주는 것을 보면서 그것이 공동체의 단결에 도움이 되리라고 생각했다.

개미족은 돌고래족에게 입맞춤을 제안했다. 돌고래족 사람들은 처음엔 싫은 기색을 보이며 침을 뱉었지만, 결국에는 그 접촉을 기분 좋은 것으로 여기게 되었다. 나중에는 입을 맞추는 것에 그치지 않고 침이 묻은 혀를 맞대기까지 했다.

바야흐로 288명이 서로 도우며 살아가는 공동체가 만들어지고 있었다. 그들은 만조 때에 물에 잠기는 일이 없도록 모래톱이 내려다보이는 높다란 곳에 거대한 움집을 지었다.

그들은 개미족의 언어와 돌고래족의 언어를 결합한 공통의 언어를 만들어 냈다. 두 씨족의 남녀가 결합하는 일이 빈번해지면서 얼마 지나지 않아 두 씨족의 피가 섞인 아이들이 생겨났다.

이 아이들이 같은 씨족의 남녀 사이에서 생겨난 아이들보다 건강하다는 사실은 모두를 놀라게 했다. 하지만 혈통이 어떠하든 그들은 〈단결이 힘을 만든다〉는 원칙에 따라 모두가 사이좋게 살았다.

66. 백과사전: 개미

인간이 지구에 나타난 것은 기껏해야 3백만 년 전의 일이지만, 개미들은 1억 년 전부터 도시를 건설하기 시작했다. 이 도시들은 갈수록 규모가 커져서 수천만 마리의 개체를 수용하는 거대한 돔의 형태를 띠기도 했다.

그런데 개미들이 선택한 생존 전략을 살펴보면, 어떤 것들은 인간 문명의 현재 수준에 비추어 볼 때 아주 이상하게 느껴진다. 우선 개미들은 대부분 암수의 구별이 없다. 생식을 담당하는 암개미와 수개미는 사회의 전체 구성원 가운데 아주 작은 부분을 차지할 뿐이다. 수개미들은 결혼 비행을 하면서 암개미에게 정자를 주고 나면 모두 죽어 버리고, 정자를 받은 암개미는 여왕개미가 된다. 그 뒤로는 여왕개미 혼자서 계속 알을 낳는다. 여왕개미는 공동체의 상황을 언제나 훤히 꿰고 있기 때문에 공동체가 필요로 하는 개체들을 양과 질의 측면에서 정확하게 제공한다. 따라서 각각의 개체는 역할이 미리 정해진 채로 태어난다. 개미 사회에는 실업이나 가난, 사유 재산, 경찰 따위가 존재하지 않는다. 위계 제도나 정치권력도 없다. 개미 사회는 아이디어 공화국이다. 나이나 역할에 상관없이 저마다 사회 전체를 위한 아이디어를 낼 수 있다. 발상이 좋고 정보가 정확하다면 어느 구성원이 내놓은 의견이든 온 공동체가 그것을 따른다.

개미들은 농사를 짓는다. 개미집 안에 마련되어 있는 버섯 재배실이 그것을 말해 준다. 어떤 개미들은 장미나무에서 진딧물을 방목한다. 개미들의 세계에도 목축이라는 개념이 있는 셈이다. 어떤 개미들은 도구를 사용하기도 한다. 나뭇잎 두 장을 꿰매어 천막을 치는 개미들의 경우에서 그 점을 확인할 수 있다. 개미들에게는 화학이라는 개념도 있다. 항생 작용을 하는 침을 이용해서 애벌레들을 보살피고 개미산으로 적을 공격하니 말이다.

건축 분야를 보자면, 개미들은 도시를 건설할 때 알을 보관하는 햇빛방이나 먹이를 저장하는 창고, 여왕개미의 거처, 버섯 재배실 등이 들어갈 자리를 미리 마련해 둔다.

그런데 만약 개미 사회에서 모든 구성원이 노동에 종사하리라고 생각한다면 그건 오산이다. 사실 전체 구성원 가운데 3분의 1은 잠을 자거나 한가로이 돌아다니면서 빈둥거린다. 또 다른 3분의 1은 쓸데없는 일을 벌이거나 심지어는 다른 개미들에게 방해가 되는 일을 저지른다. 예를 들면 지하 통로를 뚫는답시고 일을 벌이다가 일껏 만들어 놓은 다른 통로를 무너뜨리는 식이다. 나머지 3분의 1은 앞서 말한 사고뭉치들의 실수를 바로잡으면서, 도시를 제대로 건설하고 관리해 나간다. 이들이 있기에 도시 전체가 원만하게 돌아가는 것이다.

전쟁이 벌어졌을 때도 사정은 비슷하다. 전투가 아무리 치열해도 모든 개미가 나서서 싸워야 하는 것은 아니다. 하지만 노동을 하든 안 하든,

전투에 참가하든 안 하든, 공동체의 성공에 기여하려고 애쓴다는 점에서는 어느 개미나 마찬가지다. 개미들에게는 집단적인 성취가 개인적인 성공보다 중요하다.

개미들은 자기네 도시 주위의 사냥감이 고갈되었다 싶으면, 모든 시민이 다른 곳으로 옮겨 가서 새로운 도시를 건설한다. 그럼으로써 개미들의 도시와 자연 사이에 균형이 이루어진다. 개미들은 환경을 파괴하지 않고, 오히려 땅속에 공기가 통하게 하고 꽃가루가 널리 퍼져 나가게 하는 데 기여한다.

개미들은 성공한 사회적 동물의 본보기를 제시한다. 개미들은 사막에서 북극에 이르기까지 모든 생물학적 환경을 차지했다. 개미들은 히로시마와 나가사키에 원자 폭탄이 떨어졌을 때도 살아남았다. 개미들은 저희끼리 서로 방해하지 않고 지구와 완벽한 조화를 이루면서 살아간다.

에드몽 웰스, 『상대적이며 절대적인 지식의 백과사전』 제5권

67. 헤르메스의 강평

강의실에 다시 불이 들어왔다. 우리는 눈을 비빈다. 피로가 몰려온다. 마치 은비가 몸을 숙인 자세로 너무 오랫동안 게임기에 매달려 있을 때처럼 피곤하다.

인간들이 살아가는 모습을 관찰하는 것은 식물이나 동물을 구경하는 것보다 훨씬 흥미진진하다.

헤르메스는 공중에 붕 뜬 채로 18호 지구 주위를 돌면서 각각의 씨족을 주의 깊게 살핀다. 그러더니 우리에게도 다른 후보생들의 씨족을 관찰해 보라고 권한다. 나는 이미 내가 이끄는 씨족과 바로 이웃해 있는 씨족들을 살펴본 바 있다. 베아트리스가 맡은 거북족, 프루동의 쥐족, 에드몽 웰스의

개미족이 바로 그들이다. 그런데 대충 헤아려 봐도 씨족들의 수가 후보생들의 수보다 많다. 헤르메스가 말한 것처럼 아무 신도 보살펴 주지 않는 종족들이 섞여 있는 것이다. 내가 보기에 그 종족들은 우리가 보살피는 씨족들 못지않게 번성해 가고 있다. 신이 없어도 개개인의 직관에 힘입어 쓸모 있는 것들을 발견해 나가는 게 아닌가 싶다. 그들의 발견은 때로 우리가 꿈을 통해 영매들에게 암시하는 것보다 훨씬 유용하다. 우리를 무색하게 만드는 일이 아닐 수 없다.

다른 후보생들이 행성에 눈길을 붙박고 있는 동안 나는 에드몽에게 속삭인다.

「어젯밤에 검은 숲에서 무슨 일이 있었던 거죠?」

에드몽은 손사래를 친다. 그 얘기를 하기에는 때와 장소가 적절치 않다는 뜻이다. 나는 인간 공동체의 맹아들을 관찰하는 일로 돌아간다.

매릴린이 말문을 연다.

「인간들이 동굴에 살기 시작하면서 많은 것이 달라졌어. 안전한 거처가 생긴 뒤로 남자들은 사냥에 전념하고 여자들은 불의 주위에서 많은 시간을 보내. 그러다 보니 남자와 여자의 특성에 변화가 생겼어. 인간 시절에 내 남편이었던 조 디마지오는 냉장고에서 버터를 찾아내는 일도 제대로 하지 못했어. 이제는 그 까닭을 알겠어. 그는 야구 선수였어. 그의 시각은 야구 경기에 적합하도록 훈련되었어. 그래서 멀리 떨어진 물체는 정확하게 보면서도 냉장고 안에 든 버터는 찾아내지 못했던 거야.」

에드몽의 생각도 비슷하다.

「그에 반해서 여자들은 동굴에 틀어박혀서 불이 꺼지지

않도록 신경을 써야 하고, 동물들이 동굴 안으로 들어오지 않도록 감시해야 해. 아이들이 바보 같은 짓을 벌이지 않도록 단속하는 것도 여자들의 일이야. 그런 일을 하다 보니 가까이에 있는 것들을 폭넓게 볼 수 있는 눈을 갖게 된 것이지.」

「그리고 여자들끼리 이야기를 많이 나누게 되니까 어휘도 풍부해져. 반면에 남자들은 침묵에 익숙해지지. 사냥감이 놀라서 달아나지 않도록 입을 다물고 있어야 할 때가 많으니까 말이야.」

마타 하리의 말에 생텍쥐페리가 동을 단다.

「그런 점에서 보면 남자들의 방향 감각이 더 좋은 까닭도 이해할 수 있어. 사냥을 잘 하려면 방향 감각이 좋아야 하니까, 그런 쪽으로 능력이 향상된 것 아니겠어?」

「여자들은 좁은 공간에 모여서 지내기 때문에 마음의 미묘한 변화를 이해하고 말로 표현하는 능력을 갖게 되었어.」

다른 후보생들도 하나둘 우리 이야기에 끼어든다.

「남자들은 사냥 솜씨를 놓고 경쟁을 벌인 덕에 손재주가 한결 좋아졌어.」

「여자들은 아이들을 돌보면서 생명을 더 소중히 여기게 되었어. 그에 반해서 사냥을 맡은 남자들은 죽이는 것을 좋아하게 되었지.」

헤르메스가 조용히 하라고 신호를 보낸다. 우리의 작업에 대한 심사를 끝낸 것이다. 드디어 우승자를 발표할 시간이 되었다.

「오늘 벌인 Y 게임의 우승자는 거북족을 이끈 베아트리스 샤파누입니다. 이 씨족은 중성의 힘, 즉 N력을 성공적으로 구현했다고 볼 수 있습니다. 이들은 안전한 거처를 찾아내고 정착 생활을 시작했어요. 마침내 인류에게 유랑 생활이 아닌 다른 해결책이 나타난 것이죠.」

헤르메스는 베아트리스에게 황금 월계관을 씌워 주고 말을 잇는다.

「2등은 쥐 부족을 맡은 프루동입니다. 이 학생은 전쟁의 개념을 창안했습니다. 그럼으로써 자기가 맡은 사람들을 천적에게 당하기만 하는 삶에서 벗어나게 했을 뿐만 아니라, 자기들의 운명을 스스로 개척해 나갈 수 있게 해주었죠. 강자를 선별하는 방식이나 인구 증대 정책도 효과가 있는 것으로 드러났어요. 프루동은 지배와 파괴의 힘, 즉 D력을 아주 잘 구현하고 있어요.」

시몬 시뇨레가 이의를 제기한다. 충격을 받은 기색이다.

「하지만 프루동의 씨족은 다른 씨족의 젊은 남자들과 노인들을 학살하고 있습니다. 그뿐만 아니라 여자들을 납치하고 겁탈하는 파렴치한 짓도 서슴지 않아요. 납치당한 여자들은 쥐족의 전사들을 늘리기 위해 계속 아이를 낳아야 하는 상황입니다. 게다가…….」

헤르메스는 퉁명스런 어조로 그녀의 말허리를 자른다.

「여기는 심판하거나 훈계하는 자리가 아닙니다. 전쟁은 세력을 키워 나가는 방식의 하나예요. 쥐족이 이웃의 씨족들을 죽이고 임신할 수 있는 여자들을 포로로 삼는 것은 미래의 생존을 확보하기 위한 행동입니다. 또한 쥐족은 다른 씨족들을 침략할 때마다 패배자들의 기술과 발견을 자기들 것으로 만들고 있어요. 그럼으로써 과학 분야에서도 진보를 이뤄 나갑니다. 비록 연구 활동을 통해서 얻은 성과는 아닐지라도 그것 역시 진보의 한 방식이죠. 끝으로 정예군을 창설한 것에 대해서 말하자면, 그것은 씨족의 안전을 확보하기 위한 방책입니다. 목적은 수단을 정당화하죠.」

웅성거리는 소리가 커져 간다. 보아하니 여자 후보생들은 그런 세계관에 동의하지 않는 모양이다.

헤르메스는 후보생들의 반응에 전혀 아랑곳하지 않고 프루동을 불러내어 은 월계관을 씌워 준다.

「3등이자 마지막 수상자는 협력과 사랑의 힘, 즉 A력을 대표하는 미카엘 팽송입니다.」

뜻밖이다. 기쁘기는 하지만 내가 프루동과 함께 3등 안에 들었다는 사실이 놀랍다. 내가 추구하고 있는 가치는 프루동의 것과 정반대가 아닌가.

헤르메스가 설명한다.

「미카엘 팽송이 맡은 씨족은 바다로 삶의 터전을 확장했고, 돌고래들과 친교를 맺었으며, 다른 씨족과 협력했습니다. 나는 그런 점들을 높이 평가했습니다.」

그래도 놀랍기는 마찬가지다.

「그렇다면, 저는 에드몽 웰스와 공동 수상을 해야 하는 것 아닌가요?」

「그렇지 않아요. 협력을 먼저 제안한 것은 학생, 아니 돌고래족의 한 구성원이었으니까요. 에드몽의 씨족은 제안을 받아들였을 뿐이죠. 협력의 개념을 창안한 것은 미카엘입니다. 처음으로 생각해 낸 쪽에서 그 결실을 거두어 가는 것은 당연한 일이죠.」

결국 에드몽은 4등으로 밀렸다. 그의 얼굴을 보니 기꺼이 승복한다는 듯한 기색이 역력하다. 개미족 다음으로 좋은 점수를 얻은 씨족들은 앙리 마티스의 공작족, 프레디 메예르의 고래족, 조르주 클레망소의 사슴족, 라퐁텐의 갈매기족, 카미유 클로델의 성게족, 프랑수아 라블레의 돼지족, 몽골피에의 사자족, 라울의 독수리족, 매릴린의 말벌족이다.

헤르메스는 칠판 앞으로 날아가더니, 〈협력, 지배, 중립〉이라고 쓰고 강평을 이어 나간다.

「오늘의 세 수상자는 저마다 자기 나름의 방식으로 우주의 원초적인 세 가지 힘 가운데 하나를 구현했습니다. 여러분 모두가 각자의 씨족을 이끌면서 확인했겠지만, 여러분의 씨족이 취할 수 있는 행동은 다른 씨족과의 관계라는 측면에서 볼 때 다음의 세 가지로 압축됩니다.」

그는 판서로 설명을 대신한다.

남과 함께.
남과 맞서서.
남과 무관하게.

우리는 또 다른 행동 방식이 있지 않을까 해서 머리를 짜낸다. 하지만 떠오르는 게 없다. 헤르메스는 빙그레 웃으면서 말을 잇는다.

「이 세 가지 힘은 소립자 차원에 작용해서 원자를 형성하거나 변형하고, 분자 차원에 작용해서 생명을 형성하거나 변형하며, 천체 차원에 작용하여 태양계를 형성하거나 변형합니다. 이 힘들은 인간관계에서도 찾아볼 수 있습니다. 커플과 같은 소우주적인 차원에 작용하기도 하고, 문명과 문명이 만날 때와 같은 거시적 차원에 작용하기도 하죠.」

그는 다시 공중으로 올라간다.

「여러분이 벌이는 경쟁을 Y 게임이라고 부르는 이유가 바로 여기에 있습니다. 한 판의 경기가 끝날 때마다 세 명의 입상자가 선정됩니다. 그들은 각각 사랑의 힘, 지배의 힘, 중성의 힘을 대표하면서 〈Y〉의 세 획을 이루죠.」

이제 패배자들을 발표할 차례다. 헤르메스는 탈락한 씨족들을 하나씩 호명한다. 여우원숭이족은 전투 능력이 없다는 이유로 탈락되었다. 판다족은 너무 게으른 것이 문제였다. 사냥을 하지 않고 죽순만 먹은 탓에 단백질이 결핍되는 지경에 이르렀다는 것이다. 레밍족은 우두머리에게 맹종하는 습성이 들어서 그릇된 판단에서 나온 명령조차 그대로 따르다가 화를 당했다. 게다가 그들은 무리를 지어 스스로 바다에 빠져 죽는 고약한 성향이 있었다. 이상의 세 씨족에다 프루동의 씨족에게 학살당한 일곱 씨족이 더해진다.

차감 재적: 119-10=109.

「프루동의 씨족은 가증스러운 전쟁광이고 미카엘의 씨족은 평화를 추구해. 그런데 프루동이 미카엘보다 좋은 점수를 받았어. 나는 그 이유를 도저히 이해할 수가 없어.」

매릴린 먼로가 볼멘소리를 터뜨렸다. 왕년의 스타인 그녀의 예쁜 얼굴과 관능적인 몸매 앞에서는 신들조차 마음이 약해진다. 헤르메스는 기꺼이 보충 설명을 해주겠다는 듯 그녀 쪽으로 붕 날아온다. 그러고는 그녀를 바라보며 강의를 이어나간다.

「친애하는 매릴린, 이걸 명심하세요. 신들의 세계에는 선한 자도 악한 자도 존재하지 않아요. 중요한 건 오로지 효율이에요. 보아하니 심사 결과 때문에 언짢은 모양인데, 이제 Y 게임의 심사 기준을 하나하나 자세하게 설명해 주겠어요.

나 역시 그 기준들을 따른 겁니다. 그 예쁜 귀를 활짝 열고 잘 들어 봐요. 필요하다면 필기를 하세요.」

그는 잠시 뜸을 들이다가 말을 잇는다.

「첫째 기준은 영역의 점령과 지배입니다. 수치를 비교해 보세요. 쥐족이 지배하는 영역은 90제곱킬로미터에 달해요. 돌고래족이 차지하고 있는 영역은 30제곱킬로미터예요. 개미족과 연합하고 있는데도 그 정도밖에 안 됩니다.

둘째 기준은 인구입니다. 쥐족은 출산을 적극적으로 장려한 덕에 인구가 534명으로 늘었어요. 반면에 돌고래, 개미 연합은 411명밖에 되지 않아요. 정확하게 비교를 하려면 이 수치를 2로 나눠서 생각해야 해요. 두 후보생이 협력한 결과로 나온 수치이니까요. 신들의 입장에서 보면, 설령 겁탈의 결과로 생겨났다 해도 아이는 아이예요. 우리가 보기에 인간은 그냥 태어나는 겁니다. 어떻게 생겨났는가는 중요하지 않죠. 다시 말하지만 여기에서 우리는 하는 일은 심판이 아니라 확인입니다.

셋째 기준은 천연자원의 활용입니다. 씨족 시대의 주된 자원은 사냥감과 채집 식물이죠. 쥐족은 다른 씨족들을 제거함으로써 사냥감이 많은 땅과 채집 구역을 가로챘습니다. 우리의 채점 방식에 따르면, 쥐족의 사냥 채집 점수는 56점이고 돌고래, 개미 연합의 경우는 35점입니다.

넷째 기준은 과학적인 발견입니다. 이 항목에서는 돌고래, 개미 연합이 15점을 얻음으로써 8점을 얻은 쥐족을 앞질렀어요. 하지만 여기에서도 두 씨족이 협력한 결과가 그렇게 나왔다는 사실을 잊지 마세요.」

에드몽 웰스가 나선다.

「바로 그 점과 관련해서 여쭤 보고 싶은 게 있습니다. 돌고래족과 개미족은 연합에 성공했습니다. 제가 보기엔 보너스 점수를 받을 만한 성과인데, 그런 점은 전혀 참작되지 않는 건가요?」

헤르메스는 내 스승을 빤히 바라보다가 흔쾌히 대답한다.

「친애하는 웰스 교수, 넷째 기준에서는 그런 점이 참작되지 않습니다. 다른 씨족들과의 관계라는 기준이 따로 있으니까요. 그게 바로 다섯째 기준이죠. 그런데 이 기준에서 보더라도 개미족이 쥐족보다 낫다고 볼 수 없어요. 이방인들과 만나는 것을 덜 두려워하는 것은 쥐족 사람들이니까요.」

「무슨 말씀이신지 잘 모르겠습니다.」

「힘이 중요하다는 겁니다. 씨족 시대는 불안한 시대예요. 다른 씨족과 우호 관계를 맺고 싶어도 뜻대로 되지 않는 경우가 많죠. 연합하고 싶은 씨족을 마음대로 선택할 수 있는 가장 좋은 방법은 효과적인 무기를 보유하는 것입니다. 여섯째 기준은 구성원들의 사기와 평안입니다. 영역의 점령을 첫째 기준으로, 평안을 마지막 기준으로 삼은 것에 대해서 의아하게 생각하는 후보생들이 있다는 것을 압니다. 하지만 설령 그 순서가 바뀐다 하더라도, 쥐족의 등수는 달라지지 않을 것입니다. 쥐족의 군대는 강력합니다. 덕분에 씨족의 구성원들은 든든하고 평안한 마음으로 살아갈 수 있죠. 오늘의 게임을 종결하면서 확인해 보니, 그들의 공동체가 스트레스를 가장 적게 받는 것으로 나타났어요. 따지고 보면 그들은 거북족을 제치고 1등이 되기에도 손색이 없어요. 하지만 나는 혈거라는 방식으로 정착 생활을 창안한 거북족을 칭찬하고 싶었어요. 그것은 이후의 발전을 위한 중대한 혁신이니까요.」

강의가 끝나는가 했더니, 헤르메스가 서랍이 세 개 달린 집기 쪽으로 날아간다. 그러고는 서랍을 뒤져 파란색의 커다란 책을 꺼내 들고 우리에게 돌아온다. 금박을 입힌 제목이 눈에 띈다. 세상에, 『상대적이며 절대적인 지식의 백과사전』이다.

「아니, 그건 제 백과사전이잖아요!」

에드몽도 나만큼이나 놀라서 소리쳤다.

헤르메스는 장난기 어린 표정으로 대답한다.

「맞아요. 우리는 별의별 것을 다 가지고 있죠. 이 백과사전의 한 항목에서 에드몽은 쥐들의 행동이며 쥐와 인간의 유사성에 관해서 말하고 있는데, 그 이야기가 아주 훌륭해요. 에드몽은 인간이 쥐의 성향과 개미의 성향을 아울러 지닌 존재라고 보고 있어요. 이기심이나 폭력과 같은 원초적인 충동에 이끌린다는 점에서는 쥐에 가깝고, 개체들 간의 연대를 통해 문명을 가꿔 간다는 점에서는 개미에 가깝다는 것이죠.」

에드몽이 얼마나 큰 감동을 느끼고 있을지 짐작이 간다. 인간들이 읽어 주기를 기대하면서 쓴 글을 올림포스의 신들이 읽었다니 어찌 감동하지 않을 수 있겠는가.

「여러분에게 한 대목을 읽어 주고 싶어요. 이미 알고 있는 후보생들도 더러 있을 겁니다. 하지만 인간의 무리를 이해하는 데 필요한 핵심적 요소를 담고 있으니, 모두 잘 음미해 보기 바랍니다.」

68. 백과사전: 쥐 세계의 계급 제도

낭시 대학 행동 생물학 연구소의 한 연구자가 쥐들의 수영 능력을 알아보기 위한 실험을 했다. 『동물의 사회 행동』이라는 저서를 낸 바 있는 이 연구자의 이름은 디디에 드조르. 그는 쥐 여섯 마리를 한 우리 안에 넣었다. 우리의 문은 하나뿐이고 그마저도 수영장으로 통하게 되어 있었다. 먹이를 나눠 주는 사료 통은 수영장 건너편에 있었다. 따라서 쥐들이 먹이를 구하기 위해서는 헤엄을 쳐서 수영장을 건너야만 했다. 여섯 마리의 쥐들이 일제히 헤엄을 쳐서 먹이를 구하러 갔을까? 그게 아니라는 사실이 이내 확인되었다. 마치 쥐들 사이에 역할 분담이 이루어지기라도 한 것처럼, 여섯 마리의 쥐는 다음과 같은 네 부류로 나뉘었다. 두 마리는 수영을 해서 구해 온 먹이를 빼앗기는 피착취형이었고, 다른 두 마리는 헤엄을 치지 않고 가만히 있다가 남이 구해 온 먹이를 빼앗아 먹는 착취형이었으며, 한 마리는 헤엄을 쳐서 구해 온 먹이를 빼앗기지도 않고 남의 것을 빼앗지도 않는 독립형이었고, 마지막 한 마리는 헤엄을 치지도 않고 먹이를 빼앗지도 못하는 천덕꾸러기형이었다.

먼저 피착취형에 속하는 두 쥐가 먹이를 구하러 가기 위해 물속으로 뛰어들었다. 그들이 우리로 돌아오자, 착취자들은 그들을 공격해서 애써 가져온 먹이를 포기하게 만들었다. 피착취자들은 착취자들이 배불리 먹고 나서야 남은 것을 먹을 수 있었다. 착취자들은 헤엄을 치는 법이 없었다. 그저 헤엄치는 쥐들을 때려서 먹이를 빼앗기만 하면 되는 것이었다.

독립적인 쥐는 튼튼하고 힘이 세기 때문에 스스로 헤엄을 쳐서 먹이를 가져올 뿐만 아니라 착취자들의 압력에 아랑곳하지 않고 노동의 대가를 온전히 누렸다. 끝으로 천덕꾸러기 쥐는 헤엄을 칠 줄도 모르고 헤엄치는 쥐들에게 겁을 줄 수도 없었다. 그러니 그저 다른 쥐들이 싸우다가 떨어뜨린 부스러기를 주워 먹을 수밖에 없었다.

드조르는 스무 개의 우리를 만들어서 똑같은 실험을 해보았다. 어느 우리에서나 똑같은 역할 배분, 즉 피착취형 두 마리, 착취형 두 마리, 독립형 한 마리, 천덕꾸러기형 한 마리가 나타났다.

드조르는 그러한 위계 구조가 형성되는 과정을 더 잘 이해하기 위해, 착취형에 속하는 쥐 여섯 마리를 따로 모아서 우리에 넣어 보았다. 그 쥐들은 밤새도록 싸웠다. 다음 날 아침이 되자, 그들의 역할은 똑같은 방식으로 나뉘어 있었다. 피착취형이나 독립형이나 천덕꾸러기 형에 속하는 쥐들을 각 유형별로 여섯 마리씩 모아서 같은 우리에 넣어 보았을 때도 동일한 결과가 나타났다.

드조르는 더 커다란 우리에 2백 마리의 쥐들을 넣어서 실험을 계속했다. 쥐들은 밤새도록 싸움을 벌였다. 이튿날 아침 세 마리의 쥐가 털가죽이 벗겨진 처참한 모습으로 발견되었다. 이 결과는 개체 수가 증가할수록 천덕꾸러기형의 쥐들에 대한 학대가 가혹해진다는 것을 보여 준다. 낭시 대학의 연구자들은 이 실험의 연장선에서 쥐들의 뇌를 해부해 보았다. 그들이 확인한 바에 따르면, 가장 스트레스를 많이 받은 쥐는 천덕꾸러기나 피착취형 쥐들이 아니라 바로 착취형 쥐들이었다. 착취자들은 특권적인 지위를 잃고 노역에 종사해야 하는 날이 올까 봐 전전긍긍했던 것이 아닌가 싶다.

에드몽 웰스, 『상대적이며 절대적인 지식의 백과사전』 제5권

(제2권의 항목을 보완하여 재수록한 것임)

69. 영역과 공격성

이 실험 이야기는 우리를 당황스럽게 한다. 만약 인간의 본성도 쥐와 다르지 않다면, 우리가 어떤 길로 이끌든 그들은 언제나 착취자, 피착취자, 독립적으로 행동하는 자, 천덕꾸러기로 나뉜다는 얘기가 아닌가. 그렇다면 우리의 노력은 헛된 것이 되고 말 것이다.

헤르메스는 샌들에 달린 금빛 날개를 이따금 파닥이면서 우리 앞에 붕 뜬 채로 목소리에 힘을 준다.

「쥐와 마찬가지로 인간은 영역과 위계에 집착하는 동물입니다. 영역과 위계, 이는 인간 행동의 근본적인 동기예요. 모든 인간 사회를 이해하기 위한 핵심적인 요소죠. 자기 사냥터에 표시를 하는 것, 생식 행위를 벌이는 지역의 네 귀퉁이에 오줌을 누는 것, 사회의 위계 구조에서 하나의 자리를 차지하는 것, 인간은 이런 행동을 통해서 자신감과 위안을 얻습니다. 그러면서 한편으로는 스스로를 기만하는 말들을 늘어놓죠. 자유를 사랑한다는 둥 우두머리가 없는 세상을 꿈꾼다는 둥 흰소리를 합니다. 하지만 역사를 잘 살펴보면 사실은 정반대예요. 인간은 노예 상태를 좋아하고 우두머리를 숭배합니다. 그리고 우두머리가 공포감을 많이 주면 줄수록 자기들이 더욱 안전하게 보호받고 있다고 느끼죠.」

여행의 신은 입을 실룩이며 침통한 표정을 짓는다. 조르주 멜리에스가 이의를 제기한다.

「하지만 독립적으로 행동하는 자들도 있지 않습니까?」

「아, 자기들의 원칙에 매여 있는 소수의 불행한 자들 말이군요……. 그래요, 사실 그런 자들이 있죠. 자유의 대가를 아주 비싸게 치르는 자들입니다. 그들은 남들보다 고단한 삶을 삽니다. 먹을 것을 스스로 구해야 하고, 도둑맞지 않기 위해서 싸워야 하죠. 그들은 지배자와 피지배자로 나뉘어 있는 나머지 인간들과 어울려 살지 못하기 때문에 고독할 수밖에 없어요. 때로는 고독을 견디다 못해 절망에 빠지기도 하죠. 아, 자유를 얻기 위해서는 얼마나 지독한 고독을 감내해야 하는지 모릅니다.」

헤르메스는 다시 입을 실룩이며 씁쓸한 미소를 짓는다.

「조르주 멜리에스 당신도 혼자서 행동하는 것이 얼마나 괴로운지 잘 알 거예요. 당신은 트릭 촬영과 특수 효과의 창시자이지만, 그 일을 하다가 파산했어요. 그래서 어쩔 수 없이 당신의 영화를 팔아야 하는 상황이었지만, 홧김에 그 소중한 필름들을 태워 버렸죠.」

멜리에스는 남들의 인정을 받지 못했던 그 시절을 떠올리자마자 마음이 격해지는지 입술을 깨문다. 카미유 클로델은 한 팔로 그의 어깨를 감싼다. 그녀 역시 타인들의 몰이해에 맞서 자기 조각 작품들을 부숴 버린 적이 있었다.

마타 하리가 묻는다.

「그런데 천덕꾸러기형의 인간들은 무슨 역할을 하는 건가요?」

「그들은 사회적인 안정의 열쇠예요. 속죄의 제물과 같은 구실을 하죠. 공식적으로 자행되는 범죄들을 은폐하는 데 이용되는 희생양이라는 겁니다. 우두머리는 학살이나 도둑질이나 부당 행위를 저지르고 나면, 자신의 지위가 흔들리는 것을 막기 위해 희생양을 만들어 내고 백성의 분노를 그쪽으로 유도하죠. 마타 하리 여사는 그런 사정을 누구보다 잘 알 겁니다. 두 첩보 기관이 꾸민 음모에 희생되었으니까요. 또한 천덕꾸러기는 대중의 억눌린 감정을 풀어 주는 역할을 합니다. 프루동은 그 점을 잘 알고 있습니다. 무고한 자들을 희생시키면서 그것을 하나의 구경거리로 만들어 대중을 단결시키는 데 이용했으니까요. 프루동, 당신은 지상의 마지막 생애에서 인간을 새롭게 교육시켜야 할 거대한 무리로 간주하고 그들을 관리하려고 했어요. 아닌가요? 〈신도 없고 지배자도 없다〉는 표어를 내세운 아나키스트가 어떻게 그럴 수 있죠? 자가당착이 아닌가요?」

프루동은 순순히 동의하지 않고, 자리에서 일어나 소리친다.

「사람들을 교육하는 것은 아주 중요한 일입니다. 자유를 얻기 위해서는 자유가 무엇인지 알아야 합니다.」

「자유를 어떻게 가르치죠? 폭력을 사용해서요? 경우에 따라서는 사람들을 몰살해도 되는 건가요?」

헤르메스는 후보생들 각자에 대해서 많은 것을 알고 있는 듯하다.

프루동은 조금 당황한 기색을 보였지만, 자기의 신념을 순순히 포기하지 않는다.

「억지로 사람들을 자유롭게 만드는 것은 유감스러운 일이지만, 저는 필요하다면 강요를 하겠습니다. 만약 사람들에게 지배자 없이 사는 법을 가르치기 위해서 지배자가 필요하다면, 저는 그들에게 지배자를 구해 주겠습니다.」

헤르메스가 나직한 소리로 묻는다.

「신을 믿지 않고 사는 법을 가르치기 위해서 그들의 신이 된다는 것과 같은 얘기인가요? 아, 프루동, 당신의 모순된 태도가 아주 흥미롭군요. 당신은 권력을 앞세우는 최초의 아나키스트예요.」

아나키즘의 이론가 프루동은 난처한 기색을 보이며 도로 자리에 앉는다.

헤르메스처럼 노련한 스승과 맞서는 것은 쉬운 일이 아니다. 그는 세상을 주유하며 무수한 경험을 쌓은 여행의 신이 아닌가.

「과거에 〈프롤레타리아 독재〉라는 말도 있었습니다. 이건 아나키스트들이 아니라 또 다른 과격파가 주장한 개념이죠. 아, 이 얼마나 모순된 말입니까……. 프롤레타리아 독재라니요…….」

「아주 가소롭다는 듯이 말씀하시는데, 어떤 점에서 그렇게 모순된다는 건가요?」

마리 퀴리가 볼멘소리로 물었다. 한때 공산당을 위해 활동한 적이 있는 그녀는 집회에서 그런 말을 자주 들었을 법하다.

「그건 달리 말하면 피착취자들의 전제 정치죠. 1호 지구의 어떤 유머 작가가 했던 말이 생각나는군요. 〈공산주의는 자본주의의 반대다. 인간이 다른 인간을 착취하는 것이 자본주의라면, 거꾸로 다른 인간이 인간을 착취하는 것이 공산주의다.〉 친애하는 마리 퀴리, 당신이 1호 지구를 떠난 뒤의 일이라서 잘 모를 수도 있겠지만, 제2차 세계 대전이 일어나기 일주일 전에 독일과 소련이 조인한 불가침 조약을 생각해 봐요. 당시에 사람들은 공산주의와 나치즘이 서로 적대한다고 믿었어요. 그런데 느닷없이 히틀러와 스탈린이 악수를 했죠. 이 사건은 권력자들이 겉으로 내세우는 것을 고지식하게 믿으면 함정에 빠지기 쉽다는 것을 잘 보여 주고 있어요. 우리 신들의 입장에서 보면, 잔인한 독재자는 그냥 독재자예요. 그자가 검은 깃발을 내세우든, 빨간 깃발이나 초록 깃발을 내세우든 아무 차이가 없어요. 민병대원들이 곤봉을 들고 설쳐 댄다든가 지식인들이 감옥에 갇혀 있다면, 이건 독재다 하고 생각해야죠. 〈징후들〉을 볼 줄 알아야 해요.」

한 가지 질문이 아까부터 내 머릿속을 맴돌고 있다.

「그렇다면 저희가 이끄는 인간들은 언제나 쥐들의 사회에서 나타나는 것과 같은 위계 구조에 갇혀 있게 되는 건가요?」

「아니, 반드시 그런 것은 아닙니다. 하지만 쥐들처럼 행동하는 것은 인간의 자연스런 성향이에요. 인간은 폭력에 이끌리고, 위계 구조 속에서 편안함을 느낍니다. 무언가를 스스로 책임져야 하는 상황이 되면 불안해하고, 지도자가 그 책임을 덜어 주면 안도하죠. 인간들을 그런 성향에서 벗어나게 하려는 여러분의 노력은 실패로 끝날 가능성이 높아요. 그들이 뿌리 깊은 본성을 거슬러 나아가기는 쉽지 않을 테니까요.」

여행의 신은 우리 사이로 내려서더니 18호 지구를 한 번 더 살펴보고 덮개로 가린다. 우리는 이제 우리가 맡은 씨족들의 모험이 어떻게 전개되고 있는지 볼 수 없다.

「이 행성에는 아직 국가도 왕국도 국경도 없습니다. 그저 사냥 영역이 있을 뿐이고, 씨족들은 한 영역의 사냥감이 떨어지면 다른 곳으로 이동합니다. 이 과정에서 침략이나 협력이 이뤄지고 기술이 전파되죠. 그런데 여기에서 잊지 말아야 할 것은 영토가 비좁아지면 공격성이 높아진다는 사실입니다. Y 게임의 다음 판에서는 문명의 중심지를 건설해야 합니다. 그 고정 점으로부터 문명의 빛이 퍼져 나가게 해야 하는 것이죠.」

아틀라스가 행성을 도로 가져가기 위해서 강의실로 들어온다. 그는 자기의 짐을 등에 지면서 한숨을 내쉰다. 손자인 헤르메스의 푸대접에 대한 불만이 묻어나는 한숨이다.

켄타우로스들이 나타나서 탈락자들을 데려간다. 이번 탈락자들은 체념한 기색으로 순순히 끌려간다.

오늘의 스승이 말을 맺는다.

「문명의 맹아기는 인간의 유아기에 해당합니다. 이 단계에서 어떻게 하느냐에 따라 이후의 판도가 완전히 달라지죠. 이 단계에서 씨족들이 새로운 것을 대할 때 보이는 반응이 앞으로도 똑같은 방식으로 다시 나타날 것이고, 그것을 변화시키기는 쉽지 않을 것입니다.」

70. 신화 : 인류의 종족들

신들이 여러 세대에 걸쳐 태어난 것과 마찬가지로 인류도 다섯 종족이 시대를 달리하여 생겨났다. 최초의 인간들은 대지의 신 가이아에게서 나왔고,[60] 그들과 더불어 황금시대가 열렸다. 그들은 크로노스의 지배를 받으면서 행복하고 평화롭게 살았다. 대지는 그들이 필요로 하는 것을 풍족하게 대주었다. 그들은 노동이나 질병이나 노화의 괴로움을 겪지 않았고, 죽을 때도 마치 잠을 자듯이 스르르 눈을 감았다. 이 시대는 화관을 쓰고 풍요의 뿔을 들고 있는 처녀로 상징된다. 처녀의 옆에는 평화를 나타내는 올리브나무가 서 있고, 이 나무에서는 꿀벌들이 떼를 지어 붕붕거린다. 이렇듯 최초의 인류는 황금시대의 종족이다. 황금은 태양, 불, 낮, 남성적인 원리 등과 연관되어 있다.

60 인류의 창조를 다룬 그리스·로마 신화의 가장 중요한 문헌은 헤시오도스의 『일과 나날』과 오비디우스의 『변신 이야기』이다. 헤시오도스에 따르면 최초의 인류는 신들이 태어나자마자(또는 신들과 함께) 생겨났고, 올림포스의 신들이 인류를 위해 황금시대를 열어 주었다(1권 150행 이하). 오비디우스는 두 가지 설을 제시한다. 인류는 더 나은 세계를 구상하던 창조주가 신의 씨앗으로 만들었을 수도 있고, 프로메테우스가 천공에서 갓 떨어져 나온 대지 속에 아직 남아 있던 천상의 요소를 빗물로 반죽해서 만들었을 수도 있다는 것이다(1권 76행 이하). 최초의 인류가 대지의 신 가이아에서 나왔다는 말은 오비디우스의 두 번째 설에 근거한 것으로 볼 수 있다. 인류의 시대를 구분하는 방식에서도 베르베르는 〈영웅시대〉를 설정하지 않은 오비디우스의 방식을 따르고 있다. 다만 데우칼리온과 피라의 후손을 다섯째 종족으로 보고 있는 점이 다르다.

그들 다음으로 은(銀) 시대의 종족이 나타났다. 올림포스의 신들은 크로노스가 몰락한 뒤에 이 종족을 창조했다. 그들은 품성이 거칠고 이기적이었으며, 신들을 공경하지 않았다. 이 시대는 밀 다발을 든 채 쟁기를 다루고 있는 여자로 상징된다. 은은 달, 추위, 다산성, 여성적인 원리와 연관되어 있다.

제우스는 은의 종족을 멸하고 새로운 종족을 창조했다. 이로써 청동 시대가 열렸다. 이 시대의 사람들은 방탕하고 불의하고 사나웠다. 그들은 서로 싸우고 죽이다가 결국 파멸하고 말았다. 이 시대는 장신구로 치장하고 투구를 쓴 채 방패에 등을 기대고 있는 여자로 상징된다. 청동의 주원료인 구리는 뜨거움이나 음탕함 등과 연결된다. 지옥을 그린 어떤 그림들을 보면 액체로 된 구리를 마시는 죄인들이 나오며, 음란의 죄를 범한 자들은 파트너와 함께 춤을 추다가 뜨거운 구리 기둥으로 변하기도 한다.

그다음에 프로메테우스가 새로운 종족을 창조함으로써 철의 시대가 시작되었다. 이 시대의 사람들은 훨씬 더 사악한 모습을 보였다. 그들은 쩨쩨하고 비열했으며, 서로 속이고 싸우고 죽이면서 시간을 보냈다. 대지는 제대로 가꿔 주지 않아서 불모의 땅으로 변했다. 철의 시대는 늑대의 머리를 얹은 투구를 쓰고 한 손에는 칼, 다른 손에는 방패를 든 무시무시한 여자의 모습으로 그려진다.

제우스는 이 못된 종족을 없애 버리기로 결심하고 대홍수를 일으켜 대지를 물에 잠기게 했다. 다만 가장 바르고 의롭게 살아 온 한 쌍의 남녀만은 살려 주기로 했다. 남자는 프로메테우스와 클리메네의 아들 데우칼리온이었고, 그의 아내는 에피메테우스와 판도라의 딸 피라였다. 그들은 방주를 타고 9일 밤낮을 표류한 끝에 살아남았다. 마침내 홍수가 끝나고 물이 빠졌을 때, 그들은 제우스가 시키는 대로 어깨 너머로 돌을 던졌다. 이 돌들에서 다섯째 종족이 생겨났다. 데우칼리온과 피라는 수많은 후손을 두었다. 헬레네스족의 시조 헬렌, 도리스족의 시조 도로스, 아카이아인들의 시조 아카이오스 등이 그들의 후손이다.

에드몽 웰스, 『상대적이며 절대적인 지식의 백과사전』 제5권
(헤시오도스의 『신통기』를 본받은 프랑시스 라조르박의 글에 근거한 것임)

71. 그녀가 와 있다

저녁 식사 시간이다. 공기에 이상한 긴장이 감돌고 있다는 느낌이 든다. 비행 애호가들, 작가들, 영화인들은 여느 때처럼 끼리끼리 모여 있다. 그런데 가만히 보니 후보생들이 동아리를 짓는 양상에 변화가 생겼다. 오늘의 Y 게임에서 입상한 프루동과 베아트리스와 나를 중심으로 후보생들이 새롭게 결집한 것이다. 프루동의 지지자들은 주로 남자들이고, 베아트리스 편에 모인 후보생들은 여자들이다. 내 곁에는 여전히 테오노트들이 모여 있다. 하지만 라울의 표정이 곱지 않다. 나한테 따질 게 있는 것이다.

「어젯밤에 너는 우리를 두고 혼자 가버렸어.」

매릴린은 친구들 사이에 언쟁이 벌어지는 게 싫은지, 오늘의 내 성적을 칭찬하면서 화제를 돌리려고 애쓴다. 그러나 프레디의 생각은 다르다.

「다행히 마타 하리가 우리를 구해 줬어.」

마타 하리는 겸손하게 응대한다.

「별것 아니야. 내가 전투를 좋아해서 한 일인데, 뭘.」

「도대체 무슨 일이 있었던 거야?」

그들은 불편한 기색으로 서로를 바라본다.

「그것을 봤어. 그것이 우리를 덮쳤지…….」

라울이 볼멘소리를 한다.

「다 알면서 왜 그래? 너는 놈에게 추격을 당했으니까, 놈을 봤을 거 아냐?」

사실 나는 너무 무서워서 뒤를 돌아보지도 못했고 괴물을 보지도 못했지만, 그것을 말할 엄두가 나지 않는다.

「머리가 셋 달린 괴물이었어. 불을 토하는 용의 머리와 날카로운 송곳니를 드러낸 사자의 머리, 뿔이 뾰족하게 난 염소의 머리가 달려 있더라고.」

에드몽 웰스가 보충 설명을 해준다.

「그리스 신화에서는 그렇게 생긴 괴물을 〈키마이라〉라고 부르지.[61] 유전적인 성질이 다른 두 가지 이상의 조직을 가진 생명체를 보통 〈키메라〉라고 하는데, 그게 바로 키마이라에서 나온 말이야.」

라울은 주먹을 불끈 쥔다.

「우리는 가까스로 위기를 모면했어. 놈의 살가죽이 어찌나 두꺼운지 우리가 앙크를 쏘는데 갈라지지도 않더라고.」

「게다가 그 키마이라에게서 풍겨 나는 유황 냄새가 어찌나 지독하던지.」

매릴린은 말끝에 얼굴을 찡그린다.

그들은 입을 다문다. 모두가 나를 이상한 눈으로 바라본다. 그들 속에 끼어 있는 것이 갑자기 어색하게 느껴진다. 이번에는 프레디 메예르가 분위기를 누그러뜨리기 위해 화제를 바꾼다.

「이것 참 묘하네. 헤르메스가 말한 것과 비슷한 상황이 벌

61 키마이라의 생김새에 관해서는 두 가지 버전이 있다. 헤시오도스는 머리가 세 개 달린 괴물이라 했고(『신통기』, 319행), 호메로스는 〈앞쪽은 사자요 뒤쪽은 뱀이며 가운데는 염소〉라고 했다(『일리아스』 6권, 181행).

어지고 있어. 후보생들이 세 부류로 나누어졌어. D, N, A로 말이야…….」

라울이 반박한다.

「잘못 봤어. 내 눈에는 두 가지 부류밖에 없어. 하나는 이기는 쪽이고 다른 하나는 지는 쪽이야.」

「어쨌거나 굉장한 게임이야……. 나는 내 돌고래족이 무척 마음에 들어.」

라울이 빈정거린다.

「일 났군. 그들에게 애착을 느끼기 시작한 모양인데, 뤼시앵이 무슨 일을 당했는지 벌써 잊은 거야? 그 친구 역시 자기가 맡은 인간들에게 애착을 가졌어.」

마타 하리가 끼어든다.

「그래도 돌고래족 사람들은 자유 의지를 폭넓게 발휘하고 있어. 내가 맡은 늑대족 사람들은 내가 꿈이나 번개를 통해서 계시를 보내도 도통 알아차리지를 못해. 내 영매들은 아무리 불러도 귀가 먹은 것처럼 응답이 없어. 모두가 꽉 막혀 있어.」

계절의 신들이 음식을 내오자, 우리는 대화를 중단한다. 오늘 저녁에는 익힌 고기를 먹으면서 새로운 미각을 경험하게 되어 있는 모양이다.

나는 살이 많은 자고새구이를 먹어 본다. 미지근한 고기가 입 안에서 살살 녹는다. 음, 진미로군. 어제 먹어 본 왜가리 육회하고는 맛이 전혀 다르다. 날고기는 카르파초식으로 아무리 얇게 저며도 이런 맛이 나지 않는다. 불이 문명의 발달에 얼마나 크게 기여하는지 새삼 깨닫게 된다. 따뜻한 고기는 식도를 덥혀 주고 기분을 돋워 준다. 나도 모르게 자고새구이에 자꾸 손이 간다. 목에 기름기가 좌르르 흐르는 듯하다.

자고새구이 다음에는 하마 스튜가 나왔다. 변화가 급격하다. 하마 고기는 맛이 강하다. 뒷맛도 쉬이 가시지 않는다. 이제 말소리가 들리지 않는다. 모두가 맛을 음미하고 있는 것이다.

다음 시간에 돌고래족을 다시 이끌 때는 그들의 물고기에 번개를 내려보낼 생각이다. 그들에게도 익힌 고기 맛의 행복을 가르쳐 줄 필요가 있는 것이다.

계절의 신들은 이제 최초의 인간들에게 영양을 공급했던 음식들을 식탁에 내려놓고 있다. 식물의 뿌리뿐만 아니라 메뚜기, 흰개미 애벌레, 여왕개미, 딱정벌레 같은 곤충들도 있고 거미도 있다.

나는 가을의 신에게 묻는다.

「우리 조상들은 이런 것을 먹었나요?」

신이 고개를 끄덕이자, 마타 하리가 거들고 나선다.

「아프리카에서는 메뚜기를 많이 먹어. 단백질이잖아.」

내 접시에 새로운 고기가 놓인다. 무슨 고기인지 짐작이 가지 않는다. 맛이 좋다. 힘줄이 조금 많기는 하다. 돼지고기인가? 매릴린이 가장 먼저 소스라치게 놀라며 아연실색한 표정으로 더듬거린다.

「이…… 이건…… 인육이야!」

같은 식탁에 앉아 있던 우리는 모두 욕지기를 느끼며 입에 물고 있던 것을 뱉어 낸다. 다른 식탁의 후보생들도 이내 사정을 알아차리고 같은 반응을 보인다.

계절의 신들은 우리가 역겨워하는 것을 오히려 재미있다는 듯이 지켜본다. 정작 놀라운 것은 몇몇 후보생의 대담한 행동이다. 그들은 접시를 깨끗이 비운다. 라울도 그 가운데 하나다. 마타 하리는 머뭇머뭇하다가 포기하고 만다.

카슈루트[62]를 별로 따지지 않는 프레디도 이것만은 안 되겠다 싶은 모양이다.

「이건 정말 과하군.」

나는 혀의 돌기에 남아 있는 인육의 맛을 지우기 위해서, 양파, 마늘, 양배추, 작은 오이 등 온갖 채소를 닥치는 대로 우걱우걱 먹어 댄다.

디오니소스는 식사가 끝난 뒤에 파티에 참가하라고 알려 준다. 우리가 Y 게임에서 인류를 이끌기 시작한 것을 축하하기 위한 잔치를 벌인다는 것이다.

원형 극장으로 들어가 보니, 탐탐과 실로폰과 하프와 기타가 흥을 돋우고 있다. 그 합주에 인어들의 합창이 이내 더해진다. 켄타우로스들이 인어들을 거대한 이동식 수조에 담아 여기까지 운반해 온 것이다.

나는 라울의 눈길을 좇는다. 그는 인어들 속에서 자기 아버지를 찾고 있다. 하지만 프랑시스 라조르박은 거기에 없다. 에드몽이 내 귀에 대고 속삭인다.

「어제 정어리 떼를 관찰하다가 한 가지 이상한 점을 발견했어. 선두에서 헤엄치는 정어리가 새로운 정보를 감지하면, 무리 전체가 그것을 알아차리더라고.」

「선두의 정어리가 다른 정어리들에게 정보를 전달한다는 뜻인가요?」

「나도 처음엔 그렇게 생각했지. 그런데 그게 아니야. 그보다 훨씬 복잡해. 새로운 정보가 나타나면, 맨 앞에 있는 정어

62 각주 42 참조(p. 211).

리와 맨 뒤에 있는 정어리가 동시에 반응을 보여. 마치 정보가 순식간에 퍼져 나간 것처럼 말이야.」

「마치 하나의 유기체에 있는 두 기관처럼 반응한다는 건가요?」

「그래. 정어리들은 전체가 하나로 연결되어 있어. 내가 보기에는 개미들도 그래. 인간 공동체의 구성원들을 그런 식으로 서로 연결시키는 것도 가능하지 않을까? 어떻게 생각해?」

「한 사람이 어떤 정보를 얻자마자, 온 인류가 그것을 활용하게 하자는 건가요?」

나는 그 발상을 곰곰이 따져 본다.

「몽상에 빠지지는 말게나. 아직 머나먼 이야기이니까.」

악사들이 동양풍의 선율을 연주하기 시작한다. 마타 하리가 지난번처럼 몸을 흔들며 플로어로 나간다. 매일 똑같은 일을 다시 겪고 있는 느낌이 든다. 새로운 요소는 그저 조금씩 추가될 뿐이다. 스승 신이 바뀌고, 우리가 다루어야 할 생명이 바뀌고, 새로운 음식과 새로운 악기가 나타나지만, 우리의 하루하루는 크게 다르지 않다.

어떤 후보생들은 피곤하다면서 자러 가고, 어떤 후보생들은 인육의 맛을 잊기 위해 과일을 먹고 있다.

「그거 풀었어요?」

등 뒤에서 누가 물었다.

향기가 퍼져 온다. 돌아보니 어느새 그녀가 와 있다.

「풀다니…… 무얼 말인가요?」

「수수께끼요.」

「아뇨. 아직 못 풀었습니다.」

「그럼 당신은 〈모두가 기다리는 이〉가 아닐지도 모르겠네요.」

문득 어떤 직감이 스친다. 나는 에멜무지로 대답한다.

「혹시 아이들이 아닌가요? 아이들은 처음 세상에 나서 부모 품에 안길 때는 신보다 우월하고, 자라면 악마보다 고약합니다. 가난한 사람들은 아이들이 많아서 걱정이고 부자들은 더 갖지 못해서 안달이죠. 그리고 만약 아이들을 잡아먹으면, 인육이 세포의 퇴화를 야기해서 죽게 됩니다.」

아프로디테는 나를 상냥한 눈길로 바라본다.

「아니, 그건 아니에요.」

신의 반드르르한 얼굴에 매력적인 보조개가 파인다. 나는 캐러멜 향내가 섞인 상큼한 살냄새를 맡는다. 신은 웃음기가 어린 눈으로 나를 빤히 바라보다가 묻는다.

「춤출래요?」

「물론이죠.」

인어들이 느린 선율의 노래를 부르고 있다.

신은 내 손을 잡는다. 토가를 사이에 두고 그녀의 몸이 내 몸을 스친다.

희미한 불빛 속에서 다른 남녀들도 짝을 지어 우리 주위로 모여든다. 프레디는 매릴린을 얼싸안고, 라울은 마타 하리에게 춤을 청한다.

신의 목소리가 내 귓전을 간질인다.

「오늘의 Y 게임을 봤어요. 인간들을 다루는 당신의 방식이 무척 마음에 들어요.」

나는 침을 꼴깍 삼킨다. 나의 댄스 파트너가 말을 잇는다.

「하지만 협력은 인간의 본성과 가장 거리가 먼 행동이에요. 두려움을 극복하고 상대에게 협력을 권유해야 하는데,

그 순간은 언제나 살얼음판을 걷는 것처럼 아슬아슬하죠.」

신이 아주 조금 내게 다가든 느낌이 든다.

「돌고래와 함께 처음으로 헤엄을 치는 역할을 할머니에게 맡겼는데, 그 점에 대해서도 더 깊이 생각해 볼 필요가 있었어요. 다른 후보생들은 대개 아주 젊은 사람을 영매로 선택하죠. 그 이유가 뭘까요? 한번 생각해 봐요. 그래도 정말이지 오늘 경기는 아주 좋았어요.」

「고맙습니다.」

「고마워할 것 없어요. 나는 숱한 민족이 태어났다가 사라지는 것을 보았어요. 장래가 유망하던 문명들이 갑자기 무너지는 것도 숱하게 봤죠. 이민족들에게 손을 내밀어야 할 때를 놓쳐서 망한 문명도 있었고, 반대로 이민족들이 위험하다는 것을 알면서도 그들을 제압하지 못한 탓에 와르르 무너진 문명도 있었어요.」

몸과 몸이 맞닿는 것에 마음을 온통 빼앗겨서 그녀가 말하고자 하는 바를 제대로 파악할 수가 없다. 나는 가까스로 더듬거린다.

「저…… 무슨 말씀이신지 잘 모르겠습니다.」

「부끄러워하지 말아요. 18호 지구의 인간들은 조금 진화한 비비들이나 다름없어요.」

「그들은…… 이제 원숭이가 아닙니다.」

「나는 원숭이라고 하지 않고 비비라고 말했어요. 비비는 사회적인 동물이에요. 무리를 지어 사자를 쫓아 버리는 동물이죠. 혼자 있을 때는 아주 얌전하다가도 무리를 지으면 사나워지고 거만해져요. 수가 많으면 많을수록 더욱 공격적이죠. 인간들도 비슷해요. 그래서 조심해야 한다는 거예요. 모든 이민족에게 협력을 하자고 손을 내미는 것은 그 자체로 보면 아주 훌륭한 개념이에요. 하지만 경우에 따라서는 위험천만한 일이기도 하죠. 자칫하면 그러다가 망할 수도 있어요. 쥐를 토템으로 삼고 있는 인간들의 행동에 유념해야 해요.」

「싸우는 대신에 협력을 제안하는 것에 어떤 위험이 따를까요?」

「나는 민족들과 우두머리들 사이에서 배신행위가 벌어지는 것을 숱하게 봤어요. 심지어는 신들끼리도 배신을 하죠. 먼저 힘을 키워야 해요. 관대하게 행동하는 것은 그다음이에요.」

아프로디테의 말이 귀에 들어오지 않는다. 몸이 떨리고 짜르르 전율이 인다. 그녀의 작은 젖가슴이 내 상반신에 닿는 느낌이 든다. 심장 박동, 사랑의 신의 심장 박동이 느껴진다.

「후보생들은 이제 천사가 아니에요. 윤리나 도의 따위를 따질 필요가 없어요. 당신에 대해서나 남들에 대해서나 완전히 자유롭게 행동하는 법을 배우세요.」

나는 그녀의 목소리와 향기를 더욱 잘 느끼기 위해 눈을 감는다. 이런 기분은 처음이다. 어쩌면 이렇게 좋고, 이렇게 포근할까. 시간이 멎어 버렸으면 좋겠다. 내 몸을 벗어나서 우리가 몸과 몸을 맞대고 춤추는 모습을 지켜보고 싶다. 이런 여자의 품에 안겨 있는 나 미카엘 팽송이 얼마나 큰 행운을 누리고 있는지 내 눈으로 확인하고 싶다.

「자유에는 어느 정도의 위험이 따르기 마련이죠. 인간들을 스스로 알아서 행동하게 내버려 두면 어떤 일이 벌어지는지 당신은 몰라요. 다른 후보생들을 함부로 믿는 것도 금물이에요. 그들이 제멋대로 행동하는 인간들보다 나을 거라고 생각해요?」

「저…… 저에겐 친구들이 있어요. 그…… 그들은 저와 협력할 거예요.」

「미카엘, 순진하게 굴지 말아요. 여기에 친구 따위는 없어요. 오로지 경쟁자들이 있을 뿐이죠. 저마다 자기가 우선이에요. 결국에는 단 한 명의 승리자만 남게 되어 있어요.」

음악이 조금 빨라진다. 우리는 그것에 맞춰 빙글빙글 돈다.

「이봐요 미카엘, 당신의 문제가 뭔 줄 알아요? 당신은 너무…… 착해요. 여자들이 착한 남자를 좋아할 것 같아요? 천만의 말씀이에요. 남자의 다른 것은 다 용서해도 바보처럼 착한 것은 용서할 수가 없어요.」

우리가 함께 춤을 추는 이 행복한 순간이 영원히 계속되었으면 좋겠다. 그녀가 내게서 조금 떨어진다. 나는 터키석 빛깔의 눈에 내 눈길을 박는다. 내가 떨어진 이 섬의 지도가 그녀의 눈동자에 나타나고 있는 것만 같다. 그 지도를 미처 판독하기 전에, 눈동자의 심연이 나를 꽉 붙잡아서 끌고 들어간다.

「잘 들어요. 당신에게 도움이 될 거예요.」

「수수께끼 푸는 데 말인가요?」

「아니, Y 게임을 더 잘하도록 도와주려는 거예요. 이 올림피아에서 살아가는 데도 도움이 될 테니까 잘 들어요. 첫째, 남의 말을 믿지 말 것. 어떤 상황에서든 당신이 믿어야 할 것은 오로지 당신의 느낌과 직관이에요. 둘째, 게임 뒤에 감춰진 게임을 간파하기 위해 노력할 것. 셋째, 모두를 의심할 것.

특히 조심해야 할 것은 당신의 친구들, 그리고…… 나예요.」

신은 내 귀에다 입술을 바싹 갖다 대더니 들릴 듯 말 듯 한 마디를 더 속삭여 준다.

「오늘 밤 산에 갈 때는 당신 친구들과 같이 가지 마요……. 다른 동아리에 끼는 게 좋아요. 몇몇 후보생, 특히 사진작가 나다르는 벌써 올라가는 길을 찾아냈어요. 그쪽이 당신에게 도움이 될 거예요.」

스승 신들은 우리가 밤마다 이탈하는 것을 알고 있다는 얘기다. 그렇다면 그들은 왜 우리를 제지하지 않는 것일까?

그때 갑자기 비명 소리가 울린다.

인어들은 노래를 멈추고 악사들은 악기를 내려놓는다. 우리는 벌써 무슨 일이 벌어졌는지 알아차렸다. 이런 일에 익숙해진 것이다.

문제는 단 하나다. 다음 희생자는 누구일까?

72. 백과사전: 인류의 자존심을 상하게 한 세 가지 사건

인류는 세 차례에 걸쳐 자존심 상하는 일을 겪었다.

첫 번째 사건은 니콜라우스 코페르니쿠스가 지동설을 제창한 일이다. 그는 지구가 우주의 중심에 있기는커녕 태양의 둘레를 돌고 있으며, 태양 자체는 더 거대한 어떤 체계의 주변에 있다고 주장했다.

두 번째 사건은 찰스 다윈이 진화론을 들고 나온 일이다. 그는 인간이 다른 피조물들을 넘어서는 존재이기는커녕 그저 다른 동물들에게서 나온 하나의 동물이라고 주장했다.

세 번째 사건은 지크문트 프로이트의 선언이다. 인간은 예술을 창조하고 영토를 정복하고 과학적인 발명과 발견을 하고, 철학의 체계를 세우거나 정치 제도를 만들면서, 그 모든 행위가 자아를 초월하는 고상한 동기에서 비롯된다고 믿는다. 하지만 프로이트의 주장에 따르면, 인간은 그저 성적인 파트너를 유혹하고자 하는 욕망에 이끌리고 있을 뿐이다.

에드몽 웰스, 『상대적이며 절대적인 지식의 백과사전』 제5권

73. 살해당한 베아트리스

수풀에서 누가 팔을 들어 올리자, 우리는 모두 그리로 달려간다. 여자 하나가 잔뜩 웅크린 채 누워 있다. 한쪽 어깨는 앙크에 맞아 검게 타버렸다. 여자는 얼굴을 찡그리고 신음을 토하면서 상처를 움켜쥔다. 그러더니 마지막 경련을 일으키며 눈알을 뒤집는다.

켄타우로스들이 들것과 덮개를 들고 달려온다.

「누가 당한 거지?」

라블레의 물음에 프루동이 슬픈 어조로 대답한다.

「베아트리스 샤파누야. 차감 재적 109-1=108.」

그때 아테나 신이 창을 번득이며 깃털이 헝클어진 올빼미를 대동하고 하늘에서 나타난다. 몹시 격분한 기색이다.

「이 가증스런 짓을 저지른 자는 틀림없이 후보생들 가운데 하나야. 이번 기의 후보생들은 유난히 통제가 안 돼. 살해 사건이 터지질 않나…… 도난 사건이 벌어지질 않나……. 스승 신들의 물건을 훔쳐 가는 자들이 있어. 주방 기구도 없어졌고, 대장장이의 연장들, 투구, 밧줄 따위도 사라졌어.」

우리는 고개를 숙인다.

「이미 경고했듯이, 살신자는 본보기로 엄한 처벌을 받게 될 거야. 나는 아틀라스를 대신해서 세계를 짊어지는 임무를 그자에게 맡기기로 했어.」

세계를 짊어진다고? 아틀라스보다 작고 허약한 우리가 그 일을 할 수 있을까?

아테나는 군중을 훑어보다가 갑자기 나를 뚫어지게 바라본다.

「팽송, 자네 알리바이 있어?」

「저…… 저는 아프로디테 신과 춤을 추고 있었습니다.」

나는 눈을 이리저리 돌려 아프로디테를 찾는다. 하지만 아프로디테의 자취는 어디에도 없다. 내가 춤추는 것을 본 후보생들이 있을 테니, 그들을 증인으로 삼으면 된다. 그런데 이상하다. 그들이 내 눈길을 피하고 있다. 설마 내가 베아트리스를 죽였다고 생각하는 건 아니겠지?

「으음…… 자네가 돌고래족을 이끄는 후보생이지? 돌고래족은 베아트리스 샤파누의 거북족에게 밀렸어. 그것이 범행 동기가 될 수도 있겠군.」

나는 더없이 단호한 목소리로 말한다.

「저는 아닙니다.」

투구를 쓴 아테나의 얼굴에 미소가 번진다.

「돌고래족의 신 팽송 씨, 두고 보면 알겠지. 혹시라도 남을 죽여서 우승할 생각을 하고 있다면, 그건 오산이야. 어림없는 짓이지.」

아테나는 쌀쌀맞게 나를 노려본다.

「자네가 경기하는 거 봤어. 앞으로 어떻게 해나갈지 짐작이 가. 내가 보기에 자네는 얼마 못 가서 탈락할 거야. 후보생들이 어떤 식으로 백성을 관리하는지는 척 보면 알아. 백성들에게 꿈을 심어 주는 후보생도 있고, 크고 작은 조작을 가하면서 적극적으로 개입하는 부류도 있지. 그런데 자네는 너무…….」

아테나는 적당한 말을 찾고 있다. 무슨 말을 하려는 거지? 너무…… 착하다고?

「너무 영화적이야. 자네는 영화를 만들듯이 게임을 하고 있어. 돌고래족이 관객들에게 호감을 주도록 애쓰고 있다는 거야. 관객을 무시해야 해. 중요한 건 배우들이야. 영화의 내부에서 사건을 겪고 있는 배우들이 중요하다고.」

얼른 생각을 정리해서 뭐라고 대꾸를 하려는데, 여신은 그럴 틈을 주지 않고 날개 달린 말 페가수스에 펄쩍 올라탄다. 그러고는 올빼미와 함께 하늘로 멀어져 간다.

켄타우로스들은 빌라로 돌아가라면서 우리의 등을 떠민다.

돌아가는 길에 귀스타브 에펠이 한숨을 내쉬며 말한다.

「만약 내가 세계를 짊어진다면, 1백 미터도 못 걸어갈 거야. 나는 역도 같은 것을 해본 적이 없어. 아틀라스는 거구야. 우리는 그에 비하면 한낱 난쟁이지.」

에드몽 웰스는 형벌보다 범죄 그 자체에 관심을 보인다.

「어쨌거나 Y 게임에서 우승한 베아트리스 샤파누가 공격을 당했다는 것은 꺼림칙한 일이야.」

그러자 프루동이 냉소를 짓는다.

「만약 살신자가 승리자들을 공격하는 거라면, 다음 희생자는 내가 되겠군.」

「내가 그다음이고.」

프레디는 다른 가정을 내놓는다.

「신들이 우리를 압박하기 위해서 꾸민 일일지도 몰라. 살신자의 역할은 긴장을 높이는 데 있어.」

「살신자가 실제로 존재하는 것이 아니라, 〈그들〉이 우리의 긴장을 고조시키기 위해 꾸며 냈다고 생각하는 거야?」

「희생자들의 시신을 우리 눈으로 직접 봤잖아.」

에펠의 지적에 매릴린이 맞장구를 친다.

「켄타우로스들이 시체를 덮어서 실어 가는 것을 보고서도 그래?」

프루동이 나에게 다가오더니 흰소리를 친다.

「미카엘, 자네 백성들을 잘 돌봐야 해. 만약 내 백성들과 마주치면 협력이 이루어질 가능성은 희박하니까 말이야.」

그러자 라울이 기다란 팔로 내 어깨를 다정히 감싸면서 끼어든다.

「미카엘, 걱정 마. 내 독수리들이 너를 지켜 줄 거야. 자, 우리랑 함께 가자. 키마이라를 잡으러 가야지.」

나는 우뚝 멈춰 선다.

「아냐.」

「뭐가 아니라는 거야?」

아프로디테는 친구들을 조심하라고 충고했다. 동아리를 바꿔서 나다르가 이끄는 동아리에 가담하라고 권하기도 했다. 하지만 그것을 라울에게 고백할 수는 없는 노릇이다.

「오늘 밤에도 너무 피곤해. 모험을 떠날 만한 상태가 아니지 싶어.」

「산꼭대기에 뭐가 있는지 알고 싶은 마음이 사라진 거야?」

「아무튼 오늘 밤엔 안 되겠어.」

「너를 빼고 우리끼리만 저 위에 다다르면, 속이 엄청 쓰릴 텐데.」

「그래도 할 수 없지, 뭐.」

나는 눈을 들어 산꼭대기를 바라본다. 여느 때처럼 구름의 너울이 보일 뿐, 빛줄기 하나 새어 나오지 않는다.

74. 백과사전: 산악숭배

우뚝 솟아서 인간 세상을 굽어보는 산은 하늘과 땅의 만남을 상징한다. 수메르 사람들은 세모꼴로 된 슈오웬산을 우주 알이 부화해서 1만의 첫 존재들이 출현한 장소로 여겼다. 유대인들은 시나이산에서 모세가 하느님으로부터 율법의 판을 받았다고 믿는다.

일본인들은 후지산에 오르는 것 자체를 하나의 신비적인 체험으로 여기고, 산에 오르기 전에 목욕재계를 하기도 한다. 아즈텍 사람들은 이스타크 시와틀 산맥에 있는 틀라로크산에 비의 신이 거주한다고 생각하고 그 꼭대기에 신상을 세웠다. 인도인들은 수미산을 세계의 중심으로 삼고 있다.

그런가 하면 중국인들은 곤륜산(崑崙山)을 신성하게 여긴다. 아홉 개의 성을 층층이 쌓아 놓은 것처럼 생긴 이 산에는 불로불사의 신선들이 산다. 곤륜산의 일부를 이루는 서쪽의 군옥산(群玉山)에는 서왕모(西王母)의 궁전이 있고 궁전의 정원에는 요지(瑤池)라는 연못이 있다. 연못 주위에는 복숭아나무가 무성하게 자라고 있는데, 반도(蟠桃)라는 이 복숭아를 먹으면 도를 이루고 신선이 된다고 한다.

그리스인들은 신들의 거처인 올림포스산을 신성시했고, 페르시아 사람들은 알보르즈산을 영산으로 여겼으며, 이슬람 신자들은 카프산을, 켈트인들은 〈하얀산〉을, 티베트 사람들은 〈성지〉를 뜻하는 포탈라산을 숭배했다.

에드몽 웰스, 『상대적이며 절대적인 지식의 백과사전』 제5권

75. 공중 탐사

나다르의 빌라가 어디에 있을까? 그의 주소를 알아내기 위해서 이 집 저 집 문을 두드리고 다닐 수는 없는 노릇이다. 때마침 나비 소녀가 나타난다.

「나다르가 어디에 있는지 알아?」

무슈론은 나를 도성 밖으로 이끌더니 파란 숲의 북쪽으로 데려간다. 내가 가보지 않은 곳이다. 무슈론은 나뭇가지 더미에 감춰진 동굴을 가리켜 보이고는 올림피아 쪽으로 돌아간다.

동굴 안으로 들어가 보니, 클레망 아데르, 나다르, 앙투안 드 생텍쥐페리, 에티엔 드 몽골피에가 분주하게 움직이고 있다. 주위에는 온갖 잡동사니가 널려 있다. 분명 비행기구를 만들기 위해 가져다 놓은 물건들이다. 아테나가 말했던 도둑질이 바로 이들의 소행인 모양이다. 우리가 산을 올라가려고 애쓰는 동안 이들은 도둑질을 한 것이다.

우리는 파란 강을 건너기 위해 배를 만들었다. 열기구를 만드는 것은 그보다 훨씬 야심 찬 프로젝트다.

그들은 커다란 방수포에 바느질을 하고 있다. 뜨거운 공기를 채우는 주머니, 즉 기낭을 만들고 있는 것이다. 다리가 네 개 달린 원탁을 뒤집어 놓고 칡덩굴을 엮어 그 둘레를 막은 물건도 보인다. 열기구의 바스켓 대용이다. 탁자로 바스켓을 만들다니, 기발하다. 그들은 발소리를 듣고 내가 온 것을 알아차린다.

「우리를 염탐하고 있는 거야?」

클레망 아데르가 물었다. 몽골피에와 나다르는 벌써 내게 앙크를 겨누고 있다.

「너희와 함께 가고 싶어.」

그들은 앙크를 거두지 않는다.

「우리가 너를 받아 줄 거라고 생각하는 모양인데, 그럴 만한 이유라도 있어?」

「그래. 나는 파란 강 건너에 뭐가 있는지 알고 있어.」

「그건 우리도 곧 알게 될 거야.」

「이유는 또 있어. 나를 받아 주지 않는다 치고, 그다음엔 어떻게 할 거지? 내가 너희를 일러바칠 수도 있는데, 설마 그런 위험을 무릅쓰지는 않겠지? 그렇다고 나를 죽일 거야? 나를 죽이면 이제껏 벌어진 모든 살해 사건에 대해서도 덤터기를 쓰게 될 거야. 그래도 좋아? 18호 지구를 짊어지고 다닐 거야? 하긴, 넷이서 들면 덜 무겁기는 하겠다.」

나는 그들의 망설임을 감지하고 고삐를 조인다.

「나는 너희가 열기구 만드는 것을 도와줄 수 있어. 나는 손방이 아냐. 왕년에 의사였다고…….」

그들은 나직한 소리로 의견을 나눈다. 생텍쥐페리가 〈손해 볼 것 없잖아?〉 하고 속삭이는 소리가 들린다.

이윽고 나다르가 내 쪽으로 돌아선다.

「좋아. 받아 주겠어. 하지만 만약 우리를 배신하면, 가차 없이 없애 버릴 테니까 그리 알아. 네 시체가 발견될 때쯤에는 이미 진짜 살신자가 누군지 밝혀져 있을 거야.」

「내가 왜 너희를 배신하겠어? 우리는 모두 한 배를 타고 있어. 우리 위에 무엇이 있는지 알아내겠다는 공통의 목표를 가지고 있잖아.」

클레망 아데르는 고개를 끄덕이며 내게 바늘 하나를 내민다.

「운이 좋은 줄 알아. 마침 열기구를 다 만들어 가던 참이야. 당장 오늘 밤에 비행을 시작할 거야. 네가 도와주면 더 빨리 출발할 수 있어. 먼저 이 공기 주머니를 마저 만들어야 해.」

내 뇌의 어떤 영역에서 잠자고 있던 바느질이라는 재능이 되살아나고 있는 것만 같다. 내가 인간으로서 마지막 생애를 보낸 현대 사회에서는 모든 것이 버튼으로 작동되고 있었다. 리모컨 버튼, 전기 스위치, 엘리베이터 버튼, 컴퓨터 자판. 단지 그런 것들을 누르는 데만 손가락을 사용하다 보니, 손을 민첩하게 사용하는 능력이 감퇴해 버렸다. 이제 나는 그 잃어버린 능력을 서서히 되찾고 있다. 내 안에 있는 혈거인, 내 DNA 속에 웅크리고 있던 동굴 생활자가 가장 오래된 과학 가운데 하나인 매듭의 과학을 재발견하도록 나를 도와준다. 나는 꿰매고 묶고 엮는다. 그렇게 몇 시간 동안 작업을 하고 나자, 마침내 열기구의 공기 주머니가 완성되었다. 어느새 밤이 깊어졌다. 우리는 원탁을 뒤집어서 만든 바스켓에 그것을 매단다.

몽골피에는 바스켓 한복판에 화로를 놓고 연료로 사용할 마른 장작을 그 옆에 쟁여 둔다. 우리는 숲속의 빈터로 열기구를 끌어내고 밸러스트 대용으로 돌덩이들을 싣는다. 그런 다음 높다란 나뭇가지에 걸린 도르래를 이용해서 기낭을 들어 올린다. 그러고 나자 나다르가 불을 붙이고 화로를 옮겨 놓는다. 이미 눈이 발개진 우리 쪽이 아니라 공기 주머니 쪽으로 연기가 올라가게 하려는 것이다.

드디어 공기 주머니가 부풀어 올랐다. 우리는 잽싸게 움직여야 한다는 것을 알고 있다. 숲이 우리를 가려 주고 있다 해도 자칫하다간 발각될 수도 있는 것이다. 켄타우로스들이 나타나기 전에 출발해야 한다. 우리는 밧줄을 끄르고 공중으로 천천히 올라가기 시작한다.

몽골피에는 열기구가 빨리 올라가게 하려면 밸러스트를 덜어 내야 한다고 알려 준다. 우리는 돌덩이 몇 개를 바스켓 너머로 던진다.

하늘에 세 개의 달이 떠 있다. 우리는 점점 땅에서 멀어져 간다. 바스켓 안의 열기가 엄청나다. 우리는 웃통을 벗고 부지런히 불을 지핀다. 천사 시절에는 생각의 힘만으로도 날아다녔는데, 이게 웬 고생이람…….

일이 참 고되다. 모두가 지친 기색이다. 몸에는 땀이 흥건하다. 그래도 자꾸 올라가다 보니, 발아래로 놀라운 풍광이 펼쳐진다. 공중에서 섬 전체를 내려다볼 수 있는 것이다.

아에덴…….

생텍쥐페리가 소리친다.

「아주 멋진데, 안 그래?」

바람에 실려 온 비말이 살갗을 어루만지고, 이상한 새들이 열기구 주위를 선회한다. 나는 바스켓 너머로 몸을 숙인다. 아주 뚜렷하게 보이는 것은 아니지만, 섬은 세모꼴을 이루고 있다. 도성에 두 개의 언덕이 봉긋하게 솟아 있어서 섬은 전체적으로 사람의 얼굴처럼 보인다. 아에덴섬이 얼굴이라면 올림피아는 코인 셈이다. 달빛을 받고 있는 바다가 금가루를 뿌려 놓은 것처럼 영롱하다. 물결이 기슭에 닿으면 고운 모래톱의 흰색 때문에 금빛 광채가 스러진다. 땅에서 풍겨 나는 코코넛 냄새가 우리 콧구멍까지 올라와서 바스켓 안에 가득 찬 나무 타는 냄새를 흩뜨린다.

몽골피에가 불을 그만 때라고 이른다. 충분한 고도에 도달했다고 판단한 것이다. 하지만 불을 때지 않는데도 열기구가 계속 올라간다.

나다르가 탄성을 지른다.

「참 아름답다.」

인간으로 살던 시절에 사진가 나다르는 열기구를 타고 최초로 공중 사진을 찍었다. 쥘 베른은 그에게서 영감을 얻어 『기구를 타고 5주일』이라는 소설을 썼다.

안개에 싸인 산꼭대기가 보인다. 멀리 무성한 나무숲 사이에서 반짝이는 파란 강도 보인다. 물고기들이 돌아다니는지 강물에서 이따금 인광이 번득인다. 이 시간이면 테오노트 친구들은 파란 강을 건넜으리라. 어쩌면 벌써 키마이라와 싸우고 있을지도 모른다.

크로노스 궁전의 종루에서 자정을 알리는 종소리가 울린다. 해변에 또 다른 불빛이 나타났다. 거기에는 마리 퀴리와 쉬르쿠프와 라파예트가 있다. 그들은 강을 건너기 위한 배가 아니라 바다로 나아가기 위한 배를 만들고 있는 듯하다.

클레망 아데르가 설명한다.

「저 친구들은 아마도 감시가 덜한 사면을 찾아서 섬을 빙 둘러보려고 하는 걸 거야.」

열기구가 계속 올라간다. 나다르는 풍향을 알아보기 위해 버팀줄에 리본을 매달고, 생텍쥐페리는 연기의 통로를 바꾸기 위해 밧줄을 잡아당긴다. 그들의 표정이 불안하다. 어떤 직감이 퍼뜩 뇌리를 스친다. 열기구가 엉뚱한 방향으로 가고 있는 것이다.

「산 쪽으로 좀 더 가까이 갈 수 없어?」

내 물음에 클레망 아데르가 대답한다.

「이건 열기구야. 조종 장치가 있는 비행선이 아니라고. 우리는 올라가거나 내려갈 수는 있어도, 좌우로 방향을 틀 수는 없어.」

몽골피에가 걱정스러운 기색으로 알려 준다.

「게다가 육풍이 불기 때문에 열기구가 바다 쪽으로 가는 거야.」

산은 멀어지고 우리는 자꾸 수평선을 향해 나아간다.

간헐 온천이 분출하듯 해면에서 간간이 물줄기가 솟는다. 섬 주위에 고래들이 있는 모양이다.

몽골피에는 다시 불을 지펴서 비행 고도를 높이자고 제안한다. 섬 쪽으로 흐르는 수평 기류를 만날 수 있으리라 기대하는 것이다.

우리는 밸러스트 구실을 하던 마지막 남은 돌덩이들을 바다에 던진다. 너무 높이 올라와 있기 때문에 돌덩이들이 떨어지는 소리는 들리지 않는다.

우리는 바람에 실려 계속 섬에서 멀어져 간다. 몽골피에는 골똘한 생각에 빠진 채 공기 주머니를 올려다본다.

「되도록 빨리 내려가는 것 말고는 방법이 없어. 완전히 난바다 쪽으로 벗어나기 전에 내려가야 해.」

우리가 불을 끄는 동안, 그는 밧줄 하나를 잡아당겨 공기 주머니의 냉각구를 연다. 더운 공기가 빠져나가자, 강하가 시작된다.

내려가는 것은 올라오는 것보다 훨씬 빠르다. 열기구가 마침내 해면에 철썩 떨어진다. 바스켓은 방수가 되도록 만들어지지 않았기 때문에, 즉시 물이 차오른다. 우리는 물을 퍼낼 수 있는 그릇도 없고 물을 헤치고 나아갈 노도 없다. 하늘을 겨냥하는 자들은 바다에서 벌어질 일에 대비하지 않기가 십상이다.

우리는 클레망 아데르가 이르는 대로 무거운 것들을 모두 물속에 던지고, 원탁에 달라붙는다. 열기구의 바스켓을 대신하던 원탁이 이제는 뗏목 구실을 하고 있다.

그때 아주 가까이에서 날카로운 휘파람 소리와 함께 물이 분출한다. 공중에서 보았던 바로 그 물줄기다.

나다르가 소리친다.

「왼쪽에 고래가 나타났어!」

몽골피에가 바로잡는다.

「천만에, 이건 고래가 아냐.」

거대한 물고기가 다가온다. 아닌 게 아니라 크기는 고래만 한데 훨씬 무시무시해 보인다. 눈은 고래와 비슷하지만, 주둥이에는 고래수염 대신 뾰족한 이빨들이 빼곡하다. 그 이빨 하나하나가 나만큼이나 크다.

「이런, 어떻게 하지?」

76. 백과사전: 레비아단[63]

가나안과 페니키아의 전설에서 레비아단은 여러 가지 모습으로 묘사된다. 거대한 고래와 비슷한데 번쩍거리는 비늘로 덮여 있다는 설도 있고, 길이가 30미터가 넘는 악어처럼 생겼다는 얘기도 있다. 살가죽은 너무 두꺼워서 어떤 작살로도 뚫을 수 없다. 아가리로는 불을 토하고 콧구멍으로는 연기를 내뿜으며, 눈은 스스로 빛을 내어 번쩍거린다. 이

63 공동 번역 성서와 새 번역 성경의 표기를 따른 것이다. 개신교의 개역 한글판에서는 보통 〈악어〉로 옮기고 있으며(「욥기」, 「시편」), 「이사야」 27장 1절에서만 히브리어 발음을 살려 〈리워야단〉이라 표기했다.

괴물이 수면으로 올라오면 주위의 바닷물이 요동친다.

레비아단은 가나안족의 신 〈엘〉의 적이었던 〈로탄〉이라는 뱀에서 나왔다. 가나안의 전설에 따르면 그에게는 태양을 잠깐 삼켜 버릴 수 있는 능력이 있다. 그래서 일식이 나타난다는 것이다.

레비아단의 전설은 『구약 성경』의 「시편」, 「욥기」, 「이사야서」 등에 다시 나타난다.

〈너는 낚시로 레비아단을 낚을 수 있느냐?〉

〈한번 일어서면 신들도 무서워 혼비백산하여 거꾸러진다. (……) 쇠를 지푸라기인 양 부러뜨리고 청동을 썩은 나무인 양 비벼 버린다. (……) 깊은 물웅덩이를 솥처럼 끓게 하고 바닷물을 기름 가마처럼 부글거리게 하는 구나. (……) 지상의 그 누가 그와 겨루랴. 생겨날 때부터 도무지 두려움을 모르는구나.〉(「욥기」 41장)

레비아단은 대양의 원초적인 파괴력을 상징한다. 이집트와 바빌로니아와 인도의 전설에서도 비슷한 괴물을 찾아볼 수 있다. 그런데 어쩌면 레비아단은 페니키아 사람들이 바다에 대한 지배권을 유지하기 위해 지어낸 개념일지도 모른다. 이 괴물에 대한 공포심을 널리 퍼뜨려서 뱃길에서 거치적거리는 경쟁자들의 수를 줄이려고 했을 수도 있다는 것이다.

에드몽 웰스, 『상대적이며 절대적인 지식의 백과사전』 제5권

77. 괴물의 배 속에서

나는 바스켓 밖으로 펄쩍 뛰어나가 물속에서 버둥버둥 헤엄을 친다. 레비아단이 물결을 가르고 어마어마하게 많은 물을 밀어내며 다가온다. 나는 옛날에 「조스」라는 영화를 보면서 무척 겁을 먹었는데, 만약 그 자그마한 상어가 이 거대한

바다 괴물을 만났다면 뒤도 돌아보지 않고 달아났으리라. 검은 숲의 키마이라와 대적하는 것이 두려워서 나다르의 동아리에 가담했더니, 이건 그야말로 이리를 피하려다 범을 만난 격이 아닌가…….

내 옆에서 몽골피에가 소리친다.

「난 수영을 못 해. 난 수영을 못 한다고!」

공중을 좋아하는 사람들에게는 이런 문제가 있다. 공중만 알고 바다를 모르는 것이다.

나는 한쪽 팔을 그의 겨드랑이 밑으로 밀어 넣은 다음 그가 가라앉지 않도록 있는 힘을 다해 버틴다.

레비아단은 커다란 아가리를 벌려 원탁과 방수포를 덥석 물어 버린다. 머뭇거리며 원탁에 달라붙어 있던 생텍쥐페리도 순식간에 뾰족한 이빨들 사이로 사라졌다. 그 이빨들은 이제 내리닫이 살문처럼 닫혀 있다.

나다르가 울부짖는다.

「해변으로 가야 해!」

나는 몽골피에의 머리가 물에 잠기지 않게 하느라고 애면글면하면서 개구리헤엄으로 나아간다. 하지만 힘이 부쳐서 더 이상 그를 끌고 갈 수가 없다. 나는 물에 잠기기 직전에 몽골피에를 클레망 아데르에게 맡긴다. 수평선에서는 벌써 제2의 태양이 떠오른다.

「조심해, 놈이 돌아오고 있어!」

우리는 이리저리 흩어진다. 레비아단이 내 쪽으로 덤벼든다. 잔뜩 굶주린 모양이다. 크롤 스트로크로 기록적인 속도를 내며 해변에 닿고 싶은 마음이 간절한데, 팔다리가 말을 듣지 않는다. 나는 모든 것을 단념하고 물결에 몸을 내맡긴다.

괴물은 날달걀을 마시듯 나를 후루룩 빨아들인다. 그다음부터는 모든 게 일사천리다. 나는 이빨들의 장벽을 넘어가서 혓바닥에 떨어졌다가 튀어 오른 다음 입천장에 부딪혔다가 목구멍 벽을 들이받는다. 그러고는 마치 핀볼처럼 혀 쪽으로 튕겨 나온다.

주위가 어둡고 축축하고 괴괴하다. 썩은 물고기 냄새가 코를 찌른다. 그때 괴물의 혀가 갑자기 꿈틀거리면서 나를 후려친다. 나는 앙크를 꺼내어 쏘아 댄다. 그래 봤자 괴물에게는 바늘로 찌르는 정도의 효과도 안 나겠지만, 번쩍거리는 섬광 덕분에 주위를 살펴볼 수가 있다. 잿빛 아케이드가 있는 대성당에 들어와 있는 기분이다. 점막에서 번들거리는 이상한 액체가 흘러나온다. 턱뼈 쪽으로 가다 보니, 구멍 난 이빨 속에 앙크가 떨어져 있다. 생텍쥐페리가 놓쳐 버린 앙크일 것이다. 나는 어금니로 뛰어올라 앙크 두 개로 동시에 사격을 가한다. 아무 효과가 없다.

괴물의 혀가 더욱 세차게 공격해 온다. 온몸에 끈적거리는 침이 묻는다. 움직이기가 점점 힘들어진다. 나는 침 속에서 버둥거린다. 그러다가 혀끝에 밀려 목구멍의 가파른 비탈 쪽으로 내려간다. 인두(咽頭)를 지나고 나서는 그야말로 미끄럼틀이다. 나는 무언가를 잡고 매달릴 새도 없이 식도를 따라 미끄러진다. 혹시나 괴물이 기침이라도 하지 않을까 해서 식도의 벽을 겨누고 앙크를 쏘아 보지만, 하강은 좀처럼 끝나지 않는다.

주인공이 고래나 상어나 레비아단 같은 거대한 바다 동물의 배 속에 들어갔다가 살아 나오는 이야기는 한두 가지가 아니다. 성서 속의 요나는 사흘 낮과 사흘 밤을 거대한 물고기의 배 속에 갇혀 있다가 살아났고, 카를로 콜로디의 동화에 나오는 피노키오는 상어의 몸속에서 제페토 할아버지를 만나 함께 탈출했다. 그런가 하면 폴리네시아의 전설에 나오는 은가나오아라는 영웅은 고래의 위장 속으로 내려가서 거기에 갇혀 있던 부모를 구해 냈다.[64]

터널이 규칙적으로 수축하고 불룩불룩 움직이면서 나를 더욱 빠르게 아래로 떨어뜨린다. 나는 숱한 삶을 살면서 많은 고깃덩어리를 삼켰다. 이제 그 고깃덩어리들의 운명을 내가 겪고 있는 셈이다. 하지만 그것들에게는 눈도 없었고 빛을 발하는 무기도 없었기 때문에 내 몸속의 길을 관찰할 수 없었다.

마침내 미끄럼틀이 끝나고 타원형의 거대한 방이 나온다. 김이 모락거리는 액체가 반쯤 차 있고, 볼록볼록한 돌기가 작은 섬들처럼 떠 있다. 내 주위에 있던 물고기들은 그 액체 속으로 굴러떨어지자마자 흐물흐물 녹아 버린다. 나도 거기로 미끄러지면 똑같은 운명을 맞게 될 것이다. 다행히 난파선의 잔해가 눈에 띈다. 몸체가 부식되었지만 아직 산성 액체를 견뎌 내고 있다. 나는 그것에 매달린다.

그러니까 나는 위 속에 들어와 있는 것이다.

치명적인 위산의 호수 한복판에서 갑자기 소용돌이가 일더니 내가 매달려 있는 배를 창자 속으로 확 밀어 버린다. 깜

64 이 전설은 종교학자 미르체아 엘리아데의 저서 『신화·꿈·신비』(갈리마르, 1957)를 통해 널리 알려지게 되었다. 엘리아데는 이 책의 마지막 9장에서 〈괴물에게 삼켜지기〉와 관련된 여러 신화와 전설을 제시하면서 그것들에 담긴 의미를 밝혀내고 있다.

박 정신을 잃었다가 깨어나 보니, 나는 아직 배에 실려 있고, 위에는 말랑말랑한 내벽이 천장처럼 드리워져 있다. 아까보다 터널이 더 좁고 생선 썩는 냄새가 훨씬 고약하다. 두 개의 앙크를 쏘아 대자 내벽에 약간의 수축이 일어난다.

나는 창자 속을 계속 내려간다. 천사의 단계를 넘어 신의 단계로 나아가는 존재가 이렇게 레비아단의 똥으로 변한다는 것은 참으로 욕되고 수치스러운 일이다.

내가 타고 있는 배에 온갖 물건과 쓰레기가 부딪친다. 사람의 해골도 있다. 아마도 운이 나빴던 다른 후보생들의 해골일 것이다. 다시 위쪽으로 올라가서 빠져나가는 것보다는 아래쪽으로 탈출할 길을 찾는 편이 나을 듯싶다. 아닌 게 아니라 유기물의 냄새가 갈수록 역겨워지고 있다. 문득 그 툭툭한 진창에서 누군가의 실루엣을 본 듯하다. 소화액에 녹지 않고 살아남은 존재가 또 있는 모양이다.

「거기 누구 있어요?」

「나야, 여기.」

생텍쥐페리의 목소리다.

나는 썩어 가는 나뭇조각 하나를 노처럼 저어서 그에게 다가간다.

「살아 있어서 다행이야. 이 끔찍한 것을 어떻게 견뎌 냈어?」

「너와 마찬가지야. 임시변통으로 만든 뗏목 덕분이지. 그나저나 우리도 결국엔 소화되고 말겠지?」

나는 옛날에 공부한 의학 지식을 떠올리며 대답한다.

「사람이 음식을 소화하는 데는 세 시간이 걸려. 레비아단이 음식을 소화하는 데는 몇 주일이 걸릴 수도 있어.」

「그렇다면 되도록 빨리 항문에 도달하는 길을 찾아야겠군.」

그는 아직 투지가 살아 있다.

나는 토가 자락의 끄트머리를 액체 속에 담가 본다. 아무런 변화가 없다.

「여기엔 산이 없어. 배를 버리고 나아가도 되겠어.」

우리는 창자 속을 걸어가기 시작한다. 생텍쥐페리는 내 목에 두 개의 앙크가 걸려 있는 것을 보더니 자기 것을 돌려달라고 한다. 나는 즉시 돌려준다.

「그야말로 위험의 연속이야. 매번 이보다 더 위험한 일은 없겠다 싶은데, 그다음엔 더 고약한 일을 겪게 돼.」

그는 내 말에 헛헛한 웃음으로 대답한다.

「어느 정도는 우리가 자초한 일인데, 뭘. 빌라에서 나오지 않고 텔레비전 앞에 편히 앉아서 우리가 맡았던 인간들이 어떻게 살아가는지 지켜볼 수도 있었잖아. 올림피아에 와서 보니까 그들의 삶이 아주 재미있던데. 네가 맡았던 사람들은 어때?」

괴물의 창자 속을 함께 나아가기에 더없이 좋은 길동무가 아닌가! 나는 터널 속을 이따금 밝히기 위해 앙크를 쏘아 가면서 대답한다.

「한 사람은 아프리카의 왕자고, 또 한 사람은 일본인 아버지와 한국인 어머니 사이에서 태어나 일본에서 자라고 있는 여자아이야. 나머지 한 사람은 극성스런 어머니를 둔 그리스 소년이지. 그쪽은?」

「하나는 항상 부르카를 쓰고 다니는 파키스탄 소녀인데 벌써 부모가 어떤 부유한 늙은이에게 주겠다고 약속해 놓은 상태야. 또 하나는 바다표범 사냥을 열렬히 좋아하는 라플란드 소년인데 유감스럽게도 신병 기우(杞憂)증 환자야. 나머지 하나는 폴리네시아 소년인데 온종일 까닭 없이 깔깔대기만 하고 공부할 생각을 안 해.」

「조합이 괜찮아 보이는데.」

생텍쥐페리는 별로 그렇게 생각하지 않는 눈치다.

「내가 보기에는 셋 중에서 어느 누구도 자신의 영혼을 고양시킬 수 있을 것 같지 않아.」

「나는 한국인 소녀에게 기대를 걸고 있어. 이유는 잘 모르겠는데, 온갖 역경에도 불구하고 아주 뛰어난 재능을 발휘하리라는 느낌이 들어. 고결한 영혼의 소유자야. 게다가 나는 그 나라를 좋아해. 한국 말이야…….」

「아 그래? 그 나라에 대해서 아는 게 많은가 봐?」

「한국은 일본과 중국과 러시아가 만나는 문명의 교차로에 자리 잡고 있어. 여러 차례 이웃 나라들의 침략을 받았지만 그때마다 용감하게 저항했지. 잘 알려져 있지는 않지만, 한국인들은 아주 경이롭고 섬세한 문화를 가꿔 왔어. 그들의 음악이며 회화며 문자는 독창적이야.」

이런 곳에서 한국에 관한 이야기를 나누고 있으니 기분이 묘하다.

「한국에 가봤어?」

「그럼. 수도인 서울에도 가봤고, 제1의 항구 도시인 부산에도 가봤지. 대학생 시절에는 한국 여자랑 함께 지냈던 적도 있어. 그녀와 함께 부산에 가서 그녀 가족을 만났어.」

그는 바닥을 살피기 위해 앙크를 한 번 쏜다. 물고기들의 찌꺼기가 갈수록 크게 뭉쳐지고 있다.

「놀랍군. 자네가 가장 큰 기대를 걸고 있는 사람의 국적과 자네가 좋아하는 나라가 맞아떨어지다니 말이야. 어쩌면 한국을 좋아하니까 그 소녀에게 더 마음이 가는 것일 수도 있겠지……. 나는 폴리네시아나 파키스탄이나 라플란드에 가본 적이 없어. 한국 얘기 좀 더 해봐. 그 나라의 역사를 알아?」

「한국은 오랫동안 독립적인 문명을 이루고 있었는데, 수십 년 동안 일본의 지배를 받은 적이 있어. 일본인들은 한국을 경제적으로 수탈하고 한국인들의 문화를 말살하려고 했어. 사원을 파괴하고 한국어 대신 일본어를 사용하도록 강요하기도 했지. 제2차 세계 대전이 끝난 뒤에 한국은 해방되었고, 한국인들은 뿌리를 되찾기 위해 많은 노력을 기울였어.」

「그랬구나. 그 세월이 아주 혹독했겠는걸.」

「그런데 일제의 지배에서 벗어나자마자 한국은 남북으로 분단되었고, 내전의 아픔을 겪기도 했어. 그 상처는 아직도 완전히 치유되지 않았고, 남한과 북한은 여전히 휴전선을 사이에 두고 대치하고 있어. 북한이 세습적인 독재 체제에서 벗어나지 못하고 있는 것도 큰 문제지.」

물고기의 뼈가 우리 앞길을 막아선다. 뼈가 엄청나게 크다. 괴물이 고래만 한 물고기를 삼킨 모양이다. 그 뼈를 피해 빙 돌아가노라니, 우리 처지가 새삼 한심하게 느껴진다.

「원 세상에…… 이런 괴물의 배 속에 들어오리라고는 상상도 못 했어.」

내가 탄식하자, 생텍쥐페리는 뜻밖의 소리를 한다.

「나는 태아 상태로 돌아가고 있는 듯한 기분이 들어.」

「이 괴물이 암놈일까, 수놈일까? 어떻게 생각해?」

「창자에 구멍을 내서 뚫고 들어가 봐야 알겠는걸. 질이 나오면 암놈이고 전립선이 나오면 수놈이겠지.」

그러면서 내 길동무는 헛헛하게 웃는다.

「디오니소스가 말하기를, 여기가 최후의 시련을 거쳐 영혼의 기나긴 진화를 완성하는 곳이라고 했어. 그런데 이제 레비아단의 똥으로 변하게 될 판이니…….」

「새로운 경지로 나아가려면 이런 과정을 겪어야 해. 내려가야 올라갈 수 있고, 천해져야 고결해질 수 있으며, 죽임을 당해야 다시 태어날 수 있는 거야.」

주위의 공기가 희박해지고 숨 쉬기가 어려워진다. 통로가 좁아지고 있다는 느낌이 든다. 앙크 불빛에 비춰 보니 갈색 벌레들이 우글거린다. 베개만큼이나 커다란 벌레들이다. 우리는 그 사이로 절버덕거리며 나아간다. 역한 냄새가 진동한다. 우리는 옷자락으로 코를 막는다.

「터널 끄트머리에 다다른 것 같은데.」

아닌 게 아니라 터널이 끝나고 빈 공간이 나타난다. 그런데 출구가 꽉 막혀 있다.

「레비아단의 항문을 벌리려면 어떻게 해야 하지?」

「네가 잘 알 것 같은데. 왕년에 의사였다면서.」

나는 생각을 모은다.

「대개 항문은 압전 소자처럼 반응해. 똥이 이 구역에 닿으면 접촉 감지 장치가 눌리는 거지.」

주위를 살펴보니 핏줄과 신경이 보인다. 우리는 그것들을 주먹과 발로 힘껏 때린다. 그러자 근육의 수축이 일어나더니 내벽의 긴장이 풀어진다. 출구가 열리고 한 줄기 빛이 나타난다. 우리는 다른 찌꺼기들과 함께 밖으로 배출되어 물속에 떨어진다. 되도록 빨리 수면 쪽으로, 빛이 비치는 쪽으로 헤엄쳐야 한다. 허파가 불타는 듯하지만, 참고 견뎌야 한다.

빛을 향한 이 상승은 타나토노트 시절의 비행을 생각나게 한다. 그때 나는 육신을 벗어나 저승의 빛을 향해 올라갔다. 하지만 한 가지 중요한 차이가 있다. 육신을 벗어난 영혼일 때는 나에게 아무 감각이 없었지만, 풋내기 신이 된 지금의 내 감각은 극도로 예민하다.

수면에 다다라 숨을 가누려고 애쓰면서, 나는 신화나 전설에 나오는 모든 괴물에게 저주를 퍼붓는다. 레비아단도 싫고, 인어와 키마이라 따위도 싫다. 스승 신들도 후보생들도 두 번 다시 보고 싶지 않다.

손 하나가 내 몸에 닿는다. 생텍쥐페리가 나를 자기 쪽으로 끌어당긴다. 우리는 잠시 숨을 고르고 나서, 잔잔한 물결을 가르며 함께 나아간다. 이제 살았다. 우리는 탈출에 성공했다.

하지만 우리의 안도는 오래가지 않았다. 가까이에서 또 물줄기가 분출한다. 레비아단이 돌아오고 있다는 뜻이다. 놈은 제자리에서 반 바퀴를 돌더니 다시 우리 쪽으로 돌진한다.

우리는 이럴 수가 하는 표정으로 서로를 바라본다. 안 돼, 한 번으로 족해. 두 번이나 괴물의 배 속에 들어갈 수는 없어…….

나의 소리 없는 애원에 응답하기라도 하듯 갑자기 기적 같은 일이 벌어진다. 눈이 빨간 흰 돌고래 한 마리가 물결을 헤치며 솟구치더니 레비아단과 우리 사이로 끼어든다. 그러자 다른 돌고래들이 몰려온다. 함께 괴물을 저지하고 우리를 보호하려는 것이다.

레비아단이 방벽을 뚫으려고 돌진해 오자, 돌고래들은 놈을 에워싸고 뾰족한 주둥이를 박차처럼 사용해서 놈의 옆구리를 쿡쿡 찔러 댄다. 괴물은 돌고래들을 삼키려고 하지만, 움직임이 훨씬 민첩한 돌고래들은 요리조리 피하면서 계속 놈을 괴롭힌다. 16세기에 에스파냐의 무적함대와 영국 해군이 벌인 전투를 형상화한 그림이 생각난다. 무겁고 굼뜬 에스파냐의 거대한 배들을 영국의 작은 범선들이 날렵하게 움직이며 공격하는 장면 말이다.

레비아단은 화를 내며 장벽처럼 높다란 너울을 일으킨다. 그러나 돌고래들은 물속과 공중을 오르내리며 계속 괴물을 놀리고 괴롭힌다. 놈은 결국 방향을 돌려 달아난다. 그러자 돌고래들은 우리에게 다가오더니, 짧고 새된 소리를 질러 등지느러미에 매달리라고 권한다.

우리는 순순히 그들의 권유에 응한다. 섬은 아득하게 멀리 있는 데다, 탈출하느라고 이미 기력을 소진한 터라 망설이고 자시고 할 겨를이 없는 것이다. 나는 말을 타듯 흰 돌고래의 등에 올라타서 두 발을 가슴지느러미에 올려놓는다. 돌고래가 나아간다. 수상 스쿠터를 타는 기분이다.

생텍쥐페리의 얼굴에도 기뻐하는 기색이 역력하다. 괴물의 어두운 배 속을 겨우겨우 헤쳐 나온 뒤끝이라서 자유를 되찾은 기쁨이 더더욱 강렬하다. 공기, 빛, 속도. 모든 것이 우리를 황홀하게 한다.

우리는 비마(飛馬)를 탄 영웅들처럼 잔물결을 스치며 질주한다.

돌고래들은 마침내 바닷가에 다다라서 우리를 내려 준다. 우리가 손짓으로 인사를 보내자, 돌고래들은 우리를 격려하는 듯한 소리를 내지르며 공중으로 솟구친다. 흰 돌고래는 아주 높이 솟아올라서 공중회전 묘기를 선보인다.

바닷가에 먼저 와 있던 몽골피에와 나다르와 클레망 아데르는 우리를 보자 믿을 수 없다는 듯한 표정을 짓는다.

「너희는 어떻게 돌아왔어?」

내 물음에 클레망 아데르가 대답한다.

「죽으라고 헤엄을 쳤지.」

그의 목소리가 잠겨 있다. 몽골피에를 끌고 나오느라 기력이 다 빠진 모양이다.

몽골피에가 말한다.

「우리는 운이 없었어. 악운이 끈질기게 우리를 따라다니고 있어.」

78. 백과사전: 머피의 법칙

1949년 미국의 항공 엔지니어 에드워드 A. 머피는 항공기 추락에 대비한 안전장치를 개발하고 있던 미 공군의 한 프로젝트에 참여하고 있었다. MX981이라고 불리던 이 프로젝트는 급속한 감속이 일어났을 때의 관성력을 인간이 얼마나 견뎌 낼 수 있는가를 시험하는 것이었다. 이 테스트를 하기 위해서는 고속 로켓 썰매에 탄 사람의 몸에 여러 개의 센서를 부착해야 했다. 머피는 이 일을 조수에게 맡겼다. 센서를 거꾸로 부착할 가능성이 있기는 했지만, 조수가 설마 그런 실수를 하랴 생각했다. 그런데 정말 그런 일이 벌어졌다. 조수가 모든 센서를 거꾸로 부착하는 바람에 테스트가 실패로 돌아간 것이다. 머피는 화가 나서 조수를 향해 말했다. 「저 자식은 실수를 저지를 가능성이 있다 싶은 일을 하면 꼭 실수를 한다니까.」 머피의 이 말은 그의 동료들 사이로 퍼져 나가 〈잘못될 가능성이 있는 일은 반드시 잘못된다〉는 이른바 머피의 법칙으로 발전했다. 〈설마가 사람 잡는다〉는 말과 상통하는 이 비관주의의 법칙은 〈버터 바른 토스트의 법칙〉이라고도 불린다. 버터 바른 토스트를 떨어뜨리면 언제나 버터를 바른 쪽이 바닥에 닿는 현상이 대표적인 사례이기 때문이다. 이 법칙은 모르는 사람이 거의 없을 만큼 유명해졌다. 그에 따라 같은 원리를 다른 상황에 적용한 신종 머피의 법칙들이 마치 속담처럼 도처에서 생겨났다. 몇 가지 예를 들면 다음과 같다.

〈모든 게 잘 돌아간다 싶으면, 틀림없이 어딘가에 문제가 있는 것이다.〉

〈문제가 해결될 때마다 새로운 문제들이 야기된다.〉

〈무언가 사람들에게 기쁨을 주는 것이 있다면, 그것은 불법적이거나 비도덕적이거나 상스러운 것이다.〉

〈줄을 서면 언제나 옆줄이 빨리 줄어든다.〉

〈진짜 괜찮은 남자나 여자에게는 이미 임자가 있다. 만약 임자가 없다면 무언가 남들이 모르는 이유가 있는 것이다.〉

〈이건 너무 멋져서 사실이 아닌 것 같다 싶으면, 십중팔구 사실이 아니다.〉

〈이러저러한 장점을 보고 어떤 남자에게 반한 여자는 몇 해가 지나면 대체로 그 장점들을 지겨워하게 된다.〉

〈이론이 있으면 일은 잘 돌아가지 않아도 그 이유는 알게 된다. 실천을 하면 일은 돌아가는데 그 이유는 모른다. 이론과 실천이 결합되면 일도 돌아가지 않고 그 이유도 모르게 된다.〉

에드몽 웰스, 『상대적이며 절대적인 지식의 백과사전』 제5권

(민중의 생활 체험에서 나온 지혜에 근거한 것임)

79. 인간, 10세

나는 텔레비전 앞에 앉는다. 흥분이 좀처럼 가라앉지 않아서 당장은 잠을 이룰 수가 없다. 몸은 숱한 모험을 겪은 뒤의 평정을 요구하고 있는데, 머리는 바글바글 끓고 있다.

첫 번째 채널에서는 은비가 보인다. 이제 열 살이 된 은비는 학교 운동장에서 반 친구들이 줄넘기를 하며 노는 동안 혼자서 몽상에 잠겨 있다. 여자아이 하나가 은비 앞에 서더니 느닷없이 〈더러운 조센진〉 하고 소리친다.

은비는 어찌할 바를 몰라 하다가 어설프게 종주먹을 들이댄다. 욕을 한 아이는 깔깔거리면서 달아난다. 반 아이들이 모두 은비를 놀린다. 어떤 아이들은 〈더러운 조센진〉이라는 말을 연이어 외친다. 휴식 시간이 끝났음을 알리는 종이 울린다. 이로써 그 장면도 끝난다.

은비는 울면서 교실로 들어간다. 여자 담임 선생이 왜 우느냐고 묻자, 은비 짝꿍이 대신 대답한다.

「아이들이 더러운 조센진이라고 놀렸어요.」

담임 선생은 알겠다는 듯이 고개를 끄덕이더니 무슨 말을 할 듯 말 듯 하다가 입을 다물어 버린다. 하지만 은비가 더 크게 흐느끼자 조용히 타이른다.

「진정해. 아니면 나가서 울든지.」

은비는 울음을 삼키려고 하지만 뜻대로 되지 않는다. 담임 선생이 목청을 높인다.

「자꾸 수업 방해하지 말고 나가. 울음이 가라앉거든 다시 들어와.」

은비는 교실 밖으로 나가더니 곧장 집으로 돌아간다. 그러더니 자기 방에 들어가자마자 침대에 엎드려 다시 울음을 터뜨린다. 어머니가 무슨 일이냐고 묻는다.

「아냐, 아무것도. 그냥 혼자 있고 싶어.」

은비는 점심도 싫다 하고 간식을 주겠다 해도 도리질을 친다. 그러다가 해거름에 어머니가 물 한 잔을 가져다주자 비로소 말문을 연다.

「어떤 여자애가 나보고 더러운 조센진이라고 했어. 내가 잘 알지도 못하는 애야.」

「그랬구나. 그래서 넌 어떻게 했어?」

「한 대 때려 주고 싶었는데, 잽싸게 도망치는 바람에 못 했어. 그러고 나서 수업이 시작되었는데, 내가 자꾸 우니까 선생님이 방해하지 말고 나가라고 했어.」

어머니는 딸아이를 끌어당겨 품에 안는다.

「내가 미리 얘기를 해줬어야 하는 건데……. 일본인들 중에는 우리 한국인들에게 그런 욕을 하는 사람들이 있어.」

「왜 그러는 건데?」

「우리는 일본 사람들 때문에 많은 고통을 겪었어. 자세한 얘기는 나중에 때가 되면 해줄게. 그들은 우리나라를 침략해서 수많은 사람들을 학살했어. 우리의 신성한 장소들을 더럽히고 파괴했는가 하면, 우리말과 우리 문화를 잊어버리도록 강요하기도 했어. 그들은…….」

「그런데 왜 우리는 한국에서 살지 않고 여기에서 살아?」

「이야기하자면 너무 길어. 아주 오래전에 일본인들이 네 할머니를 납치했어. 할머니뿐만 아니라 조선의 많은 여자들이 여기로 끌려왔어. 이제 그들은…… 너는 아직 너무 어려서 이해를 못 할 거야. 때가 되면 다 알게 돼.」

은비는 물컵을 뚫어지게 바라보다가 다시 묻는다.

「내일 학교를 어떻게 가지? 모든 애들이 나를 놀렸는데.」

어머니는 아이의 볼에 다정하게 입을 맞춘다.

「그래도 가야 돼. 안 그러면 걔들이 이기는 거야. 당당하게 맞서는 법을 배워야 해. 엄마가 꿋꿋하게 맞섰던 것처럼 말이야. 굴복하지 마. 할머니는 훨씬 더 나쁜 일을 당하셨지만, 굴복하지 않으셨어. 어떤 시련이든 우리를 죽일 정도가 아니라면 그것을 겪으면서 우리는 더욱 강해지는 거야. 공부를 잘하면 돼. 그게 가장 훌륭한 복수야. 1등을 해서 너의 참된 가치를 걔들에게 보여 줘.」

은비는 어머니의 검은 눈을 말끄러미 바라본다. 그러면서 어머니는 이미 고통을 이겨 냈다는 것을 알아차린다.

「엄마, 일본 사람들이 왜 우리를 미워하는 거야?」

어머니는 잠시 머뭇거리다가 대답한다.

「가해자들은 언제나 피해자들을 미워하기 마련이야. 피해자들이 너그럽게 굴면, 더더욱 고약하게 나오지.」

「엄마, 할머니가 무슨 일을 당하셨는지 얘기해 줘. 나도 알고 싶어.」

어머니는 망설이는 기색을 보이다가 결심이 선 듯 말문을 연다.

「앞서 말했듯이, 조선은 1910년부터 1945년까지 일본의 지배를 받았어. 그 36년 동안 일본인들은 우리 민족이 누구인지를 잊게 하려고 애썼어. 그들은 조선의 가장 고운 여자들을 붙잡아다가 야수 같은 일본군 병사들의 노리개로 삼았어. 일본군의 막강한 행렬 뒤에는 언제나 그들을 〈위안〉하기 위해 동원된 수많은 조선 여인들이 있었어.」

은비는 이야기를 해달라더니, 이젠 어머니의 떨리는 목소리가 들리지 않도록 귀를 막고 싶어 하는 듯한 표정을 짓고 있다. 어머니가 말을 잇는다.

「할머니도 그런 여자들 가운데 하나였어. 일본인들은 할머니 마을의 남자들을 몰살하고 여자들을 일본으로 납치했어. 끌려간 여자들은 여기 일본에서 계속 하찮은 노예 대접을 받았지.」

「일본이 패하고 전쟁이 끝난 뒤에, 나쁜 짓을 벌인 일본인들을 처벌하라고 요구하지 않았어?」

어머니는 한숨을 내쉬며 두 손을 비비 꼰다.

「일본인들은 자기들의 죄를 인정하지 않고 오히려 숨기려고 했어. 일본군에게 끌려갔다가 한국으로 돌아간 일부 할머니들이 몇 해 전에 용감하게 나섰어. 역사의 진실을 밝히고 희생자들을 위해 배상을 하라고 요구했지. 일본인들은 들은 척도 하지 않았어. 지금도 할머니들은 일본 대사관 앞에서 수요일마다 집회를 열어. 하지만 일본인들은 배상을 하기는커녕 자기들이 죄를 지었다는 사실조차 인정하려고 들지 않아. 일본에 살고 있는 한국인들을 차별하는 것도 전혀 달라지지 않았고.」

「그럼 아빠는?」

「아빠는 일본 사람이야. 아빠는 자기가 다른 일본인들보다 훨씬 나은 사람이라는 것을 보여 주고 싶어 했어. 가족의 반대를 무릅쓰고 나와 결혼했지. 당시에 아빠는 용기가 대단했어. 엄마를 사랑했던 거야. 나도 아빠를 사랑했고.」

어머니는 추억에 잠긴 채 잠시 침묵을 지킨다. 그러다가 아이의 손을 잡고 말을 잇는다.

「은비야, 이걸 알아야 해. 일본에 사는 우리 한국인들은 다른 사람들에 비해 훨씬 더 어려운 삶을 살게 될 거야. 이를 악물고 괴로움을 참아야 해. 괴로워하는 모습을 보이는 것은 그들을 오히려 기쁘게 하는 거야. 내일 학교에 가거든, 마치 아무 일도 없었던 것처럼 행동해. 누가 너에게 욕을 하더라도 울지 마. 우는 건 걔들에게 선물을 주는 거나 다름없어. 결국은 제 풀에 지쳐서 너를 괴롭히지 않게 될 거야. 공부 열심히 하고, 언제나 의연하게 굴어. 그게 가장 좋은 해결책이니까.」

그 뒤로 은비는 콘솔에 달라붙어 밤새도록 비디오 게임에 몰두한다. 이번엔 게임이 유난히 난폭하다.

이튿날부터 은비는 아이들의 놀림에 무덤덤한 얼굴로 맞선다. 〈더러운 조센진〉이라고 욕을 해도 아무 반응을 보이지 않고, 침이 날아오면 얼굴을 돌려 버리고 만다.

하지만 수업 시간에는 누구보다 뛰어난 재능을 보이고, 시험을 볼 때마다 1등을 놓치지 않는다.

한국을 무척이나 좋아했던 나에게는 방금 알게 된 사실이 그저 놀랍기만 하다.

종군 위안부에 관한 이야기는 내가 읽은 어떤 역사책에도 기록되어 있지 않았다. 그래도 막연하게 알고 있기는 했는데, 일본에 사는 한국인의 목소리를 통해 직접 듣고 나니 그 감춰진 역사의 고통이 생생하게 느껴진다. 인간으로 살던 시절에 한국을 여행했던 일이 떠오른다. 아, 그 고요한 아침의 나라.

테오팀과 쿠아시 쿠아시가 어떻게 지내는지도 알고 싶지만, 오늘은 이쯤에서 접어야겠다.

나는 은비의 슬픈 목소리를 가슴에 담은 채 잠자리에 든다. 그 열 살짜리 소녀의 슬픔 앞에서 내가 신의 후보생으로 느끼는 모든 감정이 무색해지고 말았다. 한 소녀가 신의 마음을 울린 것이다. 은비 어머니의 말이 기억에 생생하다. 「가해자들은 우리 피해자들 때문에 불편해하지. 우리는 그것조차 우리 잘못으로 떠안고 용서를 구해야 해.」

80. 신화 : 데메테르

이 신의 이름은 〈대지의 어머니〉 또는 〈어머니 같은 대지〉를 뜻한다. 데메테르는 크로노스와 레아의 둘째 딸이다. 따라서 제우스에게는 누나가 된다. 대지와 곡물의 신인 데메테르의 머리카락은 누렇게 익은 곡식과도 같은 황금빛이다. 여러 남성 신이 그녀에게 반해서 욕망을 품었지만, 어느 누구도 그녀의 마음을 사로잡지 못했다. 그러자 그들은 그녀를 유혹하기 위해 갖가지 계략을 꾸몄다. 포세이돈은 데메테르가 치근덕거리는 그를 따돌리기 위해 암말로 변신하자, 자신도 종마로 변해 그녀를 덮쳤다. 이 결합에서 아레이온이라는 신마(神馬)가 태어났다. 제우스는 자기를 피해 달아난 데메테르에게 접근하기 위해 황소로 변신했다. 이들의 결합에서 페르세포네라는 딸이 태어났다. 어느 날 페르세포네는 영원한 봄의 초원에서 수선화를 꺾고 있었다. 그때 땅이 갈라지고 명계의 왕 하데스가 두 마리 말이 끄는 검은 마차를 타고 나타났다. 그는 조카인 페르세포네에게 홀딱 반하여 오래전부터 그녀를 납치하려고 기회를 엿보고 있던 터였다.

데메테르는 딸을 찾기 위해서 9일 동안 밤낮없이 온 세상을 돌아다녔다. 열흘째 되던 날, 헬리오스가 납치자의 이름을 알려 주었다. 분개한 데메테르는 하데스가 딸을 돌려주기 전에는 올림포스로 돌아가지 않기로 결심하고 켈레오스왕이 다스리던 엘레우시스로 갔다.

수확의 여신이 그렇게 제자리를 떠나자, 대지는 불모의 땅으로 변했다. 나무들은 더 이상 열매를 맺지 않았고, 풀들은 시들었다. 제우스는 헤르메스를 시켜 저승에 내려가서 페르세포네를 찾아오게 했다. 하지만 하데스는 그녀를 풀어 줄 수 없다고 했다. 그녀가 이미 저승의 음식을 맛보았으므로 산 자들의 세계로 돌아갈 수 없다는 것이었다.

결국 신들은 하나의 타협에 동의했다.

페르세포네는 이승과 저승을 오가며 살게 되었다. 즉, 한 해를 나누어 봄과 여름에는 어머니와 함께 지내고, 가을과 겨울에는 명부의 지배자와 살게 된 것이다. 이 분할은 씨앗이 땅속에 묻혔다가 싹을 틔우는 식물 생장의 순환을 상징한다.

농업의 여신 데메테르는 엘레우시스의 켈레오스왕이 자기를 환대해 준 것에 감사하기 위해 그의 아들을 불사의 존재로 만들어 주려고 했다. 하지만 〈필사의 운명을 태워 버리기 위해〉 화덕 위에서 아이를 들고 있을 때, 왕비가 갑자기 들어오는 바람에 아이를 불잉걸 속에 떨어뜨리고 말았다. 여신은 왕비를 위로하기 위해 곡물 재배의 비밀을 전수하기로 했다. 그리하여 또 다른 왕자 트리프톨레모스에게 밀 이삭을 맡겼다. 그는 농업의 전파자가 되어 그리스 전역을 돌며 농업과 제빵의 비법을 사람들에게 가르쳐 주었다. 그리스에서 발굴된 많은 유물, 특히 항아리의 부조에서 트리프톨레모스가 곡식 줄기를 손에 든 모습으로 데메테르와 나란히 나오는 이유가 바로 여기에 있다.

에드몽 웰스, 『상대적이며 절대적인 지식의 백과사전』 제5권
(헤시오도스의 『신통기』를 본받은 프랑시스 라조르박의 글에 근거한 것임)

81. 목요일, 데메테르의 강의

목요일은 유피테르, 즉 제우스의 날이다.[65] 하지만 오늘은

65 포르투갈어를 제외한 로맨스어의 목요일은 모두 라틴어 〈요비스 디에스(유피테르의 날)〉에서 나온 것이다. 하지만 영어를 비롯한 게르만어의 목요일은 북유럽 신화에 나오는 천둥의 신 토르의 날이라는 뜻이다.

그의 누나인 데메테르가 강의를 맡게 될 것이다.

우리는 엘리시온 대로로 간다. 크로노스의 종루에서 일과의 시작을 알리는 종이 아직 울리고 있다. 터키석 빛깔의 투명한 보석 상자 같은 헤파이스토스의 궁전, 아레스의 검은 성관, 은으로 된 헤르메스의 궁전을 지나자, 오렌지색 초가지붕을 이고 하얀 벽에 목재 골조가 드러나 있는 노르망디풍의 농장이 나타난다. 보리며 옥수수며 유채 따위가 담긴 커다란 장식용 그릇들이 여기저기에 놓여 있다. 한쪽 옆의 울타리 너머로는 염소, 양, 소, 돼지가 보인다.

올림피아에서 이런 시골 풍경을 볼 수 있다는 게 놀랍다. 가금 사육장에서는 닭과 오리와 거위가 꼭꼭거리고 꽥꽥거리며 뒤뚱뒤뚱 돌아다닌다. 지구에 돌아와 있는 듯한 기분이 든다.

간밤에 테오노트 친구들이 키마이라와 어떤 싸움을 벌였는지 모르지만, 라울의 이마에는 맞아서 생긴 것으로 보이는 흉한 상처가 나 있다.

시간의 여신 하나가 나무로 된 대문을 열어 준다. 우리는 천장에 진홍색 들보들이 드러나 있는 강의실로 들어선다. 낫, 반달낫, 도리깨, 수확기 등 온갖 농기구가 전시되어 있다. 오른쪽에 줄느런하게 놓인 원통형 유리그릇에는 갖가지 곡물의 씨앗이 들어 있고, 각각의 그릇 옆에는 그 곡물로 만든 빵들이 놓여 있다. 격자무늬로 칼집을 낸 빵들은 어린 시절에 재래식 빵집에서 본 것들과 생김새가 비슷하다. 더 멀리에는 말린 토마토가 담긴 통이며 가지와 호박을 올리브기름에 담가 놓은 단지들이 보인다.

데메테르가 뒷문으로 들어선다. 숱이 많은 금빛 머리채를 밀 이삭으로 묶은 모습이 이채롭다. 노란 토가 위에 검은 체크무늬가 들어간 시골풍의 앞치마를 두르고 있다. 하얀 두 팔은 우리를 포근하게 감싸 줄 듯하고, 발걸음을 옮길 때마다 싱그럽고 향긋한 냄새를 풍긴다. 그녀가 오랜 세월에 걸쳐 그리스 농부들에게 힘과 위안을 주었던 이유를 짐작할 만하다.

신은 강단에 올라서서 우리에게 미소를 짓더니, 강의를 시작하기에 앞서 곡물을 먹어 보라면서 컵에 담아 나눠 준다. 그러고는 우유가 담긴 항아리를 들고 돌아다니면서 우리에게 따라 준다. 인간으로 살던 시절에 이런 식으로 아침을 먹었던 일이 생각난다.

여신은 자리에 앉아 참나무 책상에 팔꿈치를 괴고 강의를 시작한다.

「여기에서는 처음 맛보는 음식일 테니, 다들 맛있게 먹고 힘을 내세요. 내 이름은 데메테르, 농업의 신이자 여러분의 다섯 번째 스승이에요.」

그녀가 손뼉을 치자 아틀라스가 〈우리의〉 행성을 들고 와서 팽개치듯이 받침대에 내려놓는다.

「이게 얼마나 무거운지, 자네는 모를 거야…….」

「무겁겠죠. 하지만 이건 일이 아니라 형벌이라는 사실을 잊지 마요.」

아틀라스는 구체 앞에서 잠시 얼쩡대다가 체념한 표정으로 나가 버린다.

신은 칠판에 〈농업〉이라고 쓴 다음 말을 잇는다.

「여러분은 나와 함께 문명의 역사에서 농업이 얼마나 중요한지를 배우게 될 것입니다.」

신은 말에 장단을 맞추듯 간간이 머리채를 흔들면서 설명을 이어 나간다.

「무언가를 심으면 거두게 됩니다. 그러니까 심는다는 것은 미래를 기약하는 일이죠.」

신은 한 손에 앙크를 들고 18호 지구에 살고 있는 우리의 씨족들을 찬찬히 살핀다.

우리는 그녀를 따라 그동안 지구에서 어떤 변화가 일어났는지 확인한다. 모든 것이 달라졌다. 우리의 인류가 제 스스로 〈성장한〉 것이다. 정착 생활에 들어간 씨족들은 부족으로 변했다.

두 후보생은 자기들의 씨족이 사라진 것을 보고 놀라서 어쩔 줄을 모른다.

「어떻게 이럴 수가 있죠? 사라질 이유가 없어요.」

신은 불평하는 후보생들에게 돌발적인 재앙도 게임의 한 요소라고 설명한다. 후보생들이 개입을 중단하고 휴식을 취하는 동안 지구의 각 민족은 저마다의 행로를 따라 계속 나아간다. 애초에 그 행로가 잘못 설정되었다면, 후보생들이 돌보지 않는 사이에 민족이 사라지는 경우도 생길 수 있다. 바로 그런 일이 두 후보생에게 일어난 것이다.

「한편으로는 예측할 수 없는 요인들도 있어요. 지진을 비롯한 갖가지 재난이 아무 때라도 일어날 수 있죠. 여러분이 아무리 잘해도 우연의 몫이 남아 있어요. 전염병이 돌 수도 있고, 사소한 내부 갈등이 내전으로 발전하는가 하면 동맹 관계가 지배와 피지배 관계로 변질되기도 하죠. 정말이지 무슨 일이든 일어날 수 있어요. 여러분이 개입하지 않는 동안 역사가 어떻게 진행될지를 미리 내다보는 것, 그게 바로 신의 후보생인 여러분의 일이에요.」

매릴린이 묻는다.

「하지만 예측할 수 없는 것을 어떻게 예상하죠?」

시골 아낙처럼 앞치마를 두른 데메테르는 우리를 안심시키려는 듯 상냥한 표정을 짓는다.

「위험을 상당한 정도로 줄일 수 있는 방법들이 있어요. 예를 들면 마치 분봉을 하듯이, 여러 도성, 여러 도시, 여러 씨족을 만드는 거죠. 그러면 한 씨족이 전염병이 걸리거나 외적에게 침략을 당하거나 홍수에 잠겨 버리더라도, 다른 씨족은 살아남을 것입니다. 그런데 지금은 어떤가요? 여러분은 모두 한데 모여 있는 것에 집착하고 있어요. 모든 달걀을 한 바구니에 담은 것이죠. 당연히 달걀들이 깨져서 오믈렛이 되어 버릴 수 있어요.」

인간 공동체 하나를 관리하는 것도 너무나 어려워 보였던 터라, 우리 가운데 어느 누구도 공동체를 몇 개로 나눠서 관리하는 방법을 생각하지 못했다.

에드몽 웰스가 말한다.

「개미와 꿀벌이 바로 그런 식으로 합니다. 새 여왕개미나 새 여왕벌이 갈라져 나와 따로 군집을 만들죠. 저희가 왜 그 생각을 못 했을까요?」

「많은 후보생이 막판에 가서야 그 생각을 하고, 가까스로 자기네 백성들을 구해 냅니다. 그런데 가까스로 구해 낸다는 건 사실상 이미 패배했다는 뜻이죠.」

그러니까 우리가 살피지 않는 동안에도 지구의 시간은 계속 흐르고, 우리의 마지막 개입이 영향을 미치는 가운데 게임이 이어지고 있다는 얘기다. 알고 보니 Y 게임은 다마고치라는 일본의 전자 게임기와 비슷한 방식으로 돌아가는 모양이다. 이 게임기에서 사육되는 가상의 동물은 내부의 시계 장치에 의해서 움직이기 때문에 게임기가 꺼져 있는 동안에도 성장을 계속한다.

게임을 중단할 때마다 다음 판의 형세를 염두에 두어야 하는 이런 상황은 환생을 믿는 불교 생태주의자들의 다음과 같은 슬로건을 생각나게 한다. 〈다시 태어날 때 인류가 깨끗한 환경에 살고 있기를 바란다면, 죽을 때 인류의 환경을 깨끗하게 만들어 놓으세요.〉

내가 또 한 가지 알게 된 것은 시간이 흐름에 따라 모든 것이 지수 함수적으로 빨라진다는 사실이다. 처음에 인간들은 지식도 거의 없었고 아이들도 많이 낳지 않았다. 그러다가 인구의 관점에서든 지식의 관점에서든 변화의 속도가 점점 빨라진다. 시간이 흐르면 흐를수록 모든 현상이 더욱 큰 규모로 증대되는 것이다.

자기네 씨족을 잃은 두 후보생은 있을 수 없는 일이라면서 고집스럽게 이의를 단다. 데메테르는 켄타우로스들을 불러 그들의 항의에 종지부를 찍는다.

가공할 뺄셈은 가차 없이 계속된다. 108-2=106. 데메테르는 강의를 이어 나간다.

「농업 얘기로 돌아가서…… 부족들 가운데 일부는 더 비옥한 땅으로 옮겨 가야 할 것입니다. 산악보다는 평원이, 평원에서도 강 근처가 농업에 유리합니다. 농지에 물을 대고 하천을 관리하는 것, 홍수나 가뭄을 다스리는 것, 이것이 여러분 백성들의 새로운 관심사가 될 것입니다.」

신은 칠판에 〈치수(治水)〉라고 적는다.

「앞으로는 굶어 죽는 것에 대한 두려움이 줄어들기 때문에, 부족들은 훨씬 자유롭게 미래를 계획하게 될 것입니다.」

신은 〈미래〉라고 쓴다.

「농업은 미래라는 관념을 낳습니다. 그럼으로써 모든 것이 달라지죠. 시간을 다스리는 것이 자연을 다스리는 것만큼이나 또는 그보다 더 중요하게 되죠. 인간은 미래를 생각하며 현재를 사는 유일한 동물입니다. 자식의 출생이나 자기 자신의 노화를 미리 내다보는 동물은 인간밖에 없죠. 앞으로 게임을 하면서 확인하게 되겠지만, 인간은 농사를 짓게 됨으로써 미래를 내다보며 살게 되고, 나아가서는 사후의 삶을 상상하기 시작합니다. 농업과 더불어 종교가 탄생하는 셈이죠.」

신은 〈종교〉라고 적는다.

「인간은 씨앗을 심게 되면서 자신을 식물에 비유하기 시작합니다. 자기도 식물처럼 자라고 꽃을 피우고 열매를 맺은 뒤에 다시 흙으로 돌아가는 존재라고 생각하죠. 식물이 죽으면서 씨앗을 남기듯이, 자기도 후손을 남긴다고 생각합니다. 그뿐만 아니라 인간은 잎을 모두 잃고 죽은 것처럼 보이던 나무들이 다시 살아나는 것을 보면서, 환생을 꿈꾸게 됩니다. 겨울이 지나면 봄이 오듯이, 죽은 뒤에 또 다른 삶이 있지 않을까 상상하는 것이죠. 그러다 보면 인간의 머릿속에서 하나의 질문이 고개를 듭니다. 생장과 소멸이 갈마드는 자연의 배후에 어떤 정원사가 있지 않을까? 그렇습니다. 이렇듯 농업은 인간의 정신을 변화시킵니다.」

데메테르는 우리의 세계를 더 자세히 관찰해 보라고 권한다. 우리는 부족들이 어떻게 진화했는지 궁금해하며 저마다 행성 위로 몸을 숙인다.

부족들은 우리가 보살피지 않는 사이에 인구를 많이 늘렸다. 몇몇 부족은 농업의 신이 일러 준 대로 하천 근처로 이주했다. 주거 구역들 주위로 갖가지 빛깔의 경작지들이 펼쳐져 있다.

내 부족은 말뚝 위에 집들을 짓고 한 마을을 이루어 살고 있다. 그들은 뗏목을 타고 노를 저으면서 과감하게 물 위를 돌아다니는 유일한 부족이다. 다른 부족들이 평원에서 농업을 발전시키고 있다면, 그들은 바다에서 수확을 하고 있는 셈이다.

「유랑 생활을 하던 부족들이 대부분 마을을 건설했습니다. 이제 불과 울타리가 그들을 천적으로부터 지켜 주고 있습니다.」

데메테르는 〈마을=안전〉이라고 칠판에 쓴다. 그러고는 강의실에 들어온 오리와 거위를 쫓아내기 위해 중앙의 책걸상 열들 사이로 돌아다닌다.

「인간은 이제 자연의 변덕에 덜 시달립니다. 농사는 사냥이나 채집과는 성격이 다른 노동입니다. 치수와 경작에 능한 사람들이 부족을 이끌면서 중요한 사항들을 결정해 나갑니다. 이러저러한 농사를 짓기에는 어떤 땅이 좋은가? 이러저러한 가축을 키우는 데는 어떤 지역이 가장 유리한가? 사냥꾼들과 채집자들이 자연의 선의에 기대어 살아가던 시대는 끝났습니다. 농사를 짓는 사람들은 자기들의 생각에 따라 자연을 변화시킵니다. 숲을 개간해서 농지나 목초지를 만들죠.」

신은 긴 머리채를 틀어 올리고 소매를 걷어 하얀 팔을 더 드러낸다.

「농업은 언제나 목축에 선행합니다. 왜 그럴까요? 가축이 어떻게 생겨났는가를 생각해 보면 그 이유를 알 수 있습니다. 가축은 원래 먹이를 구하기 위해 제 발로 마을에 와서 쓰레기를 뒤지던 한낱 붙살이 동물이었습니다.」

흥미로운 얘기다. 인간이 어떤 동물들을 선택해서 길들인 것이 아니라, 동물들이 음식 찌꺼기를 노리고 인간과 함께 사는 길을 선택했다는 것이 아닌가.

「동물의 어떤 종은 다른 종의 배설물이나 찌꺼기를 먹고 삽니다. 부생 식물(腐生植物) 같은 존재가 동물 중에도 있는 것이죠. 소나 양이나 염소는 인간에게 빌붙어 사는 길을 선택한 그런 종류의 동물입니다. 그들은 풀과 나뭇잎을 뜯어 먹음으로써 벌채를 도와주기도 하고 토양의 부식(腐植)에 이바지하면서 자기들 나름의 역할을 하죠.」

한 후보생이 묻는다.

「개는 어떤가요?」

「인간이 남긴 찌꺼기에 이끌린 늑대들에게 변이(變異)가 일어났습니다. 인간이 자기들을 받아 주도록 늑대보다 덜 공격적이고 더 협력적인 동물로 바뀐 것이죠. 덕분에 개들은 사냥이라는 고된 일을 피할 수 있게 되었습니다.」

「그럼 고양이는요?」

「스라소니가 마찬가지 방식으로 변한 거죠.」

「그럼 돼지는요?」

「인간의 쓰레기 더미를 탐한 멧돼지들이죠.」

프루동이 묻는다.

「쥐들은 어떤가요?」

「쥐들은 인간에게 빌붙어 살면서 인간과 협력하지 않는 유일한 동물입니다. 지하실이나 천장 속에 도둑처럼 숨어서 살죠. 인간의 눈에 띄면 목숨을 부지하기 어렵다는 것을 알고 있는 것입니다.」

데메테르는 책상 쪽으로 돌아간다.

「그런데 농업이 발전하면서 작물에 해를 끼치는 새로운 동물들이 나타납니다. 여러분은 곧 메뚜기 떼가 몰려오는 것을 보게 될 것입니다. 이것들은 인간이 농사를 짓기 전에는 존재하지 않았던 해충입니다. 넓은 땅에 같은 작물을 재배하게 되면서 그것을 먹고 사는 해충이 빠르게 증식하게 된 것이죠. 메뚜기는 혼자 있을 때는 공격적이지 않습니다. 하지만 무리를 지어 밭으로 몰려들면 엄청난 재앙이 됩니다.」

신은 다시 분필을 잡더니, 〈노동〉, 〈벌채〉, 〈전문화〉라는 말을 쓰고 〈미래〉라는 말에 밑줄을 긋는다.

「이미 여러분의 부족들 가운데 일부는 계절이 순환하는 원리를 알아차렸습니다. 훗날 다른 인간들이 개발하게 될 역법(曆法)이라는 것의 바탕에는 농업이 있습니다. 역법은 인간이 시간을 관리할 수 있게 되었다는 사실을 상징합니다. 인간은 사계절이 계속 갈마드는 순환적인 세계에 살고 있다는 것을 알게 되었습니다. 그들은 이제 추운 겨울이 오는 것을 두려워하지 않습니다. 따뜻한 봄날이 다시 오리라는 것을 알기 때문입니다.」

최초의 인간들이 겨울을 예고하는 찬바람 앞에서 느꼈을 공포를 생각하면 마음이 짠하다. 그들은 대기가 완전히 냉각되어서 자기들의 얼어붙은 몸이 다시는 온기를 경험하지 못하리라 생각했을 것이다. 그러다가 봄이 돌아왔을 때 그들은 얼마나 큰 안도감을 느꼈을까.

「역법이 생겨나면서, 인간은 자신의 나이도 헤아릴 수 있게 되었고 생일이라는 개념도 생각해 냈어요.」

내가 인간이었을 때 어떤 사회 복지사가 했던 말이 생각난다. 그는 노숙자들에게 음식을 나눠 주는 것으로 그치지 말고 그들의 생일을 축하해 주어야 한다고 주장했다. 생일은 시간의 흐름 속에서 자기를 돌아보게 한다는 것이 그의 지론이었다. 그는 자기가 맡은 모든 노숙자의 생일을 기록해 두었다가, 그날이 되면 꼬박꼬박 케이크를 선물했다. 방법은 간단했다. 하지만 그는 몰락해 가는 존재들에게 조금이나마 인간의 존엄성을 되돌려 주었다. 당시에 나는 그 사회 복지사가 지혜로운 온정을 지녔다고 생각했다. 그는 양심의 가책을 느끼지 않기 위해 잔돈을 던져 주는 것으로 만족하지 않고, 거지들에게 시간의 의미를 다시 일깨워 주는 참다운 지혜를 발휘했다.

데메테르는 책상 앞에 앉아 말을 잇는다.

「인간은 역법을 이용해서 수확의 시기를 가늠할 뿐만 아니라, 죽은 사람들과 만나는 날을 정하기도 합니다. 죽은 사람들을 기리는 정기적인 의식이 여기저기에서 나타나고 있다는 사실이 그것을 말해 줍니다. 또한 인간은 역법을 통해서 해와 달의 운행을 예측하기도 하고, 비나 눈이 내리는 날들을 예상하기도 합니다. 이렇게 미래를 내다보며 살게 되면서, 역설적으로 과거에 대한 관심도 생겨납니다. 바야흐로 〈역사〉가 생겨나는 것이죠.」

신은 18호 지구 쪽으로 돌아간다.

「농업을 발전시키기 위해서 여러분은 많은 것을 생각해야 합니다. 멀리 떨어진 밭에서 수확물을 가져오기 위해서는 노새나 당나귀 같은 짐승들이 다닐 수 있는 도로를 건설해야 하고, 농지에 물을 대기 위해서는 도랑이나 수로를 파서 강물을 끌어들여야 합니다. 활동력이 아주 강한 부족들에게는 늪지의 물을 빼내는 일도 권할 만합니다. 내가 확인한 바로는 여러 부족이 이미 모기들 때문에 문제를 겪었습니다.」

내 주위의 몇몇 후보생이 고개를 끄덕인다. 자기네 백성들이 갑자기 열병에 걸려 어떻게 손을 쓸 새도 없이 죽어 버렸던 일을 떠올린 것이다.

「농업과 목축이 발전함에 따라 인구가 급증할 것이므로 그것에 대비하는 것도 잊지 마세요. 영양 상태가 좋아진 어머니들은 더 건강한 아이들을 낳게 될 것이고, 그에 따라 유아 사망률이 낮아질 것입니다. 아이들은 영양을 더욱 잘 섭취해서 튼튼하게 자랄 것이고 더 오래 살 것입니다. 따라서 부족들은 마을을 넓히거나 새로운 마을을 만들게 됩니다. 어느 경우든 이웃한 부족들끼리 영역 분쟁을 벌일 위험성이 높아지는 것은 당연하죠. 여러분은 전쟁 준비를 해야 합니다. 이제는 수십 명이 맞붙는 전쟁이 아니라, 수백 또는 수천 명이 대치하는 전쟁입니다. 예전의 전투도 참혹했지만, 앞으로의 전투는 훨씬 끔찍한 양상으로 전개될 것입니다. 전사들은 더욱 강렬한 투지를 불태울 것입니다. 단지 자기들의 개인적인 생존을 위해서 싸우는 것이 아니라 비옥한 땅과 자식들을 지키기 위해서 싸우는 것이니까요.」

신은 칠판 쪽으로 돌아가서 커다란 글씨로 〈5〉라는 숫자를 적는다.

「나는 여러분의 다섯 번째 스승이자, 생명 진화의 제5단계를 맡은 스승입니다. 모두가 알고 있다시피 〈4〉는 인간을 나타내고, 〈5〉는 슬기로운 인간, 하늘에 매여 있지만 땅을 사랑하는 인간을 나타냅니다. 농업이 발달하고 인구가 늘고 도시가 생겨나면서 사람들은 굶주림과 야수에 대한 공포에서 벗어나 함께 어울리고 서로 이야기를 주고받게 됩니다. 이 과정에서 새로운 현상이 나타납니다. 사유하는 인간들, 최초의 철인들이 생겨난다는 것이죠. 그들을 보호하고, 그들의 지혜가 전파되도록 전달 수단을 마련해 주세요. 인간의 정신에 미래라는 개념이 들어가는 것은 좋은 일이 될 수 있습니다. 그들이 후손을 위해 계획을 세우고 희망과 야망을 품게 하세요.」

데메테르는 18호 지구를 가리킨다.

「이번 판은 결정적인 의미를 갖게 될 것입니다. 농업과 종교와 역법이 더해짐에 따라 모든 것의 차원이 달라질 것입니다. 여러분의 부족들은 사람으로 치면 다섯 살짜리 아이의 성숙도에 도달했습니다. 지구에서 올라온 지 얼마 되지 않은 후보생들은 알겠지만, 지구의 정신 요법 의사들 대다수는 다섯 살 나이에 많은 것이 결정된다고 생각합니다. 그러니까 여러분의 부족들을 치밀하고 섬세하게 이끌지 않으면 안 됩니다. 부족들을 진보시키고 그들의 행동을 변화시키는 데 주저하지 마세요. 그들을 새로운 상황에 적응시켜야 합니다. 경우에 따라서는 이제껏 여러분이 보여 준 것과 정반대되는 태도를 취해야 할 수도 있습니다.」

에디트 피아프가 손을 든다.

「하지만 저희가 부족들의 사고방식을 변화시키면, 그들은 완전히 방향을 잃고 어찌할 바를 모를 것입니다.」

데메테르는 도로 자리에 앉아 아름다운 두 손으로 앞치마를 매만지면서 한숨을 내쉰다.

「이따금 나는 이런 생각을 해요. 인간의 모든 불행은 그들을 도와주기로 되어 있는 후보생들의 상상력이 빈곤한 데서 나오는 게 아닐까 하고 말이에요.」

82. 백과사전: 역법

바빌로니아력, 이집트력, 유대력, 그리스력 등 최초의 역법은 태음력이었다. 그저 달의 순환을 관찰하는 것이 태양의 운행을 관찰하는 것보다 더 쉽기 때문이었다. 그러나 삭망월은 29.530589일이고 태음력의 한 달은 보통 29일이나 30일로 되어 있어서, 달력이 달의 운행과 어긋나지 않게 하기 위해서는 아주 복잡한 치윤법이 필요했다.

이집트인들은 달의 순환과 계절의 순환을 동시에 고려하는 태음 태양력을 가장 먼저 생각해 냈다. 그들은 한 달을 30일로, 한 해를 열두 달로 정했다. 그런데 이렇게 하면 한 해가 360일밖에 되지 않으므로, 매년 열두 번째 달에 5일을 더해서 이 문제를 해결했다.

유대력 역시 원래는 태음력이었지만, 나중에는 태양의 운행과 조화를 이루는 태음 태양력으로 바뀌었다. 유대인들의 전설에 따르면, 솔로몬 왕은 열두 명의 장군을 지명하여 저마다 한 달을 관리하게 했다. 한 해는 보리가 익는 달로 시작되었다. 한 달은 29일이나 30일이고 한 해는 열두 달이었으므로, 3년이 지나면 사계절을 한 해로 삼는 주기에 비해 한 달이 모자랐다. 그들은 왕의 명령에 따라 한 달을 겹침으로써 그것을 보충했다.

이슬람력은 윤달의 첨가를 금지한 코란의 규정에 따라 현대의 달력으로는 거의 유일하게 순수한 태음력을 고수하고 있다. 30일로 된 큰달과 29일로 된 작은달이 교대로 되풀이되므로, 태양력에 비해 해마다

11일 정도가 빨라진다.

마야력에서는 20일씩 18개월에다 5일을 더해서 한 해를 삼았다. 이 5일은 액운이 드는 날로 여겨졌다. 마야인들은 어마어마한 지진으로 세계가 파괴되는 날짜를 달력에 표시했다. 예전에 지진이 일어났던 날들을 기준으로 해서 그 날짜를 산정한 것이었다.

중국의 전통적인 역법에서는 29일이나 30일을 한 달로 해서 12개월을 한 해로 삼되, 19년에 7회씩 30일로 된 윤달을 둔다. 중국인들이 장법(章法)이라고 부르는 이 치윤법은 수천 년 전부터 태양의 공전 주기에 맞춰 날짜를 헤아릴 수 있게 해주었다.

에드몽 웰스, 『상대적이며 절대적인 지식의 백과사전』 제5권

83. 부족 시대

말벌 부족

그들은 말벌을 토템으로 삼고 있었다.

144명의 무리가 몇 년 사이에 762명의 부족으로 성장했다. 그들은 말벌을 관찰하면서 많은 것을 배웠다. 유랑하는 부족들의 공격을 받은 뒤로는 말벌의 천연 무기인 독침을 모방하려고 애썼다. 몇 차례의 시행착오 끝에 그들은 어떤 독풀의 진을 창날에 발랐다. 그다음에는 뾰족한 창날을 멀리 보내는 방법을 찾다가 취관(吹管)을 발명했다.

말벌 부족 사람들은 여러 곳을 돌아다니며 정탐을 벌였다. 그러다가 다른 사람들이 동굴에 모여 사는 것도 보았고, 불을 피우는 방법도 알게 되었다. 그들은 그렇게 보고 배운 것을 그대로 따라 했다. 하지만 다른 무리와 마주치는 것은 되도록 피하려고 애썼다.

인구가 늘자 그들은 동굴을 버리고 마을을 만들었다. 첩

첩한 언덕으로 둘러싸인 골짜기 한복판에 오두막들을 지은 것이다.

말벌 부족 사람들은 여러 세대에 걸쳐 사내아이들보다 여자아이들을 많이 낳았다. 그리하여 누구보다 똑똑하고 과단성 있는 여자가 족장이 되기에 이르렀다. 한편 그들은 말벌들을 관찰하다가, 둥지에는 암컷밖에 없고 수컷들은 다 자라서 단 하루 동안 번식에 기여하고 나면 둥지에서 쫓겨난다는 사실도 알아냈다. 그들은 그것을 본받기로 결정했다. 그리하여 남자들은 생식 행위를 하는 날까지만 함께 살고 더 쓸모가 없어지면 마을에서 추방되었다.

해가 거듭되면서 이런 행동은 관습으로 굳어졌다. 소년이 자라 생식 능력을 가진 남자가 되면, 여자들과 잠자리를 같이하고 곧바로 떠나게 되어 있었다. 마을로 돌아오는 것이 금지되어 있었으므로 그들은 대개 자연 속에서 떠돌다가 죽음을 맞았다.

독침과 모권 체제 말고도 그들이 말벌을 관찰하면서 배운 것은 또 있었다. 천연 동굴만큼이나 견고한 인공 둥지를 만드는 것도 그중 하나였다. 그들은 나무를 씹어서 시멘트 같은 접합제를 만들고 그것을 이용해 벽을 쌓았다. 하지만 이 접합제를 만들다 보면 턱에 경련이 일고 기력이 소모되는 것으로 드러났다. 그래서 그들은 몇 가지 모래와 찰흙과 토탄을 섞어서 그것을 개선했다. 그럼으로써 비바람과 적들의 창날에도 견딜 수 있을 만큼 견고한 둥근 집들을 짓게 되었다. 말벌 부족의 여자들은 고에너지 식품인 꿀을 이용하는 법도 배웠다. 그들은 꿀벌을 치기 시작했다. 그렇게 해서 얻은 꿀은 아주 맛있는 먹을거리가 되었을 뿐만 아니라, 접착제나 칠감, 항생제, 벌어진 상처를 소독하고 아물리기 위한 약으로도 사용되었다. 그들은 물이 새지 않는 물건을 만들거나 오래 타는 횃불을 만들 때도 꿀을 이용했다.

마을에서 추방된 남자들 가운데 다수가 기를 쓰고 마을에 잠입하려고 했다. 그러자 말벌 부족의 여자들은 남자들을 처리하는 방법을 바꿨다. 유랑 생활의 고통을 면해 주기 위해서 사내아이들을 태어나자마자 없애 버리기로 한 것이다. 그 대신 그녀들은 해마다 〈생식 축제의 날〉을 정해 다른 부족의 건장한 남자들을 사냥하러 갔다. 사냥은 뛰어난 여전사들로 이루어진 특공대의 몫이었다. 그녀들은 밤중에 한 부족을 습격하여 남자들을 납치하고 저항하는 자들을 죽였다. 그런 다음 한 무리의 튼실한 씨내리를 데리고 돌아왔다. 이 사내들은 울타리 안에 갇힌 채 여자들에게 배분되었다. 이 배분은 말벌 부족 내의 서열에 따라 이루어졌다. 뛰어난 여전사일수록 자기 마음에 드는 사내를 먼저 고를 수 있었다. 그녀들은 사내들에게 먹을 것을 주고 살살 구슬린 뒤에 흐드러진 섹스 파티를 벌여 사내들의 정액을 받아 냈다. 그러고 나면 사내들을 추방하여 출신 부족으로 돌아가게 했다. 문제는 대부분의 사내들이 성행위 상대자에게 홀딱 반하여 내치지 말아 달라고 애원한다는 사실이었다.

처음에 그녀들은 말벌의 암컷들이 임무가 끝난 수컷들을 냉혹하게 대하듯이, 돌아가기를 거부하는 사내들을 죽여 버렸다. 그러다가 그들을 유익하게 이용할 수 있다는 사실을 알아차렸다. 그녀들은 똑똑한 사내들을 골라 마을에 남아 있는 것을 허용했다. 하지만 거기에는 조건이 있었다. 사내들은 관용을 얻은 대가로 말벌 부족의 생활 방식을 개선하기 위한 활동에 매진해야 했다. 그리하여 개미 부족의 포로들은 그녀들에게 농업을 가르쳐 주었고, 말 부족의 사내들은 사육법을, 거미 부족의 사내들은 피륙 짜는 법을 전수했다.

그러나 포로들은 자기들의 지식이나 기술을 전수하고 나면, 불과 몇 주일 동안 휴식을 취한 뒤에 또 다른 것을 제시하도록 되어 있었다. 그러지 않으면 도망을 치거나 목숨을 내놓아야 했다. 그들은 말벌 부족에게 꼭 필요한 존재가 되기 위해서 머리를 쥐어짰다. 농업이나 공작에 조예가 깊은 열 명의 사내는 〈상임 현자〉의 자격으로 목숨을 부지했다. 몇 쌍의 남녀가 짝을 짓는 일도 생겨났다. 창의성이 뛰어나고 재주가 많은 것으로 밝혀진 몇몇 사내에게 동반자의 자격이 주어진 것이다.

그리스 신화의 아마존들을 닮은 말벌 부족의 여전사들은 한편으로 남자 사냥의 결과가 신통치 않을 경우에 대비해서 약간의 건장한 사내들을 살려 두는 것이 유익하다는 사실을 깨달았다.

사내들은 게임의 규칙이 불공정하다는 것을 알아차렸다. 하지만 반항을 하기는커녕 자신들의 존재를 정당화하기 위해 더욱 열성적으로 지혜를 발휘했다. 의욕이 넘치는 그들 덕분에 과학은 나날이 진보했다. 몇몇 사내는 열성이 너무 지나쳐서 자기들이 지닌 것을 단박에 쏟아 냈다. 그들은 당연히 쓸모없는 존재로 전락하여 곧바로 희생되었다. 다른 사내들은 그들을 타산지석으로 삼았다. 단지 시간을 벌기 위해서라도 자기들의 지식을 아주 조금씩 내보이는 것이 유익하다는 사실을 알아차린 것이다.

이 방식은 기이하지만 효과적이었다. 말벌 부족의 오두막

마을은 더욱 커졌고, 그녀들의 농업은 사냥과 채집이 더 이상 필요하지 않을 만큼 발달했다. 거미 부족 사내들이 가르쳐 준 직조 기술 덕분에 짐승의 가죽 대신 천으로 된 옷이 생겨났다. 그녀들은 식물 섬유를 넉넉하게 얻기 위해 목화를 재배하기도 했다. 한 사내는 꽃과 곤충의 피를 이용해서 염료를 만드는 법과 옷감에 물을 들이는 법을 가르쳐 주었다.

무기 분야에서도 취관에 이은 새로운 발명이 나타났다. 거미 부족의 한 사내 덕분에 활이 생겨난 것이다. 그는 줄을 이용해서 뾰족한 날이 달린 창을 멀리 쏘아 보내려고 하다가 그것을 발명했다. 창을 멀리 보내기 위한 가장 좋은 방법은 창을 팽팽하게 당겨진 줄에 대고 있다가 탁 놓는 것이었다. 이 경험을 바탕으로 그는 활의 형태와 화살의 오늬를 구상해 냈다. 활은 취관보다 한결 정확했다. 화살에서 목표물로 이어지는 조준선에 시선을 일치시키고 겨냥할 수 있기 때문이었다.

말벌 부족의 여자들은 활을 아주 높이 평가했다. 그래서 그것을 발명한 사내는 며칠 밤에 걸쳐 그녀들과 잇달아 잠자리를 함께하는 상을 받았다.

아마존들은 활과 독화살로 무장한 기마대를 조직했다. 어떤 여자들은 활쏘기에 편하도록 한쪽 유방을 도려내기도 했다. 그녀들은 아주 강력하게 무장한 부족들까지 공격해서 건장한 남자들과 막대한 전리품을 어렵지 않게 획득할 수 있었다.

한편 활을 발명한 사내는 다시 그녀들의 관심을 끌려고 애썼다. 가장 아름다운 여자들과 사랑을 나눈 며칠 밤의 행복을 다시 한번 맛보기 위해서였다. 어느 날 밤, 그는 이 궁리저 궁리를 하며 활시위를 이것저것 튕기다가, 활의 크기에 따라서 소리가 달라진다는 사실을 알아차렸다. 그는 크기가 서로 다른 여러 개의 활을 나란히 놓고 선율을 만들어 보았다. 그러고 나서 한 활에 여러 개의 줄을 매다는 것이 더 간편하리라고 생각했다. 바야흐로 칠현금이 발명되는 순간이었다. 그때부터 사내는 또 다른 것을 발명하려고 애쓸 필요가 없게 되었다. 여자들은 그가 칠현금을 뜯으면서 부르는 노래를 듣기 위해 그의 발치로 몰려들었다. 이제 그는 말벌 부족의 〈종신 현자〉가 되었다. 음악을 발명한 덕이었다.

쥐 부족

쥐 부족의 인구는 1,656명으로 늘어났다. 그들은 북쪽으로 이주했다. 가는 길에 다른 부족들과 마주치면, 그들을 공격하여 굴복시켰다.

그들은 최초의 우두머리라 불리는 조상에 대한 기억을 간직하고 있었다. 그는 쥐들을 관찰하면서 다른 사람들을 공격하고 굴복시키고 제거하는 것이 진보에 필요하다는 것을 알아낸 전설적인 지도자였다. 그의 뒤를 이어 온 우두머리들은 권력의 상징인 검은 쥐 가죽을 대대로 물려받고 있었다.

그들이 처음에 사용한 공격 방식은 포위였다. 하지만 전쟁이 거듭됨에 따라 더 복잡한 작전들을 선호하게 되었다. 아직 유랑 생활을 하고 있는 무리들을 노리고 매복을 하거나 한복판으로 갑자기 쳐들어가 우두머리를 죽이거나 뒤쪽에서 무리를 괴롭히는 등 다양한 방식으로 싸움을 벌였다.

그들은 전투에서 승리를 거두면 패배자들을 선별했다. 젊고 아름답고 아기를 잘 낳을 것으로 보이는 여자들은 우두머리와 가장 용감한 전사들의 차지였고, 나머지 여자들은 덜 용감한 전사들의 몫이었으며, 늙은 여자들은 모조리 학살되었다. 처음에는 남자 포로들을 모두 죽였지만, 그들을 노예로 만들어서 가장 고된 일을 시키는 것이 더 유익하다는 사실을 차츰차츰 깨달았다. 그 뒤로 무거운 짐을 나르거나 말들에게 글겅이질을 해주는 노동 따위는 노예들의 일이 되었다. 건장한 포로들은 더러 군대에 편입되기도 했다. 그들은 적과 정면으로 맞닥뜨릴 때 맨 앞에서 방패 노릇을 했다.

족장은 상대편 우두머리들의 머릿골을 맛보고 나면 머리통들을 자루에 담아 보관했다. 그러고는 야영을 할 때마다 잠자리 주위에 그것들을 늘어놓았다. 부족의 대이동을 점철한 전투들을 기억하기 위해서였다.

그들은 한 부족과 싸워서 이기고 나면, 패배자들을 노예로 삼을 뿐만 아니라 지식과 기술도 가로챘다.

그들의 부족에 속하지 않는 자들은 모두 〈오랑캐〉였다. 그들은 오랑캐를 몇 부류로 나누었다. 〈강한 오랑캐〉, 〈중간 오랑캐〉, 〈약한 오랑캐〉, 〈강약을 알 수 없는 오랑캐〉가 바로 그것이었다.

쥐 부족 사람들은 전투 경험과 전술에 바탕을 둔 언어를 고안했다. 처음엔 쥐들의 울음소리와 비슷한 휘파람 소리가 고작이었다. 이 소리는 점차 외침으로, 가장 좋은 매복 장소를 알리는 짤막한 말로 변했다. 공격의 효과를 높이기 위해 어휘는 갈수록 정확해졌다. 얼마 지나지 않아서 계급이 높은 전사일수록 전술을 빠르게 설명하는 말들을 많이 알게 되었다. 당연히 여자들과 노예들은 그 수수께끼 같은 언어를 전혀 알아듣지 못했다.

어느 날 척후병들이 한 동굴에 숨어 있는 무리를 발견했다. 동굴 입구에는 거북을 나타낸 그림이 그려져 있었다. 바위들이 장벽처럼 막아선 동굴은 위쪽으로만 바람이 통하는 천연의 요새였다.

쥐 부족의 족장은 즉시 거북 한 마리를 가져오게 했다. 그러고는 거북을 부하들 앞에 내놓고 딱지 속으로 머리와 발을 움츠리는 모습을 보여 주었다. 족장은 쥐 가죽 모자에 꽂고 다니던 기다란 송곳니를 빼내어 거북의 발이 움츠러든 구멍에 찔러 넣었다. 처음엔 아무 일도 일어나지 않았다. 그러다가 송곳니가 살에 닿자 탁하고 끈적끈적한 액체가 구멍에서 흘러나왔다. 족장은 맛난 즙을 먹듯이 그것을 핥아 먹었다. 부하들은 쥐 부족의 단결을 과시하는 함성을 내질렀고, 여자들은 쾌활한 웃음으로 그것에 화답했다.

이튿날 해가 중천에 떴을 때 쥐 부족 전사들은 바위 장벽 위쪽의 틈새로 창을 던졌다.

첫 번째 창이 동굴 속으로 날아들자마자 거북 부족은 돌을 던지며 반격에 나섰다. 양쪽 진영에 사망자가 생겨나기 시작했다.

창이나 돌에 맞은 사람이 비명을 지를 때마다 반대편에서는 환호성이 터져 나왔다.

전투는 이튿날에도 그 이튿날에도 계속되었다. 쥐 부족 사람들은 전격전에 이어 소모전의 원리를 깨우쳐 가고 있었다.

거북 부족의 동굴에는 샘이 있었기에 물은 부족하지 않았다. 하지만 비축 식량이 바닥나고 말았다. 그들은 박쥐, 지렁이, 뱀, 거미, 민달팽이를 잡아먹으며 버텼다. 아이들은 배가 고프다며 울어 댔고, 너무 허기가 져서 환각 상태에 빠진 남자들은 돌멩이를 엉뚱한 곳으로 던지기가 일쑤였다. 그들은 헛되이 있지도 않은 비상구를 찾았다. 딱지 속의 거북이처럼 갇혀 버린 것이다.

벌써 몇 번째인지 알 수 없는 쥐 부족의 공격을 돌팔매질로 물리쳤을 때, 번개가 하늘을 갈랐다.

번갯불은 동굴을 막고 있던 바위에 떨어졌고, 그로써 거북 부족의 보호 장벽이 무너졌다. 쥐 부족 전사들은 다시 공격에 나섰고, 기아에 허덕이는 그 작은 무리를 상대로 손쉽게 승리를 거두었다.

족장은 거북 부족 우두머리의 머릿골을 씹어 먹고, 머리통을 자루 속에 넣어 수집품을 늘렸다. 거북 부족의 여자들은 제대로 먹지 못해서 바짝 야위어 있었다. 그녀들 가운데 다수는 〈쓸모없는〉 존재로 간주되어 학살당했다. 남자들은 너무 오랫동안 저항했다는 이유로 처형되었다. 그런데 쥐 부족 사람들을 깜짝 놀라게 한 것이 하나 있었다. 동굴을 환하게 밝히고 있던 불이 바로 그것이었다.

족장은 거북 부족의 살아남은 여자에게 불을 피우는 법과 사용법을 설명하라고 요구했다. 여자는 위협을 견디지 못하고 요구에 응했다. 쥐 부족 사람들은 불이 가져다주는 빛과 온기, 접촉하는 모든 것을 변화시키는 불의 능력에 경탄했고, 그때부터 구운 고기를 좋아하게 되었다.

쥐 부족은 큰 잔치를 벌였다. 그리고 날이 밝자마자, 번개가 이끄는 대로 또 다른 부족을 정복하기 위해 길을 떠났다.

그들은 강행군을 계속하다가 말 부족 사람들과 마주쳤다. 때는 밤중이었다. 쥐 부족 사람들은 횃불로 적의 말들에게 겁을 주고 방어 태세를 무너뜨렸다. 하지만 그들은 간발의 차로 적의 대부분을 놓치고 말았다.

이제 쥐 부족은 창과 횃불로 무장한 기병대를 보유하게 되었다. 이어서 그들은 두더지 부족과 마주쳤다. 횃불이 있어서 땅굴에 숨어 있는 적을 공격하기가 쉬웠다. 그저 땅굴 속으로 연기를 뿜어 대기만 하면 되는 일이었다. 그들은 두더지 부족에게서 광산에 갱을 파는 방법을 배웠고, 그렇게 해서 얻은 금속을 녹여 칼을 만들었다.

쥐 부족의 인구는 2천 명 이상으로 늘어났다. 인구가 늘어날수록 내부의 권력 다툼이 치열해졌다. 전사들끼리 벌이는 결투는 갈수록 거칠어졌고, 그들 가운데 가장 교활한 자가 족장이 되었다.

그런 흐름 속에서 계급 제도가 형성되었다. 족장 밑에는 두령, 소두령, 병졸이 있었다. 금속으로 무기를 만드는 대장장이, 마부, 오랑캐 출신의 남자 노예가 그 뒤를 잇는 계층이었고, 맨 밑바닥에는 오랑캐 출신의 여자 노예가 있었다.

각 계급은 하층 계급 사람들의 목숨을 빼앗을 수 있는 권리를 가지고 있었다. 지위의 차이는 언어의 차이로도 나타났다. 계급마다 특유의 언어가 있었고, 특히 상층 계급 사람들은 자기들만 아는 어법을 사용했다. 따라서 어떤 사람에게 말을 걸어 보기만 하면 즉시 그의 계급을 알아낼 수 있었고, 그것에 따라 상대에 대한 태도를 결정할 수 있었다. 상층 계급 사람에게 무례를 범하는 것은 죽임을 당해도 마땅한 죄악이었다.

여성의 지위는 갈수록 낮아졌다. 높은 계급의 남자는 여러 명의 여자를 소유하는 권리를 누리고 있었던 반면에, 여자들에게는 무언가를 결정할 수 있는 권한이 전혀 없었다.

쥐 부족의 가치 체계에서 보면, 여자는 그저 남자의 성적인 욕구를 채워 주는 존재였고 부족의 새 구성원을 만들어 내는 생식 도구였다. 젊은이들의 교육은 주로 전쟁을 배우는 것으로 이루어져 있었다. 싸움에 서툰 젊은이들은 마구간을 관리하는 일 따위나 맡게 됨으로써 부모들에게 크나큰 수치를 안겼다.

전사들은 전투를 벌이지 않을 때면 기마 훈련을 하거나 사냥에 몰두했다. 사냥은 아이들의 교육에 아주 유용한 것으로 여겨지고 있었다.

부족이 성장할수록 여성과 오랑캐에 대한 전사들의 천대는 더욱 심해졌다. 그들은 아들만을 원했고 딸은 받아들이지 않았다. 아들은 자긍심의 원천이었고 딸은 체면 손상의 빌미였다. 이미 딸이 있는 가정에 또 딸이 생기면 태어나자마자 없애 버리는 관습이 퍼져 나갔다.

쥐 부족은 북쪽으로 계속 나아가다가 마침내 농부들의 마을을 발견했다. 그들은 마을을 약탈하고 파괴했다. 하지만 농부들에게서 농사짓는 방법을 배웠다. 그들은 정착 생활을 고려하다가, 마을을 아무리 튼튼한 요새처럼 만들어 놓아도 침략자들의 사냥감이 될 뿐임을 확인하고 유랑 생활을 계속하기로 결정했다.

쥐 부족이 사납고 잔인하다는 소문은 그들을 앞질러서 퍼져 나가 다른 부족들은 전투를 벌이기도 전에 항복하기가 일쑤였다. 그런 태도는 쥐 부족 사람들을 실망시키고 더욱 잔인하게 만들었다. 사실 그들은 저항다운 저항을 원하고 있었다. 너무 쉬운 승리는 진보하지 않고 정체하고 있다는 느낌을 줄 뿐이었다. 지나가는 길에 있는 모든 것을 파괴하고 있던 어느 날, 그들은 독수리 부족이라는 무시무시한 전사들의 부족이 주변에서 맹위를 떨치고 있다는 사실을 알게 되었다. 그들은 이제야 적다운 적을 만나는구나 싶어서 독수리 부족을 찾으러 떠났다. 일대를 이리저리 찾아보았지만 그 전설적인 전사들은 그림자도 보이지 않았다.

쥐 부족 사람들은 찾기를 단념하고 서쪽으로 가다가 다시 남쪽으로 방향을 틀었다. 척후병들의 말에 따르면 남쪽 해안의 작은 만(灣)에 매우 진보된 부족이 터전을 잡고 있다고 했다.

돌고래 부족

돌고래 부족의 인구는 144명에서 370명으로 늘었다.

그들은 자식을 많이 낳지는 않는 대신 교육에 많은 시간을 할애했다. 교육 과정에는 수영, 뼈를 깎아 만든 미늘로 고기 낚기, 뗏목을 타고 노를 저어 항해하기 등이 포함되어 있었다. 그들은 물고기와 조개류와 갑각류와 바닷말을 먹고 살았다.

돌고래들은 여전히 부족의 친구였다. 그들은 물고기 떼가 있는 곳을 가르쳐 주기도 했고, 기꺼이 아이들을 등에 태워서 먼바다로 데려갔다가 해변 근처에 조심스럽게 내려 주기도 했다. 어떤 아이들은 돌고래들과 형제처럼 친해져서 억양이 있는 짧고 날카로운 소리로 의사소통을 하고 있었다. 그런 재능은 변성기가 되면 사라졌다. 목소리가 굵어져서 돌고래처럼 새된 소리를 낼 수 없기 때문이었다.

돌고래 부족은 개미 부족과 동맹 관계를 유지하고 있었다.

개미 부족은 조금 떨어진 곳에 지하 마을을 건설하고 그것을 가리는 돔을 세웠다.

두 부족은 880명의 공동체를 이루고 있었다. 이 공동체는 사람의 뇌처럼 두 부분으로 나뉘어 있었다. 몽상가와 시인이 많은 돌고래 부족이 우뇌라면, 실천가와 전략가가 많은 개미 부족은 좌뇌였다.

각 부족은 저마다 선호하는 분야에서 지식을 탐구한 뒤에 그것을 서로 교환했다. 한쪽에서 버섯을 주면 다른 쪽에서는 물고기나 가재나 새우를 주었고, 한쪽에서 직조 기술을 가르쳐 주면 다른 쪽에서는 수영을 가르쳐 주었다.

개미 부족은 개미들이 애벌레를 이용해서 실을 잣는 것을 보고 직조 기술을 개발했다. 돌고래 부족은 이 발견을 활용해서 코가 촘촘한 그물을 만들었다. 그냥 물속에 놓아두기만 하면 물고기가 잡히는 그물이었다.

두 부족의 화합은 세대에서 세대로 이어졌고, 나날이 더욱 유익하다는 사실이 드러나고 있었다.

평화롭고 여유로운 삶은 언뜻 보기에 생존과 직결되어 있지 않은 듯한 예술이 발달할 수 있는 길을 열어 주었다. 돌고래 부족은 인간과 돌고래가 음악으로 대화하는 폴리포니 합창곡을 만들었다.

한편 개미 부족은 개미들이 진딧물을 사육하면서 무당벌레를 막아 주는 대신 진딧물이 분비하는 꿀을 짜내는 것을 보고 자기들 역시 사육을 시작했다. 처음엔 쥐, 그다음엔 수달을 키워 보았다. 하지만 그것들의 고기가 입맛에 맞지 않아서 영양과 멧돼지로 바꿨다. 이 동물들에게는 빛이 필요하기 때문에, 그들은 풀과 과일나무가 자라는 평원에 울타리를 치고 동물들을 그 안에 살게 했다. 그런 다음 개미들이 진딧물의 꿀을 짜듯이 짐승들의 젖을 짜기 시작했다. 그 젖은 아주 맛있었다.

그들은 탐구를 멈추지 않았다. 지하 마을 밖에서는 버섯을 재배하기가 어려웠던 터라 다른 식물들, 특히 곡물에 관심을 가졌다. 그들은 사육할 만한 동물을 찾아낼 때처럼, 먼저 이러저러한 씨앗들을 가지고 재배를 시험했다. 그러다가 마침내 밀을 재배하기가 아주 편하다는 것을 알게 되었다. 그들은 밀의 이삭을 바수고 낟알을 으깨어 가루를 만들어 냈다.

개미 부족과 돌고래 부족은 간단한 언어를 함께 고안하기도 했다. 그것은 한두 음절로 된 예순 개의 단어를 기본 어휘로 삼고 단어의 앞이나 뒤에 다른 음절을 붙여서 의미를 변화시킬 수 있는 언어였다. 이 언어 덕분에 의사소통이 빨라지고 오해의 소지가 줄어들었다.

그들은 셈을 하는 방법도 개발했다. 처음에는 양손의 손가락을 사용해서 열까지 세었고, 나중에는 손가락뼈를 사용해서 스물여덟까지 세었다.

그들은 하늘에도 관심을 가졌다. 밤하늘을 관찰하면서 별들 중에는 붙박이도 있고 떠돌이도 있다는 것을 알아냈다. 어떤 현자들은 땅에 막대기를 박아 놓고 그림자가 변하는 것을 관찰하면서 태양의 운행을 기준으로 시간의 흐름을 가늠하고자 했다. 하지만 시간의 흐름을 재는 데는 달이 차고 기우는 것을 기준으로 삼는 것이 한결 편했다. 그들은 오래도록 달을 관찰함으로써 최초의 달력을 만들어 냈다. 이것을 이용하면 돌고래 부족이 잡는 물고기들이 언제 해안으로 돌아오는지, 개미 부족의 밀을 언제 심고 거둬야 하는지 알 수 있었다.

그들은 이따금 근처로 지나가는 부족들과 새로운 동맹을 맺었다. 카멜레온 부족은 그들에게 위장 기술을 가르쳐 주었다. 달팽이 부족은 그림 그리는 법과 물감 사용법을 전수해 주었다. 황산을 사용하면 노란색을 얻을 수 있고, 연지벌레를 으깨면 빨간색을, 물망초꽃을 찧으면 파란색을, 연망간석을 바수면 검은색을 얻을 수 있다는 것이었다.

돌고래 부족 사람들 몇 명이 세상을 탐사하기 위해 뗏목을 타고 해안을 따라 북쪽으로 올라갔다.

그러다가 북쪽에서 한 무리의 사람들이 내려오고 있다는 것을 알게 되었다. 그 무리는 쥐를 토템으로 삼고 있는 부족이었다. 괴물을 타고 다닐 뿐만 아니라 이상한 무기들을 갖추고 있는 그들은 이미 수많은 부족을 몰살한 모양이었다. 여러 가지 점으로 미루어 보건대, 그들은 한 달이 채 가기 전에 들이닥칠 것이었다.

개미 부족과 돌고래 부족은 함께 모여서 대책을 논의했다. 이제껏 그들이 경험한 전투는 약탈자 패거리들을 상대로 몇 차례 소규모의 접전을 벌인 것이 고작이었다. 돌팔매를 던지고 몽둥이를 휘둘러서 그들을 쫓아 버리는 것은 쉬운 일이었다. 하지만 전투 경험이 많은 막강한 부족이 공격해 오면 버티기가 어려울 터였다. 그들에게는 무기다운 무기가 전혀 없었다. 침략자들에게 협력을 제안할까? 그건 무망한 노릇이었다. 근처를 지나가던 떠돌이 부족들이 잔뜩 겁에 질린 채 들려준 얘기에 따르면, 쥐 부족은 대화보다 학살과 약탈을 더 좋아한다고 했다.

공포가 한 줄기 바람처럼 회의장을 휩쓸었다.

그날 밤 돌고래 부족의 한 노인이 놀라운 꿈을 꾸었다.

그는 돌고래 부족을 몰살하려는 사람들이 떼를 지어 몰려오는 것을 보았다. 그런데 돌고래 부족은 뗏목처럼 물에 뜨는 물건에 올라타고 그 무리를 피해 도망쳤다. 그 물건은 아몬드 모양으로 생겼고 몸체의 일부가 물에 잠기게 되어 있었다. 윗부분에는 바람을 받는 널따란 천 자락이 드리워져 있었다. 돌고래 부족은 그것 덕분에 다수가 난바다로 떠날 수 있었다.

노인은 호소력이 아주 강한 모습을 보이며 좌중에게 꿈 얘기를 들려주었다. 두 부족은 힘을 합쳐서 모두를 구원할 수 있는 그 놀라운 뗏목을 만들기로 했다.

그들은 먼저 나무로 몸체를 만드는 일에 착수했다. 형태는 노인의 꿈에 나온 대로 아몬드 모양이 되어야 했다. 모두가 그 일에 달라붙었다. 널따란 천을 지탱하기 위해서는 길고 곧은 나무가 필요했다. 바람이 천으로 몰아쳐서 선체가 옆으로 기울자, 그들은 돛의 원리를 알아차렸다.

며칠 뒤 노인은 다시 꿈을 꾸었다. 그는 배의 방향을 조종하는 장치를 보았다. 그 뒤로도 노인은 잠을 잘 때마다 배를 개선하기 위한 새로운 발상들을 얻어 냈다. 그들은 노인의 조언에 따라 배의 내부에 밀과 버섯을 재배하기 위한 흙을 실었다. 멧돼지와 염소를 사육하기 위한 우리도 마련했다. 항해가 얼마나 오래 계속될지는 아무도 모르는 일이라서, 식량과 젖을 확보해 둘 필요가 있었다.

어떤 사람들은 그렇게 난바다로 도망칠 준비를 하는 것에 시큰둥한 기색을 보였다. 해안을 따라가다 보면 안전한 장소를 찾아낼 수 있지 않느냐는 것이었다. 그러나 노인은 꿈에서 무시무시한 무리들이 북쪽과 남쪽과 동쪽에 있는 것을 보았으니 살길은 오로지 서쪽의 깊은 바다에 있다고 말했다.

돌고래 부족과 개미 부족은 배를 완성하기 위해 밤낮을 가리지 않고 허리가 휘도록 일했다. 그들은 아침마다 노인이 새로운 것을 일러 주러 오기를 초조하게 기다렸다.

그런데 피로에 지친 이 영매의 심장이 갑자기 멎고 말았다. 그는 잠을 자다가 죽었다. 사람들의 낭패감은 이만저만이 아니었다. 모든 것이 그의 권고에 따라 준비되고 있던 터였다. 그들은 문제가 생길 때마다 노인의 꿈에서 해결책을 찾는 데 익숙해져 있었다. 그런데 이제는 이끌어 주는 사람도 없이 바다와 맞서야 하는 것이었다. 게다가 쥐 부족의 공격이 임박한 상황이었다.

그때 개미 부족의 한 중년 여자가 어떤 계시를 받은 사람처럼 분연히 나섰다. 그녀는 널빤지 더미에 올라가서 사람들에게 노인의 마지막 권고를 따라야 한다고 소리쳤다. 배를 튼튼하게 마무리하고 되도록 많은 식량과 물을 실어야 하며, 그물과 낚시와 교체용 돛을 가져가야 한다는 것이었다. 사람들은 쭈뼛쭈뼛하다가 그녀의 말에 귀를 기울였다. 여자는 노인이 아주 특별한 존재였음을 다시 일깨우고, 노인의 시신을 여느 사람들이 죽었을 때처럼 쓰레기터에 버려서는 안 된다고 역설했다. 그러고는 머릿속을 스치는 직감에 따라 개미 부족 지하 마을의 가장 깊숙한 곳에 노인의 시신을 묻어 주자고 제안했다.

그건 새로운 생각이었다. 하지만 사람들은 만장일치로 그 생각을 받아들였다. 그들은 노인의 시신을 지하 마을의 깊숙한 곳으로 옮겨 놓고 희귀한 조개껍데기들을 가져다가 덮어 주었다. 그런 다음 노인의 죽음을 애도하는 뜻으로 소라고둥을 불었다.

그때 지하 마을 밖에서 다른 소라고둥 소리가 들려왔다. 망보는 사람들이 어마어마한 침략자들의 무리가 일으키는 먼지구름을 발견하고 내는 소리였다.

개미 부족과 돌고래 부족 사람들은 침략자들을 저지하기 위해 달려 나갔다. 하지만 그건 때늦은 대응이었다. 쥐 부족의 사내들은 한 손에 횃불을 들고 다른 손에 칼을 든 채 말을 타고 달려오면서 이것저것 닥치는 대로 불태우고 있었다.

개미 부족의 여자는 모두 배에 타라고 다급하게 소리쳤다. 수백 명의 생존자는 허둥지둥 헤엄을 쳐서 배에 올라탔다. 침략자들은 그들이 배를 타고 난바다로 도망치려 한다는 것을 즉시 알아차리지 못했다. 그런데 난데없이 번개가 번쩍이더니 바람이 멎어 버렸다. 돛을 올리고 떠나려던 배가 그대로 멈춰 서 있었다. 침략자들은 물에 대한 두려움을 이겨 내고 기슭에 묶여 있던 뗏목에 올라탔다. 그러더니 이내 배 쪽으로 다가가서 공격을 시작했다.

불붙은 창들이 커다란 배에 떨어졌다. 무기가 전혀 없는 도망자들이 할 수 있는 일은 그저 불이 번지는 것을 막기 위해 애쓰는 것뿐이었다.

어둠이 내리기 시작했다. 침략자들은 공격을 늦추지 않았다. 개미 부족의 여인이 갑자기 명령을 내렸다. 배에 묶여 있는 밧줄들의 풀매듭을 이물 너머로 던지라는 것이었다. 사람들이 그녀가 시키는 대로 하자, 돌고래들이 몰려와서 풀매듭을 하나씩 물고 배를 끌기 시작했다. 마지막 남은 구원의 길을 열어 줄 배가 난바다 쪽으로 빠르게 움직였다. 뗏목에 탄 침략자들은 추격할 엄두를 내지 못했다.

마침내 적을 따돌린 도망자들은 시신들을 치우고 생존자들을 헤아렸다. 이제 그들은 겨우 240명이었다.

미처 배에 올라타지 못하고 뭍에 남아 있던 사람들은 쥐 부족 사내들이 늘 패배자들에게 안기는 운명을 겪었다. 죽음 아니면 굴종이 바로 그 운명이었다. 하지만 굴종을 택한 사람은 거의 없었고 대다수가 죽음을 맞았다. 돌고래 부족과 개미 부족 사람들은 너무나 오랫동안 자유로운 존재로 살아왔던 터라 침략자들의 멍에를 받아들일 수가 없었다.

침략자들은 말뚝 위에 세워진 집들을 약탈하고 불을 질렀다. 개미 부족의 돔에도 불을 지르려고 했지만, 흙은 좀처럼 불에 타지 않았다. 사람들이 모두 떠나 버린 지하 마을 어딘가에는 돌고래 부족의 노인이 조개껍데기에 묻힌 채 편히 잠들어 있었다.

84. 백과사전 : 장례

최초의 장례는 약 12만 년 전에 현생 인류인 호모 사피엔스와 함께 나타났다. 이스라엘의 나사렛 남동쪽에 있는 카프제 언덕의 동굴에서 무덤이 발견되었다. 고고학자들은 이 유적지에서 현생 인류의 해골과 부장품으로 보이는 물건들을 발굴했다.

장례는 사후 세계에 대한 상상의 출발점이다. 여기에서 천국과 지옥과 이승의 삶에 대한 심판이라는 관념들이 나타났고, 나중에는 종교가 생겨났다. 인간이 다른 인간의 시신을 쓰레기터에 버리던 때에는 죽으면 그걸로 모든 게 끝나는 것이었다. 인간이 먼저 세상을 떠난 다른 인간에게 특별한 대접을 해주게 되면서 종교심뿐만 아니라 경이로운 상상의 세계가 태어났다.

에드몽 웰스, 『상대적이며 절대적인 지식의 백과사전』 제5권

85. 데메테르의 강평

데메테르가 다시 불을 켜자 우리는 모두 눈을 깜박인다. 뒤숭숭한 악몽에서 깨어난 기분이다. 게임을 이대로 중단하고 싶지 않다. 금단 증세가 나타날 때처럼 욕구가 좌절된 느낌이 든다. 어떤 결과가 나올지 불안하다. 예전에 포커 판에서 이런 기분을 느껴 본 적이 있다. 다른 사람들이 자기들 패를 뒤집어 보일 때의 그 서스펜스와 뱃속에 그득하게 차오르는 불안감.

「진짜 도박사는 나쁜 패를 가지고도 이길 줄 아는 사람이야.」

천사 시절에 내가 보살피던 이고르는 그렇게 말했다.

이제 내 패는 240명의 사람들로 이루어져 있다. 나는 그들의 이름을 거의 다 안다. 헤르메스 말이 옳았다. 우리는 결국 자기가 맡은 인간들에게 애착을 느끼게 되는 것이다. 에드몽 역시 나와 같은 심정인 듯하다.

무엇보다 나를 불안하게 하는 것은 내가 개입할 수 없는 상황에서 그들에게 계속 일이 닥치리라는 것이다. 가진 게 아무것도 없는 그들에게 말이다. 그들에게는 도성도 없고 영토도 없다. 그저 망망대해에서 바람 부는 대로 표류하는 일엽편주가 있을 뿐이다. 게임이 속개되기 전까지 그들에게 무슨 일이 일어날까? 그 사이에 어떤 돌이킬 수 없는 일이 벌어지지는 않을까? 하지만 데메테르는 단호하다. 당분간 우리는 인간 무리들을 그들의 운명에 맡겨야 한다. 우리의 Y 게

임은 내일이 되어야 다시 시작될 것이다.

내가 빌라에서 편하게 잠자는 동안 그들의 세계에서는 얼마나 긴 시간이 흘러갈까?

나는 안절부절못하고 손톱을 깨문다. 후보생들 사이에서 말다툼이 벌어진다. 전쟁, 학살, 배신 따위를 놓고 서로 잘잘못을 따지는 것이다. 나도 프루동에게 대들고 싶다. 그는 베아트리스의 거북 부족을 몰살한 뒤에 내 부족을 정처 없이 떠돌게 만들었다. 하지만 에드몽 웰스가 덤덤한 태도를 보이고 있는 터라 자제하지 않을 수가 없다. 하기야 불평한들 무슨 소용이 있으랴? 프루동에게서 날아올 대답은 뻔하다. 〈인생은 정글이야. 더 강한 자가 이기는 거야〉라든가 〈패자에게는 불행이 있을진저〉라는 식으로 승자의 잔혹 행위를 정당화하는 말들을 지껄일 것이다. 또 혹자는 말할 것이다. 이건 한낱 게임일 뿐이라고. 체스를 두다가 말이 잡아먹혔다고 해서 그 말을 불쌍히 여길 필요가 있는가?

그래도 나는 보내 주기만 한다면 저 아래로 내려가서 내 부족을 직접 도와주고 싶다. 내 손과 내 근육으로 저들과 함께 돛을 잡아당기고 저들에게 위로의 말을 건네고 싶다.

나는 다른 후보생들의 부족을 살펴본다.

남쪽의 다른 대륙을 보니, 프레디의 부족도 내 부족처럼 바닷가에 마을을 세웠다. 고래를 토템으로 삼은 이 부족은 거룻배를 만들었다. 하지만 내 부족의 배만큼 커다란 것은 없다.

라울의 독수리 부족은 산속에 터전을 잡았다. 그들은 여기에서 이따금 근처로 지나가는 유랑 부족들을 공격한다. 라울과 프루동은 호전적인 가치를 공유하고 있다. 서로 아주 비슷하지만 차이도 분명하다. 라울은 소규모의 기습과 약탈로 세력을 키워 나가는 반면, 프루동은 마치 압축 롤러처럼 지나는 길에 있는 모든 것을 파괴한다. 동맹과 협력을 싫어한다는 점에서는 그들 사이에 차이가 없다. 무언가 빼앗을 만한 것이 있으면 빼앗고 나머지는 파괴한다. 그들 뒤에는 연기가 자욱한 폐허만이 남을 뿐이다.

라울의 부족은 기동성이 매우 뛰어난 군대를 창설했다. 힘보다 꾀를 중시하는 군대다. 그들의 행동을 결정하는 것은 정보다. 그들은 승리를 확신할 때만 공격한다. 승리를 거두고 나면, 패배한 부족들의 지식과 기술을 수용하여 자기들 것으로 삼는다.

루소의 부족과 볼테르의 부족은 당연히 사이가 좋지 않다. 그런데 서로 아주 다른 개념으로 건설된 두 공동체가 놀랍도록 닮았다.

수확의 신은 먼저 탈락자들을 발표한다. 다 합해서 열세 개의 부족이 사라졌다. 아홉 부족은 침략을 당한 뒤에 노예로 전락했고, 두 부족은 신종 전염병 때문에 멸망했으며, 나머지 두 부족은 내전을 벌이다가 자멸했다. 켄타우로스들이 와서 후보생 열세 명을 데려간다. 이로써 재적 후보생 수는 106-13=93으로 바뀌었다.

이어서 데메테르는 입상자들을 발표한다.

금 월계관은 매릴린 먼로와 말벌 부족에게 돌아갔다.

「매릴린, 아주 잘했어요. 말벌 부족의 여자들은 좋은 본보기예요. 그 페미니스트들은 지식과 기술을 발전시키기 위해 끊임없이 노력하고 있을 뿐만 아니라 무력을 강화하는 것도 잊지 않았어요. 게다가 미술에 관심이 많고 음악을 좋아하죠.

그녀들의 공동체에서 칠현금과 실로폰이 나타났어요. 이 정도면 1등 상을 받을 만합니다.」

우리는 박수갈채를 보낸다. 매릴린처럼 감수성이 예민한 여자가 싸울 때는 날렵하고 쉴 때는 요염한 여전사들의 문명을 건설해 냈다는 사실이 놀랍기도 하고 재미있기도 하다. 문득 그녀가 했던 말이 생각난다.「우리처럼 예쁜 여자들은 바보처럼 굴어야 해. 그래야 남자들이 불안해하지 않거든.」 어쨌거나 이로써 그녀의 재능이 입증된 셈이다.

은 월계관은 프루동과 쥐 부족의 차지가 되었다.

「프루동은 계급 제도를 갖춘 질서 정연한 사회 체제를 창안했고, 야금술과 같은 복잡한 기술을 발달시켰어요.」

「그 기술은 두더지 부족에게서 훔친 것이 아닌가요?」

신은 사라 베르나르트의 분개를 무시하고 말을 잇는다.

「프루동의 쥐 부족은 기마대를 사용하는 방법을 터득했고 뛰어난 전략을 구사하고 있습니다. 게다가 그들의 인구는 나날이 성장하고 있죠.」

사라 베르나르트가 다시 나선다.

「다른 부족을 노예로 만들어서 인구를 늘린 것도 성장이라고 할 수 있나요?」

신은 또다시 묵살하고 프루동에게 박수갈채를 보내라고 권유한다. 몇몇 후보생이 박수를 친다. 하지만 매릴린에게 보낸 갈채에 비하면 소리가 시들하다. 어떤 후보생들은 야유의 뜻이 담긴 휘파람 소리를 내기까지 한다. 자기네 부족들이 프루동의 부족 때문에 곤욕을 치렀기 때문이다.

동 월계관은 마리 퀴리와 이구아나 부족의 몫이다.

후보생들 사이에서 웅성거리는 소리가 인다. 이구아나 부족이라고? 한 번도 마주친 적이 없는 부족인걸. 우리는 행성 위로 몸을 숙이고 앙크의 돋보기를 북쪽으로 가져간다. 거기에 또 다른 대륙이 있다. 거의 모든 후보생이 경쟁을 벌이고 있는 대륙과는 아주 멀리 떨어져 있다. 사막 한복판에서 분주하게 움직이고 있는 부족이 눈에 들어온다. 그들은 거대한 밀집 주거지를 건설하는 중이다.

이구아나 부족의 신에게 박수갈채가 쏟아진다.

데메테르는 강평을 이어 나간다. 사라 베르나르트의 말 부족은 위기에 빠져 있다. 쥐 부족의 공격을 피하다가 너무 지쳐 버렸기 때문에 다음 판에서는 탈락할지도 모른다.

사라 베르나르트가 볼멘소리를 터뜨린다.

「그게 누구 때문인데요?」

개 부족은 근근이 살아간다. 프랑수아즈 망퀴조라는 후보생은 이 부족이 사라지는 것을 보고 싶지 않으면, 긴급하게 새로운 활력을 불어넣어야 한다. 조르주 멜리에스의 호랑이 부족과 귀스타브 에펠의 흰개미 부족의 경우에도 사정은 마찬가지다. 데메테르의 평가에 따르면, 이 부족들은 자기들만의 진보 방식을 찾아내지 못한 채 제자리걸음을 하고 있다. 그들이 아주 훌륭한 건축 기법으로 도시를 건설한 것은 사실이지만, 그 단계에 너무 안주하고 있다는 것이다.

데메테르는 목청을 높인다.

「과감해야 해요. 관리하는 것만으로는 충분치 않아요. 도전이 필요해요. 프루동이 좋은 점수를 얻은 것은 무엇보다 주저하지 않고 위험을 무릅쓰기 때문이죠.」

사라 베르나르트가 웅얼거린다.

「그래요, 주저 없이 모든 것을 파괴하죠…….」

「프루동은 파괴하는 신이 아니라 엄한 신이에요. 엄한 부모가 있는 것처럼 엄한 신도 있을 수 있어요. 지구에서 살던 시절을 기억해 봐요. 대체로 보아서 엄한 부모 밑에서 자란 아이들이 방임주의적인 부모 밑에서 자란 아이들보다 반듯하지 않던가요? 아이에게 엄격한 삶의 규율을 강요하는 것보다는 모든 것을 아이에게 맡기는 쪽이 훨씬 쉽죠. 나는 프루동의 선택에 전혀 반대하지 않아요. 전쟁은 Y 게임의 핵심적인 요소예요. 프루동은 전쟁을 철저하게 탐구했어요. 그것도 하나의 선택이죠. 외교나 농업이나 과학이나 예술을 바탕으로 문명을 건설할 수 있듯이 전쟁을 활용해서 문명을 건설할 수도 있는 거예요. 나는 그 선택을 존중합니다. 중요한 건 오로지 결과예요.」

데메테르는 강단으로 돌아간다. 그리고 칠판에 〈장례〉라고 적는다.

「오늘 에드몽 웰스의 개미 부족 사회에서 최초의 장례가 나타나는 것을 보았어요. 이건 기념비적인 사건입니다. 이 사건을 계기로 머지않아 종교가 나타날 것이고, 어디에서나 사제 계급이 새롭게 부상하여 사회의 판도를 바꾸어 버릴 것입니다. 평민, 무사, 승려라는 세 계급을 중심으로 사회 구조가 재편되겠죠.」

「그럼 예술가들은요?」

매릴린이 물었다. 아마도 자기 부족의 칠현금 연주자를 떠올린 모양이다.

「그들은 너무 소수인 데다가 힘이 미약해서 인류 역사에 실제적인 영향을 미치지 못해요. 적어도 진화의 현 단계에서는 그래요. 당신과 미카엘 팽송은 사람들에게 음악을 선물했어요. 하지만 이걸 알아야 해요. 예술가들은 농부들이 먹을 것을 주지 않고 무사들이 지켜 주지 않으면 살아갈 수가 없어요.」

데메테르는 나머지 후보생들의 등수를 알려 주면서 강평을 끝낸다. 에드몽과 나는 꼴찌에서 두 번째다. 꼴찌는 박쥐 부족을 이끄는 샤를 말레라는 후보생이다. 동굴에서 사는 이 부족은 박쥐를 모방해서 비행을 시도했다. 두 팔에 가죽 날개를 매달고 벼랑에서 뛰어내린 것이다. 그 우스꽝스러운 시도는 수많은 사람의 죽음으로 끝났다.

「어떤 일을 시도해서 결과가 신통치 않을 때는 집착을 버려야 합니다. 그런데 샤를 말레는 고집을 꺾지 않았어요. 그 때문에 부족의 인구가 8백 명에서 겨우 쉰 명으로 줄었죠. 인구가 서른 명 미만으로 줄어들면 자동으로 탈락된다는 사실을 잊지 마세요.」

그러니까 샤를 말레는 아슬아슬하게 탈락을 면한 것이다.

라울이 나직한 소리로 내게 묻는다.

「네 부족의 생존자들을 위해서 무엇을 할 생각이야?」

「기도나 해야지. 다른 수가 없잖아?」

그의 표정에 놀란 기색이 역력하다. 〈지금 날 놀리는 거야?〉 하고 묻는 듯하다.

「기도를 한다고? 여기 신들의 왕국에서 말이야?」

나는 여전히 안개에 싸여 있는 산꼭대기를 턱짓으로 가리킨다. 라울은 알겠다는 듯이 고개를 끄덕인다.

「아, 물론 저기에는 〈그분〉이 계시지. 하지만 미카엘, 설마…… 신비주의자가 된 건 아니겠지? 신이 신비주의에 빠지다니…… 그건 해도 너무하는 거 아냐?」

프레디가 내 팔을 잡는다.

「재미있는 일이야. 우리 부족들은 둘 다 고래목의 동물들과 협력하는 길을 선택했어. 내 부족은 고래와 협력하고 있고, 자네 부족은 돌고래를 친구로 삼았어. 그런데 돌고래 부족은 커다란 배를 건조했음에 반해 고래 부족은 작은 거룻배를 만들었지.」

「나는 선택의 여지가 없었어.」

「무언가 필요한 것이 있으면, 주저하지 말고 고래 부족에게 도움을 청해.」

「너도 필요하다면 나에게 도움을 청해. 하지만 지금은 돌고래 부족이 궁지에 몰려 있어.」

「침로를 돌려서 고래 부족의 마을로 가는 건 어때? 그들이 자네 부족 사람들에게 길을 가르쳐 줄 거야. 거기에서 상처를 치료하고 물과 식량을 보충하도록 해. 고래 부족의 새로운 기술도 배우고 말이야. 그들은 동물의 기름으로 초를 만들 줄 알아. 그들의 옷은 마름질이 아주 훌륭해서 돌고래 부족 여자들이 무척 좋아할 거야.」

「고래 부족의 패션쇼에 초대하는 거야? 고마워. 하지만 너무 늦지 않았나 싶어. 내가 이미 돌고래 부족에게 갈 길을 계시해 놓았거든. 그들은 해가 지는 머나먼 서쪽으로 배를 몰아갈 거야.」

「왜 그랬어?」

「그들이 평화의 땅을 발견했으면 좋겠어. 다시는 위험에 빠지지 않을 어떤 은밀한 장소나 섬 같은 곳 말이야. 땅의 크기는 농업과 목축을 할 수 있을 정도면 돼. 너무 크면 다른 부족들의 관심을 끌 테니까 오히려 좋지 않아. 이젠 야만적인 침략자들 때문에 모든 것을 잃을 염려가 있다면, 그런 위험을 피하고 싶어.」

라울이 내 귀에 대고 속삭인다.

「에드몽 웰스에게서 벗어나야 해. 그가 초판에 너를 도와주었다는 것은 인정해. 하지만 이젠 짐이야. 개미 부족이 바다에서 무엇을 할 수 있겠어? 낚시도 제대로 할 줄 몰라. 섬에 가도 마찬가지일 거야.」

「우리는 동맹을 맺었어.」

「그래, 하지만 결국 승자는 하나뿐이야. 너 자신의 날개로 날아야 해. 이르면 이를수록 좋아.」

마치 라울의 아버지 말을 듣고 있는 기분이다.

매릴린은 금 월계관을 쓴 채 여성을 예찬하는 짤막한 연설을 시작한다. 여자들은 천성적으로 생명의 보존과 존재들 사이의 조화를 중요하게 생각하는 데 반해서, 남자들은 지배와 폭력에 집착한다는 것이다. 남자 후보생들의 야유가 터져 나온다.

매릴린은 그들을 보며 말을 잇는다.

「나는 너희가 무슨 생각을 하는지 알아. 너희는 말벌 부족 여자들이 오래 버티지 못할 거라고 생각하고 있어. 하지만 그녀들은 어머니와 마을의 관리자로서 훌륭할 뿐만 아니라, 부족을 지키기 위해서 언제라도 싸울 준비가 되어 있는 탁월한 전사들이기도 해.」

그러자 왁자한 웃음소리가 한소끔 일었지만 매릴린은 기세를 누그러뜨리지 않는다.

「너희에게 도전장을 내겠어. 너희 모두에게 말이야. 누구든 내 아마존들과 대적할 수 있다고 생각하면 어디 덤벼 봐!」

사라 베르나르트와 마리 퀴리는 요란한 박수로 그녀를 응원한다. 남자 후보생들은 휘파람을 분다. 데메테르는 그 말다툼이 남녀 후보생 간의 싸움으로 번지기 전에 손뼉을 두드려 후보생들을 진정시킨다. 강의실 밖에서 기다리고 있던 아틀라스가 자기를 부르는 줄 알고 들어오더니, 18호 지구를 짊어지고 끙끙거리며 나간다.

나는 멀어지는 지구에서 눈을 뗄 수가 없다. 그 지구의 망망대해에서 내 부족의 생존자들을 태운 허술한 배가 물결에 이리저리 흔들리고 있으리라…….

데메테르는 자리에 다시 앉으라고 후보생들에게 이른다.

「앞서 헤르메스는 쥐들을 상대로 한 실험에 관해서 이야기했습니다. 여러분이 저녁 식사를 하러 가기 전에 이 강의를 마무리하는 뜻으로 어떤 실험에 관한 이야기를 들려줄까 합니다. 여러분 백성들의 행동을 이해하는 데 도움이 되리라고 생각합니다.」

86. 백과사전: 침팬지들을 상대로 한 실험

비어 있는 방에 침팬지 다섯 마리를 들여보낸다. 방 한복판에는 사다리가 세워져 있고 그 꼭대기에는 바나나가 놓여 있다.

한 침팬지가 바나나를 발견하고 그것을 먹기 위해 사다리로 기어오른다. 하지만 침팬지가 바나나에 다가가자마자 천장에서 찬물이 분출하여 침팬지를 떨어뜨린다. 다른 침팬지들도 사다리를 타고 올라가 바나나를 잡아 보려고 한다. 모두가 찬물을 뒤집어쓰고 결국 바나나를 차지하겠다는 생각을 포기한다.

그다음에는 천장에서 찬물이 분출하지 않게 해놓고 물에 젖은 침팬지 한 마리를 다른 침팬지로 대체한다. 새 침팬지가 들어오자마자 원래부터 있던 침팬지들은 사다리로 올라가는 것을 말린다. 저희 나름대로 새 침팬지가 찬물을 뒤집어쓰지 않게 하려고 애쓰는 것이다. 새 침팬지는 그들의 행동을 이해하지 못한다. 그저 다른 침팬지들이 자기가 바나나를 먹지 못하도록 방해하는 것으로 보일 뿐이다. 그래서 그는 완력을 쓰기로 하고 자기를 제지하려는 침팬지들과 싸운다. 하지만 한 마리 대(對) 네 마리의 싸움이라서 새 침팬지는 뭇매를 맞고 만다.

다시 물에 젖은 침팬지 한 마리를 새 침팬지로 대체한다. 그가 들어오자마자 앞서 교체되어 들어온 침팬지가 덤벼들어 그를 때린다. 그게 새로 들어온 자를 맞이하는 방식이라고 저 나름으로 이해한 것이다. 새 침팬지는 사다리가 있다는 것을 알아차릴 겨를도 없었다. 말하자면 구타 행위는 이미 바나나와 무관해진 셈이다.

물을 뒤집어쓴 나머지 세 침팬지도 차례로 나가고 대신 물에 젖지 않은 침팬지들이 들어온다. 그때마다 새로 들어온 침팬지는 들어오자마자 매질을 당한다.

신고식은 갈수록 난폭해진다. 급기야는 여럿이 한꺼번에 달려들어 새로 들어온 침팬지에게 뭇매를 놓는다.

여전히 바나나는 사다리 꼭대기에 놓여 있다. 하지만 다섯 마리 침팬지는 바나나를 잡으려다 물을 뒤집어쓴 적도 없으면서 그것에 다가갈 생각조차 하지 않는다. 그들의 유일한 관심사는 뭇매를 맞을 새 침팬지가 어서 나타나기를 기다리면서 문을 살피는 것이다.

이 실험은 한 기업에서 나타나는 집단행동을 연구하기 위해 실시되었다.

에드몽 웰스, 『상대적이며 절대적인 지식의 백과사전』 제5권

87. 마술

오늘 저녁에는 메가론의 넓은 식당이 쪽빛 꽃들로 장식되

어 있다. 마타 하리가 내 맞은편에 앉아 미소를 보낸다. 나도 미소로 화답한다. 바다 위를 떠도는 돌고래 부족의 운명이 나를 괴롭힌다.

옆에 앉은 에드몽은 자기네 개미 부족이 별로 걱정되지 않는 모양이다. 조르주 멜리에스와 한가롭게 이야기를 나누고 있으니 말이다. 멜리에스는 대장장이라는 직업에 관한 주장을 펼치고 있다. 인류 역사의 초기에는 대장장이가 다른 어떤 직업보다 중요했다는 것이다.

「생각해 보라고. 대장장이는 최초의 마법사야. 그들에게 돌멩이를 주면 그들은 고온의 화덕을 다스리는 마법을 통해 돌멩이를 자연에 존재하지 않는 자재로 변화시켜.」

에드몽은 자기의 백과사전에 나오는 시나이산의 카인족에 관한 항목을 떠올리면서 대답한다.

「아닌 게 아니라 당시 사람들은 대장장이를 아주 소중하게 생각했어. 그게 지나친 나머지 때로는 자기네 마을의 대장장이가 보수를 더 많이 준다고 유혹하는 다른 마을로 가지 않을까 싶어서 대장간에 사슬로 묶어 두기까지 했다더군. 그런가 하면 어떤 부족들은 몸값을 받고 대장장이를 다른 부족에게 넘겨주기도 했고 동맹을 증거하는 선물로 이용하기도 했지.」

옆 테이블에 앉은 시몬 시뇨레와 마리 퀴리는 자기네 부족의 옷 입는 방식을 놓고 이야기를 나눈다. 마리 퀴리는 이구아나 부족이 사는 지역에서는 겨울이 너무 춥기 때문에 무엇보다 방한복을 만드는 것이 중요하다고 역설한다.

토목 공사나 음식물 보관법을 놓고 토론을 벌이는 후보생들도 있다.

지붕은 이엉으로 덮는 것이 나을까 슬레이트로 덮는 것이 나을까? 빗물을 받아 두는 통에 세균이 생기지 않게 하려면 어떻게 해야 할까? 고기는 소금에 절여 보관하는 게 좋고 생선은 올리브기름에 담가 두는 게 좋다. 음식을 단지에 담아 코르크로 봉하면 오래 보관할 수 있으므로 단지와 코르크를 확보해야 한다. 그런 이야기들뿐만 아니라, 갓풀, 바늘, 베틀, 소독약(양파나 레몬이나 소금물) 등 모든 것에 관한 정보가 교환된다. 파리와 모기는 어떻게 하지? 그런 곤충들이 병을 옮겨서 벌써 큰 피해를 입혔어. 어떻게 쫓아내지?

조르주 멜리에스는 자기네 호랑이 부족이 퇴비를 개발해 낸 과정을 설명한다. 여러 차례 실험을 벌인 끝에 세균이 별로 없고 유독하지 않은 퇴비를 만들어 냈는데 농작물 재배에 큰 도움이 되고 있다는 것이다.

계절의 신들이 음식을 운반하는 카트를 밀며 나타난다.

먼저 곡물이 나온다. 쌀, 밀, 보리, 기장, 수수 따위가 있는가 하면 빵도 있다. 당연한 일이다. 우리의 부족들이 농사를 짓기 시작했으니 말이다.

빵이 참 맛있다. 나는 껍질을 깨물고 달고도 짭짤한 속살을 맛나게 먹는다. 효모가 남기는 뒷맛도 일품이다.

계절의 신들은 이어서 단지들을 식탁에 내려놓는다. 소젖, 염소젖, 양젖, 그리고 크림이 많이 들어간 다른 음료들이 담긴 단지들이다.

생굴도 메뉴에 들어 있다. 하지만 오늘 저녁엔 의식을 지니고 있을지도 모를 살아 있는 동물을 삼킬 기분이 아니다. 볼테르는 굴 귀신이다. 열두 마리를 잇달아 삼키면서, 레몬즙을 조금 떨어뜨려서 미세한 반응이 일어나는 것을 보면 굴의 신선도를 가늠할 수 있다는 설명도 빼놓지 않는다.

인간 세상에서 자주 먹었던 동물의 시체들, 즉 쇠고기, 양고기, 돼지고기도 식탁에 올라온다. 조금씩 골고루 먹어 보니 하마 고기나 기린 고기보다 맛이 한결 순하다.

멜리에스가 자기네 호랑이 부족이 원숭이 머릿골을 즐겨 먹는다고 말하기가 무섭게, 우리 식탁에도 작은 숟가락과 함께 원숭이 머리가 올라온다. 숟가락으로 그 속에 있는 것을 퍼 먹으라는 것이다. 대부분의 후보생은 얼굴을 찡그리며 고개를 돌려 버린다.

그 장면을 보니 데메테르가 이야기해 준 침팬지 실험이 생각난다. 17호 지구의 인류가 멸망한 것은 바로 그 침팬지들처럼 행동했기 때문이다. 자기들이 왜 거기에 있는지를 잊어버린 채 그저 앞 세대가 해오던 일을 되풀이할 생각만 한 것이다. 전통의 실제적인 기원을 모르면서 말이다.

매릴린이 테오노트 동아리에 끼어들면서 나에게 묻는다.

「무슨 생각 하고 있어?」

「아무것도 아냐……. 어젯밤에는 아무 일도 없었어?」

「검은 숲을 통과하려고 했는데 키마이라가 있더라고.」

라울이 덧붙인다.

「오늘 밤엔 너도 가. 설마 두 번을 내리 빠지지는 않겠지?」

나는 선택을 유보하면서 입을 다문다.

계절의 신들은 후식으로 케이크, 꿀에 적신 빵을 내온다. 멜리에스가 흡족한 얼굴로 말한다.

「이거 먹고 맛있는 커피 한잔까지 마시면 식사가 아주 훌륭하게 마무리되겠는걸.」

오늘 저녁에는 연주회가 우리를 기다리고 있다. 켄타우로스들과 인어들과 금조들이 우리가 있는 메가론으로 왔다. 오늘 추가된 악기는 켄타우로스가 연주하는 현악기다. 음악이 감미롭다.

조르주 멜리에스는 식후에 마시는 리큐어 대신으로 특별한 도구가 필요 없는 마술을 보여 주겠다고 제안한다. 마타 하리는 그의 공연에 협력하는 것을 기꺼이 받아들인다.

「1에서 9까지의 수 가운데 하나를 생각해. 그런 다음 그 수에 9를 곱해.」

마타 하리는 눈을 감은 채 알린다.

「됐어.」

「거기에서 5를 빼.」

「뺐어.」

「네가 얻은 수를 구성하는 숫자들을 더해서 한 자릿수를 만들어. 예를 들어 35가 나왔다면 3과 5를 더해서 8이 되게 하는 거야. 만약 그렇게 더해서 나온 수가 여전히 두 자릿수이면 한 자릿수가 될 때까지 더해.」

「오케이.」

「좋아. 그러면 네가 얻은 수를 알파벳의 한 글자와 연결시키는 거야. A는 1, B는 2, C는 3 하는 식으로 말이야. 이제 네 머릿속에는 글자가 하나 있어.」

「그래.」

「이제 유럽에 있는 나라들의 영어 이름 중에서 그 글자로 시작하는 것들이 있는지 생각해 봐. 그 가운데 하나를 선택해.」

「아직 멀었어?」

「아냐, 다 끝나 가. 그 나라 이름의 마지막 글자를 보고, 그

글자에 과일 하나를 연결시켜.」

「됐어.」

조르주 멜리에스는 골똘하게 정신을 집중하는 척하다가 다시 입을 연다.

「네가 연상한 과일은 키위야.」

마타 하리는 깜짝 놀란다. 나는 비밀이 뭘까 하고 이리저리 생각하다가 멜리에스에게 묻는다.

「그걸 어떻게 알아낸 거야?」

「내가 보기에 이 마술에는 여기에서 벌어진 일과 비슷한 점이 있어. 우리는 선택한다고 생각하지만 사실은 선택하는 게 아냐…….」

멜리에스는 나에게 한쪽 눈을 찡긋해 보이고는 커피 한 잔을 더 청한다.

사라 베르나르트가 우리가 있는 식탁에 와서 앉으며 나직하게 말한다.

「프루동과 맞서 싸우기 위해서는 우리가 동맹을 맺어야 해. 그러지 않으면 그가 우리를 모두 없애 버릴 거야.」

라울이 진정하라는 듯한 손짓을 하면서 잘라 말한다.

「그가 이겼어. 그래서 스승 신들이 그의 게임 방식을 받아들인 거야.」

「약탈, 살인, 강간, 노예화, 테러리즘, 배신 따위가 사상 체계와 지배 체제로 승격하다니!」

나는 라울의 편을 든다.

「심판하지 마. 그냥 적응해.」

사라 베르나르트는 분통을 터뜨린다.

「아니 네가 그런 말을 하다니! 너희들 정말 몰라서 이래?

프루동이 승리할 것이고 그가 내세우는 가치들이 온 행성에 만연하게 될 거라고. 쥐 부족의 가치관, 그게 너희가 원하는 거야? 그런 가치관이 17호 지구를 어떻게 만들었는지 봤잖아.」

그 행성이 멸망하는 장면은 모두의 기억 속에 남아 있다.

「우리가 행동에 나서지 않으면, 그가 곧…….」

귀가 밝은 프루동이 자기 식탁에서 빈정거리는 표정으로 우리 쪽을 돌아보며 쏘아붙인다.

「다들 어디 한번 해보시지. 내 부족이 벌이는 전쟁을 중단시킬 수 있는지…….」

사라 베르나르트는 대꾸할 말을 찾아내지 못한다. 자기네 말 부족은 이미 너무나 큰 타격을 입어서 싸움에 나설 수 없다는 것을 알기 때문이다.

그러자 매릴린 먼로가 소리친다.

「그럼 내 아마존들과 맞서 싸우러 와봐!」

프루동은 그녀 쪽으로 돌아앉는다.

「갈게, 가고말고. 네 말벌들의 독침 따위는 조금도 무섭지 않아.」

그는 도발의 뜻으로 손바닥에 입을 맞추고 입김으로 그것을 날려 보내는 시늉을 한다.

「너에게 경고하는데, 내 부족의 여자들에게 접근하면 크게 당할 줄 알아. 우리는 돌고래 부족과 다르거든.」

그는 두 손을 맞비비면서 받아친다.

「좋아. 아주 신나는 전투가 예상되는걸.」

문득 지구의 유치원으로 돌아온 기분이 든다. 노는 시간에 서로 말다툼을 하다가 〈어디 한번 붙어 볼래?〉 하고 으르던 아이들이 생각난다.

「힘만 세다고 다 되는 게 아냐. 내 아마존들은 너의 야수들보다 훨씬 영리하고 용감해.」

「그 말이 맞는지 어서 확인해 보고 싶네.」

「나는 내기를 걸 준비가 되어 있어.」

턱수염을 짤막하게 기른 툴루즈 로트레크가 끼어들었다. 그러고는 식탁 위로 올라서서 다른 후보생들이 돈을 걸기를 기다리는 시늉을 한다.

「우린 돈이 없잖아.」

귀스타브 에펠의 지적에 화가가 제안한다.

「그럼 토가를 걸어. 금방 더러워지는 옷이라서 많으면 많을수록 좋잖아?」

그러고는 수첩을 꺼내어 한복판에 세로줄을 죽 긋는다. 한쪽은 매릴린의 승리를 점치는 후보생들, 다른 쪽은 프루동에게 거는 후보생들의 이름이 들어갈 자리다.

에드몽은 매릴린 쪽에 토가 한 벌을 걸면서 이유를 내게 설명한다.

「동물의 세계를 놓고 보면, 말벌이 쥐를 이기거든.」

나는 내기를 걸면 늘 운이 따라 주지 않았던 터라 기권을 선택한다. 게다가 일엽편주에 운명을 맡긴 불쌍한 돌고래 부족의 미래가 너무 걱정스러워서 그런 내기에는 흥미가 동하지 않는다. 만약 다음 판에서 내 부족을 구하지 못하면 나 역시 켄타우로스나 인어로 변할 수밖에 없으리라. 그토록 많은 전생을 살면서 영혼을 진화시키고 지혜를 쌓아 온 결과가 고작 괴물이라니……. 안 돼, 어떻게든 내 부족을 도울 수 있는 길을 찾아야 해. 지금은 놀 생각을 할 때가 아냐.

에드몽이 속삭인다.

「우리 부족들을 생각하고 있지?」

「선생님은 아니에요?」

「나도 그래. 진짜 고약한 건 전투가 끝날 때마다 쥐 부족이 역사를 왜곡하거나 날조하고 있다는 사실이야. 그들의 주장에 따르면 우리 부족들은 이리저리 떠돌아다니는 미개하고 비겁한 무리였어. 그나마 그들의 찬란한 문명 덕분에 우리가 조금 개화했다는 거야. 심지어는 우리 부족들이 돌고래와 성행위를 한다는 이야기를 지어내기도 했어. 그거 몰랐어?」

「몰랐어요……. 믿을 수가 없군요. 우리를 학살한 것도 모자라서 스스로를 미화하기 위해 역사를 날조하다니요.」

에드몽의 얼굴에 수심이 가득하다. 그는 백과사전을 꺼내더니 아주 빠르게 무언가를 적어 나간다. 갑자기 무슨 생각이 떠오른 모양이다. 그를 방해하기가 망설여진다.

「우리 부족들을 이대로 내버려 두면 안 되겠어요.」

그는 계속 손을 놀리면서 대답한다.

「너무 늦었어.」

「무슨 일이든 너무 늦어서 못 하는 법은 없어요.」

「우린 실패했어. 운이 없었지. 그뿐이야.」

「예전에 아버지가 그러셨어요. 〈실패하는 자는 핑계를 찾고 성공하는 자는 방법을 찾는다〉라고 말이에요. 아직 방법이 있어요.」

「없어, 이번엔.」

그는 계속 쓰다가 다시 읽어 보더니 참담한 표정을 짓는다. 자기가 써놓은 글의 내용이 스스로 생각하기에도 심각한 모양이다. 그러더니 자리에서 일어나 책을 덮고 착 가라앉은 목소리로 말한다.

「아마 네 말이 맞을 거야. 성공하는 자들은 방법을 찾지……. 그 방법이 어떤 것이든 간에 말이야.」

88. 백과사전: 패자들의 진실

우리가 아는 역사는 승자들의 기록일 뿐이다. 예컨대 우리는 트로이에 관해서 무엇을 알고 있는가? 그리스 역사가들이나 시인들이 들려준 이야기가 전부 아닌가? 우리가 아는 카르타고의 역사는 로마 역사가들의 기록일 뿐이다. 우리가 아는 갈리아의 역사는 율리우스 카이사르가 『갈리아 전기』에서 들려주는 이야기뿐이다. 우리가 아는 아즈텍족과 잉카족의 역사는 에스파냐 정복자들과 강제로 그들을 개종시키러 온 선교사들의 이야기뿐이다.

그리고 만약 승자들의 기록에 패자들의 재능을 칭찬하는 이야기가 있다면, 그건 그런 재능을 가진 사람들을 정복할 수 있었던 자들의 위대함을 찬양하기 위한 것일 뿐이다.

그렇다면 누가 〈패자들의 진실〉을 이야기해 줄 수 있을까? 역사책들은 우리에게 다윈주의에 바탕을 둔 역사관을 계속 주입한다. 그것에 따르면 어떤 문명들이 사라진 것은 적응을 못 했기 때문이다. 하지만 역사를 면밀히 검토해 보면, 가장 개화한 문명인들이 종종 가장 난폭한 자들 때문에 멸망했다는 사실을 알게 된다. 그들이 적응하지 못한 것이 있다면, 카르타고 사람들의 경우에서 보듯 평화 조약을 고지식하게 믿었다든가, 트로이인들의 경우에서 보듯 적의 선물을 받아들인 것(목마 작전을 생각해 낸 오디세우스의 〈꾀〉를 찬양하다니! 그건 심야의 대학살로 이어진 한낱 속임수가 아니었던가……)이 있을 뿐이다.

정복자들은 피해자들의 진실이 담긴 역사책들과 물건들을 없애 버리는 것으로도 모자라서 피해자들을 모욕한다. 그리스인들은 크레타를 침략하고 미노아 문명을 파괴한 것을 정당화하기 위해 테세우스의 전설을 지어냈다. 테세우스가 사람의 몸에 황소 머리가 달린 크레타의 괴물 미노타우로스를 죽이고 아테네의 젊은 남녀들을 구출했다는 것이다.

로마인들은 카르타고 사람들이 몰록이라는 신에게 아이들을 제물로 바쳤다고 주장했다. 하지만 이제 우리는 그것이 새빨간 거짓말이었다는 것을 알고 있다.

과연 누가 피해자들의 위대함을 이야기해 줄 수 있을까? 아마 신들은 알고 있을 것이다. 불과 칼 때문에 사라진 문명들의 아름다움과 섬세함을…….

에드몽 웰스, 『상대적이며 절대적인 지식의 백과사전』 제5권

89. 위기

아틀라스의 저택은 올림피아 남쪽의 무화과나무 숲에 감춰져 있다. 우리 빌라들이 있는 구역에서 멀찌감치 떨어져 있는 곳이다.

「이것 정말 미친 짓이에요. 그들이 우리를 그냥 내버려 둘 리가 없어요.」

「되든 안 되든 해봐야지.」

「하지만 아시잖아요, 그들이 이 사실을 알게 되면…….」

「그들이 뭘 알게 된다는 거야? 우리가 아틀라스의 집에 갔다는 거? 우리는 이 도시를 돌아다니며 구경할 수 있어. 그건 우리의 권리 아냐?」

우리는 계속 나아간다.

아틀라스의 저택은 천연 대리석으로 지어진 이층집이다. 높이가 10미터는 족히 될 듯하다.

창문 하나가 빠끔하게 열려 있다. 에드몽과 나는 그 창문을 넘어 저택 안으로 들어간다. 원목과 울긋불긋한 천으로 이루어진 실내 장식이 아틀라스 내외의 투박한 취향을 말해 준다.

우리는 어마어마하게 큰 소파들과 팔걸이의자들 사이로 살금살금 빠져나간다.

시골풍의 주방에서 아틀라스의 아내 플레이오네가 굵은 목소리로 남편을 훈계한다.

「당신은 너무 착해서 탈이야. 그러니까 그들이 당신을 함부로 대하는 거라고.」

「하지만…….」

「그들이 올림포스산을 옮기라고 요구하면 뭐라고 대답할 거야?」

「하지만 플레이오네, 이건 직업이 아니라…….」

「직업이 아니면 뭔데?」

「형벌이야. 크로노스 편에 서서 제우스에게 대들었던 것에 대한 벌이라고. 우리는 패자야. 잘 알면서 그래.」

거실에서도 그 내외의 모습을 짐작할 수 있다. 두 손을 허리에 얹고 언성을 높이는 아내와 머쓱한 표정을 짓고 있는 남편.

「걸핏하면 벌이라지. 그게 언제 적 이야긴데……. 그들은 당신을 상머슴으로 생각해. 온갖 궂은일을 도맡아 하는 일꾼으로 부려 먹는 거라고. 당신은 황소처럼 일하고도 땡전 한 푼 받지 않아. 어쩌다 당신이 항의를 하면, 벌을 들먹이면서 당신의 입을 막아 버려. 아틀라스, 그냥 당하지만 말고 당신의 권리를 요구해.」

「하지만 여보, 난 전쟁에서 패배했는걸…….」

「그건 수천 년 전의 일이야! 아틀라스, 당신은 나약한 것과 착한 것을 혼동하고 있어.」

요란한 입맞춤 소리. 나는 산처럼 우뚝한 두 거구가 서로 끌어안는 장면을 머릿속에 그린다. 아, 저런 거구들은 어떻게 사랑을 나눌까…….

우리는 그들이 무언가를 하느라고 소리에 신경을 쓰기 어려운 틈을 타서 복도로 나아간다. 아틀라스가 행성들을 모아 놓은 장소를 찾아야 하는 것이다.

우리는 엄지 동자가 된 기분을 느끼며 까치발을 하고 이 문 저 문을 열어 본다. 정원처럼 넓은 침실이 나오기도 하고, 창고와 화장실과 수공 작업실이 나오기도 한다. 그러다가 어떤 문을 열자 지하실로 통하는 나선 계단이 나타난다. 방인 줄 알고 내처 들어갔더라면 아래로 굴러떨어지고 말았으리라. 우리는 앙크로 주위를 밝히면서 계단을 내려간다.

계단 발치로 내려서서 커다란 큰 초에 불을 붙이자, 바위를 파서 만든 거대한 지하실이 모습을 드러낸다. 하지만 이 지하실에는 술통 대신 수십 개의 구체들이 받침대에 놓여 있다.

이 우주에는 지구와 같은 세계들이 얼마나 많은 것일까? 나는 인류가 사는 행성은 1호 지구와 연습용 행성이 전부일 거라고 생각했다. 그리고 연습용 행성의 문명이 파괴되면, 그것을 지우고 다른 문명을 건설하는 것으로 알고 있었다. 그런데 스승 신들은 다른 행성들을 보관하고 있지 않은가. 17호 지구는 18호 지구로 변했지만, 다른 세계들은 하나의 컬렉션처럼 그 옆에 남아 있다. 각각의 세계에는 번호가 붙어 있고 맨 마지막 번호는 161이다.

에드몽도 나만큼이나 놀란 모양이다. 이토록 많은 행성 중에서 18호 지구를 어떻게 찾지?

우리는 한 구체에 앙크를 갖다 대고 줌을 조절한다. 행성 표면에 무사마귀 같은 것들이 돌출해 있다. 어마어마하게 큰 종 모양의 덮개들이 초현대적인 메갈로폴리스들을 통째로 덮고 있다. 대기 오염으로부터 도시들을 보호하기 위한 것이다. 1호 지구에도 미래에 저런 도시가 생겨날까?

그 옆에 놓인 세계는 다른 선택을 했다. 핵전쟁의 여파로 방사능에 오염된 것으로 보이는 대기 속에서 살기가 불가능해지자, 이 행성의 인류는 해저 도시들을 건설했다. 바닷물이 오염된 공기를 막아 주는 것이다.

조금 떨어진 곳에 놓인 행성에는 대양이 없다. 그래서 이곳의 인류는 피라미드처럼 생긴 도시를 건설했다. 태양의 열기를 피하고 약간의 습도를 유지하기 위해서다.

보아하니 대부분의 세계가 1호 지구보다 앞선 문명을 건설했다. 그런데 이 세계들의 역사는 3천 년 정도밖에 되지 않은 듯하다. 어떻게 이럴 수가 있지?

에드몽이 속삭인다.

「예전 후보생들이 남겨 놓은 작품이 아닌가 싶은데.」

「그렇다면 그들은 크로노스가 미리 세계들을 진보시켜 놓은 상태에서 작업을 시작하지 않았을까요? 그래서 역사는 짧은데 문명이 더 발달했을 거예요.」

우리가 살펴본 세계들 중에는 고도로 발달된 문명을 건설했다가 선사 시대로 돌아간 세계들도 있다. 초현대적인 메갈로폴리스들이 폐허로 변한 듯한데, 그 이유를 도무지 짐작할 수가 없다. 이 세계들의 인류는 아마도 영원히 사라져 버린 17호 지구의 인류처럼 과거의 과학 기술을 모두 잊어버렸을 것이다.

세계들의 기후 조건은 매우 다양하다.

너무 더워서 사람들이 모두 알몸으로 살아가는 세계가 있는가 하면, 이글루 같은 얼음집이 많은 아주 추운 세계도 있고, 집들을 나무 위에 지어 놓은 다습한 세계도 있다.

에드몽이 한 세계를 손으로 가리킨다. 클론을 만드는 기술이 고도로 발달해서 모든 인간이 쌍둥이처럼 보이는 세계다. 그들은 가장 아름답고 똑똑하고 튼튼한 사람들을 선별하고 나머지 사람들은 모두 사라지게 했다. 1호 지구의 유전 공학자들이 생각난다. 그들은 젖소나 옥수수를 가지고 그런 일을 벌였다.

그 옆에 놓인 행성에는 여자들만 살고 있다. 나는 개미 사회를 떠올린다. 개미 사회에서 수정란은 모두 암컷이 되고 이 암컷들은 생식 개미와 비생식 개미로 나뉜다. 그리고 무정란에서 태어나는 수컷들은 생식 행위를 하고 나면 모두 죽어 버린다. 개미 사회를 연상시키는 점이 또 있다. 이 행성의 여자들은 여왕을 선출한다. 그런데 놀랍게도 여왕이…… 알을 낳는다. 줌으로 화상을 확대해 보니 여왕이 낳은 알들을 배에 달린 자루에 넣어 운반하는 여자들도 보이고 집에서 알을 품고 있는 여자들도 보인다.

여러 가지 점으로 미루어 볼 때 이 인류의 역사는 아주 오래되었다. 3천 년이나 5천 년 정도가 아니라, 수백만 년의 역사를 가진 게 분명하다. 이 세계의 연도를 1호 지구의 연도로 환산하자면 서기 2백만 년은 될 법하다. 그렇다면 미래는 여자들의 것이고 태생 대신 난생이 인류의 출생 방식이 되리라는 얘기가 아닌가. 갑자기 그것이 아주 당연한 것처럼 느껴진다.

나는 여성만이 존재하는 그 세계를 홀린 듯이 지켜본다. 그런데 한 가지 이해할 수 없는 요소가 있다. 여자들이 너 나 할 것 없이 아름답다. 왜 이런 진화가 일어났을까? 남자가 없는 행성에서 점점 아름다워지는 쪽으로 자연 선택이 이루어지는 것에 무슨 이점이 있는 것일까?

「이러고 있을 때가 아냐. 어서 18호 지구를 찾아야지.」

에드몽이 현실을 일깨웠다.

가만히 보니 아틀라스가 행성들을 늘어놓은 방식에는 일정한 규칙이 있다. 각 행성이 도달해 있는 문명의 수준에 따라 배열한 것이다. 그렇다면 우리가 찾아봐야 할 곳은 미개한 인류들이 사는 행성들을 모아 놓은 선반이다. 아닌 게 아니라 18호 지구는 야만의 부족들이 몽둥이를 들고 서로 으르렁대는 세계들 사이에 놓여 있다.

우리는 18호 지구를 제대로 관찰하기 위해서 촛불이 비치는 곳으로 빼낸다.

돌고래 부족과 개미 부족의 생존자들은 여전히 난바다에서 표류하고 있다. 다들 지치고 절망에 빠진 기색이다. 뱃머리에서 멀지 않은 곳에 암초가 있건만, 항해에 익숙하지 않은 그들은 그것을 알아차리지 못한다. 배가 곧 암초에 걸릴 판이다. 우리가 제때에 온 셈이다. 나는 가까스로 돌풍을 일으켜 배를 암초에서 멀어지게 한다. 그런 다음 정신을 집중하고 영매에게 신호를 보낸다. 돌고래들의 도움으로 쥐 부족의 추격을 따돌렸을 때처럼 풀매듭을 지은 밧줄들을 던지라는 신호다. 죽은 노인의 뒤를 이어 영매가 된 여자는 내 계시를 알아차린다. 하지만 대부분의 사람들이 그녀의 말을 따르지 않는다. 너무 지친 나머지 이젠 그녀의 예언을 믿을 수 없는 것이다.

어떻게 하면 저들이 다시 희망을 갖게 할 수 있을까? 나는 몇 사람에게 직감을 불어넣는다. 아무 소용이 없다. 오히려 반란을 꾀하는 자가 나타났다. 수염이 텁수룩한 사내 하나가 떠나왔던 곳으로 돌아가자고 사람들을 부추긴다. 내가 돌풍을 일으켜 그들에게 겁을 주는 사이에 에드몽은 정확한 사격으로 사내를 쓰러뜨린다. 그러자 사내를 따르려던 자들의 기세가 누그러진다.

신들은 공포를 불러일으킬 줄 알아야 존경받는다는 사실이 다시 한번 확인된 셈이다.

생존자들이 우리 영매의 말에 귀를 기울이기 시작했으니, 이제 돌고래들에게 메시지를 보낼 차례다. 배가 위험한 암초에 부딪히지 않도록 멀리 끌고 가게 해야 하는 것이다. 신이 돌고래와 소통하는 것은 천사가 고양이와 소통하는 것만큼이나 쉬운 일이다. 문제는 인간들이다. 그들은 〈감수성〉이 별로 예민하지 않다.

마침내 배가 움직인다. 에드몽과 나는 안도의 한숨을 내쉰다. 이로써 파국을 면한 것이다.

나는 뒤로 물러서다가 다른 행성의 받침대에 부딪힌다. 구체가 바닥에 떨어지면서 와장창 소리가 나고 유리 조각들이 사방에 흩어진다. 내가 세계 하나를 파괴한 것일까?

그건 아니다. 세계의 내부에는 아무런 변화가 없다. 이 구체들은 멀리 떨어진 세계들을 비춰 주는 입체 스크린이다.

에드몽은 소리가 나자마자 촛불을 모두 꺼버렸다. 불행 중 다행이다. 벌써 지하실 문이 열리고 아틀라스가 나타났으니 말이다.

멀리에서 플레이오네가 소리친다.

「여보, 무슨 일이야?」

아틀라스는 커다란 횃불로 주위를 밝히면서 대답한다.

「아무것도 아냐. 무슨 소리가 난 것 같아서.」

우리는 한쪽 구석에 숨는다. 아틀라스는 구체들을 확인하면서 선반들 사이로 돌아다닌다. 그의 아내가 다시 소리친다.

「쥐들이겠지…….」

그가 우리 가까이로 지나간다. 그러나 우리가 있는 것을 알아차리지 못하고 육중한 발걸음으로 다시 올라간다.

우리는 얼른 촛불을 켜고 18호 지구 앞으로 간다. 아직 할 일이 남아 있다. 긴급 구조 활동을 마무리해야 하는 것이다. 우리의 피보호자들에게는 또 무슨 일이 일어날 것인가?

90. 백과사전: 노스트라다무스

미셸 드 노스트르담, 일명 노스트라다무스는 1503년 프랑스 남부의 생레미드프로방스에서 태어났다. 그의 할아버지는 원래 가소네라는 성을 가진 유대인이었지만, 가톨릭으로 개종한 뒤에 성을 바꿨다. 노스트라다무스는 어린 시절에 수학과 화학과 점성학에 관심이 많았다. 그는 몽펠리에 대학에서 의학을 공부한 뒤에 프로방스 지방에서 창궐하고 있던 페스트에 맞서 싸웠다. 그가 개인적으로 개발한 치료법은 당시에 널리 행해지던 의술과 사뭇 달랐다. 그는 사혈(瀉血)을 실시하지 않았고, 청결과 위생을 강조했다. 코에 원뿔 모양의 덮개를 씌워서 독기가 몸에 들어오지 않게 하는 방법을 고안하기도 했고, 장미꽃으로 만든

드롭스를 혀 밑에 넣는 예방법을 생각해 내기도 했다.

한편으로 잼의 조리법에 관한 논문을 쓰는가 하면 백단향과 삼나무를 주원료로 한 향수를 발명하기도 했다.

1534년 그의 첫 아내와 자식들이 페스트에 걸려 죽었다. 그는 당시에 유럽에서 가장 유능한 임상 의사 가운데 하나였지만, 전염병을 퇴치하려다가 오히려 가족을 잃은 것이다.

그는 한동안 우울증을 겪은 뒤에 영적인 능력을 계발하기 시작했다. 그러던 중에 시칠리아에서 이슬람 신비주의자들을 만나 접신에 입문했고, 육두구 열매를 먹음으로써 의식의 장벽을 넘어서는 방법을 알게 되었다. 그는 이런 방법을 써서 명상을 하다가 놀라운 일을 경험했다. 그는 촛불을 켜놓고 쿠푸 왕의 피라미드를 닮은 받침대에 물이 담긴 구리 대야를 올려놓은 상태에서 명상을 했는데, 촛불의 오라 속에서 또는 구리 대야의 물에서 인류의 미래가 펼쳐지는 것을 보았던 것이다.

이 접신 상태는 밤새도록 계속되었다. 그 뒤에 그는 예언의 내용이 담긴 4행시들을 썼고, 그것들을 1백 편씩 묶은 유명한 저서 『노스트라다무스의 예언서』를 출간했다.

그의 시들은 때로 매우 난해해 보일 수도 있다. 하지만 어떤 사람들은 그것들을 해석하여 거기에 역사적인 사건들에 관한 예언이 담겨 있다고 주장한다. 예를 들어 나폴레옹의 즉위, 나치 독일의 등장, 프란시스코 프랑코 총통의 집권, 히로시마와 나가사키의 원폭 투하 등에 대한 예언이 맞아떨어졌다는 것이다.

1956년에 진 딕슨이라는 미국의 점성술사는 노스트라다무스의 예언에 근거해서 존 피츠제럴드 케네디에게 치명적인 위험이 닥칠 것을 경고했다.

어떤 해석자들의 주장에 따르면, 노스트라다무스는 서기 2000년경에 정치적인 대격변이 시작되고 이상 기후가 나타날 것을 예언했다. 미국과 러시아가 중동에서 밀려오는 위험에 맞서 손을 잡으리라는 것과 지구를 파괴하는 인간들에게 지구가 토네이도나 지진 같은 재난으로 분노를 드러내리라는 것을 예언하기도 했다.

노스트라다무스는 프랑스 왕 앙리 2세에게 보낸 편지에서 2250년에 인류가 급격한 변화를 겪게 되리라고 썼다. 또한 3797년에는 기온이 엄청나게 상승할 뿐만 아니라 수성이 파괴되면서 생긴 거대한 별똥들이 떨어져 해일이 일고 지구의 모든 표면이 물에 잠기리라고 했다. 하지만 이 무렵이면 인간은 다른 행성에서 새로운 문명을 재창조하기 위해 이미 지구를 떠나 있을 것이라는 주장도 덧붙였다.

혹자의 해석에 따르면 노스트라다무스는 서기 6천 년까지 일어날 사건들을 예언하고 있다고 한다. 유럽의 궁정에서는 노스트라다무스를 환대했다. 특히 앙리 3세의 어머니 카트린 드메디시스는 그를 대단히 좋아했다.

1566년 6월, 그는 매우 피곤한 모습으로 조수이자 친구인 샤비니를 불러 자기가 이튿날 죽을 것이라고 말했다. 이 마지막 예언은 실현되었다. 그는 자기가 원했던 대로 살롱드프로방스의 예배당에 수직 자세로 묻혔다. 〈어떤 바보도 내 무덤을 밟지 못하게 해달라〉는 유언에 따른 것이었다.

에드몽 웰스, 『상대적이며 절대적인 지식의 백과사전』 제5권

91. 평온한 세계

모두가 지쳐 있었다. 다들 얼마나 많은 고통을 견뎌 왔던가. 수평선은 여전히 아스라했다. 많은 사람이 이질이나 괴혈병이나 그 밖의 이상한 병에 걸려 죽거나 스스로 목숨을 끊었고, 살아남은 사람들은 차츰 희망을 잃어 가고 있었다.

그들은 고기를 낚는 새로운 방법을 시도하여 처음 보는 물

고기들을 건져 올렸다. 어떤 물고기들은 독이 있는 것으로 밝혀지기도 했다.

목이 마를 때는 빗물을 마셨다. 빗방울이 떨어질 때마다 곡식을 담았던 빈 단지들을 갑판에 내놓았다.

그들은 기력이 쇠약해져서 몸을 가누기조차 어려웠기 때문에 대부분의 시간을 가만히 누워서 보냈다. 그러면서 허허로운 눈길로 육지가 나타나지 않는 수평선을 하염없이 바라보았다.

덩치가 큰 여자는 그들에게 용기를 불어넣기 위해 자기가 꿈에서 본 것을 줄기차게 이야기했다.

「나는 보았어요, 정말로 보았어요. 우리 앞에 더없이 아름답고 살기 좋은 섬이 나타났어요. 우리는 그 평화로운 땅에서 오래오래 행복하게 살 거예요. 다들 조금만 더 참아요. 믿음을 잃지 말아요. 우리는 반드시 거기에 다다르게 될 거예요.」

그것은 그녀 자신이 힘을 얻기 위해서 되뇌는 말이기도 했다.

개미 부족 사람들 중에서 육지를 그리워하는 자들이 생겨나더니 기어이 반란이 일어났다. 반란자들은 폭풍우에 시달리느니 차라리 쥐 부족의 노예가 되겠다면서 왔던 곳으로 돌아가자고 했다. 그들은 쉽게 진압되었다. 더욱 절망에 빠진 사람들이 두 번째 반란을 일으켰다. 이번에는 동조자들이 많았다. 그런데 뱃머리를 돌리기 직전에 주동자가 갑자기 벼락을 맞고 죽었다.

하늘이 내린 벌이었다. 하늘에 있는 어떤 존재가 다시 그들에게 관심을 보이면서, 항해를 계속해야 한다고 말하는 듯했다.

이제는 모두가 여자의 말에 순순히 따랐다. 역경 속에서 하나가 된 돌고래족과 개미족의 생존자들은 그녀를 〈두 부족의 여왕〉이라고 불렀다. 그들은 앞에서 활기차게 헤엄쳐 가는 돌고래들을 볼 때마다 약간의 용기를 얻었다. 여왕의 꿈에서는 섬이 더욱 분명한 모습으로 나타났다. 여왕은 그 섬에 가면 다시는 다른 부족들의 공격을 받지 않게 되리라고 끊임없이 강조했다.

피로와 굶주림과 질병 속에서 다시 사망자들이 생겨났다. 어떤 생존자들의 눈에는 시신이 단백질의 원천으로 보였다. 하지만 여왕은 시신을 바다에 던져 버리라고 명령했다.

그러면서 여왕은 다시 호소했다.

「믿음을 잃지 마요. 꿈과 돌고래가 우리에게 길을 가르쳐 주고 있어요.」

사실 돌고래들은 재난에 빠진 그들에게 길을 안내하는 것으로 만족하지 않고, 그들의 생존을 돕기 위해서 물고기를 잡아 배로 던져 주기까지 했다.

여왕은 종종 말했다.

「그 땅이 곧 우리 눈앞에 나타날 겁니다. 거기에는 아주 커다란 과일과 사냥감과 깨끗하고 시원한 물이 흐르는 강이 있어요.」

여왕은 꿈속에서 또 다른 것을 알아냈다. 두 다리를 포개고 앉아 천천히 숨을 쉬면서 마음의 평안을 얻는 방법이었다. 여왕은 꿈에서 본 것을 사람들에게 말해 주고 그대로 따라 하게 했다. 이상한 자세로 가만히 앉아 있으라거나 몸을 쭉 편 채로 오로지 숨을 들이쉬고 내쉬는 것만 생각하라는 요구가 생급스럽기는 했지만 아무도 이의를 달거나 설명을 요구하지 않았다. 돌고래들 덕분에 영양을 더 잘 섭취하게 되고 명상 수련으로 몸이 유연해지면서, 그들은 건강과 활력을 되찾았다.

끝내 숨을 거두고 마는 사람들이 없는 것은 아니었지만, 생존자들은 전보다 한결 잘 지내고 있었다. 이제 자살하려는 사람은 아무도 없었다. 그들은 가만히 앉아서 새로운 호흡법으로 마음을 다스린 다음 함께 노래를 불렀다. 그러면 돌고래들은 짧고 경쾌한 소리를 내어 그들의 노래에 화답했다.

배는 계속 서쪽으로 나아갔다. 그들은 얼마나 오랫동안 항해를 했는지 기억하지 못했다. 그들은 탈출의 원인이 된 대학살을 들먹이지 않았다. 그저 앞으로 나아가는 것만 생각하기 위해서였다. 얼굴엔 여전히 그늘이 드리워져 있고 미소를 짓는 일도 드물었지만, 서로 싸우는 일은 두 번 다시 일어나지 않았다.

언제 끝날지 모르는 항해를 숙명으로 받아들이고 마냥 표류하던 어느 날, 그들이 말린 물고기 껍질에 별자리 그림을 그리는 일에 몰두해 있을 때, 돛대 꼭대기에서 망을 보던 사내가 소리쳤다. 기다리다 지쳐서 기대하는 것조차 잊고 있던 소리였다.

「육지다! 수평선에 육지가 나타났다!」

하늘에서 떠도는 갈매기들이 육지가 가까이에 있다는 것을 확인해 주고 있었다. 배에서 환호성이 솟았다. 그들은 울면서 서로 끌어안았다. 배가 해변에 닿기도 전에 그들은 물로 뛰어들어 기슭까지 헤엄을 쳤다. 해변은 조약돌로 덮여 있었고, 그 위쪽에는 모래 언덕이 있었다. 그들은 땅을 디디면서 현기증을 느꼈다. 너무나 오랫동안 물결에 흔들리면서 살아온 탓에 오히려 땅에서 멀미를 느끼는 것이었다.

그들은 게와 바닷말을 먹고 새로운 땅에서 첫 밤을 보내기 위해 서로 바싹 붙어서 몸을 웅크렸다. 그러고는 달빛을 받으며 잠이 들었다.

이튿날 아침 그들은 생존자의 수를 헤아렸다. 예순네 명. 돌고래족 마흔두 명에 개미족 스물두 명이었다. 그들은 함께 탐사에 나섰다. 섬은 그들이 가장 황당한 꿈에서 본 것보다도 아름다웠다. 풀과 나무가 무성하고, 생전 처음 보는 나무 열매들이 지천이었으며, 여기저기에서 시냇물이 졸졸거렸다. 그들이 숲으로 들어갔을 때, 갑자기 돌덩이들이 날아왔다. 처음에는 적의를 품은 어떤 존재들이 그들을 위협하는 것이라고 생각했다. 하지만 그게 아니었다. 그들에게 날아온 것은 돌덩이가 아니라 장난꾸러기 원숭이들이 환영의 뜻으로 던지는 코코넛이었다. 땅바닥에 떨어져 부서진 코코넛들이 하얀 속살과 우유 같은 액체를 드러내고 있었다. 그야말로 기적의 음식이었다.

그들은 드디어 평화의 땅에 다다랐음을 실감하고 섬에 이름을 붙였다. 〈고요한 섬〉이 바로 그 이름이었다.

그들은 섬을 세로 방향으로 주파해 보았다. 사람의 자취는 어디에도 없었다. 그 뒤로 며칠 동안 두 부족이 하나가 되어 바닷가에 마을의 터전을 닦았다.

여왕은 숲속의 빈터에서 부지런히 움직이는 개미들을 발견했다. 섬에 개미들이 있어서 반가웠다. 그녀는 개미들을 따라 피라미드 모양으로 된 거대한 개미집까지 갔다. 그러고는 두 손바닥을 피라미드 벽에 대고 개미들에게 도와 달라고 기도했다. 예전에 늙은 영매가 그렇게 하는 것을 목격한 적이 있었다.

그녀는 눈을 감았다. 이미지들이 몰려왔다. 개미들처럼 하나의 거대한 피라미드를 만들자. 개미들처럼 곳간을 만들자. 개미들처럼 서로 소통하자. 개미들처럼 모두가 한마음이 되어 새로 얻은 땅을 개척해 나가자.

그들은 먼저 9미터 높이의 피라미드를 세웠다. 그리고 그 높이의 3분의 2가 되는 위치에 여왕의 거처를 마련했다. 여왕은 여기에서 신의 메시지를 받아들였다. 마음의 평화를 얻는 명상 체조에 부동자세로 하는 수련법을 추가했다. 또한 몸에 생명의 에너지가 흐르고 있다는 사실에 바탕을 두고 경락 의술을 고안했다. 에너지가 더 잘 순환되도록 하기 위해서는 막힌 경락을 뚫어 줄 필요가 있었다. 여왕은 에너지가 모여 있는 경혈의 위치를 알아냈다. 경혈은 생식기 위쪽과 배꼽 아래, 심장 앞쪽, 목, 두 눈 사이, 정수리에 각각 하나씩 있었다.

여왕은 꿈을 꾸면서 계속 놀라운 것을 알아냈다.

정치 제도에 대한 계시를 얻은 것도 꿈을 통해서였다. 그들의 정치 체제에서 여왕은 우두머리가 아니라 여왕개미처럼 〈알을 낳는 자〉였다. 여왕개미가 개체들을 낳는다면, 영매인 여왕은 개념을 낳는 것이었다. 그들의 사회는 개미 사회와 마찬가지로 아이디어의 공화국이 되어야 했다. 모두가 집회에 참석하여 저마다 자기 생각을 자유롭게 표현할 것이고, 그것들을 서로 비교함으로써 언제나 최선의 길을 선택하게 될 것이었다. 중앙 집권적인 권력은 없고 분산된 권력, 소통에 의해 하나가 된 권력이 있을 뿐이었다. 그들의 사회에서는 모두가 참여자이고 꼭 필요한 존재였다.

그들은 눈에 보이지 않는 것이나 추상적인 것을 나타내는 말들을 만들어 냈다. 몸에서 순환하는 생명 에너지를 뜻하는 말이라든가 항해 중에 그들에게 힘을 주었던 희망을 뜻하는 말, 여왕의 꿈들을 가리키는 말, 돌고래들의 가르침을 나타내는 말, 젊은이들을 가르치는 행위를 가리키는 말 등이 그런 것에 속했다.

그들은 아이들을 사랑하고 제대로 기를 수 없을 때는 수태를 하지 않기로 했다. 그래도 공동체는 빠르게 성장해 가고 있었다. 자식들에게 아주 많은 사랑과 관심을 쏟은 덕에 유아 사망률은 현격하게 낮아졌다.

세월이 흘렀다. 그들은 쥐 부족에게 습격을 당하던 날의 공포를 잊었다. 항해 때에 겪은 고통과 공포도 잊었다. 이제 그들은 세상에 자기들만 있는 것 같은 기분을 느끼며 살고 있었다.

아이들은 돌고래들과 함께 수영을 즐겼다. 돌고래들이 소리를 내면 그와 비슷한 소리를 내어 대답했다. 마치 말을 타듯이 돌고래의 등에 올라타서 코코넛이나 대추야자 같은 육지의 먹을거리를 주기도 했다. 그러면 돌고래들은 신기해하면서 그것들을 받아먹고, 사람의 웃음소리와 비슷한 소리를 냈다. 사람들은 그 소리를 흉내 내면서 웃는 습관을 되찾았다.

여왕은 그것을 보면서 한 가지 아이디어를 냈다. 개미들을 감춰진 토템으로 삼고, 돌고래들을 드러난 토템으로 삼자는 것이었다. 그들은 이제 내적으로는 개미이고 외적으로는 돌고래였다.

나는 내친김에 더욱 대담한 행동을 벌인다. 18호 지구의 시간이 더 빨리 흘러가도록 구체 받침대 아래쪽에 달린 서랍에서 추시계를 꺼내어 바늘을 돌린 것이다.

마을이 커져서 고을이 되고 이어서 돛배로 가득 찬 커다란 항구 도시가 되었다. 도시 중앙에는 여전히 커다란 피라미드가 있었다. 첫 여왕은 죽었고 새로운 영매가 그 뒤를 이었다.

개미족과 돌고래족은 하나의 민족이 되었다. 그들은 새로운 곡물인 옥수수를 발견하고 그것을 재배하기 시작했다.

농부와 어부 중에서 실생활의 문제를 해결하는 능력이 뛰어난 사람들이 나타났다. 그들은 도시의 관리를 전담하는 현자들이 되었다. 의사들은 인체의 경락에 관한 연구에 전념했고, 천문학자들은 별자리 그림을 그리고 천체들이 운행하는 원리를 이해하려고 애썼다. 식견이 높은 어른들 가운데 일부는 아이들을 가르치는 일에 몰두했다. 모든 분야에서 여자들과 남자들이 골고루 대표가 되었고, 각각의 임무는 저마다의 재능에 따라서 배분되었다. 그 밖의 기준은 전혀 고려되지 않았다.

그들은 개미집을 관찰하다가 개미 사회 구성원의 3분의 1은 자거나 쉬거나 빈둥빈둥 돌아다닌다는 사실을 알아냈다. 다른 3분의 1은 일을 하긴 하는데 공동체에 별로 도움이 되지 않는 일을 한다. 지하 통로를 만든답시고 곳간이 무너지게 한다거나 잔가지들을 옮긴답시고 통행이 많은 통로를 막아 버리기가 일쑤다. 나머지 3분의 1은 서툰 일개미들의 실수를 바로잡고 도시를 계속 발전시킨다. 섬의 주민들은 자기들도 그렇게 하기로 했다. 그들은 어느 누구에게도 노동을 강요하지 않았다. 하지만 모두가 공동체의 발전에 기여하고

자 하는 욕구를 가지고 있었다. 그들은 열정이 전파되는 원리를 터득했다.

하지만 다른 어느 것보다 이 인간 공동체의 특성을 잘 보여 주는 요소가 하나 있었다. 공동체의 구성원들이 공포에서 해방되었다는 사실이 바로 그것이었다.

92. 백과사전 : 아틀란티스

아틀란티스에 관한 신화는 그리스 철학자 플라톤이 기원전 360년경에 쓴 두 대화편을 통해 우리에게 전해졌다. 그중 하나는 우주의 기원을 설명하는 대화편 『티마이오스』이고, 다른 하나는 아틀란티스에 관한 전설을 주로 다룬 대화편 『크리티아스』이다.

이 문헌들은 아테네의 입법자 솔론이 이집트의 사제에게서 들었다는 이야기를 전하는 식으로 되어 있다.

그 이야기에 따르면 아틀란티스라는 신비한 섬은 〈헤라클레스의 기둥들〉, 즉 오늘날의 지브롤터 해협 너머의 대서양에 있었다. 섬의 수도는 지름 1백 스타디온(약 18.5킬로미터)의 동그라미 모양이었다. 이 도시에는 세 개의 수로가 동심원을 그리며 나 있었고 한복판에는 작은 섬이 있었다.

신들이 지상 세계를 나누어 가질 때 아틀란티스는 포세이돈의 차지가 되었다. 포세이돈은 이 섬의 처녀 클리토를 사랑하여 도시 한복판에 궁궐을 짓고 오랫동안 함께 살았다. 그들은 다섯 번이나 쌍둥이를 낳았고, 이 열 명의 아들은 섬을 10등분하여 저마다 한 구역을 다스리는 왕이 되었다. 아틀란티스는 고대의 리비아와 소아시아를 합친 것보다 컸다고 한다. 이 면적을 오늘날의 단위로 환산하면 약 2백만 제곱킬로미터, 즉 오스트레일리아의 3분의 1 가까이 된다.

아틀란티스 사람들은 당대의 여느 사람들보다 체구가 훨씬 컸다. 그들은 아주 강력하면서도 지혜로운 민족이었다. 민회에 바탕을 둔 근대적 인 정치 제도를 수립했고, 대단히 진보된 과학 기술을 향유하고 있었다. 그들에게는 구리 막대기를 가죽으로 감싸고 끄트머리에 수정을 박은 도구가 있었다. 병자들을 치료하거나 식물의 성장을 촉진하기 위해 사용하는 도구였다.

플라톤은 아틀란티스가 9천 년 전에 천재지변으로 영원히 사라졌다고 기록했다. 플라톤이 살던 시대보다 9천 년 전이라면 지금으로부터 약 1만 1천 년 전에 사라졌다는 얘기다.

고대 이집트의 문헌에는 아틀란티스의 존재가 하 멤 프타라는 이름으로 언급되어 있다. 아프리카 요루바족의 전설에도 이 섬이 나온다. 모든 전설이 이 섬을 이상향이나 잃어버린 낙원으로 묘사하고 있다.

에드몽 웰스, 『상대적이며 절대적인 지식의 백과사전』 제5권

93. 에드몽의 배려

에드몽과 나는 안도감을 느끼며 얼굴을 마주 본다. 우리 백성들은 이제 야만적인 무리로부터 멀리 떨어진 안전한 곳에 있다. 자랑스럽다. 익사할 뻔한 자식을 가까스로 구해 낸 부모의 심정이 이러할까?

우리가 함께 이끌어 온 민족이 마음에 든다. 비록 인구는 적고 아주 먼 곳에 외따로 있을지언정, 그들은 건강하게 살아 있다. 게다가 미래를 내다보면서 사이좋게 사는 것이 필요하다는 것을 알고 있지 않은가. 쥐족이 프루동의 도움으로 항해 기술을 개발하여 섬에 도착할 때쯤 되면, 우리 현자들은 십중팔구 방어책을 마련해 놓고 있을 것이다.

우리는 18호 지구를 제자리로 돌려놓고 떠날 채비를 한다. 곧 날이 밝을 것이다. 일에 몰두하느라고 시간 가는 줄 몰랐

다. 우리는 다시 계단을 올라간다. 이럴 수가! 지하실 문이 열쇠로 잠겨 있다. 우리는 독 안에 든 쥐나 다름없다. 제시간에 빌라로 돌아가기가 어려울 것이다. 그뿐만 아니라 아틀라스가 오늘의 강의를 위해 행성을 가지러 올 때 붙잡힐 염려도 있다.

에드몽은 전혀 동요하지 않고 내 어깨를 툭 친다.

「나를 어깨로 받쳐 줘.」

그는 내 어깨 위로 올라가서 자물쇠 구멍을 느긋하게 살핀다.

「열쇠가 아직 자물쇠에 꽂혀 있어.」

이제 손이 더 민첩한 내가 나설 차례다. 나는 토가를 벗어 문 밑의 틈새로 살살 밀어 넣는다. 그런 다음 에드몽의 어깨에 올라타서 거대한 자물쇠에 꽂힌 열쇠를 밀어낸다. 이윽고 열쇠가 문 너머로 떨어진다. 토가가 바닥에 깔려 있어서 소음은 별로 크지 않다. 우리는 토가를 잡아당겨서 열쇠를 손에 넣는다.

열쇠는 내 팔뚝만큼이나 길고 엄청나게 무겁다. 키가 3미터나 되는 거구라면 쉽게 다루겠지만, 중키의 후보생인 나에게는 그것을 돌리는 게 만만치 않은 일이다. 나는 여러 차례 용을 쓴다. 에드몽은 낮은 소리로 〈그렇지, 그렇지〉 하면서 나를 격려한다.

마침내 자물쇠청이 삐걱 소리를 내며 오그라진다.

아틀라스의 목소리가 들려온다.

「여보, 들었어?」

「신경 쓰지 마, 쥐새끼들일 거야.」

우리는 아틀라스가 계단으로 오기 전에 그곳을 빠져나간

다음 창문으로 달려가서 커튼 뒤에 숨는다.

아틀라스는 금세 지하실을 둘러보고 와서 소리친다.

「누가 지하실에 들어와서 세계 하나를 망가뜨렸어.」

「쥐가 그런 거야?」

「아냐, 후보생 짓이야. 쥐덫이 아니라 후보생들을 잡는 덫을 놓았어야 하는 건데. 부정행위를 하는 후보생들이 늘 있거든.」

「어, 저기 한 놈이 있다!」

쿵쿵거리는 발소리가 우리 쪽으로 다가온다.

「빨리 도망치자.」

에드몽은 그렇게 속삭이더니 나를 앞으로 밀며 잰걸음을 놓는다.

아틀라스는 빗자루를, 그의 아내는 냄비 뚜껑을 들고 있다. 우리는 출구를 찾아 이리저리 뛰어다니고 그들은 우리를 뒤쫓는다.

플레이오네가 소리친다.

「한 놈이 아니라 두 놈이야. 저기 있다, 저기 있어. 봤지?」

에드몽은 무언가에 생각이 미친 듯 나에게 이른다.

「토가로 머리를 가려.」

이유를 따질 계제가 아니다. 나는 그가 하는 대로 토가를 찢어 눈을 내놓을 수 있는 구멍을 두 개 내고 머리에 뒤집어쓴다. 그들이 다가온다.

「이제 따로따로 달아나자.」

냄비 뚜껑을 휘두르는 플레이오네를 피해 주방으로 뛰어가다 보니 토가 때문에 숨이 막힐 것만 같다. 숨을 쉴 수 있도록 토가에 구멍을 하나 더 내야 하지 않을까 싶다. 에드몽은 이리 갔다 저리 갔다 하면서 아틀라스의 추격을 피하다가 커다란 장롱 뒤에 숨는다. 아틀라스는 즉시 장롱을 옮긴다. 나는 용기를 내어 플레이오네의 등에 올라탄다. 그녀는 나를 떼어 내려고 애쓰며 소리친다.

「아야, 이놈이 날 깨물었어.」

나는 기습에 놀란 플레이오네가 허둥거리는 사이에 창문 하나가 열려 있는 것을 보고 펄쩍 뛰어오른다. 그러고는 가까스로 창턱을 넘어간다. 휴, 드디어 밖으로 나왔다. 나는 덤불숲에 웅크리고 앉아서 에드몽이 나오기를 기다린다.

안에서 아틀라스의 환성이 들려온다.

「여보, 됐어. 한 놈을 잡았어.」

빌어먹을, 에드몽이 잡혔다. 어떻게 하지? 달아날까, 아니면 내 스승을 구하러 갈까?

플레이오네의 목소리가 날아온다.

「바다에 던져 버려. 고래든 돌고래든 제 놈이 원하는 것으로 변신하겠지.」

의리가 중요하다. 나는 다시 안으로 들어간다. 아틀라스의 손아귀에 잡힌 채 발버둥치는 에드몽이 보인다. 그가 나를 보고 소리친다.

「안 돼, 너라도 도망가야 해.」

그 말에 아랑곳하지 않고 교란 작전을 펴려고 하는데, 에드몽은 품속에서 무언가를 꺼내더니 나에게 던진다.

「자, 이걸 가지고 달아나. 이제 네가 계속 써야 해.」

받아 들고 보니 『상대적이며 절대적인 지식의 백과사전』이다. 나는 책을 꼭 쥐고 내닫는다.

다시 창문을 넘어 덤불숲으로 돌진해 들어가자 가시나무

들이 나를 할퀴어 댄다. 등 뒤에서는 우지끈거리는 소리가 계속 들려온다. 아틀라스가 육중한 몸으로 나뭇가지들을 부러뜨리며 바싹 뒤쫓고 있는 것이다.

나는 그가 나를 붙잡지 않는 한 내 얼굴을 모를 거라고 생각하면서 달음박질을 친다. 그는 이제 도시의 모든 괴물을 깨워서 나를 잡으려고 한다.

백과사전이 내 심장에 닿아 팔딱거린다. 이제 내가 이 책을 계속 써나가야 한다. 그건 내가 에드몽 웰스를 기리기 위해서 할 수 있는 최소한의 일이다. 나는 우리 백성들을 구하고 내 삶을 보존하면서 백과사전을 계속 써야 한다.

도처에서 켄타우로스들이 나를 잡으러 나타난다. 그리핀들까지 그들을 도우러 날아온다. 나는 있는 힘을 다해 달려간다. 잡히면 안 된다. 잡히면 너무 많은 것을 잃게 된다.

94. 백과사전: 백과전서파의 흐름

한 시대의 지식을 집대성한다는 것은 어마어마한 도전이다. 여러 세기에 걸쳐 많은 학자들이 그 일에 열정적으로 매달렸다.

최초의 대규모적인 백과사전 편찬 작업은 기원전 3세기에 중국에서 이루어졌다. 이재에 아주 밝은 상인이었던 여불위(呂不韋)는 막대한 재산을 모은 뒤에 진나라의 승상이 되자 3천 명의 학자들을 식객으로 거느리고 그들에게 각자가 알고 있는 것을 모두 기록하게 했다. 그런 다음 여불위는 그들이 적은 것을 성문 앞에 내걸고 누구든 한 글자라도 고치면 크게 포상한다는 내용의 방(榜)을 붙였다. 그리하여 수많은 사람들이 지식을 바로잡고 보태는 작업에 참여했다.

서양에서는 세비야의 주교 이시도루스가 621년부터 중세 최초의 백과사전을 편찬하기 시작했다. 그는 고대로부터 자기 시대에 이르기까지

라틴어와 그리스어와 히브리어로 된 모든 지식을 스무 권의 저서에 집약하고 『어원지(語源誌)』라는 제목으로 출간했다.

10세기에 나온 작자 미상의 아랍어 백과사전을 12세기의 번역가 요하네스 히스팔렌시스가 라틴어로 번역한 『비밀 중의 비밀 *Secretum Secretorum*』은 아리스토텔레스가 페르시아 원정길에 올라 있는 알렉산드로스 대왕에게 보내는 편지의 형식으로 되어 있다. 정치, 윤리, 위생법, 의술, 연금술, 점성술, 식물과 광물의 마법적 특성, 수의 비밀 등 다양한 주제를 다루고 있는 이 책은 르네상스 시대까지 유럽인들에게 큰 영향을 미쳤다.

13세기에 파리 대학의 교수이자 토마스 아퀴나스의 스승이었던 알베르투스 마그누스는 동물학, 식물학, 철학, 신학 등 다양한 분야를 망라하는 백과사전적인 저작들을 많이 출간했다.

르네상스 시대의 의사이자 작가였던 프랑수아 라블레 역시 당대의 지식을 한 몸에 구현한 지적인 거인에 속한다. 매우 전복적이고도 유쾌한 지식인이었던 그는 1532년에 출간된 『팡타그뤼엘』을 비롯한 여러 저작을 통해서 문학, 역사, 철학, 의학 등 많은 주제를 다뤘다. 그는 알고자 하는 욕구를 자극하는 교육, 기쁨 속에서 배우게 하는 교육을 꿈꿨다.

이탈리아인 페트라르카와 레오나르도 다빈치, 영국 철학자 프랜시스 베이컨 역시 개인적인 백과사전을 집필했다.

1747년 프랑스의 출판업자 르 브르통은 영국의 챔버스 백과사전을 번역 출간하려던 계획을 변경하여 프랑스 최초의 백과사전을 만들기로 하고 드니 디드로와 달랑베르에게 편집을 맡겼다. 두 사람은 볼테르, 몽테스키외, 장자크 루소 등 당대 최고의 학자들과 사상가들의 도움을 받으며 20년이 넘는 작업 끝에 『과학·예술·직업 정해 사전』을 완성했다.

그보다 수십 년 앞서 중국에서는 청나라 강희제의 칙령에 따라 진몽뢰 등을 중심으로 수많은 학자들이 『흠정 고금도서집성』의 편찬에 착수했다. 고금의 문헌을 총망라하는 이 백과사전은 강희제의 뒤를 이은 옹정제의 명령을 받아 장정석 등이 개정하고 증보하여 1725년에 1만 권의 방대한 분량으로 완성되었다.

에드몽 웰스, 『상대적이며 절대적인 지식의 백과사전』 제5권

95. 인간, 12세

휴, 무사히 집에 다다랐다. 나는 복면 대용으로 머리에 뒤집어쓰고 있던 토가를 벗는다. 에드몽 웰스가 토가를 사용해서 얼굴을 가리자는 아이디어를 내서 정말 다행이었다. 나는 소파에 털썩 주저앉는다.

엄청난 고독감이 밀려온다. 지상의 마지막 생애에서 아버지가 돌아가셨을 때 이렇게 버려진 느낌을 받은 적이 있다. 나와 허무 사이에서 위안과 용기를 주던 존재들이 모두 사라지고 나 홀로 허무의 심연을 마주하고 있는 느낌 말이다.

에드몽 웰스는 천사들의 나라에서 나의 지도 천사였다. 그는 엄격하고 까다로웠지만 나의 깨달음에 필요한 열린 정신을 갖게 해주었다.

그는 나를 구하기 위해 자신을 희생했다. 그러면서 자기의 뒤를 이어 백과사전을 써나가라는 부탁만을 남겼다. 영혼을 더 높은 수준으로 고양시키는 지식을 계속 모으라는 것이다.

내가 정말 그런 일을 할 수 있을까? 우선 그가 나에게만 넌지시 일러 준 아이디어들을 기록해야겠다. 〈네가 아는 것에 관해서 이야기해라〉 하고 그가 말하지 않았던가.

예로부터 인간은 기억의 보존을 의무로 삼고 당대의 모든 지식을 후대에 전수하려고 노력했다. 에드몽 웰스는 라울의 아버지가 인어들에게 변을 당했을 때 그의 연구를 스스로 계승했다. 이제 그 지식을 이어 나갈 책임은 내게로 넘어왔다. 93-1=92라는 또 한 번의 뺄셈을 받아들여야 한다는 사실에 마음이 무겁다.

오늘은 백과사전을 풍부하게 만드는 일에 마음이 동하지 않는다. 그보다는 내가 보살피던 인간들이 어떻게 살아가고 있는지 살펴보는 게 낫겠다.

나는 텔레비전을 켜고 곧바로 은비가 나오는 채널을 선택한다. 은비는 이제 열두 살이다. 학업 성적이 매우 뛰어난 학생일 뿐만 아니라 그림에도 천부적인 소질을 보인다. 은비는 공책에다 여러 가지 색깔을 써서 흉측한 괴물들을 그린다. 학생들도 선생님들도 그림들을 보며 경탄한다. 학생들은 이제 〈조센진〉을 괴롭히지 않는다. 저녁마다 은비는 집에서 비디오 게임을 즐긴다. 그러면서 현실의 슬픔을 잊으려고 애쓴다. 은비는 어머니 앞에서 할머니가 겪은 일에 관한 얘기를 두 번 다시 꺼내지 않았다. 대신 그 주제를 다룬 책들을 찾아서 도서관을 뒤진다. 일본에는 그런 책들이 드물다. 그래서 은비는 인터넷을 활용한다.

할머니가 편찮으시다는 소식을 듣자 소녀는 어머니에게 묻는다.

「할머니는 어디에 살아?」

「홋카이도에 사셔.」

소녀는 할머니의 전화번호를 요구한다. 어머니는 조금 망설이다가 전화번호를 알려 준다.

소녀는 전화기로 달려간다. 착 가라앉은 목소리가 들려온다.

「오래전부터 네가 전화해 주기를 기다리고 있었어.」

할머니와 손녀는 오래도록 이야기를 나눈다. 과거의 모든 고통, 모든 모욕이 다시 수면 위로 올라온다. 드디어 은비의 궁금증이 풀린다. 그러고 나자 할머니는 고칠 수 없는 중병에 걸렸다는 사실을 알려 준다. 은비는 송수화기를 어머니에게 건네준다. 그리하여 해묵은 불화를 딛고 모녀간의 대화가 재개된다.

아버지는 집에 돌아와서 아내와 딸이 깊은 슬픔에 잠겨 있는 것을 보고 무슨 일이냐고 묻는다.

「할머니가 편찮으시다고? 살 만큼 사셨으니까 이제 돌아가실 때도 됐어. 아픈 몸으로 허위허위 살아 봐야 후손들에게 짐만 되지 좋을 게 뭐가 있겠어? 옛날에 일본의 가난한 산골 마을에서는 누구나 일흔 살이 되면 쓸데없이 식량을 축내지 않기 위해 산으로 올라가는 풍습이 있었어. 〈나라야마 부시코〉라는 영화가 그것을 잘 다루고 있지. 지금은 물론 그런 시대가 아니지만 노인들의 그런 의연한 정신은 본받을 만하지 않아?」

3번 채널에서는 쿠아시 쿠아시가 부족의 왕이었던 할아버지의 장례식에 참가하고 있다. 나뭇가지로 장식된 탁자 위에 시신이 안치되어 있고, 그 주위에서 몇 사람이 탐탐을 연주한다. 탐탐의 장단을 자기들의 심장 박동에 맞추고 있는 듯하다.

아버지가 설명한다.

「탐탐 장단이 아주 빨라지면 여기에 모인 모든 사람에게 신이 내릴 거야. 그러면 할아버지의 영혼을 따라서 숲의 정령들이 사는 나라로 갈 수 있어.」

쿠아시 쿠아시는 관습에 따라 얼굴에 그림을 그리고 새의 기름이나 꿀로 만든 향유를 사용해서 머리를 치장하느라 아침나절을 보냈다. 눈가에는 하얀 띠를 둘렀고 뺨에는 빨간 줄을 그렸다. 그리고 머리에는 가느다란 나무 막대기들을 비죽비죽하게 꽂았다.

아버지의 설명이 이어진다.

「쿠아시 쿠아시, 언젠가는 네가 왕이 될 거야. 우리 집안의 정령이 너를 도와줄 게다. 그 정령은 커다란 바오바브나무 속에 살고 있으니까 근처에 가서 만나야 해. 그리고 관습은 우리 부족의 알맹이야. 이방인들이 사악한 마법으로 우리에게 해를 끼치지 않도록 그것을 잘 지켜 나가야 해.」

2번 채널로 옮겨 가자, 뚱뚱한 테오팀이 보인다. 음식 솜씨가 좋은 아이 어머니는 올리브기름을 넣고 은근한 불에 익힌 맛있는 요리를 해준다. 아이가 학교에서 좋지 않은 점수를 받아 가지고 돌아오면, 어머니는 아이의 섬세한 자질을 알아보지 못하는 학교를 탓한다. 그러고는 오븐에서 갓 꺼낸 과자와 축축한 입맞춤 세례로 아이를 위로한다.

「엄마, 날 좀 가만히 내버려 둬. 먹고 있잖아.」

「나도 어쩔 수가 없어. 네가 너무 귀여운데 어떡해. 엄마가 아들한테 뽀뽀하는 것도 못 하게 할 거야?」

아이는 체념한 표정으로 어머니가 퍼부어 대는 애정 표현을 견뎌 낸다. 아이의 전생인 이고르가 겪은 일을 생각하면 이건 엄청난 호강이다. 이고르는 못된 어머니 때문에 몇 차례나 죽을 고비를 넘기지 않았던가.

「네 이름이 무슨 뜻인지 알고 있지? 네 이름은 테오스와 티메를 합쳐 놓은 거야. 말 그대로 하느님을 공경한다는 뜻이지.」

아이는 그 얘기를 수도 없이 들어온 터라 그저 묵묵히 과자만 먹는다. 전화벨이 울려도 아무 반응을 보이지 않는다. 자기에게는 전화가 오는 법이 없기 때문이다.

어머니가 전화를 받고 아연실색한 표정으로 돌아온다.

「할아버지가 입원하셨대. 할아버지가 위독하시다는 핑계로 양로원에서 할아버지를 내보내려고 하는 거야. 우리가 양로원에 내는 돈이 얼만데……. 가봐야겠어.」

그들은 이라클리온 종합 병원으로 간다. 할아버지의 몸은 혈관에 꽂힌 플라스틱 대롱들과 컴퓨터에 연결된 센서들로 덮여 있다. 테오팀은 할아버지에게 입을 맞추기 위해 비어 있는 살갗 부위를 찾다가 한쪽 뺨 위로 몸을 숙인다. 노인이 무어라고 웅얼거린다.

「할아버지, 뭐라고요?」

노인은 또박또박 말하려고 애를 쓰는데 입이 너무 말라서 말이 나오지 않는다. 간호사가 마치 화분에 물을 주듯이 할아버지 입에 물을 흘려 넣는다.

테오팀의 어머니가 슬픔에 젖은 목소리로 탄식한다.

「가엾기도 해라. 알츠하이머병에 걸려서 우리도 알아보지 못하셔. 인생 말년에 이게 웬 불행이람.」

노인이 낑낑거리는 소리를 내자, 테오팀의 아버지가 제안한다.

「조금 일으켜 드리는 게 어떨까? 우리에게 무언가를 알리려고 애쓰시는 것 같은데, 혹시 말씀을 하실지도 모르잖아?」

컴퓨터에 연결된 줄들이 빠지지 않도록 온 가족이 나서서 노인을 일으키고 베개로 등을 받쳐 준다. 노인은 숨을 길게 들이쉬고 나서 힘겹게 더듬거린다.

「나를…… 그냥 죽게 해줘.」

테오팀의 어머니는 즉시 눈살을 찌푸린다.

「너무해요, 아빠. 어쩌면 그렇게 무정하세요? 어린것을 데리고 이렇게 아버지를 보러 달려왔는데, 고작 하신다는 말씀이 죽고 싶다는 거예요? 우리는 아빠를 포기하지 않을 거예요. 아빠는 오래오래 살아야 돼요.」

「난 죽고 싶어.」

의사가 오더니 가족을 안심시키려고 설명을 늘어놓는다.

「욕창이 생겨서 여기로 모셨습니다. 양로원에는 욕창 환자를 치료하기 위한 설비가 부족하거든요. 하지만 주요한 기관들의 기능은 괜찮은 편이에요. 기관지가 조금 막혀 있기는 하지만 간호사가 곧 뚫어 드릴 거예요.」

「치료비는 모두 저희가 내는 건가요?」

의사는 알겠다는 듯한 표정을 짓는다.

「걱정 마세요, 아주머니. 양로원에서 서류를 완벽하게 갖춰서 보냈더군요. 아버님의 치료비는 모두 의료 보험으로 처리될 거예요. 아버님은 1백 살이 넘으시도록 저희 병원에 계실 수 있어요.」

「아빠, 들었지? 잘 보살펴 주겠다고 하시잖아.」

그런데 이 냄새는 뭐지?

의사가 시트를 들어 올린다. 할아버지는 기저귀를 차고 있다. 테오팀은 할아버지가 아기로 변했다는 사실에 경악한다. 테오팀이 병실에서 나가겠다고 하니까 어머니는 순순히 받아들인다. 그러면서 아들에 대한 칭찬을 빼놓지 않는다. 그런 장면을 잘 참고 지켜본 용기가 가상하다는 것이다.

나는 텔레비전을 끈다. 세 아이 덕분에 에드몽 웰스를 잃은 고통을 잠시나마 잊을 수 있었다. 그는 〈지상에서는 만사가 덧없다〉라고 종종 말했다. 하지만 내가 방금 확인한 것처럼 사람들은 인생에 마침표가 있다는 사실을 차분하게 받아들이지 못한다.

나는 침대에 누워 눈을 감는다. 나 자신은 내 종말을 받아들이게 될까? 나는 내가 여기에서 죽으면 괴물로 변하리라는 것을 알고 있다. 죽은 뒤에 어떻게 될지 모르면 죽음을 받아들일 수 있을지도 모른다. 하지만 말을 할 수 없는 불사의 동물이 되어 우주 어딘가에 있는 이 외딴곳에서 영원히 관객 노릇을 해야 하리라는 것을 아는 마당에 어떻게 죽음을 견딜 수 있겠는가? 차라리 아무것도 모르는 채 미지의 것을 향해 나아가는 편이 낫다. 테오팀의 할아버지는 죽음을 하나의 해방처럼 희망하고 있다. 마치 죽은 뒤에 무슨 일이 벌어지는지 어서 알고 싶어 하는 사람 같다.

나는 강의 일람표를 본다.

오늘은 누가 강의를 맡지?

이런. 그 신이다!

96. 신화: 아프로디테

민간 어원에 따르면 이 신의 이름은 〈물거품에서 나온 자〉라는 뜻이다. 아프로디테는 크로노스가 아버지의 성기를 잘라 바다에 던졌을 때 생겨났다고 한다. 피와 정액과 바닷물의 혼합물에서 거품(아프로스)이 솟아났고, 이 거품은 서풍 제피로스가 일으킨 물결에 실려 키프로스섬에 닿은 뒤에 완전한 여자의 형상으로 물에서 나왔다는 것이다. 키프로스에 있던 계절의 신들은 그녀를 맞아들여 몸단장을 해준 뒤에 올림포스의 신들에게 데려갔다. 아프로디테는 올림포스에서 사랑의 신 에로스와 성욕의 정령 히메로스를 거느리고 다녔다. 신의 미모와 우아한 자태는 모든 남신을 매혹시켰고 모든 여신의 질투심을 불러일으켰다. 제우스는 그녀를 양녀로 삼았다.

아프로디테는 신들 가운데 가장 못나고 다리를 저는 신 헤파이스토스를 남편으로 선택했다. 헤파이스토스는 그녀에게 허리띠를 만들어 주었다. 허리에 두르기만 하면 가까이 오는 자들을 모두 사랑에 빠지게 만드는 마법의 허리띠였다. 아프로디테는 포보스(불안)와 데이모스(공포)와 하르모니아를 낳았다. 그런데 이 자식들의 아버지는 불구인 헤파이스토스가 아니라 잘생긴 전쟁의 신 아레스였다. 그녀는 아레스와 은밀한 관계를 유지하다가, 어느 날 태양의 신 헬리오스에게 들켰다. 그 사실을 알게 된 헤파이스토스는 자기에게 오쟁이를 지운 아내와 정부를 혼내 주기로 하고 청동으로 사냥 그물을 만들었다. 그러고는 이 그물로 침대에서 정사를 벌이는 그들을 꼼짝 못 하게 해놓고 올림포스의 다른 신들 앞에서 창피를 주었다. 그물에서 풀려난 아레스는 트라케로 도망갔고 아프로디테는 키프로스섬의 파포스로 가서 바닷물에 목욕을 하고 혼인의 순결을 되찾았다.

그런데 헤파이스토스의 복수는 오히려 그 자신에게 좋지 않은 결과를 가져왔다. 올림포스의 모든 남신에게 그물에 걸려 있는 아프로디테의 알몸을 마음껏 볼 수 있는 기회를 준 셈이기 때문이다. 그들은 그녀에게 홀딱 반하여 자기들도 아프로디테를 유혹하려고 애썼다. 그리하여 대개는 그것에 성공했다.

아프로디테는 헤르메스의 은밀한 접근에 무릎을 꿇었고 그와 함께 헤르마프로디토스를 만들었다. 헤르메스와 아프로디테를 합쳐 놓은 이름을 얻은 이 아이는 양성을 함께 가진 존재였다.

그녀는 포세이돈의 구애도 받아들였다. 그리고 디오니소스와는 프리아포스라는 아들을 낳았다. 프리아포스의 남근은 어마어마하게 컸다. 한 전설에 따르면 그것은 헤라의 저주 때문이었다. 헤라가 아프로디테의 경박한 행동에 대한 불만을 표시하기 위해 아이를 기형으로 태어나게 만들었다는 것이다.

아프로디테는 유한한 존재인 인간들을 사랑하기도 했다. 그녀는 몸에서 빛을 발하는 파에톤[66]이라는 소년을 납치하여 밤에 자기의 성전을 지키는 반신반인으로 만들었다. 그녀가 누구보다 사랑했던 인간은 유명한 미소년 아도니스였다. 하지만 그녀를 여전히 사랑하고 있던 아레스는 질투심에 사로잡힌 나머지 아프로디테가 보는 앞에서 아도니스를 죽이기 위해 멧돼지를 보냈다. 이때 아도니스가 흘린 피에서 아네모네가 피어났다.

그런가 하면 아프로디테는 사랑에 빠진 인간에게 온정을 베풀기도 했다. 키프로스의 조각가 피그말리온은 세상 여자들에게 실망한 나머지 결혼을 포기하고 그 대신 상아로 자기가 이상적으로 생각하는 여인상을 만들었다. 이 조각상을 살아 있는 사람처럼 대하다가 정말 사랑에 빠져 버린 피그말리온은 사랑의 신에게 조각상과 닮은 여인을 달라고 기도했다. 신은 그 기도를 들어주기로 하고 조각상에 생명을 불어넣었다. 피그말리온은 그렇게 생겨난 여인 갈라테이아와 결혼했다.

아프로디테를 상징하는 식물은 장미, 은매화, 그리고 사과나 석류처럼 자잘한 씨가 들어 있어 번식력이 좋은 것으로 여겨지는 과일들이다. 아

66 이 파에톤은 새벽의 여신 에오스가 케팔로스에게서 낳은 아들이며(헤시오도스의 『신통기』, 990~992행), 아버지 헬리오스의 태양 마차를 몰다가 제우스의 벼락을 맞은 파에톤(오비디우스의 『변신 이야기』 1권 751행 이하, 2권 34행 이하)과는 다른 인물이다.

프로디테가 좋아했던 동물은 백조, 멧비둘기, 그리고 생식력이 뛰어난 것으로 간주되는 염소와 토끼이다.

아프로디테에게 바쳐진 신전들은 피라미드나 원뿔 모양으로 되어 있었다. 개미집과 상당히 비슷한 형태이다.

이집트 신화에서는 하토르 여신이 아프로디테에 해당한다. 이 신은 멤피스 근처에 있었던 도시 아프로디토폴리스에서 숭배되었다. 페니키아 신화에도 아프로디테에 해당하는 사랑의 여신 아스타르테가 나온다. 사실 그리스인들은 이 신을 본보기로 삼아 아프로디테의 신화를 만들었다. 로마에서는 아프로디테가 이탈리아의 옛 여신 베누스와 동일시되었다.

에드몽 웰스, 『상대적이며 절대적인 지식의 백과사전』 제5권
(헤시오도스의 『신통기』를 본받은 프랑시스 라조르박의 글에 근거한 것임)

97. 금요일, 아프로디테의 강의

나는 자명종 소리에 놀라 관능적인 꿈에서 깨어났다. 꿈의 여운 때문에 아직도 몸이 바르르 떨린다.

아프로디테…….

그 눈빛, 속눈썹, 향기, 손, 치아, 입술.

아프로디테…….

그 목소리, 웃음, 숨결.

아프로디테…….

그 걸음걸이, 다리, 허리, 젖가슴, 살갗의 감촉.

아프로디테…….

그 머릿결, 그…….

나는 베개에 등을 기댄다. 심장이 두방망이질을 친다. 예쁜 소녀를 보면 온몸에 전율이 짜르르 흐르던 사춘기 소년으

로 돌아간 기분이다. 사랑에 빠져 뺨이 발갛게 달아오르고 금방이라도 까무룩 정신을 잃을 것 같던 그 시절로.

〈사랑이란 지성에 대한 상상력의 승리야〉라고 에드몽 웰스는 이따금 말했다. 지금의 내 상태에 딱 맞는 말이 아닌가 싶다.

그를 떠올리자 머릿속을 맴돌던 관능적인 이미지들이 흩어진다. 우리는 서로에게 할 말을 다 하지 못했고, 그는 나에게 가르칠 것을 다 가르치지 못했다. 백과사전을 쓴 이유를 설명하던 그의 목소리가 귓전을 울린다. 〈예전에 이러저러한 이유로 많은 사람을 만나면서 그들로부터 아주 많은 지식을 얻었다네. 나는 그 지식을 다른 사람들에게 전해 주고 싶었어. 하지만 그런 선물에 관심을 보이는 사람이 별로 없다는 것을 알게 되었지. 받을 준비가 되어 있지 않은 사람들에게 아무리 좋은 것을 준들 무슨 소용이 있겠는가? 그래서 나는 누군가가 읽어 주기를 바라면서 병에 편지를 담아 바다에 던지는 심정으로 모든 것을 원고에 담아 세상에 내놓았네. 내 글을 알아볼 수 있는 사람들은 나를 만나지 않더라도 그것을 받아들일 것이라고 믿네.〉

그에 대한 생각은 우리 백성들에 대한 생각으로 이어진다. 그들은 이제 하나의 민족을 이루고 섬나라에서 평화롭게 살고 있다. 나는 그들이 내 메시지를 잘 받아들이기 위해 발명한 피라미드 덕분에 여왕과 수월하게 소통할 수 있다.

똑똑…….

나는 소스라치게 놀란다. 라울이 소리친다.

「일어나. 오늘은 아침을 준대. 키마이라와 맞서 싸우기를 거부하는 겁쟁이에게도 먹을 것은 있어.」

그는 들어와서 소파에 앉는다. 그 사이에 나는 서둘러 세수를 하고 옷을 입는다. 비록 말에는 가시가 있어도, 그의 표정은 아주 밝다.

메가론으로 가는 길에 그가 말문을 연다.

「결과적으로 하는 말이지만, 어젯밤에 우리랑 같이 가지 않기를 잘했어. 별로 진전이 없었거든. 그래도 조르주 멜리에스는 장애를 넘어설 방도가 있다고 장담하고 있어. 어쨌거나 우리가 가진 무기로는 키마이라를 잡을 수가 없으니까 그를 믿어 봐야지. 앙크를 쏘아 대도 소용이 없어서 우리는 쇠뇌를 만들었어. 그것을 사용해서 커다란 꼬챙이를 괴물의 가슴 한복판에 쏘아 보냈지. 하지만 괴물은 바늘에 찔린 정도의 반응밖에 보이지 않더라고. 오늘 밤에는 같이 갈 거지?」

「아직 모르겠어. 에드몽 소식 들었어?」

「물론이지. 벌써 다들 알고 있을걸. 게임을 계속하려고 아틀라스의 저택에 들어갔던 모양이야. 부정행위를 하려고 했던…….」

「나도 같이 있었어.」

그는 고개를 끄덕인다. 놀라기보다는 이해할 만하다는 듯한 표정이다.

내가 알기로 라울은 에드몽을 시샘했다. 이제 에드몽이 사라졌으니 내가 다시 자기와 단짝이 되리라 생각할 것이다.

메가론에 들어가서 식탁 하나를 차지하고 앉자마자 계절의 신들이 음식을 내온다. 젖소에게서 갓 짜 온 미지근한 우유와 갖가지 빵들이다. 식탁에는 이미 스크램블드에그와 베이컨과 꿀이 놓여 있다. 입맛이 당긴다.

라울이 한쪽 눈을 찡긋해 보이며 말한다.

「오늘은 금요일, 베누스의 날, 그러니까 아프로디테의 날이야.」[67]

「그래서?」

「네가 그 신에게 완전히 반했다는 건 모두가 아는 사실이야. 말이 나왔으니 하는 얘긴데, 너무 티 내지 않는 게 좋을 거야. 이러쿵저러쿵 말들이 많아.」

「내 등 뒤에서 뭐라고들 하는데?」

라울은 아주 기다란 손가락으로 조용히 토스트를 집어 들면서 눈썹을 찡그린다.

「네가 아프로디테의 눈에 들기 위해서 영적인 삶을 추구하는 착한 백성들을 만들고 있다는 거야.」

그러고는 나를 달래려고 덧붙인다.

「나야 너를 아니까 그렇게 생각하지 않지. 넌 정말로 착하고…… 영적이야. 1백여 차례의 전생을 거쳐 오는 동안 너는 줄곧 고결했어. 영화에서처럼 악한 자들은 벌을 받고 선한 자들은 상을 받는다고 확신하면서 살아왔지.」

나는 우유 사발에 코를 박고 있다가 대답한다.

「네가 잘못 알고 있는 게 있어. 아프로디테는 착한 자들을 좋아하지 않아. 네 독수리족을 돌고래족보다 훨씬 더 좋아할걸. 그러니까 나보다는 오히려 네가 여신의 눈에 들 가능성이 더 많아.」

67 포르투갈어를 제외한 로맨스어의 금요일은 라틴어 〈베네리스 디에스(베누스의 날)〉를 옮긴 것이다. 하지만 영어의 금요일은 북유럽 신화에 나오는 대지의 여신 프리그 또는 프리가의 날이고, 독일어와 스칸디나비아어의 금요일은 북유럽 신화에 나오는 사랑과 미의 여신 프레이야의 날이다. 프리그는 에시르 신족의 최고 여신이고 프레이야는 바니르 신족의 최고 여신이지만, 일부 지역에서는 두 여신이 동일시되기도 했다.

그는 걱정 어린 기색으로 나를 바라본다.

「독수리족은 아직 힘이 약해. 지금으로서는 프루동의 쥐족을 당할 수 없어. 그 부족의 군대는 병력도 많고 무장도 아주 잘돼 있어서 손쉽게 온 세계를 침략할 수 있어. 그래서 독수리족은 산속에서 때를 기다리는 거야. 착실하게 문명을 건설하면서 그들과 맞서 싸울 만한 힘을 기르는 거지.」

「프루동이 두려워?」

「물론이지. 그는 게임을 좌지우지하고 자기 리듬을 우리에게 강요하고 있어.」

「사라 베르나르트가 그에게 맞서서 우리 모두가 동맹을 맺자고 제안했잖아.」

「너무 늦었어. 네 부족은 사실상 게임 밖으로 밀려나 있어. 다른 후보생들은 탈락할까 봐 전전긍긍해. 이미 도망치거나 항복할 준비가 되어 있어. 빅토르 위고의 곰족이나 마타 하리의 늑대족처럼 쥐족과 대적할 수 있는 세력이 없는 것은 아니지만, 그들은 지리적으로 너무 멀리 떨어져 있어서 개입할 수가 없어.」

「매릴린 먼로의 말벌족이 있잖아.」

「정말 그 부족을 믿어? 그 여자들이 용기가 대단한 건 사실이야. 문제는 말벌족이 아니라 매릴린에게 있어. 전략에 대한 감각이 전혀 없거든. 때때로 말벌족의 여자들은 매릴린이 이끌어 주는 것 이상으로 세상에 잘 적응하고 있다는 생각이 들어.」

어떤 인간들은 자기들의 신보다 더 섬세한 직관을 가지고 있다는 생각이 흥미롭다. 나 역시 그런 것을 확인한 적이 있다. 돌고래족의 어떤 사람들은 내가 영감을 주지 않았는데도 내가 생각지도 못한 중요한 발명을 해냈다.

조르주 멜리에스가 우리 옆자리에 와서 앉더니 대뜸 알려 준다.

「키마이라를 제압할 수 있는 방법을 찾아냈어.」

그러더니 들뜬 기색으로 말을 잇는다.

「우리가 이제껏 잘못 생각했어. 괴물과 정면으로 맞서기만 했거든. 문제를 우회적으로 풀어야 해.」

「어디 들어 볼까?」

「지금은 묻지 마. 오늘 밤까지 기다려. 깜짝 놀라게 해줄 테니까. 키마이라를 죽일 필요가 없어. 그냥 해를 끼치지 못하게 만들면 되는 거야.」

종이 울린다. 8시 반, 아프로디테의 궁전으로 갈 시각이다.

이 궁전은 생김새가 동화에 나오는 성과 비슷하다. 망루가 여러 개 서 있고 그 발코니마다 꽃들이 놓여 있다. 장밋빛 리본, 금실 따위의 범속한 장식들도 지천이다. 그야말로 인형 놀이에 어울리는 장식이다.

불현듯 하늘에서 아프로디테가 나타난다. 1백 마리의 비둘기와 멧비둘기가 끄는 수레에 올라탄 모습이 화려하기 그지없다. 여신의 뒤에 떠 있는 붉은 태양이 눈부신 실루엣을 더욱 두드러져 보이게 한다. 여신 옆에서는 거룹처럼 생긴 미소년이 날개를 파닥이고 있다.

벌새의 날개가 달린 그 통통한 미소년은 활과 살통을 메고 있다. 살통에는 끄트머리를 선홍색 하트로 장식한 화살들이 그득하다.

라울이 속삭인다.

「에로스야. 누구든 저 화살을 맞으면 미친 듯이 사랑에 빠져 버리지. 불안하지 않아? 어쩌면 저 화살이야말로 가장 무서운 무기가 아닐까?」

나에게는 에로스가 화살을 쏠 필요도 없고 아프로디테가 마법의 허리띠를 맬 필요도 없다는 생각이 든다.

에로스는 날개와 깃털로 작은 회오리를 일으키며 풀밭에 내려앉는다. 아프로디테는 수레에서 내려 우리에게 인사를 보내고 궁전의 정문 쪽으로 나아간다. 두 짝의 문이 마치 그녀를 알아보기라도 한 것처럼 스르르 열린다.

우리는 넓은 강의실로 들어선다. 벽에는 빨간 벨벳으로 된 벽걸이 장식이 드리워져 있고, 천장에 매달린 촛대들이 실내를 밝히고 있다.

벽에 걸린 그림들이 인상적이다. 일본의 풍속화 우키요에를 연상시키는 판화들과 『카마수트라』의 성애 장면을 나타낸 그림들이다. 양옆에는 서로 얼싸안고 있는 남녀들을 표현한 로마 시대풍의 대리석 조각상들이 늘어서 있다.

신은 강단의 책상 앞에 앉으면서 말문을 연다.

「여러분 모두 환영합니다. 나는 사랑의 신 아프로디테입니다. 여러분을 생명 진화의 제6단계로 이끌어 줄 여섯 번째 스승이죠.」

신은 작은 종을 가볍게 울려 아틀라스를 부른다. 그가 18호 지구를 등에 지고 비틀거리면서 들어온다. 신이 그에게 받침대를 가리키는데, 그는 갑자기 험악한 표정을 지으며 우리 쪽을 돌아본다. 후보생들 속에서 간밤에 놓쳐 버린 부정행위자를 찾는 모양이다. 나는 눈길을 낮춘다.

아프로디테가 그의 태도에 놀라서 묻는다.

「왜 그래요?」

「간밤에 후보생 두 명이 우리 집에 숨어들어서 18호 지구에 손을 댔어.」

「정말이에요?」

아틀라스는 허리춤에서 너덜너덜한 토가 조각 하나를 끄집어낸다. 내 토가에서 찢겨 나간 조각이다! 빌어먹을…… 옷이 어딘가에 걸렸던 모양이다. 빌라에 돌아가는 대로 찢어진 토가를 없애 버려야겠다.

아프로디테는 천 조각을 받아 쥐면서 이른다.

「걱정 마요, 아틀라스. 우리가 부정행위자를 꼭 찾아낼게요.」

그러고는 한 동작으로 아틀라스를 내보내고 우리를 18호 지구 주위에 모은다.

신은 구체에 다가가더니 가슴 사이에서 다이아몬드가 박힌 앙크를 빼내고 우리 백성들을 살핀다.

「이 행성의 인간들은 벌써 장례식을 거행하고 있네요. 누가 처음 생각했죠?」

에드몽 웰스가 없으니 모두가 나를 바라본다.

아프로디테는 마치 나를 알아보지 못하는 것처럼 묻는다.

「학생 이름이 뭐죠?」

「팽송…… 미카엘 팽송입니다.」

신은 후보생 전체를 향해 말을 잇는다.

「벌써 장례식이 나타났으니까 곧 종교들이 생겨날 거예요. 그러니까 불사의 신비를 알아내려는 인간들의 첫 시도가 나타나리라는 것이죠. 이미 대다수 민족들이 시신을 함부로 버리지 않는 단계에 도달했어요. 영혼이 더 높은 어떤 차원으로 떠나간다는 것을 상상하기 시작했다는 얘기입니다. 요컨대 이들은 원시 종교를 만들어 냈어요. 하지만 먼저 약간의 조정이 필요해요.」

신은 구체 받침대에서 추시계를 꺼내더니 뚜껑을 열고 바늘을 앞으로 여러 바퀴 돌린다. 그 횟수로 미루어 보건대 18호 지구에서는 몇 세기가 흘렀을 것이고, 인구가 엄청나게 증가했을 법하다. 내 민족을 적당한 궤도에 올려놓기를 아주 잘했다는 생각이 든다.

신은 다들 가까이 다가와 우리의 행성을 살펴보라고 이른다.

나는 아프로디테의 말대로 원시 종교들이 생겨났음을 확인한다. 마리 퀴리의 이구아나족은 태양을 숭배하고, 프루동의 쥐족은 천둥과 번개를 신으로 떠받들며, 매릴린의 말벌족은 여왕을 지상에 내려온 신의 화신으로 여긴다. 브뤼노 발라르의 매족은 달을 향해 머리를 조아리고, 귀스타브 에펠의 흰개미족은 거대한 여인상 앞에서 무릎을 꿇는다. 클레망 아데르의 쇠똥구리족은 소를 섬기고, 사라 베르나르트의 말족은 고목을 향해 기도를 올린다.

그보다 훨씬 더 놀라운 신앙 형태들도 있다. 마타 하리의 늑대족은 〈위대한 하얀 늑대〉를 거룩한 시조로 여기고 신처럼 숭배한다. 조르주 멜리에스의 호랑이족은 〈기(氣)〉라고 부르는 에너지를 믿는다. 라울의 독수리족은 자기네가 살고 있는 산맥의 최고봉을 숭배한다. 그런가 하면 나의 돌고래족은 만물에 두루 존재하는 에너지를 〈생명〉이라 정의하고 이것을 하나의 신으로 섬기며 도움을 청한다. 새 여왕은 자기 공동체에게 유용한 정보를 얻기 위해 이 에너지와 접속한다고 말한다.

신이 설명한다.

「인간은 자연스럽게 종교를 필요로 합니다. 인간에게는 자신의 영역을 확대하려는 욕구가 있어요. 이 욕구가 상상력과 결합되면 눈에 보이는 것 너머에 있는 세계를 정복하려는 야심이 생겨나죠. 그들은 그 세계를 차지하기 위해 이름을 붙이고 그림을 그립니다. 그러면서 우주 창성의 신화를 지어 내고 자기들이 생각하는 가장 높은 존재의 형상에 따라 우리 같은 신들을 만들어 내죠.」

이곳 올림피아를 두고 에드몽 웰스가 했던 말이 생각난다. 〈어떤 아이의 꿈이나 어떤 책 속에 들어와 있는 것만 같아.〉

우리는 앙크를 들고 인간들을 관찰한다. 놀랍게도 돌봐 주는 신들이 없는 민족들조차 자기들 나름의 신앙 형태를 만들어 냈다.

아프로디테는 기다란 금발을 흔들며 알려 준다.

「이들이 저승을 생각해 냈으니, 우리가 〈진짜〉 저승을 만들어 줄까요?」

그러고는 칠판에 〈18호 천국〉이라고 쓴다.

사랑의 신은 서랍에서 꼬마 화학자 놀이 세트와 비슷하게 생긴 장비를 꺼낸다. 그 안에는 원뿔 모양으로 생긴 유리병 따위가 들어 있다. 신은 먼저 여러 가지 약품을 유리병에 넣어서 뒤섞은 다음 버너에 올려놓고 열을 가한다. 잠시 후 증기가 피어오른다. 유리병을 어떤 기계 속에 넣자 증기가 병처럼 원뿔 모양으로 생긴 소용돌이로 변한다. 이어서 신은 한 시험관에서 작은 태양 같은 발광체를 꺼내어 증기로 된 원뿔의 좁다란 끄트머리에 놓는다.

우리가 1호 지구의 천국을 탐사하던 시절에 우리 영혼이 육신을 빠져나오면 바로 그렇게 생긴 발광체가 우리를 끌어 당겼다. 그것은 천국에서 빛나는 태양이었다.

아프로디테가 손뼉을 치자 카리테스 자매[68]들이 강의실로 들어오더니 새뮤얼 바버의 「현을 위한 아다지오」를 아카펠라용으로 편곡한 노래를 부르기 시작한다.

노랫소리가 온 강의실에 진동하고 우리는 이상한 기분에 빠져든다.

에로스는 구체 가까이에 있는 촛불 몇 개를 끔으로써 더 어둑하고 숙연한 분위기를 연출해 낸다. 그때 우리 모두의 입이 딱 벌어지게 하는 일이 벌어진다. 18호 지구에서 영혼이 하나둘 올라오기 시작한 것이다. 영혼들은 금세 수십, 수백, 수천으로 늘어나더니 기다란 대롱을 거쳐 유리병 속에 마련된 18호 천국으로 들어간다.

놀라운 광경이다. 인간의 작은 영혼들이 행성 여기저기에서 마치 우주의 철새들처럼 무리를 지어 날아오른다.

어떤 영혼들은 더 올라올 생각을 하지 않고 구름에 덮인 행성의 표면 위를 활공한다. 빛을 향해 나아갈 힘이나 의지가 없어서 지구 가까이에 머물러 있기를 선택한 떠돌이 영혼들이다.

한편 유리병 속에서는 천국의 체계가 만들어진다. 처음으로 올라온 세 영혼이 대천사를 자처하고 몇몇 영혼을 하위 천사로 임명하여 법정을 만든다. 그러고는 천국에 새로 도착

68 아프로디테를 수행하는 아름다운 세 자매. 피에르 그리말의 『그리스 로마 신화 사전』(p. 438)에 따르면 제우스의 딸들인 그녀들은 〈자연과 인간의 마음, 심지어 신들의 마음에까지 기쁨을 부어 주는〉 신들이며, 〈뮤즈들과 함께 올림포스에 살면서 합창을 하기도 하고 음악의 신 아폴론을 수행하는 행렬에 끼기도〉 한다.

하는 자들을 맞이하여 영혼의 무게를 잰다. 이로써 18호 지구에서도 수레바퀴가 끊임없이 구르는 것처럼 중생이 생사를 오가며 돌고 도는 윤회가 시작된 것이다.

이제 내 돌고래 민족도 세세생생 환생을 거듭하면서 영혼의 진화를 이루어 나갈 수 있으리라.

돌고래 민족의 가장 아름다운 영혼들 가운데 일부는 자기들의 섬나라에서 다시 태어나는 것을 선택한다. 그런가 하면 어떤 영혼들은 다른 민족의 나라에서 환생하는 것을 선택한다. 심지어는 라울이나 프루동의 나라에서 자기들의 새 부모를 고르는 영혼들도 있다. 자기들의 적이나 가장 의식 수준이 낮은 무사들 속에 들어가서 돌고래 민족의 정신을 전파하려고 일부러 그러는 게 아닌가 싶다.

아프로디테의 작업은 그것으로 끝나지 않았다. 신은 다른 유리병에다 천사들의 나라를 만든다. 여기에는 18호 천국의 영혼들 가운데 극소수만이 들어갈 수 있다. 어쨌거나 우리 백성들에게 의식의 제6단계에 도달할 수 있는 길이 열린 것이다. 이제 18호 지구의 인간들 역시 수호천사의 보살핌을 받게 될 것이다.

그들 가운데 더 높은 단계로 올라가는 영혼들이 생겨날 것이고, 그러면 우리의 임무가 한결 수월해질 것이다. 현지의 천사들은 〈수공업적인〉 방식으로 인간을 도울 것이고 우리는 한결 〈대공업적인〉 방식으로 일할 것이다. 말하자면 18호 지구의 천사들은 인간의 깨달음을 위한 전투의 보병인 셈이다.

아프로디테는 18호 천국과 18호 천사들의 나라가 들어 있는 유리병들을 구체 받침대 아래쪽의 서랍 속에 조심스럽게 넣는다.

드디어 때가 왔다. 불들이 모두 꺼지고 18호 지구에만 투광기 불빛이 쏟아진다. 우리는 다시 게임을 시작한다. 어떤 후보생들은 구체를 위에서 내려다보기 위해 사닥다리의 발판에 올라앉았고, 어떤 후보생들은 자기들 민족이 있는 자리와 눈높이를 맞추기 위해 의자에 올라섰다.

나도 서쪽에 있는 내 민족의 섬나라를 정면으로 바라보기 위해 등받이 없는 의자를 가져다 놓고 올라선다. 앙크의 N자 버튼을 돌려 줌을 조절하자 대양과 섬이 나타난다. 〈고요한 섬〉. 내 민족의 작은 섬.

돌고래 민족은 아주 웅장한 피라미드를 건설했다. 이제껏 세워진 그 어떤 것들보다 높고 넓다. 그들은 자연을 관찰하면서 알아냈을 법한 황금비, 즉 1.618:1을 존중했다. 새로운 여왕은 아주 몸집이 크다. 거처를 거의 벗어나지 않는 여왕 주위에서는 앳된 남자 다섯 명이 명상을 하고 있다. 이건 뭐지?

이런 것은 어디에서도 본 적이 없다. 여왕은 다섯 남자와 함께 일종의 〈인간 파동 송수신기〉를 이루고 있는 것이다. 성적인 에너지로 유지되는 이 살아 있는 안테나 덕분에 백성들은 여왕과 연결되고 여왕은 우주와 연결되는 것이다.

아주 새로운 〈피안(彼岸)〉의 개념을 생각해 낸 돌고래 민족은 눈부신 진보를 이루었다. 인구도 30만 가까이 될 만큼 증가했다. 그들은 교육 수준이 아주 높고 대부분 활력에 차 있으며 책임감이 강하다.

에드몽 웰스가 이걸 볼 수 있다면, 나처럼 우리 백성들이 진보한 정도를 확인할 수 있다면 얼마나 좋을까?

아프로디테는 원시 종교라고 했지만, 돌고래 민족은 그보다 훨씬 멀리 나아가 있다. 그들은 사원 대신 깨달음을 전파할 수 있는 갖가지 장소를 개발했다. 그들의 구도 행위는 통상적인 교육으로 끝나지 않고, 명상과 유체 이탈과 텔레파시 등을 통한 수련이 병행된다. 학교에서는 올바른 호흡법, 짧게 자면서도 원기를 온전히 회복하는 수면법, 사랑하는 법을 가르친다.

그들은 자기들의 몸을 완벽하게 알기 때문에 안마나 지압으로도 병을 고칠 수 있다.

그들은 문자를 창제하여 자기들이 알고 있는 바를 양피지로 된 책에 기록하고 있으며 그 책들을 보관하기 위해 도서관을 세웠다. 이론에 의지하지 않는 그들의 책에는 천궁을 나타낸 그림이며 섬의 모든 동물과 식물에 관한 정보가 담겨 있다. 그들은 예술에도 관심이 많아서, 다수가 그림을 그리거나 조각을 하거나 음악을 만든다.

무엇보다 인상적인 것은 그들의 평온함이다. 전쟁의 스트레스에서 벗어난 그들은 폭력을 모른다. 아이들은 사랑이 충만한 환경에서 자라기 때문에 장난감 무기를 가지고 놀지 않는다. 돌고래들과 함께 노는 것은 그 어떤 장난감을 가지고 노는 것보다 훨씬 즐겁다.

그들은 육류를 먹지 않는 대신 생선을 많이 먹음으로써 단백질을 충분히 섭취한다. 병이 나거나 다치면 적절한 의술로 치료를 받는다. 그래서 그들은 건강하게 장수를 누린다. 백 살이 넘은 노인들도 아주 정정하다.

나는 앙크의 돋보기로 그들의 거리를 살펴본다. 어느 집에도 자물쇠가 없다. 모두가 평온하고 자유롭게 저마다의 일에 열중하고 있다. 현자들은 정기적으로 회의를 열어 섬나라의 이러저러한 일을 놓고 숙의를 벌인다.

「팽송 씨?」

그들은 이따금 자기들이 떠나온 대륙을 탐사하기 위해 돌고래처럼 길고 날렵하게 생긴 배를 보낸다. 대륙의 토착민들은 접촉이 이루어지기도 전에 다짜고짜 그들을 죽이기가 일쑤다. 그래서 현자들의 의회는 이제 탐험가들의 파견을 주저한다. 하지만 항구는 계속 커지고 조선소에서는 훨씬 더 빠른 배들이 새로 건조되고 있다. 한편 도시 계획 전문가들은 하수도 시설을 정비해서 그들의 쓰레기와 배설물을…….

「미카엘 팽송, 내 말이 안 들려요?」

아프로디테가 내 앞에 서 있다.

「아틀라스가 가져온 이 천 조각, 당신 거 맞죠?」

심장이 멎을 것만 같다.

「당신은 아틀라스의 집에 몰래 들어가서 당신의 민족을 유리하게 만들기 위해 부정행위를 했어요. 아닌가요? 당신 백성들은 가까스로 몰살을 면한 처지에 참으로 훌륭한 나라를 아주 빠르게 건설했더군요. 이제 그 이유를 알겠어요. 문제는 수업 시간 이외의 개입이 엄격하게 금지되어 있다는 겁니다. 당신은 부정행위를 저질렀어요.」

모두의 시선이 나에게 쏠린다. 여기저기에서 비난의 소리가 터져 나온다.

「당신은 부정행위를 저질렀어요, 미카엘 팽송. 나를 무척이나 실망시키는군요.」

신은 다이아몬드가 박힌 앙크를 들고 내 민족의 섬나라를 더욱 찬찬히 살핀다.

「당신의 민족은 다른 민족들에 비해 너무 앞서 있어요. 미안하지만 시대에 맞게 바로잡아야겠어요.」

가슴이 철렁 내려앉는다. 나를 벌하는 건 좋지만, 제발 내 민족만은……. 신의 손에서 다이아몬드가 박힌 앙크가 출력을 최대로 맞춘 무시무시한 무기로 변한다.

안 돼, 그건 안 돼.

벌써 여신의 가느다란 손가락이 앙크의 번쩍거리는 D 자 버튼을 누르고 있다.

98. 백과사전: 일리치의 법칙

이반 일리치는 오스트리아의 유대인 가정에서 태어난 사회 사상가이자 가톨릭 성직자이다. 로마에서 신학과 철학을 공부하고 잘츠부르크에서 역사학 박사 학위를 받은 뒤에 미국으로 건너가 가톨릭 사제로 활동했으며, 『학교 없는 사회』나 『창조적인 실업』과 같은 수많은 저작을 출간했다. 그는 다양한 분야에 걸친 풍부한 교양을 바탕으로 현대 문명의 문제점들을 예리하게 비판했다. 1960년 일련의 교회 정책에 반대하며 가톨릭 사제직에서 물러난 뒤에 멕시코의 쿠에르나바카에 〈국제 문화 자료 센터〉를 설립하여 산업 사회에 대한 비판적 분석에 몰두했다.

그는 『공생을 위한 도구』라는 책에서 인간의 자율적인 행위가 서로 교환되는 공생의 사회를 주창했다. 인간이 공생적인 삶을 살 수 있으려면 사회 구성원들이 저마다 최소한의 통제를 받는 도구를 사용하여 가장 자율적인 활동을 해야 한다는 것이 그의 생각이었다.

그런데 그는 저작과 사회 활동뿐만 아니라 그의 이름을 딴 〈일리치의 법칙〉으로도 잘 알려져 있다. 그는 수확 체감의 법칙이라는 고전 경제학의 법칙이 인간의 행위에도 적용된다는 사실에 주목한 최초의 학자였다. 일리치의 법칙은 이렇게 나타낼 수 있다. 〈인간의 활동은 어떤 한계를 넘어서면 효율이 감소하며 나아가서는 역효과를 낸다.〉 초기의 경제학자들이 말한 것처럼, 농업 노동의 양을 배로 늘린다고 해서 밀의 생산량이 배로 늘어나는 것은 아니다. 어느 정도까지는 노동의 양을 늘리는 만큼 생산량이 증가하지만, 어떤 한계를 넘어서면 노동의 양을 늘려도 생산량이 증가하지 않기 때문이다.

이 법칙은 기업 차원뿐만 아니라 개인 차원에도 적용된다. 1960년대까지 스타하노프 운동의 지지자들은 생산성을 높이기 위해서 노동자에 대한 압력을 증가시켜야 한다고 생각했다. 압력을 많이 받으면 받을수록 노동의 효율이 높아지리라고 생각한 것이다. 하지만 그런 압력은 어느 정도까지만 효과가 있다. 그 한계를 넘어서면 추가적인 스트레스는 역효과나 파괴적인 효과를 낸다.

에드몽 웰스, 『상대적이며 절대적인 지식의 백과사전』 제5권

99. 왕국 시대

돌고래족

아침 7시, 섬의 한복판에 있는 화산에 느닷없이 벼락이 떨어졌다. 그 바람에 약한 지진이라도 일어난 것처럼 온 섬이 가볍게 흔들렸다.

몇 분 뒤, 화산에서 연기가 피어오르기 시작하더니 더욱 강한 진동이 일어났다. 땅바닥이 갈라지고 가장 높은 건물들이 무너져 내렸다. 대지가 경련을 일으키며 흔들리는 듯했다. 이윽고 대지의 흔들림이 가라앉자 그들은 그것으로 끝이려니 생각하고 부상자들을 옮기기 시작했다.

그때 높이가 50미터 가까이 되는 어마어마한 너울이 수평선에 나타났다. 너울은 떠오르는 해를 삼켜 버리고 서늘한 그림자를 앞으로 밀어내면서 해변 쪽으로 천천히 나아오고

있었다. 그 푸르고 반드르르한 장벽에 다가갔던 물새들은 여지없이 빨려 들어가서 흔적도 없이 사라졌다.

지진에 놀라서 깨어난 돌고래족 사람들은 해변에 모여들어 수평선을 살폈다. 그들은 마치 악몽에서 막 깨어난 것처럼 눈을 비비고 있었다.

그들의 조상이 마을로 몰려들어 오는 쥐 부족 사람들을 보았을 때 그랬던 것처럼, 그들은 이유도 없이 갑자기 덮쳐 오는 불행을 그냥 홀린 듯이 바라보고 있었다.

여왕은 사태를 이해하기 위해 눈을 감고 한참 동안 정신을 집중하더니, 눈을 번쩍 뜨고 텔레파시를 통해 사방으로 메시지를 보냈다.「탈출만이 살길이다.」

하지만 아무도 움직이지 않았다. 엄청난 재앙 앞에서 모두가 넋을 잃고 있었다.

여왕이 소리쳤다.

「당장 도망쳐야 해. 모두 배에 올라타.」

여전히 아무런 반응이 없었다. 평소의 차분하고 온순한 태도가 눈앞에 재난이 닥쳐오는 상황에서는 오히려 그들에게 불리한 쪽으로 작용하고 있었다. 그들은 이미 모든 것을 알아차리고 순순히 받아들였다. 그래서 마치 모든 것을 체념한 사람들처럼 차분한 것이었다.

여왕이 다시 소리쳤다.

「도망쳐야 해.」

평온한 것이 항상 좋은 것은 아니다. 때로는 발광만이 살길일 수도 있다. 여왕은 그렇게 생각하고 미친 듯이 울부짖기 시작했다. 너무나 날카롭고 강력한 소리가 위험을 알리는 뿔피리 소리처럼 온 도시에 울려 퍼졌다. 사람들은 비로소 마비 상태에서 벗어났다. 아직 어른들처럼 차분하지 않은 아이들은 고통에 찬 그 소리에 메아리로 답했다. 아이에서 노인에 이르기까지 모두가 사태의 심각성을 깨달아 가고 있었다.

마치 개미집에 누가 발길질을 했을 때처럼 생존의 신호가 온 도시로 빠르게 퍼져 나갔다.

그들의 외침과 몸짓은 한결 분명하고 단호하고 효과적인 것으로 변했다. 저마다 약간의 짐을 챙겨서 진동한동 배에 올라탔고, 뱃사람들은 돛을 펼쳤다. 거대한 물결은 가차 없이 다가오고 있었다. 이제 남은 거리는 10킬로미터 정도였다.

배들이 부랴부랴 항구를 떠나려고 하다가 서로 부딪치고 있었다. 누구나 공황 상태에 빠지면 앞뒤를 분간하기가 어려워지기 마련이다. 가장 침착하거나 가장 능숙한 사람들이 먼저 항구를 빠져나갔다.

이미 수평선의 한 부분은 죽음을 가져오는 무시무시한 너울에 가려져 있었다. 이제 남은 거리는 3킬로미터였다.

땅이 다시 흔들리기 시작했다. 하지만 이번엔 땅속의 마그마 때문이 아니라 폭풍 때문이었다.

공포는 더욱 고조되었다.

재산에 대한 미련을 버리지 못하고 물건을 더 챙겨 가려던 사람들은 모든 것을 버리고 달아났다. 뒤늦게 해변으로 나온 몇몇 가족은 일제히 바다로 뛰어들어 배를 향해 죽으라고 헤엄을 쳤다. 마침내 배에서 몇몇 사람이 손을 내밀어 그들을 건져 올렸다.

너울은 2킬로미터 앞까지 다가왔다.

다시 지진이 잇달아 일어났다. 산과 땅이 갈라지고 나무와 건물이 쓰러지고 바위가 굴러 떨어졌다. 번영의 상징이었던 피라미드에 금이 가더니 결국엔 와르르 무너졌다.

1킬로미터.

지진이 멎고 정적이 돌아왔다. 만물을 무겁게 짓누르는 정적이었다. 어두운 하늘에서는 이제 새 한 마리 날지 않았다.

바로 그때 화산이 폭발하고 주황색 마그마가 분출하여 온 섬을 뒤덮었다. 파도는 이제 1백 미터 앞에 있었다.

항구를 빠져나가지 못한 사람들은 물과 불 사이에 갇힌 꼴이 되었다.

이제 50미터밖에 남지 않았다.

돌고래들조차 너울의 기세를 이기지 못하고 공중으로 아주 높이 튕겨 올라갔다가 섬의 땅바닥에 떨어져 죽어 가고 있었다. 높이 솟구쳐 올랐다가 한순간 공중에 머물러 있던 너울이 마침내 돌고래 민족의 낙원을 덮쳤다. 이 거대한 괴물에 비해 인간은 너무나 미약한 존재였다. 그들은 이리저리 휩쓸리며 애처롭게 버둥거렸다. 그러다가 바위에 부딪히면 살이 으깨어지면서 불그스름한 곤죽으로 변해 갔다.

빙산에 부딪힌 거대한 배처럼 섬 전체가 흔들렸다. 바윗덩어리들이 떨어져 나가면서 생긴 구멍에서는 노란 마그마가 푸른 바닷물을 만나 부글거리며 증기를 내뿜기 시작했다.

구원의 땅이었던 섬이 자기가 품고 있던 거주자들을 죽음에 내맡긴 채 세계의 무대 뒤로 물러나고 있었다.

섬은 천천히 가라앉다가 죽음의 소용돌이를 일으키며 가뭇없이 사라졌다.

다시 고요가 깃들었다.

그것으로 끝이었다. 찬란한 문명이 있던 자리에는 이제 약간의 잔해가 떠다닐 뿐이었다.

탈출을 시도한 배는 160척이었는데 재난을 모면한 배는 열두 척뿐이었다.

돌고래족 섬나라의 인구는 30만 명이었는데 살아남은 사람은 3천 명뿐이었다.

여왕도 사라졌다. 생존자들은 새 여왕을 선출했다. 새 여왕은 자신의 임무가 얼마나 막중한지를 즉시 깨달았다. 그래서 백성들에게 다시 용기를 불어넣기 위해 뱃머리에 올라가서 말했다.

「돌고래족은 영원히 죽지 않을 것입니다. 우리 가운데 단 한 사람이라도 살아남는다면 희망은 있습니다. 우리는 어디에 가든 우리 겨레의 가치와 기억과 지식과 상징을 간직할 것이기 때문입니다.」

쇠똥구리족

쇠똥구리족의 215만 남녀들은 높은 수준의 문명을 건설했다. 거대한 도시들을 건설했고 도기 제조라는 아주 유용한 발명 덕분에 다양한 농업을 발전시켰다. 처음에는 농사를 지어서 수확물을 커다란 헛간에 저장했다. 그런데 바구미 같은 곤충들이 몰려와서 비축 식량을 파먹었다. 그러던 어느 날 한 여자가 완전하게 밀봉할 수 있는 단지를 생각해 냈다. 그것은 쇠똥구리들을 관찰한 결과였다. 여자는 쇠똥구리들이 쇠똥을 동글동글하게 굴려서 굴속에 저장하고 그 속에 알을 낳아 안전하게 부화시키는 것을 보았던 것이다.

쇠똥구리족은 그 생각을 발전시키기로 하고 마른 새똥으

로 단지를 만들었다. 그다음에는 찰흙으로 단지를 만들고 같은 재료로 봉했다.

도기 제작 기술의 발전은 막대한 이익을 가져다주었다. 기술이 발달하면서 점점 커다란 형태의 단지가 생겨났고, 나중에는 우유나 고기나 곡물이나 식수를 담는 항아리들이 나타났다. 그들은 완벽한 원형 용기를 빚기 위해 돌림판을 고안했다. 돌림판은 바퀴의 발명으로 이어져 외바퀴 손수레와 두 바퀴 짐수레의 출현을 보게 되었다. 그들은 일대의 모든 민족 가운데 영양 상태가 가장 좋은 것으로 나타났다. 쇠똥구리족의 새로운 세대는 다른 어떤 민족의 아이들보다 키가 컸다.

그들은 첫 도시를 강물이 바다로 흘러 들어가는 어귀에 세웠다. 그다음에는 수원을 향해 강을 거슬러 올라갔다. 탐사가 진행되면서 그들의 경작지는 남쪽으로 확대되었다. 강은 경작지에 물을 대어 줄 뿐만 아니라 다른 곳의 흙을 실어 와서 비옥한 충적토를 만들어 주었다. 두 번째 도시는 강을 따라 남쪽으로 한참 내려간 곳에 건설되었다. 이 도시는 그들이 추진하고 있던 남진(南進) 정책의 중요한 이정표였다. 그들은 탐사를 떠날 때마다 음식을 항아리에 담아 가지고 갔다. 덕분에 다른 민족들이 감히 가려고 하지 않는 먼 곳까지 굶어 죽지 않고 다녀올 수 있었다. 탐사, 마을, 도시, 문화 등 문명의 여러 요소들이 순조롭게 발전해 가고 있었다. 그러면서 영토는 갈수록 넓어지고 인구는 나날이 증가했으며 생활도 점점 안락해졌다.

그들의 남진은 도저히 올라갈 수 없는 높은 산과 맞닥뜨림으로써 중단되었다.

한편 서쪽에는 바다가 펼쳐져 있었고 동쪽에는 사막이 가로놓여 있었다. 그들은 영토 확장을 멈추기로 했다.

그들은 도시와 도시를 연결하고 수확물을 운반하는 수레들이 빠르게 다닐 수 있도록 도로를 건설했다. 그들은 유리한 지리적 조건을 활용하여 번영을 구가했다. 인구가 많아서 군대를 창설하기도 쉬웠다. 그들의 군대는 이웃 민족들을 차례로 쳐부숨으로써 어떤 침략도 막아 낼 수 있는 막강한 위용을 과시했다.

어느 날 아침 아이들이 북서쪽 수평선에서 나아오는 커다란 배들을 발견했다. 이제껏 본 적이 없는 선구를 갖춘 배들이었다.

그들은 처음에 해적들이 공격해 오는 것이 아닌가 걱정했다. 그러다가 배들이 다가옴에 따라 해적들의 배가 아니라는 것을 알아차렸다. 이 배들은 기술적으로 훨씬 더 진보된 것으로 보였다. 돛이 달려 있을 뿐만 아니라 다른 배들보다 스무 배 정도나 크고 생김새도 날렵했다.

병사 3백 명이 서둘러 방어선을 구축했다.

하지만 배들이 해변에 닿았을 때, 쇠똥구리족 사람들은 지치고 굶주린 이방인들이 내리는 것을 보고 깜짝 놀랐다. 그들의 눈빛에는 엄청난 공포의 흔적이 담겨 있었다. 누가 보기에도 숱한 시련을 겪고 난 사람들의 몰골이었다.

그래도 만에 하나를 생각해서 병사들은 이방인들을 창과 방패의 장벽으로 감쌌다. 하지만 그들은 적처럼 보이지 않았다. 다들 기진맥진해 있는 데다 몸이 부실해 보였다. 대부분은 며칠, 아니 몇 주 전부터 제대로 먹지 못한 듯했다. 하나같이 뺨이 우묵하고 안색이 창백했다. 그런데 놀랍게도 한 여자만은 아주 덩치가 컸다. 팔의 물렁물렁한 살이 헐렁한 옷처럼 아래로 축 처질 정도였다.

이방인들은 배에서 내리자마자 바짝 주눅이 든 모습으로 자기들끼리 바싹 붙어서 몸을 웅크렸다. 그러더니 한 사내가 용기를 내어 병사들 쪽으로 다가왔다. 그는 쇠똥구리족이 모르는 언어로 무엇인가를 말했다. 병사들의 우두머리는 이런 뜻의 질문을 던졌다.「당신들은 누구요?」

사내는 막대기 하나를 잡더니 모래에 물고기를 그리고 이어서 배와 섬과 파도를 그렸다. 병사들의 우두머리는 이내 그림의 의미를 알아차렸다. 서쪽에 있는 어떤 섬이 해일에 휩쓸렸고 그들은 그 섬에서 도망쳐 나왔다는 뜻이었다.

그들은 무장을 하지 않았고 평화의 뜻으로 손바닥을 내밀고 있었다. 쇠똥구리족의 여자들은 벌써 이방인들을 먹일 음식과 이방인들을 덥혀 줄 이불들을 가져오고 있었다. 병사들은 그들을 가까운 숲속의 빈터로 데려간 다음 임시로 오두막을 지어 주었다.

쇠똥구리족 사람들은 마치 신기한 동물을 구경하듯이 그들을 보러 왔다. 한편으로는 이방인들의 배를 면밀하게 조사했다. 배는 참으로 훌륭했다. 그토록 멋진 배를 건조할 수 있는 사람들이 어쩌다 저토록 초라한 몰골로 변했는지 도무지 이해할 수가 없었다. 그들은 특히 물결을 스치는 새의 날개처럼 바람에 바르르 떨리는 돛을 보면서 깊은 인상을 받았다.

이방인들은 며칠 동안 보호 구역에 머물며 휴식을 취하고 상처를 치료했다. 그들은 과묵했고 눈에는 그저 슬픔만이 가득했다. 마침내 쇠똥구리족의 우두머리가 그들의 대표단과

면담을 하겠다고 나섰다. 양쪽 사람들 모두가 경계심과 호기심을 동시에 느끼며 서로를 살폈다.

이어서 주로 몸짓 언어에 의존하는 대화가 가까스로 이루어졌다. 쇠똥구리족의 우두머리는 이방인들이 자기들의 지식과 기술을 전수한다는 조건으로 계속 머무는 것을 허용했다. 도시 안에 이방인들의 구역을 건설해도 좋다는 결정이 내려졌다.

돌고래족 사람들은 숲속의 보호 구역을 떠나 수도의 변두리 구역에 영구적인 주거지를 세우기로 했다. 그들은 하얗게 회칠을 한 둥근 집에 터키석 빛깔의 예쁜 문이 달린 집들을 지었다. 쇠똥구리족이 보기에는 참으로 기이한 집이었다.

어느 정도 자리가 잡히고 나자, 돌고래족은 물귀신이 될 고비를 숱하게 넘겼던 대탈출을 영원히 기억하기 위해 기념일을 정하기로 했다.

여왕은 백성들을 모아 놓고 엄숙하게 선언했다.

「이제부터 우리가 어떤 위험을 극복하고 살아남을 때마다 그 이야기를 책에 기록할 것입니다. 그러면 어느 누구도 그것을 잊지 않을 것이고 그 경험은 우리 후손들에게 도움이 될 것입니다. 그리고 기념일을 정해서 그날에는 우리가 겪은 일을 상기시키는 음식을 먹을 것입니다. 우리는 해일이 섬을 덮치려 할 때 섬에서 빠져나왔고 그 뒤로 몇 주일 동안 바다를 표류하면서 오로지 생선만을 먹었습니다. 따라서 해마다 대탈출 기념일에는 물고기만을 먹도록 합시다.」

그날 저녁에 돌고래족 여왕은 생선 가시가 목에 걸려 죽었다.

어서 새 여왕을 선출해야만 했다. 그들은 몇 사람을 상대로 영매의 재능을 시험했다. 그 방면에서는 대개 여자들이 남자들보다 뛰어난 능력을 지닌 것으로 밝혀졌다. 결국 한 젊은 여자가 새 왕으로 선출되었다. 그녀는 장시간의 명상에 필요한 에너지를 얻기 위해 즉시 엄청난 양의 음식을 먹어 치웠다.

돌고래족은 환대에 대한 감사의 뜻으로 자기들의 기술과 지식을 쇠똥구리족 사람들에게 조금씩 전수했다. 그들은 먼저 수의 체계와 문자 체계, 언어, 천체도, 항해, 고기잡이 등을 가르쳐 주었다.

쇠똥구리족 사람들은 돌고래족의 섬나라에서 무슨 일이 일어났는지 알고 싶어 했다. 돌고래족 사람들은 설명하기가 너무 어려워서, 그냥 옛날에 자기들이 낙원에 살았으며 분명치 않은 어떤 잘못 때문에 거기에서 쫓겨났다고만 말했다.

그때까지 쇠똥구리족 나라에서 통용되고 있던 교환 형태는 물물 교환이었다. 돌고래족 사람들은 조개껍질이 어떻게 교환 가치의 척도가 되고 교환을 매개하는 수단이 되는지를 알려 주었다.

그들은 기념물을 세우는 것의 유용성에 대해서도 설명했다. 기념물은 겨레를 결집하고 도시의 지표가 되며 지나가는 이방인들을 끌어들임으로써 교환에 도움을 준다는 것이었다.

쇠똥구리족 사람들은 그들의 말을 주의 깊게 들었지만, 기념물에 대해서는 다소 회의적인 태도를 보였다. 건립에 너무 많은 비용이 드는 것에 비하면 이익이 확실치 않기 때문이었다.

그래서 돌고래족 사람들은 쇠똥구리족을 겨냥해서 별도

의 종교를 만들기로 했다.

그들은 죽은 사람들이 저승길을 편하게 갈 수 있게 하려면 피라미드 안에 시신을 묻어야 한다고 단언했다. 쇠똥구리족 사람들은 자기들이 죽어서 저승에 가지 못하고 떠도는 것을 상상하며 두려워했다. 하지만 그것만으로는 피라미드 건축 공사를 벌이도록 설득할 수가 없었다. 무언가가 더 필요했다. 그때 돌고래족 가운데 당대 최고의 이야기꾼으로 알려진 남자가 나섰다. 그는 이튿날 쇠똥구리족 사람들에게 세계가 어떻게 생겨났는지를 이야기해 주겠다고 했다. 그러고는 밤새도록 상상력을 최대한 발휘해서 우주 창성의 신화를 지어냈다. 쇠똥구리족 사람들이 종교를 받아들이고 피라미드 건설에 동의하려면 아주 경이로운 이야기가 필요했다. 그는 동물들의 머리를 가진 신들을 생각해 냈다. 쇠똥구리족 사람들이 그런 신들을 좋아하리라는 생각이 들었던 것이다.

쇠똥구리족 사람들은 그의 이야기에 매혹되었다. 게다가 그들은 자기들이 발명한 〈소마〉라는 식물성 혼합 음료를 마신 상태였다. 마황의 빨간 열매를 주원료로 해서 만드는 이 음료에는 환각을 일으키는 물질이 들어 있었다. 그러니 이야기의 효과가 더욱 커질 수밖에 없었다. 쇠똥구리족 사람들은 모두 그의 이야기를 좋아했다. 그래서 그것을 입에서 입으로 전했고 나중에는 글로 기록했다. 돌고래족 이야기꾼이 너스레를 부린 것은 사실이었지만, 그의 목표는 분명했다. 새 여왕이 자기들의 신과 소통하려면 피라미드가 필요했고, 피라미드를 건설하려면 쇠똥구리족을 움직여야 했던 것이다.

돌고래족 여왕이 이제나저제나 하면서 기다리고 있을 때, 마침내 쇠똥구리족이 피라미드를 건설하겠다고 나섰다. 그들을 위해 만든 새 종교가 힘을 발휘한 것이었다. 그들은 몇 달 만에 돌고래족의 섬나라에 있던 것보다 훨씬 높은 피라미드 하나를 세웠다. 여기에도 높이의 3분의 2 되는 위치에 안락한 거처가 마련되어 있었다. 돌고래족 사람들은 죽은 사람들의 저승길을 편하게 해주려면 시신을 피라미드 안에 묻어야 한다는 주장을 되풀이했다. 쇠똥구리족 사람들은 결국 거기에다 자기네 귀족들의 시신을 묻었다. 돌고래족 여왕은 피라미드 안으로 몰래 들어가 시신들을 한쪽으로 밀어내고 자기 자리를 마련했다.

여왕은 새 피라미드 속에서 신과의 소통이 재개되자 오랫동안 궁금해하던 것을 물었다.

「왜 저희를 버리셨습니까?」

신에게서 하나의 대답이 온 듯했다. 여왕이 해석한 대답은 이러했다.

〈역경을 통해 너희를 강인하게 만들기 위함이었다.〉

여왕은 그 대답을 받아들였다. 하지만 쇠똥구리족의 시신들 사이에 홀로 가부좌를 틀고 앉은 채로 자기 민족의 고통을 회상하면서 소리 없이 울었다.

그녀는 나직하게 말했다.

「제발, 제발, 다시는 그런 시련을 저희에게 내리지 마십시오.」

막상 그렇게 머뭇머뭇 신을 탓하고 나니, 문득 자기들이 겪은 시련이 혹독하기는 했지만 그보다 더 나쁜 일을 당할 수도 있었다는 생각이 들었다.

사실 그들의 신은 배를 만들도록 계시를 내리고 그들이 쥐부족에게 몰살당하기 직전에 구출해 주지 않았던가. 또 돌고래들을 섬 쪽으로 이끌어서 난파를 면하게 해주고, 아름다운 섬에 그들을 정착시켰으며, 아주 진화된 영적인 생활을 계시해 주지 않았던가.

그 뒤로 며칠 동안 여왕과 이야기꾼은 각자의 역할을 훌륭하게 수행했다. 여왕은 위에서 오는 메시지를 받았고, 이야기꾼은 그것을 아래쪽으로 전파했다. 이야기꾼은 자기가 지어낸 우주 창성의 신화를 보완했다. 최초의 남녀와 잃어버린 낙원 이야기에다 서로 경쟁하는 쌍둥이 신의 이야기를 추가한 것이다. 그는 달의 숭배자들과 해의 숭배자들이 서로 싸우는 것을 상상했다. 달의 숭배자들이 거짓과 환상(달은 태양 빛의 반사일 뿐이므로)의 편이라면, 해의 숭배자들은 진실(태양은 모든 에너지의 진정한 원천이므로)의 편이었다. 그는 이 대립을 어둠과 빛의 대결, 선한 자들과 악한 자들의 대결로 이어 갔다. 이런 식의 단순한 이원론은 언제나 잘 통하기 마련이었다.

돌고래족 여왕은 신이 말하는 모든 것을 받아들였지만, 백성들에게 보고할 때는 자기의 개인적인 해석을 보탰다. 시간이 흐르면서 주위의 시체들이 견딜 수 없는 악취를 풍기기 시작했다. 여왕은 시체에서 썩는 냄새가 나지 않게 하는 방법을 생각하다가, 부패할 수 있는 기관들을 모두 비워 내고 공기가 들어가지 않도록 시체를 가느다란 띠로 칭칭 동여매는 장례 의식을 발명했다.

쌍둥이 신들의 신화는 쇠똥구리족 백성들 사이로 퍼져 나갔다. 그들은 자기네 전설에 나오는 무수한 신령들과 의례를 결합하여 그 신화를 개작했다. 얼마쯤 지나자 쇠똥구리족의 종교는 아주 굳건하고도 복잡해졌다. 돌고래족의 이야기꾼이 죽었다. 쇠똥구리족 사람들은 그를 잊었고 그가 지어낸 신화가 원래 자기들 것이라고 생각했다. 그런데 그들이 그 신화를 즐기고 있을 때, 돌고래족 사람들은 다른 길로 나아갔다. 자기들의 종교를 단순화해서 보편적인 유일신의 개념에 도달한 것이었다. 그와 병행해서 돌고래족에 대한 차별이 나타나기 시작했다.

돌고래족 아이들은 이유 없이 쇠똥구리족 아이들에게 뭇매를 맞았다. 쇠똥구리족 사람들이 단순한 시샘 때문에 돌고래족 사람들의 가게를 약탈하는 일도 드물지 않았다.

그런 상황에서도 돌고래족은 계속 쇠똥구리족에게 영향력을 행사했다. 피라미드의 건설과 종교의 발명에 이어서 그들은 쇠똥구리족에게 항구를 건설하도록 권했다. 다른 곳에서 오는 돛단배들이 점점 많아지고 있는 터라 커다란 항구가 필요했다. 그들은 지식을 책에 요약하는 것과 도서관을 지어 책들을 보관하는 것도 권유했다.

도서관 다음에는 아이들이 아주 어려서부터 읽기와 쓰기와 셈하기를 배우는 학교가 필요했다. 어른들에게 지리학과 천문학과 역사를 가르치는 교육 기관도 있어야 했다.

마지막으로 돌고래족은 해상과 육지를 탐험하도록 권했다. 이 권유에는 꿍꿍이속이 있었다. 그들은 돌고래족의 다른 생존자들을 만날 수 있는 길이 열리기를 바랐다. 섬에서 탈출한 배는 모두 열두 척이었는데, 그중 아홉 척은 다른 방향으로 표류해 갔다. 따라서 어딘가에 가면 돌고래족의 생존자들을 만날 가능성이 있었다. 아닌 게 아니라 그들은 사막을 탐사하러 갔다가 돌고래족 사람들을 발견했다. 아주 오래전부터 오아시스들을 전전하고 있던 그들은 〈고요한 섬〉의 다른 생존자들이 해안에 자기들의 마을을 건설했다는 사실을 알고 감격했다. 운명은 서로 달랐지만, 그들은 모두가 자기네 민족에게 크나큰 타격을 주었던 두 사건, 쥐 부족의 침략과 해일을 기억에 생생하게 간직하고 있었다.

그런데 쇠똥구리족은 돌고래족에게 점점 더 많은 것을 요구했다. 그들은 돌고래족의 지식을 시샘했고, 배우는 것이 늘어날수록 돌고래족이 지식을 감추고 있다고 생각했다. 그들은 덩치 큰 여왕이 영매라는 것을 알게 되자 자기들 역시 피라미드의 신비에 입문하기를 원했고, 자기네 사제들도 돌고래족의 신과 소통하게 해달라고 부탁했다. 그다음에는 돌고래족의 가장 복잡한 지식을 전수해 달라고 요구했다. 돌고래족은 그 요구를 받아들였다. 그리하여 돌고래족의 복잡한 지식을 전수받은 일군의 쇠똥구리족 학자들이 출현했다. 이 집단은 사제 계급과 무사 계급을 밀어내고 새로운 지배층으로 부상했다. 그들은 자기들의 영향력을 강화하기 위해 새로운 개념을 강요했다. 군주제가 바로 그것이었다. 그들의 우두머리는 동료들의 지지를 얻고 돌고래족의 도움을 얻어 태양의 아들을 자처하며 왕위에 올랐다. 그는 군대를 유지하는 데 필요한 자금을 마련하기 위해 세금 제도를 창안했고 자신의 재화를 보관하기 위한 창고를 세웠으며, 점점 더 웅장한 건물을 건설하게 했다.

왕국에는 곧 스무 개의 중요한 도시들이 생겨났다.

쇠똥구리족의 나라는 정치, 경제, 문화, 종교 등 모든 분야에서 진보를 거듭해 가는 초강국이 되었다.

쥐족

쥐족의 척후병들은 어느 날 오후 번개가 이끄는 대로 나아가다가 놀라운 것을 발견했다. 남자들은 그림자도 보이지 않고 오로지 여자들만 사는 마을이 있다는 사실이었다. 그들은 한참 동안 그 아름다운 아마존들을 관찰했다. 그녀들은 아주 아름답고 매우 날렵해 보였다. 어떤 여자들은 강물에서 알몸으로 뛰어놀고 있었다. 그녀들은 거품을 내는 이상한 풀로 서로의 몸이나 머리를 문질러 주기도 하고 깔깔거리면서 서로에게 물을 튀기기도 했다. 그런가 하면 어떤 여자들은 울타리를 쳐놓은 넓은 마당에서 말을 탄 채 장애물을 뛰어넘는 훈련을 하거나 활쏘기 연습을 하고 있었다. 척후병들은 마을을 우회하다가 마침내 남자 몇 명을 발견했다. 그들은 요리를 하거나 바느질을 하거나 음악을 연주하고 있었다.

척후병들은 충격이 가시지 않은 얼굴로 진지에 돌아왔다.

쥐족의 우두머리는 그들의 이야기에 열광했다. 그는 키가 컸고 대대로 전해져 온 쥐 가죽 모자를 쓰고 있었다.

그가 물었다.

「그 여자들은 약한 오랑캐에 속하느냐 아니면 우리보다 강한 오랑캐에 속하느냐?」

척후병들의 대답은 단호했다.

「약한 오랑캐입니다.」

우두머리는 그제야 자기가 그 여자들을 공격하는 꿈을 꾸었노라고 말했다.

쥐족 부대는 무기를 배분하고 출동했다. 그들은 말벌족의 성이 내려다보이는 산등성이로 올라가 일렬로 길게 포진했다.

새소리를 흉내 낸 첫 번째 군호가 떨어졌다. 전투 준비 신호였다. 이어서 말벌족의 성벽 너머로 창들을 던지라는 두 번째 군호가 떨어졌다.

창들은 마구잡이로 쏟아졌다. 비명이 일고 피가 솟구쳤다. 성내의 호수에 흩어진 옷가지들 사이에서 머리채가 둥둥 떠다녔다. 물은 벌써 붉게 물들어 있었다. 또 한차례 창들이 날아들었다. 창에 맞은 여자들은 도무지 이해할 수 없다는 표정을 지으며 죽어 갔다.

아마존들은 정신을 추스르고 무기고로 달려갔다. 아주 밝은색의 금발을 길게 기른 여자가 큰 소리로 명령을 내렸다. 여전사들은 그녀 주위로 집결하더니 성벽 뒤에 몸을 숨긴 채 침략자들을 향해 화살을 쏘기 시작했다. 그녀들의 활은 굽은 활대를 반대쪽으로 한 번 더 휘어서 호(弧)가 이중으로 생기게 한 만궁(彎弓)이었다. 그녀들은 이 활로 순식간에 수십 명을 죽였다. 쥐족의 전열이 흐트러졌다. 하지만 그들 역시 이내 정신을 가다듬었다.

다시 창들이 쏟아졌다.

쥐족 우두머리는 때가 되었다고 판단하고 세 번째 신호를 발했다.

쥐족 병사들은 공성추로 성문을 부수기 위해 돌진했다. 그들이 아마존들의 화살을 맞고 쓰러지자 다른 병사들이 뒤를 이었다. 그들은 방패로 화살을 막으면서 마침내 성문을 부수었다.

또 한 차례 군호가 떨어졌다. 쥐족 기병 1백여 명이 수풀에서 뛰어나오더니 함성을 지르며 돌격했다. 그러나 아마존들은 벌써 말을 타고 일렬로 늘어서서 나아오고 있었다. 성벽 앞에서 두 기병대가 맞붙었다. 전투의 형세는 이내 말벌족 여자들의 우세로 나타났다. 힘은 약하지만 더 날쌔기 때문이었다. 그녀들은 피하기 기술과 노련한 기마술을 십분 발휘하여 칼날과 창날을 요리조리 피하며 역습을 가했다. 쥐족 기병들은 도망을 치기 시작했다. 말에서 떨어진 병사들은 미친 듯이 달음박질을 쳤다. 아마존의 기병대는 그들을 추격했다. 쥐족 진영은 공포에 휩싸였다.

그러자 쥐족 우두머리는 또 다른 기병대를 직접 이끌고 나갔다. 아마존 기병대는 벌써 언덕을 올라오고 있었다. 쥐족 부대는 진을 치고 그녀들과 맞섰다. 아마존 기병대의 제1진이 아주 가까이에서 활을 쏘며 지나갔다. 쥐족의 많은 병사가 쓰러졌다. 그다음에는 육박전이 벌어졌다. 이번에도 형세는 쥐족에게 불리한 쪽으로 돌아갔다. 아마존들은 악다구니를 치면서 머리털을 낚아채고 하복부를 강타하고 팔뚝을 물어뜯었다. 그리고 아랫다리에 차고 다니던 칼집에서 독 묻은 단검을 꺼내어 휘둘렀다. 쥐족 사내들은 뜻하지 않은 반격과 미친 듯이 날뛰는 여자들의 당찬 기세에 놀라서 평소의 전투력을 발휘하지 못했다. 여자란 으레 동굴 속에 죽치고 있는 존재인 줄로만 알고 있던 그들이었다. 그래서 여자들의 족속이 그런 식으로 맞서 오리라고는 상상조차 하지 못했을 것이었다. 쥐족 우두머리는 속으로 적을 과소평가한 척후병들에게 저주를 퍼부었다.

그는 햇살에 칼날을 번득이며 혼자 아마존들의 진영으로 돌진해서 전열을 흐트러뜨렸다. 그러자 말벌족 우두머리는 화살로 반격을 가했다. 그는 이마에 화살을 맞고 쓰러졌다.

아마존들은 승리의 환호성을 질렀다. 그 사이에 쥐족 병사들은 우두머리를 데려갔다.

승패가 판가름 났다. 쥐족 병사들은 기세가 완전히 꺾여 후퇴 신호가 떨어지기도 전에 달아났다.

말벌족의 성에서는 사망자들을 땅에 묻고 부상자들을 치료한 뒤에 축제가 벌어졌다.

쥐족 진지의 사내들은 실의에 빠지기보다 격렬한 분노에 사로잡혀 있었다. 그들은 아무 잘못도 없는 자기네 여자들에게 손찌검을 했다. 아마존들에게 당하고 와서 애먼 여자들에게 분풀이를 하는 것이었다.

다시 정신을 차린 쥐족 우두머리는 복수심에 불타고 있었다. 그는 병사들이 여자들을 이기지 못하고 후퇴한 것은 대담성과 용기가 부족했기 때문이라고 판단했다. 그래서 병사들을 자극하기 위해 매우 혹독한 형벌을 생각해 냈다. 전투에서 패배할 때마다 자기네 병사들을 열 명에 한 명꼴로 처형하기로 한 것이었다. 그는 비겁자가 되어 형제들 손에 죽는 것보다 적들에 맞서서 용감하게 싸우다 죽는 편이 낫다는 것을 병사들에게 일깨우고자 했다. 그는 더 나아가서 처형당한 병사들의 시체를 거두지 말고 그냥 쓰레기터에 버리라고 명령했다.

말하자면 그는 쥐족의 유명한 조상이 창안한 공포 극복의 원리를 본능적으로 계승하고 있는 셈이었다.

「우리는 공포로 공포를 이긴다. 그 여자들 앞에서 느꼈던 공포를 잊어라. 너희가 두려워해야 할 사람은 오로지 나 한 사람이다.」

그가 생각했던 대로 열 명에 한 명꼴로 처형하는 잔인한 제도를 도입하고 나자 병사들은 저희 우두머리를 말벌족 여자들보다 훨씬 더 무서워하게 되었다. 우두머리는 병사들에게 다시 자신감을 불어넣기 위해 말벌족보다 훨씬 약한 민족들을 공격하기 시작했다. 그는 포로들을 학살하지 말고 모두 끌고 오게 했다. 아마존들의 화살 공격을 맨 앞에서 막아 주는 인간 방패로 사용하기 위해서였다.

쥐족 우두머리는 아마존들에 대한 복수를 벼르고 있었다. 그는 아마존들의 만궁과 똑같은 활을 제작하라고 목수들에게 명령했다. 그리고 무사 계급의 지위를 강화하기 위해 그들에게 새로운 특권을 부여했다.

그는 스스로를 왕이라 칭했다. 그리고 호사스러운 즉위식을 거행하는 자리에서 기술적으로 혁신된 군대를 유지하기 위해 이제부터 세금을 거둘 것이라고 선언했다.

말벌족과의 전쟁이 장기화할 조짐을 보이고 있었다. 쥐족의 왕은 이중으로 울타리를 친 임시 도시를 건설하기로 했다.

쥐족은 말벌족에게 패했지만 우두머리의 권력은 오히려 강화되었다. 백성들은 다른 어느 때보다 그를 두려워하고 떠받들었다.

그는 아마존들과 싸우다 숨진 병사들을 영예롭게 하기 위해 순교자와 영웅의 개념을 생각해 냈다. 한편으로는 적들의 비열함을 증명하기 위해 전투 이야기를 계속 다시 씀으로써 선전 선동의 개척자가 되었다.

쥐족 사람들에게 〈말벌〉이라는 말은 욕설이 되었다. 그들은 말벌 집을 보이는 족족 불태우면서 기쁨을 느꼈다.

왕은 서두르지 않았다. 말벌족을 무참히 짓밟고 빛나는 승리를 거둘 날이 오리라 믿기 때문이었다. 그는 꿈에서 말벌족 여왕을 종종 보았다. 그녀는 기다란 금발을 늘어뜨리고 그의 발치에 꿇어앉은 채 살려 달라고 애원하고 있었다.

100. 백과사전: 아마존

기원전 1세기의 그리스 역사가 디오도로스 시켈리오테스에 따르면, 북아프리카의 서부에 정착한 여인족이 이집트와 소아시아까지 몇 차례 원정대를 보냈다고 한다. 그리스 신화에도 여자들로만 이루어진 아마존족(그리스어로는 〈아마조네스〉라고 하는데, 민간 어원에 따르면 이 말은 〈없다〉는 뜻의 〈아〉와 〈유방〉을 뜻하는 〈마조스〉를 합친 것으로 그녀들이 활을 쏘는 데 불편함이 없도록 오른쪽 유방을 제거한 데서 유래한 것이라고 한다)의 이야기가 나온다. 아마존족은 오늘날의 튀르키예에 있는 카파도키아 지방의 테르모돈 강가에 살았고, 오로지 종족 보존을 위해서만 이방의 남자들과 일시적으로 관계를 가졌다. 디오도로스 시켈리오테스의 주장에 따르면, 그녀들은 성적 수치심을 느끼지 않았으며 남자들을 공정하게 대하지 않았다. 아마존족의 사회는 여자들이 혈통을 이어 나가는 모계 사회였다. 남자아이들을 낳으면 장님으로 만들거나 발을 절게 만들어서 평생 노예로 살게 했다. 그녀들의 주된 무기는 청동 화살과 활, 그리고 반달 모양으로 된 짤막하고 가벼운 방패였다.

아마존족의 여왕 리시페는 아마조니오스강 인근의 모든 민족을 공격했다. 그녀는 결혼을 경멸하고 전쟁에만 몰두함으로써 아프로디테를 화나게 했다. 신은 그녀를 벌하기 위해서 그녀의 아들 타나이스로 하여금 자기 어머니를 향해 연정을 품게 만들었다. 타나이스는 근친상간의 죄를 범하지 않고 강물에 뛰어들어 죽었다. 그 뒤로 이 강은 타나이스라 불리게 되었다. 리시페는 아들의 망령에 시달리지 않기 위해 딸들을 데리고 흑해 연안으로 갔다. 딸들은 저마다 거기에 도시를 세웠다. 그들의 후예인 마르페사와 람파도와 히폴리테는 자기들의 영향력을 트라케와 프리기아로 확대했다.

아테네의 영웅 테세우스가 아마존들의 왕국에 와서 안티오페를 납치해 가자, 그녀들은 그리스를 공격하여 아테네 한복판에 진을 쳤다. 테세우스는 고전을 면치 못하다가 가까스로 그녀들의 한쪽 진영을 돌파하여 승리를 거두고 화친 조약을 맺었다. 헤라클레스의 열두 가지 과업 가운데 하나는 아마존들의 왕 히폴리테의 허리띠를 빼앗아 오는 것이었다.

아마존들은 트로이 전쟁 중에 펜테실레이아 여왕의 명령에 따라 그리스 침략자들에 맞서 트로이인들을 도우러 갔다. 펜테실레이아는 결국 아킬레우스와 싸우다가 죽었다. 하지만 아킬레우스는 그녀의 마지막 눈길을 보는 순간 사랑에 빠지고 말았다.

여자들로만 이루어진 부대의 자취는 킴메르족과 스키타이의 정예군에서도 찾아볼 수 있다.

오늘날에도 이란 북부에는 여자들이 주민의 대부분을 차지하는 마을들이 남아 있다. 그녀들은 아마존의 후예임을 자처하고 있다고 한다.

에드몽 웰스, 『상대적이며 절대적인 지식의 백과사전』 제5권

101. 잔인한 환멸

불이 다시 들어오고, 우리는 갑자기 백성들에게서 떨어져 나와 얼떨떨한 표정으로 눈을 깜박인다.

나는 사랑의 신을 계속 노려본다. 화가 난다. 은비가 학생들에게 모욕을 당했을 때 바로 이런 기분을 느끼지 않았을까? 다만 나는 스승에게 모욕을 당했다.

아, 차라리 쥘 베른처럼 처음부터 죽임을 당하는 편이 낫지 않았을까? 프랑시스 라조르박처럼 인어들에게 잡히거나 에드몽 웰스처럼 아틀라스에게 붙들리는 편이 낫지 않았을

까? 그랬다면 적어도 이런 일을 당하지는 않았을 것이다. 일껏 보석을 만들어 놓고 그것이 박살 나는 꼴을 봐야 한다면 숱한 고생이 다 무슨 소용이랴. 한 민족을 사랑하게 만들어 놓고 이제 와서 그 민족이 멸망하는 것을 지켜보라고? 이런 냉소주의가 신들의 속성이란 말인가.

내가 피난민들의 배를 구조한 것은 그들이 추구하는 가치들이 중요해 보였기 때문이다. 그런데 그들을 구하려고 한 게 잘못이란 말인가? 인간의 작은 무리가 야만인들이 침입할 수 없는 곳에서 평화롭게 진보하기를 바란 것이 그렇게까지 순리를 거스르는 일이었단 말인가?

신보다 우월한 것이 무엇인지는 여전히 모르지만, 악마보다 나쁜 것이 무엇인지는 알겠다. 그건 바로 아프로디테다. 그녀는 나에게 천국을 줄 것처럼 굴더니 지옥을 안겼다. 매혹적인 미소를 머금은 채 내가 건설한 것을 모두 파괴해 버렸다. 그러면서 〈미안하다〉라는 말을 왜 한단 말인가? 정말 고약하기 짝이 없다. 지금 이 순간 나는 그녀를 증오하고 저주하고 야유한다. 사랑의 신이 고작 이런 거라면 나는 차라리 증오의 신을 좋아하겠다. 엄청난 실망감이 가슴 가득 밀려온다.

아니다, 마음을 추스르자. 이렇게 너무 쉽게 감정에 휩쓸리면 안 된다.

먼저 구조할 수 있는 데까지 구조하고 나서 끝까지 싸워보자. 〈목숨이 붙어 있는 한 희망은 있다〉라는 격언이 있지 않은가.

돌고래족은 영원히 죽지 않을 것이다. 그들 가운데 단 한 사람이라도 살아남는다면 희망은 있다. 그들은 어디에 가든 겨레의 가치와 기억과 지식과 상징을 간직할 것이기 때문이다. 그것이 바로 그들의 여왕에게 전달하려고 했던 말이 아닌가.

마음을 가라앉히자. 돌고래족에게 실질적으로 도움을 줄 수 있는 길을 생각해야 한다. 어떻게 해서든 그들을 구해야 한다. 내가 후보생으로서 활용할 수 있는 모든 수단을 동원해야 한다. 그들이 이런 식으로 멸망하는 것은 온당치 않다. 나는 돌고래족의 신으로서 마땅히 그들을 구원해야 한다.

마음을 가라앉히자. 숨을 길게 들이마시고 눈을 감자. 마치 이 모든 게 전혀 대수롭지 않다는 듯 다른 후보생들과 이야기를 나누자.

매릴린 먼로와 조제프 프루동의 대결은 매릴린의 승리로 끝났다. 많은 후보생이 그녀를 칭찬한다. 남성 우월주의에서 벗어나지 못한 후보생들조차 말벌족 여자들의 진가를 인정한다. 프루동은 덤덤한 표정으로 입을 다물고 있다. 아쉬움이나 분노의 기색은 보이지 않는다. 오히려 승자와 악수를 하고 축하의 말을 건네는 정정당당한 면모를 보이기까지 한다.

짐짓 느긋한 모습으로 돌고래족의 현재 상태를 점검해 보자.

그들에게는 도시도 군대도 없다. 그들은 주인의 선의에 기대어 사는 〈세입자들〉일 뿐이다. 쇠똥구리족의 신 클레망 아데르가 앞으로 어떻게 나올지 걱정스럽다. 돌고래족이 가진 기술과 지식을 다 빼앗고 나면, 마치 즙을 다 짜낸 레몬을 버리듯이 그들을 영토 밖으로 쫓아내지 않을까? 이제 내 백성들은 살 권리를 얻기 위해 점점 더 많은 것을 제공해야 한다. 그들은 강도에게 잡혀 있는 인질이나 진배없다.

자세히 살펴보니 돌고래족의 나머지 사람들은 다른 민족들의 나라에 가서 터를 잡았다. 그들은 마리 퀴리의 이구아나족에게 천체의 운행과 기념물 건립과 의술에 관한 지식을 가르쳐 주었다. 이구아나족은 그들의 영향을 받아 쇠똥구리족처럼 피라미드를 건설했다. 프랑수아즈의 개족 나라에 간 사람들은 상징과 감춰진 구조에 관한 지식을 전수했다. 올리비에의 황소족 나라에 간 백성들은 성적인 자유와 미궁처럼 복잡한 건물을 짓는 방법을 가르쳤다.

마타 하리의 늑대족은 내 백성들 덕분에 날렵하게 생긴 돛단배를 만들 수 있게 되었다. 프레디 메예르의 고래족은 피난민들을 극진하게 대접해 주었다. 덕분에 그들은 벌써 관개 시설과 민회의 운영에 관한 논의를 하고 있다.

내 백성들은 몽골피에의 사자족이 자기들 나름의 문자를 창제하고 예술을 발전시키도록 도와주었다. 그런가 하면 라울 라조르박의 독수리족에게는 돌고래족의 문자와 산술을 그대로 전수해 주었다.

돌고래족은 그야말로 뿔뿔이 흩어져 있었다. 생각했던 것보다 그 정도가 훨씬 심했다. 이렇듯 이 나라 저 나라에 분산되어 있는 민족을 어떻게 다스리지? 당장은 쇠똥구리족 왕국에 정착한 백성들에게 관심을 집중해야 하지 않을까 싶다. 그들이 가장 수가 많고 가장 좋은 환경을 가지고 있으니 말이다.

마타 하리가 내게 속삭인다.

「사랑의 신이 너에게 엄청난 타격을 입혔어. 네가 아주 아름다운 섬을 찾아내어 훌륭한 도시를 건설했는데 이제 아무것도 남은 게 없어.」

뭐라고 대꾸할 말이 없다.

「설령 네가 잘못을 범한 게 사실이라 해도 아프로디테의 벌은 너무 과했어. 적어도 네 백성들을 안전하게 대피시킬 시간은 주었어야 하는 거라고.」

하긴 그렇다. 어제만 해도 그녀는 나와 함께 춤을 추었고 돌고래족이 맘에 든다고 속삭여 주지 않았는가…….

나는 아프로디테 쪽으로 눈길을 돌린다. 그녀 역시 나를 바라보며 미소를 보낸다. 아프로디테는 나에게 내 친구들을 조심하라고 충고했지만, 오히려 그런 충고를 한 그녀를 더 경계했어야 하는 것이 아닐까?

하지만 나는 그녀를 원망할 수가 없다. 그녀가 어떤 식으로 행동하든 나에게 애정을 느껴서 그러는 게 아닐까 하는 생각이 든다. 나에게 고통을 주는 것조차 나를 위해서 일부러 그러는 것만 같다. 이런, 내가 홀려서 마조히스트가 되어 버린 것일까? 아니면 위험을 마다하지 않는 산악인처럼 헬리콥터를 타고 올라가기보다는 굳이 가파른 사면을 기어오르려 하는 것일까? 운동을 좋아하는 사람들은 누구나 스스로 선택한 고통을 즐긴다. 마라톤을 하는 것은 하나의 고난이다. 바벨을 들어 올리는 것은 불필요한 고통이다. 사랑의 신에게 사랑받으려고 애쓰는 것은…….

사라 베르나르트가 나직한 소리로 말한다.

「정말 못됐어. 어떻게 이런 벌을 내릴 수가 있지? 이건 부당해.」

「게임의 규칙을 적용한 것뿐인데, 뭘.」

나는 되도록 담담한 목소리로 말했다. 너무 담담해서 나

스스로 놀랐다.

「규칙도 좋지만, 대재앙을 보내서 네 민족을 몰살시키려고 한 건…….」

마타 하리가 다시 말한다.

「원한다면 내가 너를 도와줄게. 이미 돌고래족 사람 몇 명을 늑대족 나라에서 받아 주었어. 곤경에 처한 백성들이 또 있으면 나한테 보내. 내가 보호해 줄게. 그들에게 땅도 주겠어.」

마타 하리는 파란 강을 건널 때 내 목숨을 구해 주었다. 그 뒤로도 어려움에 빠진 나를 줄곧 도와주었다. 그런데 왠지 그녀의 친절이 신경에 거슬린다.

아프로디테는 18호 천국과 18호 천사들의 나라가 들어 있는 유리병을 구체 받침대 아래쪽에서 꺼낸다.

18호 지구의 영혼들이 천국으로 올라온다. 그 가운데 일부는 반딧불이 무리처럼 작은 발광체들의 안무를 펼치며 천사들의 나라로 들어간다.

하지만 많은 영혼들은 지상에 대한 미련과 애착을 버리지 못하고 떠돌아다닌다. 산 사람들의 눈에 보이지 않는 그들은 저희를 괴롭혔던 자들에게 들러붙거나 가짜 직감으로 영매들을 방해하거나 저희가 사랑했던 사람들 곁에서 계속 얼쩡거린다.

아프로디테가 말한다.

「저 불쌍한 영혼들을 지구에서 쫓아내야겠어요. 저렇게 떠돌면 그저 불행한 시간이 길어질 뿐이에요. 더 높은 세계로 들어갈 때까지 환생을 거듭하는 것, 그게 모든 영혼의 운명이죠. 다들 그 점을 명심하세요.」

모두가 받아 적는다. 사제들에게 떠돌이 영혼들을 찾아내어 저승으로 보내라고 가르칠 것.

아프로디테가 내 쪽으로 온다. 그러더니 놀랍게도 나를 칭찬한다.

「브라보, 미카엘. 생각보다 잘하던걸요. 그런 시련을 이겨낼 거라고는 생각하지 않았죠. 비로소 나한테 강한 인상을 심어 줬어요. 그렇게 재능이 많은 줄 몰랐어요.」

이건 병 주고 약 주기다. 어떻게 반응해야 할지 모르겠다.

아프로디테가 덧붙인다.

「인간을 죽이지 않는 것은 인간을 더 강하게 만드는 법이죠.」

은비 어머니도 같은 말을 했다. 흔히 니체가 『우상의 황혼』에서 처음으로 말한 잠언이라고 알고 있지만, 사실은 이미 『구약 성경』에 있던 말이다.

그렇다면 그녀는 내 민족을 강하게 만들기 위해서 시련을 준 것이란 말인가! 설령 그렇다 해도 그 점에 대해서 내가 감사하기를 바라지는 않을 것이다.

아프로디테가 내게 다가온다.

「미카엘 팽송 씨, 정말 잘했어요.」

아프로디테는 내 손을 꽉 쥔다. 마치 코치가 복싱 선수를 격려하는 것 같다. 그런 다음 다시 강단으로 올라간다.

라울이 투덜거린다.

「널 가지고 노는 거야. 설마 그렇게 당하고도 접근해 오는 것을 받아들이지는 않겠지?」

매릴린의 생각은 조금 다르다.

「훌륭한 배우야! 내가 알고 싶은 것은 저런 식으로 매력을 발휘하는 게 자신에게 무슨 도움이 되는가 하는 거야.」

프레디가 대답한다.

「자신의 권능을 시험하는 것이 아닐까?」

라울이 맞장구를 친다.

「맞아. 빨간 마법의 힘을 시험하는 거야. 하얀 마법과 검은 마법 말고 잘 알려지지 않은 마법이 하나 더 있어. 빨간 마법이 바로 그거야. 가장 원초적인 성적 충동에 바탕을 둔 마법이지. 아시아인들이 특히 그것에 관심이 많았어. 그래서 인도의 『카마수트라』와 탄트라 밀교, 중국의 방중술이 발달하게 된 거야. 그들은 여자들이 주문을 걸거나 마귀를 쫓아내는 것보다 더한 마법을 부릴 수 있다는 것을 깨달았지. 여자들은 남자를 유혹해서 호르몬의 지배를 받게 할 수 있어. 그 마법에 걸려든 남자는 마약에 빠진 남자보다 더 약해지는 거야.」

라울은 내 문제를 알아차렸지만 해결책을 제시하지는 않았다. 나는 아프로디테에게서 눈을 떼지 않는다. 아프로디테는 후보생들의 개별적인 대화를 중단시키고 우리에게 강의실 한쪽 구석으로 따라오라고 이른다. 거기에는 덮개를 씌워 놓은 어항들이 가지런히 놓여 있다.

「앞서 헤르메스는 쥐를 상대로 한 실험을 설명했고 데메테르는 침팬지 실험에 관한 이야기를 했습니다. 동물의 행동을 관찰하는 것은 인간의 행동을 이해하는 데 도움이 됩니다. 오늘은 벼룩에 관한 이야기를 들려주겠어요.」

아프로디테는 어항 하나를 우리 앞에 꺼내 놓고 실험을 벌인다. 나는 백과사전에 넣기 위해 빠르게 적어 나간다.

102. 백과사전 : 벼룩의 자기 제한

벼룩 몇 마리를 빈 어항에 넣는다. 어항의 운두는 벼룩들이 뛰어넘을 수 있는 높이다.

그다음에는 어항의 아가리를 막기 위해서 유리판을 올려놓는다.

벼룩들은 톡톡 튀어 올라 유리판에 부딪친다. 그러다가 자꾸 부딪쳐서 아프니까 유리판 바로 밑까지만 올라가도록 도약을 조절한다. 한 시간쯤 지나면 단 한 마리의 벼룩도 유리판에 부딪치지 않는다. 모두가 천장에 닿을락 말락 하는 높이까지만 튀어 오르는 것이다.

그러고 나면 유리판을 치워도 벼룩들은 마치 어항이 여전히 막혀 있기라도 한 것처럼 계속 제한된 높이로 튀어 오른다.

에드몽 웰스, 『상대적이며 절대적인 지식의 백과사전』 제5권

103. 천장을 조심해!

아프로디테는 어항 벽에 여전히 얼굴을 붙이고 있다. 뛰는 높이를 스스로 조절한 그 벼룩들이 세상에서 가장 흥미로운 구경거리이기라도 한 듯한 표정이다.

이윽고 아프로디테가 묻는다.

「이 실험을 지켜보면서 무슨 생각을 했죠?」

라블레가 대답한다.

「과거의 경험에 매이면 현재의 실상을 제대로 보지 못하는 경우가 있습니다. 과거에 받은 심한 충격 때문에 현실에 대한 관점이 왜곡되는 것이죠.」

「그래요. 이 벼룩들은 이제 유리판에 부딪칠까 두려워서 위험을 무릅쓰려고 하지 않아요. 그냥 시도하기만 하면 성공의 길이 다시 열려 있다는 것을 확인할 수 있는데도 그 시도조차 안 하는 것이죠.」

그 말을 하면서 나에게 눈길을 준다. 나를 겨냥해서 한 말이 아닌가 싶다.

볼테르가 말한다.

「지난 시간에 들은 침팬지 이야기와 조금 비슷하군요.」

그러자 루소가 반박한다.

「아냐, 침팬지들은 충격적인 경험을 할 겨를조차 없었어. 벼룩들은 더 높이 뛰면 안 되는 이유를 알고 있어. 하지만 침팬지들은 저희가 때리는 이유를 모르고 있었어.」

「그렇긴 하지만, 어느 경우나 현실을 있는 그대로 보지 못한다는 점에서는 마찬가지야.」

생텍쥐페리가 나선다.

「이 실험은 자신의 습관을 바꾸는 것에 대한 두려움을 시사하고 있어요.」

아프로디테가 동의한다.

「맞아요.」

사라 베르나르트가 덧붙인다.

「게다가 이 벼룩들은 새로운 정보를 구하려고 하지 않아요. 이미 경험한 것만을 영원한 진리로 여기고 있는 셈이죠.」

「여러분은 인류의 가장 큰 문제점들 가운데 하나를 정확하게 보고 있어요. 자기 의견을 스스로 만들어 낼 줄 아는 인간은 아주 드물어요. 그들은 대개 부모나 선생님이 말한 것, 아니면 텔레비전 뉴스에서 들은 것을 앵무새처럼 되풀이하죠. 그럼에도 그게 자기들의 의견이라고 확신하면서 그것과 다른 의견을 말하는 사람이 나타나면 격렬한 입씨름을 벌입니다. 하지만 스스로 관찰하고 스스로 생각하기만 하면 세상을 있는 그대로 발견하게 되고 남들이 주입하는 의견에서 벗어나게 되죠.」

듣고 보니 옛날에 우리 집에서 친구들과 저녁 식사를 함께 하며 나눴던 이야기가 생각난다. 기자로 활동하는 한 친구가 프랑스 대중 매체의 외신 보도를 문제 삼았다. 모든 매체가 한 통신사로부터 정보를 얻는데, 이 통신사는 공교롭게도 국가와 석유 산업 그룹이 투자한 회사라고 했다. 그래서 대중은 석유 수출국들의 비위를 건드리고 싶어 하지 않는 국가와 석유 산업 그룹의 관점을 자기들 것으로 수용할 수밖에 없다는 것이었다. 다른 친구들은 너무 편향적인 견해라면서 즉시 반발했다. 나는 그 친구를 옹호하려고 했지만 소용이 없었다. 이상하게도 자유의 수호자를 자처하는 친구들이 더 격렬한 태도를 보였다.

아프로디테가 묻는다.

「벼룩들이 모두가 받아들인 한계를 뛰어넘게 하려면 어떻게 해야 할까요?」

라블레가 대답한다.

「스스로를 자유로운 존재로 느낄 수 있도록, 그리고 남의 견해가 아니라 오로지 자신의 감각만을 신뢰하도록 교육을 시켜야죠.」

「그런 교육을 어떻게 시키죠?」

시몬 시뇨레가 의견을 낸다.

「지능을 높여 주어야 합니다.」

「아뇨, 이건 지능의 문제가 아니에요.」

「오로지 스스로 경험한 것을 바탕으로 자신의 의견을 형성하는 법을 가르쳐 주어야 합니다.」

내 의견에 아프로디테가 고개를 끄덕인다.

「맞아요. 모든 것을 시도하고 모든 것을 시험해서 경험을 축적해야 합니다. 과거의 경험이나 남의 경험을 이용하지 말고 오로지 현재의 자신을 믿어야 하는 것이죠. 그래야 현실을 있는 그대로 이해할 수 있습니다.」

옛날 지상에 살던 시절에 나는 라울과 함께 죽음의 세계를 탐사하기로 결정했다. 우리의 시도는 숱한 경멸과 불신에 봉착했다. 가족들마저 우리를 곱지 않은 눈으로 보았다. 그들이 보기에 죽음과 저승은 종교인들의 영역에 속해 있었다. 그런 문제를 깊이 탐구하는 것은 사제들 혹은 독실한 신앙인들이나 하는 일이었다. 우리처럼 평범한 개인이 죽음의 세계를 마치 미지의 대륙처럼 탐사하려 드는 것은 상궤를 벗어난 짓이었다. 특히 내가 〈비종교적인 구도〉나 〈개인적인 깨달음의 추구〉 같은 개념들을 이야기했을 때 사람들의 반발이 심했다. 내가 보기에 구도는 종교와 달랐다. 종교는 영혼을 고양시키는 길을 스스로 찾아낼 수 없는 사람들을 겨냥한 기성복 같은 가르침일 뿐이다. 반면에 구도는 개인이 저마다 자기 방식으로 깨달음을 추구하는 것이다. 아무튼 사람들의 그런 태도를 경험하고 나서 나는 죽음이나 저승에 관한 이야기는 되도록 하지 않는 게 낫다는 것을 깨달았다.

「사람들이 다시 꼭대기까지 도약하는 것을 시도하게 하려면 그들에게 자유를 가르쳐야 합니다. 그들을 가르치기 위해서 필요한 것은…….」

아프로디테는 삑삑거리는 마찰음을 내면서 칠판에 〈현자〉라고 쓴다.

「자 이것이 바로 새로운 도전 과제입니다. 여러분의 백성들 속에서 현자, 깨달은 자, 학자, 요컨대 제6단계의 의식에 도달한 존재들이 생겨나게 하세요.」

브뤼노가 말한다.

「그들은 죽임을 당할 것입니다.」

「당신 백성들의 나라에서는 그렇겠죠.」

그러면서 아프로디테는 갑자기 브뤼노를 매섭게 노려본다.

「제 백성들의 나라요? 그 나라에 무슨 문제가 있나요?」

아프로디테는 브뤼노 쪽으로 빠르게 다가간다.

「무슨 문제가 있느냐고요?」

아프로디테는 그를 향해 손가락을 내지른다.

「내가 모를 거라고 생각해요?」

그러고 보니 나는 브뤼노가 이끄는 매족을 한 번도 눈여겨본 적이 없다. 도대체 아프로디테를 화나게 한 것이 무엇일까?

「이봐요, 브뤼노 발라르 씨. 매족은 이제껏 아무 민족도 침략하지 않았고, 이방인들을 학살하지도 않았어요. 그건 사실이에요. 하지만 당신 자신의 백성들이 어떤 대접을 받고 있는지 생각해 봐요. 특히 여자들의 처지를 봐요. 당신, 여자들한테 무슨 원한 있어요?」

브뤼노는 눈길을 낮춘다.

영문을 모르겠다. 말벌족의 여자들을 공격한 프루동에게 맞서서 무슨 행동을 한 게 아닌가 했더니, 오히려 여자들을 학대한 게 문제가 된 모양이다.

「당신은 차마 입에 담기도 어려운 관습들이 정착되도록 방치했어요. 가장 분명하게 드러나는 것부터 말하자면, 먼저 음핵 절제의 관습이 있어요. 세상에, 어미가 자기 딸의 음핵을 자르다니요! 브뤼노 씨의 나라에서는 바로 이런 일이 벌어지고 있어요. 그들이 왜 그러는 거죠?」

「으음…… 모르겠습니다. 여자들끼리 결정한 일이에요. 그녀들은 그렇게 하지 않으면 진짜 여자가 되지 않는다고 생각해요.」

「당신이 그런 생각을 불어넣었나요?」

「으음…… 남자들이요.」

「남자들이 왜 그랬을까요?」

「여자들이 아무하고나 자는 것을 원하지 않거든요.」

「아니에요, 브뤼노 씨. 여자들이 쾌감을 느끼는 걸 원치 않기 때문이에요. 여자들이 자기들보다 훨씬 더 많은 쾌감을 느끼는 것 같으니까 (실제로 그래요) 샘이 난 거예요. 그게 진실이에요. 나는 당신 백성들의 나라에서 여자아이들이 전통에 따라 절제 수술을 당하는 것을 봤어요. 위생 상태는 엉망이었고 아이들은 지독한 고통을 견디고 있었어요.」

브뤼노는 잠시 망설이다가 대답한다.

「제가 그런 게 아니라 그 나라 남자들이…….」

「그래요. 하지만 당신은 그런 짓을 막기 위해서 아무것도 하지 않았어요. 꿈이나 직감이나 벼락을 보내기만 했어도 그런 행위를 금기로 만들 수 있었을 거예요. 백성들이 아무 짓이나 하도록 내버려 둔다면 신이 되는 게 무슨 소용이 있죠? 그뿐이 아니에요, 브뤼노 씨……. 음부 봉쇄의 관습도 심각한 문제예요. 여자아이들의 성기를 마취도 하지 않은 채 꿰매 버려요. 결혼할 때까지 순결을 지키라고 말이에요…….」

여자 후보생들이 브뤼노에게 힐난의 눈길을 보낸다.

「한 가지 더 이야기할게요. 브뤼노 씨, 이건 거의 알려지지 않은 것이지만, 당신 백성들의 나라에서는 그보다 훨씬 비열한 행위가 벌어지고 있어요. 여자들이 무서운 병을 앓고 있죠. 1호 지구의 의학 용어로 임산부 누공(瘻孔)이라고 하는 거예요.」

누공이라고? 무슨 뜻인지 모르겠다. 후보생들 사이에서 웅성거리는 소리가 일어난다. 아주 고약한 병인가 보다.

「그게 무엇인지 알아요? 바로 이런 겁니다. 그들은 열두 살 정도밖에 안 된 소녀들을 늙은 부자와 강제로 결혼시킵니다. 부모가 딸을 파는 것이죠. 그런데 그렇게 어린 여자들을 산 추잡한 사내들은 아무런 조심성이나 배려가 없습니다. 그래서 사춘기 소녀들이 임신을 하게 돼요. 하지만 그녀들의 몸은 아직 준비가 되어 있지 않아요. 대개는 태아가 달을 다 채우지 못하죠. 그런데 태아가 자라면서 임신부의 생식기와 방광과 직장을 나누고 있는 조직을 압박합니다. 그 압력 때문에 이른바 누공이라고 하는 구멍이 생겨나요. 그 결과 오줌이나 똥이 질을 통해서 흘러나오게 되죠. 소녀들이 몸을 아무리 자주 씻어도 고약한 냄새는 가시지 않아요. 그래서 남편들은 소녀들을 쫓아냅니다. 소녀들은 가족한테조차 외면당하고 사람들의 돌팔매를 맞으며 거지처럼 떠돌아다녀요. 열두 살짜리 소녀들이 말입니다, 브뤼노 씨!」

우리는 모두 그를 바라본다. 그는 목을 잔뜩 움츠린다. 그러고는 마치 방금 어떤 아이를 물어 버린 개의 주인처럼 소리친다.

「제가 시킨 게 아니에요. 제 백성들이 스스로 한 짓이에요.」

그런 변명으로는 사랑의 신을 진정시킬 수 없다.

「그런 짓을 못 하게 하라고 신이 있는 거 아닌가요? 그들을 제지하고 가르치고 아무 짓이나 함부로 하지 않게 만드는 것이 바로 당신의 역할 아닌가요? 게다가 여자들한테 그렇게 악착을 떠는 것은 너무 한심한 일이에요. 여자들은 스스로를 지킬 힘이 없어서 마지못해 그 모든 것을 받아들이고 있어요……. 어떤 마을에서는 딸을 낳는 것이 수치스러운 일로 되어 있어서 어머니들이 갓 태어난 딸아이들을 물에 빠뜨려 버리던데, 그것에 대해서는 더 말하지 않겠어요.」

브뤼노 발라르는 이제 아무 대꾸도 하지 않는다. 그의 얼굴에 분노의 기색이 어린 듯하다. 놀라운 일이다. 자기네 백성의 관습을 모두에게 폭로했다고 신을 원망하고 있지 않은가.

하지만 아프로디테는 벌써 다른 후보생들을 손가락으로 가리키고 있다.

「브뤼노를 비웃는 후보생들이 있는데, 그러기엔 아직 일러요. 각 민족의 사정이 어떠한지 내가 모를 줄 알아요? 우선 여성을 학대하는 관습을 가진 민족은 하나만 있는 게 아니에요. 다음으로…… 나는 근친상간을 아동 교육의 한 형태로 간주하는 백성들을 봤어요. 원, 세상에! 그런가 하면 소두목들이 미소년들을 성적인 노리개로 삼기 위해 이상한 제도를 만들어 놓은 나라도 있더군요. 식인 풍습, 또는 나병 환자나 장애인들을 열악한 조건을 가진 수용소에 격리하는 제도 따위에 대해서는 더 말하지 않겠어요. 여자들을 마녀로 몰아서 화형시키는 일도 생겨났고, 고문실과 고문 기술자도 나타나기 시작했어요. 나는 여러분이 백성들을 방치해서 벌어진 일을 다 봤어요. 여러분은 대담성이 부족하거나 어리석어서 해야 할 일을 제대로 하지 않은 경우가 많아요.」

신의 눈매가 사나워진다.

「소심하거나 어리석어서 그런 게 아니라면 품성이 원래 악한 탓이겠죠.」

많은 후보생이 고개를 떨어뜨린다. 아프로디테는 표정을 누그러뜨리고 토가 자락을 펄럭이며 후보생들 사이로 돌아다닌다. 그러다가 다시 강단으로 올라간다. 에로스가 공중에서 내려와 그녀의 어깨에 앉는다. 여신은 숨을 깊이 들이마신다.

「자, 계속할까요? 내가 어디까지 했더라? 아 그래, 현자. 처음에는 물론 현자들이 우두머리들과 기성 체제를 두려워하죠. 기득권자들은 현자들을 몰아내기 위해서 가차 없이 폭력을 사용하기 때문에 현자들은 우선 박해를 받을 수밖에 없어요. 하지만 이 문제는 더 장기적인 관점에서 봐야 해요. 현자들은 박해를 당함으로써 씨앗을 뿌리는 것이고, 그들 자신은 보지 못하겠지만 그 씨앗들은 싹을 틔우고 무럭무럭 자랄 것입니다. 탈레스, 아르키메데스, 조르다노 브루노, 레오나르도 다빈치, 스피노자, 아베로에스 등 수많은 현자들이 평탄한 삶을 살지 못했지만 영원히 지워지지 않을 흔적을 남겼죠. 여러분의 다음 과제가 바로 그것입니다.」

신은 칠판에 적힌 〈현자〉라는 말에 굵은 밑줄을 긋는다.

「18호 지구의 영혼들은 이제 더 높은 단계로 나아갈 준비가 되어 있어요. 그들에게 방향을 정해 주는 것은 바로 여러분의 몫입니다. 여러분의 궁극적인 목표를 종이에 적어 보세요.」

신은 칠판에 〈궁극적인 목표〉라고 쓰더니 그 옆에 〈유토피아〉라는 말을 덧붙인다.

「중요한 것은 각각의 정책이나 제도 뒤에 감춰져 있는 의

도입니다.」

신은 〈의도〉라는 단어를 추가로 적는다.

「백성들이 겉으로 내세우는 것을 그냥 믿으면 안 됩니다. 여러분이 민주주의를 정착시킨다 하더라도 만약 대통령의 의도가 개인적인 치부에 있다면 그것은 민주주의의 가면을 쓴 독재예요. 마찬가지로 여러분이 군주제를 선택한다 할지라도 만약 국왕의 의도가 백성의 복지에 있다면 그것은 사회적으로 평등한 체제가 될 수도 있죠. 정치적 구호들이나 지도자들 뒤에는 개인적인 의도가 감춰져 있어요. 그 의도를 감시하고 통제해야 합니다.」

몇몇 후보생은 이해가 잘 안 된다는 듯한 표정을 짓고 있다. 신은 설명을 이어 나간다.

「여러분은 저마다 인간을 위한 이상적인 세계를 머릿속에 그리고 있어요. 저마다 자기 나름의 유토피아를 상정하고 있는 것이죠. 현자들은 그 유토피아를 구현하려는 의도와 깊이 연관되어 있습니다. 말하자면 현자들은 여러분의 감춰진 의도를 실현해 나가는 사람들이에요. 그들은 자기네 공동체가 어떤 고상한 목표에 도달하도록 백성들이나 지도자들에게 조언을 할 것입니다. 그러자면 먼저 목표를 정해야 하겠죠. 자, 이제 여러분의 민족에게 만들어 주고 싶은 미래를 상상해 보세요. 여러분이 생각하는 이상적인 인간 세상을 글로 적어 보세요. 단지 여러분 각자의 민족을 위한 이상 세계가 아니라 18호 지구의 모든 인류를 위한 이상 세계를 말이에요.」

숨소리 하나 들리지 않을 만큼 정적이 흐른다. 우리는 모두가 한 가지 생각에 몰두해 있다. 나의 돌고래 민족에게는 어떤 세계가 이상적일까? 내가 보기에 지금 단계에서는 세계의 평화가 그들의 이상이다. 내가 무엇보다 바라는 것은 모든 민족의 무장을 해제하는 것이다. 그런 세상이 오면 나는 내 민족의 모든 에너지를 지식 탐구와 복지, 그리고 깨달음의 추구로 돌릴 수 있으리라. 나는 큰 글씨로 〈세계 평화〉라고 쓴다.

아프로디테가 설명을 덧붙인다.

「이상적인 미래는 강의가 진행됨에 따라서 달라질 수 있어요. 그러니까 종이 한쪽에 오늘 날짜를 명기하세요. 첫 번째 금요일이라고 적으면 돼요.」

신은 우리가 적은 것을 걷은 뒤 다시 책상 앞에 앉는다.

「이제 성적을 발표할 시간이에요.」

후보생들은 모두 숨을 죽인다. 신은 깊은 생각에 잠긴 표정을 짓고 있다가 점수를 확인하고 우리를 하나하나 살펴본다. 이윽고 평결이 떨어진다.

「1등은 클레망 아데르와 쇠똥구리 부족입니다.」

다른 후보생들은 박수갈채를 보내지만 나는 화가 난다. 만약 내가 클레망 아데르의 백성들에게 문자와 수학과 피라미드를 가르쳐 주지 않았다면 그들은 농사나 겨우 지을 줄 아는 무지렁이 민족 신세를 면치 못했을 것이다.

사랑의 신은 태연한 얼굴로 클레망 아데르의 머리에 황금 월계관을 씌워 주고 강평을 시작한다.

「클레망 아데르는 돌고래족 사람들을 받아들임으로써 협력의 원리를 활용했을 뿐만 아니라, 기념물을 건설하는 것의 이점을 깨달았어요. 쇠똥구리족의 왕국에는 현재 18호 지구에서 볼 수 있는 가장 훌륭한 건축물들이 있어요. 노동과 에너지라는 측면에서 비싼 대가를 치르기는 했지만, 이 기념물들은 시간과 공간을 초월해서 쇠똥구리족의 문명을 빛나게 해줄 것입니다. 다들 클레망 아데르의 방법을 본보기로 삼으세요.」

신은 그의 두 뺨에 입을 맞추고 품에 꼭 안아 준다.

「2등은 마리 퀴리와 이구아나족이에요. 이 백성들 역시 피라미드를 세우고 아주 훌륭한 도시들을 건설했어요. 게다가 점성학과 예언의 기술을 발달시켰죠. 다만 한 가지, 인신 공양의 문제가 있어요. 그 어리석은 관습을 반드시 중단시켜야 합니다. 친애하는 마리 퀴리, 나는 당신이 현자들을 만들어 내서 그것을 해내리라고 확신해요. 그런 의미에서 이 상을 격려로 생각하세요.」

마리 퀴리는 은 월계관을 받으면서 대답한다.

「제 영매들의 덕을 많이 봤습니다. 그들은 제가 가르치는 것을 제대로 이해했어요. 지적하신 문제를 해결하고, 이구아나족의 이념을 전파하도록 최선을 다하겠습니다.」

클레망 아데르와 마찬가지로 마리 퀴리는 돌고래족의 기여를 암시조차 하지 않았다. 어느 날 수평선에 배가 나타났고, 그 배를 타고 온 사람들이 이구아나족의 개명에 필요한 지식과 기술을 가져오지 않았던가……. 어쩌면 그들은 내가 탈락하기를 바랄지도 모른다. 그러면 나한테 감사할 필요가 없어질 테니까 말이다.

「끝으로 3등은 조제프 프루동과 쥐족입니다.」

이번에는 여저저기에서 웅성거리는 소리가 인다. 아프로디테가 덧붙인다.

「사실 쥐족은 말벌족과 공동 3위예요. 하지만 쥐족은 D력을 대표하고 있어요. 그래서 세 가지 힘을 대표하는 민족이 골고루 수상할 수 있도록 그들에게 점수를 조금 더 줬습니다.」

후보생들이 다시 술렁거린다. 특히 여자 후보생들의 목소리가 높다.

아프로디테는 짜증 섞인 손짓으로 항의를 진정시키고 강평을 이어 나간다.

「쥐족의 문명은 18호 지구에서 군사적으로 가장 강력합니다. 여러분 모두 그 점을 참작해야 합니다. 내가 보기에 쥐족의 군대는 현재 천하무적이고 그들의 무기는 성능이 단연 뛰어나요.」

몇몇 후보생이 휘파람 소리를 낸다. 그러자 신은 노골적으로 화를 내며 소동을 가라앉히기 위해 책상을 두드린다.

「자, 잘 생각해 봐요! 여러분과 마찬가지로 나는 사랑을 갈망하고 폭력을 증오해요. 하지만 눈을 가리는 건 아무 소용이 없어요. 평화를 지향하는 민족에게는 언제나 강력한 군대가 닥쳐올 거예요. 강한 자가 약한 자를 지배하기 마련이죠.」

쥐족이 침입했을 때 내 백성들이 죽음을 기다리면서 부르던 노랫소리가 머릿속에서 맴돈다. 해일이 덮치던 날 내 백성들이 올리던 기도 소리가 머릿속에서 울린다. 그들은 싸울 수가 없어서 그저 의연하게 죽는 길을 택했다. 그들의 고결한 행위가 올림포스 신들의 법전에서는 전혀 무의미하단 말인가?

아프로디테는 마치 내 생각을 읽기라도 한 것처럼 말을 잇는다.

「원칙이 아무리 아름답다 한들 죽고 나면 무슨 소용이 있나요? 여러분 가운데 다수가 현실을 있는 그대로 받아들이지 않는 오류를 범했어요. 여느 세계와 마찬가지로 18호 지구는 대결의 장소이고 정글이에요. 신이 하나뿐이라면 자기가 선택한 제도를 지구 전체에 강요할 수 있겠죠. 하지만 사정이 그렇지 않아요. 여러분은 아직 1백 명 가까이 남아 있어요. 이상주의자가 되기 전에 먼저 현실을 직시하세요.」

마타 하리가 다짜고짜 묻는다.

「왜 미카엘의 문명을 파괴하셨죠?」

신의 목소리는 냉랭하다.

「그 기분 이해해요. 당신의 착한 마음씨를 칭찬하고 싶어요. 하지만 따뜻한 마음만으로는 부족해요. 세상을 이해하기 위해서는 냉철한 지성이 더해져야 해요. 나 역시 그 점을 깨닫기까지 혹독한 대가를 치렀어요.」

나는 아프로디테의 맑은 눈을 바라본다. 무수한 사건, 무수한 고통, 무수한 배신의 기억이 빠르게 스쳐 가는 듯한 기색이다.

「미카엘은 부정행위를 저질렀을 뿐만 아니라 거짓된 세계를 창조했어요. 그가 만들어 낸 섬나라는 이를테면 세상 물정을 전혀 모르는 아이들의 섬이었어요. 지식과 영적인 요소를 축적한 것은 사실이지만, 그들은 너무 자기만족적이었죠. 그래도 지금은 자기들의 소중한 지식을 세상에 전파하고 있어요. 만약 지금 햇살이 밝다면 빛이 된다는 게 무슨 소용이 있겠어요? 빛은 어둠 속에서만 보이는 법이에요. 빛의 밝기는 역경 속에서만 제대로 측정될 수 있어요. 바로 그런 점 때문에 그들은 섬을 떠나야 했던 것이고, 바로 그런 점 때문에 그들은 지금 살아남기 위해서 싸우는 것입니다. 하지만 나는 미카엘을 믿어요. 그는 가장 지독한 어둠 속에서 자기 백성들을 빛나게 만들 거예요.」

나는 이렇게 말하고 싶다. 내 백성들이 발전하도록 그냥 내버려 두었다면 결국엔 배들을 보내서 다른 민족들을 가르쳤을 거라고. 설령 탐험가들의 배에 화살이 쏟아진다 해도 〈고요한 섬〉 백성들은 배들을 계속 보냈을 거라고. 그들에게 시간을 주었어야 한다고. 나를 믿었어야 한다고.

그런데 아프로디테는 나에게 은근한 공모의 눈길을 보내고 있다. 자기가 나를 위해서 행동하고 있다는 사실을 또다시 알리려는 것만 같다. 나는 나오려던 말을 도로 삼켜 버린다.

볼테르가 묻는다.

「그렇다면 왜 브뤼노를 책망하셨습니까?」

그녀는 처음으로 당황한 기색을 보이며 눈길을 낮추고 대답한다.

「좋은 질문이에요. 내가 잘못했어요. 브뤼노, 미안해요. 그저 기분에 사로잡혀서 한 소리예요. 브뤼노, 당신은 20등 안에 들었어요. 당신이 원하는 대로 백성들을 이끌어도 좋아요. 내가 말한 것은 관찰자의 의견일 뿐이에요. 염두에 두지 않아도 돼요.」

브뤼노는 즉시 득의양양한 표정을 드러낸다.

그녀의 돌변이 충격적이다. 이제껏 벌어진 그 어떤 일보다 나를 놀라게 한다. 이 신들의 세계에 무슨 규칙이 있는 것인지 도무지 이해할 수가 없다. 뤼시앵 뒤프레가 생각난다. 그의 말대로 우리 모두가 함정에 빠져 있는지도 모른다. 영혼이 가장 순수하고 가장 높은 단계로 고양되었다는 우리가 잔인무도한 짓거리에 협력해야 한다. 나는 벌써 그런 것들을 많이, 아니 너무 많이 받아들였다.

아프로디테는 다시 명단을 들고 성적을 계속 발표한다. 나는 이번에도 가장 점수가 나쁜 축에 들어 있다. 그래도 꼴찌는 아니다. 탈락자는 매미족을 이끄는 폴 고갱이다. 매미족은 가을걷이를 하면서 신명나게 노래를 부르는 쾌활한 민족이었지만 겨울 식량을 비축하기 위한 도기 제작 기술을 소홀히 했다. 게다가 그들은 너무 약해서 쥐 부족의 침략에 저항하지 못했다. 그래서 그들의 특별한 문명과 시대를 앞서가던 예술이 자취도 없이 사라져 버렸다.

켄타우로스 하나가 들어오더니 퐁타벤이라는 작은 도시와 타히티섬을 빛낸 화가를 데려간다.

이어서 신은 다른 탈락자 일곱 명을 호명한다. 고갱만큼 전생에서 유명했던 후보생들은 아니다. 그들은 대개 전쟁이나 전염병이나 기아 때문에 실패했다. 그들 역시 켄타우로스들에게 끌려간다.

차감 재적: 92-8=84.

아틀라스가 달려와 18호 지구를 도로 가져간다.

모두가 출구 쪽으로 간다. 나는 뚜껑을 덮어 놓지 않은 어항 속의 벼룩들을 살핀다. 문득 이런 의문이 든다. 우리의 뚜껑은 무엇일까?

나는 시선을 멀리 돌려 눈 덮인 산을 바라본다. 우리 위에 무엇이 있는지 언젠가는 알게 될 것이다.

104. 백과사전: 도곤 부족

1947년 소르본 대학 문화 인류학 교수인 마르셀 그리올은 말리에 사는 도곤 부족에 관한 조사를 벌였다. 이 부족은 말리 중부 고원의 유명한 단애(斷崖) 지대인 반디아가라 절벽에 30만 명 이상이 모여 살고 있었다.

도곤 사람들은 마르셀 그리올이 자기들의 삶과 문화에 관해 연구한다는 것을 알고 부족 현자들의 회의를 거쳐 자기들의 비밀을 알려 주기로 했다. 그러면서 신성한 동굴의 수호자인 늙은 맹인 오고템멜리를 그에게 소개했다.

두 사람은 32일 동안 이야기를 나누었다. 오고템멜리는 도곤족의 우주 창성 신화를 이야기해 주면서 돌에 새겨진 그림들과 천문도를 보여 주었다.

도곤족의 신화에 따르면, 태초의 창조주는 암마였다. 암마는 진흙으로 알을 빚고, 이 시공간에서 만물의 바탕이 되는 여덟 개의 씨앗을 싹 틔웠다. 이 싹에서 세상이 생겨났다. 그다음에 암마는 사람과 물고기의 형상을 반반씩 가진 놈모라는 대리자들을 낳았다. 처음에는 남자 놈모 넷을 만들고 그다음에는 여자 놈모 넷을 만들었다. 첫째 놈모는 하늘과 천둥, 비를 관장했다. 둘째 놈모는 심부름꾼이 되어 첫째를 도왔다. 셋째 놈모는 물을 다스렸다. 넷째 놈모인 유루구는 자기가 원하는 여자를 갖지 못했다면서 창조주에게 반항했다. 그러자 암마는 그를 태초의 알에서 쫓아냈다. 그러나 유루구는 알의 한 조각을 떼어 내어 그것으로 지구를 만들었다. 그리고 지구에서 자기 여자를 찾아내리라고 생각했다. 하지만 지구는 메마른 불모의 행성이었다. 그래서 유루구는 태초의 알로 돌아가 태반을 가지고 자기 아내가 될 여자 야시구이를 만들었다. 하지만 몹시 화가 난 암마는 야시구이를 불로 변하게 했다. 그리하여 태양이 생겨났다. 유루구는 기세를 누그러뜨리지 않고 이번에는 태양의 한 조각을 떼어서 지구로 가져간 다음 그것을 조각 내서 씨앗을 만들었다. 그는 씨앗들이 싹을 틔우면 새로운 세상이 생겨나고 거기에서 마침내 자신의 짝을 얻게 되리라고 기대했다. 암마는 유루구의 숱한 도발을 더 참지 못하고 그를 〈창백한 여우〉로 만들어 버렸다.

그때 놈모들 사이에 전쟁이 벌어졌다. 그들은 앞다투어 태초의 알에서 조각들을 떼어 냈다. 그것들은 모두 우주의 별이 되었다. 그리고 전쟁에서 생겨난 파동이 별들을 이끌었다.

무엇보다 마르셀 그리올을 놀라게 한 것은 아주 오래된 천문도였다. 이 그림에는 육안으로 식별하기 어려운 천왕성과 해왕성을 포함해서 태양계의 모든 행성이 제자리에 표시되어 있었다. 그보다 훨씬 놀라운 것은 그들의 천문도에 창조주 암마가 사는 곳이 표시되어 있는데 그 자리가 바로 시리우스 A의 자리라는 사실이다. 그뿐만 아니라 그 옆에 또 하나의 별이 표시되어 있는데 오고템멜리는 그 별을 일컬어 〈우주에서 가장 무거운 천체〉라고 했다. 도곤족의 역법은 50년의 순환 주기를 바탕으로 삼고 있다. 그런데 19세기 중엽에 시리우스 A의 주위를 도는 백색 왜성 시리우스 B가 발견되었고, 이 별이 50년을 주기로 해서 시리우스 A의 주위를 돌고 있으며 블랙홀을 제외하면 오늘날까지 알려진 천체 가운데 가장 밀도가 높다는 사실이 밝혀졌다. 그렇다면 도곤족은 이미 오래전부터 시리우스 B의 존재를 알고 있었던 것일까?

에드몽 웰스, 『상대적이며 절대적인 지식의 백과사전』 제5권

105. 가장 중요한 후보생

계절의 신들이 음식을 내온다. 오늘 저녁 메뉴에는 우리 백성들이 개발한 몇 가지 새로운 음식들이 올라와 있다. 무엇보다 버터와 치즈와 소시지가 있다. 버터가 무척 맛있어 보인다. 나는 포크로 한 조각을 찍어서 접시에 내려놓지도 않고 그냥 포크째로 입 안에 넣는다. 우유 맛도 나고 아몬드 맛도 난다. 정말 맛있다. 치즈와 소시지도 마찬가지다. 하지

만 우리는 음식의 맛을 음미할 기분이 아니다. 저마다 오늘의 게임을 놓고 평을 한다. 특히 신의도 법도도 없는 침략자 프루동이 이번에도 3등 안에 들었다는 사실을 유감스럽게 여기는 후보생들이 많다. 하지만 어떤 후보생들은 D력을 대표하는 프루동이 입상자 명단에 포함될 필요가 있다고 주장한다. 프루동은 일부 인간들의 지배욕을 대변하고 있다는 것이다. 다른 후보생들은 매릴린이 인정사정없는 프루동을 이겼다는 점을 들어 쥐족 군대처럼 사납고 격렬하다고 해서 모든 전투를 승리로 이끌 수 있는 것은 아니라고 반박한다.

「현재 상태에서 누가 쥐족의 군대를 제대로 무찌를 수 있겠어?」

마타 하리가 그렇게 한탄하자 라울이 대답한다.

「훨씬 더 강력한 군대가 나타나겠지. 쥐족의 전략을 연구하고 모방하고 개선한 군대가 말이야.」

그러고 나서 라울은 내 쪽으로 의자를 바싹 당긴다.

「미카엘, 에드몽 웰스의 백과사전을 넘겨받았지?」

「그래, 에드몽이 계속 쓰라고 당부했어.」

「시간 낭비야.」

「내 백성들에게 지혜를 주기 위해서 활용할 수도 있어.」

라울에게는 그런 설명이 통하지 않는다.

「그보다 네 백성들을 무장시킬 생각을 해야 해. 스스로를 지킬 능력이 없으면 다른 민족들의 그늘에서 영원히 벗어나지 못할 거야. 그들은 상인을 보호해 주겠다고 하면서 끊임없이 돈을 뜯어 가는 깡패들이나 진배없어.」

「이봐 라울, 잊고 있는 모양인데, 자네 민족 역시 내 백성들을 받아 준 대가로 지식을 갈취해 가는 민족들 가운데 하나야.」

「네가 탈락하는 것을 원치 않기 때문에 하는 소리야.」

「고마워. 하지만 내 민족은 아직 살아 있어.」

그는 건성으로 고개를 끄덕이고 나서 나직하게 속삭인다.

「그건 그렇고 아프로디테가 너에게 내린 벌은 도저히 받아들일 수가 없어. 내가 너였다면 악을 쓰며 대들었을 거야.」

「그래 봤자 무슨 소용이 있었겠어? 나는 부정행위를 저질렀어. 그걸 인정해. 그러니까 대가를 치러야지.」

라울은 꿀이 들어간 케이크 한 조각을 내민다.

「어느 것 하나 확실치 않은 세계에 살고 있지만, 맛있는 케이크를 먹는 것은 확실한 기쁨이야.」

켄타우로스 악단이 등장해서 우리의 기분을 돋워 준다. 오늘은 탐탐과 피리와 활처럼 생긴 현악기에다 나팔이 더해졌다.

아프로디테는 식탁들 사이로 돌아다니면서 각각의 후보생에게 귀엣말을 건넨다. 그러다가 우리 식탁으로 오더니 아무 말 없이 내 옆자리에 앉는다. 라울은 슬그머니 자리를 피한다.

「너를 위해서 그런 거야. 장애가 없으면 잠들어 버리거든.」

아프로디테의 말투가 바뀌었다. 나는 침을 꼴깍 삼킨다. 그녀가 달뜬 목소리로 말을 잇는다.

「너한테 관심이 없었다면 네 민족이 그 섬에서 뭉개고 살든 말든 상관하지 않았을 거야. 세상의 진정한 삶에서 동떨어진 채 저희끼리 행복하게 살도록 내버려 두었을 거라고.」

「그러셨더라면 제가 아주 만족했을 겁니다.」

「글쎄, 정말 그랬을까……. 네 백성들은 결국 자신들의 지식을 너무 자랑스럽게 여긴 나머지 다른 민족들을 업신여기게 되었을지도 몰라.」

아프로디테는 나의 한쪽 손을 잡고 부드럽게 쓰다듬는다.

「알아. 돌고래족은 도처에서 박해에 시달리고 착취를 당하고 있어. 다른 민족들은 그들의 지식을 가로채고 감사를 하는 대신 발길질을 하고 모욕을 가해. 하지만 아무리 그래도 그들은 깨어 있어.」

「너무 학대를 당해서 편집증 환자들이 되어 가고 있죠.」

「날 믿어. 나에게 감사할 날이 올 거야.」

나는 입을 굳게 다물고 생각한다. 아직은 그녀에게 감사하고 싶은 마음이 없다. 지금으로서는 평화를 지향하는 내 백성들이 사납고 호전적인 민족들 사이에서 살아남을 수 있도록 최선을 다해야 한다.

「수수께끼의 답은 알아냈어?」

〈신보다 우월하고 악마보다 나쁘며…….〉 그러고 보니 이 수수께끼의 답은 바로 그녀다. 아프로디테는 여느 신보다 우월하고 악마보다 나쁘다. 나를 미치도록 사랑에 빠지게 한다는 점에서는 여느 신보다 대단하고, 내 민족의 문명을 파괴할 때는 악마보다 고약하지 않은가.

이 수수께끼는 〈포스트잇〉이라는 놀이를 생각나게 한다. 그 놀이는 이런 식으로 진행된다. 여러 사람이 둥그렇게 앉아서 먼저 답을 알아맞힐 사람을 정한다. 나머지 사람들은 그 사람이 연상시키는 유명 인사나 위인의 이름을 포스트잇에 적어 그의 이마에 붙인다. 그는 스무고개를 할 때처럼 〈나는 살아 있어? 나는 남자야, 여자야? 나는 유명해? 나는 키가 커? 나는 음악가야? 나는 정치인이야?〉 하는 식으로 질문을 해나간다. 다른 사람들은 예나 아니요로만 대답한다. 질문자는 예라는 대답이 나올 때마다 누군가의 이름을 댈 수 있는 권리를 얻는다. 이 놀이는 때로 잔인한 양상을 보인다. 다른 사람들이 나를 어떻게 보고 있는지를 알게 해주기 때문이다. 평소에 거드름을 많이 피우던 사람들은 자기 이마에 붙은 포스트잇에서 대개 왕이나 독재자의 이름을 보게 된다. 몽상가들은 예술가의 이름을, 남을 성가시게 하는 사람들은 대중의 짜증을 돋우는 유명 인사의 이름을 만나기 십상이다. 이마에 포스트잇을 붙인 사람은 〈이들이 나를 누구랑 닮았다고 생각할까?〉라고 스스로에게 물으면서 답에 접근해 나간다. 나는 이 게임을 무척 좋아했다. 그러다가 어느 날 나는 답을 알아맞힐 차례가 된 옆 사람의 이마에 그 자신의 이름이 적힌 포스트잇을 붙였다. 그는 끝내 답을 알아맞히지 못했다.

어쩌면 스핑크스도 아프로디테에게 그와 같은 장난을 쳤을지 모른다. 수수께끼의 열쇠가 그녀에게 너무 가까이 있어서 정작 그녀 자신은 문제를 풀 수 없는 것이 아닐까?

「그 수수께끼의 답은 바로 당신입니다.」

그녀는 깜짝 놀란 기색을 보이더니 이내 청아한 웃음을 터뜨린다.

「고마워! 그 대답을 칭찬으로 받아들일게. 그러나 미안하지만 그건 답이 아냐! 사실 그 답을 생각해 낸 자들은 이미 있었어. 자, 이리 와.」

나는 그녀를 따라 일어선다. 신은 나를 자기 품으로 끌어당긴다. 그녀의 육감적인 향기가 나를 휘감는다. 숨이 멎을 것만 같다.

「너는 나에게 중요해. 너는 가장 중요한 후보생이야. 날 믿어. 내 직감은 거의 틀리지 않아. 나는 〈모두가 기다리는 이〉가 바로 너라고 확신해.」

그녀는 상냥하게 덧붙인다.

「날 실망시키지 마. 수수께끼를 꼭 풀어야 해. 네가 문제를 푸는 데 도움이 된다면 이런 것도 해줄 수 있어…….」

그러면서 아프로디테는 자기 입술을 내 턱에 댄다. 그녀의 혀가 살갗에 닿자 온몸에 짜르르 전율이 흐른다. 그녀는 내 손에 깍지를 끼고 속삭인다.

「내가 하라는 대로 하면 절대로 후회하지 않을 거야.」

그러고 나서 그녀는 충격에 빠진 나를 버려둔 채 팽 돌아서서 식탁들 사이로 사라진다. 내 이마에 맺힌 땀이 턱으로 흘러내린다.

매릴린이 신의 뒷모습을 보면서 성난 얼굴로 묻는다.

「너한테 무슨 볼일이 있어서 왔대?」

「아무것도 아냐…….」

「자 그럼, 우리랑 같이 가자. 다시 흑색 지대로 갈 거야.」

새로운 탐사를 준비하기 위해 테오노트들이 하나둘 우리 주위로 모여든다. 우리 동아리에 새로 가세한 조르주 멜리에스가 말한다.

「키마이라를 물리칠 방법이 있어.」

「그게 뭔데?」

「마술사한테 비밀을 가르쳐 달라고 하면 안 되지. 조금 이따가 깜짝 놀라게 해줄 테니까 기다려.」

106. 백과사전: 마술사

기원전 2700년경의 것으로 추정되는 이집트의 한 파피루스 문서에는 마술 공연이 언급되어 있다. 이것이 아마도 마술을 다룬 최초의 문헌일 것이다. 마술사의 이름은 메이둠이고 공연 장소는 파라오의 궁전이다. 그는 오리의 머리를 자른 뒤에 교묘하고 잽싼 손재주를 부려 머리를 다시 붙여 준다. 관객들은 목이 잘렸던 오리가 말짱하게 살아서 나가는 것을 보고 경탄한다. 메이둠은 그 마술을 더욱 발전시켜 나중에는 소의 머리를 잘랐다가 같은 방식으로 되살려 낸다.

같은 시기에 이집트 사제들은 종교적인 마술을 행했다. 교묘한 기계 장치를 이용하여 멀리 떨어진 곳에서 사원의 문을 열고 닫았던 것이다.

공, 주사위, 동전, 컵 등을 사용하는 손 마술은 고대의 전 기간에 걸쳐서 널리 행해졌다.

타로 카드의 첫 번째 대(大)아르카나에는 〈마술사〉라는 이름이 붙어 있다. 이 카드의 그림에는 실제로 시장에서 손재주를 부리는 마술사가 나와 있다.

『신약 성경』에도 마술사 시몬의 이야기가 나온다. 그는 네로 황제가 좋아했던 마술사다. 베드로와 바울로는 네로 황제 앞에서 시몬의 도전을 받는다. 시몬은 자신의 권능을 보여 주겠다면서 나무로 높다란 탑을 짓게 한다. 거기에서 뛰어내려 공중을 나는 마술을 보여 주겠다는 것이다. 하지만 이 마술은 실패로 돌아가고 시몬은 땅바닥에 떨어져 네 토막이 난 채 죽는다.[69]

중세에 들어와 최초의 카드 마술이 나타났고 이것은 다양한 손 마술로 발전했다. 하지만 마술사들은 종종 주술을 행한다는 의심을 받고 화형에 처해졌다.

69 이것은 「사도행전」에 나오는 마술사 시몬의 이야기가 아니라 신약 외경 가운데 하나인 「베드로와 바울로의 행전」에 나오는 버전이다.

영국 마술사 레지널드 스콧은 마술사들이 처형되는 것을 막기 위해 1584년 수많은 마술의 비밀을 밝히는 책을 출간했다. 그럼으로써 마술이 주술이나 마법과 다르다는 것을 입증한 것이었다.

비슷한 시기에 프랑스에서는 마술이라는 말 대신 〈즐거운 물리〉라는 말이 나타났고 마술사들은 〈물리학자〉가 되었다. 그때부터 공연장에서 뚜껑 문이나 커튼이나 감춰진 기계 장치를 이용하는 마술이 성행하게 되었다.

뛰어난 시계공이자 발명가이기도 했던 19세기 프랑스의 마술사 로베르 우댕은 현대 마술의 선구자였다. 그는 마술 극장을 세우고 자기가 발명한 자동인형들과 복잡한 장치들을 공연에 활용해서 큰 인기를 얻었다. 그는 프랑스 정부의 요청에 따라 공식적 임무를 띠고 아프리카에 가기도 했다. 아프리카 주술사들을 훨씬 능가하는 권능을 보여 줌으로써 그들의 권위를 실추시키는 것이 그의 임무였다.

몇 해 뒤, 오라스 고댕은 〈여자를 두 토막으로 자르는 마술〉을 고안했다. 어디에 갇혀 있어도 탈출할 수 있다 해서 〈탈출의 왕〉이라는 별명을 얻은 헝가리 출신의 미국 마술사 해리 후디니는 전 세계를 돌며 대규모 마술을 선보였다.

에드몽 웰스, 『상대적이며 절대적인 지식의 백과사전』 제5권

107. 적색 지대 진입

한 시간 뒤, 식사가 끝나고 춤판이 벌어진 사이에 우리 테오노트들은 슬그머니 메가론을 빠져나간다. 우리는 섬 한복판에 있는 산을 탐사하기 위해 올림피아를 벗어나 파란 숲 쪽으로 간다.

발걸음이 가볍다. 이전의 탐사 때에 알아 둔 지름길들이 있어서 처음보다 빨리 나아갈 수 있다. 우리 탐사대가 갈수

록 노련해지고 있는 것이다.

이제는 이 길이 낯설지 않게 느껴진다. 이틀을 쉬어서 그런지 첫날의 열정이 되살아나는 기분이다.

마타 하리는 행렬의 선두에서 사방을 두루 경계하며 나아간다. 혹시라도 악의를 가진 켄타우로스나 거룹에게 들킬까 싶어서 아주 작은 소리에도 신경을 곤두세운다. 반면에 프레디와 매릴린은 태평하게 이야기를 주고받는다. 그들을 바라보고 있노라니 조제프 프루동은 매릴린을 이길 수 없으리라는 생각이 든다. 매릴린은 프루동이 가지지 않은 적응 능력을 지니고 있다. 그녀는 고양이처럼 날렵하고 어떤 난관도 가뿐하게 타개한다.

행렬의 맨 뒤에서는 조르주 멜리에스가 커다란 가방을 끌고 있다. 그가 말한 〈마술사의 비밀〉이 담겨 있는 가방이다.

이렇게 친구들과 함께 있으니 기분이 좋다. 따지고 보면 내 영혼은 진화에 성공한 셈이다. 나는 천사를 거쳐 이 단계까지 올라왔다. 나에게는 친구들이 있고, 추구할 것과 책임져야 할 것과 이루고자 하는 사랑의 꿈이 있다.

라울이 한 팔로 내 어깨를 감싼다.

「사랑의 신하고 같이 있는 거 보니까 잘 어울리는 한 쌍이던데.」

「또 무슨 소리를 하는 거야?」

그는 매릴린과 프레디를 턱으로 가리킨다.

「우리는 모두 지상에서 애정 생활을 경험했어. 사랑이란 중요한 거야.」

나는 그의 팔을 밀어내며 묻는다.

「왜 그런 말을 하는 거야?」

「놀랍잖아? 나는 천사의 나라나 이곳 아에덴에서는 사랑의 열정이 꺼져 가는 불잉걸처럼 점점 사그라질 거라고 생각했어. 그런데 그게 아니더라고. 천사가 되고 신의 후보생이 된 뒤에 애정 생활을 다시 시작하는 이들이 있잖아. 우리가 생각하기엔 정력이 바닥났을 것 같은 노인들이 갑자기 이혼을 한 뒤에 재혼을 하겠다고 하는 것처럼 말이야. 너는 누군가를 사랑하고 있으니 운이 좋은 거야.」

「잘 모르겠어.」

「사랑하니까 괴롭지? 아프로디테 때문에 천당과 지옥을 왔다 갔다 하고 있지? 그래도 너는 뭔가 대단한 것을 경험하고 있는 거야. 이런 속담이 생각나. 〈한 쌍의 연인이 있다면 어느 한쪽은 고통을 받고 다른 쪽은 권태를 느끼기 마련이다.〉 어떻게 생각해?」

「복잡하고 미묘한 관계를 너무 싸잡아서 말하고 있는걸.」

「그래도 이 말이 맞는다고 생각할 사람들이 많을걸. 둘 중에서 더 많이 사랑하는 사람이 고통받는 쪽이야. 권태를 느끼는 쪽은 대개 이별을 선택하지. 하지만 말이야…… 더 많이 사랑하는 사람이 더 좋은 몫을 차지하는 거야.」

「고통받는 쪽이 더 행복하다는 거야?」

「그래. 고통받는 쪽이 나아.」

왕년의 단짝 친구와 이야기를 나누다 보니 옛날의 즐거운 기분이 되살아난다. 에드몽이 없어서 라울을 더 가깝게 느끼는 게 아닌가 싶다.

그가 말을 잇는다.

「아무튼 이건 에드몽의 백과사전에서 읽은 것 같은데…… 전진하기 위해서는 고통이 필요해.」

「무슨 말을 하고 싶어서 그래?」

「우리가 인간 세상에 개입할 때 어떻게 하는지 생각해 봐. 우리가 인간들에게 상냥하게 말하면 그들은 귀를 기울이지 않아. 고통이 없으면 이해를 못 하지. 머리로 어떤 개념을 어렴풋하게 짐작할 수 있다 해도 몸으로 뼈저리게 느끼지 않으면 그것을 진정으로 이해할 수 없는 거야. 고통은 여전히 천사들과 신들이 인간을 가르치기 위해 찾아낸 가장 좋은 수단이야.」

나는 잠시 그 말을 곱씹다가 대답한다.

「인간의 의식이 발전하면 우리가 그들에게 고통을 주지 않고도 그들을 더 나은 존재로 만들어 갈 수 있을 거라고 확신해.」

「아, 미카엘, 너는 언제까지라도 유토피아를 꿈꾸는 몽상가로 남을 거야. 어쩌면 나는 너의 그런 면을 가장 좋아하는지도 몰라. 하지만 유토피아를 믿는 건 아직 어려서 그래. 넌 아이나 다름없어, 미카엘. 아이들은 고통을 거부하고 마시멜로 같은 세상을 원하지. 존재하지 않는 상상의 세계, 피터 팬의 네버랜드 같은 세계 말이야. 하지만 피터 팬 신드롬은 일종의 정신 질환이야. 그 병에 걸린 사람들은 어린 시절에서 벗어나지 않아. 그러다가 결국엔 병원에 가지. 우주와 영혼이 나아가는 방향은 아이로 남는 것이 아니라 어른이 되는 거야. 그리고 어른이 된다는 건 세상의 어두운 면과 자기 자신의 어두운 면을 받아들이는 거야. 네 영혼이 거쳐 온 길을 생각해 봐. 너는 숱한 생애를 거치면서 점점 어른이 되어 왔어. 그 숭고한 과정은 아직 끝나지 않았어. 한 단계 한 단계를 거칠 때마다 너는 더 커지고 성숙해졌어. 뒤로 돌아가면 안 돼. 어떤 변명도 통하지 않아. 착해서 그렇다느니 온순해서 그렇다느니 하는 것도 다 부질없는 핑계야.」

그는 안쓰러운 표정으로 나를 바라본다.

「너는 아프로디테를 사랑하는 것도 유토피아를 꿈꾸는 아이처럼 하고 있어.」

우리는 울창한 숲을 지나고 있다. 나는 이 숲을 지나면 파란 강이 나온다는 것을 알고 있다.

갑자기 산에서 빛이 번쩍인다.

「아프로디테는 널 사랑하지 않아.」

「네가 그걸 어떻게 알아?」

「아프로디테는 그 누구도 사랑할 수 없어. 아무도 사랑하지 않으니까 모두를 사랑하는 척할 수 있는 거야. 얼마나 추파를 잘 던지는지 너도 봤잖아. 손을 쓰다듬고 어깨를 주무르고 춤을 추고 아무 거리낌 없이 무릎에 앉아. 그렇게 남자를 홀리다가도 남자가 더 다가가려고 하면 갑자기 장벽을 세워. 아프로디테는 사랑이라는 말을 좋아해. 자기에게 가장 낯선 감정이기 때문이지. 그녀가 어떻게 살아왔는지 생각해 봐. 올림포스의 거의 모든 남신과 사랑을 나눴고, 때로는 인간을 사랑하기도 했어. 사실 그녀는 누군가를 진정으로 사랑해 본 적이 없어.」

그 말은 맞는 것 같다. 사랑의 신은 사랑을 할 줄 모른다. 듣고 보니 나의 마지막 생애에서 의학을 공부하던 시절이 생각난다. 나는 의사들이 자기 전공 분야를 선택하는 양상을 보고 재미있게 생각했다. 의대 친구들 중에는 자기의 약점과 연관이 있는 분야를 전공으로 선택하는 경우가 많았다. 이를테면 건선 반점을 달고 사는 친구가 피부과를 선택하고, 소심증이 있는 친구가 발달성 장애를 치료하고, 변비 환자가 항문 외과 전문의가 되는 식이었다. 심지어는 조현병이 있는 친구가 정신과 의사가 되기도 했다. 마치 자기들보다 더 심각한 환자들을 접함으로써 스스로를 치료하려고 그러는 것만 같았다.

「사랑에 관한 한 우린 모두 문제가 있어.」

「그래도 아프로디테보다는 네가 낫지. 지금 네가 겪고 있는 고통, 네가 그 신에 대해서 느끼는 감정은 아름답고 순수해. 네 민족을 학살하고 너를 탈락 직전의 상황으로 몰아넣었는데도 원망하지 않을 정도이니까 말이야.」

「그녀가 그렇게 한 데는 이유가…….」

「이유는 단 하나, 아프로디테가 나쁜 여자라는 거야. 다른 이유는 찾지 마.」

라울의 말을 듣고 나니 마음이 착잡하다.

「하지만 나는 네가 아프로디테에 대해서 느끼는 감정을 소중하게 생각해……. 미카엘, 내가 보기에 네가 지금 겪고 있는 일은 이성을 통해 깨달음을 얻는 과정의 하나야. 너는 시련을 겪을 때마다 한 걸음씩 더 나아가게 돼. 좌절감과 불행을 느끼지만 그러면서 변화하고 더 높은 단계로 나아가는 거지. 예전에 아버지한테 이런 얘기를 들은 적이 있어.」

라울은 잠시 회상에 젖더니 빠른 어조로 말을 잇는다.

「기억나는 대로 이야기하자면 아버지는 마치 농담처럼 이러셨어. 〈열여섯 살에 호르몬이 나를 괴롭히기 시작했어. 나는 멋진 사랑을 해보고 싶었어. 꿈꾸던 대로 또래의 학생을 사귀었어. 그런데 그 애는 너무 어리광을 부리고 귀찮게 달라붙었어. 그래서 그 애와 헤어지고 반대되는 사람을 찾기 시작했지. 스무 살에는 경험이 많은 여자의 품에 안기는 꿈을 꾸었고, 정말로 그런 사람을 만났어. 아주 반지빠른 연상이었어. 덕분에 새로운 경험을 많이 했어. 그런데 그 여자는 다른 사랑을 더 경험하고 싶어 하더니 나하고 가장 친한 친구와 함께 떠나 버렸어. 그다음에는 반대되는 여자를 찾았지. 스물다섯 살에 나는 오로지 착한 여자를 원했고 그런 사람을 만났어. 그런데 우리는 서로 할 말이 없었어. 결국 그하고도 헤어지고 반대되는 사람을 찾았지. 서른 살에 나는 똑똑한 사람을 원했고 그런 사람을 찾아냈어. 아주 똑똑한 게 마음에 들어서 그녀와 결혼했지. 문제는 그녀가 내 의견을 절대로 받아들이지 않고 자기 생각만을 나에게 강요하려고 했다는 거야. 서른다섯 살에 나는 나한테 잘 맞춰 줄 수 있는 젊고 부드러운 사람을 원했고 그런 여자를 찾아냈지. 그녀는 감수성이 아주 풍부했어. 그래서 모든 것을 비극적으로 받아들이는 버릇이 있었어. 그다음에 나는 어른스럽고 차분하고 정신적으로 깊이가 있는 사람을 원했고 어떤 요가 클럽에서 그런 여자를 만났지. 그런데 그녀는 나보고 모든 것을 버리고 힌두교의 암자로 떠나라고 하면서 나를 괴롭혔어. 쉰 살에 나는 내 동반자가 될 사람의 조건으로 오직 한 가지만을 요구했어.〉 아버지가 말한 그 조건이 뭔 줄 알아?」

「뭔데?」

「커다란 젖가슴!」

라울은 웃음을 터뜨렸다. 나는 웃지 않았다.

「여자들은 경이로운가 하면 터무니없고, 신비로운가 하면 타산적이고, 너그러운가 하면 까다롭고, 한결같은가 하면 변덕스럽고, 도도한가 하면 어수룩하고, 예민한가 하면

둔감하고, 그악스러운가 하면 선선해. 여자들은 우리를 쾌락의 절정으로 이끌기도 하고 절망의 나락으로 떨어뜨리기도 하지. 하지만 우리는 그들과 만남으로써 우리 자신을 알게 되고 그럼으로써 차츰차츰 진화해 가는 거야. 그건 마치 연금술에서 화금석을 얻는 과정과 같아. 우리는 부패하고 증발하고 승화하고 검게 타면서 탈바꿈을 해. 그런데 오로지 한 여자에게 모든 것을 거는 것은 위험해. 한 여자에게 집착하는 것은 마치 파리가 꿀에 들러붙는 것과 같아.」

「너무 늦었어. 나는 벌써 그렇게 됐는걸.」

「네가 아프로디테에게서 배울 것은 하나밖에 없어. 집착하지 말라는 것, 바로 그거야. 너는 곧 배우게 될 거야. 아프로디테 같은 여자들에게서는 빨리 도망쳐야 한다는 것을 말이야.」

「나는 이제 도망갈 수 없어. 그녀가 내 삶을 완전히 지배하고 있는걸.」

내가 어깨를 움츠리자 라울은 내 팔을 잡는다.

「네가 그녀를 사랑하는 것보다 너 자신을 더 사랑하면 돼. 그러면 그녀가 너를 파멸시킬 수 없을 거야.」

「자신이 없어.」

「아, 그래, 잊고 있었는데 에드몽 웰스가 이렇게 쓴 적이 있어. 〈사랑이란 지성에 대한 상상력의 승리다.〉 너는 상상력이 너무 풍부해서 탈이야. 그래서 그녀가 지니지 않은 것들까지 그녀의 장점이라고 생각하지. 그러면 끝이 없어.」

「그래, 무한하지…….」

그러면서 나는 생각한다. 〈나는 어떤 대가를 치르더라도 그녀와 함께 그 무한에 다다를 거야.〉

낙엽을 밟는 발소리가 들린다. 나는 얼어붙은 듯이 멈춰 선다.

어떤 동물이 고사리 덤불을 헤치고 우리 쪽으로 다가오더니 불쑥 모습을 드러낸다. 인간의 몸, 염소의 다리와 발굽, 아몬드처럼 길둥근 눈이 박혀 있는 얼굴, 곱슬머리 위로 솟은 작은 뿔. 에코 하나가 장난스러운 표정으로 나를 말끄러미 바라보고 있다.

「왜 왔니?」

「왜 왔니?」

녀석은 곱슬곱슬한 털이 더부룩한 머리를 까딱이면서 내 말을 따라 했다.

나는 녀석을 떼미는 시늉을 한다.

「어서 가!」

「어서 가!」

작은 괴물은 가기는커녕 도리어 내 토가를 잡아당긴다.

「성가시게 굴지 마.」

「성가시게 굴지 마?」

「성가시게 굴지 마?」

「성가시게 굴지 마?」

어느 새 에코가 세 마리로 늘었다. 모두가 내 말을 되뇌면서 내 토가를 잡아당긴다. 마치 나를 어딘가로 끌고 가서 무언가를 보여 주려는 것만 같다. 나는 재빨리 녀석들을 뿌리친다. 라울은 버드나무 가지를 휘둘러 녀석들을 쫓아 버린다. 하지만 몇 발짝 더 나아가니 다른 에코들이 우리를 기다리고 있다.

조르주 멜리에스가 나선다.

「내가 보기엔 아주 재미있는 녀석들인걸.」

마타 하리도 거든다.

「어쨌거나 위험하지는 않아. 만약 우리를 일러바칠 생각이었다면, 벌써 오래전에 그랬겠지.」

우리는 에코들을 뒤에 거느리고 계속 나아간다. 주위의 공기에 이끼와 지의식물의 냄새가 서려 있다. 이상한 습기가 허파를 파고든다. 입김을 불면 부연 증기가 서린다.

아프로디테의 이미지가 머릿속을 떠나지 않는다.

자정을 알리는 종소리가 골짜기를 타고 올라온다. 우리는 마침내 파란 강을 마주하고 있다.

조르주 멜리에스가 제안한다.

「여기서 쉬었다 가자. 내 마술이 효과를 보려면 빛이 있어야 해. 제2의 태양이 뜰 때까지 기다리자.」

우리는 반신반의하면서도 그의 제안에 순순히 따른다. 우리는 뿌리가 얼키설키하게 드러나 있는 커다란 나무 아래에 앉는다. 나는 시간을 보내기 위해 조르주 멜리에스에게 부탁한다.

「그 마술의 비밀을 가르쳐 줘. 덴마크와 키위로 이어지는 산수 마술 말이야.」

지상의 마지막 생애에서 마술 극장을 운영하기도 했던 멜리에스는 내 부탁을 기꺼이 들어준다.

「1에서 9까지의 수 가운데 하나를 골라 9를 곱한 다음 5를 빼면 한 자릿수가 나오기도 하고 두 자릿수가 나오기도 해. 두 자릿수가 나오면 그 숫자들을 더해서 한 자릿수로 만드는 거야. 그러면 언제나 4가 나오게 돼 있어. 예를 들어 9×1=9인데 여기에서 5를 빼면 4야. 다음으로 9×2=18인데 여기에서 5를 빼면 13이고, 이 수의 두 숫자를 더 하면 역시 4가 돼. 마찬가지로 9×3=27인데 여기에서 5를 빼면 22이고, 이 수의 두 숫자를 더하면 역시 4가 되지. 나머지도 다 이런 식이야. 그러고 나서 이 수를 알파벳의 해당 글자에 연결시키라고 했어. 네 번째 글자니까 당연히 D지. 그런데 유럽 나라들의 영어 이름 가운데 D로 시작하는 것은 덴마크밖에 없어. 덴마크의 마지막 글자는 K야. 이 글자를 보고 과일을 연상하라고 하면 십중팔구는 키위를 떠올릴 거야. 키위가 K로 시작하는 유일한 과일이거든.」

알고 보니 아주 간단하다. 마술이란 이런 것이다. 실상을 알고 나면 실망하기 마련이다.

「너는 선택한다고 생각하지만 사실은 선택한 게 아냐. 그저 감춰진 레일을 따라가고 있을 뿐이야. 그리고 너는 그 레일에서 벗어날 수 없어.」

「이 섬에서 우리가 하고 있는 일도 그런 거라고 생각해? 우리는 무언가를 선택한다고 생각하지만 실제로는 이미 정해진 길을 따라가는 것일까?」

마술사 멜리에스가 대답한다.

「나는 확신해. 우리는 게임을 한다고 믿지만 그저 미리 쓰인 시나리오대로 연기를 하고 있을 뿐이야. 우리 백성들이 겪은 어떤 사건들은 1호 지구의 역사에 나오는 사건들과 닮지 않았어?」

「아마존은 역사가 아니라 신화에 속해.」

「글쎄, 과연 그럴까? 실제로 존재했다가 사라졌을지도 모르잖아? 우리는 패배한 옛 민족들의 역사를 알지 못해. 그게 바로 올림포스 신들의 사관이야. 우리는 승리를 기억하고 패자를 잊어버려. 1호 지구의 역사책들은 승리한 민족들의 역사를 담고 있어. 고대에는 문자를 모르는 민족이 많았어. 그래서 역사가 말로 전해졌지. 결국 구전되던 것을 책에 기록할 줄 알았던 민족들의 역사만 우리에게 전해진 거야. 우리는 중국인, 그리스인, 이집트인, 유대인의 역사를 알고 있어. 하지만 히타이트족이나 파르티아족이나 아마존족의 역사에 대해서는 아는 게 별로 없어. 그들의 역사는 구전되다가 소실되고 말았을 거야.」

이것은 백과사전에서 가장 흥미로운 항목 가운데 하나인 〈패자들의 진실〉을 생각나게 한다. 학살당한 문명을 누가 기억해 줄 것인가? 어쩌면 신들은 이미 작성된 시나리오대로 게임을 다시 하게 함으로써 우리에게 그 패자들의 고통을 느끼게 하는 것인지도 모른다. 패자들을 기억하라고 말이다.

하지만 1호 지구의 역사는 18호 지구에서 전개되고 있는 역사와 달라 보인다.

조르주 멜리에스는 자기 생각을 더 밀고 나간다.

「쇠똥구리족과 이집트인들 사이에 공통점이 있다고 생각하지 않아?」

「천만에. 쇠똥구리족이 피라미드를 건설하도록 유도한 것은 바로 나야. 그들의 종교도 내가 에드몽 웰스의 백과사전에 실린 고대 이집트에 관한 항목을 읽고 나서 만들어 준 거라고. 이집트의 관습에서 힌트를 얻은 것은 순전히 우연이었다는 얘기지.」

나는 어둠 속에서도 조르주 멜리에스가 빙그레 웃고 있음을 짐작한다.

「그렇게 생각해? 만약 네가 우연이라고 말하는 것이 어떤 계획과 관련되어 있다면 어떡할래? 우리를 초월해 있지만 우리가 순종해야만 하는 어떤 계획이 있을지도 몰라. 마치 네가 스스로 선택했다고 생각하면서 어쩔 수 없이 덴마크와 키위에 도달한 것처럼 말이야.」

나는 그 생각을 받아들일 수 없다. 내가 돌고래족의 신으로서 내리는 결정은 내 영혼과 의식 속에서 이루어지는 것이다. 나는 어떤 영향도 받지 않는다. 그러니까 나는 나 자신의 완전한 자유 의지에만 복종하는 신인 것이다. 만약 내가 1호 지구의 사건들을 재현하고 있다면, 그것은 1호 지구의 역사가 내가 알고 있는 유일한 역사이기 때문이다. 나는 내 의지에 따라 또는 상상력이 부족해서 1호 지구의 역사를 재현한 것이다.

게다가 민족들을 진보시키는 방식이 무수히 많은 것은 아니다. 어느 민족이든 대개는 도시를 건설하고 전쟁을 치르고 질그릇을 발명하고 배를 건조하고 기념물을 세운다. 기념물을 놓고 보더라도 선택의 여지가 그리 많은 것은 아니다. 우리는 솔로몬 신전과 같은 입방체 건물을 짓거나 쿠푸왕의 피라미드 같은 구조물을 만들거나 파리에 있는 디오라마 상영관 같은 거대한 공 모양의 건물을 세우거나 로마인들처럼 개선문을 건설한다.

나는 멜리에스에게 이의를 제기한다.

「내가 알기로 1호 지구에는 쥐족과 비슷한 민족이 없었어.」

그는 침착하게 대답한다.

「아냐, 쥐족과 비슷한 민족이 있었어. 다만 그 민족이 사라졌기 때문에 인류가 잊어버린 거야. 아시리아인들은 소아시아, 즉 오늘날의 튀르키예 쪽에 정착한 인도·유럽계 민족이야. 그들은 모든 이방 민족을 멸망시키고 호전적인 제국을 건설했어. 하지만 메소포타미아인, 메디아인, 스키타이족, 킴메르족, 프리기아인, 리디아인 등 다른 인도·유럽계 민족들이 그들을 멸망시켰어.」

어디선가 들어 본 이름들이긴 한데 기억이 어렴풋하다. 문자와 책을 발명하지 않았기 때문에 망각의 늪으로 사라진 민족들이다. 조르주 멜리에스는 그 민족들의 역사를 잘 알고 있는 모양이다. 그래도 나는 주장을 굽히지 않는다.

「그럼 카미유 클로델의 성게족은 어때? 그들은 우리가 알고 있는 어떤 민족하고도 닮지 않았어.」

조르주 멜리에스는 전혀 동요하지 않는다.

「아직은 몰라. 물론 성게를 토템으로 삼은 민족을 찾아내기는 쉽지 않겠지. 하지만 이구아나족을 봐. 그들은 피라미드를 건설한 또 다른 민족이야. 그들은 공교롭게도 대양 건너편에 터전을 잡았어. 마야 문명을 본뜬 것이지. 앞서 말했듯이, 우리는 게임을 한다고 생각하지만 실제로는 이미 쓰인 시나리오에 참가하고 있을 뿐이야.」

라울은 입을 다물고 있다. 자기가 생각하는 바를 멜리에스가 대신 말해 주고 있어서 굳이 나설 필요를 느끼지 않는 모양이다.

마타 하리는 근처에 있는 나뭇등걸에 기대서 우리 대화를 듣고 있다가 마침내 끼어든다.

「18호 지구의 대륙들은 1호 지구 것들과 형태가 같지 않아. 그 지리학적 차이를 무시하면 안 돼. 예를 들어 1호 지구에서는 서로 이웃해 있는 민족들이 18호 지구에서는 대양을 사이에 두고 떨어져 있어.」

프레디도 멜리에스의 생각에 이의를 제기한다.

「18호 지구의 역사가 1호 지구의 역사와 비슷한 것은 우리의 상상력 때문이야. 상상력은 우리가 이미 알고 있는 것과 모르는 것을 비교하게 만들지. 마치 우리가 〈빨간 행성〉에 갔을 때처럼 말이야…….」

우리는 그 우주여행을 기억하고 있다. 우리가 천사였을 때 우리는 인간이 살고 있는 다른 행성을 찾아 모험을 떠났다. 우리는 빨간 행성을 발견했다. 이 행성엔 네 민족, 즉 겨울족, 가을족, 여름족, 봄족이 살고 있다. 행성의 궤도가 특이해서 이곳에서는 한 계절이 50년 동안 지속된다. 그리고 각 계절마다 해당 문명이 행성 전체를 지배한다. 무엇보다 우리 탐험대를 놀라게 한 것은 도처에 과학과 상업에 매우 능통한 민족이 있다는 사실이었다. 〈상대주의자들〉이라 불리는 이 민족은 터무니없는 이유로 탄압과 박해를 받는 처지에 놓여 있었다. 그들은 이민족들과 어울려 살기 위해 최선을 다하고 있었지만 언제 어디서나 배척을 당했다. 프레디는 그들을 일컬어 민물 여과 장치에 넣는 송어 같은 민족이라고 했다. 송어는 아주 예민해서 물에서 오염의 흔적을 탐지하는 데 이용된다. 만일 물에 독성 물질이 있으면 송어가 제일 먼저 죽는다. 일종의 경보기 노릇을 하는 것이다. 어느 행성에나 송어 같은 민족이 존재한다. 그들은 행성에 위험이 닥치고 있음을 알려 주는 탐지기와 같다.

조르주 멜리에스가 말을 잇는다.

「만약 모든 것이 이미 쓰인 대로 전개되는 것이라면, 나는 우리의 미래를 정해 놓은 전체적인 시나리오를 미리 보고 싫어.」

프레디 메예르가 지적한다.

「듣고 보니 텔레비전의 리얼리티 쇼가 생각나는걸. 옛날에 한창 유행했잖아. 출연자들은 자기 스스로 생각해서 행동한다고 생각하지만, 사실은 모든 상황이 미리 설정되어 있는 거야. 이런 프로그램들이 외국에 팔리면 똑같은 원형이 다시 나타나. 숨겨 놓은 자식이 있는 금발 여자, 거만하고 허영심 많은 여자, 익살꾼, 투미한 남자, 유혹자…….」

은은한 라벤더 향기가 바람에 실려 오고, 나뭇잎들이 바스락거린다. 어둠이 조금 엷어진 듯하다.

정말 이들이 말한 대로일까? 만약 모든 일이 미리 정해진 시나리오에 따라 이루어지는 것이라면 우리는 한낱 꼭두각시이고 우리보다 높은 차원에 있는 어떤 존재의 장난감일 뿐이다.

「나의 돌고래족은 아직 세계 역사에 존재한 적이 없어. 내가 아는 한 돌고래를 말처럼 타고 다니거나 신체의 에너지 흐름을 감지해서 병을 고치는 민족은 지구 1호에 존재하지 않았어.」

조르주 멜리에스는 입술을 실룩인다.

「잠깐만. 지금 너의 돌고래족이 사라진다고 가정해 봐. 그러면 후대 사람들은 아무도 돌고래족을 기억하지 못할 거야. 1호 지구에도 돌고래족과 비슷한 민족이 존재하다가 역사에 아무런 자취를 남기지 못한 채 사라져 버렸을지도 몰라.」

사실 나는 계속 꼴찌에서 맴돌고 있다. 돌고래족이 후대의 기억 속에 굳건히 자리 잡을 가능성이 많지 않다는 얘기다. 다른 민족들의 기록에 돌고래족이 등장할 가능성은 거의 없다. 기록이 많지도 않거니와 그 희귀한 기록들마저 전쟁이나 군주들 간의 혼인을 주로 다루고 있기 때문이다. 아무도 돌고래족에게 진정으로 관심을 보이지 않는다. 난민으로 떠돌며 가는 곳마다 과학과 예술을 전파했지만 그것을 자기들의 역사책에 기록해 줄 민족은 어디에도 없다.

우리는 대화를 중단한다. 제2의 태양이 떠오르고 있다. 괴물과 정면으로 대결할 시간이 온 것이다. 우리는 전투가 벌어질 경우를 생각해서 기지개를 켜고 몸을 푼 뒤에 다시 나아간다.

우리는 파란 강의 폭포를 지나 검은 숲으로 들어간다. 선두에서 마타 하리가 신호를 보낸다. 길이 트여 있으니 빨리 가자는 뜻이다.

다들 불안한 기색을 보이고 있는데 조르주 멜리에스만은 자신감에 차 있다. 저 가방에 대체 무엇이 들었기에 저토록 자신만만한 것일까?

멀리에서 으르렁거리는 소리가 들려온다. 우리는 마타 하리를 따라 걸음을 멈춘다. 거대한 괴물이 우리를 보고 성큼성큼 다가온다. 그러다 갑자기 우리 앞에서 멈춰 선다.

키마이라…… 키가 10미터쯤 되는 공룡 같은 몸에 목이 세 갈래로 솟아 있다. 목 끝에는 각기 다른 동물의 머리가 달려 있다. 으르렁거리는 사자의 머리, 역겨운 냄새가 나는 끈적끈적한 액체를 질질 흘리는 염소의 머리, 아가리로 불을 내뿜는 용의 머리. 용의 두 송곳니 사이에 토가 조각이 끼어 있다. 달리기가 별로 빠르지 않았던 어떤 후보생의 마지막 잔해이다.

괴물의 그림자가 우리를 덮쳐 온다.

라울이 멜리에스에게 요구한다.

「자, 이제 너의 마술을 보여 줘.」

특수 효과의 개척자인 멜리에스는 가방을 열고 커다란 거울을 꺼낸다.

그러고는 침착하게 괴물 쪽으로 나아가서 거울을 괴물에게 내민다. 우리는 숨을 죽인 채 결과를 기다린다.

키마이라는 머리 세 개를 잇달아 번쩍거리는 물건 쪽으로 돌리고 물끄러미 바라본다. 그러다가 거울 속에서 웬 괴물이 저를 노려보고 있는 것을 보고 믿을 수 없다는 듯한 표정을 짓는다.

괴물은 거울에 비친 자기 그림자 앞에서 바들바들 떤다. 그러면서도 그 무서운 영상에서 고개를 돌리지 못한다.

매릴린이 속삭인다.

「놈은 거울에 비친 제 모습을 알아보지 못해. 그래서 겁을 먹은 거야.」

키마이라는 저 자신의 모습에 완전히 홀려 있다. 겁을 먹고 뒤로 물러났다가는 호기심을 느끼며 다시 거울 앞으로 다가간다. 이제 우리는 안중에도 없다.

우리는 놈의 관심을 끌지 않기 위해 조심조심 움직이다가 점점 발걸음을 빨리하여 놈의 시야에서 벗어난다. 이렇게 쉽사리 궁지에서 벗어날 수 있다는 사실이 믿기지 않는다. 우리가 마술사들의 능력을 과소평가했던 모양이다.

우리는 멜리에스에게 찬사를 보낸다. 그는 괴물의 행동이 변하기 전에 되도록 빨리 멀어지자고 신호를 보낸다.

우리는 흑색 지대로 나아간다. 키마이라에게 쫓겨 여기에서 헤맸던 일이 생각난다. 나는 어딘가로 추락하여 지하 통로를 발견했고 옛날 후보생들의 자취를 찾아냈다. 그러고 나서 눈이 빨간 흰토끼가 나를 구해 주었다. 이 장소에는 마법 같은 것이 참으로 많다. 그 모든 것을 거울 하나로 해결하다니…….

우리는 흑색 지대를 지나 오르막길로 접어든다. 이 길은 고원으로 통한다. 거기에는 새로운 지대가 펼쳐져 있다. 적색 지대가 우리 앞에 아스라하게 펼쳐져 있다. 바닥이 질척질척해서 밟을 때마다 쑥쑥 빠져 들어간다.

프레디가 말한다.

「청색 다음에 흑색. 그리고 흑색 다음에 적색. 우리는 화금석의 숙성 단계를 밟아 가면서 빛을 향해 올라가고 있는 거야.」

나무들이 사라지고 엄청나게 넓은 개양귀비밭이 나타난다. 모든 게 아름답고 아주 빨갛다. 때마침 태양이 붉은 풍광을 환히 비춘다.

「쉬었다 가자.」

「왜 그래?」

친구들이 나를 바라본다. 머릿속에서 켄타우로스들의 북소리가 울려서 곧 기절할 것만 같은 기분이다.

「쉬었다 가자. 난 약간의 휴식이 필요해.」

여기에서 벌어지고 있는 모든 일이 너무나 기이하다. 더 견딜 수가 없다.

「하지만 키마이라가…….」

마타 하리가 이해심을 보이며 나를 거든다.

「놈은 한창 바쁘니까 걱정하지 않아도 돼.」

테오노트 동아리는 잠시 망설이다가 라울의 권유에 따라

다 같이 쉬어 가기로 한다.

나는 그들에게서 벗어나 개양귀비밭 속으로 들어간다. 그러고는 그들에게서 등을 돌리고 앉아 눈을 감는다.

나에게 무슨 일이 일어나고 있는지 이해해야 한다.

모든 게 너무 빨리 진행되어서 내 작은 영혼이 감당할 수가 없다.

나는 인간이었다가 천사가 되었고 이제는 신 후보생이다.

나는 언제나 신이 된다는 것은 모든 권능을 가지는 것이라고 생각했다. 그런데 알고 보니 신이 된다는 것은 무엇보다 온갖 책임을 지는 것이다. 나는 돌고래족이 죽지 않을 거라고 생각한다. 그들은 체스판의 말이 아니다. 그들은 그보다 훨씬 대단한 존재들이다. 그들은 내 영혼의 반영이다. 내 영혼이 확대되어 돌고래족의 모든 구성원의 마음속에 스며들어 있다. 그건 마치 하나의 이미지를 구성하는 홀로그램과 비슷하다. 설령 누가 그것을 산산조각으로 부숴 버린다 하더라도, 각각의 파편 속에서 완전한 이미지가 다시 나타나게 될 것이다. 내 영혼이 돌고래족 사람들 마음속에 들어 있으므로, 단 한 사람의 생존자라도 있다면, 나는 존재하게 되는 것이다. 그런데 만약 그들이 모두 사라진다면? 만약 최후의 모히칸처럼 돌고래족의 마지막 한 사람이 자기네 민족을 몰살한 세계와 홀로 맞서게 된다면? 그러면 나는 의연하게 내 운명을 받아들일 것이다. 게임에서 축출당하고, 말 못 하는 불사의 괴물로 변하는 것을 받아들일 것이다. 그래도 내 영혼은 계속 살아 있을 것이다. 하지만 내가 할 수 있는 일이라곤 숲에서 어슬렁거리거나 나를 놀렸던 거룹처럼 새로 온 후보생들을 놀려 주는 것이 고작이리라. 어쩌면 나는 켄타우로스나 레비아단이 될지도 모르고, 거울 앞에서 꼼짝 못 하는 키마이라가 될지도 모른다. 하지만 그보다 더 나쁜 것은 나에게 더 높이 올라갈 수 있다는 희망이 사라진다는 것이다. 나는 무엇을 추구하거나 어떤 신비도 밝혀내려 하지 않고 그저 내 민족을 애도하며 살게 될 것이다.

이미지들이 마치 우편엽서처럼 다시 나타난다. 해안에서 평화롭게 살던 씨족, 돌고래와 처음으로 말을 한 할머니. 마지막 희망을 걸고 만든 배. 초대 여왕의 즉위식…….

〈고요한 섬〉. 순수한 구도의 정신으로 가득 찬 경이로운 도시. 해일과 화산 폭발.

그리고 내 안에 들려오는 하나의 목소리. 〈너를 위해서 그런 거야. 나에게 감사하게 될 날이 올 거야.〉 아프로디테……. 내가 어떻게 다시 그 여자를 사랑할 수 있을까?

나는 눈을 뜬다.

그런데 저 위에 있는 위대한 신은 누구일까? 제우스일까? 위대한 설계자일까? 더 높은 차원의 어떤 존재일까?

아마도 우리가 상상할 수 없는 어떤 존재이리라.

나는 문득 어떤 이미지를 떠올리며 실소를 짓는다. 인간이 신을 이해하다는 것은 고양이 췌장의 원자 하나가 인간의 텔레비전에 나오는 서부극을 이해하는 것만큼이나 어려운 일이다.

위대한 신은 누구인가? 나는 산꼭대기에서 눈을 떼지 않는다.

신비가 바로 눈앞에 있는데 그것을 밝힐 수 없다는 게 너무나 안타깝다.

내 질문에 대답하기라도 하듯 산꼭대기를 덮고 있는 구름을 뚫고 한 줄기 빛이 번쩍인다.

환각일까? 빛이 8 자를 그리고 있는 듯하다.

왜 위대한 신은 우리를 여기로 데려왔을까? 그는 왜 우리를 교육시키는 것일까? 우리를 자기와 대등한 존재로 만들어서 후계자로 삼으려는 것일까? 어쩌면 그는 지쳐 있는지도 모른다. 어쩌면 그는 죽어 가는지도 모른다.

그 생각을 하니 목이 따끔거린다.

쥘 베른의 말이 생각난다. 〈절대로 저 위에 가면 안 돼!〉 그리고 뤼시앵은 이렇게 말했다. 〈지금 우리에게 비열한 임무가 강요되고 있습니다. 행성 하나를 가지고 놀다가 이제 그것을 파괴하겠다는 것입니다. 여러분, 깨어나십시오! 지금 무슨 일이 벌어지고 있는지 아직 깨닫지 못하셨습니까?〉

에드몽 웰스의 말도 생각난다. 〈여기는 관찰하고 이해하기에 딱 좋은 곳이야. 여기에서는 모든 차원이 결합되어 있어.〉

아프로디테가 처음으로 나타나던 장면이 다시 떠오른다. 〈당신 친구에게 들었어요. 나에게 춤을 청하고 싶은데 수줍음이 너무 많아서 엄두를 못 낸다고요.〉 비단 같은 살결의 감촉, 도톰한 입술, 장난기 어린 눈빛. 〈내가 수수께끼를 낼 테니까 잘 들어 봐요.〉

그 빌어먹을 수수께끼가 다시 내 머릿속을 어지럽힌다. 안에서 쥐 한 마리가 나를 갉아먹고 있는 것만 같다.

〈이것은 신보다 우월하고 악마보다 나쁘다.〉

〈그 답은 아프로디테 당신입니다. 당신은 여느 신보다 우월하고 악마보다 나쁘니까요.〉 그녀의 청아한 웃음소리가 귓전에 생생하다. 〈미안하지만, 그건 아니에요.〉

만약 내가 진정 누구인지를 알기만 한다면 얼마나 좋을까. 나는 내가 단지 미카엘 팽송이 아니라는 것을 알고 있다. 그렇다면 또 다른 나는 누구인가? 확대되어 가는 영혼, 자신의 참된 권능을 발견해 가는 영혼…….

레비아단이 생각난다. 〈새로운 경지로 나아가려면 이런 과정을 겪어야 해. 내려가야 올라갈 수 있고 천해져야 고결해질 수 있으며 죽임을 당해야 다시 태어날 수 있는 거야〉 하고 생텍쥐페리는 말했다.

에드몽과 아틀라스의 집에 갔던 일도 생각난다. 18호 행성과 거의 비슷하게 생긴 그 모든 세계들, 그 안에서 신들의 도움을 받으며 저마다 무언가를 이루려고 최선을 다하는 인간들. 신들 역시 그들 나름의 걱정과 스타일, 공포, 윤리, 야망, 유토피아, 실수가 있다.

살신자도 생각난다. 아테나는 말했다. 〈살신자는 틀림없이 이번 기를 구성하는 144명의 후보생들 가운데 하나야. 반드시 그자를 찾아내어 벌을 내리겠어. 두고 봐, 이런 범죄의 대가가 무엇인지를 분명하게 보여 줄 테니.〉 그리고 아프로디테는 나보고 내 친구들을 조심하라고 했다.

또 아프로디테다.

그녀의 입맞춤. 그녀의 얼굴. 그녀의 향기.

다른 것을 생각하자. 내가 천사 시절에 보살폈던 사람들. 이고르, 비너스, 자크. 그들은 다른 인간으로 환생하여 자신들의 업보 속에서 발버둥 치고 있다. 내가 인간으로 살 때 아무것도 이해하지 못한 채 발버둥 쳤던 것처럼 말이다. 〈인간들은 행복을 건설하려고 하기보다 불행을 줄이려고 애쓴다〉라고 에드몽은 말했다. 그는 이런 말도 했다. 〈인간을 더 높은 수준으로 끌어올려서 마침내 4의 단계에 걸맞은 진짜 인간이 되게 하는 것, 그것이 바로 우리가 할 일이지. 자네도 깨달았다시피, 사람들은 자기들에게 부여된 자리에 아직 올라서 있지 못하네. 그들은 3과 5, 즉 동물과 현자 사이의 한가운데 있지도 못하고 동물 쪽에 더 가까이 있네. 인류의 진화를 이야기할 때《빠진 고리》라는 말을 하지. 내가 보기엔 현재의 인류가 바로《빠진 고리》일세.〉

나는 산을 바라본다.

그러다 다시 눈을 감는다.

포기하고 싶다. 자고 싶다. 모든 것을 그만두고 싶다.

돌고래족은 내가 없어도 살아남을 것이다. 아프로디테는 나 아닌 다른 영혼을 찾아내어 유혹하고 괴롭힐 것이다. 테오노트들은 마지막 신비를 찾는 자기들의 탐사에 동행할 다른 후보생들을 찾아낼 것이다.

「미카엘, 일어나, 어서!」

나는 눈을 번쩍 뜬다. 눈앞에 보이는 것이 나를 아연실색케 한다.

갑자기 하늘에 하나의 눈이, 지평선을 온통 가려 버리는 하나의 거대한 눈이 나타났다.

혹시 저게 바로…….

제2권으로 이어집니다.

파트리크 장바티스트, 제롬 마르샹, 렌 실베르, 프랑수아즈 샤파넬, 도미니크 샤라부스카, 스테판 크로스, 조나탕 베르베르, 사빈 크로센, 장미셸 라우, 그리고 보리스 시륄니크에게 감사의 뜻을 전한다.

이 소설을 쓰는 동안 다음과 같은 일들이 생겨서 내 글에 영감을 주었다.

단편 영화 「인간은 우리의 친구」를 만든 일.

장편 영화 「여인 행성」의 시나리오를 쓴 일.

그것의 속편에 해당하는 만화 「이브의 자식들」의 시나리오를 쓴 일.

미래에 일어날 수 있는 모든 일들을 검토하기 위한 웹사이트(arbredespossibles.free.fr)를 만든 일.

인터넷 사이트

www.bernardwerber.com

www.albin-michel.com

옮긴이 **이세욱** 1962년에 태어나 서울대학교 불어교육과를 졸업하였으며, 현재 전문 번역가로 활동하고 있다. 옮긴 책으로 베르나르 베르베르의 『제3인류』(공역), 『웃음』, 『신』(공역), 『인간』, 『나무』, 『상대적이며 절대적인 지식의 백과사전』(공역), 『뇌』, 『타나토노트』, 『아버지들의 아버지』, 『천사들의 제국』, 『여행의 책』, 움베르토 에코의 『프라하의 묘지』, 『로아나 여왕의 신비한 불꽃』, 『세상의 바보들에게 웃으면서 화내는 방법』, 『세상 사람들에게 보내는 편지』(카를로 마리아 마르티니 공저), 장클로드 카리에르의 『바야돌리드 논쟁』, 미셸 우엘벡의 『소립자』, 미셸 투르니에의 『황금 구슬』, 카롤린 봉그랑의 『밑줄 긋는 남자』, 브램 스토커의 『드라큘라』, 파트리크 모디아노의 『우리 아빠는 엉뚱해』, 장자크 상페의 『속 깊은 이성 친구』, 에리크 오르세나의 『오래오래』, 『두 해 여름』, 마르셀 에메의 『벽으로 드나드는 남자』, 장크리스토프 그랑제의 『늑대의 제국』, 『검은 선』, 『미세레레』, 드니 게즈의 『머리털자리』 등이 있다.

신 제1부 우리는 신

발행일					
	2008년	11월	20일	초판(제1권)	1쇄
	2011년	6월	30일	초판(제1권)	64쇄
	2008년	11월	20일	초판(제2권)	1쇄
	2011년	1월	30일	초판(제2권)	45쇄
	2011년	7월	25일	신판	1쇄
	2023년	1월	5일	신판	25쇄
	2023년	6월	15일	특별판	1쇄
	2024년	1월	30일	신판 2판	1쇄

지은이 베르나르 베르베르
옮긴이 이세욱
발행인 홍예빈·홍유진
발행처 주식회사 열린책들

경기도 파주시 문발로 253 파주출판도시
전화 031-955-4000 팩스 031-955-4004
www.openbooks.co.kr

ISBN 978-89-329-2405-2 04860
ISBN 978-89-329-2404-5 (세트)